3

3

鳳宇 權泰勳 遺稿全集―鄭在乘 譯註

책미래

봉우일기 3

1판 1쇄 발행 | 2021년 7월 31일

지은이 | 권태훈
주 간 | 정재승
교 정 | 홍영숙
디자인 | 디노디자인
펴낸이 | 배규호
펴낸곳 | 책미래

출판등록 | 제2010-000289호
주 소 | 서울시 마포구 공덕동 463 현대하이엘 1728호
전 화 | 02-3471-8080
팩 스 | 02-6008-1965
이메일 | liveblue@hanmail.net

ISBN 979-11-85134-64-2 03810

봉우 권태훈 선생님(자택 서실에서, 1984년)

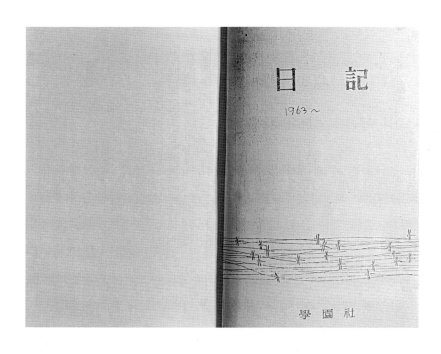

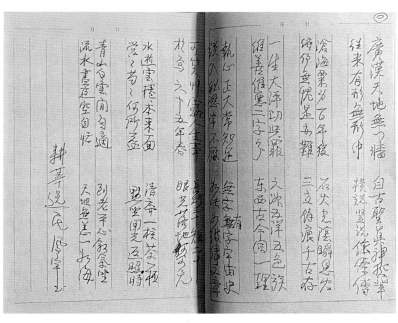

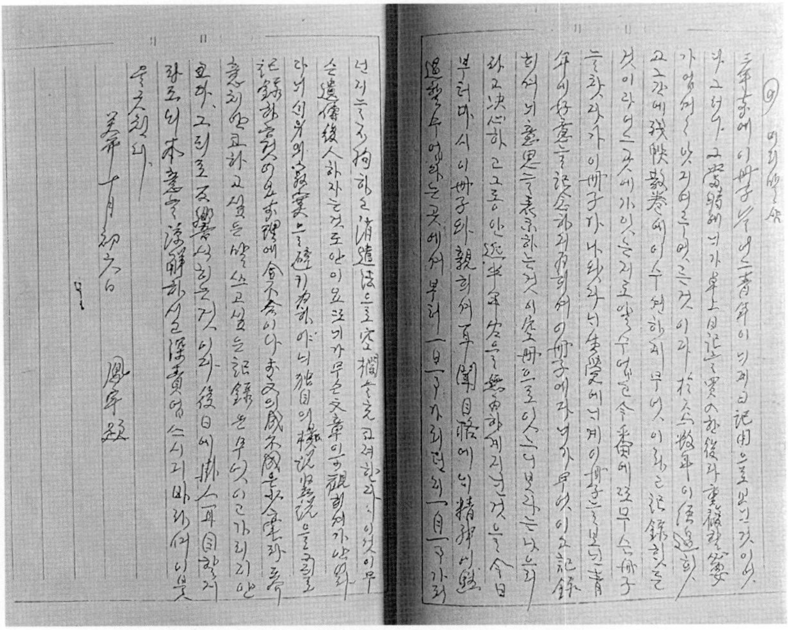

1963~1964년 일기책의 〈머리말씀〉과 서시(序詩: 無題詩, 65세 시)

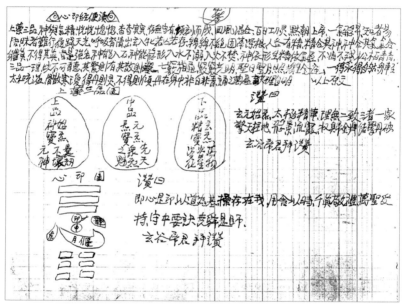

《심인경(心印經)》과《심인도(心印圖)》의 필사본

《용호비결(龍虎秘訣)》 봉우 선생님 필사본

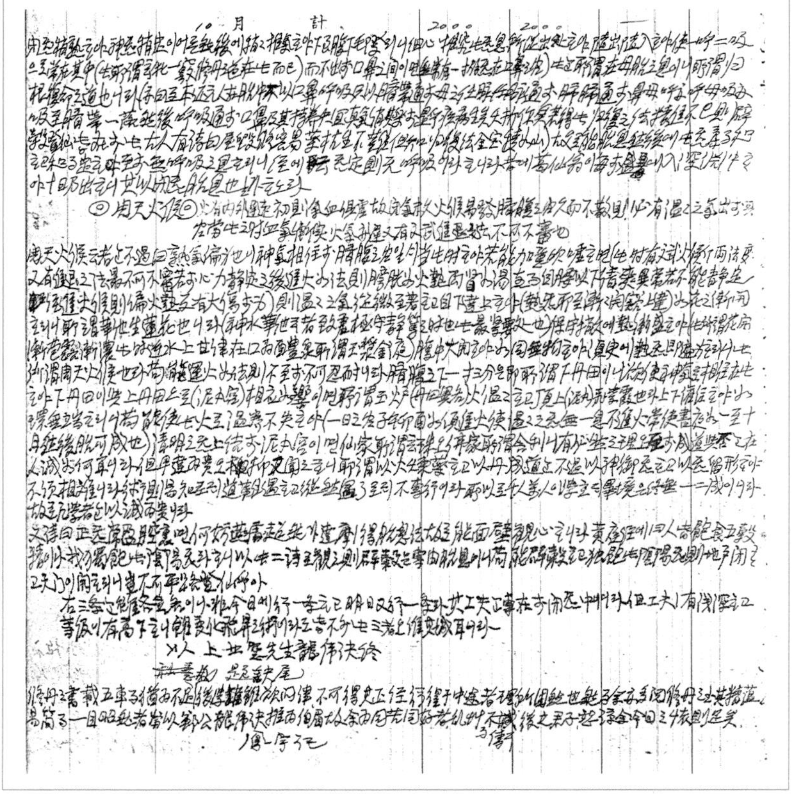

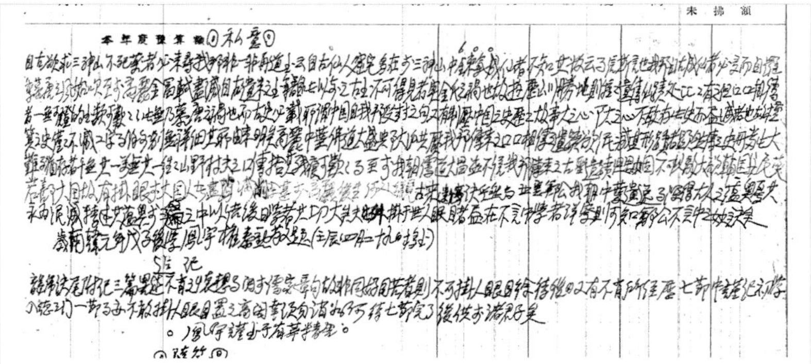

《용호비결(龍虎秘訣)》 봉우 선생님 필사본

<연정법론과 실제>의 원고 사진

일러두기

- 이 책은 1998년 발간한 《봉우일기1》, 《봉우일기2》에 수록되지 않은 봉우 선생님의 나머지 유고들(한문+국한문)을 역주하여 실었다.
- 이 책에는 1963년 10월– 64년 1월 초, 1951년, 1952년, 1953년 초 일기와 천문기록 등을 수록하였다.
- 유고 원문에 식별 불가능한 글자는 ○, ○○ 등으로 표시하였다.
- 1953년, 1954년, 1955년 이후의 소개되지 않은 일기들도 지속적으로 정리, 역주하여 발표할 예정이다.
- 이 책의 글들 중 제목에 〈수필〉이라 쓰여진 것은 원문에 따로 제목이 없고 〈수필〉이란 표시만 있었던 글이며, 지금의 제목은 역주자가 내용에 따라 새로 붙인 것이다.

서문:《봉우일기(鳳宇日記) 3권》을 펴내며

    이 책은 한국의 선인(仙人)이시자, 단군사상가, 민족운동가, 교육자, 한의사이셨던 봉우 권태훈(1900~1994) 선생님의 유고(遺稿)들을 정리, 역주한 것입니다. 유고는 일기처럼 연대와 날짜순으로 1950년대, 1960년대, 1970년대, 80년대까지 쓰여져 있으며, 내용은 그날의 주제에 따라 기록한 정치, 경제, 사회, 문화의 다양한 방면에 관한 수필들로 이루어져 있습니다. 기존 1998년에 펴낸《봉우일기》1, 2권에 수록되지 않은 유고들중 1951년, 1952년, 1953년초, 1963년~64년초 유고들을 정리하여 이번에 추가로 펴내게 되었습니다. 앞으로도 아직 남아 있는 미발표 유고들을 연대순으로 정리되는 대로 계속 책으로 펴내어 《봉우 선생님 유고전집》이 완성되도록 할 예정입니다.

    원래 이 유고는 1986년 역주자(譯註者)가 서울 광화문 연정원(研精院)에서 연구원으로 재직 시, 정기간행물《연정회보(研精會報)》에 실을 봉우 선생님 글을 요청드린 데 대한 응답으로 "이것 보고 해" 하시며 일기책 유고들을 가져다 주신 것에서 비롯되었습니다. 역주자는 그날부터 "이것"을 보고 선생님의 옛글을 요즘 글로 역주하는 작업에 들어가 2년후인 1989년 1월에 봉우 선생님 수필집《백두산족에게 고함》을 처음으로 간행하였습니다.

    9년 뒤 1998년《봉우일기(鳳宇日記)》1, 2권을 선생님의 유고전집이라고 펴냈으나, 사실 전집은 아니었고 아직 적지 않은 분량이 남아 있습니다. 뒤늦었으나 이제라도 남아 있는 유고들을 정리하여 선생님께서 내려주신 유고 전부를 세상에 전할 생각으로 2년 전부터 다시 역주작업에 착수하여 정리되는 대로 봉우사상연구소 홈페이지에 올리다가 이제 한 권 분량의 책으로 만들어 펴냅니다. 물론 연구소 홈페이지 〈봉우사상을 찾아서〉를 통해 읽을 수 있는 내용이지만 인터넷으로 읽는 것과 책으로 선생님 글을 소장하는 것은 좀 다른 느낌이라 생각합니다.

봉우 권태훈 선생님 글 속에는 우리 민족의 수난기였던 6.25 남북전쟁 이후, 우리가 아주 어렵게 지내던 시절의 정치적 혼란, 경제적 궁핍, 사회, 문화적 정체성 상실 등이 아주 사실적으로 묘사되어 있으며, 그 어려움 속에서도 정의, 공정 등의 사회적 가치를 굳건히 챙기며 미래로의 전진을 다짐하시는 게 보입니다. 그 각박한 삶의 조건 속에서도 문화적으로 정신수련연구소로서의 '연정원' 설립에 대한 추구를 멈추지 않으십니다. 실로 놀라운 일입니다.

어느 때는 무상한 현실 속에서 병을 앓으시거나 실의에 빠지시기도 하지만, 어느 때는 계룡산 산골마을 상신리에서 천문관측을 하시고 자세한 스케치와 관측기록을 토대로 7년 후의 1960년 4.19혁명을 예측하시는 과학자이자 예언가의 모습을 보여 주시기도 합니다. 이렇듯 천문학자로서의 면모는 전통의약과 산법(算法)을 다루시기도 하고 하늘의 도(道)와 땅의 도, 사람의 도를 논하는 도인(道人)의 철학을 발표하시기도 하며, 30~40년 후 6.25전쟁으로 어지러운 1952년 한국에서 세계국가의 흥망성쇠를 놀랄 정도로 정확히 예언하시는 등 다양하게 변모합니다. 실로 인간의 거의 모든 영역에 대한 관심과 전문적 지식이 있으셨던 것으로 보일 정도입니다.

하지만 이런 모습들이 완벽한 도인이나, 초인(超人)의 모습은 아니고 매우 인간적입니다. 자신의 단점이나 실수 등에 대해서는 가혹하리 만큼 비판하고 반성하며 뉘우치는 태도를 보여 주십니다. 그래서 선생님의 글을 읽다 보면 과연 선생님의 진정한 모습은 무얼까 하는 의혹에 싸이곤 합니다. 도인들은 인간적 실수나 모순을 일으키면 안 된다는 선입견을 가진 사람들도 많이 보았습니다만 봉우 선생님은 자신과 주변 사람에게 매우 솔직하고 겸손하신 분이셨습니다. 이 일기 또한 봉우 선생님의 진솔한 내면고백이기에 저는 이 글들이야말로 20세기 거의 모두를 살아온 한국의 전형적인 선인(仙人), 선도도인(仙道道人)이셨던 권태훈 선생님의 모든 것을 드러내 주는 자화상(自畫像)이라고 생각합니다. 물론 봉우 선생님은 매우 특수한 삶의 궤적을 그리신 분이라 다양한 분야의 능력들도 표출하시어 일반적 잣대로 이해하기 어려운 점들도 상당합니다만, 무엇보다도 선생님께서 한국인의 정신문화에 끼치신 심대한 영향과 그 후대에게 물려주신 특별한 자양분을 생각하면 이 일기의 난해함은 그리 큰 문제가 안 되리라 봅니다.

이 일기책 안에는 우리의 내면과 외면을 돌아보게 만드는 많은 글들이 있습니다. 봉우 선생님은 진정 21세기 한국인의 체면을 돌아보게 만듭니다. 우리는 그간 너무 체면불고하고 살아왔습니다. 우리의 진정한 면목은 무엇인지 한번 깊게 돌아다볼 때입니다. 아무리 글로벌도 좋지만 우리만의 진면목도 있지 않을까요? 그걸 봉우 선생님은 잘 아시고 계셨던 듯합니다.

서기 2021년 이제 대한민국에 이런 큰 정신을 지닌 분은 안 계십니다. 너무 허전합니다. 이 나라 이 겨레의 큰 얼을, 정신을 누가 있어 되새기고 그 참된 길을 알려 줄까요? 봉우 선생님의 남겨 주신 글들을 읽으며 저는 진정 생사의 강을 건널 용기가 났으며, 그 두려움에서도 벗어날 수 있었으며, 밖으로 눈을 돌려 이웃과도 사랑을 나눌 힘과 여유가 생겨났으며, 홍익인간이란 어려운 말이 옛적 우리 조상 할배께서 전해주신 이웃사랑의 가르침이란 것도 깨달았습니다. 이 모든 것이 봉우 선생님의 평생 살아오신 삶의 기록인 이 일기에 담긴 진실함에서 비롯하였습니다.

봉우 선생님, 선생님께 감사드립니다. 많은 이들에게 너무 큰 살아갈 힘을 주셔서 너무도 감사합니다. 이번 《봉우일기》 3권도 이런 선생님의 널리 세상 인민을 사랑하시는 맘씨들이 이 책의 밑바닥을 관통하는 주류입니다. 봉우 선생님! 늘 뵙고 여쭤 보고 싶습니다.

이 책을 출간함에 물심양면으로 후원해 주신 장성수(張成秀), 김명석, 안기석, 이기욱, 이상진, 송인수, 이영배 님 등 연정원 동지 여러분께 깊은 감사를 드립니다. 끝으로 우리의 조상이시자 인류의 스승이신 대황조(大皇祖) 한배검님께 이 책의 모든 것을 바칩니다.

단기(檀紀) 4354년 7월 5일
동산(東山)학인 정재승 지죄근서(知罪謹書)

1953년(癸巳)

1963년(癸卯)

연정법론(研精法論)과 실제(實際)

  작년 여름 우연한 기회로 충남대학교 이 선생님과 아울러 성씨와 오씨 양수재(兩秀才: 두 사람의 뛰어난 인재)를 벽항궁촌(僻巷窮村: 아주 궁벽한 시골)에서 맞이하게 되었음은 시문(柴門: 사립문)에 생광(生光: 빛이 남)이었음을 가리지 못할 일이요, 운리합(雲離合: 구름이 흩어지고 합침), 월영허(月盈虛: 달이 차고 빔)하는 것은 당연한 원리라 장기간 회합을 조물주가 허락하지 않아서 창연(悵然: 슬퍼함)히 서로 이별한 지 어언 반년이 지났습니다. 어느 기회에 이 선생님을 잠간 뵈었을 뿐이오 아주 적조(積阻: 오랫동안 떨어져 있음)하였음은 노졸(老拙: 자신을 겸손하게 낮춤)이 항상 차진마적지간(車塵馬跡之間: 세속에서 바쁘게 지냄)에 분주무가(奔走無暇: 분주하니 쉴 겨를이 없음)하여 일차 심방(尋訪: 찾아가 방문함)도 못하였고, 몇 자 서한(書翰: 편지)도 못하여 정례(情禮: 정리情理와 예의)가 모두 결여된 마음이 늘 있던 차에, 금번 서울에서 몇 달 만에 (공주 상신리에) 귀가하여 보니 책상 위에 성 동지(成同志)가 먼저 보낸 화한(華翰: 남의 편지에 대한 경칭)이 이미 날짜가 상당히 경과하여 놓여 있어서 일변(一邊: 한편) 반가우며, 일변 미안한 마음 무어라고 측량할 수 없소.

  고인(古人)이 유언왈(有言曰: 말하여 이르되)

  "유지자(有志者: 뜻이 있는 사람) 사경성(事竟成: 일은 끝내 성공하리)"이라고 하신 구어(句語)를 가장 우리가 잊어서는 안 될 듯합니다. 성 동지가 현 학부 재적(在籍) 중에 백사(百事: 모든 일)를 제폐(除癈: 제거하고 폐함)하고 타 방면을 전념할 수 없는 것은 사실이 증명하는 것이라 재학 중에는 그 학과 공부에 성실히 하시고, 사회에 나온 후에 기회와 시간의 혜택을 얻어서 전적으로 연구하는 것이 제1책(第一策: 제일의 방책)이라고 보오며,

제2책은 비록 재학 중이라도 염념불망(念念不忘: 늘 생각하여 잊지 않음)해서 과학계에서는 이런 변증론(辨證論)으로 실지 학식을 체득할 수 있고 또 정신에서는 형이상학(形以上學)이라고 변증법 이론상으로는 아직 확증을 못하나, 장래 어느 기회에 증명될 수 있는 무엇이 있으니, 그것을 늘 마음에 일부를 점령하고 있도록 하면 어느 시기가 되어 현 형이상학으로 취급받는 것이 증명될 계단이 올 때에 제일 우선 인증자(認證者)로 출진(出陣: 세상에 나감)할 수 있는 것이오,

제3책은 비록 재학 중에 무리를 하고 규칙적으로 하루에 1시간 내지 2시간씩 정신학(精神學: 정신수련학) 연구를 그치지 않는다면 누구보다도 현 형이상학 대우를 받는 것을 동지의 손으로 과학적 증명을 할 수 있게 될 것이라고 봅니다. 이상 3책에서 어느 1책을 성 동지가 선택하는 것이 선결문제라고 보는 관계로 정신학에 대한 설명이나 연구방법은 금번 서신에 해답을 하지 않으니, 혜량(惠諒: 널리 이해함)하시기 바라옵고 끝으로 성 동지의 건강과 귀택제절(貴宅諸節: 집안 모든 분들) 균안(均安: 고루 편안함)하시기를 빌며 이만 줄입니다.

성공재이(成功在邇: 성공은 가까이 있다)

年 三月 三十一日 권태훈(權泰勳)

[오랜만에 봉우 선생님 친필 원고들을 정리하다 〈연정법론과 실제〉라는 제목이 쓰여진 원고지를 한 장 발견하였습니다. 내심 너무 반가워 글 정리를 쏜살같이 마치고 보니, 고(故) 성주영 학인에 대한 글이었습니다. 아마도 이 제목으로 글을 쓰시려다가 '성 동지(成同志)'에 관한 글이 먼저 생각나셔서 내용을 바꾸신 듯합니다. '성 동지'는 〈봉우일기2권〉의 1959년 글 〈용산 연정원 신축기〉 31~32쪽에 '성주영(成周榮) 군(君)'으로 아주 상세히 소개되어 있는 봉우 선생님의 애제자(愛弟子)였습니다. 따뜻한 봄이 다가오는 요즈음, 제자학인을 따스히 감싸 주고 배려해 주시는 스승의 서신(書信) 속에서 요즘은 구식이 된 정리(情理), 인심과 도심을 함께 느껴 보시기 바랍니다. 제게는 봉우 선생님과 성주영 선생님 두 분 모두 뵙고 싶은 맘이 뭉클해지는 글이었습니다. 앞으로 〈봉우일기3〉의 제목으로 봉우 선생님 친필 원고들을 정리하여 사진과 함께 계속 올리도록 하겠습니다. -역주자]

머리말삼

이 책자는 3년 전에 어느 청년이 내게 일기용으로 보낸 것이었다. 그러나 그 당시에 내가 탁상일기를 이미 매입한 후라 중복할 필요가 없어서 아껴 두었던 것이다. 어언 몇 년이 경과했고 그간에 잔질산권(殘帙散卷: 남은 책, 흩어진 책)에 어수선하게 무엇이라고 기록했던 것이라 어느 곳에 가 있는지도 알 수 없고 금번에 또 무슨 책자를 찾다가 이 책자가 나왔다.

내 생각에 내게 이 책자를 보낸 청년의 호의를 기념하기 위해서 이 책자에다 내가 무엇이고 기록해서 내 의사를 표시하는 것이 공책(空冊: 빈 책)으로 있느니보다는 나으리라고 결심하였다.

그동안 근래 반 년간을 무위(無爲)하게 지낸 것을 금일부터 다시 이 책자와 친해져서 이문목격(耳聞目擊: 귀로 듣고 눈으로 봄)에 내 정신으로 묵과(默過)할 수 없다는 곳에서부터 일일일사(一日一事)되든지, 일월일사(一月一事)가 되든지를 불구하고 소견법(消遣法: 소멸시켜 보내는 법)으로 공란(空欄)을 채우고저 한다.

이것이 무슨 유전후인(遺傳後人: 뒷사람에게 물려줌)하자는 것도 아니요, 또 내가 무슨 문장이 볼 만해서가 아니라 모두 내 자신의 적막(寂寞: 고요하고 쓸쓸함)을 피하기 위하여 나의 독자적인 횡설수설을 주로 기록하는 것이요, 이치에 합당한지 아닌지, 문장이 되었는지 안 되었는지는 조금도 개의치 않고 하고 싶은 말, 쓰고 싶은 기록은 무엇이고 가리지 않고 모두 그대로 반향(反響)시키는 것이다. 후일에 괘인이목(掛人耳目: 사람들 눈, 귀에 걸림)할지라도 내 본의(本意)임을 양해하시고 심책(深責: 심한 질책) 없으시기 바라며 이 붓을 그친다.

계묘(癸卯: 1963년) 10월 초육일(初六日: 초엿새)

봉우제(鳳宇題: 봉우는 서문을 쓰다)

무제시(無題詩): 제목 없는 시

광막천지무문장 廣漠天地無門牆

왕래유형무형중 往來有形無形中

끝없이 아득하게 넓은 하늘과 땅은 대문도 담장도 없어

유형, 무형으로 오고 가는데

자고성진신철배 自古聖眞神哲輩

횡설수설1)작경전 橫說竪說作經傳

예부터 성인聖人, 진인眞人, 신인神人, 철인哲人들

종횡으로 성인의 경전과 현인의 해설서들[聖經賢傳]을 지었네.

창해속신백년후 滄海粟身百年後

부앙무괴시역난 俯仰無愧是亦難

드넓은 바닷속 좁쌀알처럼 존재 없고 살기 어려운 인생 백년이건만

---

1) 횡설수설의 원래 뜻은 '말을 조리있게 하다'인데 근대를 거치면서 뜻이 반전되어 지금은 말을 조리 있게 하지 못하고 이러쿵저러쿵 지껄이는 모습을 가리킨다. 그러므로 옛글이나 옛사람이 쓴 글에 나오는 횡설수설을 지금의 변형된 뜻으로 이해하면 곤란하다. 《장자》 서무귀편에 나오는 '횡설(橫說)' '종설(從說)'에서 드러나듯 해박한 지식을 가지고 종으로 횡으로 가로질러 가며 다른 사람을 깨우친다는 뜻이다. 고려 말 목은 이색이 주자의 《사서집주》를 논하는 정몽주에 대해 "정몽주의 논리는 횡설수설하여 이치에 안 맞는 것이 없다.(夢周論理 橫說竪說 無非當理)"고 평하기도 하였다.

하늘과 땅에 부끄럼 없이 산다는 것 또한 어렵네.

석화광음순식간 石火光陰瞬息間

삼립여흔천고존 三立餘痕千古存

전광석화처럼 순식간에 지나간 세월이나

삶의 자취는 길이 남았네.

일생대평공여죄 一生大評功與罪

유선유악이자분 維善維惡二字分

일생을 크게 공과 죄로 평하면

오로지 선과 악 두 글자로 나뉘니

육주오양오색족 六洲五洋五色族

동서고금동일리 東西古今同一理

오대양 육대주의 전 세계 오색민족들이라도

시대와 지역에 상관없는 동일한 이치로세.

집심정대상지족 執心正大常知足

오입사욕상불염 誤入私慾常不厭

마음을 집중하여 크고 바르면 늘 분수를 지켜 만족했고

잘못 삿된 욕심에 빠져도 늘 싫증 내지 않았네.

무자유자우주사 無字有字宇宙史

여차여피수문장 如此如彼繡文章

있기도 하고 없기도 한 우주의 역사

이처럼 저처럼 나름으로 우주의 무늬를 수놓네.

가소초로인생사 可笑草露人生事

어언육십오년춘 於焉六十五年春

가소롭구나! 풀잎에 매달린 아침이슬 같은 우리네 삶이여..

어느덧 내 삶도 예순 다섯 번째 봄을 맞이했네 그려.2)

장도삼십단이십 長到三十短二十

안광낙지하가면 眼光落地何可免

오래 살면 서른 해, 짧으면 스무 해 남았으려니

눈빛 땅에 떨어짐 어찌 면할 수 있으랴.

수서운권본래면 水逝雲捲本來面

---

2) 1963년 10월 6일에 이 시를 쓰시며 왜 65세로 당신의 나이를 표현하셨을까? 바로
아래 문단에 그 해답이 보인다. 봉우 선생님은 1994년 5월 16일 오전 계룡산 상신
리에서 돌아가셨다. 당신이 95세로 돌아가실 것을 미리 알고 계셨기에 이 시를 쓸
당시의 나이보다 한 살을 더 얹어 65세로 표현하신 것으로 해석된다. 아무튼 경이로
운 일이다. 봉우 선생님께서는 당신의 환원하실 때를 정확히 아셨다. 물론 선생님께
서는 생전에 여러 말씀을 통해 도를 닦아 깨달으신, 도가 높으신 고인(古人)들은 자
신의 갈 때를 모두 알았다고 몇 번이나 강조하셨지만, 선생님은 20세기 전 세기를
거의 모두 살아오신 현대인으로서 나라 망한 뒤 만주독립군 투신, 상해임정 국내 지
하활동, 해방공간에서 비좌비우(非左非右)로 김구 선생 영도하의 한국독립당 계룡
산특별당부 운영, 남한정부 5.10선거 초대국회의원 출마까지 하시고, 말년에도 여
러 사회단체장을 지내셨던 분이다. 이처럼 현실에 투철한 현대인으로서 산중에서는
고인의 도를 닦고, 저자거리에서는 현대인의 도를 모두 닦으셨으며 늘 수도학인들
이 현실참여로 홍익인간 실현에 투신할 것을 주장하셨다. 투철한 현실인식의 바탕
위에서 현실참여의 삶을 살아오셨고, 고인들처럼 그 도맥을 계승하여 본래 자리로
가실 날을 정확히 문언(文言)으로 고지(告知)하신 뒤 가신 것이야말로 후학들로서
는 경이롭다하지 않을 수 없는 것이다. -역주자.

영영구구하소익 螢螢苟苟何所益

물 흐르고 구름 걷히니 본래 얼굴 나타나네.

애써 무엇을 이루려 함이 무슨 이로움 있으랴.

청향일주다일배 淸香一炷茶一杯

묵좌회광반조시 默坐廻光返照時

맑은 향 한 대 사르고, 차 한 잔 마신 후

잠잠히 앉아 정신의 빛을 돌이켜 비추일 때

청산백운한자적 靑山白雲閒自適

유수주야공자망 流水晝夜空自忙

푸른 산 흰구름은 한가로이 절로 있고

흐르는 물 밤낮으로 괜시리 바쁘도다.

도로평심서기좌 到老平心叙氣坐

천지무양일여해 天地無恙一如海

늙은이 되어 맘편히 기운 풀고 앉았으니

하늘과 땅도 태평하여 바다처럼 하나되네.

경신일민(耕莘逸民) 봉우서(鳳宇書)

신야(莘野)에서 밭가는 일민(逸民) 봉우는 글을 쓰다.[3]

────
3) 신야는 원래 중국사 최초의 명재상으로 뽑히는, 은상(殷商)나라의 현인 재상이었던
이윤(伊尹)이 재상이 되기 전에 밭 갈며 숨어 살던 산동성 벌판 이름에서 기원한 지
명이나, 여기서는 봉우 선생님께서 사시던 공주시 계룡산 상신리 마을을 뜻한다. 일

[이 시는 1963년 음력 10월 6일 쓰여진 봉우 선생님 일기책 서문 ('머리말삼') 다음 페이지에 나온다. 서문 바로 뒤에 쓰였으니 형식 상 일종의 〈서시(序詩)〉라 할 수 있겠다. 이 〈서시〉 다음의 글이 어제 올린 〈영친왕 전하께서 환어하시다〉인데 작성일이 음력 10월 6일로 같은 날 이 일기책의 서문과 〈서시〉, 수필 하나까지 모두 쓰여진 것이다. 원래 이 시는 〈백두산족에게 고함〉에 '65세 시'란 제목으로 한자 원문 없이 번역문만 처음 실렸고, 1998년 출간된 〈봉우일기2〉에 다시 원문과 함께 재수록되었다. 이때의 원고 출처는 이 1963년도 일기책이 아닌 1964년 5월에 쓰여진 일기책이다. -역주자]

민(逸民)이란 학문과 덕행이 있으면서도 벼슬을 않고 초야에 숨어 있는 선비를 말한다. 이 〈서시(序詩)〉는 여러모로 연정(硏精) 학인들에게 특별한 봉우 선생님의 유언(遺言)이 담긴 글이라 하겠다. 95세에 지상에서 하늘로 환원하신다는 말씀을 적은 유일무이한 문서자료이자 65세 도인의 우주관, 인생관, 철학관념 등이 두루 하나의 시귀(詩句)에 녹여져 표출된 위대한 정신의 표상인 것이다.

3-4
영친왕(英親王) 전하(殿下)께서
환향(還鄉)하시다

참으로 감개무량(感慨無量)한 일이다. 고종 황제 말엽에 국사다난(國事多難: 국가에 어려움이 많음)하야, 왜적(倭敵: 일본 적)의 마수(魔手)가 내정(內政)을 간섭함에 이르러 을사보호조약으로 국권을 거의 상실하고 정미선위(丁未禪位: 1907년 정미7조약으로 고종이 왕을 물러난 일)로 유명무실한 국가가 되었으나 그래도 (일제가) 유위부족(有爲不足: 오히려 부족하다)해서 10세 어린 나이이신 영친왕[4] 전하를 황태자로 책봉해서 인질로 동경유학을 가신 것이다.

그후 경술국치(庚戌國恥)가 있은 직후, 환어(還御: 환궁還宮)하실 일인데 불구하고 왜정(倭政: 일본정부)에서 여전히 인질격으로 을유광복 이전까지 억류시킨 것이었다. 광복 후는 당연히 환향하실 일인데, 당시 남한정부의 이승만(李承晩)이 전하의 환어를 불허해서 10여 년을 또

---

4) 영친왕: 이은(李垠). 의민태자(懿愍太子, 1897.10.20~1970.5.1). 대한제국기 제1대 고종의 일곱째 아들인 왕자. 황태자. 어머니는 귀비엄씨(貴妃嚴氏)이다. 영친왕(英親王) 또는 영왕(英王)이라 칭하기도 한다. 순종과는 이복형제 사이이다. 1900년 8월 영왕에 봉하여졌으며, 1907년 황태자에 책봉되었으나, 그 해 12월 이토[伊藤博文] 통감에 의해 유학이라는 명목으로 일본에 인질로 잡혀갔다. 1945년 광복이 되어 환국하고자 하였으나 국교단절과 국내정치의 벽에 부딪혀 귀국이 좌절되었다. 그 뒤 일본의 패망으로 인해 황족으로서의 특권을 상실하고 재일한국인으로 등록하여 1963년까지 일본에서 간고한 나날을 보냈다. 1963년 11월 당시 박정희(朴正熙) 국가재건최고회의의장의 주선으로 국적을 회복하고, 부인 이방자 여사와 함께 귀국하였다.

일본에 체류하신 것이다. 그다음 4.19 의거(義擧) 후 장면정권 당시도 역시 전하 환어를 내심(內心)으로 찬성하지 않는 부류들이 많이 있어서 그 문제를 국회에 상정(上程)조차 못했던 것이다.

민간에서는 각계각층에서 전하 환어운동을 전개했으나, 그 힘이 미약해서 별다른 성과가 없었다. 그러다가 5.16혁명 후에 박정권의 부패가 이루 기록할 수 없이 많아서 실정(失政)이 날이 갈수록 심각해졌으나 다만 박정권이 구왕궁(舊王宮: 이씨왕조)에 대한 대우(待遇) 개선과 윤대비(尹大妃: 고종의 후비后妃)5) 낙선재(樂善齋: 창덕궁 소재 건물) 환어와 영친왕 전하 환국(還國)에 극력(極力) 찬성의 의사를 표한 것만은 호평할밖에 다른 도리가 없다. 우리들 국민으로서야 누가 전하의 환어를 경축 안 할 사람이 있겠는가.

현재 전하께서 옥체(玉體) 미령(靡寧: 병이 들어 몸이 불편함)하시어 입원 중이시라 하니, 다만 심축(心祝)하는 바는 하루라도 속히 건강하시기를 복원(伏願: 엎드려 소원함)하는 바요, 그다음 여년(餘年: 여생餘生. 남은 삶)에 성수무강(聖壽無彊)하시기를 빌고 그 이상 더 붓을 쓸 수 없

5) 순정효황후 윤씨(純貞孝皇后 尹氏, 1894.9.19~1966.2.3)는 대한제국의 황후이자 일제 강점기의 이왕비, 이왕대비였다. 대한제국 순종 황제의 계후(繼后)로 본관은 해평(海平)이다. 박영효, 이재각 등과 함께 일본 정부로부터 후작 작위를 받았던 친일 인사인 윤택영의 딸이다. 1910년 10월 당시 병풍 뒤에서 어전 회의를 엿듣고 있다가 친일 성향의 대신들이 순종에게 한일합방조약의 날인을 강요하자, 국새(國璽)를 자신의 치마 속에 감추고 내주지 않았는데, 결국 백부 윤덕영에게 강제로 빼앗겼고, 이후 대한제국의 국권은 일제에 의해 피탈되어 멸망을 맞게 되었다. 대한제국 순종 황제가 사망하자 대비(大妃)로 불리며 창덕궁(昌德宮)의 낙선재(樂善齋)에 거처하였다. 한국전쟁 때 피난 갔다가 휴전 후 환궁하려 했으나 이승만의 방해로 정릉의 수인제(修仁齊)로 거처를 옮겼다. 1959년에는 비구니로 불교에 귀의하여 대지월(大地月)이라는 법명을 얻었고, 이듬해 1960년, 전(前) 구황실사무총국장 오재경(吳在璟)의 노력으로 환궁에 성공하였다.

이 다만 흉중(胸中: 가슴속)이 어색하여 감개무량할 뿐 윤대비와 영친왕 양전하의 장래를 축원하며 이 붓을 그칩니다.

계묘(癸卯: 1963년) 10월 초육일(初六日)

구신(舊臣: 옛신하) 권태훈 근기(謹記).

추기(追記)

이승만정권 당시에는 이 박사가 전하의 환국을 반대하는 고로 비록 민간에서 그런 의사를 가진 인사들이 있어도 숨기고 발설하지 못하던 것을 4.19의거 후 장면정권 당시에 각계에서 이런 발론(發論)이 많았으나, 유의미취(有意未就: 뜻은 있으나 이루지 못함)하던 중 5.16혁명이 일어나서 또 잠잠해진 것을 박정희가 자기 본의인지 혹 누구에게 충고를 받았는지는 알 수 없으나, 윤대비 전하의 낙선재 환궁과 덕혜옹주(德惠翁主: 고종의 고명딸)6) 귀국과 아울러 영친왕 전하의 환어를 협력한 것

---

6) 덕혜옹주(德惠翁主, 1912.5.25~1989.4.21)는 조선의 제26대 왕이자 대한제국의 초대 황제였던 고종과 귀인 양씨 사이에서 태어난 고명딸이다. 일제 강점기 경기도 경성부 덕수궁에서 태어나 경성일출공립심상소학교 재학 중에 일본의 강제적인 요구에 따라 유학을 명분으로 도쿄로 보내져 일본 황족들이 공부하는 학교인 여자 가쿠슈인에서 수학하였다. 경성일출공립심상소학교 학우들에 의하면 옹주는 기품이 있고 키가 크고 얼굴이 희었으며 공부를 잘하고 습자에 능하였다고 한다. 고종은 덕혜옹주가 영친왕 이은처럼 볼모로 일본에 보내지거나 일본인과 정략 결혼을 하게 될 것을 염려하여 시종 김황진(金璜鎭)의 조카 김장한(金章漢)과 비밀리에 약혼을 계획하였지만 일본의 방해로 실패하였다. 1931년 옛 쓰시마 번주 가문의 당주이자 백작 소 다케유키와 정략 결혼을 하여 1932년 딸 소 마사에를 낳았다. 그러나 이즈음 신경쇠약, 조울증, 조현병 증세를 처음 보였으며, 결혼 이후 병세가 악화되었다.

은 사실이 증명하는 것이다. 박정권의 실정(失政)은 실정이오, 그의 선행(善行)은 선행이다.

현상에도 사림간(士林間: 유교계)에는 별별 다른 견해가 많은 것 같다. 그러나 내 사견으로는 국운이 비색(否塞: 꽉 막힘)해서 금지옥엽(金枝玉葉)으로 어린 나이에 만리타국에 인질로 가신 몸으로 비록 자력이 아니라도 광복이 된 바에야 당연히 그 인질이 해제되는 것이 이치에 맞거늘, 광복 19년 만에야 겨우 환어하시게 된다는 것은 구신(舊臣)들이 힘이 없는 관계로밖에 생각할 수 없다. 비록 만시지탄(晩時之歎: 때를 놓쳐 뒤늦은 한탄)이 있으나, 유현호무(猶賢乎無: 외려 없는 것보다 나음)라고 생각되고, 전하를 정치에 개입시키고자 하려는 부류들은 잘못된 생각이 아닌가 한다. 전하 말년의 존엄성을 손실시킬 우려가 있다고 본다. 다만 여생을 안정하시게 해드리는 것이 신자(臣子: 신하)들의 도리라고 생각된다.

1946년부터 마쓰자와 도립 정신병원에 입원하였고, 1955년 이혼하였다. 1962년 기자 김을한과 영친왕의 부인 이방자의 협조로 대한민국으로 영구 귀국하였다.

미통(米統)이 암살되다

조조방송(早朝放送: 이른 아침방송)으로 미대통령 케네디[7]가 암살당했다는 보도를 들었다. 미통은 자유진영 국가들을 지도하는 영주(英主: 뛰어난 임금)였었다. 다른 통령들보다 영단(英斷: 지혜롭고 용감한 결단력)이 있고 이 세계 조류가 순탄하지 못한 때 누구보다도 수기응변(隨機應變: 기회에 맞춰 대응을 잘함)을 잘하던 인물이었는데 그의 비보(悲報)를 접하고 여러 가지 망상(妄想)이 배회한다. 물론 미정부의 대외정책이야 그를 보좌하던 존슨 부통령이 그 직무를 계승할 바에야 변할 리는 없으나 그래도 계승자가 전직 대통령의 영단까지 계승했으리라고는 못하겠다.

래두(來頭: 다가올 미래)에 있어서 케네디보다 십배, 백배 처사가 우수하더라도 우리로서는 미지수라 직접 관계가 많은 우리 민족들로서는 염려가 없지 않다. 미통의 졸서(卒逝: 갑작스레 죽음)로 혹 동서대립(미국과 소련의 냉전대립)에 무슨 문제가 발생하지 않을까 기우(杞憂: 걱정)가 된다. 더욱이 박정권의 외교가 미약한 이때에 이런 난국을 봉착하

---

7) 존 F. 케네디(John F.Kennedy, 1917.5.29.~1963.11.22.) 미국의 35대 대통령. 재임
   기간: 1961~1963. 1917년 5월 29일 매사추세츠주 브룩클린의 부유한 가정에서 출생.
   1943년 미 해군에서 어뢰정 지휘. 1946년 1월 미 연방 하원에 매사추세츠주 민주당 후
   보로 입후보. 당선. 1948년,1950년 미 연방 하원의원 당선. 1952년 연방 상원의원 당
   선. 1960년 대통령 당선. 1962년 10월 22일 쿠바 봉쇄 명령. 1963년 11월 22일 텍사
   스주 댈러스에서 암살됨.

니 국민에게 행(幸)인지 불행인지 예단(豫斷: 예측)을 불허한다. 비록 계승자가 백배, 천배 우수하더라도 미국으로서도 케네디를 잃어버림은 큰 손실이라고 아니할 수 없다.

이것이 4월 천변(天變: 천문변화)의 조응(照應: 서로 일치하게 대응함)이 아닐까 한다. 그렇다면 이와 결부된 조짐이 또 어느 분야에서 있을 것이라고 생각된다. 명년(明年: 내년) 사신(巳申)이냐 아니냐는 두고 볼 일이, 9월19일 천변도 역시 관련성이 있다고 본다. 이런 것은 건상(乾象: 하늘의 현상)을 연구하는 인사들의 말이요, 대체로 현실적으로 보아도 존슨 부통령의 계승이 케네디와 동일하다고는 못하겠다. 박정권도 다사지추(多事之秋: 가장 바쁜 때)에 이런 일을 당해서 정책적으로 약간의 변동이 없다고는 못하겠다. 다만 바라는 바는 우리나라와의 외교관계가 호전되기를 바라고 이 붓을 그치노라.

계묘(癸卯: 1963년) 양력 11월 24일 봉우서(鳳宇書)

민의원(民議院)[8] 선거를 보고

11월 26일 투표를 하고 그 다음날 방송으로 그 결과가 여당의 전승(全勝)으로 되었다는 것을 알았다. 국민의 투표 총수는 여당에게 3분의 1이오, 야당에 3분의 2라는 숫자였으니 야당이 난립한 관계로 야당에게 국민들이 준 표가 무효가 되어 반비례로 야당의 당선율이 3분의 1에 불과했다. 물론 여당에서 금력(金力)과 관(官)의 힘을 개입시킨 것은 사실이다. 그보다도 야당인사들의 구왈여성(具曰予聖: 저마다 내가 성인이라 함)[9]이라고 난립한 것이 그 대실패의 원인이 된다. 야당에서 국민들에게 투표를 잘못했다고는 못할 것이다.

정치를 말하는 야당인사들로도 각자가 자기의 당락을 예측 못하고, 난립하거든 하물며 지방민들이야 무엇으로 어느 정당 출마자가 가장 양심자인 것을 알 수 있으리요. 다만 야당인사들에게 다수의 호응을 준 것만으로 감사해야 옳을 것이다. 야당의 실패 책임은 야당에서 통일된

---

8) 민의원(民議院)은 1952년부터 1961년까지 대한민국 국회의 하원이었던 기관이다. 민의원은 1952년 7월의 발췌개헌 당시 헌법 제31조제2항에 상원인 참의원과 함께 규정되었다. 제1공화국에서는 집권당인 자유당의 반대로 사실상 민의원만의 단원제 의회였고 참의원은 실제로 구성되지 못했다. 제2공화국에서 비로소 양원제로 하였다가 1961년 5.16 군사정변으로 박정희가 집권하면서 이후 단원제로 바뀌었다. 여기서 민의원 선거라는 표현은 1963년 11월 26일에 치러진 대한민국 제6대 국회의원 선거를 지칭하신 것이다.

9) 3천년 전 주(周)나라에서 쓰여진 《시경詩經》의 〈소아小雅〉편 '정월(正月)'에 나옴. "저마다 자기가 성인이라 하니 누가 까마귀의 암수를 알겠는가?"(具曰予聖, 誰知烏之雌雄).

의견이 없이 쟁권욕(爭權慾)에 열중한 것이 제일 중대한 것이요, 그다음은 그것을 이용해서 여당에서 금력과 관력과 각종 부정을 불계(不計: 따지지 않음)하는 또 소위 구정치인을 자처하는 자들이 아부해서 별별 기괴망측한 행동을 다해서 권력을 다투는 것이 제2의 원인이 된다.

그러나 저러나 현실은 현실이다. 여당이 승리했으니 군정 당시와 같은 실정(失政)이 나오지 않고 국가민족에 복리될 일들을 여야가 생각해서 20만10) 선량(選良)으로 책임을 다한다면 백성된 우리로서 무엇이라고 불평하리요. 그러니 군정 당시와 같이 또 이승만 정권 당시 여당이던 다수당인 자유당 같은 전철(前轍)을 밟으면 이 사람들은 국가민족의 죄인이요, 역사가 이들을 용서할 리가 없다고 본다. 비록 군정이 연장되나 각자의 목표가 민정이양이니 정치성격을 당연히 변화시켜서 건전한 민주주의로 모범적인 민정을 행해서 죄인이 되지 말고 진정한 선량이 되기를 바라마지 않는 것이다. 다만 국가와 민족의 운명 여하(如何: 여부)만 바라고 또 박정희도 개과(改過: 잘못을 고침)해서 비부오아몽(非復吳阿蒙)11)이라고 평을 듣기 바라고 이 붓을 그치노라.

1963년 양력 11월 27일 봉우서(鳳宇書)

---

10) 제6대 국회의원 선거의 총 유권자수는 13,344,149명이며 9,622,183명이 투표하여 투표율 72.1%를 기록하였다. 의석정수는 175의석(지역구 131석＋전국구 44석)이며 민주공화당이 110석으로 절대다수석을 차지하였다. 20만 선량이란 표현은 각 정당의 당원까지 모두 아우르신 말씀이 아닌가 추측할 뿐이다.

11) 다시는 오아몽이 아님. '오아몽'은 무력은 있으나 학식이 없는 사람을 놀림조로 이르는 말이다. 중국 오(吳)나라의 노숙(魯肅)이 오랜만에 여몽(呂蒙)을 만나 이야기를 나누었다. 여몽이 무예와 지략에만 뛰어난 인물이라고 알고 있던 노숙이 여몽의 깊은 학문에 감탄하여 이전의 여몽이 아니라고 말하였다는 데서 유래한 말이다.

수필(隨筆): 우리는 우리대로의 태세를 정비하고 있어야 한다

　박정권이 군정을 연장하여 승리하기 위한 방식으로 수단을 가리지 않고 금번 선거에서 전승했다. 오늘 이후에 나올 것은 여야(與野) 모두 구미삼년(狗尾三年: 개꼬리 3년 묵어도) 불위황모(不爲黃毛: 황모 못 된다)12)이리라고 보는 관계로 아무 기대가 없다. 비록 최선의 경우로 여야 합치한 정책이 나온다 하여도 그들에게서 무엇이 나올 것인가. 아무리 생각해도 경제가 안정할 것인가, 외교가 우세할 것인가, 정치가 쇄신(刷新)할 것인가, 관기(官紀: 관리의 기강)가 숙청(肅淸: 엄격히 청소함)될 것인가? 구태의연(舊態依然)하리라고 믿는다.

　좀 각오했다면 약간의 호전은 있을지도 모르나, 본격적 개선은 못 되리라고 믿는다. 그러하니 우리는 현 박정권에 별 기대를 못 갖겠다. 그렇다면 우리는 시급히 래두(來頭: 미래)의 준비로 동지규합에 전력을 경주(傾注)하며, 후진양성에 전 역량을 주입하고 하나씩이라도 국민 앞에 국리민복(國利民福)이 될 것을 발표하며 소개해서 우리들의 실력 양성이 제일 급선무가 되는 것이다. 그리고 일방(一方)으로 체육 양성도 전 역량을 다해서 국제 진출의 계단을 실천하며, 청장년들의 기백(氣魄)을 돕는다는 것도 역시 우리의 의무와 책임이 되는 것이다.

---

12) 여기서 황모는 족제비 털로서 붓의 재료로 쓰이는 좋은 털을 말한다

그리고 정신수양 방식을 보급해서 연구 발명의 이기(利器)를 공개함으로써 과학자들의 불로이득(不勞而得: 힘들지 않게 얻음)할 기회를 주어 국제무대에서 우수성을 과시하는 것도 우리들의 중대 책임이요, 한편으로 농업이나 공업에도 자진해서 개량하여 경제적 안정을 보게 하는 것도 미래 진출의 발판이 되는 것이다. 그리고 내가 항상 말하는 신발명(新發明)이라는 것도 구체적으로 발표해서 실험 단계에까지 가도록 해야 백사(百事)가 순조로이 될 것이라고 믿는다. 이런 발족에는 물론 경제가 수반되지 못해서 시일이 지연되는 것도 사실이나, 백절불굴(百折不屈)하고 비록 늦었으나 용감히 전진해야 공염불(空念佛)이 되지 않을 것이다.

다시 내 이념이라는 것을 구체적으로 명춘(明春: 내년 봄)에는 완성해서 발표하여 동지들에게 회견(回見: 돌려 봄)시킬 각오이다. 박정권 4년 중에 우리는 육성기(育成期)로 하고 만반의 준비를 다 하자는 것이다. 우리가 을유광복 8.15 직후에 발족하다가 6.25사변으로 동지를 10 중 8, 9를 상실하고 산재사방(散在四方: 사방으로 흩어짐)하여 다시 규합을 못하고 있다. 공산 악당(惡黨: 악독한 무리)들에게 피해를 누구보다도 우리들이 최대히 당했다. 인적 손실이 거의 전멸 상태다. 우리 핵심 동지가 50여 인(餘人)이 피살당했으니 그 이상 더한 손실이 있겠는가? 다시 잔진(殘陣: 남은 진영)을 재정비하고자 하나, 애로(隘路)가 중첩해서 지금까지 지연되었다.

그러나 인고맹진(忍苦猛進: 고통을 인내하며 맹렬히 전진함)해서 초지관통(初志貫通: 초지를 꿰뚫음)하는 것이, 이것이 인간다운 일이라고 생각해서 재출발하는 것이다. 전경다탄(前頸多灘)13)을 불구하고 진군(進軍: 적을 치러 군대가 나감)을 맹서하며 이 붓을 그친다.

계묘(癸卯: 1963년) 10월 13일 봉우서(鳳宇書)

---

13) 한자의 뜻과 문맥상으로 보면 '나아가는 앞에 장애가 많다'는 의미로 읽히나 정확
한 어원과 뜻은 알아내지 못했다.

3-8

내 가정생활의 최저(最低)를 확보하자면

내 가족이 9인이요, 밖에 1인이 있어 10인의 가구(家口: 집안 식구)이다. 수입면을 먼저 알아서 지출면을 계산하는 것이 예산 편성하는 본법이나, 정반대로 가정생활의 최저를 확보하자면 얼마나 지출해야 할까 계산해 보자.

농촌이라 제일 요건이 양정(糧政: 식량에 대한 정책, 행정)이다. 곡식의 종류에 있어서는 백미(白米), 맥미(麥米: 보리쌀), 대두(大豆: 콩), 감저(甘藷: 감자 또는 고구마) 등을 합해서 매일 평균 7승(升: 되, 작은 걸로)은 가져야 최저 생활을 유지한다. 1년 360일 총 252두(斗: 말, 작은 것)의 정곡(精穀: 찧은 곡식)이 소요되고 그 외에 손님 접대조로 약 40두(斗)는 소요된다. 총합 300두의 정곡이 필요하고 부식물로 월 500원씩 년 6000원은 필요하다.

시정(柴政: 땔감잡목 대책)에 있어서는 산간지대라 자작(自作: 스스로 채취해 해결함)되는 고로 달리 계산은 필요 없고, 의복은 보충 정도라 년 5000원 범위요, 보건비가 월 300원 평균으로 년 3600원이요, 통신비 년 2000원 정도, 경조(慶弔)건이 년 평균 5000원이요, 개초(蓋草: 이엉으로 지붕을 임)가 년 7000원 정도다. 그리고 비상비(非常費)가 5000원 내외는 가져야 한다. 농사 지출은 수입에서 공제하니 예산에 기입할 필요가 없다. 금전으로 지출해야 할 것이 3만 3600원이요, 정곡(精穀)으로 300두(斗)다.

이것이 내 가정생활의 최저 확보에 소요되는 전곡(錢穀: 돈과 곡식)이다. 그럼 내 1년 수입은 얼마나 되는가 하면 금년으로 보아도 정맥(精麥: 깨끗이 찧은 보리쌀)이 100두요, 백미가 120두요, 감저가 20표(俵)[14]다. 대두 1표는 장용(醬用: 된장, 간장용)이라 제외하고 산(蒜: 마늘)이 130접인데 100접만 매도했다면 약 2만 원의의 수입은 있을 예정이다. 그렇다면 현금이 1만 원 부족이요, 양곡이 60두가 부족이다. 그래서 명년에는 대맥(大麥: 보리)을 증산할 예정이요, 신개척으로 곡류증산을 해볼까 한다. 이것이 내 최저 생활면이요, 명년도(明年度: 내년도) 수입을 좀 증식시켜서 적자 생활을 면해 볼까 하는 것이다.

우리 명년에는 약초 재배와 원예(園藝)로 생산을 증식하여 예년의 적자를 해소할까 한다. 1년 총예산을 금전으로 환산한다면 현재 가격으로 12만 원[15] 범위다. 1개월 1만 원 평균이다. 그렇게 보면 내 최저 생활이라는 것이 국민 최저는 아닌 것을 자인한다. 그렇다면 더욱 내 생활을 저하시키는 것으로 예산 적자를 면하고자 한다. 그리고 일방으로 수입을 증가시켜 보아야 하겠는데 할 수도 있을 것 같고, 좀 곤란할 것도 같다.

내 친우(親友)인 한의석(韓義錫) 옹(翁)의 수지(收支) 상황을 본다면

---

14) 표(俵): 가마니. 볏짚을 엮어 만든 곡식 등을 담는 용기. 옛날엔 섬을 쓰다가 한 사람이 들기엔 크고 무거워 일제시대에 가마니로 대체되었다. 쌀이나 감자 등의 농산물과 숯이나 소금 생선 등 각종 상품을 포장하고 배송·보관·운반하기 위해 사용되었다. 1960년대부터 마대와 지대(紙袋: 크라프트지 또는 폴리에틸렌 주머니)가 보급되기 시작하면서 점차 사라지기 시작하여 지금은 볼 수 없다.

15) 현재로 환산하면 460만 원 정도. 1963년 라면 가격이 10원이고 쌀 80kg는 2800원. '20만 원(현재로 환산시 760만 원)이라면 시골 농가에서 여유가 족족한 수입'이라고 하셨으니 당시 460만 원의 가치를 대략 짐작할 수 있다. 참고로 1963년 1인당 GDP는 1050달러였고 현재는 3만 달러를 넘어섰다.

우리도 내 현재 소유를 갖고 잘 요리한다면 생활 안정을 할 수 있을 것이라고 생각된다. 한 옹(韓翁)은 지출면이 극소(極少)해서 생활 안정에 별문제가 되지 않는다. 총 가족도 많지 않다. 그래서 년수입 근 20만 원을 계상(計上: 예산편성을 함)하니 여유가 족족(足足)하다. 그러나 나는 소유는 한 옹보다 적고 집안 식구는 10인이라 좀 곤란할 것 같다. 그러나 현 수입의 5할 내지 배가 되는 금액을 증산한다면 역시 약간의 흑자(黑字)가 될 것 같다.

우선 가족 회의를 열고 의제(議題: 토의과제)를 통과시키고 실천에 옮겨 보겠다. 현재 내 부채가 2만 5000원 정도요, 자식(아들)의 부채가 5만원이다. 합해서 7만 5000원 정도인데, 내 부채는 내가 년말 내에 청산 가능성이 보이고, 자식은 양계장 건과 축우(畜牛: 소를 기름)건을 합해서 2만 원이 약(弱)하니 3만여 원은 아마 이월(移越)부채가 될 것 같다. 부자(父子)가 협력해서 내년 봄까지면 청산 가능하리라고 믿는다. 제일 요건은 일층 더 최저 확보에 노력해야겠다. 환언하면 생활을 개선하여 지출을 감소시켜 보고, 수입을 증가해 보겠다는 것이다. 이것으로 그친다.

계묘(1963년) 10월 14일 봉우서(鳳宇書)

추기(追記)

가족 사생활의 수입, 지출에 있어서 장기 계획을 하는 것과 단기로 하는 것의 두 부류가 있다. 장기로는 일부의 조림(造林)과 유실녹화(有

實綠化: 유실수를 심어 푸르게 함)에 주력해 둔다면 비록 예산 외로 지출은 있을지언정 장기로 10년 내지 15년이면 수지(收支)에 변동이 생길 것이요, 단기 부업으로 축산이나 원예, 생약(生藥: 한약재)류는 3년 정도 예산으로 역시 성공만 한다면 생활의 수지(收支)단계가 변해질 것이다. 그 외에 농촌가정 부업진흥은 직접 당시의 수입,지출을 균형 시켜 보겠다는 것이다. 그리고 현 농업도 개선하면 증산도 할 수 있고, 내가 가진 면적으로 내 생활을 현상 유지 이상으로 생활 수지의 균형을 시킬 수 있다고 본다.

경제면으로 본 내 가정의 형태다. 현상은 비록 약간의 부채가 있으나, 가족이 단합하면 10년 이내에 완전한 농촌의 중농(中農)급 생활은 되리라고 믿는다. 그러니 개선이 못 된다면 이것은 별문제다. 현 가족 전부가 비록 경제적으로는 혜택이 없으나 합심, 합력하는 데는 소호(小毫: 작은 터럭)도 이상이 없어서 다행하다고 본다.

우리 대소가(大小家: 큰집, 작은집)에 비교해 보면 대택종질(大宅從姪: 큰집 조카)도 근근(僅僅: 겨우) 자립하고, 이택종질(二宅從姪: 둘째집 조카)은 6인인데 ○○ 한 사람이 나와 대등하고 그 외는 모두 나보다는 풍유(豐裕: 풍요롭고 넉넉함)한 편이요, 사택(四宅)에서는 3형제에 ○○이는 중산(中産) 이상이요, ○○이는 좀 약한 중산이요, ○○이는 나만도 못한 극빈(極貧)이요, 오택(五宅)에서는 3형제에 ○○이가 곤란한 생활을 계속하나, 상업으로 식생활은 최저 확보하는 것 같고, ○○이는 실직자로 사설 전공(電工)으로 있으나 아주 무직은 아니니 최저생활 정도요, ○○은 상업으로 별 여유는 없으나, 생활은 안정되어 있고 이택(二宅: 둘째집)에 ○○, ○○, ○○이는 ○○이가 실직자로 고배(苦杯: 쓴 잔)를 마시나, 그래도 극빈자로는 명칭할 수 없고 ○○은 공리(公吏: 공무원?)로 생활이 족족하고 ○○은 중등교원으로 여유 없는 생활이다. 사택(四宅) ○○이도 소학교 교원으로 가족은 식구가 많아서 좀 곤란할 것이나, 농촌 극빈보다는 나으리라고 믿는다. 이것이 우리 문중(門中: 가까운 집안) 5가족의 현상(現狀)이다. 앞으로 개선을 바라고 이만 그친다.

계묘(1963년) 10월 17일 봉우서(鳳宇書)

[어떤 면에서는 매우 충격적인 글이다. 봉우 선생님의 1960년대초 가정생활의 경제 부분을 샅샅이 분석한 리포트이자 자기 반성과 함께 내일에의 발전과 희망을 담고 있는 수필이기도 하다. 제3자 입장에서 객관적으로 당신이 처해 있는 농촌 경제 상황을 냉정할 정도로 세밀하게 묘사한 점이 두드러진다. 도인도 피해갈 수 없는 먹고 삶의 대간함이여. 그 치열함이여!

가슴이 짠할 정도로 봉우 선생님은 현실을 직관한다. 정신수련을 논하실 때 보여 주신 초현실적 면모는 적어도 이 가정생활의 최저선을 돌파해야 하는 상황하에선 확고한 리얼리스트로 변모하신다. 앞으로도 이 같은 현실을 직시하고 경제적 난관을 타개하려는 시도를 모색하는 선생님의 글들을 계속 소개할 것이다. 당시의 경제적 제반 현실과 어려운 시기 농촌 사람들과 함께 하셨던 선생님의 따뜻한 홍익(弘益)의 마음씨도 훈훈하게 느껴볼 수 있으리라. -역주자]

내가 소유하고 있는 임야(林野)에 대한 계획

　상신리에서 내가 소유한 산이 단독 3정보(町步: 9000평)요, 공유가 5정보다. 단독으로 있는 것을 목표로 9000평에서 실지 사용가능은 5000평이다. 낙엽송(落葉松)이라면 밀식(密植: 빽빽하게 심음)으로 1만 본은 가능하다. 물론 시작할 때부터 묘목값과 인부값, 비료값이 필요한 것이다. 1차 투자하고 15년 이상을 수호만 잘한다면 물론 물가지수의 차이야 있을 것이나 현상으로 표준하고 1만 본에서 그 5할인 5000본의 성적이 평평하다고 보고 1본당 500원은 무난하리라고 본다. 그렇다면 250만 원이다. 이것이 20년이나 30년이 경과한다면 1본당 1500원 이상이 된다. 15년 만으로 수입이 250만 원이라, 보통 지방에서는 부유층에 속할 것이요, 촌에서는 아무 곳을 가든지 대농가 소리를 들을 것이다.

　현 우리 동리(洞里)에서는 한 사람도 250만 원의 자산을 소유한 사람이 없다. 물론 15년 계속 경영한다는 애로도 있으나, 이것이 장기저축으로 알고 해주면 이만한 발효를 하는 것이다. 이것은 내 1인에 한정된 문제요, 우리 동리 100호(戶)에 동민(洞民)이 조림할 수 있는 산판(山坂: 벌목할 수 있는 산) 450정보에서 조림 가능한 곳은 300정보라면 한 동리의 단결로 15년 후에 2억 5000만 원의 수입을 목표로 매진할 수 있는 것이 아닌가, 일동(一洞)이 공동 경영한다면 묘목 값도 필요 없고 인부 값도 필요 없는 것이요, 다만 일동의 단결력이 소중한 것이다.

제2책은 백목식목(柏木植木: 잣나무 심기)인데 재목은 재목대로 가치를 가지고 있고, 백자(柏子: 잣)는 백자대로 가치를 갖고 있어 이것은 20년이라면 1주당(株當) 500원 내지 1500원의 년수입을 볼 수 있는 것이다. 다만 낙엽송보다 본수(本數)가 반감(半減)되는 것이다. 낙엽송이 잘되는 곳에는 잣나무도 잘된다. 다만 묘목의 입수(入手: 손에 넣음)가 좀 문제일 뿐이다.

제3책으로 우리 동리에는 시목(柿木), 감나무의 적지(適地: 적당한 땅)다. 내 소유인 산판에 500본은 가능하다. 식목한 지 6, 7년부터는 수입을 보게 되는 것이다. 그래서 묘목 종류에 다름이 있으나, 좀 수입이 좋은 것을 택하고 비료만 잘 준다면 심은 지 10년부터는 1주당 2접(200개) 이상으로 년 50만 원의 수입을 볼 수 있는 것이다. 성적이 양호하지 못하였다 하더라도 그의 반쪽으로 보고 20만 원이라면 시골 농가에서 대농가의 수입이요, 이 정도의 수입이 있다면 자손교육이나 생활문제는 해결하고도 여유가 있는 것이다. 여기도 묘목비료에 난관이 없는 것은 아니나 묘목은 자가(自家)에서 배양하기로 한다면 그리 문제될 것이 없는 것이다. 이것도 동민 단결이 되면 산판에서 적지를 택해도 몇 만 본은 무난한 것이요, 역시 총수입 년 기천만 원대에 오를 것이다.

여러 가지 중에서 3건을 택해서 보는 것이요 또 이태리 유목(柳木: 버드나무) 같은 것도 역시 년차 계획으로 10년, 15년을 장기로 한다면 기백만 원의 한가구당 수입이 안 될 리 없다. 현상은 자연대로 두고 천혜(天惠: 하늘의 혜택)를 버리는 것이라. 하필 우리 동리나 나 한 사람에 국한된 문제가 아니고 우리 전국적으로 이와 같은 곳이 얼마든지 있다고 본다. 그래서 국민생활의 저조(低調)가 정부와 국민들의 자취(自取: 자기가 스스로 취함)요 이를 해탈하려면 얼마든지 할 수 있고 생활수준 향상도 역시 이곳의 부수조건으로 되어 있는 것이라고 나는 생각된다. 우리가 개선하고자 하는 각 종류에서 우선 일부를 잘해보는 것이요, 우리가 거주하고 있는 곳에서 내 현상에서부터 말하고자 해서 산(山) 3정보를 소유한 나를 목표로 조림(造林)에도 수천 종류가 있으니 내게 가장 적합한 것을 잘해보는 것이다. 우리나라 전역에 비추어 본다면 별별 공간지역과 공한지(空閒地)가 아닌 곳이라도 개선, 개량하면 현상보다 10배, 100배의 수입이 있을 곳이 얼마든지 있다. 그리고 보면 우리나라는 천혜를 이용 못하고 있는 민족이요, 정부라고 할밖에 다른 도리가 없다. 자작자급(自作自給)으로 부유하게 지낼 수 있는 민족이요 국가가 남의 나라의 차관(借款: 빌린 돈)이 아니면 경과(經過)를 못할 현상이니 한심하기 비할 데 없다.

내 이념 중 경제면에 있어서 자근지원(自近至遠: 가까운 데서 먼데에 이름)으로 내 생활의 오점(誤點: 그릇된 점)에서부터 그 일부를 기록해보는 것이다. 다음에 계속해서 경제와 우리의 실상(實狀: 실제 상태)을 말하고자 한다.

계묘(1963년) 음력 10월 17일 봉우서(鳳宇書)

생약(生藥: 식물성 한약재)재배
– 농가부업(農家副業)의 이모저모

우리나라에서 천연적으로 생산하는 약초가 수백 종이나, 근년에 와서 남북교류가 되지 않아서 약재의 부족으로 간간이 폭등하는 시세(時勢)가 많다. 그래서 생약재배를 업으로 하는 사람들이 이윤을 많이 본다. 내 친우(親友) 한 사람의 밭이 약 4000 평인데, 거기다 생약을 재배해서 가족 10여인(餘人)이 생활은 물론이요, 자손 교육까지 거의 다 학부(學部: 대학교)를 나왔다. 나는 생약재배에 소인(素人)16)이라 거기 대해서 상세를 알지 못하나, 그 친우는 40여ㅠ년을 계속적으로 생약재배를 경영하는 사람이다.

재배하는 생약이 각종으로 혹은 저렴한 것도, 고귀한 것도 있으나, 시세를 예지할 수 없는 관계로 각종 생약재배를 장기간 계속한다면 평균적으로 근년 시세로 평당 150원은 된다고 한다. 그리고 논(畓) 소유는 생약재배의 이득으로 약 1만 평을 매입해서 가족식량과 인부식량에는 별 지출이 없다고 한다. 현상은 은행에 저축이 있고 생활은 대농가보다도 고급이다. 년수입이 양곡 외에 60만 원 이상이요, 자손들도 각자 생활수준이 그리 저열하지 않는 '확립(確立: 굳건하게 섬)'을 보고 있다.

이 사람의 생약포(生藥圃: 약초밭)에는 수십 종 별별 재배가 있으나

---

16) 소인(素人): 어떤 일을 전문적으로, 직업적으로 하지 않거나 그 일에 익숙하지 않아 서툰 사람.

그 사람 말에는 생약을 신규로 경영하려면 자기 사는 곳에서 가까운 땅에 가장 적당한 생약을 택해서 몇 종을 몇 년간 계속해서 재배해 보면 거기서 경험이 생겨나서 보충으로 한 종류, 두 종류씩 재배하는 것이 10년, 20년 하면 몇십 종을 계속적으로 재배하는 것이다.

근년 실례를 보더라도 황기(黃芪)17)가 등귀(騰貴: 값이 뛰어 오름)하다고 이 사람 저 사람이 많이 재배하게 되어서 한 근당 3000원 하던 것이 생산과잉으로 근당 300원 이내(以內)가 되었다. 그러하니 재배를 많이 하게 되어 수요부족으로 현재 300원대에서 품귀(品貴: 물건이 귀함)를 보게 되고, 구기자(枸杞子)18)도 수십 년 전에 등귀를 보게 되어 사방에서 재배해서 값이 폭락이 되어 전부 폐기했다. 또 현상은 근당 200원으로 상회(上廻: 웃돎)하고 해외에서 수요 있는 생약품으로 몇 년간은 유리할 것이다.

그리고 작약(芍藥)19)은 아직은 유리한 생약이요, 당귀(當歸)20), 강활

---

17) 황기(黃芪): 장미목 콩과의 식물. 강장, 지한(止汗), 이뇨(利尿), 소종(消腫), 강심 작용이 나타나며 혈관을 확장시켜 피부혈액순환과 만성궤양을 치료한다. 세포의 생성을 빠르게 하고 면역력 증가와 노화를 방지한다. 다른 약재의 독성을 중화하는 효능도 있다. 황기는 독성이 거의 없어 기운을 보하는 처방에 반드시 들어가는 약재이기도 하다.

18) 구기자(枸杞子): 구기자나무(Lycium chinense)나 영하구기자(L. barbarum)의 열매. 독성물질을 배출하여 해독에 도움이 되며 꾸준히 섭취하면 노화를 방지할 뿐만 아니라 지방대사가 원활해진다. 해열, 강장, 지방간 제거, 신경쇠약, 만성간질환 등 다양한 효능이 있다. 차로 달이거나, 술을 담가 먹기도 한다. 어린 순은 나물로 먹는다.

19) 작약(芍藥): 미나리아재비과에 속하는 다년생 초본식물. 뿌리를 약재로 사용한다. 약성은 차고, 맛은 시고 쓰다. 위장염과 위장의 경련성동통에 진통효과를 나타내고, 소화장애로 복통·설사·복명(腹鳴)이 있을 때에 유효하며, 이질로 복통과 후중증이 있을 때에도 효과가 빠르다. 부인의 월경불순과 자궁출혈에 보혈·진통·통경의 효력을 나타낸다.

20) 당귀(當歸): 산형과에 속하는 참당귀의 뿌리를 건조시킨 약재. 약성은 온화하고 맛은 달고 쓴데, 방향성 정유와 서당·비타민 E 등이 함유되어 있다. 월경을 조절하고 월경통 완화 효능이 있다. 혈액순환을 촉진시키고 진통효과를 나타낸다. 또한 보혈작용이 현저하여 빈혈에 유효하고 일반 타박상이나 혈전성동맥염의 치료에도 응용된다.

(羌活)21)은 고지(高地)라야 적지요, 향부자(香附子)22)는 사지(沙地: 모래땅)요, 형개(荊芥)23), 박하(薄荷)24), 소엽(蘇葉)25)은 보통 잘되고, 천맥문동(川麥門冬: 중국 사천산 맥문동)26), 택사(澤瀉)27)는 비록 수속(手

---

21) 강활(羌活): 산형과에 속하는 2~3년생 숙근초(宿根草). 약성(藥性)은 온화하고 맛은 쓰고 맵다. 감기로 인하여 땀이 안 나고 열이 심하며 머리와 전신의 통증이 있을 때에 사용하면 효과가 있다. 관절과 근육질환에 널리 쓰이고, 특히 찬 기운을 느끼게 되는 상반신의 근육통에 효능이 있다. 안면신경마비에 독활·방풍(防風)을 배합하여 치료하기도 한다. 신경통과 중풍으로 인한 반신불수·보행장애 등에도 널리 사용한다.

22) 향부자(香附子): 사초과에 속하는 다년생 초본식물. 약성은 평(平)하고 고신(苦辛)하며, 통경·건위·진통·진경·행기(行氣)의 효능이 있다. 가을에서 이듬해 봄 사이에 채취, 털뿌리와 비늘모양의 잎을 불로 태워서 제거하거나 돌메 등으로 제거한 뒤, 햇볕에 말려 월경불순·월경통·붕루(崩漏: 자궁출혈)·대하·위복통·옹창(癰瘡: 악성종기) 등의 증상에 쓴다.

23) 형개(荊芥): 꿀풀과에 속하는 1년생 초본식물. 전초를 약재로 이용한다. 맛은 맵고 약성은 따뜻함과 방향성 향기를 가지고 있다. 냄새가 강한 것이 상품이다. 약효는 해열작용이 있어서 감기 초기의 발한·해열 목적으로 사용하고, 인후염·피부질환·중풍 등에 빈용되며, 까맣게 볶아 쓰면 지혈작용이 있어 자궁출혈·코피·대변출혈·토혈·소변출혈 등에도 응용한다.

24) 박하(薄荷): 꿀풀과에 속하는 다년생 초본식물. 약성이 냉하고, 신(辛)하며, 건위·구풍(驅風)·산열(散熱)·소종(消腫)의 효능이 있다. 따라서 소화불량·흉복창만(胸腹脹滿)·감모(感冒)·두통·치통·인후종통(咽喉腫痛)·목적(目赤)·창개(瘡疥) 등에 치료제로 쓰인다. 대표적인 처방으로는 박하환·박하탕·박하산·박하전원(薄荷煎元)·사위탕(瀉胃湯) 등이 있다.

25) 소엽(蘇葉): 꿀풀과에 속하는 1년생 초본식물인 차즈기의 잎으로 만든 약재. 맛은 쓰고 약간 매우며 약성은 따뜻하다. 약효는 감기로 인하여 땀이 나지 않고 오한과 열이 있으면서 때론 기침과 천식을 일으키는 증상에 활용된다. 특히 소화장애가 있으면서 감기를 앓는 증상에 긴요한 약물이다. 또, 음식물 장애로 인하여 헛배가 부르고 소화력이 떨어지면서 갑갑증상을 호소할 때에 가스를 밖으로 배출시키면서 편안해진다.

26) 천맥문동(川麥門冬): 중국 사천(四川)에서 심은 지 2년째 되는 해의 청명(淸明) 후에 파낸 것을 '천맥동(川麥冬)'이라고 한 것에서 유래한다. 기침과 가래를 멎게 하거나 폐장의 기능을 돕고 기력을 돋게 한다. 해열·거담·소염·진해 작용이 있어 폐기능 허약으로 오랫동안 기침을 하는 데나 폐결핵·만성기관지염·만성인후염에 이용된다. 강장·거담·진해·강심제 등에 사용한다.

27) 택사(澤瀉): 택사과에 속하는 다년생 초본식물. 쇠태나물이라고도 한다. 덩이뿌리를 말

續: 손으로 하는 작업과정)이 드나, 수입이 상당하고, 생지황(生地黃)28)은 기술을 요하나 성적이 양호한 사람은 평당 300원까지 된다고 한다.

　목향(木香)29), 백지(白芷)30), 홍화(紅花)31)도 시세에 고저(高低)가 파문이 많고, 목단피(牧丹皮)32)같은 것은 전남지방이 적지라 충남에서는

려 약재로 사용한다. 약성은 한(寒)하고 감(甘)하며, 이수(利水)·지사(止瀉)·지갈(止渴)의 효능이 있다. 소변불리(小便不利)·수종창만(水腫脹滿)·신장염·방광염·요도염·임신부종·각기·설사·번갈(煩渴)·당뇨·고혈압·지방간 등의 증상에 사용한다. 오래 복용하면 신장이 상할 수도 있으니 주의한다.

28) 생지황(生地黃): 혈증(血症)을 다스리는 한약재 지황 뿌리의 날 것. 몸속의 열을 내리고 진액을 생기게 하며, 출혈을 그치게 한다. 월경, 각종 하혈, 코피, 피를 토하는 것 등에 활용한다. 《향약집성방》에서 숙지황은 남자에게 좋고, 생지황은 여자에게 좋다고 하였다. 다만 참느릅과 같이 사용하면 부작용이 우려된다고 한다. 달일 때 쇠그릇을 쓰지 말아야 하며 캘 때에도 쇠붙이로 만든 도구를 쓰지 말라고 하였다.

29) 목향(木香): 뿌리를 건조시켜 약재로 쓴다. 약성은 온화하며 독이 없고, 맛은 쓰고 맵다. 위와 장의 유동운동을 정상으로 이끌어 주는 작용이 있어서 소화불량·복부창만·복통·설사·구토 등에 널리 응용된다. 식욕이 없는 사람에게도 효과가 있으며, 세균성 이질로 인한 이급후중·복부창만·출혈성설사 등에도 효과가 있다. 또, 급성장염으로 인한 복통·설사·복명에도 염증을 제거시키면서 복통을 가라앉힌다.

30) 백지(白芷): 구리때의 뿌리를 건조시킨 약재. 대장균·이질균·인플루엔자균에 대한 항균작용이 있으며, 혈관운동중추·호흡중추·미주신경에 흥분작용을 나타낸다. 대량의 추출액은 강직성 경련과 전신마비를 일으킨다. 약성은 온화하고, 맛은 맵다. 감기로 두통이 심하거나 산후의 감기·두통에 좋은 효능을 나타내며, 삼차신경통·치통에도 진통작용을 보이고 있다. 또 축농증에서 부비강염(副鼻腔炎)이 심하고 두통이 수반될 때에 보조약물로 활용된다.

31) 홍화(紅花): 잇꽃은 염료로도 많이 쓰이며 의약용과 화장용 입술연지로도 쓴다. 잇꽃은 활혈(活血)·구어혈(驅瘀血)·진통·자궁수축 등의 효능이 있어 치료제로 쓰이는데, 약성은 온(溫)하고 신(辛)한 것으로 알려져 있다. 주로 폐경·월경곤란·산후오로불하(産後惡露不下)·어혈동통(瘀血疼痛)·혈행장애(血行障碍)·질타손상(跌打損傷) 등의 증상에 쓰인다.

32) 목단피(牧丹皮): 모란의 뿌리껍질인 목단피를 약재로 사용하며 해열, 진통, 항균, 혈압강하, 통경, 항염증, 위액분비억제, 진경작용 등에 효능이 있다. 청열함과 함께 매운 맛이 있어 어혈을 흩어내는 효능이 있다. 오한과 발열, 경련과 두통, 복통, 월경불순에 쓴다. 임산부, 월경량이 많은 사람, 몸이 찬 자는 사용하지 않는다.

부적합한 것 같다. 대체로 여러 종류를 택해서 재배하되, 계속적으로 하면 상당한 수입을 보는 것이다. 웬만하면 평당 100원 이상이 된다고 한다. 농산물로는 도저히 그 반분(半分: 절반 분량)도 못 되는 것이다. 시세가 있는 생약은 년 평당 400~500원까지도 된다. 누구나 다 생약을 재배하라는 것은 아니나, 농가부업으로 할 수 있는 것이다. 이것도 신규 경영하자면 준비상식이 필요하고 소요경비도 필요한 것이다. 말만 듣고 시작해서는 실패하기 용이한 것이다. 이밖에 생약으로 인삼 같은 것은 특별기술과 경제적 준비가 필요한 것이라 예외로 하고 농가부업 정도의 생약재배를 장려하는 것이다. 말하자면 면적에 비해서 수입을 증가할 수 있는 부업적인 생약을 재배해 보자는 것이다.

계묘(1963년) 10월 18일 봉우서(鳳宇書)

농가부업인 양어(養魚)

전업(專業: 전문 직업)으로 하는 양어(養魚: 물고기를 인공적으로 번식시킴)는 시설이 완전해야 하고 저수지나 지소(池沼: 못과 늪)를 이용하는 것이나, 농가에 부업으로 하는 양어는 될 수 있으면 간이하게 하고 수입이 농가 부업으로 본격화해야 하는 것이다. 양어도 여러 종이 있으니, 부업으로는 리어(鯉魚: 잉어), 즉어(鯽魚: 붕어), 금즉어(金鯽魚: 금붕어), 만어(鰻魚: 뱀장어)33), 연어(然魚)34) 등이 있다.

리어(鯉魚: 잉어)는 소류지(小溜池: 작은 여울이 모인 못)를 파내고 몇백 평 범위의 양어장을 경영한다면 3년 만이면 시상매품(市上賣品: 시장에서 높은 값으로 파는 물건)이 된다. 우연히만 된다면 200평 양어장에서 년수입 3만~4만 원은 무난하고, 연어는 200평이라면 시설이 약간 필

---

33) 자연산 실뱀장어를 구해 양식한다. 양식장에서 키울 실뱀장어를 포획하기 위해서는 수산업법에 따른 어업 허가를 받은 뒤 정해진 구역 안에서만 포획 활동을 해야 한다. 현재 자연산 실뱀장어는 60~90%를 수입에 의존하고 있는데 우리나라에서 2016년에 일본에 이어 세계 두 번째로 완전양식에 성공하였다. 완전양식이란 수정란으로 부화시킨 어린 뱀장어를 키워 다시 수정란을 생산하게 하는 기술로 자연산 뱀장어 없이 인공 부화한 뱀장어만으로 계속 양식을 이어 갈 수 있는 기술이다. 그러나 아직 대량생산 기술은 확보하지 못했다.

34) 연어는 민물고기 연어(淵魚)와 바닷물고기 연어(鰱魚) 두 종류가 있는데 연어(鰱魚)는 우리나라에서 바다양식에 성공한 게 근래에 들어와서이므로 아마 전자를 말씀하신 듯하다. 연어(淵魚)는 백련어(Silver carp)를 말하는 것으로 중국에서는 전통요리 재료로도 인기가 많다. 우리나라에서는 1960년대부터 1980년대까지 식용목적으로 일본에서 들여와 하천에 방류했다.

요하고 양어기술이 어떤 양어든지 필요하다. 연어는 가일층 필요한 것이다. 금붕어와 거의 대등한 기술을 요하나, 그 수입에 있어서는 200평의 양어장이라면 물론 지출도 많으나, 수입이 매년 50만 원 이상이 된다. 성적이 양호(良好)한 것을 목표로 말하는 것이다. 제일 양호하다면 200평당 100만 원도 볼 수 있다. 그러나 양호치 못하다면 1만 원 이내로 저하(低下)하는 것이라 차이가 많은 관계로 경험과 기술과 경제적 완비(完備)가 합치되어야 한다.

그리고 금즉어(金鯽魚: 금붕어)는 도시 부근에서 소소(小小)히 경영하는 것은 유리하나, 농가의 보통 부업으로는 부적합하고 즉어(鯽魚: 붕어)는 잉어와 동일해서 3년 만이면 양호하다. 평당 200~300원의 년수입을 볼 수 있고, 특별한 성적이라면 평당 년수입 500원도 볼 수 있는 것이다. 그러니 양어법(養魚法)에 경험과 기술이 있어야 하는 것이다. 만어(鰻魚: 뱀장어)는 시설만 충분하면 사료의 충분, 불충분으로 양육의 성적이 달라지는고로, 일괄적으로 말할 수 없으나 수입은 다른 양어만 못하여도 기술을 그다지 많이 요하는 것은 아니다. 이런 종류의 양어는 농가 부업으로 적당한 것이다.

계묘(1963년) 10월 18일 봉우서(鳳宇書)

[봉우 선생님은 정말로 많이 알고 계시다. 당시 거주하시던 상신리는 전기도 안 들어오는 소위 '깡촌'이었는데, 농촌의 부업거리에 관한 글들을 조림(造林), 생약재배에 이어 양어(養魚)까지 전문가급 해설과 안내를 담아 써내신다. 앞으로도 양잠(養蠶: 누에치기), 버섯

재배, 과수(果樹)재배, 토끼 기르기, 축산, 저마(苧麻: 모시풀), 완초(莞草: 왕골)재배 등등의 농가부업 장려촉구 글들이 줄줄이 대기하고 있다. 어떻게 선생님은 이리도 여러 분야에 대해 해박하게 잘 알고 계신 걸까? 봉우 선생님께서는 정신수련법과 육체단련법인 체술(體術)에 관해서는 누구보다도 뛰어난 지식과 깨달음, 경험을 완벽히 갖추신 걸로 알고 있었으나, 이처럼 일반 경제 활동에 필요한 각종 실학(實學), 농가 부업에 관해서까지 달통하신 분인 줄은 이번에야 선생님 글들을 읽으며 처음 깨달았다. 이 모든 선생님 글들의 밑바탕에는 당시 농민들과의 깊숙한 소통의식이 짙게 깔려 있음을 알 수 있다. -역주자]

농가부업인 양잠(養蠶: 누에치기)

    고래(古來: 옛부터)부터 "오묘(무)지택(五畝之宅: 다섯 이랑의 땅)에 수지이상(樹之以桑: 뽕나무를 심게 하면)이면 오십자가이의백의(五十者可以衣帛矣: 나이 50된 늙은이도 비단옷을 입을 수 있을 것이요)"[35]라고 하시었다. 현 시대도 농가 부업으로 상당한 수입을 볼 수가 있는 것이다. 왜정(倭政: 日政)시대 초반에 뽕나무를 많이 심어서 수십 년 간을 양잠으로 농가 수입이 적지 않았다. 왜정 말기에 와서 시세(時勢: 시장가격)가 없어서 상목(桑木: 뽕나무)을 베어 낸 것이 역시 수십 년 된다.

    현 정부에서 뽕나무 심기를 장려하고 양잠을 권면(勸勉)한다. 농가부업으로 1가구당 잠종대지(蠶種臺紙: 누에치기에서 누에알을 붙인 종이) 1매(枚)씩만 사육(飼育: 짐승을 먹여 기름)하더라도 5관(貫: 1관은 3.75킬로그램)의 잠견(蠶繭: 누에고치)으로 봄, 가을 2차에 평균 1만 원의 부수입을 볼 수 있는 것이요, 좀 전력(全力)한다면 3~4매씩 사육할 수 있고 년수입 3만~4만 원 정도의 부수입을 얻을 수 있다고 본다. 현재의 뽕나무 심기 장려를 몇 개년 계속한다면 양잠으로 농가의 부수입에 일대 역할을 할 것이다. 지역이 평탄한 곳에서는 대량의 뽕나무를 심을 수 없으나, 산간지역에서는 얼마든지 심을 수 있다고 본다. 한 농가의 부수입으로 보면 얼마 되지 않으나 전국적으로 보면 막대한 도움이 되는

---

35) 《맹자孟子》 양혜왕 상편에 나옴. 여기서 1무(畝), 한 이랑은 땅 단위로 30평이다.

것이다.

　구체적 논리는 다음으로 미루고 양잠도 우리나라에서 얼마든지 발전성을 가지고 있다는 것을 말해 두고자 하는 것이다. 양잠이 농가부업으로 최중요하다는 것은 아니나, 발전성이 미래 장기간을 두고 계속할 수 있는 불가결의 부업이라는 점으로 보아 농가에서 중대시 안 할 수 없다고 본다. 이 양잠이 국내 소비에 국한된 것이 아니라 외화 획득에도 일조(一助)가 되는 관계로 정부에서 장려하지 않을 수 없는 것이다. 농가의 경제적 향상을 보자면 구태의연한 방식만 가지고는 도저히 수준을 돌파할 수 없는 것이라 비상한 사고방식이라야 질적 향상을 볼 수 있는 것이라고 나는 생각된다. 붓을 여기서 그친다.

계묘(1963년) 10월 19일 봉우서(鳳宇書)

농가부업으로 양토(養兎: 토끼치기)를 장려한다

정부에서나 신문지상으로 농가부업에 토끼 기르는 것이 막대한 수익을 낼 수 있다고 선전하는데, 그 이론으로 보아서 어느 것보다도 유리한 것 같다. 일부 전문적으로 토끼 기르는 사람들의 실지면(實地面)에 있어서도 역시 근소한 자본으로 성공하는 데는 양토(養兎)가 무엇보다도 우수성을 가진 것은 사실인데, 양토에는 이론보다 기술과 경험이 가장 중요한 것이라 보통 농촌에서 기술이 없는 사람으로는 양토하다 실패하는 사람이 10 중 8, 9는 된다. 비록 실패를 하지 않는 사람도 그 이론같이 성공한 사람은 없다. 이것은 양토지식이 부족해서가 주된 원인이 된다.

내가 말하고자 하는 것은 농가부업으로 불가결한 양토라면 그 사육방식을 간단명료하게 기록하고 농민 모두에게 보급시키고 또 기술지도원이 농민들로 하여금 견학할 수 있게 공영(公營) 양토원(養兎園)을 경영하란 것이다. 나도 양토로 성공한 사람을 보았으나, 그저 양토성공자이거니 했지, 그 사람의 주요 성공원인이 무엇으로 성공했나 하는 설명을 못 들었고, 또 실지 견학도 못한 사람이라 이 양토가 소자본가들의 성공할 수 있는 부업이라는 데는 나도 찬성하나, 농촌 대중화될 부업은 이직 아니라고 믿으며, 이 부업이 대중화하자면 시일을 요해야 할 것이요, 양토기술을 보급시킨 연후라야 비로소 실행 가능하다고 본다.

양토는 사료가 큰 문제가 아니요, 면적은 많이 차지하는 것이 아니면 발족에 약간 농가수입 중에서 지불하더라도 얼마든지 할 수 있고 그 증식률이 다른 축산업에 비해서 막대한 차가 있어서 농촌부업으로 가장 적당하다고 보며, 그 진출 방식에 있어서는 약간의 애로를 타개(打開)한 연후에야 비로소 국가적으로 유리한 부업이 되리라고 나는 믿는다.

계묘(1963년) 10월 19일 봉우서(鳳宇書)

농가부업인 버섯재배

내가 40여 년 전에 제주를 가서 한라산 남록(南麓: 남쪽 기슭)에서 표고버섯 재배하는 것을 보았다. 대체(大體)가 일본 사람이요, 우리나라 사람도 있었다. 상당한 수입이 있다는 말을 들은 정도로 그 후 내가 수십 차를 제주에 갈 적마다 서귀포 부근 버섯재배장을 가보고, 육지에서도 해보았으면 하는 생각만 가지고 있었으나, 당시의 주변 환경이 무슨 업을 가지고 있을 형편이 못 되었다.

그러다가 을유(乙酉: 1945년) 광복 이후 남한에서도 이곳저곳에서 버섯재배를 한다. 산간(山間: 산골) 입목(立木: 버섯재배에 필요한 세운 나무) 있는 곳은 어느 곳이고 할 수 있고 또 참나무에 한정된 것이 아니요, 여러 종류에 할 수 있다고 한다. 그 수입이 농가 부업으로는 상당하고 외화 획득에도 도움이 된다고 한다.

버섯 종류도 여러 가지나, 송이(松栮: 송이버섯)도 역시 유리하다고 한다. 그러나 이것은 농가마다 할 수는 없고 입목(立木) 소유자에 한해서 가능한 조건이다. 그러나 산간에서는 그런 나무를 구하는 데 큰 힘이 들지 않는 것이라 가정용 혹은 소소한 부업으로는 얼마든지 할 수 있고 연수입 1만 원 정도의 재배장이라면 작은 규모로 얼마든지 할 수 있는 좋은 부업으로 산간에서 가능한 부업이다. 상세한 것은 후일로 미룬다.

계묘(1963년) 10월 20일 봉우서(鳳宇書)

농가부업인 축산(畜産)

외국에서는 목축업으로 거부(巨富)들이 많으나 우리나라에서는 현 상으로 가정부업 정도로 하지 전업으로 하는 사람은 없는 실정이다. 그러니 나도 농가부업적인 축산을 말하고자 하는 것이다. 현 우리나라에서는 가정부업으로 제일 많은 것이 축우(畜牛: 소 기르기)이다. 우리 풍토에 최적인 것 같다. 우리 동리(洞里: 마을)로 보더라도 총호수(總戶數) 100호에 축우수(畜牛數)는 매 호당 일두(一頭: 한 마리)가 더 된다. 비록 그 수입이 별로 현저하지는 못해도 농가부업으로는 불가결할 것이요, 낙농(酪農)36)에 있어서는 도시 부근에서는 가능하다. 산간벽지에서는 소비가 문제라 좀 어렵고 양(羊)도 모용(毛用: 양모용)은 산간에서 가능하나, 우유 용도는 역시 곤란하고 양돈(養豚: 돼지 키움)에 있어서는 현 우리나라에서 농가부업으로는 축우보다도 성행하고 그 이익도 더 보는 것 같다.

다만 자급사료 준비만 된다면 현 농가에서도 개량식으로 수입을 증가할 수 있고 양계(養鷄: 닭을 침)는 자급사료가 준비된다면 비록 기술과 경험이 필요하고 자금도 필요하나, 농가에서는 일석이조(一石二鳥) 격으로 비료자급이 되는 관계로 중요하다고 본다. 양봉(養蜂: 벌을 침)은 농가부업으로는 좀 기술을 요한다. 그리고 자본도 약간 든다. 그러

---

36) 젖소나 염소를 길러 그 젖으로 우유, 치즈, 버터를 생산하는 농업

나 그 적지에서는 농가부업으로 수입이 상당한 것이다. 그 외에도 여러 가지 있으나, 이상 말한 여러 종이 가장 우리나라에 적의(適宜: 적당하고 마땅함)한 것이라고 본다. 이것으로 마치고 상세한 것은 후일로 미룬다.

계묘(1963년) 10월 20일 봉우서(鳳宇書)

과수(果樹)재배도 농가부업으로 적당하다

　과수재배는 전업적으로 많이 한다. 물론 전문적으로 해야 수입이 많을 것이다. 농가에서 자기 정원이나 대지(垈地: 집터용 땅) 부근에 그곳에 적당한 과목(果木: 과실나무)을 몇 그루씩 재배해 두면 자가용(自家用: 집에서 먹는 용도)도 되고 부수입도 되는 것이다. 농촌에서는 자기 소유인 전답 주변에 한지(閑地: 노는 땅)를 택해서 몇십 그루 정도 재배해 두면 성적만 무엇하면 자용(自用)하고도 몇 만 원의 수입이 흔히 되는 것을 본다. 그러니 이것을 자연적으로 하지 말고 농가부업으로 유의적으로 자기 소유 일부에다 적당한 과수를 택해서 재배하라는 것이다.

　내 친우 중에 이 과수에 취미를 가진 분이 몇 사람 있는데, 지적(地積: 땅면적)이 많지 않은 곳에 각종 과수를 재배해서 자가용은 물론이요, 농작물이라면 1만 원 이내 수입되는 곳인데 과실로 7~8만 원의 수입을 보는 것을 보았다. 적누지공(積累之功: 쌓아 놓은 공)이 느는 것이나, 이것이 보급된다면 우연한 농가로 전묘(田畝: 밭이랑)가 있는 사람이면 1,000평 범위의 과포(果圃: 과실밭)를 경영해 보면 농가부업으로 무엇보다 유리하다고 본다. 경제적으로도 유리하고 취미생활도 있는 것이다. 과수는 각 종이 있으나, 기술을 요하는 고로 간이(簡易)한 과목(果木)을 택하는 것이 당연하다.

　이것을 부업적으로가 아니라 전문적으로 한다면 별문제로 하고 부업으로 약간씩 해보라는 것이다. 이것을 먼저 깨달은 분들은 가정생활이 유족(裕足: 넉넉하고 풍족함)해서 자손교육 같은 것은 경제적으로 아주 문제가 없는 것 같다. 이 부업 저 부업 합해서 년수입 몇 십만 원이면 현 중농가(中農家)로 부업이 없는 사람보다 부유하게 지내는 것이다. 이것이 부업을 장려해서 농가 생활수준을 향상시킴으로써 국민전체의 수준이 향상된다는 것이다. 우리 동리와 같은 곳에서는 마을 전체로 공동경영적인 과포도 할 수 있는 것이다. 상세는 다음으로 미룬다.

계묘(1963년) 10월 20일 봉우서(鳳宇書)

농가부업인 저마(苧麻: 모시풀)생산

저마(苧麻)[37]의 대량생산은 전문적으로 해야 한다. 그러나 내가 말하고자 하는 것은 농가에서 부업으로 소소 경영하고자 하는 것을 주로한다. 모시를 100평 내외만 생산해도 비록 기술을 요하나, 수십 필(匹)의 백저(白苧: 흰 모시, 눈모시)를 생산할 수 있다. 필당(匹當) 500~600원으로 몇 만 원의 부업수입을 볼 수 있고, 집에서 쓰는 용도로도 가능하다.

생저(生苧: 생모시)생산에는 상당한 시일을 요한다. 그러니 부업으로 수입면에 있어서 다른 것에 손색이 없는 것이다. 그리고 대마(大麻: 삼)생산도 역시 200평 정도 경작이면 성적 여하에 있으나, 마포(麻布: 삼베) 수십 필의 생산이 가능하다. 역시 부업으로 할 만한 것이다. 년수입몇 만 원을 계상(計上)할 수 있다. 사람마다 하라는 것이 아니라 각자적당한 것을 택해서 해보라는 것이다. 모시나 삼의 생산도 곡물보다는우수하다는 것이다. 역시 부업의 일부임에는 틀림없다. 옛날에는 농촌에서 대마생산이 많았는데 근일(近日: 요사이)에 와서 아주 축소되었다.이것은 부업에 힘쓰지 않는 관계다. 다시 이 방면으로 진출해 보라는

---

37) 저마(苧麻): 모시풀. 줄기의 인피섬유(靭皮纖維)를 목적으로 오래전부터 재배되었다.이집트에서는 이미 7,000년 전에 아마와 더불어 미라포(mummy cloth)로 사용되었고, 유럽에 도입된 것은 18세기이다. 우리나라에서는 고려시대부터 재배되었으며, 목화가 도입되기 전까지는 극동 지방에서 가장 중요한 섬유작물이었다.

것이다.

계묘(1963년) 10월 21일 봉우서(鳳宇書)

완초(莞草: 왕골)재배도 농가부업이 된다

우리나라에서는 아직 인석(茵席: 왕골이나 부들로 만든 돗자리)을 사용하고 있고 또 미술품인 인석은 해외수출도 된다. 대체로 완초(莞草: 왕골)재배는 그 수입이 곡물보다는 몇 배가 되나, 돗자리를 직조(織造)하는 데는 동한기(冬閒期: 겨울의 한가한 기간) 부업으로 할 일이지 전업으로는 노임(勞賃: 품삯)이 부족한 것이다. 불식지공(不息之功: 쉽없는 노력)으로 농한기를 이용해서 농가에서 쓸 용도도 되고, 약간의 수입도 된다.

논 100평에다 완초를 재배해서 성적이 양호하다면 평당 돗자리 1매 생산은 무난하고 우량하다면 평당 2매 내지 3매가 되어 물론 시간을 요하나, 논 100평 생산물의 수입이 1만 원도 될 수 있다. 마승(麻繩: 삼노끈)도 필요하고 인공(人工: 사람의 노력)도 필요하나, 부업으로 일조가 된다고 본다. 현상으로 보고 계산한다면 100평에서 곡물생산이라면 백미(白米) 소두(小斗: 닷되들이 말) 15두(斗)라면 최고인데, 현재가격으로 환산하면 3750원이니 여기서 완초로 생산을 바꾸어 돗자리로 부업 수공을 가하면 최선의 경우라면 3만 원 이상을 볼 것이요, 비록 성적이 최우량하지 못해서 보통이라 해도 1만 원은 된다. 역시 농가부업의 일종이다.

계묘(1963년) 10월 23일 봉우서(鳳宇書)

죽림(竹林: 대숲)을 조성해서
농가부업으로 장려하라

남한 일대에서 흔히 죽림이 많다. 그래서 전남에서는 죽세공(竹細工)으로 전문적 기술화되어 있으나, 다른 곳에서는 죽림조성을 인공적으로 하지 않고 자연조림이 많아서 그 성적이 불량하다. 그러니 내가 말하고자 하는 것은 우리도 죽림을 계획적으로 배양해서 그것으로 죽세공을 농가부업화하자는 것이다.

우리가 거주하고 있는 이곳에서도 인위적으로 죽림을 조성하자면 4~5년 계획으로 완전 죽림을 조성할 수 있고 1차 완전한 죽림에서는 해마다 생산하는 대나무로 가정부업을 한다면 죽림면적 여하로 그 수입을 좌우하는 것이다. 전남 등지에서는 이 죽림으로 상당한 년수입을 보고 있다. 죽세공은 각양각색이 있어서 날로 진전하고 있는 것이다. 이것도 농가부업에 큰 역할을 하고 있는 것이다. 한기(寒氣)가 심한 곳에는 양죽(養竹: 대나무 키움)이 적당치 못하나, 우리 충남까지는 전남, 경남만은 못하나 부업적 조림에는 적의(適宜)하다고 본다.

계묘(1963년) 10월 23일 봉우서(鳳宇書)

농가부업으로 방적(紡績)을 장려하자

　방적(紡績)38)은 물론 전업적으로 각종 공장이 있으나, 이것을 농가 부업으로도 얼마든지 할 수 있다. 자금이 그리 과다하게 드는 것이 아 니요, 약간의 자금으로 발족할 수 있는 것이다. 그 기술도 그리 곤란한 것이 아니다. 기대(機臺: 기계대) 1개로 숙련공이 된다면 1개월 보통 수 입 1000원 이상을 할 수가 있고 자금을 융통(融通)해서 고급품(高級品: 고급섬유)을 직조(織造)한다면 월(月)수입 3000원 은 된다. 이것이 농가 마다 하라는 것은 아니나, 가정부업으로는 무엇보다도 유리한 것이다.

　우리 고향에서, 유구(維鳩)39)지방에서는 전적으로 전업도 되고, 가 정부업도 되어서 한 면(面)의 수입이 다른 면에 비해서 몇 배가 된다. 그래서 우리 군(공주)에서는 방적을 전업 겸 농가부업으로 하는 그곳 (유구지방)이 제일 부유하다고 본다. 환언하면 면 내에서 실직자가 없 는 것이 제일 큰 부유한 원인이 되는 것이다. 방적에는 내가 약간의 경험과 기술이 있는 관계로 이 부업에는 자신이 있는 것이다.40) 가족 이 많은 사람은 부녀자들의 전업으로 해도 무방한 것이다. 전업으로

---

38) 방적(紡績): 동식물, 화학섬유를 가공하여 실을 뽑는 일

39) 유구(維鳩): 대한민국 충청남도 공주시의 읍이다. 백제 벌음지현−신라 청음현−고려 신 풍현−조선시대 신상면−1942년 유구면−1995년 공주시 편입 & 유구읍으로 승격.

40) 방적공이셨던 봉우 선생님? 평소 일생을 백면백작(百面百作), 백 가지 얼굴에 백 가지 직업으로 살아 왔다 하셨는데 방적기술까지 있으셨다니! 경이로운 일이다.

한다면 족답기(足踏機) 1대에 월수입 3000원은 무난하다고 본다. 가족이 2대만 가지고 있으면 년수입 5~6만 원은 된다. 농가부업으로는 상당한 것이다.

고대(古代)에도 남경여직(男耕女織: 남자는 밭갈고 여자는 실을 잣는다)이라고 민생문제 해결의 가장 좋은 방침(方針)으로 삼았다. 말하자면 농가에서 부녀자들이 방적을 부업으로 하라는 것이다. 의식족이지예절(衣食足而知禮節: 의복과 먹을 것이 풍부해지고서야 예절을 안다)이라고 생활고를 면해야, 자손교육을 할 수 있고 여기서 국부민강(國富民强)할 수가 있어서 국민수준 향상이 자연적으로 되는 것이다. 각종 농가부업이 많으나 이것으로 부업에 대해서 붓을 그치겠다.

계묘(1963년) 10월 23일 봉우서(鳳宇書)

방송을 듣다가

우연히 방송을 듣다가[41] 박정희가 민의원 의장에 이효상[42], 부의장에 장경근[43], 원내총무에 김용태[44]를 임명하고 12분과 위원장도 모두 임명, 결정하고 부의장 1석만 야당에게 주기로 했다고 한다. 공화당 일이라 우리가 상관할 필요도 없거니와 그 인물평을 해본다면 공화당의 인물결핍을 알 수 있다.

의장인 이효상이라는 사람도 내가 잘아는 사람이다. 중고등학교 교장으로는 손색이 없는 인물이요, 대학교수라면 벌써 부족감이 있는 인

---

41) 1963년 12월 17일에 치뤄진 제6대 국회 전반기 의장단 선거에 대한 공화당의 최종 후보 지명 발표 관련 방송을 말씀하심. 김종필이 박정희의 재가를 받아 12월7일 발표하였다.

42) 이효상(李孝祥, 1906.1.14 경북 대구~1989.6.18)은 대한민국의 정치인, 교육자, 철학자, 시인이다. 제5~7대, 제9~10대 국회의원을 역임하였으며, 1963년 12월부터 1971년 6월까지는 7년 6개월 간 국회의장(6~7대)을 역임했다.

43) 장경순을 오칭 하신 듯하다. 장경순(張坰淳, 1922.3.23~)은 전북 김제 출생으로 군인 출신 정치가이다. 5·16 군사정변에 가담하였고 이후 18대 농림부 장관을 지냈으며 6대부터 10대까지 국회의원을 지냈다. 한편 장경근(1911.5.18~1978.7.25)은 판사 출신의 정치인으로 제1공화국 내무부장관과 제3,4대 민의원을 지냈다. 이승만 밑에서 반민특위 해체에 주동적으로 적극 관여하였고 3.15부정선거의 주범으로 구속되었다가 탈출하여 일본으로 밀항 후 18년간 여러 나라를 전전하며 도피 생활을 하였다. 1978년 귀국 직후 사망하였다.

44) 김용태(1926.12.9~2005.4.2)는 충남 대덕군 출생의 정치인이다. 박정희의 셋째 형 박상희의 차녀 박계옥과 결혼하였다. 이런 인연으로 인해 민간인 신분으로 1961년 5.16 군사정변에 재정을 지원하여 참여한 뒤 중앙정보부 고문직을 맡았다. 1963년 국회의원 당선 후엔 민주공화당 원내총무를 역임하였다.

물이요, 사회적으로는 편협성을 가지고 있어서 원만성이 아주 결여된 인물이며, 도의감(道義感)에는 결점이 많은 인물이다.

그리고 자부성(自負性: 자기나 자기 일에 대해 스스로 높이 평가하는 기질)이 많고 겸양지심(謙讓之心: 겸손하고 사양하는 마음)이 아주 없는 인물이다. 학식으로는 우리나라에서 상류에 속할 것이나, 그의 행신(行身: 몸가짐)으로 보아서는 중류(中流)급이나, 하류(下流)에서 방황할 정도의 인물로 한 국가의 국회의장으로 지명되었다면 그 당(공화당)의 인재결핍을 가히 알 수 있다.

장경순 부의장은 농림부장관으로 그 실력을 행사해서 실책이 속출하였던 인물을 최고위원으로 채용하고, 또 부의장으로 채용한다는 것, 박(朴)의 인재사용방식을 알 수 있다. 김용태도 역시 보통 이하 인물이다. 그렇다면 조각(組閣: 내각조직)에도 그들이 선출할 인물을 알 수 있다고 본다. 이것은 빙공영사(憑公營私)45)에 불과한 것이다. 국가와 민족을 위해서 가통(可痛: 애통함)한 일이다. 그러나 분토(糞土: 썩은 흙, 더러운 흙)로 장성(長城)을 축(築: 쌓음)할 수 없고, 오지(汚池: 물이 더러운 못)에서 신룡(神龍)이 비등(飛騰: 날아 오름) 못한다. 더구나 쓰레기통에서 장미꽃을 바라는 것은 아니다.

공화당 정책에서 선정(善政: 국민에게 잘하는 정치)이 나와서 국태민안(國泰民安: 국가와 민족이 태평하고 편안함)하리라고는 믿지 않으나 그래도 너무 허무(虛無)한 인사(人事)를 보고 내가 이 붓을 드는 것이다. 비록 주출망량(晝出魍魎: 낮에 나온 도깨비) 같은 인물들 중에서라도 좀 나은 인물을 택할 수 있지 않았을까 한다. 박정희나 김종필에게 아부 잘

---

45) 빙공영사(憑公營私): 공적인 일을 빙자하여 개인적 이익을 도모함. 조선조의 법전인 〈경국대전(經國大典)〉, 〈대명률(大明律)〉 등에 나온다.

하는 인물이 가장 출세를 잘한다. 그러니 그 인물들 중에서도 하류인
물들만 선두(先頭)를 서는 것이다. 방송을 듣다가 이것저것 한심(寒心)
을 금치 못하여 이 붓을 드는 것이다.

계묘(1963년) 10월 23일[46] 봉우서(鳳宇書)

---

46) 양력으로 12월 8일.

시목(柴木: 땔나무) 재배가
농가부업으로 상당한 수입을 본다

시목은 부락(部落: 마을)부근 산판(山坂: 나무 베는 일판)에다 최소한 5정보(町步: 1만 5000평) 정도만 재배해 두고 신규(新規: 새로 하는 일)라면 3년이 경과한 후부터는 매년 수입이 있는 것이다. 우리 동리라면 부락민들을 전원 동원해서 100정보 내지 200정보만 시목을 양성시킨다면 매년 정보당 2만 원 이상 7~8만 원의 수입을 보게 된다. 이것이 부락단결사업으로 할 만한 사업이다.

이런 것은 부업이라기보다 전문적으로 해도 좋은 것이다. 현재 우리나라는 시목이 부족하므로 이 사업이 발전성을 가지고 있는 것이다. 우리 동리는 산판이 500정보가 되니 아주 전문적으로 200정보 범위로 정하고 발족해 봐도 좋을 것이나, 시목 생산만으로도 이런 수입이 있고 거기다 시개(柴個: 장작)를 가미한다면 상당한 수입을 볼 것이다. 이런 것은 정부에서 장려하는 것이다. 상세한 것은 농림부로 직접 문의해 보면 그 설계 일체를 상세히 교시(敎示)해 줄 것이다.

계묘(1963년) 10월 25일 봉우서(鳳宇書)

저목(楮木: 닥나무)재배로
농가부업의 일조(一助)를 삼자

구시대(舊時代)부터 산간벽지에서는 흔히 공림지(空林地: 숲이 없는 땅)에 저목, 닥나무를 재배해서 제지(製紙: 종이제조)사업을 한 일이 있었다. 근일에 신지(新紙: 새종이)는 저목이 원료가 아니나, 구지(舊紙: 옛종이)는 닥나무가 아니면 제지를 못한다. 현금(現今: 바로 지금)도 구지가 수요(需要)된다. 그러니 우리가 거주하고 있는 상신리(上莘里)도 저목재배에 적지(適地)요, 옛종이 만드는 법에도 적지이다. 역시 시목(柴木: 땔나무)재배와 동일하게 공림지에다 전부 저목을 재배해서 제지한다면 전 마을이 부유해질 것이다.

이외에도 부업으로 가능한 조건이 얼마든지 있다. 그런데 이런 조건을 불계(不計: 따지지 않음)하고 신규(新規)로 발족하는 사람이 별로 없고 농촌경제의 궁핍을 한탄하고 있으니, 우리나라 농촌경제는 얼마든지 수준향상이 가능한 것이라 이것이 실현됨으로써 우리 농촌은 부유해지고 농촌이 부유해짐으로 국가가 역시 부유해지는 것이다. 국가라면 농업으로만 경제를 좌우하는 것이 아니나, 우리나라는 7할 이상의 인구가 농업이라 농업인구만 부유해져도 거의 일국의 경제를 좌우할 수 있다고 본다. 여기 수반해서 상공업이나 다른 업도 수준이 향상될 것이라고 본다.

계묘(1963년) 10월 25일 봉우서(鳳宇書)

[이 글에서 봉우 선생님께서 왜 그리 장황할 정도로 농촌부업을 제
시하고, 격려하고, 강조하시는지에 대한 분명한 이유가 나온다. 그
것은 〈…이외에도 부업으로 가능한 조건이 얼마든지 있다. 그런데
이런 조건을 불계(不計: 따지지 않음)하고 신규(新規)로 발족하는
사람이 별로 없고 농촌경제의 궁핍만을 한탄하고 있으니, (참으로
한심하다.) 우리나라 농촌경제는 얼마든지 수준향상이 가능한 것이
라 이것(농가부업)이 실현됨으로 우리 농촌은 부유해지고 농촌이
부유해짐으로 국가가 역시 부유해지는 것이다…〉와 같이 언급하시
면서 우리나라 농촌의 농가부업이 현실적으로 접근해서 연구해 보
면 성공률이 매우 높다는 것을 확신하고 계셨던 것으로 보인다. 즉
우리 농촌의 생활조건이 생각하는 것처럼 그리 열악하거나 척박한
조건이 아니라 연구와 노력만 하면 얼마든지 경제적 수입증대와
풍요로운 생활이 가능한 잠재력을 지니고 있다는 것이다. 이는 몇
년 뒤에 시작했던 박정희의 새마을운동의 성공으로 꿈이 아닌 현
실로 드러났지만, 1963년 아직도 구시대의 미몽에서 헤어나지 못
하고 있던 대다수 농민들에게 어찌 그리 확신에 찬 어조로 통계숫
자까지 제시하며 농가부업의 성공을 강조, 장려하셨는지는 여전히
미스테리로 남아 있다. 언제나 모든 것을 미리 알고 계셨달 수 밖에
없겠다. -역주자]

수필(隨筆) – 영세농가의 의식주 계산

세인이 말하기를 일상생활에 의식주 3건이 제일 중요하다고 한다. 이 3건을 1가정 5인의 가구(家口: 집안 식구)가 있다고 가정하고 현시가격으로 평가해 보자. 물론 도시나 산촌의 다름도 있고 같은 지역에서라도 각 층의 차가 있을 것이나, 농가 세농(細農: 소규모로 짓는 영세농) 층을 표준으로 계산해 보기로 하자. 단위를 1개년으로 하고 인원은 5인으로 한다.

제1차 의복대(衣服代)를 농가에서 현재 사치를 피하고 순박한 것으로 하자. 광목(廣木)47) 2필과 마포(麻布: 삼베) 100척(尺: 자) 정도면 순수한 농가 5인의 1년의 의복으로는 족족(足足)하다. 대가로 환산해 본다면 광목 2필에 2300원이요, 마포 100척에 역시 2000원이다. 합해서 4300원이다. 그리고 식량은 정곡(精穀) 150두(斗: 말)가 소요되고 부식대 1일 평균 1인당 5원으로 하고, 년간 5인 총액 900원 정도이다. 양곡은 정맥(精麥: 깨끗이 쓿은 보리쌀) 70두, 대두(大豆: 콩) 10두, 백미(白米: 흰쌀)는 70두로 계상해서 정맥 70두에 1만 4000원, 백미 70두에 1만 8000원, 대두 10두에 1200원이면 총합 3만 4100원이요, 가옥은 삼간두옥(三間斗屋)48)을 표준으로 1채에 1만 원이면 1년 할당 2000원으로

---

47) 광목(廣木): 무명실로 너비가 넓게 짠 베

한다. 약 3만 6000원 범위다.

가구 5인을 모두 장정으로 본 것이니 이 5인의 할당이 7200원 정도다. 이것이 불가결할 지출이요, 이 가구가 총노동으로 노임을 수입으로 본다면 1인당 노임 50원으로 하고 1년중 반부(半部) 180일만 출가(出稼: 일정기간 타향에서 돈벌이함)한 것으로 계상하고 1인당 9000원, 5인이면 1년 4만 5000원의 총수입을 본다면 1년 차액 9000원이 되는데, 이것으로 보건, 교통, 의식(儀式: 행사나 예식), 비상비 등으로 지출해야 한다. 그러면 별차액이 없게 된다. 그러니 출가를 좀 더 하고 노임이 좀 인상된다면 약간의 흑자가 나올 것이요, 또 지출도 여기서 좀 더 삭감한다면 약간의 저축을 할 수 있을 것이다.

이것은 자기의 소유가 없이 순전히 출가로 생활을 유지하는 사람의 표준이요, 약간의 소유라도 있다면 계산의 변경이 있을 것이다. 그리고 아동들이 많아서 무위도식(無爲徒食)하는 사람이 많은 가정도 차한(此限: 이 한정)에 부재(不在)하다고 본다. 이상은 최저 수준을 말한 것이 아니다. 최저라면 가구에 비해서 이상의 반부(半部)의 지출도 못하는 사람이 얼마든지 있고 또 그 일가(日稼)수입이 그 이상이 되는 사람이 많다고 본다.[49] 그런데 현재 영세민들 중에서 비록 수입은 많으나 지출면에 있어서 무계산 지출로 자기의 궁핍을 타개(打開) 못하는 사람이 얼마든지 있다. 중류 이상의 가정생활은 되어도 년수입에 비해서 사치한 사람은 년지출 10만 원 이상이 되는 사람이 얼마든지 있다. 검소히 하면 저축될 것을 절약 못해서 적자생활하는 사람이 얼마든지 있

---

48) 삼간두옥(三間斗屋): 몇 칸 되지 않는 작은 오막살이

49) 일가(日稼): 하루하루 품삯을 받고 일하는 일용직 노동. 고정된 출가(出稼)수입을 얻지 못한 최저생활자들이 날품팔이 수입에 주로 의존하는 것을 두고 하신 말씀으로 보인다.

다. 검불검(儉不儉: 검소한가 그렇지 않은가)으로 빈가(貧家: 가난한 가정)
가 확립되는 것이다.

계묘(1963년) 10월 25일 봉우서(鳳宇書)

우리 국민들의 과거, 현재 생활상태

내가 본 우리 국민들의 생활의 과거와 현재를 비교해 본다면 구한말(舊韓末: 대한제국말기) 갑진년(甲辰年: 1904년)에서부터 왜정(倭政)초기까지 계해년(癸亥年: 1923년)을 일기(一期)로 하고 갑자(甲子: 1924년)에서 갑신(甲申: 1944년)까지 일기로 하고, 을유(乙酉: 1945년)부터 현금(現今: 1963년)까지 일기로 나누어 과거, 현재의 생활을 참조해 보기로 하자. 제1기인 갑진년(1904년)이 이 내 나이 5세라 아무것도 알지 못할 시대나 그래도 내가 본 대로 기억나는 대로 쓰기로 하자.

그 당시에 우리나라에서는 계급이 상당히 많았다. 서울에서는 사환가(仕宦家: 벼슬살이하는 집안)들과 부호가(富豪家: 부자집)들은 그 생활이 궁사극치(窮奢極侈: 사치가 극도에 달함)를 하고 지냈으나, 지방농민들의 생활은 자작농(自作農)은 그래도 여유 있는 듯하나, 농가의 3분의 2가 소작농(小作農)50)이라 도조(賭租)51)를 내고 호구(糊口: 입에 풀칠할 정도로 겨우 삶)가 족한 농가가 백(百)에 두 셋이 안 될 정도로 귀하다. 그래서 지주(地主)의 권리가 무엇보다도 많고, 영세농민들의 고생은 말할 수 없었다. 그러나 지주층들도 위에서 아래까지 계급으로 편안한 날이 늘 적었다.

---

50) 소작료를 물고 남의 땅을 짓는 농가
51) 남의 논밭을 부치고 그 세금으로 해마다 내는 곡식

하지만 생활수준이 비교적 금일 농가에 비해서 검소했고 1년 총지출이라는 것이 세금과 도조를 내고 그 외에 별로 큰 것이 없었다. 그래서 조반석죽(朝飯夕粥: 아침밥 저녁죽)해도 안심하고 있었고, 년부년(年復年: 해마다) 동일한 생활을 계속해도 별 진전을 보지 못했다. 아동 진학율은 10퍼센트도 못 되어 90퍼센트는 문맹이었다.

그러다가 경술(庚戌: 1910년) 이후로 1군(郡: 고을) 1교(校) 정도의 보통학교가 있어서 거의 반강제 진학을 하고 또 생산장려도 좀 했다. 그러나 왜인(倭人: 일본인)들의 이민(移民)으로 도시나 지방도시를 물론하고 상권은 전부 우리 것이 아니오, 또 생산을 목표로 하는 기업체가 거의 왜인들의 것이라 농촌의 토지가 해마다 왜인의 소유로 변해져서 농촌에는 지주를 바꾼 셈이 되고 경제적으로는 수입이 없는 지출이 옛날보다 많아가게 되었다. 왜인의 세력이 우리나라에 진출하느니만큼 우리 농민들은 피폐(疲弊: 지치고 쇠약해짐)해져서 우리나라 농곡(農穀: 농사지은 곡식)으로 식량은 해결되던 것이 만주속(滿洲粟: 만주의 조)이 아니면 기아(飢餓: 굶주림)를 면할 수 없는 현상이었었다.

그러다가 3.1운동 이후로 왜인의 무단(武斷)정치가 문화정치라는 구육양두(狗肉羊頭: 개고기에 양머리)를 내건 후부터는 국민진학률이나, 경제자립책이 점점 대두하게 되고 일부 국민은 만주이민으로 수백만 명이 국외로 가게 되었고 또 백여 만 명이 일본 본토에 가서 노용(勞傭: 노동 품팔이꾼)생활을 하게 되었다. 그리고 향학율도 좀 향상해서 1군(郡)에 2~3학교 내지 5~6학교의 소학교가 있게 되고, 국민들의 경제적 반성도 좀 생긴 것 같다. 이것이 갑자년(1924년)까지의 제1기 국민생활의 대개(大槪: 대부분)였다. 그러니 우리 국민들도 부익부빈익빈(富益富貧益貧: 부자는 더 부자되고 가난한 자는 더 가난해짐) 현상에서 극빈자들의 노동이민 등으로 애로를 타개하고자 했던 것이다.

제2기에서부터는 노동자수가 증가하고 이민이 역시 증가해서 국내 농민들도 비교적 부업의 증산 등으로 자립을 도모하고 있었으나 여의치는 못했다. 그러면서도 문맹숫자는 점점 감축해지고 기업체는 비록 급속도의 진전은 못보나, 약간의 진전을 보고 경제적으로도 약간의 진출을 보게 되었다. 그러나 농촌 경제상황은 여전히 피폐일로(疲弊一路)였다. 그러다가 신미년(辛未年: 1931)에 만주국(滿洲國)이 창건된 뒤에는 우리 국민들의 만주진출이 더욱 급진화해서 일본인의 이윤(利潤) 여조(餘條)52)인 강(糠)을 감상(監嘗)하는 정도의 친일파들의 경제적 진출을 보게 되었다.53) 그러나 농촌에서는 점점 왜정 압박이 심해졌다. 그러다 기묘년(己卯年: 1939년) 흉작 후부터는 통제경제로 국민들은 초근목피(草根木皮)로 겨우 연명을 하고 일본에서는 지나사변54)으로 대동아전쟁55)을 계속하는 중에 전시하(戰時下) 국민생활은 생불여사(生不如死)56)인 현상을 보내고 있었다. 그러나 가장 친일파들은 그때를 이용해서 부익부(富益富)가 된 자가 얼마든지 있었다. 그 당시에는 의

---

52) 돈이나 곡식 따위를 셈하고 난 나머지 부분

53) 강(糠): 겨, 매우 작은 것 / 감상(監嘗): 살펴 맛보다, 감독. 일본인에게 바치고 남은 부스러기를 맛보는(또는 감독하는) 정도의 이익을 얻는 친일파 부류를 말씀하신 듯하다.

54) 지나사변: 중일전쟁. 1937년부터 1945년까지 중화민국 국민정부와 일본 제국 사이에 벌어진 전쟁. 1931년 만주사변 이래로 시작된 일본 제국의 중국 침략의 절정이며 일본 제국의 폭주의 상징적 사건이었다.

55) 대동아전쟁: 일본 제국과 미국·영국·네덜란드·소련·중화민국 등의 연합국과의 사이에 발생한 태평양 전쟁에 대한 일본 정부의 호칭이다. 1941년 12월 12일에 도조 내각이 지나사변(중일전쟁)을 포함하여 대동아 전쟁이라고 각의 결정했다. 패전 후에 연합군 최고사령부에 의해 태평양 전쟁 등으로 단어가 바뀌어 사용되었다.

56) 생불여사(生不如死): 살아 있는 게 차라리 죽는 것만 못하다는 뜻으로 몹시 괴롭고 어려운 처지에 빠져 있음을 이르는 말.

식주가 모두 마음대로 되던 것이 없다. 그것이 제2기 말엽 현상이다.

그러다가 을유광복이 되다 남북이 중단되고 경제는 극도로 혼란되고 있었으나, 그래도 해방한 덕분으로 적산(敵産: 왜놈들이 해방 후 우리나라에 남기고 간 재산)이 우리 것이 되어서 전국의 8할이 적산이라는 것이 조건이야 무엇이건 우리의 손으로 처리하게 되어, 그 이익을 균점(均霑)하지는 못했어도 일부 정상모리배들과 적산토지 소작인들은 그 혜택을 받았다. 군정(軍政) 3년 중에 새로 난 부호(富豪)가 얼마든지 있었다. 그러는 동안에 농촌도 도시에서 난취(亂吹: 혼란스레 불어옴)하던 양풍(洋風: 미국풍속)으로 별별 기괴망측(奇怪罔測)한 일이 많으나, 그것은 그렇다 하고 경제적으로는 조금 진전했던 것이다. 그러다가 6.25사변으로 남한은 전파(全破: 모두 파괴)되어 다시 재건을 하는 것이 10년이 되어 완전복구는 안 되었고, 사변후로 농촌에서는 토지분배로 대지주층의 몰락은 되었으나, 농민전체의 수준이 생활적으로 보아서 옛날에 비해 천양지차(天壤之差)가 된다. 그러나 아직 건설면에 있어서는 전도(前途)가 요원(遙遠: 멀고도 멂)하다.

경제원조를 미국으로부터 받으며 국민경제가 전날과 같이 순박하고 검소했다면 6.25사변을 경과한 금일이라도 재건의 실적이 있었을 것인데 자상달하(自上達下: 위에서 아래까지)로 궁사극치(窮奢極侈: 아주 심한 사치)를 일삼는 관계로 소비일로(消費一路)뿐이요, 재건실적이 보이지 않는다. 부평(浮萍: 부평초)을 일삼는 연고다. 외양으로 보면 옛날에 비해서 운니지차(雲泥之差)[57]가 있는 것 같으나, 실질적으로는 조불모

---

57) 운니지차(雲泥之差): 구름과 진흙의 차이. 서로 매우 심한 차이가 있다는 뜻

석(朝不謀夕)58)하는 불안정한 현실이다. 학교는 우후죽순(雨後竹筍)격으로 그 수를 셀 수 없을 만큼 중고등, 대학이 많으나, 그 이면에 있어서 질적 완비로 타국 대학의 비교가 될 만한 곳은 한 곳도 없고 국민자립경제는 하시(何時)에 될지 모른다. 다만 옛날보다 나은 것은 문맹자가 현금에는 거의 10퍼센트 이내로 감축되고 생활수준은 강무실이용장(羌無實而容長: 아, 속은 비고 보기만 멀쑥해라)59)으로 실수입이 없는 부초(浮草)로 극도의 사치로 지내고 건설면에는 형식만 있고 실질이 없는 현상이다.

집정자가 발정시인(發政施仁: 정치를 할 때 인덕을 베풂)해서 민풍(民風: 민간의 풍속)을 개선한다면 지금이라도 불과 몇 년이면 완전무결한 국민으로 타국에 손색이 없을 것이라고 본다. 천혜가 없는 정말(丁抹: 덴마크) 등 여러 나라들은 지상천국으로 지칭을 받는데 우리나라는 지형으로나 기후로나 천혜가 많은 나라다. 민족단결만 되면 불구(不久)해서 진정 지상천국화할 수 있다고 나는 확신을 가지고 우리나라 금고(今古: 이제와 예)의 생활수준을 비교해 보는 것이다. 여기서 우리 민족의 지도자가 일일(一日)이라도 속히 나와서 위정자가 합세해서 이 나라 건설에 이바지하기 바라는 심정으로 이 붓을 드는 것이다.

계묘(1963년) 10월 27일 봉우서(鳳宇書)

---

58) 조불모석(朝不謀夕): 아침에 저녁 일을 예측하지 못한다는 뜻으로, 당장을 걱정할 뿐 앞일을 생각할 겨를이 없음을 이르는 말.

59) 강무실이용장(羌無實而容長: 아, 속은 비고 보기만 멀쑥해라): 중국 전국시대 초(楚)나라 시인, 정치가 굴원(屈原: 서기전 343-278?)의 대표작 〈이소離騷〉에 나옴.

신조각설(新組閣說)을 방송으로 듣고

박정권의 신조각(新組閣: 새내각을 조직함)을 광범위한 인물본위로 하겠다는 사전 선전을 듣고 어떤 인물의 등장인가 의심이 없지 않았다. 민정이양(民政移讓)60)이라 그래도 민간인에서 선발한 것인가 하였다. 물론 자당인사를 주로 할 것이나, 인재중심으로 하는 것인가 했더니 방송을 들으니 최두선(崔斗善)61) 군의 조각으로 현 장관급이 5인이 유임(留任: 자리에 머묾)하고, 원장급이 2인이 장관이 되고 차관급이 4인이 승진해서 조각이 되고 정일권(丁一權)62) 외 수삼인(數三人)의 신규

---

60) 민정이양(民政移讓): 쿠테타로 집권한 박정희는 군정에 대한 비판이 국내외에서 고조되자 민간에 정권을 이양하겠다고 발표했다. 이는 일종의 유화조치로 민정이양 발표 후 박정희는 중앙정보부를 동원해 창당 작업을 하고, 정치활동정화법을 만들어 중요 정치인 269명의 정치활동을 금지 등의 사전 작업을 하는 등 여러 우여곡절 끝에 제5대 대통령선거(1963.10.15)에 민간인 신분으로 출마하여 윤보선을 근소한 15만 표 차이로 이기고 당선됐다. 이 선거에서 윤보선은 박정희를 여수·순천 사건에 관련되었으며 황태성 북한 간첩과의 의혹도 주장하는 등 사상공세를 펼쳤는데 오히려 박정희에게 선량한 시민을 빨갱이로 몰아치던 한민당의 매카시즘적 수법을 되풀이하는 소행이라고 반박당해 여론의 역풍을 맞기도 했다. 물론 이후 집권한 박정희는 언제 그랬냐는듯 '선량한 시민을 빨갱이로 몰아치는' 아이러니한 모습을 보여 주었다.

61) 최두선(崔斗善, 1894.11.1~1974.9.9)은 대한민국의 독립운동가 겸 정치가이다. 본관은 동주. 호(號)는 각천(覺泉)이다. 한성부에서 출생하여 지난날 한때 강원도 철원을 거쳐 경상남도 창원에서 잠시 유아기를 보낸 적이 있는 그는 제8대 국무총리를 지냈으며 유엔총회 한국대표, 대한적십자사 총재 등을 역임하였다. 육당 최남선의 동생이다.

62) 정일권(丁一權, 1917.11.21~1994.1.17)은 지난날 터키 주재 대한민국 대사, 국무총리 등의 직책을 지낸 군인 출신 외교관 겸 정치가이다. 대한민국 육군 대장을 전역하였다. 국회에서 일어난 김두한 의원의 국회오물투척사건 당시 오물세례를 맞은 당사자이

입각이 있을 뿐이요, 소호(小毫: 작은 터럭)도 변모를 발견할 수 없는 군정(軍政) 그대로에다 최두선이라는 괴뢰(傀儡: 꼭두각시, 허수아비)를 내세워서 조각을 했다.

그래서 공화당 내에서도 조각이나 당제(黨制)에 용인약체(用人弱體: 사람씀이 부족함)라고 불평이 많은 것 같다. 정구영(鄭求瑛)63) 같은 분은 야당에서 제2, 제3을 다투는 인물로 아무 자리도 못 차지했다. 그래서 불평불만이 많은 것 같다. 이것이 민정이라는 간판하에 박정권의 독재를 여실히 노출하는 것이다.

그리고 최두선이라는 인물이 수완과 역량, 포부와 실력이 어떠한지 민간에서는 잘 알 수 없으나, 고(故) 육당(六堂) 최남선옹(崔南善翁)의 중제(仲弟: 둘째 아우)로 조대(早大: 일본 와세다早稻田대학) 출신으로, 서울 중앙학교장으로 장구한 시일을 경과하였고 그다음 남만주방적회사에서 중역(重役: 임원)으로 있었고, 또 동아일보사 사장을 역임하고 현 대한적십자사장인 인물이다. 그러나 내가 본 바에 의한다면 그 성질이 편협해서 포용량이 부족하고 고집이 심해서 자시지벽(自是之癖: 자기만 옳다는 고집)이 있고 우둔(愚鈍)에 근(近: 가까움)하고 명민하지 못해서

기도 하다. 국무총리 재직시절 정인숙과의 추문으로 세인들의 입방아에 올랐다. 정인숙 살해 사건은 지금도 밝혀지지 않았다.

63) 정구영(鄭求瑛, 1894.5.14~1978) 충북 옥천 출신 대한민국 법조인·정치가이다. 1919년 경성법률전수학교를 졸업하고 1923년 고성지검 검사를 하다 1924년부터 서울시에서 변호사를 개업하였다. 변호사를 하면서 민족운동가를 변호하였으며 1959년 서울변호사회 회장, 대한변호사협회 회장, 1960년 국제변호사 이사에 취임하였다. 1961년 군사정변 이후 창당된 공화당 초대 총재에 임명되어 전국구 의원으로 제6대 국회의원 선거에 당선되어 1964년 공화당 의장, 1965년 총재상의역, 1967년 제7대 국회의원 선거에서 전국구 의원 재선에 성공하였으나 소속 정당의 전국구 의원으로는 유일하게 3선개헌을 반대하여 1974년 1월 탈당하였고 그해 12월 민주회복국민회의 고문으로 추대되었다.

그런 중에도 진출욕은 강해서 청렴결백에는 오점(汚點: 흠이나 결점)이 있는 인물이요, 추세(趨勢)에 따르는 아부(阿附)에는 약간의 능력이 있고, 그 중형(仲兄: 둘째형) 육당과 같이 이조잔재(李朝殘滓)의 오백년 사류(士類: 선비의 무리)에게는 가장 혹평을 잘하는 몰도덕(沒道德: 도덕이 없음)의 인물이다. 이것이 아마 박정희의 비위에 가장 맞는 것 같다. 이런 인물로 역사에 선종(善終: 끝을 좋게 봄)하는 법이 없다. 그 정평(正評)이 나올 날이 머지않다고 본다.

최두선 1인이 선하더라도 만약 공화당 당책이 선하지 못하면 그 결과가 불호(不好)하려든 하물며 그 정권에, 그 조각으로 그 당이 집정(執政: 정권을 잡음)한다면 그 답안이 두고 보라! 2년 이내에 국민 전체가 다 알 정도의 열매를 맺을 것이라고 나는 판단하겠다. 대통령 박정희에 국무총리 최두선과 민의원 의장 이효상이면 아주 삼합(三合)이 된다. 정희지정(正熙之正: 박정희의 바를 정)은 명정이행부정(名正而行不正: 이름만 바를 뿐 행실이 바르지 않음)이요, 두선지선(斗善之善: 최두선의 착할 선)은 명선이기심불선(名善而其心不善: 이름만 착할 뿐 그 마음은 착하지 않음)이요, 효상지효(孝祥之孝: 이효상의 효도 효)는 명효이기실불효(名孝而其實不孝: 이름만 효도일 뿐 그 실상은 불효)이다.

이 삼합인물로 일국(一國)을 영도(領導)하고 있으니 고인(古人)의 일언이족이흥방(一言而足以興邦: 말 한마디로 나라를 일으킴에 충분하다)이오, 일언이족이망국(一言而足以亡國: 나라 망하는데 말 한마디면 족하다.)이라는 말에 비추어 본다면 과연 어느 편으로 결실할 것인가. 한심을 금치 못하겠다. 우리 같은 촌우맹(村愚氓: 어리석은 촌백성)이야 아무 관계없으나 이 나라 발전에 적지않은 암(癌)이 되어 우국지사(憂國之士)들의 마음을 졸이게 하는도다. 내가 망평(妄評)을 했는지 정평을 했는지는 2년 내지 3년을 경과한다면 세인이 다 알 것이다. 나의 독자적 의견을 후일에 적부(的否)를 상고(想考)하기 위해서 몇 자 기록해 보는 것이다.

계묘(1963년) 10월 28일 봉우서(鳳宇書)

신임(新任) 금백(錦伯)[64]명단(名單)을 듣고

사실인지 아닌지도 잘 알지 못하고 풍문으로 도백(道伯: 도지사)이 신임(新任: 새로 임명)되었다고 한다. 공화당 중앙조직부장이었고 충남도당 사무국장이던 노명우(盧明愚)군이 신인 기용으로 도백이 되었다고 한다. 노군의 선친인 노병직(盧秉稷)옹과는 상친(相親: 서로 친밀히 지냄)하던 사람으로 경자년에 환원(還元: 죽음)했고, 노명우 군은 수십 년 전에 수차 대면한 일이 있을 뿐이요, 그후는 먼 빛으로 몇 번 본 일은 있으나 대면해 보지 않았다.

그러니 사별지삼일(士別之三日: 선비가 헤어진지 사흘)에 당괄목상대(當刮目相對: 응당 눈 비비고 서로 대함)라고 했으니 세상사는 알 수 없다. 그러나 내가 본 바에는 이 사람이 일본 대학 출신으로 학병(學兵: 학도병) 소위로부터 농협중앙위원으로, 운영위원장으로, 자유당 당년(當年: 만들어진 해)에 가장 헌충(獻忠: 충성을 바침)하는 인물로, 6.25사변 직전까지 감찰위원회 감찰관으로 있다가 6.25사변이 일어나자 또 서울시 당부 중진으로 맹활동을 하였고, 수복 후 여전히 자유당 소속으로 중앙에서 이승만정권에 아부하던 사람으로 장면정권 때에도 또 별다른 금족령이 없이 행세를 하다가 5.16혁명으로 박정권이 되자 또 출세해서 공화당 중앙당부 조직부장으로 활약했고 또 충남 공화당 도사무국

---

64) 조선시대에 충청감사를 달리 부르던 말.

장으로 맹활동을 하던 백면(百面: 백 가지 얼굴) 인물로 추세(趨勢)[65]에 가장 유능한 사람이다. 외모로 보아서는 순박하고 원만한 듯한 감이 있으나, 추세하는 수단은 누구보다도 명민한 분이다. 활기와 신선한 맛은 없고 좀 충충하고 촌신사 같은 기분이 드나 어디인지 모르게 음험 간독(陰險奸毒)[66]이 구비되어 있고 공명정대(公明正大)와는 인연이 없는 인물인 것 같다.

박정권의 인선(人選: 인물 뽑음)이 가장 유유상종(類類相從)에 최선을 다한 것 같다. 우리가 아무라도 도백으로 맞으면 그만이지 별 인물이 있을 것이며, 또 도자치제(道自治制)가 아닌 이상 박정권의 지방정치가 좌우할 것이니 도백 일인(一人)의 인물 선악(善惡)이 무슨 상관이랴. 그래도 동가홍상(同價紅裳)[67]이라고 그중에서라도 양심이 좀 있는 인물이 선발되었으면 도민(道民: 충청남도민)으로의 위안감이 있을 것인데, 신임 도백으로 맞은 인물이 아부에 100퍼센트 능력이 있는 사람이라 우리 도민을 위한다느니보다는 손하익상(損下益上: 아래에는 손해요 위에는 이익임)으로 상부에 추세아부가 타도(他道)에 비교가 아닐 만큼 명도백(名道伯: 이름난 도지사)이 될 염려가 있어서 고인지자(故人之子: 고인의 아들)가 역오자(亦吾子: 또한 내아들)라는 고인(故人: 죽은 이, 오랜 벗)의 후인(後人)이 의외에도 명예스럽지 못한 인물로 도백에 등용된 것이 반갑지 못해서 몇 자를 기록해 본다.[68]

---

65) 어떤 세력이나 세력 있는 사람을 붙좇아서 따름. 아부함.

66) 음험하고 간사하며 악독함

67) 같은 값이면 다홍치마. 같은 값이라도 품질이 더 좋은 게 낫다는 말.

68) 노명우는 선생님의 걱정대로 충남지사와 수협중앙회장 재직 시 불미스런 일로 퇴직했다. 수협회장 재직 시엔 경찰의 구속 수사 방침 대상에 포함되기도 했다.

고인인 명우군의 선친 병직옹이 지하에서 바라는 것이 그 후손들의 명예요, 불명예스러운 부귀를 원하지 않으리라고 나는 믿는다. 내가 노졸(老拙: 늙고 못생김)해서 고인의 아들인 도백에게 일언반사의 충고도 못하고 임군자지소위(任君子之所爲: 군자의 하는 일을 맡김)하는 것이 고인을 위해서 미안한 마음 금치 못한다. 그러나 자성불가(自省不暇: 스스로 반성을 쉬지 않음)라 오비수삼척(吾鼻垂三尺)[69]이라고 노상인(路上人: 길거리 사람)들의 풍설(風說: 풍문)만 듣고 있으니 자괴(自愧: 스스로 부끄러워 함)함을 금치 못하겠도다. 바라는 바는 명우군의 과한 실책(失策)이 도백으로서 나오지 않기를 심축(心祝)하며 이 붓을 그치노라.

　　　　　　　　계묘(1963년) 동지일(冬至日) 봉우서(鳳宇書)

---

69) 내 코가 석 자 빠졌다. 즉 남의 일을 돌아볼 여가가 없다는 뜻.

국회 소식을 듣고

국회 벽두(劈頭: 일의 첫머리)부터 여야(與野: 여당과 야당) 대전(對戰: 서로 싸움)으로 시작했다고 한다.[70] 물론 여당이 의석 3분의 2 선에 접근하고 있으니, 다수당을 자세(姿勢: 몸을 가눔)하고 무리가 있을 것은 명약관화(明若觀火)한 일이다. 그런데 여당에서도 국민에게 체면을 유지해야 할 일인데, 야당에서 제기한 국정감사 발의(發議)를 여당에서 총기권으로 유회(流會)를 시킨 것은 여당으로는 승(勝: 이김)하고 실질에 있어서는 부(負: 지다)한 것이요, 야당으로서는 부하고 실질에 있어서는 승한 것이다.

야당의 발의가 정당해서 감사해 보면 물론 부정(不正)이 노출될 사

<hr>

70) 제6대 국회(1963.12.17.~1967.06.30.)는 민정이양과 함께 군사정변 세력인 민주공화당이 여당으로 등장하였다. 야당인 민정당과 삼민회는 다가올 춘궁기를 앞두고 격심해질 생활고의 원인으로 여당인 공화당의 부패의혹사건을 지목하였다. 경제부패 폭로와 중앙정보부의 월권행위 및 사상논쟁 등을 내용으로 하는 강력한 대정부 공세를 취함으로써 박정희 정권을 몰아칠 계획이었다. 1963년 12월 26일부터 시작된 야간국회에서 대여공세를 취하기 시작한 야당은 31일까지 국회본회의를 통해 정부와 여당의 부정의혹사건을 추궁한 뒤 이를 조사할 국정감사와 특별조사위 구성 등을 들고 나왔다. 4대 의혹사건(증권파동, 워커힐사건, 새나라자동차사건, 빠징코사건)과 삼분폭리사건이 주로 그 대상이었다. 이는 군사정변 세력이 정치자금을 마련할 목적으로 저지른 심각한 부패사건이었기에 당사자인 공화당은 불응하였다. 곧이어 1964년 3월 정부의 한일외교정상화 방침 발표로 전국에서 대규모 격렬한 시위가 벌어지자 비상계엄령을 내리는 6.3사태가 발생했고 1965년 7월에는 여당의 한일협정비준동의안 단독상정과 야당의원들의 의원직 집단 사퇴서 제출로 맞서는 등 여야 대립이 극에 달했다. 한일수교 문제는 6대 국회의 주요 화두가 되었다.

실성이 내포하고 있다는 것을 국민에게 공개했다고 보아야 옳다. 이것이 여에서 야에게 응수(應酬)하는 것이 졸렬했다고 본다. 우리가 여당 간부라면 국정감사를 쾌히 통과시키고 기왕 부정을 일관(一貫)할 량이면 감사의원을 적당히 매수하는 편이 유리할 것이요, 또 정당성을 가지고 임한다면 감사에서 나온 부정을 사과하고 내두에 여야 합세하여 국난을 타개해 나가는 것이 당연한 일인데, 가장 하책(下策)을 사용해서 여당이 신용을 타지(墮地: 땅에 떨어뜨림)시키는 것은 여당의 인물이 없다는 것을 여실히 증명하는 것이라 할 수 있고, 각 부처의 인사이동을 최총리는 사전에 전연 부지(不知)했다는 소식도 있다. 이것이 박정권의 비민주적 처사라는 말이다.

세상에서는 갑진년(甲辰年: 1964년) 춘말하초(春末夏初: 늦은 봄, 초여름)에 경제위기가 우리나라에 오지 않을까 하고 우국지사들은 비록 재야(在野)하나 침식(寢食: 잠자고 먹는 일)이 불안하다. 당국자들은 무슨 선후책(先後策)이 나올 것인가 학수고대(鶴首苦待)하는 것이다. 그리고 국회에서 여야 합세해서 현 민주실천국 국회를 견학차로 순유(巡遊: 돌아다님)할 것을 제의했다니 이것은 당연한 일이다. 제일 급선무인 경제위기를 여야 합세로 해결시키고 정국안정을 도모한다면 비록 저열한 민의원들이라도 국민에게 신뢰를 받을 것이라고 본다. 그러나 여야가 쟁론으로만 일삼고 국민이 대망(待望: 기다리고 바람)하는 일을 하지 않는다면 여전히 군정연장으로 권리만 탐득(貪得: 탐내어 얻음)한 본의(本意: 본디 의도)에 불과할 것이라고 본다. 후일에 민의원들이 여야 합세해서 국난을 타개할 것을 믿고 이 붓을 그친다.

계묘(1963년) 음월(陰月: 음력달) 11월 20일 봉우서(鳳宇書)

인생무상(人生無常) 추기(追記)

근년에 급전직하(急轉直下: 예기치 않은 사태의 변화)로 건강상의 유지(維持)를 못하고 있다. 백병(百病: 온갖 병)이 구침(俱侵: 모두 침노함)해서 소호라도 조섭(調攝: 조리)을 못하면 생각도 하지 않은 병이 나서 인내 못하고 있다. 현상에도 내 일신에 수십 종의 병이 침노(侵擄)했다. 점점 건강이 쇠약(衰弱)해지고 정신이 혼미(昏迷)해진다. 그러나 일루(一縷)의 희망을 가지고 있는 것은 변함없다. 입지불변(立志不變)하고 초지관철(初志貫徹)할 뿐이다. 이것이 내 근일(近日) 심정이다.

봉우(鳳宇) 추기(追記)

재추(再追)

우연히 감상풍한(感傷風寒: 찬 바람에 감기가 듦)하여 천해(喘咳: 기침)가 극심한 중에 소견(消遣: 시간 보냄)차로 대전을 갔다가 병이 폭발을 해서 입원치료를 하고 수혈을 수차나 하고 3~4일 만에 퇴원했으나 여전히 기침이 그치지 않아서 옥삼(沃蔘: 뿌리에서 떨어져나온 자투리 삼)을 연복(連服: 잇달아 복용)하니 소소(小小: 아주 작게) 동정(動靜)이 있는 것 같다. 이것이 다 노쇠상(老衰狀)이다. 생각도 안 한 일에 금전도 7000원이나 소비되었다. 이것이 만사분이정(萬事分已定: 모든 일이 이미 나뉘어

정해졌음), 부생(浮生: 덧없는 인생)이 공자망(空自忙: 괜스레 스스로 분주함)이라는 것이다. 병상에서 신세를 자소(自笑: 혼자 웃음)하며 이 붓을 그친다.

1963년 음력 11월 29일 봉우(鳳宇) 재추서(再追書)

[이 글은 〈봉우일기 2권〉에 실렸던 '인생무상'이라는 제목의 수필에 붙인 글이다. 내용은 아래와 같다. -역주자]

인생무상(人生無常)

인생은 무상(無常)하다는 것을 누가 부정할 것인가. 그러나 촉물생감(觸物生感: 사물을 접촉하여 느낌이 생김)하면 더한층 그 무상을 느끼게 된다. 죽마지희(竹馬之戱: 대나무말 타던 놀이)를 하고 놀던 때가 어제 같은데 명경백발(明鏡白髮: 밝은 거울에 흰머리)을 이의물론(已矣勿論: 이미 그만두고)이요, 안혼이농(眼昏耳聾: 눈은 침침하고 귀는 먹음)에 치할족완(齒割足緩: 잇새는 넓어지고 걸음은 늦어짐)한 것도 혹가서의(或可恕矣: 혹용서할 수 있음)나 기포한열(飢飽寒熱: 굶주리고 배부르고 차고 더움)이 동첩수신(動輒隨身: 꿈적거리는 대로 문득 몸에 따름)한다.

아무리 생각해 보아도 가소로운 일이다. 석화광음(石火光陰)이 인생 백년을 비추어 주는 사이에 창해속신(滄海粟身: 바다 위의 좁쌀알 같은 인생)으로 무엇을 운위(云謂)하고 있다가 생로병사(生老病死)를 점진적으로 계제를 밟고 있는 인생. 참으로 무상을 느낀다. 내가 소년시절에서부터 청년시대까지는 경천동지(驚天動地)할 야망을 가지고 있었으나 상락두상(霜落頭上: 서리가 머리 위에 내림. 즉 백발이 됨)하면서부터 점점 장지(壯志)가 사라지고 수분지명(守分知命: 분수를 지키고 운명을 앎)이라는 자위감(自慰感)을 가지고 발전성 없는 퇴보(退步)에서 방황하는 내 신세. 어찌 가소롭지 않은가.

그래도 웅심(雄心)은 불소(不消: 없어지지 않음)하여 미냉시(未冷尸: 차갑지 않은 시체)임을 자각하지 못하고 입지(立志)만은 변함없이 홍익인간(弘益人間)의 대황조(大皇祖) 이념을 그대로 계승코자 한다.

나 자신이 그 이념을 완수하리라고는 장담을 못하나 그래도 비록 석화광음중이라도 내 역량껏은 그 이념을 실현시킬 각오를 가지고 있다. 이것이 수분(守分)이며 이것이 지명(知命)이라는 말이다. 고인(古人)의 삼립(三立: 오뚜기)이라는 것을 생각하며 나도 안광낙지(眼光落地)하기까지 꾸준히 불휴(不休)하고 나간다면 성불성(成不成)이 문제가 아니라 내 양심에 앙불괴천(仰不愧天: 하늘을 우러러 부끄럽지 않음)이요 부불작인(俯不怍人: 밑으로 사람에 부끄럽지 않음)이라는 말이다. 무상한 백년인생을 자소(自笑)하며 자포자기함이 없이 여년(餘年)을 보내겠다.

계묘(1963년) 음력 11월 22일 봉우서(鳳宇書)

해위 옹(海葦翁: 윤보선)의 발언을 듣고

국회에서 윤 옹(尹翁: 윤보선)[71]의 정책발언은 대개 할 만한 말이었으나, 최후 발언 중 부정선거 운운으로 박정권 타도 운운[72]은 여당의 반감을 산 것 같다. 조(曺) 의원 말로는 국회의원으로 발언할 수 있고 상대방으로는 그 답변을 하면 그만 아니냐고 말했다. 여당에서도 윤 옹의 발언에 조 의원의 말과 같이 평범하게 답변하면 그만이요, 윤 옹으로서는 부정선거고 공명선거고를 막론하고 대통령 선거에 패배하여 고배를 마신 바에야 20만 선량으로 여야합세하여 현상의 국가와

---

71) 윤보선(尹潽善, 1897.8.26~1990.7.18)은 대한민국의 제4대 대통령을 역임한 정치인이다. 국회의원과 1948.12.15~1949.6.5까지 서울 시장을 지냈고, 1960.8.13~1962. 3.23까지 대한민국 제4대 대통령을 역임하였다. 1962년 3월 하야 이후부터는 반독재 야당 지도자로 활동하였으며, 박정희를 군부 내 좌익 프락치라고 규정하여 화제가 되기도 했다. 제5대 대통령 선거와 제6대 대통령 선거에 출마하였으나 낙선하기도 하였다. 이후 한일회담 반대운동, 민주회복국민선언, 명동구국선언 등에 참여하였으며, 군사정권하에서 여러 번 기소와 재판에 회부되었다. 5·16 군사 정변을 방조했다는 의혹을 받아왔으나 제3공화국과 제4공화국 중 박정희의 라이벌이었으며, 3공과 유신시절 내내 민권투쟁에 앞장섰고, 각종 사회사업에도 참여하였다. 김영삼·김대중이 등장하기 전까지 야당을 이끌었다.

72) 윤보선이 1964년 1월14일 본회의에서 75페이지에 달하는 민정당의 기조연설과 대정부 질의 중 박정권을 타도할 혁명이 정당하냐 부당하냐는 요지의 발언을 했다. ① 박정권 주변에 사상적으로 불투명한 사람들이 있다. ② 박정희는 부정이라는 이름의 쿠테타를 했다 ③ 반공태세가 엉망이며 민생고가 심하다 ④ 이런 현실은 박정권을 타도할 혁명을 정당화할 사태인지 아닌지에 대해 박정부의 답변을 요구한다는 등의 내용이다. 공화당은 즉각 "혁명을 유발시키는 듯한 발언을 하여 국가안위에 지대한 영향을 미치게 함으로써 국민의 위기의식을 조장했다"는 이유로 총회를 열어 공개사과를 요구하였고 거절되면 징계위에 회부할 것을 결의했다.

민족의 최대위기인 경제혼란과 정치부패를 바로잡음이 당연하거든 그래도 윤보선 옹의 심중 일변에 자기의 출마 당시 득표가 자기 인기가 무던하여 그만한 득표를 했거니 하는 윤 옹의 심산이 과히 우둔하다고 나는 생각한다.

대통령으로 출마했던 위인이 비례대표에서 당연히 후진에게 양보할 일이지 구차막심(苟且莫甚: 떳떳하지 못함이 아주 심함)하게 일(一) 의원으로 최전선에서 자기가 발언하는 중에 자기에 관한 부정선거를 운운하는 것은 어느 모로 보든지 윤 옹의 부족한 점이라고 보겠다. 그리고 여당에서도 윤 옹의 발언을 거당적으로 중대화한다는 것은 역시 자과부지(自過不知: 자기의 잘못을 모름)요, 편협성을 여실히 표현하는 것이다. 좀 영도(領導: 지도력 있는) 인물이 있어서 당연히 관홍성(寬洪性: 관대함)을 보인다면 도리어 윤 옹의 발언이 무색할 것이 아닌가. 이런 일로 국가 공기(公器)인 의회에서 사분(私憤: 사적인 분노)을 토하고자 한다는 것은 시시비비가 아니라 양비(兩非: 둘 다 잘못)임이 확실하다.

현상대로 나간다면 불구(不久: 오래지 않음)해서 무슨 조짐이 보이지 않을까 염려된다. 천정부지(天井不知)[73]의 물가고로 노임쟁의도 무리가 아니다. 임금을 인상하든지 물가를 인하하든지 양자 중 택일하라는 것도 당연한 일이나 인하, 인상이 다 말만 용이하지 속수무책(束手無策: 손은 묶였고 대책은 없음)이요, 박정희 군의 년두교서(年頭敎書)[74] 운운이 강무실이용장(羌無實而容長)하여 외면에는 허울이 좋으나 실질적으로 이행 가능한가가 절대문제요, 정치 간소화 운운들이며, 군수(郡守)

---

73) 천장을 알지 못한다는 뜻으로, 물가 따위가 한없이 오르기만 함을 비유적으로 이르는 말.
74) 대통령이 해마다 연초에 국민에게 발표하는 정견.

의 서기관(書記官)75) 승진과 서장의 총경(總警) 승진과 장령급의 무한량 승급이 물론 당사자로는 호의를 가질 것이나, 국가적으로 이런 것이 간소(簡素)에 속할지 알 수 없는 일이다. 또 각도 경찰국장들도 군인을 그대로 예편, 유임시키는 것이 이것도 민정이며 지방자치는 예산부족으로 무기한 연기하는 것 같고, 또 군정의 내각수반은 특사급으로 세계 순유(巡遊: 여행)를 하는 것이 이 김종필 의원 특사방식과 방불(彷彿)하지 않을까 한다.

이런 종류가 열거할 수 없이 많은 것이다. 그래도 박정권은 자가예찬(自家禮讚)만 하고 있는가. 윤 옹의 발언을 다른 평의원으로 발언시킨다면 무리가 아니다. 윤 옹 자신이 일선투사(一線鬪士)로 나와서 왈가왈부한다는 것 우리 선각(先覺: 선각자)으로는 윤 옹의 실책(失策)이라고 본다. 누구인들 현 박정권의 시책이 합당하다고 보겠는가. 그러나 재하자(在下者: 아래 있는 사람)로는 감노이불감언(敢怒而不言: 감히 화는 내도 말하지는 못함)이라 두고 볼밖에 타도(他道)가 없는 것이다. 윤 옹의 발언을 쓰다가 부지중(不知中) 언지장(言之長: 말이 길어짐)함을 불각(不覺: 깨닫지 못함)했도다.

계묘(1963년) 11월 회일(晦日: 그믐날) 봉우서(鳳宇書)

---

75) 일반직 4급 공무원의 직급. 부이사관의 아래, 사무관의 위이다.

추기(追記)

　민의원의 공화당이 윤옹의 발언에 대하여 12월 초1일 본회의에서 징계발의를 하고 그 설명을 하자, 야당 전원 퇴장과 소란으로 여당 단독 처결을 하게 되었다. 물론 다수당의 횡포라 소수당으로는 할 수 없는 일이나, 여당으로도 또 이런 처사는 불상사(不祥事)라고 아니할 수 없다. 여당의 발언자 신의원도 공화당은 나쁘나 박정희 자연인은 정직하다는 말을 시인하며, 개과천선(改過遷善)하는 중이라는 요지(要旨)요, 윤 의원이 발언취소를 자진해서 한다면 여당으로 거기 족하다는 말이었다. 여야 첫대결의 불상사를 윤 옹이 시작했고 신 의원이 부채질을 해서 제1차의 오점(汚點: 얼룩)을 남긴 것이다. 양비(兩非)요 시시비비가 아니다.

계묘(1963년) 12월 초1일 봉우서(鳳宇書)

현상(現狀: 현재상태) 내 가정의
계활(計活)[76]의 도(道)

　　내 가정 권구(眷口: 한 집에 사는 식구)가 9명인데 4명은 손아(孫兒: 손자아이)들이요, 아주 유치하고 내 외(外)도 내외(內外: 부부)에 나와 내자(內子: 아내)는 역시 노동 능력이 없고, 부녀자의 노동력으로 ○○ 1인이요 가아(家兒: 아들) 내외 2인에 역시 중노동은 못할 정도요, 경노동에는 인내할 수 있을 정도니, 실수입을 볼 사람이 가족 중 3인이다.

　　그러니 나도 정신노동에는 아직 여력이 있다. 9명 가족에서 4명의 수입으로 생활해야 한다. 보통 농촌에서 경영하는 농업으로는 도저히 지탱(支撑)을 할 수 없다. 내 소유 부동산 면적이 부족하고 또 농업자금이 마음대로 융통이 되지 않는 관계로 특수작물도 마음대로 못한다. 그래서 내 근년 생애(生涯: 생계)가 좀 곤란한 중이다. 그러나 만약 특수작물을 경영하며 일방으로 부업을 선택해서 착수한다면 현 생활수준을 향상시킬 수 있다고 본다. 내 소유 부동산 일부에 약초를 재배하고 일부에 기술을 과히 요하지 않는 과목(果木: 과실나무)을 배양하고 일부에 특수작물을 경작한다면 현 수입의 배(倍: 곱) 내지 3~4배는 될 수 있다. 그렇게 한다면 과목을 10년 이후 수입을 계산하고 특수작물로 현재 생활을 보장해 가면서 약간의 여유가 있을 것이다. 갑진(1964년)

---

76) 살림을 할 대책이나 방법을 꾀하여 살아 나감

신춘부터는 이것을 실천에 옮길 것을 가족들에게 확약(確約)하고 있는 중이다.

현 경작 면적이 2000평 내외인데, 개척한다면 1000평 내지 2000평을 더할 수 있다. 신개척지에서 첫 해는 별 수지(收支)가 맞지 않으나 그래도 식량문제는 완전히 해결될 것이요, 농작 전체로 부채로 채산(採算)되리라고 믿는다. 그다음부터는 수지에 흑자를 보리라고 믿는다. 이렇게 한다면 타인에게 의존이 없는 완전자립경제요, 신성(神聖)한 것이다. 이것을 완전히 실현시키는 데 기다한 애로가 있을 것은 자연 각오해야 한다. 다만 희망을 둔 것은 가족 전체가 일심단결해서 반점(半點: 매우 작은 것)의 이의(異議)가 없다는 것에 안심하고 가족들이 이 계획을 수립해 본 것이다.

명년(明年: 내년) 5월까지는 식량이 확보되어 있고 시정(柴政: 땔감사정)도 월동대책은 되어 있다. 다만 가정 전체에 약간의 부채가 있다. 이것만 금년과 명년 내에 청산한다면 큰 사고 없으면 4~5년만 경과한다면 최저생활은 안정될 것 같다. 부유층을 바라보는 것은 허영심이요, 이대로 나간다면 의식주나 자손교육문제는 근근(僅僅: 겨우) 해결될 것 같다. 여기서 안분수도(安分修道: 분수를 지키며 도를 닦음)할 수 있는 것이다. 앞으로 4~5년간을 인내(忍耐)해 보자는 것이다. 가족들의 화합(和合)이 변함없기를 바라며, 이 붓을 그친다.

계묘(1963년) 12월 초11일 봉우서(鳳宇書)

수필(隨筆): 어느 곳에서 무엇으로
태평세계의 배태가 보일 것인가

근일 풍문(風聞: 바람결에 들리는 소문)에 들으니, 민의원에서 해위(海葦: 윤보선의 호)의 징계문제는 유야무야리(有耶無耶裏: 있는지 없는지 흐리멍덩한 가운데)에 종식(終熄)시키고 이효상 군(君)이 국회에서 자신의 처사가 경솔하였다는 사과(謝過)로 여야가 다시 정책질의로 보조(步調)를 합치하고 있다니 적이 안심되는 일이다.

윤 옹(尹翁: 윤보선)의 정책발표 중 문제화했던 것은 윤 옹 집정(執政: 정권을 잡음) 당시에 혁명 주체세력이 주장한 것이 민주당 집정으로 말미암아 민생고(民生苦)가 심하고 경제가 혼란하고 정치가 부패해서 정부를 도궤(倒潰: 넘어지고 무너짐)시키고 혁명한 것이라 했으니, 박정권이 2개년을 집정한 금일의 현상이 민생고가 어떠하며, 경제혼란이 혁명 당시에 비해서 어떠하며, 정치부패가 어떠한가. 현상으로 보아서 박정권을 도궤시킬 혁명이 없으리라고 보는가라는 질의였다고 한다. 윤 옹으로서는 물어 볼 만도 한 일이다. 박정권으로도 반성할 일이다.

그 다음 박순천(朴順天)[77] 여사의 질의 중 일단(一端)은 박정희 일파

---

77) 박순천(朴順天): 정치가(1898~1983). 본명은 명련(命蓮). 3·1 운동에 참가, 일본 경찰에 체포되어 1년간 옥고를 치렀다. 경성 가정 여숙(京城家庭女塾)을 설립하여 교육에 열중하였다. 광복 후 제2·4·5대 민의원, 제6·7대 국회의원을 지내는 동안 민주당 최고 위원, 민중당 대표 최고위원, 신민당 고문 등 야당의 지도자로 활동하였다. 1972년 유신체제 출범 이후 친유신, 친5공 인사로 변신하여 송건호 등 재야인사로부터 변

의 5.16혁명은 혁명이 아니라 정권을 탈취하려는 야욕의 구테다[78]였다고 발언했다. 그 이유로는 박정권에서 저술한 5.16혁명사에서 증거를 들었다. 박정희 혁명주체세력이 민주당이 집정한 지 18일 만에 혁명모의를 했다니 혁명 당시 발표한 이유와는 정반대가 아닌가. 집정 18일 만에 무엇으로 민주당 집정의 민생고, 정치부패, 경제혼란을 알았는가. 이것은 양두구육(羊頭狗肉)격이요, 실질은 정권 탈취코자하는 야심인 구테다에 불과하다고 발표했으나 현 정부에서는 그저 받아들이고 말았다. 현상으로 보아서 박정권이 어떻게 후선책을 강구해서 파탄되지 않는가가 의문이다. 민족과 국가에서는 무엇보다도 현재 민생고와 경제문제가 우선적으로 해결되기를 바라고 외교도 현상같이 실패없기를 바랄 뿐이다.

근일 건상(乾象: 천문)이 좀 변해져서 자미원(紫微垣)[79]에 백기(白氣)가 자주 보이는 것은 그리 반갑지 못한 조짐이다. 그리고 주성(主星)이 무기(無氣)하고 객성(客星)들만 방광(放光: 빛을 내쏨)하는 것도 역시 우리나라에는 길(吉)한 일은 아니다. 명년(明年: 내년) 3~4월에 무슨 주체(主體)가 보일 것인가 기다려 보자.

명년을 세인들은 무슨 호운(好運)이 있을 줄 안다. 그런데 근일 우리나라 소행(所行: 하는 짓)으로 보아서 그런 속한 시일에 무슨 길운(吉運)이 올 것 같지 않다. 사불가역도(事不可逆睹: 앞일은 미리 알 수 없다)라고

절자라는 비판을 받았다.

78) 쿠데타 [프랑스어 coup d'État]. 무력으로 정권을 빼앗는 일. 지배 계급 내부의 단순한 권력 이동으로 이루어지며, 체제 변혁을 목적으로 하는 혁명과는 구별된다.

79) 삼원(三垣: 자미원, 태미원, 천시원)의 하나로 큰곰자리 부근에 있음. 우리민족은 오래 전부터 하늘나라 임금이 거처하는 곳은 북극의 중심에 위치한다고 여겼는데 이곳이 바로 자미궁이라는 궁궐이다. 그래서 그 궁궐의 담을 '자미원(紫微垣)'이라 불렀다.

제갈공명(諸葛孔明)[80]도 말했으니 불가역도라고 안심하는 편이 좋을 것 같다.

말레이연방과 아프리카 제국(諸國: 여러 나라)의 분란이 다 무엇을 의미하는 것이며, 프랑스에서의 중공 승인도 역시 미소(美蘇)의 균형을 파탄시키고자 하는 것이다. 그러나 자유중국과 중공으로 보면 전 중국을 지배하고 있는 중공을 승인한다는 것이 무리는 아니다. 다만 공산국가를 인정한다는 것이 미안하나 동일한 공산국가를 승인한 것도 이미 다수임에 어찌하리요. 우리 생각에는 유엔에서 미소가 중공을 가입시키고 그 반대급부로 통한(統韓: 통일한국), 통독(統獨)문제를 해결시키는 것이 현명한 방책이라고 믿는다.

그러나 세계 대정책을 어찌 우리 같은 야인(野人)이 말할 바이리요. 영, 미, 불의 의견차이가 좀 있으리라고 믿으나 프랑스 드골의 단독 승인한 것도 이면에 무엇이 있지 않은가 한다. 미국과 소련과 서로 고집하는 것을 중간에서 파탄시킬 수 있다면 서로 고집할 수 없어서 최악의 경우에 제3차 전쟁이 발단할 수 있을 것이요, 이것으로 도리어 민주, 공산 양진영의 최후가 나올지도 알 수 없는 일이다. 내두(來頭: 장래) 15년을 두고 보자. 어느 곳에서 무엇으로 태평세계(太平世界)의 배태(胚胎: 새끼를 뱀)가 보일 것인가 세인이 다 알게 되리라. 여해(如海) 노쇠(老衰)하나 초지(初志)는 불변(不變)하리로다.

---

80) '제갈량'의 성과 자(字)를 함께 이르는 말. 중국 삼국시대 촉한의 정치가(181~234). 자(字)는 공명(孔明). 시호는 충무(忠武). 뛰어난 군사 전략가로, 유비를 도와 오(吳)나라와 연합하여 조조(曹操)의 위(魏)나라 군사를 대파하고 파촉(巴蜀)을 얻어 촉한을 세웠다.

계묘(1963년) 12월 11일 봉우서(鳳宇書)

* 참고글: 〈봉우사상연구소〉 봉우사상을 찾아서(74) – 〈천부경의 비
밀과 백두산족 문화〉 대담(1989.01) – 천문2

3-33

금란계(金蘭契) 집회(集會)를 보고

작년에 비로소 발족한 금란계[81]의 제2차 집회가 계묘(1963년) 12월 12일에 개최되었다. 계원 중에서 성주영(成周榮) 1인만 유고(有故: 특별 사정)로 불참하고 그 외 전원이 집회에 참석하였고 또 신참자 배주호 씨의 가입을 보고 일부의 불평담이 있었으나, 평온무사리(平穩無事裏: 평온무사한 가운데)에 시종일관했다. 불평이라는 것은 모모안(某某人)이 당연히 계(契)에 가담해야 할 일인데 불구하고 지금껏 불참했다는 것 이요, 일부에서는 자진해서 입참(入參: 참석)할 기회를 줄 뿐이요, 권고 할 필요는 없다는 논(論)으로 일관해서 더 확대하지 않았고 자본추가 문제가 통과되었다. 이 계원들의 목표라는 것이 장구히 동일인에게 위 와 같은 목표로 왕래했다는 것을 오래 기념하자는 것이요, 동호자로는 얼마든지 가입할 수 있다는 것이다.

그러나 의사를 통할 수는 있으나 권고를 않는다는 것이 계원들의 동 일한 의사다. 현상으로도 준계원으로 보는 사람은 10여 인이나 있다. 그러나 자기들의 자진을 고대할 뿐이요, 권고를 말자는 것이다. 그 준 계원 씨명(氏名)은 곡학(谷學), 남극(南極), 경고(經鼓), 금영서(琴榮瑞),

---

81) 금란(金蘭)이란 '두 사람이 마음을 같이하면 그 날카로움이 쇠를 끊고, 뜻을 같이하는 말은 향기가 난초와 같다'는 주역(周) 계사(繫辭)의 내용에서 유래한 것이다. 그러므로 금란계란 쇠처럼 단단하고 난(蘭)처럼 향기로운 사람들의 모임'이라는 의미다. 金蘭之 交는 친구 사이의 매우 두터운 정을 이르는 말이다.

금영훈(琴榮薰), 김진홍(金振弘), 하동인(河東仁), 박홍근(朴弘根), 이상준(李相俊), 박종환(朴鍾煥), 한인구(韓仁求) 등이 알면 반대하지 않으리라고 믿는다. 권고를 않기로 하고 자진해서 가입할 것을 주로 하는 것 같다. 장래 연정원(硏精院) 발족과 병행되는 계원수도 좀 추가될 것 같으니, 계원들의 집회하는 의미보다 그 계원들의 동일 목표되는 내가 자신의 함양(涵養: 수양)으로 이 계원들의 부망(副望)[82]이 되어야 할 것이지 허명무실(虛名無實)해서 그들의 기대와 상부(相符)하지 못하면 안 될 것이라고 나는 거듭 자경(自警: 스스로 경계함)한다.

계원들은 자기 자신들에 그치지 않고 자손들의 세의(世誼: 대대로 사귀어 온 정의情誼)를 주로 하는 것이나 세상일을 누가 역도(逆睹: 앞일을 미리 내다봄. 선견先見)하리요. 다만 유시유종(有始有終: 시작이 있으면 끝이 있음)하기를 바라고 나로서도 주마가편격(走馬加鞭格: 달리는 말에 채찍질하는 격)으로 이 금란계원들의 취지와 상위(相違: 서로 어긋남)됨이 없이 자수자련(自修自鍊: 스스로 수련함)으로 수준을 저하시키지 않는 것이 이 사람들에게 만일(萬一)이라도 도움이 될까 한다. 오늘 계원 전원을 전송(餞送: 전별하여 보냄)하고 이 붓을 드는 것이다.

계묘(1963년) 12월 13일 봉우서(鳳宇書)

---

82) 벼슬자리에 추천된 세 사람의 후보자 가운데 둘째 가는 사람. 조선시대에 관리의 인사 문제와 관련하여 이조(吏曹)와 병조(兵曹)를 합칭(合稱)해서 이들 양조(兩曹)를 전조(銓曹)라고 했는데 이 전조에서 세 명의 공직 후보자를 임금에게 공천했다. 세 명을 추천한다고 해서 삼망(三望)이라고 했다. 가장 점수가 높은 후보자를 일망(一望) 또는 수망(首望), 그다음이 이망(二望) 또는 부망(副望), 마지막이 삼망(三望) 또는 말망(末望)이라고 불렸다. 국왕이 이 셋 중 적임자의 이름 위에 점을 찍었는데, 이것을 낙점(落點)이라고 했다.

상신분교 제12회 졸업식을 보고

반포초등학교 상신분교(上莘分校) 제12회 졸업식에 참석해 보니, 졸업생이 남녀 합해서 30명이오, 진학하는 사람이 그중에서 3인이다. 이것이 보통 예년에 비해서 좀 수가 적은 것 같다. 금년으로 보아 진학생 외에는 모두 가사(家事)에 보조할 사람이다. 그런데 학부형들 경제실정으로 보아서는 중학 진학쯤은 15인 내지 20인의 실력이 있을 것이다. 그리고 학부형들이 향학열이 있다면, 초등학교 6년간에 부형으로 극력 적축(積蓄: 저축)했다면, 매월 소허식(少許式: 조금씩)만이라도 했다면 6년 후에 중학 진학은 하등의 난사(難事: 어려운 일)가 아니다. 그러나 현하 우리민족 전체의 실정으로 보아서 장래를 위해서 자녀의 진학을 위해서 예비성(돈을 저축함)을 하는 사람이 백불이삼(百不二三: 백에 둘셋이 못됨)이다. 한심한 사정이다.

도시에서 중학 진학을 시키는 학부형들 경제력이라는 것이 현하 우리 분교 학부형의 경제력에 비해서 몇 분지일에도 부족한 사람들이 얼마든지 있으나 다만 향학열이 촌에 사는 사람보다 낫다는 것뿐이다. 일일이라도 속히 농촌에서도 학부형들 이해가 속히 되어 자녀들의 진학률이 증가해지기를 바라는 바이다. 현하 우리나라 실정이 국민학교 졸업자수와 중학 입학자수가 초등학교 졸업자수의 20퍼센트 이내요, 고등학교 입학자수가 중학 졸업자수의 30퍼센트 이내요, 대학입학률이 고등학교 졸업자수의 15퍼센트 내외인 현상이다. 우리나라 문교정책의 불만점이 여실히 증명된다.

　그렇다면 국민의 지식수준을 향상하려고 아무리 노력하나 문교행정의 불비(不備)로 할 수 없는 일이요, 또 그 중고등대학의 설비가 충분치 못해서 타국에 비하면 손색이 많다. 이것도 국가경제로 보아서 할 수 없는 일이나 그래도 그 경제력 범위에서라도 총역량을 경주하는 것이 당연하겠거늘 당국자들은 미봉책에 불과하니 한심한 일이다. 우리 분교 학부형들이라도 정신을 차리고 진학률을 향상시켰으면 다행이겠으나 이것도 마음대로 되지 않으니 더욱 한심한 일이다.

　각 부락에서 무명유명의 계(契)가 우후죽순(雨後竹筍)격으로 많으나 장학계를 발기하는 학부형은 보이지 않는다. 불긴(不緊: 긴요하지 않은)한 열 가지 계를 파(破: 깨뜨림)하고 자녀 장학을 위해서 전력을 한다면 1년에 졸업생 10명 이상의 진학은 가능하리라고 보고 또 학부형들이 특수사업을 단결되어 한다면 졸업생 전부를 중학 진학시키는 것이 가능하다고 본다. 기회만 있으면 학부형회 석상에서 이 말을 발설코자 한다. 장래에 이 이상(理想)이 실현되기를 바라고 이 붓을 그친다.

계묘(1963년) 12월 14일 봉우서(鳳宇書)

월남에 또 구테다가 나다

　월남이 군사혁명으로 고정권(高政權: 고딘디엠 정권)[83]을 타도하고 군사정부를 수립한 지 수개월에 불과하고 세계의 시청(視聽: 보고 들음)이 아직도 새로운 이때에 또 월남에서 혁명이 일어났다.[84] 동일한 혁

---

83) 응오딘지엠(1901.1.3~1963.11.2) 또는 고 딘 디엠은 응우옌 왕조와 남베트남의 정치인이다. 남베트남(베트남 공화국)의 초대 총통으로 1954년 제네바 협정 이후 프랑스군이 철수하자 미국의 지원으로 수상이 되었고, 1955년 4월 30일 베트남 공화국 국장 권한대행을 거쳐 같은 해 10월 26일 베트남 공화국 초대 총통에 취임하였다. 안남왕국의 명문 출신으로 베트남의 프랑스 식민 시절 25세의 나이에 프랑스 식민 지방군의 대장을 맡았으며, 약 300여 곳의 마을을 관리하는 고위 관료를 지낸 바 있기 때문에 베트남에선 민족 반역자로 분류된다. 1945년 호찌민의 공산군에 체포되었으며 호찌민으로부터 북베트남의 사회주의 정부에 입각, 참여해 달라는 요청을 받았으나 거절하고 출국, 미국, 프랑스, 벨기에 등지에서 망명생활을 하였다. 그 뒤 1954년 6월 귀국하여 미국의 지원으로 베트남국의 수상을 지내다가 쿠데타를 일으켜 공화정을 선언, 1956년 국민투표로 공화국을 선포하고 총통이 되었다. 그러나 독재와 주변 측근 인사들의 부패 등으로 민심을 잃고, 여러 번의 군부 쿠데타를 겪었다. 1963년 6월 승려 틱꽝득의 분신 자살은 쿠데타의 도화선이 되었다. 1963년 11월 즈엉반민 장군이 일으킨 군사 쿠데타에 의하여 정권은 무너지고 피습 후, 병원으로 이송 도중 아우 응오딘누와 함께 처형되었다.

84) 베트남의 군인이었던 즈엉반민(베트남 공화국 4대이자 마지막 대통령)은 CIA로부터 고딘디엠 정부가 전복되어도 반대하지 않을 거라는 통보를 듣고 고딘디엠을 실각시키는 쿠데타를 일으킨다. 그날 고딘디엠은 총을 맞아 암살되었다. 즈엉반민은 군정을 선포하고 군사정부의 수반임을 자처했다. 그러나 즈엉반민은 베트콩과의 대결보다는 화해를 추구했고, 이는 결국 미국이 응우옌카인의 쿠데타를 지원하는 계기가 되었다. 1964년 1월 30일 즈엉반민은 응우옌카인의 쿠데타에 의해 실각했다. 응우옌카인은 군사 쿠데타를 일으키면서 즈엉반민을 축출시키고 남베트남의 대통령, 총리를 역임했다. 하지만 그도 1965년 응우옌반티에우를 비롯한 남베트남군의 강경파에 의해 프랑스로 추방당했다.

명위원 중에서 동남아세아 중립을 운위하는 현재 타도된 온건파가 드골[85]의 중공 승인을 계기로 프랑스와 함께 추파(秋波)를 보내며 용공(容共: 공산주의를 따름)할 우려가 농후해서 극우파요, 친미(親美) 강경파가 사전에 미국대사와 밀약을 맺고 거사한 것이라고 한다. 물론 드골의 중공 승인에도 모종의 음모가 없으리라고 누가 확증하겠는가. 그러나 미법상(美法相: 미국 법무부장관)이 월남을 방문한 지 오래지 않아서 이런 일이 있었다. 역시 미국이 선수를 쳐 프랑스를 견제한 것이 아닌가 의심된다. 이것이 나라와 나라 간에 보통으로 있는 일이다.

이런 현상을 목전에 보고 동병상련(同病相憐)하는 사람이 없으리라고 누가 보증하겠는가. 미국 수상의 방일, 방한도 모종 의의가 잠재한다고 믿는다.[86] 그 일행이 미 행정부의 중견거물급들임에 무엇을 도마 위에 놓고 요리하는 것인가 쉽게 규시(窺視: 몰래 엿봄)할 수 없다고 생각된다. 금번 월남사태를 단순한 군사혁명으로만 보아서는 안 될 것 같다. 우리나라도 대일(對日) 외교와 대미(對美) 경제원조책 동결과 통한책(統韓策)에 국제여론과 미소의 복안(腹案: 속배포)을 역도(逆睹: 예

---

85) 샤를 드 골(1890.11.22~1970.11.9)은 프랑스의 레지스탕스 운동가, 군사 지도자이자 정치인, 작가이다. 1945년 6월부터 1946년 1월까지 임시정부 주석을, 1958년 6월 1일부터 6개월 총리로 전권을 행사했고 1959년 1월 8일에 제18대 대통령으로 취임하였다. 1965년 대선에서 재선하였으나 1969년 지방 제도 및 상원 개혁에 관한 국민투표에서 패하고 물러났다. 제2차 세계대전 아라스 전투에서 기갑부대를 지휘하여 롬멜의 유령사단에 유일하게 성공적으로 반격하였고 국방부 육군차관을 지냈으나, 후에 망명 프랑스 자유민족회의와 프랑스 임시정부를 조직, 결성했다. 제2차 세계대전 종전 이후 총리를 2번 지내고 제18대 대통령을 역임했다. 집권 후 나치 부역자들에 대한 대대적인 숙청으로 유명하다.

86) 1964년 1월29일 딘 러스크 미국무장관의 방일→방한. 러스크는 동경에서 미일합동 각료회담을 마치고 서울을 방문해 오전엔 사무엘 버거 주한미대사와 오찬을 가진 뒤 오후엔 박정희 대통령을 만났다.

견)하지 못하는 현 박정권으로 국가만년대계(國家萬年大計)에 과오가 없을까 국민으로서는 가장 염려하는 바이다. 월남의 구테다가 남의 일 같지 않아서 이 붓을 드는 것이다. 우리도 이 나라 국민이라 벽상관전(壁上觀戰: 남의 일처럼 쳐다봄)으로 알아서는 안 된다.

현 정부 요인들의 미숙한 정견(政見)은 아무리 보아도 새암가(물가)의 어린 아이와 동일해서 어느 때에 일을 당할지 1초도 마음이 놓이지 않는다. 그렇다고 부재기위(不在其位: 그 자리에 있지 않음)라 감히 모정(謀政:정치를 도모함)하고자 하는 것이 아니나, 집정자들이 연작(燕雀:제비와 참새)이 안지양상지화(安知樑上之火: 대들보 위의 불을 어찌 알랴)격으로 월남의 일이 우리 일과 같다는 것을 왜 각성하지 않는지 걱정이 아닐 수 없다. 월남에 미불(美佛)이 쟁권(爭權: 권세를 다툼)하는 것과 같이 우리나라에 미국이 은연중 모종의 실권을 일본에게 양보해서 자국 소비를 절약하고 일본으로 동북아시아에서 미국의 대행이 되게 한다면 우리는 또 36년간의 고배를 상기하지 않을 수 없다.

일방으로 우리는 북한과 동일민족으로 북한은 6.25사변으로 우리 역사를 피로 물들이고 지금도 호시탐탐하고 있는 중 어느 때, 무슨 일이 또 있을지 백척간두(百尺竿頭)에 진일보를 하고 있는 중이다. 북적(北敵: 북한의 적)도 만만치 않은데 동도(東盜: 동쪽 강도: 일본)가 또 넘겨다 보고 있는 이 중에서 집정자들은 여전히 몽중(夢中: 꿈속)에 있는 것 같다. 어찌 한심하지 않은가? 월남 재혁명의 보(報: 알림)를 듣고 고인(古人: 옛사람)의 진역우퇴역우(進亦憂退亦憂: 나아감 또한 걱정이요 물러남 또한 걱정이라)한 심정을 동감하며 설심야심(雪深夜深: 눈도 깊고 밤도 깊음)한 이 궁협(窮峽: 깊고 험한 산골)에서 세색(歲色: 그 계절의 빛깔)도 또 사박(紗薄: 깁처럼 얇음)한 이때에 노안(老眼)을 비비며 이 붓을 드는 것이다.

계묘(1963년) 12월 16일 봉우서(鳳宇書)

재고(再告: 다시 고함)

　월남 구테다는 신속한 안정을 보아 아무 경계도 없이 야간통행금지
도 없어 평온무사하다고 한다. 다만 프랑스의 중립책에 반대하는 것
외에는 하등의 잡음이 없는 용단이었다고 한다. 무슨 정권야욕이 아니
었다고 하니, 그 사람들의 구국열성을 칭찬코자 한다.

계묘(1963년) 12월 17일 추기(追記) 봉우서(鳳宇書)

수필 – 침유(浸濡)와 과오(過誤) 청산

    침유(浸濡: 적심, 젖음, 스며듦)라는 것을 말로는 알기 용이하나, 실행으로는 도저히 용이하지 않다. 새옷을 입고 무엇이 묻을까 주의, 주의하다가 한두 번 무엇이 묻은 뒤부터는 그 주의가 해이해진다. 그래서 그다음부터는 행주좌와(行住坐臥: 가고 머물고 앉고 누움)에 의복에 무엇이 묻든지 별 관계를 하지 않는 것이 예사다. 내가 역시 이와 같은 실례가 체험되고 있다.

    내 소견법(머리 식히는 법)으로 종종 위기(圍碁: 바둑)을 하는데, 소소한 상품을 걸고 하는 것이 보통 기원(棋院)의 예다. 그런데 이것이 상대가 번번이 타인이라면 별문제이나 종종 상봉하는 사람이라 동일한 상대들을 자주 만나서 약간의 지는 승부가 날 때는 성벽(性癖: 몸에 밴 습관)으로 괘금(掛金: 거는 돈)을 올리는 일이 간간이 있다. 그것이 날짜가 지나서 서로의 득실산판(得失算板: 수판)이 보통선을 지나면 서로가 다 소견법을 지나서 승부에 치중하고 또 상금을 지나서 본금(本金: 원금)회수를 목표로 열중하는 예가 얼마든지 있다. 여기서 투기성이 발생한다.

    예를 들면 1대국에서 기료(棋料: 바둑료)가 5원이면 진 사람의 기료 담당 정도로 소일한다면 이것이 기원에서 바둑 두는 본의(本意)다. 그러나 여기서 상금이라는 것이 취미로 걸고 하는 것인데 이것을 취미에서 벗어나 승부로 하고 그것이 지나서 투기로 하게 되면 신사도(紳士

道)를 지나게 되는 것이다. 이래서 득실이 과하게 나면 열중(熱中)을 면치 못한다. 나도 이런 과오를 범한 것이다. 내가 본디 승부성을 좀 가진 것은 사실이다.

그래서 기원에 다년간 계속적으로 축적된 승부가 적지 않다. 그러건 말건 단념하고 청심무루(淸心無累: 마음을 깨끗이 하고 누를 없앰)했다면 작년, 금년 양년에 과오가 없었을 것이라고 생각된다. 경제적으로 보다도 신체적으로 수차에 걸쳐 극도의 현기증세가 와서 먼젓번에는 경제적으로 1000여 원을 손실하였고, 머리의 현기증으로 수십일간을 명랑하지 못했다. 그다음에 현기증에는 경제적으로 8000~9000원이라는 막대한 손실을 보고 수개월에 계속하는 병증으로 고통을 받고 있다. 그 앓는 중에도 또 정신쇠약을 불구하고 바둑한 것이 내 힘에 지나는 손실을 보았다. 당연한 일이다. 그래서 신체는 점점 약해지고, 경제적 파탄을 보고 있다.

여기서 결심하고 기원에 가더라도 승부를 다시는 걸지 않을 것을 중복 맹세(盟誓)를 하는 것이다. 이것이 계묘년 최종의 결심이다. 갑진년(甲辰年: 1964년) 신정(新正) 이후부터 기원에 가더라도 승부는 불참하고 소견법으로 몇 차에 그칠 것이라는 것으로 점차적으로 기원출입을 정지하며 어느 부문을 택해서 전역량을 주입해서 연구하여 치밀한 계획으로 성공을 도모하여 오늘까지의 과오를 청산할 것을 재삼 결심한다. 이것을 실현시키는 것이 내 갑진년 이후의 소망이다. 종전대로 인순(因循: 낡은 버릇을 따름)하는 과오를 절대로 범하지 않을 것을 자심(自心)으로 결심한다.

계묘(1963년) 12월 25일 봉우서(鳳宇書)

수필: 〈계묘년 제석을 당하여 회고함〉의 추기(追記)[87]

인생의 무상(無常). 누가 느끼지 않을까. 그러나 참으로 그 무상을 느끼는 것은 노쇠기에 서산낙일(西山落日: 서산에 지는 해)이 되는 인생일수록 더욱이 더 느낀다. 비록 건강체구를 보유하고라도 60고지를 넘으면 믿지 못할 것 춘한노건(春寒老健: 봄추위에 노인건강)인데 더구나 불건강한 노구로는 미래사를 어찌 알리요. 부귀영화한 사람들은 노쇠하는 것이 애석해서 진시황과 한무제의 구선망거(求仙妄擧: 신선을 찾는 망령된 행동)까지 있었던 것이다. 진시황, 한무제가 아닌 사람도 수서운권(水逝雲捲: 물흐르고 구름걷힘)으로 거래무관(去來無關: 오고감에 상관없음)한 분이 얼마나 되는가. 자고급금(自古及今: 옛부터 오늘까지) 수분안분(守分安分: 제분수를 지킴)하고 천년(天年: 천명)을 순수(順受: 순순히 받음)하는 고철(古哲: 옛 도인)을 제하고는 거의다 빈한도골(貧寒到骨: 가난함이 뼈까지 스밈)한 분까지라도 거래의 흔적을 무관심하게 여기는 분이 예부터 지금까지 손을 꼽을 정도로 극소수이다.

내가 오늘까지 64세인 계묘년을 수세(守歲)[88]하고 있다. 오후 12시 정각만 지나면 65세가 된다. 그런데 금년에 내 경과가 의외로 노쇠해

---

87) '계묘년 제석(除夕)을 당하여 회고함'은 봉우일기 2권에 실려 있다.
88) 음력 섣달 그믐날 밤에 등촉을 밝히고 밤을 새는 풍속.

지고 백병이 침범해서 인내하기 곤란할 정도요, 경제적으로도 근년에 처음으로 당하는 곤경을 맛보고 있다. 여기서 비로소 소양의 유무를 논할 수 있는 것인데 평시에 내가 자처하든 심력(心力: 정신력)이 좀 약해진 것 같고, 겹쳐오는 불운으로 좀 마음의 동요(動搖: 흔들림)를 보는 것 같다. 그래서 무엇으로 좀 수입을 볼까 하는 망구(妄求: 망령된 구함)를 한 적도 있다. 또 몸의 불건강의 원인이 될 과오를 알면서 누차 범하여 노쇠를 촉진시키는 과정을 만든 것은 소양이 부족한 사람들이 하고 있는 예를 내가 그대로 범하는 것으로, 금년에 몇 차가 되는 것이다.

이것을 알면서도 자신을 용서하고 재범, 삼범했다. 장년시대에 범하지 않던 일을 노쇠기에 고범(故犯: 고의로 범함)했다. 이것이 원인이 되어 내 건강이 약해지고 병이 침입했다. 인수무과(人誰無過: 사람이 누가 잘못이 없으리오)리오 개지위선(改之爲善: 잘못을 고치면 착해진다)이라 하신 것은 성인이 후인에게 개과할 길을 열어주신 교훈이나, 이것을 지이고범(知而故犯: 알면서도 고의로 범행함)한다는 것은 용서할 수 없다고 보아야 옳다. 자작지얼(自作之孽: 스스로 만든 재앙)이라고 보는 것이 옳다.

책인즉명(責人則明: 남을 잘못을 꾸짖는 데는 밝고), 서기즉혼(恕己則昏: 자신을 용서하는 데는 어둡다)[89]라고 내가 내 과오를 알지 못하고 범한 것이 아니라 내 생각에는 1차, 2차쯤 범했기로 곧 복구할 수 있겠지 하고 범한 것이 부지중 번수(番數)가 늘었다. 이것이 내 금년의 범과(犯

---

89) 人雖至愚(인수지우) 責人則明(책인즉명) 雖有聰明(수유총명) 恕己則昏(서기즉혼). 사람이 비록 지극히 어리석어도 남을 꾸짖는 데는 밝고, 비록 총명할지라도 자기를 용서하는 데는 어둡다. - [출전] 소학(小學) 가언편(嘉言篇) / 명심보감(明心寶鑑) 존심편(存心篇) / 송명신언행록(宋名臣言行錄)

過: 잘못을 저지름) 중 최대한 오점(汚點: 얼룩)이다. 환언(換言: 바꾸어 말함)하면 배고픈 사람은 음식물을 주어야 하고, 헐벗은 사람은 의복을 주어야 하고, 거처할 곳이 없는 사람은 가옥을 주어야 하는 것이 당연한 일인데 금년의 내 비행(非行)은 새옷을 입고 진흙 한 점 오점이 있는 것을 곧 세탁하지 않고 많이 입어서 부지중 헐벗게 되었고 음식할 시간이 좀 지난 것을 곧 음식물을 구해 먹음으로써 기아(饑餓: 굶주림) 되지 않을 것을 7~8일 인기(忍飢: 굶주림을 참음)하고 아주 기진(氣盡)하여 구식(求食)할 여력도 못차리는 것이요, 여행에서 여사(旅舍: 여관)가 마땅치 않다고 풍우상설(風雨霜雪: 비바람과 눈서리)에 노숙(露宿: 이슬 맞으며 맨땅에서 잠)한 것과 소호도 다를 것이 없다.

구하는 것이 없어서가 아니라 있는 것을 고의로 찾지 않고 곤경을 자초한 것이다. 경제적으로 좀 곤경에 있었다면 낭비를 절약했으면 충족할 수 있었고, 신체에 병이 침노했다면 곧 복약으로 치료가 가능했을 것인데 방치해서 복약을 않다가 좀 중태에 빠졌고 정신의 쇠약이 올 때는 하시(何時: 언제나)든지 수련으로 보충하면 물론 복구도 할 수 있고 진보도 할 수 있는 것인데 정신모손(精神耗損: 정신소모)을 자인하며 1차도 보충수련을 하지 않고 점점 소모되는 것을 방임한 것이 내 금년 최대의 오점이며, 모정(耗精: 정신소모)의 원인이 되는 범과(犯過)를 불신(不愼: 삼가지 않음)한 것이 금년 경과 중 과오다.

금일이 계묘년 제석(除夕: 섣달 그믐날 밤. 除夜)이라 금일을 기해서 명년 조춘(早春: 이른봄)부터 이 과오를 청산하고 근년(近年: 지나간 몇해 사이)의 정신소모를 충분히 보충시키고 건강을 복구하며 적자경제를 해소시키고 후진양성(後進養成)에 전력(全力)을 경주(傾注: 기울여 쏟음)할 것을 맹세하는 것이다. 완전 보충하기까지는 시일을 요하며 경제적

뒷받침이 없어서는 소원대로 되지는 않을 것이다. 이 성공을 위해서
준비작용이 있어야 할 것은 물론이다. 명년도 금년과 같은 과정의 재
판이 없기를 바라고 제석날 회고(回顧)의 추기(追記)를 그친다.

계묘(1963년) 제석(除夕) 봉우서(鳳宇書)

1964년(甲辰)

원조(甲辰元旦: 1964년 설날 아침)

세인들이 진사성인출(辰巳聖人出) 오미락당당(午未樂堂堂)이란 예언을 어느 진사인지 알지는 못하나 임진(壬辰: 1952년), 계사(癸巳: 1953년) 휴전(休戰: 6.25전쟁)을 보고 갑오(甲午: 1954년), 을미(乙未: 1955년) 청마대운(靑馬大運)을 말한 분이 얼마든지 있었으나 사실에 있어서 청마가 무슨 오미락당당(午未樂堂堂)에 부합할 길조가 없었다. 그 당시 병행되던 누구의 소작(所作)인지 년별(年別: 매년) 예언이 있었다. 거의 우리나라에서도 남한에 국한해서 동태(動態)가 부합되어 가는 것 같다. 거기에서 "값진 옷을 지어입고 얼싸 절싸 좋을시고"라고 했다. 갑진을사(甲辰乙巳: 1964년과 1965년)가 길하다는 구어(句語)였다. 다른 것이 부합된 것으로 보아서 갑진년도 부합되려니 하고 세인들은 믿고 있다.

그런데 현상으로 보아서, 박정권의 정부요인들의 소행으로 보아서는 갑진을사에 절대로 길운이 올 것 같지 않고 도리어 그 반대사실이 오지 않을까 한다. 그러니 누가 세상사를 역도(逆睹: 예견)할 수 있는 것인가. 금번이 신부지엄택곡부(神不知奄宅曲阜.)[90] 라고 이재전전(利在田田: 이득이 밭에 있다)[91] 이오, 궁궁을을(弓弓乙乙: 예언구절)이라고 했다. 낙반고사유(落盤孤四乳)라고 했다. 이것이 다 무엇인지 알고 보면 가소로

---

90) 《정감록(鄭鑑錄)》에 나오는 예언의 글귀. 무슨 뜻인지 모른다.

91) 역시 《정감록》예언의 구절로 의미불상이다.

울 것이다. 출인(出人: 나타난 사람) 이외에 일이 나와서 갑진을사에 만사해결이 될지도 알 수 없다는 것이다.

이것은 예외로 하는 것이오, 현재 박정권이 계획하고 있는 정책과 또 그 지도 인물들이라는 인물들의 정평(正評)을 해보면 어느 모로 보든지 다각적으로 불완전한 인물들이요, 또 주장하는 것이 국리민복(國利民福)을 주로 하는 것이 아니라 사리사욕(私利私慾)으로 충만한 부정을 이모저모에서 볼 수 있는 저류인생들의 집합장이다. 이 인물들이 선정(善政)을 시행할 수 있다면 이야말로 쓰레기통에서 장미화가 핀 것으로 볼 것이다.

금년에 경제안정, 농업증산, 공업건설 등의 현안이 잘 해결되기를 바란다. 박정권도 개과(改過)해서 선정을 하고 역사에 죄인이 되지 않기를 바라는 바이다. 이것이 국민의 박정권에게 바라는 바요, 국민들도 각자 각성해서 가급인족(家給人足: 집집마다 생활형편이 풍족해짐)해지면 자연적으로 국태민안(國泰民安)이 되는 것이다. 원조에 공적으로 우리 민족에게 바라는 바요, 사적으로는 내가 몸이 오래 불건강했으니 만사 제외하고 금번 재출발로 건강을 확보하고 정신수련으로 소모를 보충하는 것으로 내 금년 제일의(第一義: 첫째 의의)로 강조하고 그외 만사는 다 되어가는 대로 임치(任置: 맡겨 둠)하고 가족의 안태(安泰: 평안하고 태평함)도 자연에 맡길 뿐이다. 이것이 갑진원조의 내 기원(祈願)이다.

갑진(甲辰: 1964년) 원조(元旦: 설날) 봉우서(鳳宇書)

추기(追記)

한미간 경제문제는 무상원조에서 박정권의 외교가 유상(有償) 즉 차관원조로 변해지고 일본과 국교정상화라는 목표하에 금년부터 어느 정도의 제한이 있을 정도로 미국과 대체되는 일본시장화할 염려가 충분히 있다. 이것이 점차적으로 그 제한의 경계선이 없어진다면 우리나라 기업체는 정신을 올바로 차린 자본주 외에는 일본자본주에게 탄식(吞食: 먹어 삼킴)되고 말 것이라고 나는 본다. 외양(外樣)은 한국인 경영이요, 실질에 있어서 일본 자본주가 실리를 거두게 될 기업이 얼마든지 있다. 이것이 우리나라 정치인들의 패배요, 한국 기업체의 자멸이라고 본다.

미국에서는 생산소모장으로 한국을 원조하던 것이 일본에서는 정당한 시장화할 것은 말할 여유가 없다. 정치인의 슬기롭고 용기 있는 영단(英斷)이 아니고는 면하지 못할 현상인 것 같다. 이것이 박정희 정권이 초래한 중대한 과오라고 본다. 이것을 무엇으로 국민경제 안정을 시킬 것인가 자못 염려되는 바이다. 정객들이 일본에서 수억의 차관으로 국가건설에 완벽을 도모하고자 하는 것 같으나 대일외교는 득불보실(得不補失)[92]일 것이요, 자멸(自滅)을 초래할 우려가 십분 있다는 것을 가리지 못한다. 그 인간들의 내심(內心)은 국가 존망보다 자기 개인이나 자기 정당의 임시적 번영하기를 꾀하는 데 불과하다. 파소(破巢: 보금자리를 깸)에 무완란(無完卵: 완성란이 없음)인 법이다. 벌써부터 친일파 정상배는 발호하고 있는 것 같다.

---

92) 얻는 것으로는 그 잃은 것을 메워 채우지 못한다. 즉 손해가 난다는 뜻.

미국에서 이것을 좌시할 것인가 아닌가가 의심시되나 미국의 본색은 성급한 자가 아니라 아주 파탄이 나기 전에는 방임할 것 같다. 일본의 대미외교와 우리나라의 대미외교를 비교한다면 천양지판(天壤之判: 하늘땅 차이)이라고 보겠다. 그리고 공화당에서 여야합세해서 국난을 타개할 것인가 독자적으로 야당을 압도하고 전책임을 자당에서 져가며 난정(亂政: 어지러운 정치)을 할 것인가 문제시되나 우리가 보기에는 현 공화당 간부로는 여야합세하여 국난을 타개할 인물이 보이지 않고 단독책임을 질 것 같다. 행정부나 입법부가 모두 일반이다.

만약 일본과 외교정상화가 안 된다면 일본은 북한이나 중공과 경제적 결합을 보게 되어 우리나라는 급속한 고립을 볼 것이라고 하나 우리나라와 국교정상화가 되어도 일본이 북한이나 중공에게 추파(秋波)를 보내지 않으리라고 누가 보증할 것인가. 이익을 목전에 두고 일본이라는 나라가 무슨 신의를 지키느라고 양국과 경제교류를 안 할 리가 없다고 본다. 현 박정권이 구실화한 일본과의 관계는 근시안적이라고 보겠다. 아마 몇 년 후에는 일본에서 몽리(蒙利: 이익을 얻음)할 수 있을 것이나 짐아지탕(짐俄止湯?)93)이요, 누포구기(漏포救기?)94)에 불과할

---

93) 선생님께서 글을 쓰시다가 한자가 얼른 생각나지 않으시면 이렇게 한글로 적어 놓으신 곳이 있다. 문맥상 여기서 짐은 전설의 독조를 말씀하시려는 것이 아닐까 추측한다. 짐(鴆)은 중국 남방 광둥(廣東)성에 산다는 전설상의 독조(毒鳥)로 온몸에 독기가 있어 배설물이나 깃이 잠긴 물을 마시면 즉사한다. 이 새의 독으로 만든 독을 짐독(鴆毒), 그 독으로 만든 술을 짐주(鴆酒)라 한다. 음짐지갈(飮鴆止渴: 목마른 자가 짐독으로 갈증을 푸는 것)이란 고사가 있는데 '짐俄止湯'도 이런 비슷한 말이 아닐까 추측한다. 아무튼 이 부분은 한일협정을 밀어붙이는 박정희 정권을 비판하는 말씀인데 실제로 일본자본이 유입됨으로써 부패의 고리가 형성되었고 한국경제는 값싼 임금에 바탕을 둔 노동집약산업의 성격을 띠고, 일본 독점자본의 재생산구조에 종속되는 형태가 되었다. 정치적으로는 한미일의 군사적 경제적 유착을 강화시켜 한반도에서의 냉전을 강화시켰다는 비판을 받고 있다.

것이다. 갑진년의 한국의 흥망의 기로에서 박정권의 처사를 바라보며 백성으로 부재기위(不在其位: 그 자리에 없으면)하얀 불모기정(不謀其政: 그 정사를 도모하지 못함)이라 말은 못하고 독자적으로 이 붓을 들어 보는 것이다.

갑진(甲辰: 1964년) 원조(元旦) 봉우서(鳳宇書)

---

94) 이 말씀도 고사에서 인용하신 걸로 보이는데 역시 추측만 할 뿐으로 일본과의 외교로 당장의 이익을 취하려다 별 볼 일 없게 되고 결국엔 손해를 보게 되는 것을 비유하신 걸로 보인다.

내가 금년에 사적(私的)으로 바라는 바

금년에 내가 사적으로 바라는 바가 수종(數種: 몇 가지)이 있다.

제1건은 내 신체건강을 보충하기 위해서 춘간(春間: 봄 사이)에 반드시 복약(服藥)할 것과 모정(耗精)에 대한 일체 행위를 절대로 범하지 않을 것이요,

제2건 정신수양을 조속한 시일 내에 완전 준비해서 실행할 것. 이것을 완성하기 위해서 약간의 경제적 입수(入手: 수입)를 갖도록 노력할 것, 이것에 수반한 모든 조건을 극복하고 단독으로 실천에 옮길 것.

제3건 가장 건강에 방해가 되는 치통(齒痛)을 다른 일에 낭비하지 말고 하루라도 속히 완전치료하고 입치(入齒: 이를 해 넣음)할 것.

제4건 경제관계로 무계획한 보허격(步虛格: 허공을 걷는 격)인 사업에는 참여치 말 일. 이것의 성불성(成不成)이 문제가 아니라 귀중한 시간을 허송하는 중대한 원인이 된다.

제5건은 부채정리를 급속히 해서 마음의 경쾌(輕快)를 초래할 것. 유예(猶豫), 미결(未決)의 폐단을 일소(一掃)할 것.

제6건은 가정산업증산에 적극적 협조를 해서 생활안정을 목표로 나갈 것.

제7건 유실녹화(有實綠化: 과실나무를 많이 심음)의 실행을 곧 착수할 것.

제8건은 무슨 일이든지 충성을 다해서 무의미한 시간을 낭비하지 않

을 것을 가장 중요한 목표로 한다. 간간이 정신의 피로를 회복하기 위해서 탐승(探勝: 경치좋은 곳을 여행함)하는 것은 예외로 한다. 간혹 여유 있는 시간이 있으면 필요한 독서도 할 수 있다. 그리고 명색이 동지규 합건으로 약간의 경제적, 시간적 소모는 자인할 것이다. 이상의 여러 건을 실행하면 을사원조(乙巳元旦: 1965년 설날)에는 소호라도 재생(再生) 희망의 성공이라고 할 것이다.

이상 여러 건이 모두 내가 가능한 일이요, 불가능한 일은 아니다. 작년으로 보아도 불계(不計: 따지지 않음)하고 입산(入山)한다면 할 수 있었고 재작년도 역시 입산준비까지 했다가 다른 곳에 소비한 것이다. 작년에도 물론 이유는 있으나 내가 낭비한 것이 수만 원이 된다. 이것의 일부만으로도 입산도 가능하고 입치도 가능하고 건강보충의 복약도 가능한 일이다. 이것이 모두 가능한 것을 불가능하게 한 것은 내 자동적인 과오 때문이요, 절대적으로 내 이외의 다른 것의 압력이나 피동적으로 되어 부득불 면치 못할 사정으로 불가능하게 한 일이 아니다. 모두 나의 자작지얼(自作之孽)이지 누구를 원망할 일이 아니다.

내 지난 일을 일일이 회고해 보자. 일시적 소견법으로 기원(棋院)을 출입한 것이 금년만으로도 득실중 총숫자가 5~6만 원을 초과했다. 중간에서 낭비도 얼마요, 실질적으로 내 손실도 수 만 원이요, 신체적, 정신적 소모도 적지 않고 득실 중 쾌불쾌(快不快)에 수반되어 정신소모와 경제손실이 역시 수 만 원이다. 이것이 내 과실이요 또 해도 그만, 안 해도 그만일 일을 해서 금년만으로 1만여 원의 소모가 되었고 정신상으로 가책(呵責)도 없지 않다. 총 소모액 6만 원 이상만으로도 입산비, 입치비, 복약비에 충당하기에 충분하고도 남는다. 그러나 내가 이것이 작년 1년에 국한해서가 아니라 년년이 이 정도 이상이다. 이런 과오를 청산한다면, 몇 개년만 결심한다면 노쇠기 보충자금이 될 수도 있다. 그래서 이런 관계로 시간이 무단히 낭비되어 일할 귀중한 시간을 허비하고 있는 것은 사실이다. 금년은 결심하고 이 과오를 범하지 않을 것을 재삼 맹세하며 내 사적으로 바라는 몇 가지 일을 실행하고자 갑진 원조 야심(夜深: 밤이 깊음)해서 노골적으로 비밀을 벗기고 사실대로 기록하고 재범(再犯) 없기를 자서(自誓: 스스로 맹세함)하고 바라는 바를 완성하기를 기원(祈願)하며 이 붓을 그친다.

갑진(1964년) 원조(元旦) 봉우서(鳳宇書)

추기(追記)

경제적으로 양건사(兩件事: 두 가지 일)에 1년 통계가 10만 4000원인데 실손(實損: 실제 손해)이 3만 6000원 정도다. 그 외에 가정잡용이나 경조(慶弔)건 등으로 소모된 것이 4~5만 원이 된다. 그리고 보면 작년 1년간 경제적으로 내 손에 입수되었던 것이 15~16만 원 이상이었던 것이 사실이다. 예년에 비해서 아주 소액이었다. 금년에는 수지(收支)가 얼마나 될지 알 수 없으나 예년 평균만 되어도 내가 생각하고 있는 일은 거의 해결할 수 있는 것이다. 현 부채 2만 원과 백미(白米: 쌀) 25두(斗: 말)와 또 1800원이라는 것이 있다. 이것을 결산하고도 4~5만 원의 예금은 충분하리라고 믿는다. 그러나 부정기 수입이라 알 수는 없는 일이다. 금년운이 보통으로 보고 내가 이 붓을 들어보는 것이다. 특수수입을 보자면 서울로 가서 전문적 기술(한의학?)을 사용해 볼 일이다. 춘간(春間: 봄 사이)의 예를 보고 행동을 정하겠다.

원조야심(元旦夜深) 봉우서(鳳宇書)

원정(元正: 새해, 원조) 2일에
제천(祭天: 하늘에 제사함)을 하고 돌아와서

해마독(해마다) 정월 초2일이 우리 동리(洞里;마을) 산제일(山祭日)이
다. 1년간 동민(洞民: 동네사람)의 안태(安泰: 평안과 태평함)를 위하여 이
날 만은 동민 전체가 정성을 다하여 치제(致祭: 제사를 지냄)하는 것이
예년(例年: 매년) 행사다. 누구가 누구를 위해서가 아니라 각자가 각자
를 위해서 산촌(山村)이라 산제(山祭: 산신제山神祭)를 지내는 것이 비
록 합심하지 못하는 동민들이나 목표가 동일한 관계로 남녀노소를 물
론하고 다 같은 정성으로 치제하는 것을 보고 어느 정도 마음이 안도
(安堵)된다.

1년에 2차인 산제지만 이날 하루라도 정신이 일치된다는 것은 그것
을 미루어서 다른 일에 확대할 수 있다는 좋은 상징이기도 하다. 동중
(洞中: 동네 전부)이 산제 준비로 정성을 다하는 이 시간을 이용해서 나
는 해마다 이 날에 가족을 데리고 제천(祭天)을 해왔다. 제산(祭山)이나
제천이나 모두 동일한 의미이다. 다만 목표가 소이(小異: 조금 다름)하
다는 것 뿐이다. 동민의 제산(祭山: 산신에 제사드림)은 각자 일신(一身)
의 안태를 빌기 위해서 이것으로 일동(一洞: 한 동리) 전체의 무사태평
(無事泰平)을 도모(圖謀)하는 것이 되는 것이다. 내가 제천하는 것도 역
시 의미만은 동일하다고 생각된다.

심축(心祝)하는 것은 우주 과거, 미래, 현재의 무량지수(無量之數)의

영철성진(靈哲聖眞: 신령, 철인, 성인, 진인)과 은현선각(隱顯先覺: 숨어 있거나, 드러난 선각자)들에게 우주만상이 순리화(順理化)되어 태평무사할 것을 묵우(默祐: 말없이 도움)하시라고 제1 선축(先祝: 먼저 빎)하고 그다음 대황조(大皇祖)님의 홍익인간의 이념이 1일이라도 속히 실현되소서 하고 그 다음 현 배달민족의 환원(還元) 단합으로 우주 대광명(大光明)의 배태(胚胎: 아이나 새끼를 뱀)가 속탄기아(速綻其芽: 그 싹을 속히 터뜨리다.)하소서 하고, 그 다음 육신화현(肉身化現: 사람 몸으로 나옴)된 백산운화(白山運化) 일꾼들의 규합이 속히 될 것을 빌고 이것을 위하여 이 몸의 건강도 같이 빌고 돌아왔다.

근본적으로 보면 제산(祭山)하는 동민의 의사나 제천하는 내 의사나 모두 동일한 안태(安泰)를 심축하는 것이다. 척설(尺雪: 많이 쌓인 눈)을 답파(踏破: 걸어 돌파함)하고 동천(凍泉: 얼어붙은 샘)을 신급(新汲: 새로 물을 길어옴)해서 양양호여재기상(洋洋乎如在其上)이며, 여재기좌우(如在其左右)[95]한 심경으로 제천을 끝마치고 10리 빙정(氷程: 얼음길)으로 귀가하여 동민들의 제산하는 불빛을 바라보고 독좌묵상(獨坐默想: 홀로 앉아 잠잠히 생각함)하며 이 기록을 난초(亂草: 어지러이 씀)하는 것이다. 이것이 잠재의식인 천량(天良)을 그대로 발휘하는 것이라고 생각하며

---

95)《중용中庸》16장에 나옴. 〈원문〉: 子曰 鬼神之爲德 其盛矣乎인저. 視之而不見하고 聽之而不聞하되 體物而不可遺라. 使天下之人으로 齊明盛服하여 以承祭祀할새, 洋洋乎如在其上하며 如在其左右니라. 詩曰 神之格思를 不可度思온 矧可射思아. 夫微之顯이 誠之不可揜이 如此夫인저. 〈풀이〉: 공자께서 말씀하시길, 귀신의 덕됨이 왕성하도다.***여기서의 귀신은 삼라만상을 작동케 하는 우주의 기운 같은 것이다.***그것을 보려 해도 보이지 않고, 그것을 들으려 해도 들리지 않지만 만물에 깃들여 있어 떼어 낼 수가 없도다. 세상 사람들로 하여금 단정하고 깨끗하게 옷을 갖춰 입고 제사를 받들게 하면 귀신이 위에도 있고 좌우에도 있는 것처럼 세상에 가득함을 느낄 수 있다.《시경詩經》에 이르되, 귀신이 언제, 어떻게 다가올지 알 수 없거늘 하물며 싫어할 수 있겠는가 하였는데, 아무리 은미한 것도 드러나는 법이니 정성을 가릴 수 없음이 이와 같다.

이 붓을 그치고 심축(心祝)한 대로 소원성취를 바랄 뿐이다.

갑진(1964년) 정월(正月) 초2일 봉우서(鳳宇書)

[이 글은 1989년에 출간된 《백두산족에게 고함》에 〈제천을 하고 돌아오며〉란 제목으로 실려 있다. 여기서는 일기의 원문을 그대로 직역하여 실었다. 봉우 선생님의 제천사상을 엿볼 수 있는 귀중한 글이라 생각된다. 제천, 하늘제사에 임하는 선생님의 심경이 그대로 드러나 있다. 그 무엇보다도 광대무변한 선생님의 우주적 스케일과 깊이가 느껴진다. -역주자]

수필 – 두 가지 불가사의(不可思議)하고 기상천외(奇想天外)한 체험

첫 번째 체험

내가 갑자년(甲子年: 1924년)에 전남 영암(靈巖)군 시종(始終)면 와우리(臥牛里) 김봉두 옹(翁)에게 가서 있었다. 2차에 체험한 일을 불가사의(不可思議)라고 하지 않고 사실경과를 그대로 기록해 본다.

당시 김 옹의 종형(從兄: 사촌형)이 서거한 지 약 1년여다. 하루는 김 옹이 나더러 어제밤에 이상한 몽사(夢事: 꿈에 나타난 일)가 있었다고 말한다. 하고(何故: 무슨 까닭)인가 하면 서거한 종형이 와서 말하기를 어느 곳으로 영전(榮轉: 전보다 좋은 곳이나 직위로 옮김)하게 되는데, 호적(戶籍)이 처리가 되지 않아서 부임을 못하니, 속히 정리해 달라고 한다는 말이다. 김 옹의 장질(長姪: 큰조카)이 당시의 호적계(의 공무원)였다. 조반(朝飯: 아침밥) 후에 김 옹의 큰조카인 기성(基成) 군이 인사차로 왔을 때, 김 옹이 이 말을 했다. 그러니 기성군의 답언(答言: 대답하는 말)이 춘몽(春夢: 봄꿈)을 어찌 크게 믿을 수 있느냐고 말하며 그 당숙(堂叔: 종숙從叔: 아버지의 사촌형제) 서거 당시에 사망신고가 되어 있고 호적에서 제적도 되었다고 말했다. 김 옹도 그렇커니 하였을 것이다.

그런데 그 다음날 아침 김 옹이 또 말하기를 지난밤 꿈에 종형이 또 나와서 독촉한다고 했다. 아침 식사 후 기성군에게 또 말하니 일소(一

笑)에 부치고 만다. 김 옹이 화가 나서 면사무소로 가서 김○○ 면장을 보고 말하니 기성군이 역시 전날 발언과 같은 말을 한다. 그래서 호적을 보자고 하니, 그 자리에 있던 사람이 전(前) 면장과 10여 년 면직원으로 있던 사람이 있었다. 여러 사람이 호적을 보니 사망계(死亡屆)가 되어 있고 제적도 되었다. 그런데 호적사유란에 보니 김 옹의 종형이 누적(漏籍: 호적에서 빠짐)으로 추가 신고한 것으로 되어 있었다. 그래서 전 면장과 전 직원이던 사람이 말하기를 임자년(壬子年: 1912년)에 호적정리를 할 때에 김 옹의 종형이 옥야리(沃野里)에 거주하다가 몇 년 후에 타향으로 갔다가 7~8년 만에 고향으로 왔으니 누적(漏籍)이 되었을 리가 없다고 옥야리 호적을 열람해 보라고 했다. 과연 옥야리 호적대장에 여전히 생존해 있었다. 여기서 여러 사람들이 대경(大驚: 크게 놀램)하여 호적정리에 착수해서 완전히 귀결(歸結: 결말에 이름)을 보았다.

여기서 김 옹이 생인계(生人界: 살아있는 인간계) 사무의 불비(不備: 갖춰있지 않음)를 책(責: 꾸짖음)하고 정리된 호적등본을 김 옹 종형의 묘소앞에서 태워 주었다. 그날 밤에 김 옹뿐만 아니라 마을의 노인들 꿈속에도 서거한 김 옹의 종형이 행차(行次)를 정비하고 무슨 임관(任官: 관직에 임명됨)하는 것이 나타난 것을 보았고, 김 옹에게 와서 치하(致賀: 고마움을 표함)하는 몽사(夢事)를 보았다고 하는 말을 내가 이문목격(耳聞目擊: 귀로 듣고 눈으로 봄)한 바이다. 서거한 김 옹의 종형이라는 인물이 비록 농촌사람이나, 초초(草草: 보잘 것 없이 초라함)한 인물이 아니요, 좀 영특(英特)했던 것은 사실이었다. 그래서 사후(死後)에 그의 영혼이 불매(不昧: 어둡지 않음)했던 것이다. 내가 이 사실을 내 수필 중 어느 곳에 기록했던 것 같다. 중복되어도 무관하기에 또 기록하는 것이다. 이다음에 쓸 건(件)도 역시 위의 건과 동일하다.

두 번째 체험

그 다음은 김 옹(金翁)과 그의 친지(親知)인 여러 사람이 남해당(南海堂)[96] 정자 아래에서 소풍(消風: 바람을 쐼)하고 있을 때에 도선장(渡船場: 나루터)에서 한 사람이 와서 면내(面內)의 김모(金某)라는 사람을 찾는다. 여러 사람들이 말하기를

"이 사람아, 김모는 죽은 지 벌써 몇 년이 되었네."

라고 대답한 즉 그 사람 말이

"네. 김모가 죽은 줄은 잘 압니다. 내가 저승에서 그 사람을 만나서 그의 집에 전할 말이 있어서 그러는 것입니다." 한다.

김 옹과 여러 사람들이 모두 경이(驚異: 놀랍고 기이함)찬 일이라고 다시 상세한 일을 물어보니 그 사람이 경과사실을 말한다. 자신은 중병(重病)으로 수개월만에 혼이신구(魂移身軀: 영혼이 몸을 떠남, 죽음)해서 사거(死去)한 줄로 알고 수습을 해놓았는데, 3일 만에 회생(回生: 다시 살아남)해서 며칠간 치료하고 오는 길이라 한다. 그 이유는 자기가 죽은 혼이 간 곳이 삼향(三鄉) 해안 매립장에 가서 역부(役夫: 일꾼)로 일을 했는데 (당시는 아직 허가가 나지 않은 곳이라 물론 그 일이 되었을 리도

---

96) 전라남도 영암군 시종면 옥야리에 있는 남해 해신당(海神堂)으로 옛부터 나라에서 해신에게 제사를 드리던 곳이다. 남해 해신당제(海神堂祭)는 전국 3대 해신당제사의 하나로 1098년 고려 현종 때부터 제사를 올렸다는 기록이 《증보문헌비고》에 나온다. 1925년 일제에 의해 헐렸으며, 현재는 신당터만 남아 있다.

없고 역부가 필요할 리도 없다. 수년 후에 비로소 허가가 나고 공사를 착공했던 것이다.) 현장감독이 인부호명(人夫呼名)을 하다가 그 사람을 보고 동일명의(同一名義: 같은 이름)나 그 사람이 아니라고 제명(除名: 이름을 빼 줌)을 하며 부탁하는 말이

"자네가 내 집에 가서 내가 영전할 차례인데 신분(身分)조사에 부채가 정리되지 않아서 갈 곳을 가지 못하니 집에 가서 말을 전하되 영암읍 김의관(金議官)에게 득채(得債: 빚을 얻음)해서 모모(某某: 아무 아무) 3인에게 방채(放債: 빚을 놓음)한 것이니 속히 정리해서 자기의 영전이 늦지 않게 해달라"

고 하더라고 한다. 그래서 여러 사람이 동행해서 김씨집에 가서 그 말을 전하고 곧 모모를 불러와서 김봉두 옹이 출명(出明: 속한 곳)이 비록 다르나, 감히 속이지 못한다며 호령을 하니 사실대로 현장에서 채무를 수입(收入: 걷어들임)해 가지고 또 김 씨와 김 옹과 여러 사람들이 영암읍의 김의관(낭산朗山 김준연金駿演[97]의 선친임)에게 가서 그 말을 하니, 김의관은 죽은 김 씨가 아무 부채가 없다고 부인한다. 그래서 김봉두옹이 거리변론(據理辯論: 이치에 근거해 변론함)해도 시종 수긍하지 않더니, 종말에 가서 말하기를

---

97) 김준연(1895.3.14~1971.12.31)은 일제 강점기의 언론인이자 독립운동가였고, 대한민국의 정치가이다. 또한 조선공산당의 한 분파인 엠엘파의 중요 인사였다. 독일 베를린 대학을 우등으로 졸업하고 귀국 후에는 조선공산당 결성 운동에 참여했다. 1925년부터는 조선일보에 입사하여 2년간 조선일보의 기자와 주러시아 특파원 등으로 활동했다. 1928년 동아일보로 옮겼다. 해방 후 우익으로 전향하여 1945년 9월 한민당 창당에 가담했으며, 1948년의 대한민국 단독 정부 수립에 지지를 보냈다. 민주국민당과 1954년 호헌동지회에 참여하였으며 민주당에 참여하였으나, 친여 인물로 분류되어 비판을 받던 중 탈당하여 자유민주당을 창당 조직하기도 했다. 1961년 5월과 1963년 제5대 대통령 선거 당시 박정희의 사상 경력에 의혹을 제기하여 논란을 일으키기도 했다. 봉우 선생님께서는 이 사람의 됨됨이를 매섭게 비판하신 적이 있다.

"내가 내 심산(心算: 마음의 셈)으로 그 사람(죽은 김 씨)이 생시(生時)에 내게 거래를 수십차에 한 번도 신용을 잃지 않았고 또 정직한 사람이었는데 사후에 그 부친이 독자(獨子: 외아들)의 참척(慘慽)[98]을 보고 또 나와 금전관계를 알지 못하고 있는 것이라 발설하기 미안해서 아주 장부에서 청산시킨 것인데 지금 와서 또 부채를 받으면 내 심산에 다시 부채를 지는 것이다."

라고 하며 그 장부를 꺼내어 여러 사람들에게 보인다. 죽은 김 씨의 부친과 김봉두 옹은 김의관에게 받으라고 하고 김의관은 못받겠다고 하다가 필경 받았다. 그래서 김의관은 죽은 그 사람을 위해서 불전(佛前: 부처님 앞)에 재(齋: 불공, 제사)를 올리었다.

기상천외(奇想天外)의 일이오, 현세 인심으로 어려운 일이다. 그리고 이 세상에서 할 일을 몇 년 전부터 신도(神道: 귀신계)에서는 먼저 해보는 것 같다. 삼향면(三鄕面: 전남 무안군) 수면매립(水面埋立)[99]도 이 일이 있은 후 7~8년 만에야 완성되었다. 그다음에도 그런 예외가 얼마든지 있다. 음이니, 양이니 해서 양세(陽世)에서는 음계(陰界)의 존재부터 부인하나 사실에 있어서는 동일한 세계인 것이오, 여영수형(如影隨形: 그림자처럼 형체를 따름)하는 것이다. 대인(大人)들은 수천 년, 수만 년의 과거, 미래를 통관(洞觀: 꿰뚫어 봄)하고 있으니, 이하 인간들은 자기수

---

98) 자손이 부모나 조부모보다 먼저 죽는 일.

99) 당시 조선총독부는 산미증산 목적으로 토지 개량 사업을 시행하였는데 그 일환으로 공유수면매립을 통한 농경지 조성 사업을 전국적으로 하였다. 이 사업은 일본인이 주체가 되어 이루어져 일본인의 토지소유를 증가시키는 주요한 요인이 되었고 그 결과 조선인 중소지주의 몰락 현상이 있어났다. 당시의 분위기를 보면 1927년 무안군 삼향면 수도제삼수원지(水道第三水源池) 공사장에서 조선인 인부에게 일본인 감독이 물을 끼얹은 것이 발단이 되어 일본인 감독 측 십여 명과 조선인 인부 45명 이 난투를 벌여 중상자가 다수 발생한 사건이 있었다.

양(自己修養) 범위로 그 광화(光華) 빛나는 거리까지 겨우 볼 수 있다고 본다. 내가 이 수필을 쓰는 것도 예를 들기 위한 것이다. 이런 예는 얼마든지 있고 이상 생사(生死)를 통관하는 혜안력(慧眼力)이 있는 사람이 현세에서 몇 사람이나 되는가 한심한 일이다.

갑진(1964년) 정월(正月) 초3일 봉우서(鳳宇書)

[이 글은《백두산족에게 고함》에〈두 체험〉이라는 제목으로 실려 있다. -역주자]

답김학수(答金學洙) – 김학수 군 편지에 답함

舊臘發信元旦奉讀認知送迎(구랍발신원조봉독인지송영)

지난해 마지막 달에 보낸 편지를 새해 첫날 읽어 보고

송구영신(送舊迎新: 묵은 해를 보내고 새해를 맞음)을 깨달았네.

俱安而滿幅情話多謝(구안이만폭정화다사)

모두가 평안하시고 온가득 따스한 이야기 감사하네.

故人之不棄一歲再新(고인지불기일세재신)

옛사람은 한 해를 버리지 않고 다시 새로이 하여

兩曆遞盡曰陰曰陽(양력체진왈음왈양)

두 가지 역법이 갈마들며 음력, 양력이라 하네.

理本無殊(이본무수)

우주의 이치는 다른 게 아니고

維天維人時則同感耳(유천유인시즉동감이)

하늘이나 사람이나 때, 시절은 똑같이 느낄 따름이라네.

到老無爲虛充飯(도로무위허충반)

늙은이 되니 하는 일 없이 밥만 축내네.

只愧古人之三立, 憾吾生之行休(지괴고인지삼립감오생지행휴)

단지 고인의 삼립100)에 부끄럽고 내 삶의 행로가 한(恨)이 될 뿐.

誰怨孰尤(수원숙우)

누구를 원망하고 누구를 탓하겠는가.

默坐回想都是自取(묵좌회상도시자취)

잠잠이 앉아 되돌아 생각하니 모두가 스스로 취한 것이네.

古聖云朝聞道夕死可矣(고성운조문도석사가의)

옛성인(공자님)께서는 "아침에 도를 들으면 저녁에 죽어도 좋다"101)

하셨는데

所顧者能聞之耳不聾耳(소고자능문지이불농이)

돌아보는 사람은 (도를) 들을 뿐, 안 들린다 할 필요는 없는 것이네.

---

100) 삼립은 '세 가지 세워야 할' 목표로 공명을 세우는 '입공(立功)', 자신의 철학을 글
로 나타내는 '입언(立言)', 최고 단계인 덕을 세우는 '입덕(立德)'을 말한다. 《춘추
좌전(양공24년조)》에 나온다. '穆叔 曰, 太上有立德, 其次有立功, 其次有立言:
목숙이 말했다. 최상은 덕을 세움에 있고, 그 다음은 공을 세움에 있고, 그 다음은
말을 세움에 있다.'
사마천(司馬遷)이 지준(摯峻)이라는 친구에게 보낸 편지에도 같은 내용이 실려 있
다. 사마천은 인간으로서 이 셋 중 적어도 하나 이상은 수립해야 한다고 보았다.
101) 《논어(論語)》〈이인(里仁)〉편에 나옴

守分安命無愧古人耳(수분안명무괴고인이)

분수를 지키고 천명에 따름은 옛사람에 부끄럽지 않음이라.

自古士子處於貧窮(자고사자처어빈궁) 能安貧樂道(능안빈락도) 名不
朽道可傳(명불후도가전)

예부터 선비는 가난하고 궁한 처지에서도 능히 청빈하게 살며 도를
즐겼으니, 그 이름이 썩지 않고 도가 전해질 수 있었네.

此凄涼一世安樂百世(차처량일세안락백세)

이렇듯 한 세상 처량해도 영원한 안락을 택했던 것이요

誰取一時之榮而棄百世之福乎(수취일세지영이기백세지복호)

누가 일시의 영화를 취하고 백세의 복락을 버리겠는가

然世人維事目前之糊口(연세인유사목전지호구)
不能耐乏者也(불능내핍자야)

그러나 세상 사람들은 오로지 눈앞의 호구(밥벌이)에만 신경쓸 뿐 궁
핍을 인내하지 못한다네.

道明甫深察焉(도명보심찰언)

도명(道明)[102]군은 이 점을 깊이 성찰하기 바라네.

余亦不能躬行(여역불능궁행) 心則常存乎此耳(심즉상존호차이)

---

102) 봉우 선생님께서 김학수 씨에게 지어 주신 별호.

나 또한 이를 실천궁행하지 못했으나 마음은 늘 여기(도의 실천)에
있네.

餘維企萬福不備謝(여유기만복불비사)
자네의 모든 일이 잘 되기를 바라고 이만 줄이네.

청룡적호(靑龍赤虎: 갑자년 1964년) 정월(正月)

재생백일(哉生魄日: 음력 열엿샛날)[103] 봉우서(鳳宇書)

---

103) 달에 처음으로 백(魄: 빛 없는 부분)이 생김. 곧 16일.《서경(書經)》주서(周書)
    강고(康誥)에 나옴. "3월 열엿샛날 주공이 터를 닦기 시작하여 동쪽땅 낙(洛)에
    새로 큰 도읍을 만들었다."(惟三月哉生魄 周公初基 作新大邑于東國洛).

수필 – 국가경제확립을 위한 제언: 국민들을 생활고에서 구출할 방안들

국가 식량난(食糧難)으로 작년에 우리 역사상 초유의 백미(白米) 소두(小斗: 닷되들이 말) 한 말에 현금 600원이라는 소리를 냈다. 물론 그 이면에는 별별 조건이 다 있으나, 이것은 말할 필요 없고 내가 말하고자 하는 것은 우리나라 미곡(米穀)생산을 현재의 두 배 정도로 증가 시켰다면 약간의 국외 방출이 있더라도 식량난에 봉착할 리가 없다는 것이다. 내가 보기에 정부에서 별 설명을 다해도 광대한 평야부(平野部)에서는 답(畓: 논)의 이모작(二毛作)이란 거의 없고 수면매립 가능처가 얼마든지 있는데 국가에서 우선적으로 국비로 매립을 해서 증산에 노력해야 하고, 산림이나 황무지를 얼마든지 개척할 수 있는 것을 구두선(口頭禪: 헛된 말)뿐이지 공염불(空念佛: 헛소리)에 그친다.

내가 말하는 여러 부문(部門)에서 양곡증산을 한다면 현 생산의 두 배 증액은 무난하다고 본다. 그렇다면 외국수출도 가능하고 인구증식도 가려(可慮: 걱정스러움)할 것이 아직은 없다고 본다. 현 정부에서 농촌정책에 최선을 다한 것 같이 공전(空傳: 진실이 아닌 것을 전함)하나, 실질에 있어서 양곡정책의 과오를 범하고 있고 증산(增産)도 공염불뿐이지 실리(實利)가 보이지 않는다. 내가 수차(數次)를 언급한 것이나, 농사연구원들의 우수한 의견을 존중(尊重)히 생각해서 전국에 보급시키는 것이 마땅한데, 이것이 보급되지 않아서 전국적으로 보면 면적이

극소한 곳에서 다량 생산하는 일이 간간이 보인다.(잘 안 보인다는 뜻)

그렇다면 이런 것을 국책으로 보급시키는 것이 무엇보다도 급선무인데 농업당국자들은 자기들의 실험 정도로 그치고 보급시키는 것 같지 않다. 이것이 상중하불상구(上中下不相救: 상중하가 서로 구하지 않음)하는 현 정책이라고 보겠다. 재상자(在上者: 위에 있는 사람)가 민족과 국가사업을 헌신적으로 하는 것이 아니라 일시적 영업장소인 양 오해하고 자기들 시책(施策)의 결과가 어떻게 되는가를 염두에 둘 필요조차 느끼지 않고 이해득실을 염려하다 보니 일시적 의견발표 장소로 아는 것 같다. 이것이 우리나라 실정이다.

특수작물이나를 불구하고 생산증가에 노력한다면 오래지 않아 현 생산의 두 배 증산은 용이한 것이라고 나는 경험에 비추어 말하는 것이다. 물론 경지면적의 증가도 선결문제이나, 농업방식의 개량도 역시 중대문제다. 한정되어 있는 경지면적에서 특수농작물을 경영하는 사람들의 수확을 보면 재래 보통식보다 두 배 내지 세 배는 별로 큰 힘들이지 않고 하는 것을 얼마든지 보았다. 곡물의 수확도 그러려니와 특수작물로 수입면에 있어서는 최고로 10배 이상의 특혜를 보는 일이 얼마든지 보인다. 벼수확이 1두락(斗落: 마지기, 논밭넓이의 단위) 200평에 백미 20두(斗)면 현행가격으로 보고 7000원 수입이다. 평당 35원이다. 그런데 특수작물이라면 내가 본 바에 최고(最高)가 평당 년 600원이요, 그 이내라도 200~300원은 보통이다. 우연(偶然)히 하면 10배는 무난하다. 곡물을 말고 전부 특수작물을 하라는 것은 아니나, 부업으로 얼마든지 할 수 있고 농가수입의 적자를 보충할 수 있다고 본다. 그래서 농가의 평균수입을 향상시키고 생활수준도 동시에 향상시킬 수 있다고 본다.

구체적으로 다시 상세한 저술을 하겠으나, 이런 것이다. 즉 국가에서 시책상(施策上) 불비(不備: 준비가 안 됨)가 원인이 되어 보급되지 않고 실행에 넘기지 못하는 관계로 국민들의 생활고를 구하지 못하고 국가의 안도(安堵)를 못 시키는 것이라고 나는 생각한다. 그래서 이 붓을 든 것이다.

갑진(1964년) 정월(正月) 초7일(初七日) 봉우서(鳳宇書)

추기(追記)

우리나라가 지역적으로 보아서 옛사람의 말씀과 같이 과연 금수강산(錦繡江山: 비단으로 수놓은 강산)이다. 현상으로는 국민전체의 7할에 가까운 인구가 농업으로 있고 근소한 공업과 1할 내외의 상업이 있고 구 나머지는 각기 각종의 직장에 있을 뿐이다. 그러나 내가 말하고자 하는 것은 우리나라에서 수확을 증가하자면 그 길이 얼마든지 있다. 장래 유망한 부문이 무엇인가하면 현상으로 보아 우리나라에서는 해산물의 수확이 우리나라 전수역(全水域) 생산 가능량의 겨우 10퍼센트 이내에 불과하고 산촌(山村)의 수확이 다른 나라에 비해서 아주 저조해서 뭔가 수입을 잡을 정도도 못된다.

이런 상황을 개량한다면 어느 기간만 지내면 10배 내지 20배의 수입이 가능하고 또 천혜의 수력발전지구가 우리나라 각처에 있는 것을 유효적절하게 개발한다면 적어도 1000만 킬로와트 이상의 발전을 볼 수 있어서 현 산림탈피(山林脫皮)를 방지하며 공업을 대발전시켜서 국가

수입의 대폭증가를 볼 수 있고 전력풍족으로 지하에 매장된 각종 풍부한 광물을 개발시킬 수 있고, 이것으로 농업국이 공업국으로 변해지고 경제의 여유가 있게 되어 국민의 수준이 부지불식간에 일로향상(一路向上)하게 되는 것이요, 여기 수반되는 국가와 민족의 각종 시설은 자연적으로 난국(難局)이 완전 해소되어 착착(着着) 확고한 지반(地盤)이 국제적 수준을 돌파할 수 있다고 본다. 다만 우리나라에서는 공업이나 해운(海運)이나 항공에 불가결한 유류(油類)생산이 되지 않아서 큰 애로이나, 지상의 교통에서는 전력을 많이 이용하고, 해운에는 국산 석탄을 주로 이용한다면 부득이한 항공과 자동차에 한정된 유류가 수입될 것이다. 다른 수출로 이것을 보충할 수 있을 것이다. 이것으로 국가경제확립을 볼 수 있는 것이다.

이 다음이 국방인데 이것은 통한(統韓: 통일한국)이 불구(不久: 오래지 않아)해서 완성되리라고 믿는 관계로, 또 중공이 제3세력의 변화를 볼 것이라는 것을 믿는 관계로 방대(尨大)한 국방력은 필요 없으리라고 나는 자신을 가지고 있다. 다만 내가 상언(常言: 늘 말함)하는 〈만주진출(滿洲進出)〉이라는 것은 단시일에 그칠(이루어질) 것이라 서백리아(西伯利亞: 시베리아) 일부까지는 용이하게 수습될 것이라고 본다.

여기서 그 이상의 계획은 말할 것 없고 우리 백산족(白山族)의 재발족을 의미하는 계획의 일부이며 정신문명대물질문명(精神文明對物質文明)의 대립에서 이것을 이원합일(二元合一)이 성공해서 이것으로 현 세계 2대(二大) 조류(당시 냉전의 두 축이었던 미국과 소련, 자본주의와 공산주의)의 왜곡(歪曲)을 일소(一消)하고 세계일가(世界一家)로 만년평화(萬年平和)의 발족계획은 그다음에 상세히 알 수 있다고 본다.

이것으로 우리나라의 급박한 경제파멸을 구출해야 비로소 그다음에

의식족이지례절(衣食足而知禮節: 먹고 입어야 예절을 앎)하는 것이라. 이
것도 되고자 하면 저것도 될 수 있다는 것이다.

《내 이념(理念)》이라는 저술이 있었으나 6.25전에 분실하고 다시 기
록 못했었다. 시간이 있으면 다음에 다시 기록해서 참고자료로 제공하
고자 한다. 이것으로 붓을 그친다.

갑진(1964년) 정월 초8일(初八日) 봉우서(鳳宇書)

상원월(上元月: 음력 정월 보름달) 본기(本記)

과거, 현재, 미래에 그 수를 알지 못할 연월일(年月日)인데 금일이 무량수(無量數)인 그날 중 1일이요, 이날이 갑진(甲辰: 1964년) 상원일(上元日: 정월 대보름날)이 내가 이 상원월(上元月)이라는 글 제목으로 소견법(消遣法: 잡념을 털어버리는 글)이니 청수록(請睡錄: 잠을 청하는 글)이니, 축수록(逐睡錄: 잠을 쫓는 글)이니 하는 수필 중에 쓴 것만으로도 10여 건이나 된다. 그리고 나 아닌 다른 사람이 한 세상에 있으며 쓴 것이 얼마며, 나 이전에 수천 년을 두고 상원월을 대하고 감동한 바가 있어서 글을 쓰거나 다른 기념(記念)을 한 사람이 얼마며, 또 내 이후 무량수 세계의 인류들 중에서 이 상원월을 보고 흥기(興起: 떨쳐 일어남)할 사람이 얼마나 될 것인가.

내가 이 글 제목을 가지고 붓을 들며 일변(一邊: 한편) 무상(無常)하다는 것을 감동하여 대경기상(對境起想: 어떤 상황을 보고 생각이 일어남)이라고 하나, 내가 남이니 거의 동일입장(同一立場)이었는데 각자가 다 무엇이라 천인천기(千人千技: 천 사람이 천 가지 기량)로 기록되는 것이니 비록 대경(對境: 부딪친 상황)하는 것은 다르나, 상원월만은 거의 동일한 고로 거의 동일한 기록일 것이라고 믿는다.

그런데 예사람들의 것이나 내가 쓴 것이나 비록 글 제목은 동일하나, 내용만은 천차만별(千差萬別)이 있다. 이것이 이 세상의 원리요, 이것이 당연한 일이다. 금년 상원월을 맞으며 내 심경은 무엇인지 허무(虛

無)한 감이 있다. 작년부터 내 몸은 항상 불건강해서 언제나 와석(臥席: 병석에 누움)하는 때가 많고 경제적으로는 아무 수입이 없어서 항상 수중(手中)에 적막감이 있는 중에 구랍(舊臘: 작년 마지막 달)에 와서는 아주 거익심언(去益甚焉: 갈수록 더욱 심함)해서 몸은 백병(百病: 온갖 병)이 구출(俱出: 함께 나옴)하고 수중은 분전(分錢: 푼돈)이 없고 하는 일마다 실패로 돌아간다. 그래서 불건강도 더욱 심해지고 정신적 고통도 수반하는 것 같다.

원조(元旦: 설날 아침) 이후로 폐문사객(閉門謝客: 문닫고 손님을 사양함)하고 출입을 폐하고 있는 중에 또 오늘이 상원월이 되어 백사무심(百事無心: 모든 일에 맘이 없음)한 중이라 대경감상(對境感想)도 역시 아무 생각이 나지 않는다. 세인들은 금년이 갑진년이라 청룡운래태평계(靑龍運來太平界: 청룡운이 오니 태평한 세상)라고 무엇을 믿는지 좋아들 한다. 그런데 내 생각으로는 현실이 아직 극한의 양단(兩端)까지는 가지 않았으니 고(苦)는 낙지본(樂之本: 즐거움의 뿌리)이라고 낙(樂)이 바로 올 리가 없다고 본다. 그렇다면 아직 그 고통을 감내하는 외에 다른 도리가 없다. 그저 고생 중에서 몸의 건강이나 회복해 가며 춘삼월(春三月) 호시절(好時節)인 장춘세계(長春世界)가 오기를 고대(苦待)할 뿐이다.

내가 항상 말하기를 "일한 사람이 고화(雇貨: 품삯)를 받는다."고 했다. 우리는 아무 한 일이 없으니, 호시절이 와야 향수(享受)할 만한 근거가 없으나 내야 아무렇든지 민족전체를 위하여 속히 이런 호운(好運)이 오기를 바라며, 상원월에는 아무 대경감(對境感)이 나오지 않아서 이 정도로 붓을 그친다.

갑진(1964년) 상원월(上元月) 봉우서(鳳宇書)

[아래에 있는 이 글의 추기(追記)는 《봉우일기》 2권 1964년도 일기 86쪽에 '상원월'이란 제목으로 실려 있다. 함께 읽어 보면 봉우 선생님의 큰 뜻을 이해하는 데 도움이 된다. -역주자]

추기(追記)

신원(新元: 음력 설날) 후로 그리 청명치 못하던 천기(天氣)가 오늘밤에 와서는 천무일점운(天無一点雲: 하늘에 한 점 구름이 없음)하고 월광여은계(月光如銀界: 달빛은 은세계와 같음)한데 수점성광(數点星光: 몇 점 별빛)이 방사광망(放射光芒: 많은 빛을 내어 쏨)하니 고시(古詩)에 보면 월명성희(月明星稀: 달은 밝고 별은 드묾)라고 한다. 이것은 월광하(月光下)에 은광(隱光: 숨은 빛)되는 것인데, 상원명월지하(上元明月之下: 정월 대보름 밝은 달 아래)에도 광망(光芒: 수많은 빛)이 사인(射人: 사람을 내려쏨)하니 기광(其光: 그 빛)으로 가지(可知: 알 수 있음)로다.

세인(世人)은 무지해서 건상(乾象: 하늘의 현상)을 무의미하게 보나, 구안자(具眼者: 안목을 갖춘 사람)로는 염려가 없지 않을 것이다. 이 성광(星光)이 무엇을 예고하는 것이냐 될 대로 해라.

천수상(天垂象: 하늘이 현상을 드리움)하고 민심비등(民心沸騰: 민심이 끓어오름)하니 응재어하(應在於何: 어디에 응함이 있을꼬)오. 인심지이상(人心之離常: 인심의 평상을 떠남)이 동서양 일반이요, 성수지방광(星宿之放光: 별들의 빛남)도 불전재어일분야(不專在於一分野: 전적으로 한 분야에 있지 않음)하고 산재어각분야(散在於各分野: 각 분야에 흩어져 있음)하니 응조(應兆: 응하는 조짐)가 역부재어일국일족(亦不在於一國一族: 또한 한

나라 한 민족에 있지 않음)이라. 상시전세계장래지신조예조(想是全世界將來之新潮豫兆: 전 세계 장래의 새로운 흐름을 예시하는 조짐으로 생각됨)인가 한다.

이 신조(新潮)는 비공비민(非共非民: 공산도, 민주도 아님)이라 전 세계 인류가 갈망하는 것이 무엇이며 또 무엇을 싫어하는가가 신조류에서 통합점이 발견될 것이다. 공산국가의 자유 없는 기계적 생활에 국민들이 무미건조에 불만하고 있고, 자본주의 국가에서는 비록 국민의 자유는 용허(容許)되나 극소수 자본층의 향락생활에 역시 전국민은 불만이다. 여기서 계단이 극심한 자본주의도, 자유가 용납되지 않는 공산주의도 전세계 인류는 모두 불원(不願)하는 것이다.

다만 인류로서는 자기 실력대로 일할 수 있고 의식주에 곤란이 없이 인류 상호간의 협조로 계급의 차가 심하지 않게 전쟁이 없는 평화로운 생활을 원하는 것이다. 현 공산국가나 자본국가에서 도저히 볼 수 없다. 우승열패감(優勝劣敗感: 우세하면 이기고 열등하면 진다는 생각)으로 약육강식(弱肉强食)코자 전쟁도 있고 죄악도 있는 것이다.

사람사람이 누구나 일하고 싶은 사람이 자기 역량껏 일할 수 있고 실직자가 한 사람도 없으면 경제의 약간의 차가 있다손 치더라도 자력갱생하는 것이라 원우(怨尤: 원망하고 탓함)가 없고 근면해질 것이다. 서로 자족(自足)한 생활을 하거니 평화롭지 않을 리가 없고 전쟁이 나고자 하나 날 조건이 없어질 것이다. 이 신조류가 전 인류의 갈망대로 세계를 풍미하면 장춘세계(長春世界)요, 태평건곤(太平乾坤)이 될 것이다.

그러나 미소(美蘇) 양암(兩癌)이 건재하고는 신조류가 육성될 수 없다. 세계평화로 장춘건곤(長春乾坤)이 되는 직전 양대 조류의 공도(共倒: 함께 넘어짐)가 있어야 바로소 소원달성이 될 것이다. 우리가 바라는 바는 제1로 양암(兩癌)이 파탄이 나서 공멸하든지, 제2로 우리 약소국들 중에서 양암을 압도할 만한 신무기나 신발명을 가지고 실력으로 양암을 굴복시키고 신조류 발족을 하든지 하는 외에는 타도(他道)가 없다. 미국, 소련이 자기 주장을 무조건하고 포기하고 약소국가들을 위해서 신조류를 발족할 리가 어디 있는가. 세계적으로 일대혁명이 나와야 우리들의 이상이 실현될 것이다.

갑진(1964년) 상원월(上元月)을 보다가 횡설수설한 것이 길어짐을 면치 못했도다. 내가 보기에는 중공도 제3세력이 머지않아 대두해서 인도와 아프리카 신생제국들과 합세한 반공, 반자본주의 국가가 될 것이다. 또한 자립자유주의가 약소국에서부터 나올 것이라 본다. 유엔에서 부결권을 행사하는 미소의 실각(失脚)을 목전에 두고 두 주의(主義)의 극적(極的) 충돌이 전격적으로 발단되어, 갑승을패(甲勝乙敗)가 아니라 물질문명의 최첨단인 핵무기가 양자 간에 사용되어 양자 모두 망해야 제일 쾌어심(快於心: 마음에 통쾌함)한 것이나, 미소가 모두 이것을 염려하고 서로서로 후퇴작전을 하고 있어서 전 인류를 병들이는 것이다. 하늘이 양자의 죄가 영만(盈滿: 가득 참)하면 자연적으로 양자가 서로 참지 못하고 핵무기 버튼을 일시에 누르리라고 나는 말하며, 제2건(件)도 없지 않다고 확언해 두는 것이다. 시일의 조만(早晩)은 있으나 평화탄(平和彈)이 우리의 수중에서 날아갈 때가 멀지 않으리라는 것도 확언해 두노라.

갑진(1964년) 상원월(上元月): 음력 정월 대보름달

봉우 지죄근기(知罪謹記)

45회 삼일절(三一節)을 맞으며

경술국치(庚戌國恥: 1910년 일본에게 나라가 망함) 후 우리 국민 전체가 비로소 맛본 망국(亡國) 민족의 비애가 10년간이라는 세월 동안 경과했다. 그러는 중에 민족 중에서는 일부의 친일분자가 이것들의 부귀영화를 위해서 왜족(倭族)과 부화(附和)해서 민족의 장래를 생각지 않는 행동이 많았다. 왜인들은 점차적으로 그자들의 범위를 축소시켜서 아주 우국애족(憂國愛族)의 지사(志士)들이 제1차 세계대전이 끝나자 미국대통령 위일손(韋日孫: 윌슨) 씨의 민족자결주의를 세계에 선포하자 때마침 고종황제 인산(因山: 장례식)을 계기로 서울에 13도민이 집중했다. 여기서 왜정압박을 불구하고 각계각층의 대표 33인이 기미(己未) 3월 1일에 탑동공원에서 우리나라 독립선언문을 선포하고 독립만세로 서울서부터 시위행렬이 시작해서 전국 방방곡곡에서 남녀노소와 사농공상(士農工商)을 불계(不計: 따지지 않음)하고 이에 호응해서 왜인(倭人) 군경에 희생된 사람만도 수만이요, 투옥복역자가 4만~5만 이상이요 이 운동에 참가인원이 연 500만 이상이었다. 세계적으로 대파문(大波紋)을 던지었다.

그리고 여기서 기인해서 정치적으로는 상해에 임시정부가 수립되고 군사적으로는 만주에 독립군이 단결되어 정치외교적으로 임정이 국제무대에서 싸우고 군사적으로 독립군이 만주에서 싸우고 있었다. 국내에서도 왜정의 무력압박하에서 이에 호응하는 지하운동이 그치지 않고 있었다. 기미(己未: 1919년) 이후로 국내에서도 상당수의 희생자가 나왔다. 그러다가 제2차 세계대전이 연합군의 승리로 돌아가자 우리나라는 왜정하에서 벗어나와 광복의 영광을 맞게 되었다. 이것은 오로지 무명유명 선배들의 꾸준한 독립정신과 그들의 피와 땀의 결정으로 온 하늘의 보답이었다. 그런데 뜻밖에 우리 국토는 미소 양군정하에 남북으로 양단(兩斷)되고 사상은 민주와 공산으로 분열해서 국경 아닌 국경은 철벽(鐵壁)이 되어 왕래는 커녕 소식도 아주 불통(不通)하게 되었다.

5000년 동일민족이오 동일역사를 가진 민족으로 구수간(仇讎間 :원수간)과 소호도 다를 것이 없게 되었다. 이것은 누구의 책임이냐? 오로지 그 책임을 질 나라는 미국, 소련 양국에 있다고 본다. 하필 우리나라뿐이랴? 동서독, 남북월(南北越: 남북베트남)이 다같은 입장이다. 여기서 조상분육(俎上分肉: 도마 위에 놓고 고기를 나눔)하던 미소의 흉중(胸中: 가슴속 생각)에 무엇이 은재(隱在: 숨어 있음)해서 이런 안을 낸 것인가야 전문가의 해석에 맡기고 공(功)과 죄(罪)를 정평(正評)하자면 약소제국(弱小諸國: 약소한 여러 나라)의 갱생을 불허하기 위하여, 양흉(兩凶: 두 흉악범) 미소의 권리균형을 보기 위해서인 것 같다.

두고 보라. 하늘은 귀먹고 눈멀지 않았다. 죄진 자를 벌하고 공(功)있는 자를 상주기에 털끝만큼도 사정(私情: 개인의 사사로운 정)이 있을 리 없다. 이것이 천리(天理)이며, 이것이 만세불역지전(萬世不易之典: 영원히 바뀌지 않는 법전)이다. 우리민족이나 동일 약소국가들은 장래의 복리를 위하여 먼저 받는 고생이려니와 무죄한 국가민족을 분열시키고 양단시킨 양흉의 장래를 오래지 않아서 목도(目睹: 목격)할 것이다. 미국의 자본주의로 세계에 군림하는 부력(富力)과 소련의 공산주의로 세계를 공포 속에 전율케 하는 사상력(思想力)이나 그 누가 감히 상대할 것인가. 그러나 이것을 망하게 하는 것은 약소제국이 아니요, 미국은 미국대로의 죄악이 영천(盈天: 하늘에 가득 참)해서 천벌을 받을 것이오, 소련은 소련대로의 죄악이 영천해서 천벌을 받을 것이다. 그 중간에 약소국가들은 양흉에게 구사(驅使: 부림을 당함)되어 고생만 한 관계로 장래의 향복(享福: 복을 누림)은 이 나라 이 민족에게 있다고 본다.

우리나라 예로 보아도 을유해방(1945년 8.15) 이후에 국토분열의 책임은 우리 자신에 있지 않고 미국과 소련에 있으며, 6.25전쟁은 그 유발시킨 것이 미국의 태평양방위선104) 단축이라는 선언이 초래한 전쟁이다. 그리고 9.28 서울 수복105) 후에 중공이 소련의 구사(驅使)로 전

---

104) 1950년 1월 12일, 미국 국무장관 애치슨이 전 미국 신문기자협회에서 행한 '아시아에서의 위기'라는 연설에서 태평양에서의 미국 방위선을 발표하였다. 그 내용은 스탈린과 마오쩌둥의 영토적 야심을 저지하기 위하여 미국의 극동 방위선을 알류산 열도－일본－오키나와－필리핀을 잇는 선으로 정하며, 타이완, 한국, 인도차이나 반도와 인도네시아 등은 이 방위선에 포함되지 않고 그들 지역들은 국제연합(UN)의 보호에 의존해야 한다는 것이었다. 미국이 아시아에서 도서(島嶼) 방위선 전략을 택하고 있음을 재천명한 그의 연설은 동북아시아 방위선에서 한국을 제외하였다는 오해를 불러일으켰다. 애치슨 라인에 대한 주류적 시각은 미국의 극동방위선에서 한국을 배제시켰음을 선언한 것으로 북한은 이를 남침의 신호탄으로 생각하게 되었다고 하여 미국의 실책으로 보고 있다.

105) 인천상륙작전 직후 9월 18일부터 28일까지 한국해병대, 국군 제17연대, 미 제1해병사단, 그리고 미 제7사단이 서울을 회복한 작전. 1950년 9월 15일 인천상륙작전을 통해 인천 월미도에 상륙한 유엔군은 인천과 여러 섬들을 장악하고 서울로 진격했다. 9월 27일 국군 해병 제2대대는 미 제1해병연대와 함께 마포와 서울역을 경유해 서울 시가지를 수복 중이었는데 당시 박정모 소위가 지휘하는 제2대대 제6중대 1소대는 중앙청을 수복하고자 심야에 태극기를 지참한 채 중앙청으로 진격했다. 치열한 교전 끝에 중앙청에 진입한 박 소위와 양병수 이등병조(현 하사), 최국방·정영검 견습수병 등 4명은 오전 6시 10분께 서울이 북한군에 의해 피탈된 지 92일 만에 중앙청 난간에 태극기를 게양했다. 국군은 다음날 수도 서울을 완전 탈환했다.

쟁에 개입한 관계로 여전히 국토가 양단되고 있다. 이것도 역시 소련의 책임이다. 이것은 그렇다하고 현 국민들의 정신은 어떠한가 하면 극도로 정신적 마비(麻痺)가 되었다. 우리 선배들의 3.1정신의 만의 하나라도 보존했다면 이 지경의 노예근성이 있을 리가 없다.

경과로 보아서 을유해방 이후 집정자(執政者)건 재야자(在野者)건을 막론하고 몇 개인을 제외하고는 국가와 민족을 180도로 배반한 사리사욕(私利私慾)으로 매국매족(賣國賣族: 나라와 민족을 팔아 먹음)의 행위를 자행하는 자들만 사회에 횡행(橫行)하고 있는 현상이다. 구두(口頭)로는 국가와 민족을 위한다고 하나, 한 사람도 그 실적(實蹟)을 몸소 보이는 자는 없고 거의 다 매국매족의 대가(代價)를 사리사욕에 공(供: 이바지함)해서 만년향락(萬年享樂)을 하고자 하는 자 외에는 한 사람도 진정한 애국애족하는 인사(人士)를 볼 수가 없다.

그래도 민족들의 두뇌에는 3.1정신의 피가 충만하고 있다. 다만 어느 때에 폭발하느냐가 문제일 뿐이다. 우리나라 민족들은 자고로 국난(國難)을 잘 개척해 왔다. 그리고 민족정기(民族正氣)에 가장 용감했다. 이것이 우리 선열(先烈)들의 피요, 또 우리 조상들의 혈통(血統)이다. 양(羊)같이 순하면서도 정의(正義), 공평(公平)을 위해서는 사자(獅子)같이 강하다. 부패한 정치인물들이 자가(自家: 자기 자체)부패를 생각지 못하고 도리어 국민이 우둔하거니 하고 오인(誤認)한다. 다만 시기가 있을 뿐이다. 천리조조(天理照照: 하늘의 이치 밝게 비침)하고 민심불변(民心不變)하다는 것이다. 삼일절 45주년 기념을 들으며, 민족정신이 식지 않기를 믿고 이 붓을 그친다.

갑진(1964년) 정월(正月) 18일 봉우서(鳳宇書)

[이 글은《봉우일기》2권 99쪽에 〈삼일정신과 민족정기〉라는 제목으로 실려 있다. 이것으로 선생님께서 1963~1964년 4개월 간 쓰신 일기책은 빠짐없이 모두 번역되었다. -역주자]

1951년(辛卯)

국회에서 신묘년(辛卯年: 1951년) 현물세안(現物稅案)을 통과한 보(報: 소식)를 듣고 내 소감(所感)

우리나라가 현상(現狀)을 말하자면 을유(乙酉: 1945년) 8.15 후에 남북양분하고 가장 혼잡하여 정계가 말할 수도 없었다. 그러다가 우리나라가 여전히 남북분립된 채, 독립이 되고 보니 신국가에 무엇이 완전하리오. 일정하에 36년간 압박하에 있어 국민생활은 날로 저하가 되고 경제력은 전국을 통하여 타국의 일(一) 부호(富豪: 부자)만도 못하던 것은 가리지 못할 사실이었다. 토지도 대부분 일인(日人)의 소유요, 공업은 물론 전부가 일인의 소유였다. 우리 민족은 점점 패망하는 중이었으니 통계 숫자가 여실히 증명하는 것이었다. 민간경제력도 1년 1년 경과할수록 우리 민족의 (성장) %가 저하되는 것은 면하지 못할 노정이어서 여기서 장구하더라도 10년 내지 20년이면 우리 민족은 정치적을 떠나 경제적으로도 아주 패망할 정도였다. 그러다 8.15가 오자 우리는 다시 갱기(更起: 다시 일으킴)할 날을 얻은 것인데, 의외에도 불연(不然: 그렇지 않음)하여 우리나라 경제를 좌우하는 것은 일정시대의 주구(走狗)노릇하던 자의 수중에서 거세(巨細: 거대함과 미세함)경제가 다 움직인다. 그 현상이 아주 기괴(奇怪)하다.

전후 몽리(蒙利: 이익을 얻음)라고 볼까하는 적산(敵産)은 유권자층(有權者層: 권력층)의 수중으로 다 들어가고 기업도 역시 유권자층 외에는 참예(參預)할 수 없는 지경이었고, 생산공업은 대체로 휴면되었었다.

그리고 을유(乙酉: 1945년) 8.15 이항(以降: 항복으로)으로 북방은 알 수 없으나, 남방은 민족적으로 경제적인 패망이었다. 생산이라고는 자작자급(自作自給)에 근근(僅僅)한 농산물 뿐이요, 각계각층을 통하여 생산은 중지 되었었고 물론 신규도 될 수 없었다. 유권자층에서 경제적으로 한 일은 대외무역이 있을 뿐인데 호혜조건이 아니요, 또 생산을 할 원료품이라든지 혹 공업용 기계품이 아니라 전부가 소모품만을 수입하여 국내 잔존 산물과 교환한 데 지나지 않은 것이다.

국내에 전력이 없으나 유권자들이 일인(一人)이라도 전기발전에 노력한 자가 있는가. 화학공업이 타국에 비하여 같은 날 말 못할 현상이나 유권자들이 화학공업연구소나 발명기금을 단 한 사람이라도 내서 국가나 민족을 위한 자가 있는가. 또 농업에도 남한에서는 비료제작하는 공장 하나라도 발기(發起)라도 해본 유권자가 있는가. 도시(都是: 모두가) 권리를 이용하여 대외물자를 취득하여 국내생산을 방해할 뿐이었다. 자작자급하여서 부족한 것을 수입한 것이 아니요, 국내생산은 전부 중지하고 외국물자로만 우리나라를 소비시장화하고만 것이 소위 정계요인(政界要人)을 위요(圍繞: 둘러쌈)하고 있는 유권자(권력자)들이다.

하나도 국내생산이 없고 타국물자로만 경과하자니, 부득불 고물가(高物價)정책이 안 나올 수 없는 것이다. 말 좋은 인플레이션이 되고 말았다. 국내에서 한 건도 생산 못하며, 인플레가 되면 경제는 어찌 되겠는가. 묻지 않아도 패망(敗亡: 쫄딱 망함)일 것이다. 정부에서 이 인플레를 방지할 방책이 없이 해마다 조장(助長)하여 통화팽창액이 물경 7000억 원(圓) 이상이라는 천문학적 숫자가 되었다. 이것은 6.25사변도 주된 요인이 될 것이나, 대체로 보아서 정부의 실책이요, 제2요인은 유권자들이 정신적으로 민족을 도외시하고 자기 일신만 생각한 모리배(謀利輩)라고 아니할 수 없다. 그런 연고로 애국애족하는 사업이 한 건도 없었다. 현하 원(圓)대 불(弗: 미화. 달러)이라는 것은 별 표준 없이 날마다 저하(低下)하여 1만 원대 1불(弗)도 충분히 못 되는 현상이다. 이 화폐정책은 내가 《내 이상(理想)》이라는 책자에 몇 년 전에 기술(記述)한 것과 같이 특별정책으로 정부가 단연코 실행하여 원대불(圓對弗) 대등한 경제력을 가지고 유권자(권력층)의 소유나 무산자(無産者)의 생산력이냐를 막론하고, 일단 국가경제로 하고 말하자면 환원(還元)하고 다시금 신발족(新發足)으로 나가는 것이 당연한 일이다. 물론 일시적 애착심도 았을 것이요, 물론 반대도 있을 것이다. 그러나 이것은 어떤 개인을 위하는 것이 아니다. 국가와 민족을 살리기 위한 최대의 기관인 연고다. 그런데도 불구하고 현 정계요인들의 정책이라는 것은 만년대계를 내지 못하고 냉족(冷足: 언 발)에 방뇨(放尿: 오줌 눔)하는 정책을 최선정책으로 행하는 것 같다.

금번에도 농가에 현물세[106]를 국회에서 만장일치로 통과하였다고

---

106) 임시토지수득세(臨時土地收得稅). 전쟁으로 인한 국민경제의 불안정과 양곡의 수급 조절을 목적으로 토지 수익에 대한 모든 조세를 현물로 납부하게 한 농지세. 1950년 물가폭등에 따른 공무원 봉급 3배 인상과 1951년 들어 공무원에 대한 미곡배급제 실시 등으로 정부용 양곡수요가 크게 늘어나게 되자, 어떻게 하면 비인플레적 방법으로 막대한 현물양곡을 조달할 수 있을 것인가를 놓고 정부는 농업 소득에 대한 기존의 금납제 방식의 지세제도를 폐지하는 대신 새로이 현물징수 방법의 임시토지수득세를 신설함으로써 해결하려 하였다. 당시로서는 임시토지수득세가 단일 세종으로서는 가장 큰 재원이었다는 점에서 이것이 갖는 의의는 컸다. 1951·1952·1953년도 예산에서 임시토지수득세는 총 조세수입의 38.1%, 29.0%, 26.0%를 차지할 정도로 압도적인 세입원이었다. 이 비율은 현물로 징수하는 양곡을 정부의 공정가격으로 평가한 수치이므로 만약 이를 당시의 시중 쌀값을 기준으로 다시 환산한다면 적어도 3배 이상 늘어나게 되었다. 전시인플레 억제에 기여한다는 명분 아래 금납제인 지세를 물납제인 임시토지수득

한다. 그 이유는 금년에 추곡(秋穀)을 매상(買上: 사들임)하자면 정부에서 현금이 없으니 금년 예정 매상액 360만 석(萬石: 일만섬)을 화폐로 환산하면 부득이 4000만 원이라는 증액발행을 안하면 안 될 현상이요, 이 증액이 있으면 고물가는 여전히 더 될 것이니, 할 수 없다는 발의(發議)에 만장일치로 가결되었다 한다. 물론 전시(戰時)에는 역시 비상대책으로 이의를 못하게 정부 방침대로 가결하도록 각파간에 사전 타합(打合: 타협)이 있었을 것도 생각되나, 매상이라는 것은 정부에서 아주 소비하는 것이 아닌 이상 현금매상하고 단기국채(短期國債)로 소화하더라도 얼마든지 할 일이다. 현 화폐가 7000억 원이 아니라 7조 원이라도 현상으로 보아서는 농가의 매상돈이 많아서 인플레가 되는 것은 절대로 아니다. 농촌 실정으로 보아서는 식량배급이나 물자배급이 나와서 물론 현 시가보다 나은 줄을 알아도 현금이 수중에 없어서 이 돈을 지불못하고 다른 사람에게 권리양도(權利讓渡)하는 일이 어디서든지 볼 수 있는 현상이다. 말하자면 농촌에는 현금이 없다.

이 현금이 왕래하는 데는 물론 정부를 둘러싸고 있는 부산, 대구 등지의 정상배(政商輩)가 아니고는 수백, 수십, 수억 원을 가진 사람이라고는 농촌에서 하나도 보이지 않는다. 적어도 지방도시라도 정계와 관계있는 상인의 수중이래야 몇 억, 몇 천만 원이 왕래하는 것이다. 국채소화상(國債消化狀: 국채가 처리되는 상황)을 보더라도 천 배, 만 배 이상되는 상인들에게 배정액과 농촌빈농(貧農)에게 배정액을 비교해 보면 반비례로 백 배, 천 배가 농촌이 과중(過重)하였다.

세로 바꾼 조치는 당시 엄청난 전시 인플레 부담을 고스란히 농민에게 떠넘기는 결과가 되어 농민희생 위에서 막대한 전비조달을 획책한 것이라고 평가되고 있다.

금번에도 인플레방지책이라고 현물세를 받는다는 감언이설(甘言利說)을 국회에서 선량(選良: 국회의원)들이 만장일치로 통과시킨 것은 선량들도 경제정책이라는 중대성을 생각하였을 것이나, 농촌실정이나 인플레 주요 원인이 어디에 있는지 고려를 않고 정부의 감언이설에 일사천리(一瀉千里)로 진행한 것은 제공(諸公: 여러분, 국회의원)의 의도가 어디에 있는가를 모르겠노라.

이 현물세안이 농촌에 어떠한 타격이 있으며, 민심에 얼마만한 동요(動搖)가 있어서 전쟁 중인 총후(銃後)국민으로 불안감을 안 가질 수 없게 하는 것이 얼마나 정치상 실책이라는 것을 추억될 날이 있을 것이다. 현 국의(國議: 국회) 선량제공(選良諸公: 국회의원 여러분)으로는 화폐신정책이 나올 것은 몽중(夢中)에도 생각 안 되니, 우리 민족이 수난기(受難期)라는 각오로 좀 더 경과를 보는 수밖에 없다고 본다. 화폐정책이 그리 어려운 것도 아니요, 실행하면 되는 것인데, 지금껏 건의하는 사람도 없으니, 이것은 물을 것도 없이 현재 선량들도 대부분은 신정책이 나면 자기네에게 일시적 불리함이 있는 관계일 것이다. 여러분들이 후일에 자기네의 행사를 회고해 보고 양심상으로 자책이 없지 않을 것이다.

나는 농촌에서 생활하나, 현물세건 현금매상(買上)이건 나에게는 아무 관계없다. 그러나 농촌에서 실정을 보고 내 소감대로 이 붓을 든 것이다. 부재기위(不在其位: 그 자리에 있지 않음)하얀 불모기정(不謀其政: 그 정사를 꾀하지 않음)이라고 내가 무슨 평론을 한 것이 아니라 내 독자의 감상을 그대로 써보는 것이다. 여러분들이 좀 더 민생과 접근하여 실정을 알고 국회에 가서 발언을 하든지 찬성을 하든지 하라는 것이다. 민간의 실정을 알면서도 그러하다면 이것은 밀아자(蜜啞子: 꿀먹은

벙어리)가 아닌가 하는 것이다. 화폐정책이라는 것은 내 이상(理想) 중의 하나인데 후일에 다시 쓸 예정이다. 이 붓을 그치노라.

신묘(辛卯: 1951년) 중양(重陽: 음력9월9일)
야심무면(夜深無眠: 밤은 깊은 데 잠은 없음)하여
봉우독좌난초(鳳宇獨坐亂草: 봉우는 홀로 앉아 어지러이 쓰노라)하노라.

산림정책의 부당성을 적발하노라

어느 나라를 물론하고 애림(愛林: 나무사랑) 안 하는 나라는 없다. 문명국이라면 더 말할 것도 없고 미개국(未開國)이라도 애림사상만은 다 있다. 우리나라도 구시대에는 어느 도(道), 어느 군(郡)을 막론하고 산악(山岳)에 가면 연포지목(連抱之木: 연이어 있는 나무)이 만산(滿山: 산을 뒤엎음)하지 않은 데가 없었다.

그러다 한말(韓末: 대한제국 말기)에 법망(法網)이 해이(解弛)해지며 경부선철도가 개통되자, 일인이 목재를 고가(高價)로 매입하니, 촌사람들이 범법을 안 하는 것보다 금전에 욕기(慾氣: 욕심)가 나서 이 산, 저 산 할 것 없고 이 도(道), 저 도 할 것 없이 독산(禿山: 민둥산)이 아닌 곳이 없었다.

그러자 망국 후에는 일본인이 남벌(濫伐)을 엄금하는 관계로 옛날만은 못하나 전국적으로 조림(造林)이 되었었다. 그러다가 8.15해방 당시에 다시 무정부상태가 되어 어느 지방이나 어느 산을 막론하고 남벌 안된 데가 없었다. 마치 한일합병 직전 같은 현상이었었다. 더구나 남방만으로는 목재가 부족한 감이 있으니, 어찌 소모되지 않으리요.

그러던 중에 정부가 수립되었으나, 별별 종목으로 관변에 권력이 있는 사람은 벌목 허가가 별문제 없이 나서 사방에서 목재를 연료로 문제없이 사용하던 중에 6.25사변이 나서 산악지대는 거의 비적(匪賊: 여기서는 공산당 공비)의 소굴이 되어 연료관계로 도처에 남벌이 있었다.

역시 부득이한 사정이요, 비상시라 군경(軍警)이나 관청에서도 남벌이 많았다.

그러던 중에 이승만 대통령께서 이 실정을 다 알지 못하시고 남북으로 몽진(蒙塵: 난리를 피해 다님) 중에 목격한 현상으로 보아 벌채(伐採)를 절대 불허가라고, 범법자는 엄벌에 처한다고 대통령령으로 발포(發布)되었다. 그러나 민간에서 일조(一朝: 하루아침)에 그 악습을 고칠 수 없었고 또 민간의 연료문제를 해결할 도리가 없어서 정식으로 허가를 못얻고 처처(處處)에 벌채(伐採)한 것은 가리지 못할 사실이었다. 의외에도 대통령이 순시차에 이 현상을 보고 일층 엄명을 발하여 도처에서 산림영(山林令)위반죄로 처벌되는 자가 과다(過多)하다. 그러나 우리가 보기에는 물론 법령을 범하였으니 처벌되는 것이 당연하나 또 그렇지도 않은 점이 있다. 일군일면(一群一面)에서라도 그 지방이나 인접지방의 연료를 최소한 절약하고라도 확보할 만큼 허가를 내주고 그 외에 남벌을 금지하는 것이 원칙이요, 이 원칙에서 남벌이 되면 물론 범법으로 처벌하는 것도 당연하나 여하한 이유를 막론하고 허가를 안내 주고 산림경찰의 눈에 안 걸리면 물론 허가 없는 벌채니 처벌자로 취급되니, 이는 법이 원칙이 없는 법이다. 그러면 현 정부에서 이 무허가 벌채자를 처벌하는 관리(官吏) 제공(諸公: 여러분)들도 법으로 범죄자를 처벌하며 양심은 있을 것이다. 각자 자기네 집에 가서 보라. 무엇으로 연료문제를 해결하고 있나 양심상으로 고백해 보라.

충남도 산업국장 말은 토탄(土炭: 석탄의 일종)을 많이 채취해 두고 피를 말리어서 불쏘시개를 하라고 말한다니, 토탄의 산지가 어떤 곳에서든지 되는 것이 아니요, 피라도 채취할 논이 없는 사람은 될 수 없는 일이요, 아울러 토탄산지 외에는 절대 불가능한 일이다. 그렇거든 정부에서 토탄이라도 다량 채취하여 배급이라도 주어 연료문제를 해결하라는 것이면 좋으나, 이런 몰이해(沒理解: 이해할 수 없음)한 법령은 세상에서는 없을 것이요, 석탄이나 토탄이 생산되어서 문제를 해결하는 지방 외에는 누구를 불구하고 모두 범죄 않는 사람이 없는, 범법할 수밖에 없는 법령이니, 이런 법을 범하고도 잘 사기(詐欺: 속임)하는 사람은 면하고 정직한 사람은 처벌되는 것이다. 관청에서 다시 법의 원칙에 의거하여 망민(罔民: 백성을 그물로 잡다)하는 정책을 안 하기를 바라노라. 이 붓을 든 이유는 지방에서 처벌하는 법관부터 범법하지 않는 사람은 한 사람도 없는 연고로 내가 이 붓을 든 것이요, 관(官)을 반대해서 든 것도 아니요, 이 일에 대해서는 대통령께서 민간 실정을 알지 못하고 이런 원칙이 없는 법령을 내시더라도 하부 보좌관들이 그렇지 않은 이유를 해석 못하고 서로 들은 대로만 복종하여 대통령법령이 불합리하고 원칙 없는 법령이 되어도 말 한마디 하는 관리가 없이 되니, 일은 비록 적은 일이나 국가적으로 큰 손실이 안 나라고 못할 일이요, 이런 것을 시정 못하는 것은 큰 공직을 맡은 자들이 모두 비인격자들이라는 것을 여실히 표현하는 것이다. 그리고 관민(官民: 공무원과 민간인)간에 간격이 많다는 것을 못내 탄식하고 하루라도 속히 대통령께서 이 실정을 아실 기회가 오기를 빌고 이 붓을 그치노라.

　　　신묘(辛卯: 1951년) 중양야심후(重陽夜深後: 중양절107) 밤이 깊은 뒤)

---

107) 중양절(重陽節)은 한국, 중국, 베트남, 일본 등 동아시아 지역에서 매년 음력 9월
　　　9일에 지내는 세시 명절로 날짜와 달의 숫자가 같은 중일(重日) 명절(名節)의 하
　　　나. 중일 명절은 3월 3일, 5월 5일, 7월 7일, 9월 9일 같이 홀수 곧 양수(陽數)가
　　　겹치는 날에만 해당하므로 이날들이 모두 중양(重陽)이지만 특히 9월 9일을 가
　　　리켜 중양이라고 하며 중구(重九)라고도 한다. 또 '귈'이라고 부르는 지방도 있

봉우서우유신정사(鳳宇書于有莘精舍: 봉우는 유신정사에서 쓰다)

다. 음력 삼월 삼짇날 강남에서 온 제비가 이때 다시 돌아간다고 한다. 가을 하늘 높이 떠나가는 철새를 보며 한해의 수확을 마무리하는 계절이기도 하다. 이날은 시를 짓고 국화전을 먹고 놀았다.

3-48
병(病)으로 귀향(歸鄕)하는
제2국민병(國民兵)을 보고 내 소감(所感)

　우연히 대전을 갔다가 병사구(兵事區) 사령부 앞을 지나니 7, 8백명의 장정(壯丁)들의 형용(形容)이 말할 수 없고 의복의 남루함은 더 말할 수 없이 된 일대(一隊: 한 떼)의 걸인군(乞人群: 거지떼)으로 화한 장정들을 군인이 인솔하고 나와서 동서남북으로 분대(分隊)되는 것을 보고 가서 물어 보니 제2국민병으로 제주훈련소까지 갔다가 40여 일 훈련 후에 신체검사의 불합격으로 향토(고향)로 귀환하는 자들이라고 말한다. 신체검사 불합격이라는 것은 물론 병사구에서 신체검사를 하고 가는 것이라 제1차에는 합격되었으나 제주에 가서 병이 생겨서 재검사한 결과로 불합격되었다는 경로라 물론 부득이한 사정이다. 그러나 귀환자말로만은 알 수 없으나 대동소이(大同小異)한 답변이라 기분(幾分: 몇 푼) 신용(信用)하고 적어 보자.

　각 군(郡)에서 징집(徵集)에 응하고 신체검사 합격 후에 곧 출발하여 군산(群山)으로 가서 휼병감실(恤兵監室)에서 모도(某島: 어떤 섬)에서 가지고 오는 자른 나무를 뱃머리에서 상륙시키는 공사를 며칠 시키고 배편으로 제주로 가서 곧 훈련을 시작한 것인데 식사가 부족하고 부식물이 아주 없어서 장정들이 기아(飢餓: 굶주림)에 못 견디고 수토(水土: 물 상태)에 불복(不服: 적응 안 됨)되어 1개월 이내에 병자가 속출하였고, 사망자도 간간이 생겨서 위생문제가 제일 큰 난관이요, 식사도 현 상태로는 도저히 인내하기 곤란하다는 진술이 대동소이다. 물론 불합격자들의 말이라 자기의 병으로 귀환하는 것이 자기네의 과실이 아니라고 변명할 겸하여 유사(有司: 관리자)들을 악평(惡評)하는 것도 있을 것이다. 700~800인에서 일인(一人)도 기아상(飢餓相: 굶주린 상태)이 없는 자는 없었다. 그리고 피복등절(被服等節)도 말할 수 없을 만큼 볼 수 없을 지경이었다. (이들의 증언이) 아주 허언(虛言: 빈 소리)이 아닌 것도 사실인 것 같다. 그리고 보면 작년 방위군사건108)이 또 연상된다.

국가에서 제2국민병 대우가 이 정도의 규정은 안 하였을 것 같다. 비록 풍족하지는 못하나 장정으로 최저생활을 기준으로 식량이나 부식물과 피복도 있을 줄로 믿는다. 있어야 되는 것이 사실인 것이다. 나는 이 예산이나 현장에서 실지를 보지 못한 관계로 확신은 못하나 작년 방위군에서 하던 일을 재판(再版)되게 해서는 안 될 일이다. 비록 병으로 귀향하는 제2국민병일 지라도 훈련소에 하루의 휴가만 있으면 되는 것이요, 각자 자기들이 세탁하면 되는 것이니 피복이라도 세탁시켜서 보내는 것이 당연한 일이다. 국민들이 보기에 나뿐만 아니라 다른 대중들도 다 작년 방위군사건을 연상한 것 같다. 이것은 불행한 일이다. 유사(有司: 관리자)들의 생각이 부족한 관계다. 제2국민병으로 보낸 부형들과 가족들이 이 현상을 보고 마음이 안정될 리가 없는 것이다. 작년을 연상하는 불안감이 다시 일어나서 후방에 있는 우리들로서는

---

108) 국민방위군사건. 1·4후퇴 시기 국민방위군의 간부들이 방위군 예산을 부정 착복한 결과 철수 도중에 많은 병력들을 병사시킨 사건. 1·4후퇴 시기 방위군 예산을 국민방위군 간부들이 약 25억 원의 국고금과 물자를 부정 착복함으로써 야기된 것이었다. 식량 및 피복 등 보급품을 지급하지 못하였고 방위군 수 만여 명의 아사자와 병자를 발생시켰다. 이 사건으로 신성모 국방장관이 물러나고 이기붕이 그 후임으로 임명되었으며, 사건의 직접 책임자인 김윤근, 윤익헌 등 국민방위군 주요 간부 5명이 사형 선고되었다.

아주 불리한 일이다. 병사구에서라도 이 현상을 당연하다고 안연좌시
(安然坐視: 안이하게 방관함)해서는 큰일이다. 이런 일은 보는 대로 상사
에게 보고하여 이런 실책이 없게 하는 것이 지방관청의 책임이다.

그리고 귀향 도중에서 각 지방 유지들이라도 이런 향토로 돌아오는
병자인 군인에게 동정을 할 책임이 있는 것이다. 무조건하고 걸인대우
를 하는 것은 인식부족이다. 각 훈련소에서 위생을 극력 주의하여 이
런 불상사가 나지 않기를 바라는 바이다. 귀향사병들도 향토에서 아직
징집에 응하지 않은 장정들의 심리에 해로운 말은 주의하는 것이 당연
하다고 본다. 자기들이 신체의 병으로 와서 훈련소 내의 실정(失政)을
중언부언(重言復言: 다시 말하고 또 말함)하여 민심에 영향이 있어서는
안 된다. 극력 주의를 하시기를 바란다. 만약 훈련소에서 부정(不正)사
건이 있어서 이런 일이 있다면 상사(上司: 상부)에서 단호히 처벌해야
할 일이다. 작년 방위군사건이 아직 잠자지 않은 이때라 설마 책임장
교들이 또 무슨 부정사건이야 있을 리 없으나 귀향자들 말로는 아주
아무 일이 없는 것 같지도 않다. 우리가 비는 바는 절대로 이런 일이 없
어서 (군대의) 사기(士氣)가 왕성하기를 빌 뿐이다. 이 붓을 이 정도로
그치노라.

신묘(辛卯: 1951년) 9월 9일
어상신정사(於上莘精舍: 상신정사에서) 봉우서(鳳宇書)

불안에 싸인 우리 농촌 현상

6.25사변으로 수모(誰某: 아무개)를 물론하고 동요(動搖: 흔들림) 안한 사람은 없었다. 그런 중에도 우리 농촌(여기선 봉우 선생님이 사시던 공주 반포면 상신리)은 6.25 당시에 더욱 피해가 심한 곳이다. 거기다 금년 한기(旱氣: 가뭄)로 농작물이 흉년인 데다가 전곡(田穀: 밭곡식)도 보잘 것 없이 되었다. (흉년이 아닌) 평년(平年: 농사가 보통은 된 해)이라도 예년 행사를 보면 전동(全洞: 온 마을) 식량 5분지 2는 시장에서 매래(買來: 사옴)하지 않으면 안 되는 것이요, 이 매상(買上)자금은 7할 이상이 산(山)에서 생산되어 근근이 생애를 유지하는 현상인데, 금년은 흉작이니 예년에 비하여 3분의 2 이상을 시장에서 사와야 생활유지가 될 정도인데 더구나 곡물은 현물세로 3할 정도가 매상되고 보면 금년은 식량문제에 대난관(大難關)이 개재(介在: 사이에 끼어 있음)하고 있다. 그리고 더 한층 곤란한 것은 매입자금의 원천인 산의 산물이 허가되지 않아 입수(入手)의 가능성이 전무(全無)하니 전 마을 인구 600인 이상에서 식량문제를 해결하고 있는 사람은 불과 150인 이내로 약 4분의 1이요, 보충하지 않으면 안 되는 사람이 4분의 3이니, 금년의 우리 동리(洞里) 식량문제가 큰 문제다.

매년 행사인 산에서의 수입도 안 되고 현물세로 예년보다 과다한 지출이 있고, 전쟁후방국민의 부담으로서는 과하지 않다고 말 못 할 현실에 있고, 그렇다고 예년생활을 삭감 또 삭감해 보아서 별로 감할 것은 없고, 인구는 한 사람이라도 증가하고 하니 불안을 느끼지 않을 수 없다는 것이다. 비록 예산은 없는 우리 농촌생활이나마 대상(大象: 큰 현상)이 이러하니, 식불감침불안(食不甘寢不安: 음식을 먹어도 맛이 없고 잠을 자도 편안하지 않음)이나 나야 작금(昨今: 어제와 오늘)이 일반이나 동민(洞民: 마을사람)들이 불안감을 가지고 있으면 따라서 자연 불안감이 생기는 것이다. 그리하여 아주 전문적으로 산만 바라고 있던 사람들은 일찍이 도시 방면으로 일고(日雇: 날품)생활이라도 할 작정을 가지고 나가는 사람들도 있으나, 이것도 용단성(勇斷性: 결단력)이 있는 사람들이요, 유예미결(猶豫未決: 망설이며 결정 못 함)하는 사람으로는 그리 속히 결정도 못 하고 별 수입도 없고 하면 장래에 불안이 파탄될 것이 다같이 불안하다. 이 400인 중에서도 노동력이 충분한 가정은 하왕이부득빈적(何往而不得貧賊: 어찌해도 가난해지지 않음)이라고 안심하고 있으나, 우리 같은 유수(遊手: 일정 직업 없이 놀고 지내는 사람)들은 하시(何時: 언제)를 물론하고, 이 불안감이 없어질 날이 없다. 역시 대다수가 다 그런 것이다.

현상으로 보아서는 겨울을 지낼 어떤 방책도 없는데 내년 봄에 보면 알 것이다. 충목지장(衝目之杖: 눈을 찌를 지팡이, 남을 해칠 악한 마음)은 인개유지(人皆有之: 사람은 모두 가짐)라고 무슨 일로든지 다 수기응변(隨機應變: 기회를 따라 변화에 대응함)하고 살 것도 사실이나 현상으로는 암만해도 불안을 해제할 수 가 없다. 우리 동리만 그러한가 하고 이 동리, 저 동리 실정을 조사해 보면 대동소이로 몇 %냐 정도만 다를망정 아주 안심하고 명춘맥령(明春麥嶺: 내년봄 보릿고개)까지 지낼 거라는 동리가 별로 없다. 이 동네, 저 동네의 실정이 이러한 것이 아니라 이 군(郡), 저 군(郡)이 다 이러하다. 대체로 보아 우리 농촌들은 불안감이다 있는 것 같다. 수리조합(水利組合)지구에 풍작(豐作)인 곳의 대풍가 (大豐家)를 제하고는 안심하는 사람이 극소수이다. 그리고 보면 우리 민족 전체가 생활난으로 불안감을 가진 것도 사실이요, 이 비상전국(非 常戰國)에 좌우를 확정하지 못한 오늘, 누구를 막론하고 안심될 리가 없는 것도 사실이다. 이 불안감이 해제되려면 제일 선결문제가 전쟁이 완전승리로 완료되고 경제가 평상으로 복귀하는 것이다. 그러기 전에 는 우리 농촌들도 자연히 불안감이 있을 것이다. 말하자면 대동지환(大 同之患: 모든 사람이 다 같이 겪는 환란)이라, 할 수 없는 일이니 선후책(先 後策)이나 연구해 보고 무슨 임시 구급책이라도 대동적(大同的)으로 있 었으면 하는 호소였다. 이런 공문서(空文書: 빈 문서)적으로 걱정만 한 다고 이 불안감이 해소될 리가 없는 것이다. 우리의 농촌의 불안상(不 安狀)을 보고 기록해 보는 것이다. 암만해도 시원치 않은 것이라 이 붓 을 그치노라.

신묘(辛卯: 1951년) 9월 초십일(初十日)
봉우서우유신정사(鳳宇書于有莘精舍: 봉우는 유신정사에서 쓰다)

경제문제를 해결하자면
무슨 방식으로가 제일 안전한가

　경제적으로 나오는 문제는 그 해결이 용이치 않다. 경제적 경험이 있
는 사람들도 마음대로 되지 아니하여 실수를 몇 차례나 하는데 우리
같은 경제적으로는 문외한(門外漢)이 무슨 성산(成算: 일이 이루어질 가
능성)이 있을 리 없다. 그러나 우리는 상업에는 아주 소인(素人: 평범한
사람)이니 말할 자격도 없고 내가 조금이라도 경험이 있는 것은 의약
(醫藥)이니, 내년 1년을 의약에 종사하며 혹 다른 사업이 있다면 부업
으로 종사해 볼까 하는 내 방식이요, 무역관계나 외자(外資)관계는 남
의 자금을 많이 소비하지 않으면 착수도 못 하는 것이니 누구에게 성
불성(成不成)을 알지 못하고 출자한다고 할 수 없는 일이다. 가정공업
(家庭工業: 가정에서 단순한 기술과 도구로 어떤 물건을 만들어 내는 규모가
작은 수공업)으로는 여유가 있고 일인(一人)이나 이인(二人)의 식생활을
해결할 정도요, (다른) 여력이 없을 것 같고 다른 공업을 착수해 볼까
하니, 역시 자금문제다. 그러나 내년 중으로는 내가 의약에 종사하며
한편으로 가정에서는 방채(放債: 돈놀이) 같은 것이나 하고 한편으로 타
공업을 착수해 볼 예정이다.

　그래서 단 1년에 가정생활을 확립하고서야 내 일신(一身)의 수양
(修養)을 안심하고 나아가 볼까 한다. 내년 만 1년(滿一年)이면 다음 1
년의 준비는 될 것 같다. 가족의 분업이 필요하다. 그리고 최저생활로

나가면 1년간에 다가올 1년의 준비를 목표로 하고 저축이 될 것 같다. 금년 1년은 내가 소비로만 나간 년도라 말할 것 없고 금년 삼동(三冬: 겨울의 석 달)에는 작년 부채나 청산하면 다행일 것이다. 작년 8월 이후로 내가 생활상으로 소비한 것이 200여 만 원이요, 접대, 교통비 등으로 또 의류 등 매상(買上: 사들임)으로 합하여 180여 만 원이나 소비하고 현재 부채가 80여 만 원인데, 이 밖에 한협위(韓協委)부채가 58만 원이다. 이 부채는 한협에서 무슨 일을 하든지 갚을 예정이다. 그러니 내년 수입의 저축액이 이 숫자가 되어야 한다는 것이다. 그리고 수중에 활용할 자금도 좀 있어야 할 것이다. 이것이 내년에 취할 방식을 결정하고 나가는 것이다. 이외에 내년 1년 생활비는 더 수입되어야 적자가 안 날 것이요, 금년 삼동에 묵은 빚 80만 원을 보상 못하면 이것도 내년 책임이다. 아주 결정적이다. 나도 고금류(高襟流: 상류층)의 행동은 버리고 다가올 내년만은 경제해결에 일로(一路) 매진하겠다.

신묘(辛卯: 1951년) 9월 11일 야심(夜深: 깊은 밤) 봉우서우유신정사
(鳳宇書于有莘精舍: 봉우는 유신정사에서 쓰다)하노라.

[6.25사변 중의 혹심한 경제상황 속에서 빚투성이인 가정생활을 어떻게든 꾸려 가시려 안간힘을 쓰시는 봉우 선생님의 처절한 생활고가 엿보이는 글이다. 어디 봉우 선생님만 힘드셨겠는가? 전쟁 상황의 한국인 모두 힘들고 힘들었을 것이다. -역주자]

의외(意外)에 정도(程度) 이상으로
신체가 쇠약해지는 데 대한 내 소감

내 금년에 52세다. 장년기는 지났고 아주 노인으로는 이르다. 우리 연갑(年甲: 연배)들을 보면 아주 청년들 같다. 그런데 나는 물론 신체를 잘 수양 못 한 원인이 주된 요인이나 더구나 수차례 영어(囹圄: 감옥소) 생활을 한 데에서 더욱 결점이 있을 것이다. 모발로 보아서는 60 이상 70대와 근사하고 다른 기력은 60대는 되는 것 같다. 거기다 작금(昨今: 작년 금년) 양년(兩年: 두 해)에 아주 말할 수 없이 쇠약해져서 불건강하다. 현상으로는 현기증이 심하고 불면증이 있어서 독서는 아주 금물(禁物)인 것 같다. 몇 시간만 계속적으로 독서하면 현기가 나서 정신을 못 차릴 지경이요, 70~80리 행보(行步: 걸어다님)만 해도 그날은 아주 불면증이 온다. 음식물에도 조금이라도 주의(注意)않으면 곧 이상(異常)이 생하여 병증(病症)으로 변하니, 이것이 모두 노쇠현상이다. 타인의 기력에 비하여 15년은 확실히 먼저 늙는 것 같다.

내 생각에 이 정도로 가면 60이면 아주 극노인이 될 것 같으나, 이 쇠약상을 복구하자면 무슨 방식으로 하느냐. 제일로 독침(獨寢: 혼자서 잠)이 당약(當藥: 최고의 약)인데 나는 독침을 아직 못 한 사람이요, 제2로 무사무려(無思無慮: 아무런 생각도 근심도 없음)가 장수(長壽)하는 비방인데 나는 아직 일을 하고자 하는 사람이라 무사무려라기보다 정반대의 입장에 있는 중이니, 점점 신체가 쇠약해져서 내 자신 스스로 쇠약해가는 것을 알게 되었다. 그렇다고 일하고자 하는 것을 다 중지하고 말 수도 없고 또 장시일을 독침할 수도 없는 현상이다. 그러니 이 범위를 벗어나지 말고 어떻게 하면 내 쇠약을 방지하겠느냐가 바로 문제이다.

독침이 당약이라니 이 본의(本意)대로 종전(從前)보다 절욕(節慾: 절제된 욕망)을 하면 물론 독침만은 못하더라도 더 감축은 안 될 것이요, 무사무려(無思無慮)라 하나 내가 무슨 일이든지 하고자하는 사람이라 일을 안 할 수는 없는 것이다. 내가 하는 일 외에는 다른 생각, 다른 근심이나 말고 지내면, 말하자면 과거, 현재, 미래의 삼대망상(三大妄想)이나 말면 그래도 소보(少輔: 적은 수레덧방나무, 적은 도움)가 될 것 같다. 그래가며 정신적으로 수양(修養)을 해보고 물질적으로 약보(藥補)도 해가면 이왕 백발(白髮)이 흑발(黑髮)은 못 되어도 쇠약해가는 도수(度數)가 좀 덜할 것 같다는 내 자신(自信)이다. 그러나 다른 것은 내가 마음대로 할 일이나 약보는 물질문제라 마음대로 못하는 것이다. 반성이 없이 종전대로 가면 내 몸은 10년 이내에 종지부(終止符)가 붙을 것이다. 여기서 맹오실천(猛悟實踐: 맹렬히 깨닫고 실천함)하면 아직 내가 목적하고 있는 데까지는 갈 자신이 있다.

신묘(辛卯: 1951년) 9월 19일 봉우서우유신정사

(鳳宇書于有莘精舍: 봉우는 유신정사에서 쓰다)

3-52

참모총장 이종찬(李鍾贊)[109] 소장(少將)의 육사(陸士) 신설(新設)에 대한 발표를 듣고 내 소감

우연히 신문을 보다가 이 소장이 발표한 육사신설에 대한 담화(談話)를 듣고 내 느낀 바 있었다. 대한민국이 수립한 뒤로 국군이 수십만 명이 되었었다. 그동안 제1차 철기(鐵騎)[110]가 국방상(國防相: 국방부장

---

109) 이종찬(1916.3.10~1983.2.10)은 대한민국 국방부 장관·이탈리아 주재 대한민국 대사·재선 국회의원 등을 지낸 대한민국 군인 겸 정치가이자 외교관이다. 일제 강점기와 대한민국의 군인으로 일본군 장교 출신이다. 그는 '군의 정치적 중립'을 강조하여 독재정권에 반대했던 인물로 대한민국에서는 참군인으로 평가받는 인물이다. 1937년 6월 일본육군사관학교를 졸업하고 만주·남양군도 등지에서 복무하다가 광복 후 귀국, 일본군 생활을 자괴하는 뜻에서 3년간 낭인생활을 하였다. 그러나 1948년부터 대한민국 국군에 진출한 인사들의 거듭된 영입 요청으로 육군 대령으로 특채되어 군생활을 시작하였다. 1950년 육군 수도경비사령관에 임명되어 한국 전쟁을 맞았고, 수도사단장과 제3사단장을 역임하며 매우 힘들고 어려운 한국전쟁 초기에 과묵하지만 냉정하고 침착한 지휘와 솔선수범하는 리더십을 발휘하여 휘하 장교들과 병사들의 신임과 존경을 한몸에 받았다. 1951년 6월 육군 소장으로 진급하면서 육군 참모총장에 임명되었다. 1952년 5월 이승만 대통령이 개헌을 관철시키려 경상남도와 전라남도 지역에 계엄령을 선포하면서 그에게 병력출동을 지시하였으나, 거부하고 오히려 군의 정치적 중립을 견지하려는 훈령을 내려 해임되었다. 1960년 4·19혁명 후 허정(許政) 과도내각에서 국방부 장관을 맡아 3·15부정선거에 동조한 군인들을 숙청하는 등 '군의 정치적 중립'을 강조하였고, 8월 사임했다. 1983년 2월 10일에 사망하였는데 당시 그의 통장에는 고작 26만 원이 있었고, 당시 그가 입고 있던 옷의 호주머니에는 단돈 2000원이 있었다고 한다. 그의 일제시대 활동은 〈일제강점하 반민족행위 진상규명에 관한 특별법〉 제2조 제10·19호에 해당하는 친일반민족행위로 규정되어 명부에 기재되었다.

110) 이범석(1900.10.20~1972.5.11). 일제강점기 북로군정서 교관, 고려혁명군 기병대장, 광복군 참모장 등을 역임한 독립운동가. 군인, 정치인. 본관은 전주(全

관)으로 등용되어 우리가 그의 국방정책을 기대하였었다. 그러나 철기가 국무총리로 국방상을 겸임하였으나 정불유기(政不由己: 정치를 자기 뜻대로 하지 못함)라 몇 년간을 경과하였으나, 이렇다 할 실적이 없었고 무성무후(無聲無嗅: 소리도 냄새도 없음)하게 하야(下野: 사퇴)하고 국방정책도 역시 아무 이렇다는 책략이 없었다. 물론 철기 일인이 만기만능(萬機萬能: 모든 일에 재능을 지님)을 다 가진 것이 아니라 시위(尸位)111)로 있다가 간 것이니, 그 이면도 철기의 마음 아닌 일이 많았으리라고 본다. 그러나 철기가 군인으로서 국방상이되 확고한 국방책을 수립 못한 것은 물론 그 책임을 감수해야 옳을 것이다.

당시 참모총장은 이 씨였었다. 그 인격이 우수하다고는 못 보나, 자기책임 완수는 할 만한 사람이었는데 의외에 백범(白凡: 김구) 선생하고 동차(同車: 함께 차를 탐)하며 친절했다는 것이 결점이 되어서 파면이 되고 2대 참모총장에 또 채씨(蔡氏: 채병덕)112)가 임명되었다. 그는 소년이요 참모에 소질이 있기보다는 조병(造兵: 병기 만드는 일)경력이 있는 사람이니, 물론 이 방면에 채용하는 것이 당연한 일이다. 그러니

州). 호는 철기(鐵驥). 다른 이름으로 인남(麟男), 철기(哲琦) 등을 사용했다. 서울 출신. 아버지는 이문하(李文夏)이며, 어머니는 연안 이씨(延安李氏)이다. 8세 때 김해 김씨를 새어머니로 맞이하였다. 중국 지역에서 독립운동을 전개했으며, 광복 후 조선민족청년단(朝鮮民族靑年團)을 창설하여 청년 교육에 힘썼다. 초대 국무총리 및 국방장관 등을 역임했다.

111) 예전에 제사지낼 때 신주(神主: 위패) 대신 신동(神童)인형을 앉힌 것. 여기선 무능한 사람이 맡은 직책을 뜻함.

112) 채병덕(1915.4.17~1950.7.26)은 광복 이후 국방부참모총장, 국방부 병기행정본부장, 육군총참모장 겸 육해공군총사령관 등을 역임한 군인. 한국 전쟁 당시 전사. 일본 육사 출신으로 일본인 육사 동기 사사끼의 증언에 의하면 일본인을 아주 싫어해서 친해질 수가 없었고 일본인 상관과 자주 충돌하고 특히 오사카 조병창에서 근무할 때는 대위 신분으로 상관인 육군 소장을 폭행하여 육군대학 입교를 못 할 정도였다고 한다.

그가 임명된 뒤로 군령(軍令)관계는 다 채 씨 수중(手中)에 있었을 것이다. 그 후 국방상이 신 씨(申氏: 신성모)113)가 되니, 신 씨는 영국 상선의 선장 경험이 있는 사람이요, 철기가 평하기를 해군 보좌관 자격이 약하다고 하던 인물이라 철기보다 못한 것은 사실이요, 더구나 국방정책이 신성모나 채병덕 양인의 손에서 나올 리가 없는 것도 당연한 일이다. 자기가 소양이 없는 것을 무슨 수로 요리할 수 있겠는가.

그 채 씨 다음으로 신태영(申泰英)114)소장(少將)이 참모총장으로 등용(登用: 1949년 10월)되었으나, 신 씨는 일본육사 출신으로 참모나 병사(兵事: 군대, 전쟁에 관한 일)에 상당한 지위를 가진 청백(淸白)한 인물이다. 고장(孤掌: 한 손)이 난명(難鳴: 소리나기 어려움)으로 일을 좀 해보려다가 백사불여의(百事不如意: 모든 일이 뜻대로 안 됨)하니, 총장은 알지도 못하는 일이 가끔 횡출(橫出: 올바르지 못한 일을 함)하여 책임은 총장에게 덮어씌워 사표를 내게 하고, 또 채병덕 씨가 참모총장에 등용되었고, 그다음 정일권 소장이 등용되었다. 이 사람들은 모두 자격적으로 정평(正評)하자면 부족한 사람들이다. 단 1년이라도 확고한 국방정책을 가지고 국군을 교양(教養: 가르치고 길러 냄)하여 국방을 해야 할

---

113) 신성모(1891.5.26~1960.5.29)는 대한민국의 독립운동가 겸 정치인이다. 1910년 러시아 블라디보스토크로 망명하여 신채호, 안희제 등과 함께 독립운동을 하였고 1945년 광복 뒤 대한청년단장, 내무부장관, 국방부장관 등을 역임하고 1950년 4월 21일부터 1950년 11월 22일까지 국무총리 서리를 지냈다.

114) 신태영(1891.2.1~1959.4.8)은 일제 강점기의 군인이자 대한민국 육군 장성 및 정치인이며 본관은 평산이다. 일본군 장교, 학생 동원을 위한 군사교관 등으로 참전과 병력 동원을 위한 선전에 협력하여 친일반민족행위자에 이름을 올렸다. 그러나 그에 대한 봉우 선생님의 평가는 후하다. 그때 그 사람이 아니면 알 수 없는 사정을 알고 계셨기에 그런 긍정적 평가를 하신 것으로 생각된다. 본문에 나온 이종찬, 김석원 등에 대한 평가도 마찬가지다. 신태영은 6.25 직전 남침을 예상하고 적극 대비를 주장하다가 상부 및 미 고문단과 마찰 후 경질되었다.

것인데, 국방상이나 참모총장이나 제 몇류 인물들인지 모를 사람들이 그 자리에 있으니, 무슨 국방정신이 있으며, 무슨 국방책이 있으리요. 국군의 부패상을 여실히 증명할 일이 많았다. 그들의 인물채용을 보건대 오늘까지 군사(軍事)라는 군자(軍字)도 알지 못하던 인간들을 내일 영관급으로 발령 내어 채용하는 예가 비비유지(比比有之: 어떤 일이나 현상이 흔히 있음)하니 그 사람들이 천재가 아니요, 오직 발신(發身: 출세함)하는 첩경(捷徑: 지름길)이 문관보다 무관이 빠른 관계이다. 병사학(兵事學)이 소매(素昧: 아주 어두움)한 20대 청소년들 영관급 군인이 얼마든지 있었다. 그러다가 6.25사변이 나니, 조수(潮水: 아침에 밀려들어 오는 바닷물)와 같이 일이 나서 서울을 3일 만에 점령당하고, 전국의 소소한 지역 외에는 1개월 이내에 점령당했으니, 군정이나 군령이나 다같이 책임질 일이다. 지피지기(知彼知己)하는 국방책을 가지고 우수한 장교를 양성하여 사병을 훈련하였던들 6.25사변에 이와 같지는 않았을 것이다. 비록 부족하다 하더라도 상당한 시일을 요하지 않으면 승패가 이와 같이 속할 수 없는 것이어늘 남한의 인구가 북한의 배나 되는데 하루아침에 벌어진 일로 뒤도 돌아보지 않고 도망하니 이것이 양장양병(養將養兵: 장수와 병사를 기름)한 본의가 아니다. 이것은 국군의 실책이 아니요, 국방상이나 참모총장이나의 전책임일 것이다.

당연히 추현양능(推賢讓能: 현자를 추대하고 능력자에게 양보함)하는 것이 옳은 일인데 그리 하지 않고 엄연(奄然: 덮어 가림)히 그 자리에 앉아 있다가 다른 일로 부득이 해임되고 나가니, 이 사람들은 당연히 6.25 책임자로 극형에 처해야 옳을 자들이다. 그자들이 지금껏 해온 장교와 병사 교육책을 보건대, 육사가 6개월이요, 간부후보생을 3개월, 2개월 혹시 예로 1개월이요, 여기 출신들이 소위 보병학에서 1개월 더 교육을 받으면 참모가 되고, 영관급이니 장관(將官: 장성)도 되니, 이것은 (군사에) 천재만 있는 데서 할 일이다. 그러니 국군장교들의 질이 저열함은 가리지 못할 사실이다. 그러던 중에 금번 이종찬 소장이 참모총장에 새로 임명된 이후에 교육총감이 신설되고 이 소장 발표에 징병보류를 아무개라도 절대 용서 않는다고 적극성을 가지고 말하는 것을 보던 중에 오늘 또 육사 신설 의도를 발표하였다. 이것은 비상시국인 오늘이라도 국가만년대계(國家萬年大計)는 대계대로 해가는 것이 당연한 일이다. 국군의 장교라면 어느 나라 군인장교들과 비교하더라도 수준이 동일 혹은 우수하게 교육을 시켜서, 외국유학까지도 시켜서 충분한 장교자격을 양성하여 이 사람들이 국군병사를 교련시킨 것이 비로소 세계수준에 빠지지 않는 군대가 되게 하며, 이 육사출신들이 장래 국군의 기간(基幹)이 되게 한다고 발표하였다.

일부에서는 반대할지 알 수 없으나 이 소장의 정신만은 확실한 애국정신이요, 비록 비상시라도 근본적 방침이다. 이 소장이야 1년 안에 해임을 당하든지, 10년에 해임되든지 이 업적은 불후(不朽: 썩지 않음)할 것이다. 그 부언(附言: 덧붙이는 말)에 보니 보병학교에서 단기로 장교훈련하는 것은 종전대로 둔다고 하니 이것은 논자들의 비상시 운운을 막기 위하여 하는 일이나 이 소장의 본의는 이 육사가 장개석(蔣介石)[115]

---

115) 장개석(1887.10.31~1975.4.5). 장제스(중국어) 또는 창카이섹(광둥어)은 중화민국의 군인, 정치·군사 지도자이자, 중화민국 국민정부의 제2, 4대 총통 및 국부천대 이후 제1, 3대 총통(1925~1975)이었다. 본명은 장중정(蔣中正). 황푸군관학교 교장, 국민혁명군사령관, 중화민국 국민정부 주석, 중화민국 행정원장, 국민정부군사위원회위원장, 중국 국민당 총재, 삼민주의 청년단 단장 등을 역임하였다. 1930년대 대한민국 임시정부의 활동을 적극 후원하기도 했다. 공산당과 대립하면서도 일본을 상대로 전쟁을 이끌어 1945년 일본의 항복으로 중일전쟁에서 중국(당시 중화민국)을 승전국으로 만들지만, 1946년부터 다시 공산당과

의 황포군관학교(黃浦軍官學校)116)와 같이 우수한 장교들을 양성하여 장래 우리 국군이 세계무대에서 손색 없게 할 근본책을 수립한 것이라고 본다. 여기서 내 의견도 역시 이 소장에게 가담하고 그의 장래 군인으로서 성공 있기를 심축(心祝)하며 현 단계에서 시위(尸位: 꼭두각시)로 안 지내는 인물이 100에서 한 사람도 보기 어려운데 이 소장 같은 이는 한 가지로 보아도 그 사람의 구조를 생각할 만하도다. 계속하여 이 소장 같은 그 책임을 완수하고자 하는 인물이 나오기를 내 마음껏 비는 것이다. 이 다음 이 소장이 국방책을 무엇으로 확정하느냐가 문제다. 그리고 말만은 현시에 그 복안(腹案: 속배포)이 그대로 나올 것인가, 참작하여 나올 것인가도 문제다. 그 복안대로 우방에서 용허될 것인가? 우리가 우리 일을 아직 못하는 세상이라 우리가 우리 일을 우리 마음대로 할 날이 속히 와서 이 소장 같은 준족(駿足: 뛰어난 사람)들이 전보(展步: 걸음을 펼침)할 날이 빨리 오기를 비노라.

신묘(辛卯: 1951년) 9월 19일 야심(夜深)

봉우제우유신정사(鳳宇題于有莘精舍)

내전을 벌였으며, 1949년 중국 공산당에 밀려 타이완으로 이전하였다. 중화민국의 총통과 국민당 총재로 장기 집권하다가 1975년 사망했다.

116) 황포군관학교는 중국 최초의 현대식 군사학교로 북벌 기간, 중일 전쟁 및 국민당-공산당 내전 기간 동안 중국의 수많은 장군, 군사 지도자들을 배출한 학교로 유명하다. 뿐만 아니라 수많은 조선인 독립군들이 이곳 출신이기도 하다. 1919년 3·1운동 이후 국내의 항일 투쟁이 어려워지자 독립운동가들은 군사훈련의 필요성을 절감해 황포군관학교에 입학했다. 조선총독부 폭탄 투척을 비롯해 요인 암살 및 폭파 활동으로 유명한 의열단의 김원봉을 비롯, 임시정부 내무부 차장을 지낸 권준 등 독립운동가 수백 명이 이곳을 거쳐 항일 투쟁의 기둥으로 섰다.

추기(追記)

나는 이 소장과 일면(一面)도 없었고 또 그가 육사에 대한 발표가 있기 전에 제2국민병 보류문제 때에 신문지상으로 말만 들었던 일이 있었을 뿐이다. 그러나 그가 지상에 발표하고 또 4년제 육사를 두는 것이 현 비상시에 다른 사람들 같으면 못할 일이라 내가 여기서 소감이 있어 기록하는 것이다. 철기도 우리가 기대하던 국방상으로 이렇다는 국방책을 못 세우고 북한의 내부사정을 알지 못한 것인가 알았으나 자기 마음대로 못한 것인가 의심이 난다. 말하자면 철기는 평시에 마음대로 방책을 수립해 볼 만도 한데 해보지 못하고 이 소장은 비상시에 이런 기간(基幹: 기본중심부분) 준비책을 세울 정신이 없는 때에도 불구하고 물론 난관도 있었을 것인데, 단연코 육사를 근본적으로 세운다는 것에 나도 동정한 것이다. 평시 같으면 누구든지 이만한 일은 할 수 있는 것이다.

중간 인물들의 부족은 말할 것도 없고 신태영 소장 같은 이는 경력이나 청백함이나, 국군의 화형(花形: 꽃다운 모습)인데 자기가 책임질 일도 아닌 일로 인책사직한 후에 다시 중용을 못하니 유감이다. 군사방면에 현지 사령관급으로는 김석원(金錫源)117) 같은 이도 우리 국군

---

117) 김석원(1893.9.29~1978.8.6)은 일본군 장교를 지낸 대한민국 국군의 육군 군인이다. 서울에서 출생했다. 일본강점기에 일본군 대좌(大佐)를 지냈으며, 해방 후에는 육군 소장·원석학원 이사장·5대 국회의원 등으로 활동했다. 일본육사 졸업 후 1915년 보병소위로 임관했으며 뛰어난 지휘능력을 인정받았다. 일본의 만주 침략 때는 2개 중대의 병력으로 사단 병력의 중국군을 퇴각시키는 전공을 올려 전쟁영웅으로 이름을 날렸다. 국내 신문에 '김석원 부대 격전기' 등의 기사로 소개되기도 했다. 최종 계급은 일본군 대좌(대령)였으므로 중장이었던 홍사익에 이어 일본군에 복무한 조선인 중 최고급 인물이다. 이런 경력으로 인해 친일반

중에서는 용장(勇將)인 화형(花形)들인데 25~26세 소년 대령들하고 같이 구치(驅馳: 말과 수레를 몰고 다님)하는 것도 국군의 불행한 일 중의 하나이나, 속히 그 임무를 마쳐서 성공하기를 비노라. 우리 공군이나 해군에는 아직 처녀출세라 미지수에 있으니 청장년들이 확고부동할 기간(基幹)이 되어 하루라도 속히 해군이나 공군에 완전 편성을 보게 노력하라. 현대과학전에는 해공(海空) 양군이 육군에 지지 않는 것이요, 더구나 우리나라 지형은 해군이 완성 안 되면 방어를 하지 못할 것이니, 공군이 부족하고는 진출을 못할 것이다. 일로 우리 국민도 자각해야 한다.

신묘(1951년) 9월 19일 야심(夜深) 봉우추기우유신정사

(鳳宇追記于有莘精舍: 봉우는 유신정사에서 추기하노라)

민족행위자 명단에 올라 있다. 김석원은 일본군에 투신한 조선군인들에게서 엿보이는 복잡한 정체성과 민족의식을 잘 보여 준 인물이다. 일본군을 떠나 독립운동에 투신한 한 기수 선배 김경천과 지청천의 가족을 보살펴 주었고, 독립운동에 투신했다 반송장이 되어 돌아온 육사동기 이종혁을 보고 죄책감과 부끄러움을 숨기지 않으며 그를 도왔다. 1944년 평양에서 강제 징집된 학생들이 무기를 탈취해 무장투쟁을 벌이려다 체포된 평양 학병의거 재판 때는 맨 마지막까지 재판정에 남아 지켜보다 형이 확정되자 눈물을 쏟았다고 한다. 저서로 회고록인《노병의 한(恨)》(1977)을 남겼다. 회고록에서 그는 "어떤 경우는 무지했던 탓으로 또 어떤 경우는 올바른 인생관과 올바른 세계관을 못 가졌던 탓으로 그동안 내가 저지른 잘못은 많다 할 것이다. 그중에서도 이유야 어쨌든 일제식민지시대에 오래토록 일본군인 노릇을 했다는 것은 나의 생애 중에서 가장 큰 불명예라 생각되는 것이다."라고 적고 있다.

개헌론을 둘러싸고 국회에서 일장(一場: 한바탕) 파란(波瀾)을 불면(不免)할 것이다

　작년에 해공(海公: 신익희)118)이 개헌론을 국회에서 동의(動議: 회의 중에 토의할 안건을 제기함)하여 37대89요, 기권이 62라 합산하여 99대 89로 부결을 당하고 개헌 반대파 거두(巨頭)는 개헌론을 주장하는 자는 공산주의자들이라고까지 합리(合理)가 못 되는 발언을 하였었다. 그러나 이것은 도시(都是: 전혀) 정당성을 이탈한 것이다. 개헌이라는 것은 헌법을 기초(起草: 초안을 잡음)한 선량(選良: 국회의원)들이 우리의

---

118) 신익희(申翼熙, 1894.6.9~1956.5.5)는 대한민국의 독립운동가이며, 교육자, 정치인이다. 대한민국 임시정부 외무부 차장, 미군정청 남조선과도입법의원 의장 겸 상임위원장, 대한민국 민의원 의장 등을 지냈다. 본관은 평산(平山)이고, 자는 여구(汝耇)이며 호는 해공(海公)이다. 백색테러로 악명을 떨친 백의사와 정치공작대를 이끌었다. 그가 김일성을 죽이기 위해 보낸 백의사가 1946년 3월 1일 평양의 3.1절 기념식에서 김일성에게 수류탄을 던졌으나 옆에 있던 소련군 장교 노비첸코가 주워서 던지려다가 노비첸코의 손에서 폭발하여 한쪽 손이 잘려 나가고 한 쪽 눈이 실명되지만 김일성은 무사했다. 김구, 이승만 등과 함께 신탁통치 반대에 앞장섰다. 김구가 남북협상에 임하자 이에 반대하며 단독정부수립을 주장하는 이승만과 행보를 같이했다. 이 과정에서 김구와 사이가 멀어진다. 1948년 7월 초대 국회부의장에 선출되었으며 국회의장 이승만이 초대 대통령이 되자 국회의장직을 계승했다. 사사오입 개헌이 터지자 호헌동지회를 구성했고 이를 바탕으로 민주당(1955년)을 창당했다. 이후 민주당 구파의 수장으로 장면을 이기고 1956년 제3대 대통령 선거에 민주당 후보로 출마했다. 30만이 운집한 한강 백사장 연설 등에서 크게 선전하였다. 그러나 5월 5일 선거를 열흘 남기고 전주로 가기 위해 전라선 열차를 타던 중 호남선 구간인 함열역 부근에서 뇌일혈로 졸도했고 이리역에 급히 내려 병원으로 옮겨졌지만 숨을 거두었다.

민족에 맞갖지못하게('알맞지 않게'의 古語) 어떤 편경적(偏傾的: 한쪽으로 치우치고 기운)으로 기초되었던 것은 사실이다. 하국(何國: 어떤 나라)은 물론하고 우리나라 헌법 같은 불합리를 드리운 데는 없다. 내가 헌법이 기초되며 그 부당성을 말하여 그 기록을 했던 것이다. 나 역시 개헌주장파이다. 그런데 금번에 또 개헌론이 거두(擧頭: 머리로 나섬)하니 성공여부는 알 수 없으나, 동의는 정당한 합리를 가지고 있다고 나도 주장한다.

상하원 양원제도 당연한 일이요, 대통령 직선제도 당연한 일이다. 사소한 절목(節目)에는 알 수 없으나, 현 헌법이 개정되는 것이 타당하다는 것만은 부정하지 못할 일이다. 여기서 선량제공들이 자파(自派)의 아전인수(我田引水)로 불고리지당부(不顧理之當否: 이치의 옳고 그름을 돌아보지 않음))하고 쟁론(爭論)으로만 일삼는 것은 불가하다고 본다. 자파의 주장이건 타파의 주장이건 우리 국가와 민족에 복리(福利)가 될 일이면 상호 협조적으로 나가는 것이 당연하다고 본다. 이번에도 물론 파쟁(派爭)이 또 있을 것이나, 양심적으로 공(公)을 위하여 싸워달라는 부기(付記)이다. 더 말을 않는다.

신묘(辛卯: 1951년) 9월 19일 야심(夜深)
봉우서우유신정사(鳳宇書于有莘精舍)

우리가 목적하는 일이
대한민국 헌법에 어떠한가

아무리 좋은 희망이나 이상(理想)이라도 대한민국 헌법이 용인 못 할 일이라면 이 나라 백성으로는 도저히 할 수 없는 일이다. 그러니 우리가 먼저 우리의 욕구하는 일이 헌법과 어떠한가 연구할 필요가 있다. 제일 우리의 목적하는 조건이 무엇인가 전문(全文)을 써보자.

〈머리말〉

을유(乙酉: 1945년) 8.15의 거종(巨鐘)이 울리자 우리는 각오한 바 있었다. 우리는 5000년 역사의 찬란한 역사를 가진 민족으로 일시적인 36년간이라는 국치(國恥)를 당하였으나, 우방의 호의로 우리는 그 굴레에서 벗어났다. 그리고 우리 농산어촌(農山漁村)의 청소년들은 근 반세기의 압박에서 정신이 마비되어 아직 자주독립이 무엇인줄 알지 못하는 사람이 많다. 그러니 우리는 미력이나마 전력을 다하여 우리 농산어촌의 정신적 계몽사업에 종사하겠다.

혹 이런 반문(反問)이 있을 줄도 잘 아노라. 너희가 아직 그 몽매(蒙昧: 어리석고 사리에 어두움)함을 벗어나지 못하고 감히 남의 몽(蒙)을 계(啓: 열어 가르침)한다니 이는 민족을 기만(欺瞞: 속여 넘김)하는 것이 아닌가 하리라. 당연한 반문이다. 이 세상에서는 자기의 몽매한 줄도 아지 못하는 몽매한 사람이 얼마든지 있는데, 우리는 우리의 몽매한 줄을 아는 것이다. 여기서 일단(一旦: 우선 먼저)의 선발족(先發足)을 한 우리가 우리의 몽매함을 계도(啓導: 남을 깨치어 이끌어 줌)하던 경험으로 몽매에서 벗어난 동지야 말할 것 없고, 몽매에서 헤매는 동지를 계도한다는 것이 무엇이 잘못이 있으리요.

이상이 수제(首題: 머리말)요, 그다음 회칙(會則)은

〈회칙〉

제1조 우리는 농산어촌의 청장년으로 중견(中堅: 중심)이 되어 우리 민족의 정신계몽에 나가자.

제2조 우리는 자주독립을 목표로 우리의 수준이 타 민족에게 도달하기까지 우리는 우리 민족의 복리가 될 일이라면 물적, 심적을 물론하고 헌신적으로 나가자.

제3조 우리는 일시적 민족의 소강책(小康策)에 그치지 말고 우리의 역사가 우주에 빛낼 대동책(大同策) 발족을 우리의 손으로 하자.

이상이 우리의 목적하는 것이요, 이 목적을 달성하자면 우리의 할 일은

〈사업〉

제1조 우리는 우리의 목적을 달성하기 위하여 3기간에 나눠서 사업을 진행한다.

(갑) 동지규합을 5년간으로 정하고 농산어촌에서 청장년동지를 구한다.

(을) 동지연성(同志練成)을 5년간으로 정하되, 정신훈련과 사업훈련을 전적으로 한다.

(병) 우리의 지반을 확보하는 기간을 5년간으로 정하여 우리의 동지가 우리의 목적을 위한 사업이라면 우리는 물심양면의 제공을 한다.

제2조 우리는 3계단으로 15년이 경과하고 비로소 우리의 목적사업에 착수하기로 한다.

제3조 우리의 사업이 국내에 충분히 선포되어 상당한 효과가 있은 후에 비로소 세계적으로 착수하자.

제4조 과학적이나 정신적이나 다같이 세계수준을 돌파하여 우리의 만년대계(萬年大計)인 대동책(大同策)을 우리의 손으로 세계의 수준에 올려놓자.

이상이 전문(全文)이다. 우리가 목적하고 있는 사업은 한 가지도 법이 인정 안 할 것은 없다. 우리 민족의 복리를 위하고 우리 ○○에 복리가 되고 나가서 세계 대동책으로 우주평화를 주장하는 것이 무엇이 우리 헌법에 용인 안 될 것이 있으리요. 우리의 목적이나 우리의 사업이 다 대한민국 헌법에 준하여 행하게 될 것이다. 집회자유라 하나, 법에 이탈하지 않을 정도의 집회를 말하는 것이다. 우리의 장래 사업을 법적 해석으로 옳은가 옳지 않은가를 결정하여 보자. 아무 조건으로 보든지 가(可)하다고 결정한다. 우리의 목적하는 사업은 대한민국에서 합법적이다.

신묘(1951년) 9월 21일 야심후(夜深後: 밤 깊은 후)
봉우서우유신정사(鳳宇書于有莘精舍)하노라.

추기(追記)

○○직후에 원문이나 회칙이 다 있었는데 6.25사변으로 모두 분실되고 원문과 대동소이할 것이다. 원문을 찾는 날이면 그 원문을 쓰기로 하고 이것은 임시로 쓴 것이다. 우리가 취지(趣旨)야 타 정당에 뒤질 것이 없다. 다만 부족한 것이 경제적인 것이다. 인적으로도 그리 타당에 손색이 없었다. 그러나 6.25를 지내고 우리는 대손실을 맞았다. 붉은 적도배(敵徒輩)들 – 북한 공산군 – 에게 피살자만 55인이라는 막대한 인적 손실을 보았다. 다시 나가야 하겠다. 그러나 용이한 일이 아니다. 그렇다고 중지할 수도 없는 일이요, 나가자니 백난(百難)이 개재(介在: 사이에 끼어 있음)하다. 백절불굴(百折不屈: 백번 꺾여도 굴하지 않음)하고 성공하기까지 나가자. 이만 그치노라.

봉우서우유신정사

(鳳宇書于有莘精舍: 봉우는 유신정사에서 쓰노라)하노라.

[해방 이후 봉우 선생님은 전국적 조직의 사회단체를 구성하시고 회원수도 100명을 넘었던것 같다. 단체이름은 정확히 밝히시지는 않았지만 글 여러 곳에 언급이 자주 보인다. -역주자]

영국 보수당의 승리를 듣고

  영국의 애틀리[119]와 처칠[120] 씨 간에 전개된 선거전은 세인의 시청

(視聽: 보고 들음)을 동(動)하게 하였다. 제2차 세계대전에서 영국이 위

기를 벗어나고 단연 승리한 것은 처칠 씨의 공헌이 많았다. 그러나 대

전(大戰)이 종식되자 처칠 씨는 바로 실각(失脚)하였었다. 이것은 영국

민이 처칠 씨의 공을 알지 못하고 그런 것도 아니요, 처칠 씨가 대전 중

에 민망(民望: 국민의 신망)이 실추되어 그런 것도 아니었다. 대전 시에

---

119) 클레멘트 리처드 애틀리(영어: Clement Richard Attlee, 1st Earl Attlee, KG,
    OM, CH, 1883.1.3~1967.10.8)는 영국의 정치인이다. 1905년 옥스퍼드 대학
    교를 졸업한 후 변호사 개업을 하였고, 런던 대학교 강사를 역임했다. 변호사 생
    활 중 제1차 세계대전에 참가하여 소령으로 복무했다. 이후 정계에 입문하여
    1922년 노동당 소속으로 하원의원이 되고, 1924년 제1차 노동당 내각의 육군차
    관, 제2차 노동당 내각의 체신장관 등을 지내고, 1935년 당수가 되었다. 제2차
    세계대전 후 1945년 선거에서 대승하고 노동당 내각을 성립시켜 총리가 되었다.
    애틀리 노동당 정부는 국민에게 내핍을 호소하고 영국은행·철도·석탄·가스·전
    신전화 등 중요한 기간산업(基幹産業)의 국유화를 추진했다. 1951년의 선거에서
    패배하고 1955년에 은퇴, 당수직을 휴 게이츠컬에게 이양했다.

120) 윈스턴 레오너드 스펜서 처칠 경(영어: Sir Winston Leonard Spencer-Churchill,
    KG, OM, CH, 1874.11.30~1965.1.24)은 영국의 총리를 지낸 정치가이다. 유명
    한 정치가를 배출한 말버러 공작 가문 출신이다. 낙제생이었던 그는 샌드허스트
    육군사관학교 졸업 후 기병 장교로 임관하여 보어전쟁에 참가해 포로가 되고 탈출
    하였다. 1차대전 때는 해군 장관을 맡았다. 2차대전 때는 총리를 역임하며 전시내
    각을 이끌었다. 1951년 보수당이 다시 정권을 잡고 총리에 재임명되었다. 1953
    년 처칠 회고록으로 노벨 문학상을 받았으며, 1955년에 앤서니 이든에게 총리직
    을 물려주고 정식으로 은퇴하였다. 1964년 미국 의회는 처칠에게 미국 명예시민
    권을 수여하였다. 1965년 1월 24일, 향년 90세로 세상을 떠났다.

는 처칠의 명령대로 영국민은 잘 복종하였던 것이요, 처칠에 대한 신망도 상당히 있었다. 그러나 영국민이 대전 수행상(遂行上)에는 처칠 씨가 아니고는 승리가 올 리가 없다는 각오를 한 것이요, 대전 후 수습 정치에는 애틀리가 아니고 처칠 씨로는 할 수 없다고 각오한 까닭에 전시의 공을 가지고도 축출(逐出)을 당한 것이다. 국민들이 인시제의 (因時制宜: 때에 맞춰 마땅한 것을 만든다)121)라고 때를 맞춰 인재를 선택 한 것이었다. 대전 후 7년인 오늘, 애틀리가 또한 민망을 잃지 않은 것 도 사실이요, 애틀리가 행정(行政)한 업적도 실정이라고는 보지 못한 다. 그러나 현하(現下) 3차대전이 목전에 있는 이때에는 애틀리 씨의 정책으로는 도저히 영국을 유지할 수 없다는 영국민의 각오가 7년간 칩복(蟄伏: 칩거)하였던 처칠 씨를 기용하게 된 것이다.

보수당 321표, 노동당 295표라는 소소한 차로 처칠 씨를 맞이한 영 국의 국민은 제3차 세계대전을 맞이하느냐, 영미의 공동세력으로 소련 블록(공산주의)의 진출을 저지하여 세계평화를 확립하느냐의 양기로 (兩岐路)에서 처칠 씨를 기용한 것이다. 좌우간에 이 난국을 타개하기 에는 애틀리 씨의 평화정책으로는 도저히 담당할 수 없는 것이다. 강 력한 처칠 씨가 수반(首班)인 보수당 내각이래야 전좌전우(前左前右)간 에 대처할 수 있는 것이다. 여기서 영국민의 수준이 얼마만한 것임을 잘 알 것이다. 애틀리 씨나 처칠 씨나 다 영국의 민망을 양 어깨에 메고 있는 인물임에 틀림이 없다. 그리고 영국민들이 역시 양씨에게 대한 감정이 다같이 보고 이런 때는 애틀리 씨를 기용하고, 저런 때는 처칠

121) 동양 최고의 의학서 《황제내경(黃帝內經)》에 나오는 삼인제의(三因制宜) 중 하나 이다. 즉 인인(因人), 인시(因時), 인지(因地)로서 사람, 시기, 지역에 맞는 최적 의 치료법을 만드는 것이다.

씨를 기용하여 국가나 국민의 복리를 도모하는 것을 주로 하여 선거전에 임한다. 이것이 정당정치의 표본이요, 국민도 이만하면 정당을 조직하여 국민을 대표할 만한 것이다.

여기서 내 소감은 이러하다. 우리나라는 남의 나라와 같이 국회가 있고 의원이 있고 정당이 있고 정당간에서 선거전도 있다. 말하자면 있을 것은 다 있었다. 그러나 우리나라는 내각이 정당내각이 아니요, 각료도 정당각료라고는 못 하겠고, 오직 최고지도자의 명령에 복종할 인물 외에는 내각의 수반이거나 각료가 될 수 없다. 현 행정부문의 조직체계를 보면 정당이야 무슨 정당이건, 자격이야 무슨 출신이든 불문하고 최고지도자의 임의로 채용할 수 있다. 이것이 우리의 행정부문에서 가리지 못할 사실이다. 그리고 국민들이 선거전에 임하여 물론 도시와 향촌이 차이는 있을 것이다. 그러나 대체로 보아서 대동소이하다. 각 정당이 선전은 양두구육(羊頭狗肉: 양머리에 개고기) 아닌 데가 없다. 민중도 이것을 인식하고 투거(投擧: 투표)하는 것이 아니라 일시적 선전원들의 하는 말이나 교제에 인력(引力)이 생하여 이 사람은 무슨 정당인지 그 정당이 승리하면 우리에게 동향(動響: 움직이는 영향)이 어떠할 것인지 생각할 정도가 아니요, 개인 대 개인으로 호의해석한다면 친한 사람에게 투표할 정도요, 정견이나 정당의 관계를 말할 정도가 못 된다. 입후보자와 직접 친면(親面: 친한 얼굴)이 없으면 중간인을 친하더라도 친한 사람이면 된다. 이 친하다는 것은 인간적으로나 물질적으로나 어느 방면이라도 무관하다. 그러나 이 선량들이 국회에 나가서 하는 일이 무슨 일을 하는지 선출구 주민들은 알지를 못한다. 어찌 이것이 민주주의 국가의 민족으로 할 일이리요? 그리고 우리가 거주하고 있는 데에서 갑이라는 사람을 선출하면 이 갑이 국회에 가서 어느 정당의, 어느 정책에 가담할 인물인가 그리고 그 선출한 갑이 우리 민족에게 국회에서 우리의 대변인으로 어떤 일을 할 사람이라는 것은 생각할 여지가 없다. 갑이 선출되었을 때에 내가 진력하였으니 내 개인의 이권이나 취득해 볼 정도의 인물들이 선출지구의 입후보자를 대표하는 인물들이다. 물론 공명정대한 심회(心懷)로 민족이나 국가를 위해서 진력하시는 분도 있을 것이나, 이 방면은 극소수인 것도 사실이다.

현 우리나라의 정당이라고는 국민당이나 민국당이나 양정당이 대립하였으나 이것은 정견이나 정당이 달라서 대립하는 것이 아니요, 자당의 이권을 확립하기 위하여 대립하는 것 같다. 그리고 합법적이고 그 반대고 간에 최고지도자 명령이면 유령시종(惟令是從: 오직 명령하는 대로 좇음)하는 정당도 있다. 물론 최고지도자가 우리의 억측보다는 신성(神聖)하리라. 그러나 신이 아니요, 인간인 이상 모든 일을 다 잘할 리가 없다. 그렇다면 '유령시종'이라는 것은 의미 없는 일이요, 선량들도 각자 행동을 양심적으로 심사를 할 필요가 있다. 이것이 우리들이 선량들에게 주마가편(走馬加鞭: 달리는 말에 채찍을 가함)하는 것이다. 물론 선량이라면 수준이 아직 부족한 우리나라라도 최고수준자들이니 우리의 억측(臆測)과는 상상불급(想像不及)할 일이나 국회에서 동의되는 것을 보면 아직 수준이 약하신 분도 없다고는 못 하겠다.

여기서 영국의 처칠과 애틀리 양씨의 선거전 경과를 보고 우리나라의 선거전에 비하여 신사적이요, 우리가 그 정도의 수준을 가자 해도 아직 묘연하다는 감상이 나서 영국의 거족적(擧族的) 선거가 비록 처칠 씨를 기용하나 애틀리 씨도 전공(前功: 전에 세운 공로)을 버리지 않는다는 극소수의 차이로 양거물을 여전히 대중인물로 선출하는 것이 우리로서는 아직 그 정도에 갈 수 없다는 것을 자괴(自愧: 스스로 부끄러워함)하며 빠른 기간 내에 우리 민족도 완전한 선거가 있기를 바라고 이 붓을 그치노라.

신묘(1951년) 10월 초삼일(初三日)

봉우서우유신정사(鳳宇書于有莘精舍)

추기(追記)

영국 보수당이 승리하여 처칠내각이 조직됨으로써 우리의 반공(反共) 전쟁이 동향(動向)이 어떠한가 하는 문제는 우리가 예측할 수 없는 일이다. 억측으로는 처칠 씨가 강력내각이나 2차 세계대전 당시 루스벨트와 스탈린과 처칠의 3거두 회합이 자주 있었으나, 항상 평화적이 아니었다. 그러니 이 보수당이 3차대전을 도전할 것인가 혹은 강력한 국제연합 태세로 소련블록(소련을 중심으로한 공산주의 세력권)을 제압할 것인가는 후일로 미루고 현 한국전선에서도 임시는 물론 애틀리 씨보다 처칠 씨가 강력할 것이라는 것을 부언(附言: 덧붙여 말함)한다. 후일 보수당정책이 우리에게 유리하고 노동당 정책이 우리에게 불리하다고 단언 안 한다. 그 이유는 노동당이나 보수당이나 일장일단(一長一短)이 있을 것이다.

우리도 완전한, 조직된 국가가 아니요, 새로 건설 중인 국가로 6.25 사변이라는 대파괴를 당하여 전승(戰勝: 전쟁의 승리)으로 이 전국(戰局: 전쟁의 상황)을 종결하느냐, 정전(停戰: 교전을 중지함)으로 종결하느냐, 통일이 되느냐, 분립(分立: 분단)이 여전히 되느냐가 문제요 그렇지 않으면 우리나라 전쟁으로 제3차 세계대전이 배태(胚胎: 아이나 새끼를 뱀)되느냐 그렇지 않으면 우리나라 전쟁이 원인이 되어 세계의 강력한 민주블록이 생하여 소련블록을 억압해서 세계평화가 배태되느냐의 기로에 서있다. 우리가 영국의 보수당 정책이 장래 우리에게 길게 유리할지 안 할지는 예측을 불허하며, 또는 우리의 전후(戰後) 재건(再建)에 있어서 보수당 정책이 어떠한 태도를 취할지 알 수 없는 일이다. 이런 것은 정치전문가도 확언하기 곤란한 일이다. 다음에 시간이 있으면 내 사견(私見)이나 기록해 보기로 하고 이만 그친다.

신묘(辛卯: 1951년) 10월 초삼일 개천절(開天節)
봉우는 유신정사에서 쓰노라.

내무장관 인책사직(引責辭職)
권고안(勸告案)을 보고

국가 다난(多難)한 때에 국무위원으로 역부족(力不足), 재부족(材不足: 자질부족)하거든 추현양능(推賢讓能: 어진 이를 추대하고 유능한 이에게 양보함)하는 것이 당연한 일인데 자격이야 있건 없건, 욕구에 욕구를 다해서 국무위원이 된 이상에는 자기의 욕망이나 이권을 획득하고 국가적이나 민족적이나에 대한 의무나 책임은 생각조차 하지 못하고 자기의 과실(過失)은 책임이나 회피할 정도로 개과(改過)할 희망이 없는 국무위원들도 많다. 내무장관122)도 이런 사람의 일인(一人)이었다.

내무장관이 국내치안 책임자로 당연히 치안을 확보하였으면 인책사

---

122) 이순용(李淳鎔, 1897~1988.10.9). 일제시대에 이승만의 추천으로 43세에 미국 전략첩보국(OSS) 침투작전에 미 육군 하사로 선발된 독립운동가. 인도로 파병되어 OSS 요원으로 활동하였다. 1944년 5월 한국광복군 OSS 특공작전에 참가하였으나 OSS 본부와 중국지부 사이에 관할권 대립으로 작전은 실행되지 못하고 일본이 항복하였다. 해방 후 1945년 10월 미 육군 중사, 미 국무성의 특수요원 신분으로 미군 CIC(미군방첩대)에 근무하면서 백의사와 미군 CIC와의 연결을 주선했으며, 국군창설에 관여했다. 이후 미 군정청의 철수로 미국으로 이주했다. 1949년 12월 말 레밍턴 타이프라이터 회사 대표로 다시 귀국했다. 체신부 국제통신전화국 촉탁으로 재임하던 1951년 5월 7일 장택상 서리 후임으로 제6대 내무부 장관에 기용되었다. 그가 내무부 장관에 지명되자 국회에서 국적문제가 논란이 되었고, 곧바로 5월 16일 미국시민권을 포기했으나 11월 6일(음력 10월8일) 국회에서 재석 134석 중 95석의 찬성으로 내무부 장관 불신임 결의안이 가결되었다. 결국 1952년 1월 12일 내무부 장관에서 물러나 같은 달 15일 체신부 장관으로 전임되었다. 체신부 장관으로 그해 3월 27일까지 재임했다. [출처: 한국민족문화대백과사전]

직하는 것이 옳은데 후면(後面: 후방) 치안태세가 불안함을 느끼고 국회에서 수차의 질문이 있었으나, 항상 무책임한 답변이나 하고 조금도 반성하는 기색이 없이 지내다가, 국회에서 일부 선량(選良: 국회의원)들이 불신임안(不信任案)을 제출하고 논제(論題)를 올리게 되니, 갑론을박(甲論乙駁)으로 시비가 분분하다가 필경 투표한 결과가 찬성 95표 대 반대 35표, 기권 31표로 불신임안이 성립되니, 국무위원된 체면이 어디 있으리요. 이 논제가 상정된 것은 당연한 일이나, 내무장관도 책임문제에 부족하거든 미리 사직하였던들 이 불명예가 없었을 것 아닌가. 다만 자기의 욕망이나 권리나 생각하고 민족이나 국가를 생각지 않는 무리들이 장관급에 있는 것은 우리 민족의 불행한 일이다.

국회에서 선량들이 용서 없이 불신임안을 제출하여 시정하는 것이 국회의원인 자기책임도 되고 민족에게 대할 면목도 되는 것이다. 여기서 같은 선량들로 이 동의를 반대하는 선량들은 대체 그들의 심사(心思)가 무엇인가를 생각할 필요가 있다. 이런 자들이 부정한 집정자(위정자)들과 부화뇌동하여 있는 것 또한 이 민족에게 불행한 일이다. 어떤 선량은 "이 내무장관을 사임시키면 후방치안이 잘될 것이냐"라고 하였다. 의심이야 있을 것이나 과실자(過失者) 불신임안에서 불신임할 만하면 동의할 것이요, 신임할 만하면 반대할 것이다. 무슨 중간에서 어리빙빙한 말을 하는 것인가. 이런 것들이 정부여당이라는 것이다.

정부여당이라면 정부에서 현명한 정치를 시행하는데 대중이 이해를 못할까 해서 그 현명한 정책을 보충하고 대중이 이해하도록 노력하는 것이 당연한 것인데 현 여당들이 하는 것을 보면 집정자가 과오가 있으면 무슨 짓을 하든지 이것을 가리고자 진력하는 것이 여당이다. 이것이 부패한 정당이라는 것이다. 여기서 내무장관 불신임안을 보고 장관이 과실이 있거든 인책사직할 일이지, 국회에서 불신임안이 상정되도록 철면피하게 있는 것은 몰상식이요, 장관될 자격이 없는 자라는 것이다. 선량들이 그래도 일맥정기(一脈正氣: 한 가닥 바른 기운)를 가지고 나가는 것이 반가워서 내가 이 붓을 든 것이요, 이후에 불신임안을 받을 장관이 없기를 바라노라.

신묘(辛卯: 1951년) 10월 12일 봉우서우유신정사(鳳宇書于有莘精舍)

지리(智利) 대둔(大芚) 양산(兩山)의
잔비(殘匪: 남은 공비) 토벌상(討伐狀)을 보고

6.25사변에 남침하였던 공산도배(共産徒輩: 공산군 무리)들이 9.28후 퇴로 그 일부가 북한으로 가지 못하고 남한의 산악지대에 근거를 두고 도처에서 그 피해가 적지 않고 1년 이상을 토벌에 노력했으나 이렇다는 전과(戰果)가 없이 희생자들이 많을 뿐이다. 내가 대둔산 토벌을 견학하고 온 일이 있으나, 경찰토벌대는 그 능률이 공비보다 저열한 것이 사실이요, 그 지방민에게 호감을 못가져서 공비와 내통자(內通者)들도 없는 것이 아니다. 여기서 산중의 적은 여전히 창궐(猖獗)하고 토벌대는 여전히 성공을 못하는 것이다.

이 산중 공비들에게 피해 본 것만 해도 상당수가 될 것이다. 여기서 후방치안 책임자인 내무장관을 인책사임 해야 당연한 일이다. 그러나 내무장관은 조금도 동념(動念)하는 것이 없고 자기 능력으로는 책임완수를 못하겠다고 공공연하게 언명(言明)하던 것이다. 그런데 근일(近日: 요사이) 토벌상황을 보건대, 육군에서 협력하고 지휘자가 제일 청렴공정(淸廉公正)한 인물인 것 같다. 접근지 주민들에게 절대 피해 안 되게 하고 전선을 점진적으로 축소하며 군민이 일치하여 토벌에 전력한다는 소식이 구구상전(口口相傳: 입에서 입으로 서로 전함)하여 자주 들린다. 그리고 제2국민병훈련소를 공비 근거지에 근접한 곳에다 두어서 완전 봉쇄를 하여 장기 소모전으로 공비를 근절하고자 하는 것 같다.

일방 공군과 육군 전차대도 협력하여 공비들이 감히 대전(對戰)을 못하게 하고 일부분, 일부분씩 국지전을 하는 것 같으니 이것이 주민들이나 후방에서나 안심할 일이다.

일선은 물론하고 후방에서도 치안이 안 되어서 극도의 불안감이 있던 민중에게 이런 소식이라도 전해지니 차차 후방치안을 마음 놓겠다. 이것은 내무장관보다 국방장관이나 참모총장이 좀 우수한 인물이라는 것을 여실히 증명한다. 이 정도로 나가면 공비의 대근거지인 지리, 대둔, 태백 등 산악지대가 소탕(掃蕩: 쓸어 없앰)되어 후방의 치안질서가 자연 확립되는 것이니, 정부에서도 전비(前非: 전의 과오)를 고치고 좀 친민(親民)정책으로 나가기를 빌고 공비토벌 장병들도 진력(盡力: 있는 힘을 다함)하여 하루라도 속히 책임을 완수하기를 바라는 바이다. 여기서 제군(諸君: 여러분)의 성공도 있고 국가의 치안도 되는 것이다. 속히 후방인민의 불안감이 일소(一掃)되기를 바라노라.

신묘(辛卯: 1951년) 10월 12일
봉우서우유신정사(鳳宇書于有莘精舍)하노라.

국련(國聯: UN) 한협(韓協)문제에 대한
나의 의견

국련한협123)은 국련과 동일한 목표로 민족적 결합체다. 민족외교의 사명이다. 금년에 정회원국으로 가입되었다. 여기 정회원국이나 준회원국이 합하여 70여 국이다. 그런데 우리나라에도 병술년(1946년)부터 한협이 성립되어 한국의 신생(新生: 1948.8.15. 대한민국 정부수립) 후에도 여전히 민족외교의 사명(使命)을 다하고 있었다. 그러나 준회원국이라 발언권이 없었던 것이다. 그래서 금년 총회에 정회원국으로 가입하고자 국내회원을 확충하였던 것이다. 충남도 내 청년동지인 최승천(崔乘千)이라는 사람이 이 회원확충이라는 책임을 지고 왔었다. 나도 이 최 군을 협조하고자 대전에 가서 그 일을 보았다. 지부가 성립한 후에

---

123) 지금의 유엔한국협회. 유엔과 대한민국을 잇는 가교가 되어 유엔의 이념을 확산·고취시키고 국제평화의 유지와 세계문제 해결에 기여하고자 국제 및 국내 민간운동 전개를 목적으로 설립되었다. 1947년 11월 '국제연합 대한협회'로 발족한 뒤 1949년 8월 '국제연합 한국협회'로 개명했다가 1994년 6월 '유엔한국협회'로 개명하였다. 비영리사단법인으로 외교부 등록단체다. 재원은 회원이 납부하는 회비, 기업 기부금, 경제단체 지원금, 정부 보조금 등으로 충당한다. 참고로 한국은 1949년 1월 유엔가입을 신청하였으나 소련의 거부권 행사로 부결되었고, 이후에도 소련의 반대로 유엔가입은 번번이 좌절되다가 1989년 이후 소련 및 동구권 공산국가들과 수교가 이뤄지면서 우리나라의 유엔가입 지지 분위기가 확산되었고 그 결과, 1991년 남한과 북한은 유엔가입 신청을 하여, 같은 해 9월 17일 제46차 유엔총회에서 남북한의 유엔 동시가입이 승인되었다. 한국은 이로써 161번째 유엔회원국이 되었다.

충남 각 군(郡)중 남부 7군을 내가 책임지고 회원을 확충하였었다.

그러던 중 졸연(卒然) 내무장관 명령이라고 회원모집을 중지시켰다. 그 내용을 들건대 최승천 군과 충남지사 이영진 간에 불평(不平: 불화不和)이 있어서 지사가 내무국장을 7차나 내무부에 보내서 회원모집의 부당성을 말한 것이다. 그래서 내무장관은 회원모집이 기부통제법 제2호에 해당된다고 중지시킨 것이다. 그후 우리 한국이 국련협회에 정회원국으로 가입되고 국련의 날124)로 각지에서 한협의 주최로 축하회, 기념식전을 거행하였다. 그러나 회원 확충 문제는 해결되지 않았다. 그 이유는 내무장관의 과실이건 정당했건 공문을 발송한 것을 다시 잘하라고 재공문을 발송할 수 없다는 것이요, 지방에서는 도(道)에서 각 군(郡), 각 면(面), 각 리(里)까지 공문을 전달했으니 절대로 한협에 찬성 의사를 가질 리가 없는 것이다. 그러해서 이 문제를 국회에 상정할 예정이었으나 국회에서는 대내외적으로 국무위원으로 국련에 대한 인식이 이같이 부족하다는 것을 발로할 수 없다고 좀 인내하면 좋은 대책이 있을 것이라고 한다. 그러나 국제관계라는 것을 국무위원이나 지방장관급에서 이 정도로 인식이 없으니 가능한 일이다.

지사도 이 사건을 민폐(民弊)를 위해서 장관에게 진정한 의사로 진정(陳情: 실정을 진술함)한 것이라면 국련협회라는 인식은 못했더라도 의사만은 좋으나 지사의 본의는 여기 있는 것이 아니요, 일개인(一個人) 최승천 상대로 불평을 갚기 위하여 민폐라는 구실로 이와 같은 일

---

124) 유엔의 날 또는 유엔데이 또는 국제연합일은 1945년 10월 24일에 유엔이 창설된 것을 기념하여 제정되었다. 우리나라에서는 1950년 9월 '국제연합일(10월 24일)'을 법정공휴일로 지정하였다. 이후, 1976년 9월 법정 공휴일에서 제외되고, 법정기념일로 지정되어 현재에 이르고 있다.

을 한 것이다. 그러나 타도에서도 동일한 공문이 도달하였으나 여전히 사무진행에 별 차이가 없이 진행된다. 다만 이 충남만 이영진 대 최승천 관계로 아주 중지되었다. 상호간 원만성을 결한 것도 물론 양자의 책임이 있을 것이요, 국제관계라는 것을 아주 알지 못한 내무당국도 책임이 없지 않으니 선후책이 무슨 방법으로 나올 것인가는 치지물론(置之勿論: 물론이다)하고 비록 일시적이라도 이런 몰상식한 처리가 있는 것은 대한민국의 수치이자 웃음거리가 안 된다고 할 수 없다. 물론 최도 과실이 있을 것이다. 지방장관과 타협이 못 되고 불평이 생긴 것은 최의 과실이요, 그렇다고 개인감정으로 국제연합협회라는 것을 무시하고 무슨 방법으로든지 중상(中傷: 근거 없는 말로 남을 헐뜯음)해서 민폐 운운하고 중지시킨 것은 지사가 인격부족이요, 상식부족이나 또는 여기 부화뇌동되어 기부통제법 제2조발동이라는 공문을 생각지 않고 낸 내무장관이나, 차관이나, 지방국장이나 자격부족이라는 것이 여실히 증명된다. 한심한 일이다.

지사로도 최승천이가 자기 의사에 배치가 되거든 지방장관으로 당연히 주의를 시킬 일이요, 또 내무장관도 지방장관의 보고가 오거든 한협본부에 주의를 시킬 일이 아닌가? 일언반사도 없이 이런 일을 하는 것이 아니다. 일국의 장관급이나 차관급이나 국장급이나 지방지사급이라면 그 나라의 최고등급 인물들인데 하는 일이 지방의 일개 면직원보다 나을 것이 없으니 한심할 대한민국 인사처분이다. 서정(庶政: 여러 행정)을 모두 관계하는 내무부가 이러하니 다른 부서도 가히 알겠다. 우리 한국 사정이 어느 해, 어느 달이나 되어야 조솔(粗率: 거칠고 경솔함)함을 면할 것인가. 집정자들의 최대 관심처일 것이오, 민중들도 십분 고려해서 이에 응할 것이다. 여기서 감개무량한 내 심정을 억지

로 끝하며 이 붓을 그치노라,

신묘(辛卯: 1951년) 10월 12일 밤
봉우서우유신정사(鳳宇書于有莘精舍) 하노라.

천금불환산(千金不換散: 천금으로도 바꾸지 않는 가루약)

백양선(白羊鮮)125)

지유피(地楡皮)126)

토복령(土茯苓)127) – 각 1냥 반(半)

호상?(胡相?) – 약재의 마지막 글자 불분명 – 7푼(分)128)

유향(乳香)129)

---

125) 백양선(白羊鮮): 백선피(白鮮皮), 백천(白蘴), 지양선(地羊鮮), 금작아초(金雀兒椒) 등으로 불린다. 백선(Dictamnus dasycarpus)의 뿌리껍질을 햇볕에 말린 것. 백선피(白鮮皮), 백양선(白羊鮮)이라는 이름은 뿌리의 향기가 생선 냄새나 양의 노린내와 비슷하기 때문이라고 한다. 백양선은 몸속의 열을 내리고 불필요한 수분을 제거하며, 찬 기운으로 인한 증상을 없애고 몸속의 열독을 풀어 주는 등의 효능이 있다. 습열(濕熱)의 사기(邪氣)로 인해 발생하는 전신의 종기 증상, 소변이 누렇고 찔끔거리는 증상, 습진, 풍진(風疹) 등에도 효과가 있다.

126) 지유피(地楡皮): 잎이 느릅나무[楡] 잎과 비슷하게 생긴 것이 처음에 자랄 때 땅바닥에 깔리므로 지유(地楡)라고 한다. 오이풀이라는 이명(異名)도 있는데, 잎을 비비면 오이 냄새가 나기 때문이다. 피를 맑게 하고 지혈시키며 중독증을 치료하고 상처를 빨리 아물게 하는 등의 효능이 있다. (혹은 유근피를 말씀하시는 것일 수도 있음. 확인 필요)

127) 토복령(土茯苓): 명감나무·망개나무·종가시나무·청열매덩굴·매발톱가시라고도 한다. 복용하면 배가 고프지 않으며, 비위를 조절하고 설사를 멎게 하며 수행할 때 잠이 오지 않는다. 근골을 튼튼하게 하며 풍습의 사기를 물리치고 관절을 부드럽게 하고 설사를 멎게 한다. 근육경련과 뼈마디가 아픈 것을 치료하고 예후가 나쁜 부스럼을 치료한다. 수은 제재의 독을 없앤다.

128) 푼(分): 무게의 단위. 귀금속이나 한약재 따위의 무게를 잴 때 쓴다. 한 푼은 한 돈의 10분의 1로, 약 0.375그램에 해당한다.

129) 유향(乳香): 감람과에 속하는 유향나무의 수액을 건조시켜 만든 약재. 우리 나라

몰약(沒藥)130) – 각 3돈(錢)

대조육(大棗肉: 대추살) 거핵(去核: 씨를 뺌)

*치질의 경우: 위의 약재에 괴화(槐花)131) 또는 괴각(槐角)132) 1냥 (37.5그램) 반(半) – 약57그램 – 을 넣어 복용.

*연주창(連珠瘡)133)의 경우: 위의 약재에 하고초(夏枯草)134) 1냥 반을 넣어 복용.

*위발제(爲髮際: 모발을 나게 할 때): 위에다 호도육(胡桃肉: 호도살) 3개를 넣어 복용.

*매창(梅瘡: 매독으로 인한 종기)의 경우: 사향(麝香)135) 2푼(分)을 넣

에서는 생산되지 않고 홍해 연안에서 생산되어 수입하는 약재이다. 타박상으로 어혈(瘀血)되었거나, 혈액순환장애로 인한 사지동통(四肢疼痛)에 진통효과가 뛰어나다. 근육경련으로 동통이 있거나 운동장애, 관절의 동통에도 자주 쓰이며, 뇌혈관의 순환장애로 인한 반신불수에도 효험이 있고, 관상동맥부전으로 인한 협심통에도 진통효과가 현저하다.

130) 몰약(沒藥): 감람과의 소교목. 아프리카산 감람과의 식물에서 채취한 고무 수지. 방향(芳香)과 쓴맛이 있으며 주로 황색·적색·갈색임. 건위제·통경제 등으로 쓰임.

131) 괴화(槐花): 회화나무의 꽃봉오리와 꽃을 약용한다. 치질, 심통, 충혈된 눈을 치료하며 기생충을 죽인다. 피부가 가렵고 벌겋게 되는 증상을 치료하며 대변출혈을 치료한다. 혈변과 점액 변을 동반하는 이질에 볶아서 갈아서 복용한다. 대장의 열을 없앤다.

132) 괴각(槐角): 회화나무의 잘 익은 열매를 건조한 것. 열을 내리고 출혈을 멎게 하므로 대변 출혈이나 치질과 같은 질환에 이용한다.

133) 연주창(連珠瘡): 목 주위에 염주처럼 줄지어 멍울이 생기는 림프샘염을 연주 나력이라 하는데 이것이 곪아 터지면 연주창이라 한다.

134) 하고초(夏枯草): 꿀풀과에 속한 다년생초본인 꿀풀의 지상부 전초. 주로 림프선에 멍울이 생기거나 가슴에 멍울이 만져지는 증상에 응용되는데, 갑상선이 비대해지거나 고혈압 여성의 유선이 증가되어서 생기는 증상을 치료하며 눈이 빨개지고 통증이 있으며 밤만 되면 아픈 증상에 응용된다.

135) 사향(麝香): 사슴과에 속하는 사향노루 수컷의 향선낭(香腺囊)에서 분비되는 분

어 복용.

　**우작말오돈중식작봉(右作末五錢重式作封: 위의 약재를 가루내어 5돈
쭝씩 종이봉투에 따로 담아 넣는다.)

　***수은(水銀)136)은 2돈 내지 3, 4돈쭝씩 훈(薰)137)을 상처부위에 한
다. 큰 종기는 5, 6제(劑), 작은 종기는 1제면 치료된다. (水銀二錢乃至
三四錢重式薰當處大腫至五六劑小腫一劑可)

[이 한약처방문은 한의사이셨던 봉우 선생님께서 1951년도 10월
13일 일기 상단의 여백에 작은 글씨로 적어 놓으신 것이다. 선생님
께서 독자적으로 만들어 사용하신 것인지 외부에서 받아 적어 놓
으신 것인지는 알 수 없으나 선생님의 모든 일기자료를 정리해 공
개한다는 원칙 아래 싣게 되었다. 이 처방엔 현대에서는 사용이 금
지된 수은의 사용법 〈훈(薰: 약물을 태우거나 고열을 가해 발산되는
약기운을 환부에 쐬는 치료법)〉이 나오는 걸로 봐서 고대로부터 전
해지는 처방임을 알 수 있다. -역주자].

비물로 만든 약재. 일시에 전신으로 기운을 통하게 하는 큰 효능이 있어서 갑작스
런 쇼크나 중풍의 인사불성 정신혼몽 등에 활용하면 효력을 보인다. 《본초강목》
에서는 일체의 막힌 증상, 즉 구규(九竅)와 경락과 근골까지 깊숙이 침투되어 질
병을 치료할 뿐만 아니라 알코올이나 채소나 과실을 먹고 중독된 것까지 풀어 주
는 효과가 있다. 그리고 치질이 생긴 데에 환처에 바르면 통증이 그치고 부종이
삭게 된다.
136) 수은(水銀): 아연족에 속하며 상온에서 액체 상태인 은색의 금속원소. 여러 효능
이 있다고 알려져 있으나 독성이 강해 지금은 쓰지 못한다.
137) 훈(薰): 약물을 태우거나 높은 열을 가하여 거기에서 발산되는 증기나 연기를 쐬
어 병을 치료하는 일.

보중여신탕(補中如神湯)

숙지황(熟地黃) 138) – 강제(薑製: 생강즙으로 법제), 5차 증(蒸: 찜) – 8돈(錢)

산수유(山茱萸) 139) – 주증(酒蒸)

천궁(川芎) 140) – 거심(去心: 약초의 줄기나 심을 없앰)

인삼(人蔘)

당귀신(當歸身) 141) – 주세(酒洗) 142) – 각 5돈

복신(茯神) 143)

원지(遠志) 144)–감초수침거외?(甘草水浸去外? 감초 달인 물에 담갔다 바깥

부분을 제거함)

---

138) 숙지황(熟地黃): 지황의 뿌리를 술에 9번 찐 것. 음기를 보충하고 혈액 기능을 좋게 하며, 정기를 보하는 등의 효능이 있다.

139) 산수유(山茱萸): 산수유나무 열매. 보신강장효과가 있어 원기를 돕는다.

140) 천궁(川芎): 한국·일본·중국 등지에 분포하는 여러해살이풀. 진정·진통 및 강장제로 쓴다.

141) 당귀신(當歸身): 당귀의 머리부분과 뿌리를 제거하고 몸통만 썰어 사용하는 것을 말함.

142) 주세(酒洗): 약성을 올리고 분쇄 시 편리하게 막걸리 등의 술로 씻어 건조한다.

143) 복신(茯神): 복령의 균핵을 음지에서 말린 것 중에서, 가운데에 소나무의 가는 뿌리가 박혀 있는 것. 가슴이 두근거리는 증상을 완화시켜 마음을 편안하게 해 주고 소변을 잘 통하게 하는 효능이 있다.

144) 원지(遠志): 원지과에 속하는 다년생 초본식물. 거담작용과 정신안정효과가 뛰어나다.

육종용(肉蓰蓉)145) - 법주증(法酒蒸)

파극(巴戟)146) - 주침거골(酒浸去骨: 술에 담근 후 뼈를 제거함) - 각 3돈

두충(杜沖)147) - 거사(去絲: 실을 없앰)

구기자(枸杞子)148)

육계(肉桂)149) - 각 2돈

석창포(石菖蒲)150) - 미초(微炒: 미약하게 불에 볶음)

백하수오(白何首烏)151) - 미감침증(米泔浸蒸: 쌀뜨물에 담근 후 찜)

토사자(菟絲子)152) - 주침말(酒浸末: 술에 담근 후 말려 가루 냄)

복분자(覆盆子)153) - 주증(酒蒸) - 각 1돈

---

145) 육종용(肉蓰蓉): 더부살이과에 속하는 여러해살이 기생풀. 음위증, 근골 위축, 변
   비, 성기능 장애 등의 치료에 좋은 효과가 있다.

146) 파극(巴戟): 꼭두서니과의 여러해살이 덩굴식물. 발기부전, 유뇨(遺尿), 유정(遺
   精)과 여자의 자궁 기능 허약 및 하복부 냉증, 불임, 생리불순, 대하 등의 증상에
   유효하다.

147) 두충(杜沖): 두충과에 속하는 낙엽교목. 신장의 기능허약에서 오는 요통에 효과
   가 있으며, 하체의 무력감, 생식기능 감퇴, 소변을 자주 보고 어지러운 증상에 널
   리 활용된다.

148) 구기자(枸杞子): 구기자나무에서 열리는 타원형의 붉은색 열매. 생식기능이 허약
   해서 허리·무릎이 저리고 아프고, 유정(遺精)·대하(帶下) 등의 증상에 유효하다.

149) 육계(肉桂): 계수·간과라고도 한다. 가지를 계지(桂枝), 나무껍질을 계피라고 한
   다. 주로 소화기 질환과 통증을 다스리고, 어혈을 푸는 데 효험이 있다.

150) 석창포(石菖蒲): 석창포의 뿌리줄기를 말린 것. 풍(風), 한(寒), 습(濕)으로 생긴
   팔다리 저린 증상과 딸꾹질, 기운이 위로 치미는 것 등을 치료하고 가슴을 맑게
   해 주며 오장을 보한다.

151) 백하수오(白何首烏): 보혈, 자양, 거풍, 강장 등의 효능이 있다. 백하수오는 남한
   과 북한에서만 쓰인다. 하수오는 적색, 백하수오는 색이 희다.

152) 토사자(菟絲子): 갯새삼이라고도 한다. 주로 바닷가에서 자란다. 각종 혈증을 다
   스리며, 간경과 신경에 효험이 있다.

153) 복분자(覆盆子): 주로 콩팥에 작용하므로 정력증강효과가 있고 유정이나 몽정,
   소변이 잦은 증상에 효력이 있다. 완숙한 것보다 덜 익은 것을 사용해야 효력이

감초(甘草)154)

파고지(破古紙)155) – 염주초(鹽酒炒: 소금탄 술로 씻은 후 불로 볶음) – 각 5푼

*한 제로 아홉 첩을 짓는다. (一劑作九貼)

높다.

154) 감초(甘草): 콩과에 속하는 여러해살이풀. 뿌리를 건조시켜서 한약재로 사용하는데, 그 맛이 달기 때문에 감초라 한다. 모든 약물과 배합이 잘 되어 중화작용을 하므로, 어느 자리에나 빠짐없이 끼어드는 사람을 일컬어 '약방의 감초', '약재에 감초', '탕약에 감초'라는 속담이 생겼다.

155) 파고지(破古紙): 보골지의 씨를 건조한 것. 신기(腎氣)를 따뜻하게 해서 양기를 생기게 해주고, 설사를 그치게 하는 등의 효능이 있다.

조수시(潮水詩)

三 三
蛇 兎
一 一
馬 龍
是 水

月 羊
黑 三
又 猿
如 亦
是 三

前 十
八 四
後 七
三 水
小 旺

[이 시 또한 봉우 선생님의 1951년 10월 13일 일기 〈연정원을 갱생
하자면〉의 여백에 쓰여 있는 것으로 마치 밀물, 썰물에 관한 비밀
의 암호문 같다. -역주자]

수필(隨筆) - 6.25전란을 극복하자면

시대의 고금이나 지역의 동서를 불문하고 전란 중 인민(人民)의 동태가 동요하지 않을 수 없으며, 정부의 시정(施政: 정책을 폄)도 전쟁에 치중하는 관계로 민생문제를 도외시할 리는 없으나, 아주 평상시와 같이 할 수 없는 것도 당연한 일이라. 그러니 정부는 정부대로 이 비상시를 극복하자면 평상시보다 열 배, 백 배 노력해도 민생문제가 평상시만큼 될지 말지 한 것이요, 인민도 전란 중에 사적인 일 백 가지, 천 가지를 모두 제해 두고 이 전쟁완수에 협력하는 것이 전시인민이 취할 의무요, 책임이다.

그런데 현상 우리나라는 위는 위대로 아래는 아래대로 이 전쟁을 이용해서 자기네의 지반이나 견고하게 하고 이권이나 취득할까 하는 행동이 노골적으로 보이니, 이것은 정부는 정부대로, 인민은 인민대로 불행한 일이다. 정부나 인민이 이 전란을 극복할 태세로 근신(勤愼)하고 자숙(自肅: 스스로 조심함)해도 이 전란의 참화(慘禍)를 어찌 부흥할지가 의문인데 정반대로 상하교정리(上下交征利: 위아래 서로 이익만 좇음)하니, 한심한 일이다. 집정자도 각별 주의해서 비상시 정책을 쇄신할 것이요, 인민들도 모리배행동을 중지하고 근신, 자숙하는 것이 이 전쟁위기를 극복하는 데 제일 요건이다. 염려되는 것은 극도로 민생문제가 악화되다가 혹 무슨 일이 나지 않을까 의심된다. 정부에서 이 기강을 잡지 못하거든 각 정당이나 단체들이 자진해서 이것을 계몽하는 것이 제일 중요한 일이다. 여기서 비록 그 자리에 있지는 않아도 그 정사를 도모하며 염려하는 바이다.

고대에도 팔년풍진(八年風塵)156) 십년전란(十年戰亂)이니 하는 예가 있고 근일에도 중국의 십여 년을 계속하여 전란이 있는 것이 사실이다. 물론 극복을 잘한 나라도 있고 이 전란으로 아주 동요되어 다시 일어나지 못한 나라도 많다. 그러니 우리나라도 이 전란을 극복 잘하고 완전 부흥이 되어 신흥국가로 세계에 선양하기를 바라는 관계로 현상의 상하교정리하는 것을 계몽하였으면 하는 것이다. 이 붓을 든 것은 외람한 줄로 아나 부득이 안 들지 못한 것이다. 후일 제군자는 금일 내 소충(素衷: 순수한 속마음)을 살피소서. 이 붓을 그치노라.

신묘(1951년) 10월 14일 봉우서우유신정사(鳳宇書于有莘精舍)

---

156) 팔년병화(八年兵火). 초나라 항우와 한나라 패공의 8년 전쟁을 말함.

용산연정원(龍山研精院)에서 작성한
28수 천문대조표

각(角) 12도(度)		서경(西經) 172
	8 180	
항(亢) 9		동(東) 180
	1	
저(低) 15		179
방(房) 5		164
심(心) 5		159
미(尾) 18		154
기(箕) 10		136
두(斗) 26		126
우(牛) 8		100
여(女)12		92
허(虛)10		80
위(危) 14		70
실(室) 16		56
벽(壁) 9		40
규(奎) 16		31
루(婁) 12		15

東3

위(胃) 14	(영국 그리니치 천문대)

西11

묘(昴) 11	22
필(畢) 16도	38
자(觜) 2	39
삼(參) 9	48
정(井) 33	81
귀(鬼) 4	85
류(柳) 15	100
성(星) 7	107
장(張) 18	125
익(翼) 18	145
진(軫) 17	160

이상의 경도(經度)를 기록하였을 뿐이요, 위도(緯度)는 차기(次期)로 미루기로 하자.

　지구상(地球上) 동경(東經) 80도 허성(虛星) 10도

　신구표(新舊表)에서 오도(五度) 사분도지일(四分度之一)이 감축되었으나, 원리(原理)는 불변한다.

　[이 글 역시 1951년 10월14일 일기의 상단 여백에 써놓으신 것으
　로서, 1960년대 작성된《선기수략》맨 뒤에 〈28수 도수와 지구상

경도와의 관계〉란 제목으로 실려 있다. 현재는 증보판《민족비전 정신수련법》에 부록으로 수록하였다. 봉우 선생님의 심법의 이면에는 이처럼 정치한 천문추수(天文推數)가 자리하고 있음을 이 기록에서 알 수 있다. 1951년도에 계룡산 연정원 산중에서 천문을 관측하신 결과를 기록으로 남기신 봉우 선생님의 뜻은 무엇일까? 우리 연정원 학인들 중에서 선생님의 천문연구와 심법을 계승할 제자학인이 나올 것을 염두에 두시고 남겨 주신 것은 아닌지… 자료를 공개하는 필자의 관심은 오로지 여기에 있다. 연정학우 여러분의 분발을 촉구한다. -역주자]

우리 농촌의 금석(今昔: 현재와 과거)

별 이렇다는 생산공업이 없는 우리나라는 농업이 제일 중대하다. 농자(農者: 농사, 농민)는 천하지대본(天下之大本: 천하의 큰 바탕)이라고 국민의 제일 중대한 식량문제가 이 농촌이 아니면 해결할 수 없는 것이다. 우리나라가 이조 500년은 계급이 좀 심했으나, 농민은 사농공상(士農工商)이라고 제2위에 속하였다. 그러나 현상으로는 농민의 대우가 절대로 2위를 보존 못한 것은 자타가 공인하는 것이 아닌가. 외양(外樣: 겉모습)은 지난날 소작농(小作農)이 많았고, 오늘날은 소작농이 없고 모두 자작농이니 집마다 부유해진 것 같다. 그러나 농촌현상은 목불인견(目不忍見: 눈으로 차마 볼 수 없는)의 참상(慘狀)이 있다. 허울 좋은 농지분배로 토지보상을 현곡(現穀: 실제 양곡)으로 하고, 현금을 역시 현곡으로 하고 보니, 농가 실수입은 일일(日日: 하루하루) 소작농보다 조금도 나은 것이 없고 농촌현상은 착취당한다고 안 할 수 없다.

현금의 생활이나 대우가 농촌인민으로 제 몇 위가 되는가 하면 가장 말등(末等: 꼴등)인 것도 사실이다. 관리는 여전히 1위요, 제2위는 군인이요, 제3위가 경찰이요, 제4위가 모리배(謀利輩: 자신의 이익만을 꾀하는 무리)요, 제5위가 상인이요, 제6위가 공업가요, 제7위가 중간 소비가요, 제8위가 다른 것이 없으니 농민일 것이다. 현상대로 나가면 우리 농촌은 옛날의 비(比: 견줌)가 못 된다. 비료문제로 생산은 전만 못 하고 소비품은 날로 등귀(騰貴: 가격이 뛰어오름)하고 농촌수지(收

支)는 적자가 보통이니 이래서는 우리 농촌이 파멸될 염려가 있다. 물론 지주의 착취는 없으나, 수지가 맞지 않아서 자연 소멸될 것이다. 농촌에서는 이 소멸상을 자각해야 할 것인데 몽0중(夢0中)에 있고 각성(覺醒)이 없이 지내니 한심한 일이요, 위정자도 농사정책을 확립해야 할 일인데 농촌대책이 없이 농민에게서 수집(收集: 거두어 모음)만 하니 장래가 걱정이다.

현상으로는 아직 농촌에서 공업으로 전환할 수도 없는 것이요, 그렇다고 상업도 역시 경험문제이니 안 될 것이요, 죽으나 사나 농업에 종사할 수밖에 없는데 현 정책대로는 농촌수난기(農村受難期)라 아니할 수 없다. 농가에서도 수난기를 각오하고 다른 부업이라도 가지고 이 수난기를 극복안하면 머지않아 종지부(終止符)가 나올 것이다. 농촌에서도 자각해서 이 종지부가 나오기 전에 별개의 방책을 택하지 않으면 안 될 것이요, 집정자도 하루라도 속히 최선의 대책이나 확립된 농촌정책을 세우기를 바라노라.

신묘(1951년) 10월 14일
봉우서우유신정사(鳳宇書于有莘精舍)하노라.

농촌대책은 농촌에서 강구(講究)하자

　현 농촌의 파멸을 목전에 두고 이에 대한 대책을 누가 낼 것인가. 당연히 정부에서 농림 당국자가 대책을 내야 할 일이지만 현상으로는 가능성이 없으니 부득불 우리의 일이라 우리 농촌에서 좋은 대책을 강구할 밖에 다른 도리가 없다. 농촌이라도 광야부(廣野部: 넓은 들이 있는 곳)에 속한 곳은 그래도 경지 면적이 상당해서 수지(收支)가 맞을 것이나, 산악부에 속한 농촌은 대체로 경지면적이 얼마 되지 않아서 도저히 현 수지로는 불원(不遠)한 장래에 파멸이 올 것이다. 혹 천재(天災)나 시변(時變: 시세의 변화)이 있다면 더 속히 생활을 유지 못 할 것이니 이 대책을 무엇으로 해야 생활수지가 평등하겠는가.

　현상은 농업시기만은 농업에 종사하나, 농한기에 직업이 없어서 시간을 허비하는 관계로 농업생산만 가지고 지출하게 되니 생활수지가 맞지 않는 것이다. 그러나 개인 대 개인으로 부업을 구하지 말고 농촌 대 정부로 혹은 농촌 대 사회단체로 부업을 구해서 이 농한기를 이용하고 또는 경지면적에 해당하는 소요인원 외에는 하시(何時: 언제)를 막론하고 부업에 종사하면 현 수입보다 부업수입이 절대로 저하되지 않을 것으로 본다. 전기가 아직 재건 못 된 금일(今日: 오늘)이라 대공장은 대체로 휴면상태니 농촌에서 대공장의 분업을 해도 될 것이요, 그렇지 못하면 부업적으로 가정공업생산을 개인적으로는 역부족하나 정부나 사회단체나 그렇지 않으면 농촌이 연합하여 단체화하여 가정부업을 하면 대체로 농촌에서 하시를 막론하고 간극이 없을 만큼 농한기를 이용하면 아무 농촌이라도 우리가 예상 이상의 성적을 거둘 것이다.

가정부업이라면 방직(紡織)이나, 목축이나, 약초재배나, 연사(練絲: 생실을 비누나 잿물에 담가 씻어 낸 것)나, 제사(製絲: 고치나 솜으로 실을 만듦)나, 양어(養魚)나 등 여러 가지가 있고 이 외에도 얼마든지 할 수 있는 것이다. 무엇이든지 시간을 소비 않고 수입 있을 만한 것이면 다 좋은 것인데 농촌이라는 단체화가 되어서 이런 가정부업을 구하지 않으면 취인(取引)문제에 수속이 갈리고 원료구입문제가 개인으로는 극곤란하다. 그러니 농촌이라는 단체화가 되어서 공동적으로 (부업을) 취인(取引: 취해 끌어옴)을 하라는 것이다. 나 역시 가정부업을 소소(小小)히 착수해 보았으나, 방적(紡績)인데 1인(一人) 1년 수입이면 놀지만 않으면 5인분 식량은 된다. 가정에서도 3인만 전문적으로 부업에 종사하면 15인분 식량이 되니 농업생산에서 식량하고 부업에서 타지출을 하더라도 수지는 항상 잔고가 있을 것이다. 이것을 내 자금으로 원료를 구입해서 자유로 한다면 순익이 아무리 감소된다 하여도 1인 1년당 현시가로 최저 100만 원은 될 것이다.

그러나 개인으로는 원료구입이 극히 어려우니, 농촌이라는 관계로 부업을 하고 개인으로 말라는 것이다. 개인으로와 단체의 차는 막대하다. 개인으로는 원료가 문제요, 판로(販路)도 문제다. 단체라야 여러 문제가 다 해결되는 것이다. 하필 방직만이리요. 무엇이든지 다 이러하다. 이 정도로만 농촌부업이 추진되면 농촌대책은 해결될 것이다. 여기서 우리 농촌의 결합이 필요하다고 본다. 결합이 아니고는 절대 이런 일은 발족할 수 없는 것이다. 그리고 농업생산품도 좀 선택을 잘해서 수지가 맞는 것을 해보라는 것이다. 너무 교착(膠着: 현상이 너무 변동이 없이 유지됨)된 농업법으로만 농사짓는 것도 농촌파멸의 원인이 되는 것이다. 농촌부업은 후일 다시 말하기로 하고 이 정도로 붓을 그친다.

신묘(辛卯: 1951년) 10월 14일 밤
봉우서우유신정사(鳳宇書于有莘精舍)하노라.

추기(追記)

농산물로 보면 한 가지는 평당(坪當) 년(年) 2000원 이상(以上)하는 사람도 있고, 어떤 사람은 평당 1000원 이내(以內)하는 사람도 있다. 약초 같은 것은 평당 5000~6000원 하는 것도 있다. 도작(稻作: 벼농사) 이나 맥작(麥作: 보리농사)이나 두태(豆太: 콩과 팥)를 말라는 것이 아니다. 될 수 있으면 선택해서 하라는 말이다.

1951년 10월 14일 밤. 유신정사에서 봉우는 쓰노라.

조병옥(趙炳玉) 박사의
시국강연을 듣고 내 소감

우연히 대전을 갔다가 조병옥[157] 박사의 시국강연회가 있어서 참석한 일이 있었다. 대요는 6.25사변의 원인과 그간 경과와 또는 장래의 귀추(歸趨: 일이 되어 나가는 형편)이다. 우리의 대책과 제3차대전의 발발여부 등과 신당과 민국당의 관계를 말한 것이다. 강연내용의 구분은 있으나, 시종이 여일하게 열변도 아니요, 웅변도 아니요, 그저 조리 있는 강연이었다. 평균으로 보아서 연사로 합격된 정도다. (조 박사는 강연에서) 6.25사변은 현실은 남한을 북한이 침략한 것이나, 기실(其實: 그

---

157) 조병옥(趙炳玉, 1894년 5월 21일 충청남도 천안 ~ 1960년 2월 15일 미국)은 대한민국의 독립운동가, 교육자, 경찰관, 정치가이다. 일제 강점기 초반 도미유학과 독립운동에 종사하였고, 안창호에게 감화되어 그의 흥사단과 수양동지회, 국민회 일에 적극 참여하였다. 그 뒤 태평양 전쟁 무렵 수양동우회 사건 등으로 두 차례나 옥고를 치렀다. 해방 정국에서는 한민당 창당에 참여한 뒤 미군정의 경찰 총수를 지냈으며, 1948년 정부수립 후에는 UN대표단, 내무부 장관 등을 거친 뒤 이승만과 결별했다. 해방 직후 미군정 치하 제2대 경찰 통수권자였고 장택상과 더불어 친일경찰들을 재등용한 사람 중 한 명이다. 한국민주당과 민주국민당에서 활동하였으며, 1954년 호헌동지회에 참여하였으며, 민주당에 입당, 신익희·윤보선·유진산 등과 함께 민주당 구파의 리더로 활동하였다. 1950년 대한민국의 제2대 정·부통령 선거에 부통령 후보자로 출마하였으나 낙선하였고, 1960년 대한민국 제4대 대통령 후보자로 출마하였으나 선거유세 중 병으로 미국 워싱턴 D.C. 월터리드 육군병원에 입원했다가 급서하였다. 본관은 한양, 충청남도 천안시에서 태어났으며, 호는 유석(維石)이다.

실상)은 상대자가 이 대통령이나 김일성이가 아니요, 트루만158)과 스타린159)의 전쟁이며 또는 이 두 사람의 전쟁이 아니요, 민주주의 대 공산주의의 전초(前哨)전쟁이 불행히 우리나라에서 시작된 것이라고 시작을 하고 우리 정부와 군대가 아무리 진력할지라도 단독으로는 절대로 이 전쟁을 대처할 수 없는 것이라 유엔 안보이사회에서 대책을 강구한 것이 국련군(유엔군)의 출정(出征)으로 귀결되었다.

만약 민주전쟁참가국에서 이 남한을 상실할 때에는 중국이나 소련을 대응할 병참기지를 아주 적에게 제공하는 것이나 이러면 민주전쟁참가국의 패배로 돌아가는 것이니, 비록 물자나 인적 자원이 소비되더라도 이 전쟁을 계속하지 않을 수 없는 것이다. 그러나 우리나라 정부

---

158) 해리 S. 트루먼(Harry S. Truman, 1884.5.8~1972.12.26)은 미국의 제34대 부통령(1945년), 33번째 대통령(1945.4.12~1953)이었다. 이는 프랭클린 루스벨트 대통령의 갑작스런 죽음으로 부통령이 된 지 불과 82일 만에 대통령직을 승계하였다. 제2차 세계대전에서 독일의 항복을 받았고, 태평양 전쟁에서 일본제국천황인 히로히토로부터 항복을 받았으며, 한국 전쟁 당시 미국의 대통령이었다. 세계에서 유일하게 핵무기를 전쟁에서 사용하라고 명령한 국가 원수이다.

159) 이오시프 비사리오노비치 스탈린(러시아어: Ио́сиф Виссарио́нович Ста́лин 1878.12.18~1953.3.5)은 러시아의 정치가, 공산주의 혁명가, 노동운동가이자 소비에트 연방의 군인·정치인·작가·시인, 언론인이다. 그는 1923년 4월 30일부터 1924년 1월 21일까지 소비에트 연방 레닌 시대의 제2인자 겸 실권자였으며 1924년 1월 21일부터 1953년 3월 5일까지 소비에트 연방의 최고 권력자였다. 러시아 제국의 지배를 받고 있던 조지아 출신으로 성직자를 꿈꿨으나, 공산주의 혁명 사상에 감화되어 기독교 신앙을 포기하고, 공산주의 운동가·노동운동가가 되었다. 1924년 4월 3일부터 1953년 3월 5일까지는 소비에트 연방의 서기장을 지냈다. 1941년 5월 6일부터 1945년까지 소비에트 연방의 총리를 지내고 1945년 다시 총리에 재선되었으며 1941년 7월 19일부터 1947년 3월 3일까지 소비에트 연방의 국방상을 겸하였다. 경제발전과 계속된 승전 등의 성과를 바탕으로 철저히 우상화되었으나 죽음 이후, 니키타 흐루쇼프에 의해 강력한 비판을 받고 격하당했다. 1991년 소비에트 연방 붕괴 이후 공산주의 변질과 정적 숙청을 자행한 독재자로 평가되었다.

나 민족들로서는 이런 각오가 있어야 한다. 우리의 전쟁이 아니요, 민주진영의 총전쟁이라는 생각을 내버리고 우리의 전쟁이니 우리가 해결해야 하겠다는 결의가 있어야 한다. 그리고 비록 우리가 전승국으로 돌아가서 국련군이 총퇴거한 후 북한군의 재침공이 있다면 우리가 방어할 가능성 유무를 확정해야 할 일이다. 일방(一方) 일본은 패망국이나 급속도로 부흥되어 만약 제3차대전이 발발할 때는 일본군은 중국 본토와 연해주 내지 만주에 상륙해서 동북태평양에서 패권을 다시 장악할 것이다. 우리도 여기서 국방책을 확립하지 않으면 안 될 것이다. 만약 제3차대전이 될 때에도 우리는 우리대로의 출병량(出兵量)을 가지고 우리의 국방과 우리의 책임진출을 하지 않으면 안 될 것이요, 우리도 영구히 의존해서는 안 될 것도 당연하다고 본다.

　그리고 현하(現下) 휴전문제가 있으나 즉시 되리라고는 불신한다. 완전한 휴전은 민주진영에서 공산진영을 타도한 연후라야 가능할 것이다. 여기서 세계평화는 제3차대전이 끝나야 해결된다는 것이요, 이 3차대전이 나면 승리는 누구에게 있는가 하면 물론 민주진영에 있는 것이다. 그 원인은 피아(彼我: 그와 나)의 대조로 알 수 있다. 전쟁의 3요소인 제1, 인적 자원이 우리가 우세(優勢)요, 제2, 물적 자원이 우리가 단연 우세요, 제3, 화학자원이 우리가 우세인데 감(鑑: 거울에 비추어 봄)하여 차기 전쟁은 우리의 승리라고 보아도 실수 없을 것이다. 그러나 제3차대전이 속히 발발하지 않는 이유는 지피지기(知彼知己)를 하지 못하는 관계로 우리가 보는 현실은 우리에게 확실한 승리가 있다고 추정되나 과연 실지면에 있어서 이와 상부(相符: 서로 부합함)한가, 혹 변태(變態)가 있을까 하는 주의(注意: 마음에 새겨 조심함)에서 서로 제3차대전이 속히 발단(發端)되지 않는 것이다.

독일이나 일본에서 제2차세계대전 때에 이만하면 세계를 상대해도 절대 승산(勝算: 승리의 계산)이 있다고 확신하고 전쟁을 시작한 것이 의외에도 장시일이 걸리고 상대방의 저항이 날로 강해져서 필경 일본, 독일, 이태리의 참패로 돌아갔으니 전쟁을 자신 있게 나갈 수 없는 것이다. 민주진영에서도 이것을 주의해서 곧 전쟁을 시작 않는 것이다. 그리고 민주진영국가에서 막대한 손실을 보고 전쟁으로 소련에 승리하더라도 그 지역이 별로 탐나지 않는 것이요, 그렇다고 전쟁을 하지 않을 수도 없는 것이니, 주의에 주의를 가해서 일기(一氣: 한목에 내치는 기운)로 정복할 정도라야 제3차대전이 발단될 것이다. 이런 관계로 절대로 속히는 안 된다는 것이다. 그러니 이 3차대전을 앞두고 현재 전쟁 중에 있는 우리 국민은 각오를 해야 한다. 무엇인가 하면 제1로 국민개병(國民皆兵: 국민 모두가 병역의무를 가지는 것)이라는 것으로 인적 자원을 준비할 일이요, 제2로 국민개근(國民皆勤: 국민 모두 근면할 것)이라는 것으로, 물적 자원을 준비할 일이요, 제3은 국민개검(國民皆儉)이라는 것으로 소비는 절약해야 할 것이다. 이 각오를 가지고 나가면 제3차대전이나 현 전쟁에 대처해도 우리 민족, 우리 국가의 부흥이 있을 것이라고 장광설(長廣舌: 너무 오래 장황하게 하는 말)을 농(弄: 갖고 놀다)하였다.

그다음 현 정부의 시정방책에 탈선되는 점을 여러 가지 들어서 말하나 이것은 누가 이 생각이 없을 것인가. 그다음 민국당과 신당 관계로 사자후(獅子吼: 크게 열변을 토함)를 하였으나 이것은 당세확장에 서로 투쟁하는 것이니, 우리 민중(民衆)은 왈가왈부할 필요 없고 대체로 조 박사 병옥 씨의 강연요점이 전쟁 중에서 제3차대전까지 종결하도록 우리 국민의 각오를 환기(喚起: 관념이나 생각을 불러 일으킴)하라는 것은 당연한 말이다. 한 시간이나 사자후를 하였으나 그 요지는 의존이 없어야 할 일이요, 의존이 없자면 국민이 개병, 개근, 개검을 각오하고 여기에 대처하라는 것만은 옳은 말이다. 고인(古人)의 말씀에 물이인기언(勿以人棄言)160)하라는 말씀이 이러한 것이다. 조 씨 당자(當者: 바로 그 사람)부터 삼개주의(三皆主義)를 실행 못 하는 인물인 줄은 잘 아나 좋은 말해 주는 것이야 우리에게 무슨 손해가 있을 것인가. 그 사람이야 어떤 사람이건 비록 명실상부 못할지라도 국민으로서는 그 말대로 실행해서 절대 유리한 것은 사실이다. 그 연사의 실행성이 부족하다고 당연한 말도 거절할 필요는 없다는 내 주장이다. 내 소감을 가림 없이 기록하노라. [강연은 대전 시공관(市公館)에서 1951년 양력 11월 14일 열림. 김준연(金俊淵) 군(君)도 같은 날, 같은 장소에서 강연함]

신묘(辛卯: 1951년) 10월 23일 鳳宇書于有莘精舍하노라.

---

160) 물이인기언(勿以人棄言): 사람에 따라 말을 버리지 마라. 미운 사람이 하는 말이라고 외면하지 마라.

김준연 군(金俊淵君)의
강연을 듣고 내 소감

조병옥 박사의 강연이 있은 후에 김준연161) 군의 강연이 있었다. 이 사람은 학벌은 상당하나, 위인(爲人: 사람의 됨됨이)에 대해서는 별로 찬성 못 할 인물이다. 민국당162)에서는 인촌(仁村)163) 총수(總帥) 다음인

---

161) 김준연(1895.3.14~1971.12.31)은 일제 강점기의 언론인이자 독립운동가였고, 대한민국의 정치가이다. 또한 조선공산당의 한 분파인 엠엘파의 중요 인사였다. 독일 베를린 대학을 우등으로 졸업하고 귀국 후에는 조선공산당 결성 운동에 참여했다. 1925년부터는 조선일보에 입사하여 2년간 조선일보의 기자와 주러시아 특파원 등으로 활동했다. 1928년 동아일보로 옮겼다. 해방 후 우익으로 전향하여 1945년 9월 한민당 창당에 가담했으며, 1948년의 대한민국 단독 정부 수립에 지지를 보냈다. 민주국민당과 1954년 호헌동지회에 참여하였으며 민주당에 참여하였으나, 친여 인물로 분류되어 비판을 받던 중 탈당하여 자유민주당을 창당 조직하기도 했다.

162) 민주국민당(民主國民黨)은 1949년 2월 10일 한국민주당과 대한국민당이 통합하여 결성된 대한민국의 정당이다. 한국민주당의 후신으로, 약칭은 민국당이다. 당초 최고위원 여러 명이 합의해서 당을 이끌어가는 집단지도체제로 출범하였으나, 1953년 당헌을 개정하고 1인의 위원장이 당을 대표하는 단일지도체제로 전환하였다. 위원장에 신익희, 조남윤, 부위원장에 김도연, 이영준, 고문에 백남훈, 서상일, 조병옥으로 1. 민족의 권리 확보, 2. 만민 평등의 민주정치 구현 3. 경제적 기회 균등을 원칙으로 한 자주경제 수립, 4. 민족문화의 양양을 위한 세계문화에의 공헌, 5. 인류의 자유와 행복을 기초로 한 세계평화의 수립 등 5개 강령과 10개 정책을 발표 조직했다. 민국당은 창당 초부터 야당으로 출발해 수차에 걸친 개헌 파동 등 난관과 억압을 받다가 1955년 9월 19일 민주당 (대한민국, 1955년)에 흡수되었다.

163) 인촌 김성수(金性洙, 1891.10.11~1955.2.18)는 대한제국의 교육인 겸 언론인·기업인·근대주의 운동가였으며, 대한민국 초기 정치인, 언론인, 교육인, 서예가였다. 1914년 와세다 대학교 정치경제학부에서 학사 학위를 취득하였다. 귀국

설산(雪山)164)이 간 금일에는 장량(張良)165)이나 제갈량격의 인물이

후 1915년 중앙고등보통학교를 인수하여 학교장을 지내는 등 교육 활동을 하였
다. 1919년 3·1 운동 준비에 참여하여 자신의 집을 회합 장소로 제공하였다.
1919년 10월 경성방직을 설립하여 운영하였다. 물산장려운동에 참여하였고,
1920년에는 양기탁, 유근, 장덕수 등과 동아일보를 설립하였다. 1932년 오늘날
고려대학교의 전신인 보성전문학교를 인수하였다. 1930년대 김성수는 실력양성
론에 따라 자치운동을 지지하였다. 8·15 광복 이후에는 한국민주당 조직과 대한
민국 임시정부 봉대운동 등에 참여한 뒤 김구, 조소앙 등과 함께 신탁통치 반대운
동을 주관하였다. 1947년부터 한국민주당의 당수를 지내기도 했고 1947년 3월
부터 정부 수립 전까지 대한민국 임시정부의 국무위원을 지냈다. 그 뒤 5.10 단
독 총선거에 찬성하였다. 1949년 민주국민당의 최고위원이 되었고, 한국 전쟁
기간인 1951년 5월부터 1952년 8월까지 대한민국 제2대 부통령을 역임하였다.
그러나 이승만이 부산 정치 파동으로 헌법을 개정하여 재선을 추진하자 부통령
직을 사임하였다. 1954년 이승만의 장기 집권에 반대하는 호헌동지회에 참여하
여 통합 야당인 민주당의 창당 준비에 관여하였고, 1955년 2월 18일 병으로 사
망하였다. 사후 1962년 건국공로훈장 대통령장이 추서된 한편, 2002년 2월 28
일 '대한민국 국회의 민족정기를 세우는 국회의원모임'과 광복회가 선정한 친일
파 708인 명단에 수록되었고, 친일반민족행위 705인 명단, 친일인명사전에 언
론계 친일파로 수록된 이후 대법원에서 거짓서훈으로 인정, 2018년에 독립유공
자 서훈이 박탈되어 논란이 되었다. (인촌에 대한 봉우 선생님의 평은 후하다. 대
동청년단 단원들이 인촌을 제거하려 했을 때 봉우 선생님께서 부당함을 설파하
시어 말리셨다. 이후 장덕수가 제거되었다. 그런 점에서 인촌의 불명예로 거론되
어진 일들은 불가피한 시대적 방편이라 생각되어진다. '차기 주권자 될 인망이 있
다는 세평을 받는 인물들을 내 의견대로 평해 보자(봉우일기 1권)'에서 인촌 부
분 참고. 봉우사상을 찾아서(248) 댓글에 전문 올려놓음)

164) 설산(雪山) 장덕수(張德秀, 1894.12.10~1947.12.2)는 일제 강점기의 정치인,
언론인, 교수, 친일반민족행위자이다. 상하이로 건너가 신한청년당과 상하이 임
시 정부에 가담하였다가 조선총독부에 의해 체포되어 전라남도 하의도에 유배되
었지만 여운형의 도움으로 탈출하였다. 1923년 동아일보 창간에 참여하고 부사
장을 역임하였다. 1936년 일장기 말소 사건에 따른 동아일보 정간사태와 1938
년 흥업구락부 사건 전후로 친일파로 변절, 시국대응전선사상보국연맹, 국민총력
조선연맹, 대화숙 등 일제 어용단체에 참여해 그 단체에서 주관하는 시국 강연에
적극 나서는가 하면 내선일체를 찬양하는 글들을 수없이 기고하거나 발표하는
등 적극적으로 민족을 배반하였다. 1945년 광복 후에는 한국민주당 창당에 참여
하였고, 한국민주당 외무부장과 정치부장 등을 역임하였다. 신탁통치 문제에 대
해서는 '찬성 후 반대'라는 입장을 내서 이승만, 김구와 갈등을 빚었지만, 이승만
의 남한 단독 정부 수립론은 초지일관으로 지지하였다. 1947년 12월 2일 저녁 6

다. 그는 왜정시대에 공산당 책임비서장으로 권태석(權泰錫)166)이와 공산당의 양견(兩肩: 양어깨)이 되어 막부(莫府: 모스크바)에도 가서 있었고 귀국 후에도 여전히 공산당 운동을 하던 인물이다. 영어생활도 하였고 배일운동도 하던 인물인데, 표변(豹變: 갑작스레 돌변함)하여 한민당(韓民黨)167)으로 들어가서 한민당의 양견이 되어 설산의 다음가는 중진이다. 김 군의 설산이 변(變: 암살)을 당했을 때의 발표도 보았다. 그의 인격은 대의명분(大義名分)을 알지 못하고 추세(趨勢: 세상일이 되어가는 형편)하는 자로밖에 인정 못 하겠다.

시 50분경 동대문구 제기동 자택에서 한국독립당 소속 박광옥, 배희범의 총에 맞고 절명하였다. 이들은 장덕수가 젊어선 공산당, 나중엔 친일파, 게다가 찬탁론자라는 이유로 암살했다고 밝혔다. 1948년 한국독립당원 김승학이 작성한 친일파 명단, 1980년대 친일파 연구가 임종국이 쓴 한국의 친일파 99인, 2002년 발표된 친일파 708인 명단, 2005년 고려대학교 교내 단체인 일제잔재청산위원회가 발표한 '고려대 100년 속의 일제잔재 1차 인물' 10인 명단, 2009년 친일반민족행위진상규명위원회가 발표한 친일반민족행위 705인 명단, 2009년 민족문제연구소에서 발간한 친일인명사전 등에 수록되었다.

165) 장량(張良, ?~기원전 186년)은 중국 한나라의 정치가이자, 건국 공신이다. 자는 자방(子房). 소하(蕭何), 한신(韓信)과 함께 한나라 건국의 3걸로 불린다. 전략적인 지혜를 잘 써서 유방(劉邦)이 한을 세우고 천하를 통일하도록 하는 데 기여하였고 유방으로부터 "군막에서 계책을 세워 천리 밖에서 벌어진 전쟁을 승리로 이끈 것이 장자방이다"라는 극찬을 받았다.

166) 권태석(權泰錫, 1894~1948)은 일제강점기 조선민흥회, 조선공산당 등에서 활동한 사회주의운동가이다. 1919년 조선민족대동단·서울청년회 등에서 독립운동 활동을 시작하였다. 1924년 고려공산동맹에 참여하고, 1926년 조선공산당에 입당하여 조직부원을 지내고, 조선민흥회(朝鮮民興會) 결성을 위한 발기 심사위원·창립 준비위원 등을 지냈다. 1927년 신간회 창립대회에 참가하여 서무부장으로 활동하였다. 1946년 신한민족당 교섭위원으로 통합 한국독립당을 개설하기위해 힘썼다. 1947년 모스크바 3상회의 때 협의한 한국신탁통치안에 찬성하는 입장을 지녔다. 1948년 남북협상 길에 올랐다가 이북으로 돌아가는 길에 사망하였다. 2006년 건국훈장 애국장이 추서되었다.

167) 한국민주당(韓國民主黨)은 1945년 9월 16일 결성된 극우정당으로, 사회운동단체인 대한독립촉성국민회를 제외하면 한국독립당과 함께 미군정기의 양대 우익

한민당에서 이 김 씨를 사법장관에 추천하였고, 이 김 씨가 거창사건

168)의 직접 책임자로 퇴직할 때에 내년 대통령선거 운운(云云)을 발표

한 일이 있는 인물이다. 무엇으로 보든지 자기를 자기가 아는 인물이

아니라는 것은 잘 알았으나 무슨 말을 하나 하고 참석해 보았다. 견문

정당이었으며, 대내외적으로 호남지역주의 친일파 정당으로 인식되었다. 한국민
주당에 참가한 정당단체는 8월 18일 원세훈이 창당한 고려민주당, 8월 28일 김
병로, 백관수 등이 창당한 조선민족당, 9월 2일 장덕수, 백남훈, 윤보선 등이 창
당한 한국국민당, 9월 7일 송진우, 김성수 등이 조직한 국민대회준비회 등이었
다. 9월 6일 조선민족당·한국국민당은 한국민주당이라는 명칭으로 통합할 것을
선언하였고, 여기에 국민대회준비회가 가세해 9월 16일 한국민주당이 정식으로
출범하였다. 초대 수석총무(당수)는 송진우였으나 1945년 12월 30일 한현우에
게 암살되었고, 그 이후의 실권자였던 정치부장 장덕수 역시 1947년 12월 2일
박광옥 등에게 암살되었다. 제2대 수석총무는 김성수였다. 1945년 12월 모스크
바 삼상회의 당시에는 신탁통치에 반대하였으나, 1947년 5월 제2차 미소공동위
원회 당시부터는 찬탁에 서명한 뒤 미소공위 현장에서 반탁을 외치자고 종용하
였다. 1946년 10월 좌우합작위원회의 '좌우합작 7원칙'을 비난하다가 당내 독립
운동가들이 대량 탈당하는 사태를 겪었다. 1948년 5월 10일 제헌 국회의원 선
거에서 제1당이 되었다(한국독립당은 단정단선론에 반대하여 총선에 불참하였
고, 독촉국민회는 한 목소리를 내는 정당이 아닌 범우익 사회단체였다). 1948년
~1949년 반민족행위특별조사위원회가 활동할 당시 정재계에 전방위적으로 로
비를 하는 등 비협조적이었다. 1948년 7월 이승만 정부 초대 내각 구성 때 이승
만이 한민당계 중에서 김도연 한 명만 입각시키자 반이승만 세력화하였다. 1949
년 2월 10일 친일파 정당 이미지를 타파하고자 대한국민당의 일부와 합당하여
민주국민당으로 개편하였으나, 친일파에 관대한 독립운동가들과의 합당이었기
때문에 친일파 이미지 쇄신에는 실패하였다. 1951년 이승만의 자유당 창당을 계
기로 완전히 야당화되었다.

168) 거창 민간인 학살 사건(居昌良民虐殺事件)은 1951년 2월 경상남도 거창군 신원
면에서 한국군에 의해 일어난 민간인 대량학살 사건이다. 공비 소탕 명목으로
500여 명을 박산(朴山)에서 총살하였다. 그 후 국회조사단이 파견되었으나 경남
지구 계엄민사부장 김종원(金宗元) 대령은 국군 1개 소대로 하여금 공비를 가장,
위협 총격을 가함으로써 사건을 은폐하려 하였다. 국회 조사 결과 사건의 전모가
밝혀져 내무·법무·국방의 3부 장관이 사임하였으며, 김종원·오익경·한동석·이
종배 등 사건 주모자들이 군법회의에 회부되어 실형을 선고받았으나 얼마 되지
않아 모두 특사로 석방되었다.

이 일반이나 연설 벽두부터 열변(熱辯)인지 웅변(雄辯)인지 알 수 없는 사자후를 한다. 그리고 자기가 저술한 〈독립노선〉이라는 것을 가지고 와서 신당(新黨)에게 욕설을 퍼붓고, 이승만 대통령을 노망증(老妄症)이 있는 사람으로 인정하고 자기네 한민당은 애국애족의 결정체라고 자인한다. 그리고 몽양(夢陽)169)이 건준(建準)170)시대에 자기에게 같

---

169) 몽양 여운형(呂運亨, 1886.5.25~1947.7.19)은 일제 강점기의 독립운동가 겸 저술가이다. 1945년 8월에 건국준비위원회 위원장을, 9월부터 1946년 2월까지 조선인민공화국의 부주석을 지내기도 했다. 1919년 3.1 만세 운동을 기획하는 일을 주도하였고 김규식 등을 파리강화회의에 파견했으며, 직접 일본을 찾아 담판을 짓기도 했다. 상하이 대한민국임시정부 임시의정원 의원, 임시 정부 외무부 차장 등을 지냈으며 1923년 국민대표회의 때 안창호, 김동삼과 함께 개조파로 활동했으나 임정을 떠났다. 이후 중화민국과 러시아를 오가면서 쑨원의 권유로 중국 국민당에 가담해 국공합작을 통한 중국 혁명 운동과 반제국주의 운동에 활동하였다. 1929년 7월 일본 경찰에 체포되어 국내로 송환된 이후에는 언론인으로 활동했다. 1944년부터는 비밀 지하 독립 운동 단체인 건국동맹과 농민동맹을 결성, 해방 뒤 1945년 8월 안재홍, 박헌영 등과 함께 건국준비위원회, 9월 조선인민공화국을 결성하여 혼란 수습과 치안 유지 등의 활동을 했다. 1946년부터는 김규식, 안재홍과 함께 통일 임시 정부 수립을 위해 좌우 합작 운동을 전개하였으나 이를 반대하는 좌·우익 양측으로부터 테러를 십여 차례 당했으며, 좌파 단체의 주도권을 놓고 박헌영 등과 경합했다. 1947년 7월 19일 서울 혜화동 로터리에서 차량으로 이동 도중, 백의사의 집행부장 김영철이 선정한 한지근(본명 이필형)외 다섯 명의 저격을 받고 암살되었다. 사후 2005년 대한민국 정부는 건국훈장 대통령장, 2008년 다시 건국훈장 대한민국장(훈 1등)을 추서했다. (봉우 선생님의 몽양에 대한 평은 좋지 않다. 선생님 증언에 의하면 총독부에서 매달 500원씩 타먹고 창복회에서도 몇 백 원씩 받았다고 한다. 창복회는 일본정부가 나라 팔아먹은 조선귀족들을 경제적으로 지원하기 위해 만든 단체다. 당시 보통학교 선생 월급이 50원 정도였음을 고려할 때 매우 고액이었다. 일제에 협력한 이중스파이 행각 때문에 임정이 제거할 기미가 보이자 고의로 일제 경찰에 잡혀 – 몽양의 신변이 위태로워지자 일제가 체포 형식으로 데려옴 – 한국으로 돌아왔다는 것이다.)

170) 건국준비위원회(建國準備委員會)는 1945년 8월 15일부터 9월 7일까지 한국의 군정기에 여운형, 안재홍 등을 주축으로 일본으로부터 행정권(총독부에 5개 항을 요구하며, 치안권 요구)을 인수받기 위하여 만든 조직이다. 한반도 남부에는 여운형과 안재홍 등을 주축으로, 한반도 북부에는 조만식 등을 주축으로 결성되

이 하자는 것을 자기가 반대하고 나와서 민주당을 조직했으니, 공산당이 실패했지 그렇지 않았으면 건준 일색이 되었을 것이라는 점과, 우리가 이 대통령을 옹호(擁護)해서 미군정 3년을 지냈다는 것과 국련(유엔) 한위(韓委)에서 미소공동위원회가 파탄이 되고 가능한 지역에서 선거하고자 할 때에 우남(雩南: 이승만)과 인촌(仁村: 김성수)을 초대해서 문의한 즉, 남한 단정(單政: 단독정부)을 현실에 비추어 극구(極口: 온갖 말을 다하여) 찬성하였고 그다음 백범 선생과 우사(尤史)[171] 선생을 초대하여 문의한 결과 양 선생은 남북통일 없는 단정은 장래에 피를 흘릴 장본(張本: 일의 원인)이라고 단정을 절대 반대하였으니 미군정에서 양 선생을 반대하고 정권을 이 박사에게 이양(移讓)하게 된 것이다.

그러니 한민당이 이 남한정부를 수립한 것이며 이 대통령도 자기네가 추대한 것이라고 하여 백범이나 우사의 말과 같으면 남북한이 공산 일색화(一色化)할 우려가 많았다는 말을 한다. 그리고 제1차 제헌의원들이 김 씨 자신이나 유진오(兪鎭午)[172]등과 같이 헌법의 정부조직법

었다. 줄여서 건준(建準)이라고도 부른다.

171) 김규식(金奎植, 1881.2.28~1950.12.10)은 대한제국의 종교인·교육자, 일제 강점기의 독립운동가·통일운동가·정치가·학자·시인·사회운동가·교육자, 대한민국의 정치가·종교인이다. 1989년 건국훈장 대한민국장에 추서되었다. 1919년부터 상해 임시 정부 외무총장, 파리위원부 위원장, 대한민국 임시 정부(임정) 학무총장, 구미위원부 위원장과 부위원장 등을 역임하였다. 좌우합작의 일환으로 1935년 조선민족혁명당 재창당을 주도하였고, 1944년부터 1947년까지 대한민국 임시 정부 부주석을 역임하였으며 주로 외교독립활동을 전개하였다. 1946년 여운형과 함께 좌우합작운동을 주도하였다. 1948년 남한 단독 총선거 반대 입장을 표명하고 김구, 조소앙 등과 함께 북한으로 건너가 남북협상에 참여하였다. 남북협상을 마치고 귀환한 후 총선거 불반대 불참가 입장으로 바꾸고 민족자주연맹 당원들에게 총선거 출마를 권고하기도 했다. 1950년 6.25 전쟁 중 납북되어 병으로 사망하였다.

172) 유진오(兪鎭午, 1906.5.13~1987.8.30)는 한국의 소설가, 법학자, 교육자, 정치

을 내각책임제로 했으나, 이 박사가 보시고 "나는 농촌에 가서 농민운동이나 하겠다"고 대통령의 권리가 이렇게 없으니 못하겠다고 해서 현헌법으로 개정했다고 한다. 말하자면 이 대통령은 자가소립(自家所立: 자신이, 김준연이 세운 바)인데, 배은망덕(背恩忘德: 남에게 입은 은덕을 저버림)하고, (그래서) 신당(新黨)을 조직한다는 것이다.

그리고 자기가 지은 〈독립사〉에 대통령의 제자(題字: 책머리에 쓴 글자)가 "독립노선(獨立路線)이라 하였으니 이 대통령 노선이라면 독립노선일 것이요, 이 노선이라면 한민당을 제외하고는 당할 만한 당이 없다고 자찬한다. 애국애족의 결정체인 한민당을 이 박사가 금일 배반하는 이유가 무엇에 있는가 하는 귀결점이다. 여기서 철면피인 김 씨하고 너무나 천박하다. 그리고 헌법의 부당성을 자백할 때에 자연 한민당이 그 죄악을 범하였다는 자백이다. 한민당이 헌법을 부당하게 제정해서 자기네의 권리를 임의 사용할 심산이 의외에도 이 대통령이 자기네의 권리를 도용하는 것을 보기 싫어서 거절한 것이 이 대통령으로는 현명하였다. 이폭이폭(以暴易暴: 사나움으로 사나움을 바꿈)한 것이 잘못이나, 한민당을 거절한 것만은 잘한 일이다.

이 김 씨가 양심적으로 이 과오를 청산하고 대중 앞에서 자백한 것

<hr />

가이다. 본관은 기계(杞溪)이고 호(號)는 현민(玄民)이며 한성부에서 출생하였다. 일제시대 때에는 보성전문학교의 교수로 지냈고 고려대학교의 창립 초기 멤버이며, 고려대학교의 총장을 지냈다. 사회주의 좌파 문학인으로 활동했으나 태평양 전쟁 이후 친일 칼럼, 논설, 친일 어용단체에서 활동하였다. 1948년 제헌국회에 참여하여 헌법기초위원회 위원의 한사람으로 제헌 헌법을 입안하였으며, 정치 활동으로는 제1공화국 기간 중 민국당과 민주당에 참여하였으며, 1959년 장택상 등과 함께 재일동포 북송 반대운동에 동참했다. 그 뒤 윤보선 등과 함께 민주당 구파 계열의 지도자로 활동했으며, 언론, 법률 활동 외에 제3공화국, 제4공화국 기간 중 야당 지도자의 한 사람으로 활동했다.

이라면 도리어 그 개과(改過: 잘못을 뉘우침)를 칭찬할 일이나, 그런 것이 아니라 자기의 실적이 이렇다고 자랑하는 것 같으니 그의 철면피라는 것을 애석해 하는 바이며, 또 충남 한민당 간부 진영에서 김을 소개하는 것이 가증스런 일이다. 김이 제헌의원으로 국가기초를 옳지 못하게 한 죄악은 결단코 적산(敵産: 일제가 남긴 재산)처리에 권승렬 의원과 의사가 반대되어 소소한 이익이 있다고 이것을 극구 찬양하니, 그자들의 부패성이나 자백한 데에 불과하다. 김은 무엇으로 보든지 조병옥 박사보다는 낙허기층(落許幾層: 떨어짐이 몇 층 더함)한 인물이다. 자초지종(自初至終: 처음부터 끝까지)에 조리가 없고 무엇 신당이나 정부나 이 박사의 ○○처만 선양하는 데 지나지 못한다. 이것은 시국 강연에는 조금도 무관한 탈선행위이다. 내가 여기 왔던 것이 후회된다. 이런 인물들이 장관급이니, 최고 간부니 하면 그 정당도 불문가지이다. 내 여기서 우리 대한민국 정당이 아직 부족하다는 것을 감(感)하였노라.

신묘(辛卯: 1951년) 10월 23일
봉우서우유신정사(鳳宇書于有莘精舍)하노라.

추기(追記)

조 박사나 김 씨가 다 한민당이나, 조박은 조박대로의 거물급인 개성이 있어서 군정 당시 경무부장으로 그래도 용인(用人)하기를 좀 공정하게 하고 그 부하가 수도청장인 장택상[173] 부하의 비행(非行)을 규명하였고 그다음에 이 대통령 특사로 미국 갔을 때에도 과한 외교 실패는 없는 인물이요, 6.25사변에도 대구에서 내무장관으로 시정(施政: 정책을 폄)을 다른 장관보다는 좀 나았던 것은 사실이다. 비록 한민당이나 당의 정책을 전적으로 시인하는 사람이 아니요, 당은 당이요 자기는 자기대로 주의와 주장이 있고 이 박사와는 약간의 차이가 있는 인물이다. 조 박사가 한민당이라고 해서 조 박사의 비행만 말하는 것은 상대방에 대한 인식부족이다. 대체로 보아서 조 박사의 단처(短處: 부족한 점)는 단처대로 두고 인물이 귀한 우리나라에서 장래 거물급의 일인이라는 것은 절대 인정하는 것이요, 그의 호걸다운 기풍이 규모(規模: 본보기가 될 만한 틀) 있는 선비에게는 맞지 않으나, 정치객(政治客)으로는 잘 풀리면 성공할 수 있는 것이다. 나는 조 박사의 한두 가지 결점을 속히 고치고 완전무결한 인물이 되어 장래 정치인으로 등장하기를 비는 사람의 하나이다.

그러나 김준연 씨에게는 우리 한국에서 최고 인텔리급으로 인물이 학식과 서로 부합하지 못하고 대의명분이라는 입장에서 아주 소인이다. 이것은 선천적으로 부족한 인물이라 개과해야 별로 나올 것이 없는 인물이라고 나는 생각된다. 게다가 자기가 우리 민족에서는 자기

173) 장택상(張澤相, 1893.10.22~1969.8.1)은 초대 대한민국 외무부 장관·대한민국 제3대 국무총리·4선 국회의원 등을 지낸 대한민국의 정치인이자 작가이다. 미군정기 수도경찰청장을 역임했고, 정부 수립 이후 3대 국무총리를 역임했다. 아버지는 경북의 탐관오리였으며, 두 형은 친일파이다, 장택상 또한 친일파이자 해방 후 노덕술을 위시한 친일경찰들을 기용하였다. 1945년 8월 15일 광복 직후 경기도 경찰청 경찰부장, 제1관구 경찰청장, 수도경찰청장 등으로 활동하였고, 조선공산당원과 남로당 진압을 주도하였으며, 해방정국에서 10차례나 테러를 당하였다. 1948년 대한민국 수립 직후 제1대 외무장관을 역임하였고 제5차·6차 UN 총회의 대표단으로 파견되기도 했다. 1952년 5~7월 무렵 피난지인 부산에서 이범석 등과 함께 부산정치파동에 주동적 역할을 수행하고, 1952년 5월 6일부터 1952년 10월 5일까지 대한민국의 제3대 국무총리를 역임하였다.

만한 인물이 없거니 하는 것 같다. 이런 인물들은 퇴장하는 것이 당연하다고 본다. 한민당에서도 인촌(仁村: 김성수) 같은 이는 다각적으로 원만성을 갖고 약간의 부족점이 있다 해도 겸손한 인물이다. 김준연이는 대인접물(待人接物: 사람을 대하고 사물을 접함)에 겸공(謙恭: 자기를 낮추고 남을 높임) 두 글자는 아주 몽물(夢物: 꿈에서나 있는 물건)인 인물이라 우리는 당의 여하를 불구하고 그 사람됨을 반대하는 것이다. 나는 한민당이나 타당이나를 불계하고 별로 가담한 데가 없는 사람이다. 당이야 무슨 당에 적을 두었건 개인의 자격여하로 그의 인격여하를 좌우할 수 있는 것이다. 당도 공산당만은 제외하고 다른 당이야 당헌(黨憲), 당책(黨策)으로 보아서는 대중의 복리를 위하지 않는 당이 어디 있을 리 없다. 그러니 당보다는 개인의 자격이 선결문제라고 보노라.

신묘(1951년) 10월 23일 봉우서우유신정사(鳳宇書于有莘精舍)

국회에서 내무장관 불신임안을 통과시키고 따라서 기한부 회답을 구한 데 대한 내 소감

선차(先次: 지난번) 불신임안이 통과된 지도 일자가 경과하였는데 내무장관이 좌우를 결정한 회답이 없고 내무부 추가예산을 국회에 회부하니 국회에서는 불신임안을 제출한 내무장관의 추가예산통과를 할 수 없다고 보류해 두고 기한부로 내무장관의 진퇴를 독촉한 것이다. 당연하다고 본다. 내무장관의 인기는 부산 가서 들으니 다른 장관보다는 선정(善政)은 안 하는 사람이라고 하나, 좀 자격이 부족하고 대인접물의 수완이 부족한 것 같다. 국회에서 이런 불신임안이 나올 때는 자신이 자숙할 필요가 있는 것인데 도리어 헌법을 무시하고 안연부동(安然不動: 편안하니 안움직임)하는 것은 최고위에 있는 인물에게까지 영향이 미치는 것이다. 사람이 누구나 귀(貴)도 좋으나 명예롭지 않은 귀(貴)야 빈천(貧賤)한 것만 못한 것이다. 내무장관이 이도(吏道: 벼슬아치의 길)의 취할 당연성을 결여함을 애석(愛惜)하게 생각하며 대한민국의 관기(官紀: 관리의 기강)가 숙청(肅淸: 깨끗해짐)되지 못한 것을 못내 애석해 하노라.

신묘(1951년) 10월 23일 야심(夜深)

봉우서우유신정사(鳳宇書于有莘精舍)

수필: 만사분이정(萬事分已定)
부생공자망(浮生空自忙)

　자식(子息)이 보병학교에 입학되었다는 소식을 듣고 내가 지난번에 이미 감상을 기록한 바 있었다. 그후 부산에서 서신이 있어서 지난번에 면회차로 갔다가 공행(空行: 헛걸음)하고 또 이번에도 공행하였다. 일이 과연 우연한 일이 아니다. 먼젓번에는 육군사관학교가 광주로 이전하는 관계로 위병이 소속이 달라서 면회가 못되고 그 뒤에는 내가 제7중대로 가서 육사후보생부대를 물은즉 대대본부로 갔다고 하고 본부에 가서 물어 본 즉 마침 내무검사가 있어서 오후라야 면회된다 고 대하고 있다가 어떤 장교에게서 그날 오전에 부산으로 가서 12시 차(車)로 대구로 간다 하여 부산으로 급행하여 보니, 종적이 묘연하다. 할 수 없이 공행하고 그 다음날 다시 제7중대에 가서 물어 본즉 역시 모르겠다고 한다. 대구로 간 것 만은 사실이다. 하필 하루라도 속히 내가 가든지 그렇지 않으면 자식이 하루라도 속히 가든지 동일 동시에 동서로 갈리고 동일한 장소에서 나는 가고 자식은 오고 하여 중도(中途: 가던 길)가 상위(相違: 서로 어긋남)되니, 만사가 다 우연한 일이 아니다.

　내 대구로 갈까 하다가 확실한 서신을 보고 다시 가서 보겠다고 바로 귀가한 것이다. 부자간이라도 그간 경과를 알지 못하고 궁금하였을 것이다. 이것도 무슨 인과가 있어서 그런가 내 의심시한다. 자식도 무슨 짓을 하든지 육사 입교 전에 준비는 할 것이다. 그 준비의 곤란을 받으라고 이런 일이 생긴 것 같다. 양차의 면회행으로 수십만 원이라는 소비만 하고 부자상면도 못하고 귀가하는 내 심정이야 별로 좋을 것이 없다. 그러나 역시 할 수 없는 것이다. 즉시 대구로 가보고 싶으나, 역시 상봉하는 것도 인연법이 있는 것 같다. 그리하여 되어가는 대로 되라고 직접 귀가한 것이다. 후일에 자식이 나의 금일 심정이 어떠했는가를 만일이라도 생각할 것이다. 그리고 나는 나의 역량대로 후원이나 해볼까 한다. 만사분이정(萬事分已定: 모든 일이 나뉘어 이미 정해져 있음)인데 부생(浮生: 덧없는 인생)이 공자망(空自忙: 공연히 스스로 분주함)이라는 시(詩)를 다시금 생각한다. 이 붓을 그치노라.

신묘(1951년) 10월 23일 야심(夜深)
봉우서우유신정사(鳳宇書于有莘精舍)

3-69

공주 을구(乙區) 국회의원
보선(補選: 보궐선거)를 앞두고

6.25사변에 피난 중 을구 선출 국회의원 김명동 군의 급병 서거로 말미암아 결원 중에 있던 이 자리를 불원한 장래에 보선이 있다고 전한다. 이 보선을 앞두고 정계 거물급인 조병옥 박사와 윤치영[174] 선생의 출마를 알린다. 물론 다른 사람들도 많을 것이다. 그러나 국회의원이라는 것은 공주에서 선출하였다고 공주 일만 하는 것이 아니다. 적게 말하면 일구(一區) 10만 인민(人民)의 대표된 선량이니 10만 인민의 대변인으로 책임을 완수하면 그만이라고 할 것이나, 광범위로 말하면 이 선량들은 우리 3400만을 대표하는 인물들이다. 3400만의 대변인이 될 만한 자를 선출하는 것이 원리다. 과거 국회의원 선거로 보아서 갑지의 낙선자가 을지의 입선자보다 여러 가지로 보아서 10배, 100배 나은

---

174) 윤치영(尹致暎, 1898.2.10~1996.2.9)은 대한민국의 사상가, 정치인, 언론인이다. 임정 구미위원부 활동, 삼일신보 제작 등에 참여하고, 이승만을 보좌하는 등의 독립운동을 하다 흥업구락부 사건 당시 체포되어 9개월간 옥살이를 하였다. 1945년 해방 이후, 이승만의 비서, 민주의원 사무총장, 1948년 정부 수립 이후에는 내무부장관, 국회 부의장 등을 역임하며 이승만 정권 초기 집권세력의 실세로 통했다. 이후 이승만의 외교특사로 활동하다 1948년 친이승만 성향인 대한국민당을 창당하여 최고위원을 역임했다. 제2공화국 기간 중에는 야당 정치인으로 활동하다 5·16 군사 정변 이후 군정에 참여, 1963년에는 박정희 최고회의 의장을 공화당 대통령후보로 지명, 민정에 참여하였으며, 제3공화국 출범 이후 민주공화당 당의장, 서울특별시장, 민주공화당 당의장서리 등을 지냈다. 친이승만 친박정희 행보로 한 살 많은 조카 윤보선과 정치적 노선을 내내 달리했다.

사람이 많다. 지방에 지방인으로 선출한 것은 당연한 일이나, 이런 현상이라면 국가적 손실이다. 그런 관계로 공주 을구에서 양 거두(兩巨頭)의 출마예보를 듣고 나는 다른 출마인보다 양 거두 중에서 당선되기를 바라는 바이다.

양 거두는 모두 국제무대에서 상당한 활약을 하던 인물들이요, 조병옥 박사는 한민당의 거두요, 윤치영 선생은 국민당의 거두이다. 조 씨가 당선되면 한민당의 우세요, 윤 씨가 당선되면 국민당의 우세이다. 양 거두가 모두 5.30선거175)에 서울에서 차점으로 낙선한 분들이다. 조병옥은 조소앙176) 선생에게 낙선되고, 윤치영은 원세훈177) 선생에

---

175) 대한민국 제2대 국회의원 선거. 4년 임기의 제2대 국회의원을 뽑는 선거로 1950년 5월 30일에 치러졌다.

176) 조소앙(趙素昻, 1887.4.30~1958.9.10)은 일제 강점기의 독립운동가이자 정치인 겸 교육자이다. 1919년 2월 1일 대한독립선언서를 작성하였고, 곧바로 일본 도쿄로 건너가 유학생들을 지도하여 2·8 독립 선언 작성을 지도하였다. 1919년 3·1 운동 직후인 4월 11일 중국 상하이에서 대한민국 임시정부를 수립하기로 결의하고, 삼균주의 이념을 바탕으로 첫 헌법인 대한민국 임시헌장을 작성했다. 이후 대한민국 임시의정원과 정부에서 활동하였다. 임시정부 외무부장, 한국독립당 당수 등으로 활동했고 김구·여운형 등과 시사책진회 등을 조직하였으며, 임시정부의 외교활동과 이론 수립에 참여하였다. 1945년 광복 후에 귀국하여 임시정부 법통성 고수를 주장하였고, 김구, 이승만 등과 함께 우익 정치인으로 활동하다가 1948년 4월에 김구, 김규식 등과 남북협상에 참여하였다. 남북협상 실패 후에는 노선을 바꾸어 대한민국 단독정부에 찬성하고 지지하였다. 1950년 제2회 국회의원 선거에 서울시 성북구에 출마해서 전국 최다득표로 국회의원에 당선되었지만, 1950년 6.25 전쟁 당시 북한으로 피랍되었다. 납북 후에 그는 북한에서도 존경받는 '선생님'으로 불렸지만 체제에 협조하지 않은 것으로 알려졌다. 대한민국의 건국에 기여한 공로를 인정받아 1989년 건국훈장 대한민국장을 받았고, 이듬해인 1990년 북한에서 조국통일상을 받았다.

177) 원세훈(元世勳, 1887.7.10, 함경남도 정평~1959.12.25)은 대한민국의 독립운동가·통일운동가이며 정치인이다. 대한민국 임시정부 등에서 활동하였고 1945년 광복 뒤에는 한국민주당 창당에 참여하였으며, 한민당의 대표 자격으로 좌우합작에 참여하였으나 당으로부터 버림받고, 민족자주연맹으로 당적을 옮겼다. 그

게 낙선된 인물이나, 지방선출 보통의원들보다는 조윤(趙尹) 양씨(兩
氏)가 모두 거물급인데는 자타가 공인하는 바요, 양 거두의 출입으로
국회 내 양당의 세력도 좌우할 정도의 거물들이다. 우리 공주에서 거
물급들이 출마하는 것은 공주로서는 다행한 일이다. 물론 양 거두가
다 당선될 수 없는 일이요, 누가 당선되든지 공주에 국한된 선량이 되
지 말고 3400만의 대변인으로 국회 내외의 왜곡을 시정하고 현하 전
국(戰局: 전쟁상황)이나 장래의 부흥이나 또 제3차 세계대전 대비에 전
력을 다해 주기를 바라는 바이다.

양 거두의 일장일단(一長一短)이 서로 있으나, 아무에게 묻든 거물이
아니라고는 못할 인물들이다. 조 씨는 수년간을 국제무대에서 활약하
였고 그 전에는 군정청의 경찰부장으로 명물이었던 인물이요, 윤 씨는
이 박사 수석비서로 이기붕·178) 씨와 이 박사의 좌우견이 되는 인물로
5.10선거179)에 당선되어 국회부의장으로 해공(海公: 신익희)을 보좌하

뒤 남북협상에 참여하였으나 실패를 인정하고 대한민국 정부 수립을 인정하였다.
1950년 5월 30일의 제2대 국회의원 선거에 출마하여 당선되었으나 6.25전쟁
중 인민군에 납북되었다.

178) 이기붕(李起鵬, 1896.12.20~1960.4.28)은 대한민국 제3대 국방부 장관·재선
국회의원 등을 지낸 대한민국의 정치가이다. 효령대군(孝寧大君) 보(示甫)의 17
대손이며, 아버지는 예조판서 회정(會正)의 손자 낙의(洛儀)이다. 부인 박(朴)마
리아와의 사이에 강석(康石)·강욱(康旭) 두 아들을 두었다. 1915년서울의 보성
학교(普成學校)를 졸업하고 연희전문학교에 입학하였으나 가정형편으로 중퇴,
선교사 무스(Moose, J. R.)의 통역으로 있다가 그의 도움으로 상해를 거쳐 미국
으로 건너갔다. 미국 유학 후 귀국하여 광산사업을 했다. 광복 후 미군정청에 들
어가 통역을 역임하고 민주의원 의장 이승만의 신임을 받아 비서가 되었다. 서울
특별시 시장, 국방부 장관 등을 지냈다. 이승만의 지시로 자유당을 창당하였고 이
승만의 종신집권을 위하여 사사오입을 강행하였다. 4·19혁명 이후 전 가족이 자
살하였다.

179) 대한민국 제헌 국회의원 선거 또는 5·10 총선거는 1948년 5월 10일에 제헌 국
회를 구성할 국회의원을 선출하기 위해 실시된 대한민국 최초의 민주적 선거이

던 역시 거물급이다. 공주 을구 주민이 한민당에게 동정하던가, 국민당에게 동정하는가가 기로요, 또 주민들도 그 당헌, 당책을 확실히 인식할 만한 인사가 그리 많지 못하니 대중들은 맹목적으로 선전원들의 구술 여하나 수단 여하로 부동표가 좌우할 것 아닌가 하는 편도 없지 않다. 여기서 내가 말하고자 하는 바는 선거에는 선전이 필요치 않고 주민들이 출마하는 인물의 경력이나 실적을 완전히 인식하고 여러 가지로 심사한 후 공정한 투표를 해주는 날이 앞으로 하년하월(何年何月: 몇년 몇 월)쯤 되겠는가 하는 감개무량한 일이다. 현상으로는 아무리 3400만인의 대변인이 될 만한 인물이 출마하더라도 선전기술이나 수단이 부족하면 당선될 가능성이 없다는 것을 확언해 둔다.

신묘(1951년) 10월 25일
봉우서우유신정사(鳳宇書于有莘精舍)하노라.

다.

본면(本面) 출신 국군 전망병사(戰亡兵士: 전사병) 합동위령제에 참석하여 내 소감

6.25사변 당시 혹 그 후로 10월까지 전사(戰死)한 본면(공주시 반포면) 출신의 병사 5인의 유해(遺骸)가 공주군으로부터 면으로 이동, 봉안(奉安)하였다. 3일 만에 면민장(面民葬)으로 유해 오주(五柱)에 대한 합동위령제를 행하고 각각 그 고향에 안장(安葬)하도록 수배(手配: 어떤 일을 갈라 맡게 함)하였다. 해당 각 리(里)에서 각각 운상(運喪)준비를 해 가지고 왔었는데 원봉리 이석규는 형제가 모두 있는 것 같고, 동민도 다수 참가하였으나 별 준비는 없었고, 봉곡리 이모도 운상인원이 상당수였으나 역시 별 준비가 없었다. 한점 유청운은 각양(各樣: 각기 다른 여러 가지 모양)으로 소조(蕭條: 고요하고 쓸쓸한 느낌이 있음)하였다. 그리고 온천리 권모와 석봉리 김용운 양인에게는 다수의 만사조기(挽詞弔旗: 만장挽章조기)와 각양 준비에 인원도 유가족 외에 동네 유지(有志)와 청년들이 다수 참석하였다. 석봉리만은 동네비용이 80만 원이나 들었다고 한다. 더구나 김용운은 독신이요, 유가족이라고 모친과 처 2인뿐이다. 그러나 동중(洞中: 한 동네 전부)이 전력하여 준비한 것 같다. 동학사에서도 화환이며 제반 준비를 다해서 아주 성대하게 행렬하였다.

도리어 면의 위령제 식전(式典)이 초초(草草: 초라함)하였었다. 성의라기보다 온전히 형식적으로 책임면제나 할 정도였다. 군(郡)에서 당연히 행사할 것을 면으로 전가를 하니, 부득이 울며 쓴 장 억지로 얼음

얼음 하는 것 같다. 성의가 보이지 않는다. 이왕 전망(戰亡: 전사, 전몰)한 바에는 장례식이나 위령제를 후히 하나 박하게 하나 관계가 없으나. 이왕이면 사자(死者)도 사자려니와 유가족도 위안할 겸, 뒤에 남은 청장년도 격려할 겸 정신적으로 성의껏 하는 것이 당연한데 석봉, 온천리를 제외하고는 성의도 성의려니와 물질이 부족하고 아직 인식이 부족한 것 같다. 제일 면에서부터 송경(誦經: 불경을 읽)하러 온 승려의 오반(午飯: 점심밥)도 접대를 못했다. 사소한 일이지만 면에서 경비가 없어서 그렇기도 하나, 대체로는 무성의한 데서 이런 일이 있는 것이다. 국가에서 국장(國葬)으로 군인가족 원호(援護: 돕고 보살핌)나 전몰군인에 대한 방책이 있어야 할 일인데 아직 아무 대책도 없는 것 같다. 위에서 아래까지 책임을 회피할 정도이니 국민의 기분이 나지 않는다.

군에서도 합동위령제에 1인이라도 참석하는 것이 당연하다고 본다. 그런데 1인도 참석하지 않았다는 것은 군으로서 실책이며, 실례(失禮)라고 본다. 이후에 이런 일이 있으면 물질이야 어떠하였든지 성의껏 정신적으로 하였으면 하는 내 소감이요, 그리고 각 리(里)가 고르게 못된 것도 각기 부락 사정도 있으나, 그 부락의 지도자가 있고 없는데 차이가 많은 것이다. 각 부락 지도층에 정신계몽이 필요하다고 본다.

장래에도 이런 일이 얼마든지 있을 것인데 제일 국가적으로 특별대책이 있어야 할 일이요, 지방 유지들도 정신적으로 자진하여 성의껏 하는 것이 당연한 일이다. 너무 형식으로만 책임을 회피하면 국가나 민족으로 손실이라고 본다. 현상으로 총후(銃後: 전시 후방) 인식이 부족한 부락은 하루라도 속히 잘못을 고치기를 바라는 바이다. 그리고 속히 전란이 평화롭게 되어 장병들이 일이 없도록 되는 것이 제일 상책(上策)이다. 그다음 고인(古人)의 택지이거(擇地而居: 땅을 가려서 거주함)하는 것을 소적(小的)으로 시인하며, 대적(大的)으로는 국책이 아주 확립되면 하왕이부득안정(何往而不得安靜: 어찌 가서 안정을 얻지 않겠는가)이리요만은 현상으로는 택불처인(擇不處仁: 어진 곳을 택하지 않음)이면 언득지(焉得知: 어찌 지혜롭다 하리요)리요180)하신 것을 잘 기억하지 않으면 안 되겠다. 각 부락에서 사자(死者)에게 대한 후박상(厚薄相)이 상위(相違)가 심함을 보아서 각기 택불처인한 감도 있고 택능처인(擇能處仁: 능히 어진 곳을 택함)한 감도 있다. 그러니 전사(戰死)는 일반인데 어디는 후하고 어디는 박한가 말이다.

이것은 다만 부락의 지도층의 책임이다. 이 지도층의 정신계몽이 제일 선결조건이요, 다른 도리가 없다는 것을 부언해 두는 것이다. 그리고 청장년들도 각자의 생을 초월한 각오를 항시 가지고 있어야 할 일이요, 몸으로 나라를 위해 바친다는 것을 잊어서는 안 된다. 그렇다고 무조건 하고 결사적으로만 나가라는 것도 아니다. 경위(經緯: 일의 진행 과정)가 생을 초월하지 않으면 안 될 장소에서 구구하게 생명을 구전(苟全: 구차히 보전함) 말라는 것이다. 그러나 생명은 보중(保重)해서 이 나라 청장년으로 부담된 의무를 다 이행하고 천년(天年: 천명天命)으로 가는 것이 본리(本理: 근본 원리)라는 것도 기억해야 할 것이다. 무조건 하고 죽으라는 게 아니다. 죽은 자를 조(弔: 조상)하며, 산 자를 격려하고 이 붓을 그치노라.

신묘(1951년) 10월 24일 봉우서우유신정사(鳳宇書于有莘精舍)

---

180) 《논어(論語)》 제4편 〈이인(里仁)〉에서 공자님이 하신 말씀. "이인위미(里仁爲美: 마을은 어진 곳이 좋다), 택불처인 언득지"라고 나옴.

〈추기〉

  (유해) 오주(五柱) 중에 이석규는 내 자식과 동기 입대한 군인인데 불행을 당하여 그 친형이 나를 보고 감개무량한 표정을 하고 나도 동감하였다. 그리고 권○학이나 김용운도 그 정형(情形: 딱한 형편)이 목불인견(目不忍見: 눈으로 차마 볼 수 없음)이다. 여기서 비록 불원천불우인(不怨天不尤人)[181]은 않으나 당국자들의 처사에 불호감(不好感)을 가지고 있어서 이것이 우리 민족의 불행이 아닌가 한다.

봉우추기(鳳宇追記)

---

181) "군자는 하늘을 원망하지도, 사람을 탓하지도 않는다"는 말로 《논어》〈헌문(憲問)〉편과 《맹자(孟子)》〈공손축하(公孫丑下)〉편에 보인다.

1952년(壬辰)

유명무실(有名無實)한 내각 경질(更迭: 인책 교체)

신년 최초 정사(政事)로 내각이 경질되었다는 기사를 보았다. 얼마 전부터 경질, 경질하던 것이라 무슨 용단(勇斷)이나 과감한 정신으로 이번 행사가 있었나 하고 신문 기사를 보니 유명무실한 경질이다. 하고(何故: 무슨 까닭)오 하면 장면(張勉)182) 총리 사임은 당연한 일이다. 유엔 특사만 하여도 중임(重任)인데 총리를 겸직할 수 없는 것이니, 사임이 별 중대 파문이 없을 것이요, 그다음 이 내무장관183)의 사임은 벌써 있어야 할 일인데 지금까지 온 것은 체면 없는 처사였다. 더구나 금

---

182) 장면(張勉, 1899.8.28~1966.6.4)은 일제 강점기의 교육자·종교가·번역가·출판인·문인·저술가였으며 훗날 대한민국의 종교가·외교관·교육자·정치인이었다. 1956년 8월 15일부터 1960년 4월 25일까지 대한민국의 제4대 부통령이었다. 1951년 10월 제6차 UN 총회 파견 수석대표로 다녀왔다. 1950년 11월 23일부터 1952년 4월 23일까지 제2대 대한민국 국무총리를, 1960년 8월 19일부터 1961년 5월 17일까지 제7대 국무총리를 역임했다.

183) 이순용(李淳鎔, 1897~1988.10.9). 일제시대에 이승만의 추천으로 43세에 미국 전략첩보국(OSS) 침투작전에 미 육군 하사로 선발된 재미교포 독립운동가. 해방 후 1945년 10월 미 육군 중사, 미 국무성의 특수요원 신분으로 미군 CIC(미군방첩대)에 근무하였다. 이후 미 군정청의 철수로 미국으로 이주했다. 1949년 12월 말 레밍톤 타이프라이터 회사 대표로 다시 귀국했다. 체신부 국제통신전화국 촉탁으로 재임하던 1951년 5월 7일 장택상 서리 후임으로 제6대 내무부 장관에 기용되었다. 그가 내무부 장관에 지명되자 국회에서 국적문제가 논란이 되었고, 곧바로 5월 16일 미국시민권을 포기했으나 11월 6일(음력 10월8일) 국회에서 재석 134석 중 95석의 찬성으로 내무부 장관 불신임 결의안이 가결되었다. 결국 1952년 1월 12일 내무부 장관에서 물러나 같은 달 15일 체신부 장관으로 전임되었다. 체신부 장관으로 그해 3월 27일까지 재임했다.

번의 김룡(金龍)[184] 사건까지 있고서 겨우 사임한다는 것은 아무리 보든지 이도(吏道: 관리로서 마땅히 지켜야 할 도리)라는 것을 알지 못한 인간인데, 거기다 체신장관으로 전출(轉出)한다는 것은 한층 철면피적 행사요, 장 체신장관[185]의 사임만은 이 내무장관에게 밀려서 나간 것 같고, 허 사회장관[186]의 면본직(免本職: 본직을 면함)은 국무총리대리만도 중임이다. 본직을 면하는 것이 당연한 일이나, 허 장관은 좀 자진해서 사임할 일인데 맹구집목격(盲龜執木格: 눈면 거북이 나무 집는 격)으로 지사불석(至死不釋: 죽어라고 내놓지 않음)하니 가애(可哀: 가히 애처로움)한 인간들이다.

석탄문제니 무엇이니 하며, 별별 비판이 다 있는데 듣고도 관여 안

---

184) 1952년 1월 7일 조선일보의 '탄로된 모종 중대사건'이란 제목의 기사를 보면 홍민표라는 남로당 출신 경찰이 퇴임후 기관총 1정과 탄약 500발을 소지하고 있다가 잡혔는데 그는 공산주의 세포활동을 통하여 제3세력의 조직을 획책하였으며 국회부의장인 조봉암의 이름도 이용하였다고 한다. 이 일에 치안국정보수사과장으로 있던 김용과 전 치안국교육국장 이일범이 관여 되어 군수사기관에 체포되어 군법재판을 기다리는 중이라는 내용이다. 언급하신 김용 사건은 이 일을 말씀하신 듯하다.

185) 장기영(張基永, 1903.10.20~1981.5.17)은 대한민국의 독립운동가, 외교관, 정치인이다. 일제 강점기 당시 독립운동에 투신, 대한민국 임시정부에 참여하였고, 해방 이후에는 1948년 장면, 조병옥 등과 함께 대한민국 정부의 UN 승인을 위한 대표단으로 활동하였다. 2대 체신부장관과 1960년 서울특별시장을 역임하였다.

186) 허정(許政, 1896.4.8~1988.9.18)은 초선 제헌 국회의원·대한민국 제2대 교통부 장관·서울특별시 시장 등을 지낸 대한민국의 독립운동가이며 정치인이다. 제1공화국 당시 국무총리와 수석국무위원을 역임했고, 이승만 하야 후에는 대통령 권한대행 겸 내각수반, 제2공화국의 총리 등을 역임했다. 이승만 내각에서 1948년 교통부 장관·1950년 사회부 장관·국무총리 서리를 거쳐 1952년 무임소 장관에 재임중 부산정치파동으로 사퇴했다. 1957년부터 1959년까지 제9대 서울특별시장을 지내고, 1959년 한일회담 수석대표로 일본에 다녀온 뒤 민주당 최고위원에 선출되었고 1960년 4월 외무부 장관에 발탁되었다가 4·19 혁명 이후 내각 수반과 대통령 권한대행을 지냈다.

하는 것은 민간에서 정부를 의심 안 할 수 없다. 사회부 신임장관[187] 도 차관에서 운이 좋아 승진한 인물이지 대체로 별 이렇다 할 역량이 보이지 않는 인물이다. 현재 경질로는 하나마나한 경질이요, 또 국무총리나 내무장관은 아직 보류하는 모양이니 또 어떠한 인물이 나올 것인가 의심시된다. 국회에서는 임영신(林永信)[188] 여사를 내무장관으로 임명해 달라고 발언한 모양이나, 내무는 내각총리의 다음가는 부총리격인데 총리나 부총리만이라도 좀 사람을 잘 골라서 거물급으로 임명해보았으면 하는 미미한 바람이다. 거물급이래야 별 인물들도 없으나 그래도 그중에서라도 택인(擇人)하라는 것이다. 내각경질을 말고 그저 경질한다고 해두고 시일이나 연장했으면 신인물이 미지수라 민간에서 기대나 있을 것인데, 유명무실한 경질에 다시 낙담하지 않을 수 없다. 여기서 최고지휘자 주변에 인물이 부족하다는 것이 여실히 증명된다. 대영단으로 당파성을 초월하고 인물 본위로 내각을 개조하였던들 그 후 효과야 어떠하든지 민심은 좀 위안될 것인데 현 경질은 안 한 것만도 같지 못하다. 총리나 내무나 좀 사람을 가려 뽑아

---

187) 최창순(崔昌順). 허정의 뒤를 이어 4대 사회부 장관(1952.1.12~1952.10.9)을 역임했다. '상이군인에 대한 단속과 원호대책을 수립함에 있어 소관 장관으로서의 직책을 다하지 못한 것을 통감하는 동시에 닥쳐올 엄동기의 이재·피난민 처리 문제'를 이유로 사퇴했다.

188) 임영신(任永信, 1899.11.20~1977.2.17)은 한국의 교육자 및 정치인이다. 영어 이름은 루이즈 임(Luise Yim)이다. 친일 활동을 했다는 의혹을 받았지만, 교육활동에 적극적으로 종사하였으며 이승만의 측근으로 활동하였다. 우리나라 최초의 여성 국회의원이다. 1948년 구성된 제1대 제헌국회 198명 중엔 원래 여성이 없었다. 임영신은 이듬해 경북 안동 보궐선거에 조선여자국민당으로 출마해 당선됐다. 미국에서 이승만 대통령과 인연을 맺어 초대 상공부 장관을 역임하는 등 여성 각료와 정치인으로서 최초 수식어를 많이 달고 있다. 2대 총선 때는 전북 금산에서 지역구 출마해 당선됐다.

서 임명하였으면 비록 일폭십한(一曝十寒: 하루 폭염에 열흘 추위)격이라도 낫지 않을까 한다.

정계인물들이 엽관열(獵官熱: 관직사냥열)만 있지 역량이 있는 인물이 나오지 않는 것이 우리 민족의 불행한 일이다. 전례로 보아서 총리나 내무도 역시 인물이 나오지 못하고 명령이나 잘 복종할 인물이나 올 것 같다. 국가와 민족을 위하여 한심한 일이다. 그저 이번 경질은 유명무실하다고 비평하며 그저 한다고 시일이나 연장한 것만도 부족하다. 헌법개정표결을 앞두고 이 미온적(微溫的) 경질을 본 것은 정부로서는 실패라고 아니할 수 없다. 여기서 백구미삼년(白狗尾三年)[189]이라고 별다른 주견(主見)이 나오지 못하리라고 추측된다. 신당도 원내, 원외로 분립되었는데 우리가 보기에는 원내 주장이 좀 나은 것 같으나 당수가 인정 않는 것 같으니 이번 신당에 대한 성명도 원내세력을 자수자단(自手自斷: 자기 손을 자기가 자름)하는 것 같다. 이것은 오로지 모당(某黨)의 중상모략책에서 이런 일이 나오지 않나 한다. 이것은 내각경질 문제와는 관련성이 없으나, 동일한 민족의 기대(企待)라 제외탈선(題外脫線: 이 글의 논제에서 벗어남)인 줄 알며 아롱아롱하게 같이 써보는 것이다.

물론 사람이 신이 아닌 이상 거국일당(擧國一黨: 전국에 하나의 정당)으로 나가기는 어려운 일이다. 무슨 당이 나오건 국가와 민족을 중시하고 나가야 할 것인데 외면에는 다 국가와 민족을 팔고 그 내면에는 정치욕이 충만해서 국가와 민족을 이탈한 행동이 얼마든지 나오고, 그런 행동을 하고도 배후 세력만 있으면 안연하게 지위를 확보하고 있으

---

189) 하얀 개꼬리 삼 년이 지나도 쓸모 있는 족제비 털은 못 된다는 속담이 있다. 즉 개 털 같은 인물은 개털일 뿐, 쓸모 있는 인물은 못 된다는 뜻.

니 이번 내각경질 운운하는 것도 역시 배경이 있는 관계다. 소위 경질 대상 인물도 배후 세력만 가지고 자신의 잘못을 모르고 내 배 다칠라 하고 있으니, 이것이 대한민국 과도기의 민관(民官)의 수난기요, 초대 지휘자의 실패로 만대(萬代: 아주 오래도록) 후임(後任: 뒤에 오는 관리)의 수범(垂範: 본보기가 됨)이 될 것이다. 이것이 선악(善惡)이 개오사(皆吾師: 모두 나의 스승)라고 후임자들의 좋은 거울이 될 줄로 믿으며, 현하 이 행정 밑에서 당하고 있는 우리 민족들 각자가 이 비애(悲哀)를 맛보아 이 다음부터 정신을 쇄신(刷新)하기를 바라는 바이다.

단기(檀紀) 4285년 양력 1월 19일 조조(早朝: 이른 아침)
봉우서우유신정사(鳳宇書于有莘精舍)하노라.

공주 을구 국회의원 보궐선거의
축록전(逐鹿戰: 선거전)을 보고

다행인지 불행인지 우리 공주 을구 국회의원 보궐선거[190])에 있어 정계의 거성(巨星)인 조병옥 박사와 윤치영 양씨 간에 축록전이 전개되었다. 공주군 출신인 염우량[191]) 군이나 정종렬[192]) 군도 출마하였으나, 주민의 동향은 무슨 점으로 보든지 이 양씨에게 가지 않고 타지방에서 출마하신 조, 윤 양씨에게로 경주되는 것 같다. 우리의 대변인으로는 우리 지방인사거나, 타 지방인사거나 별 관계는 없을 것이다. 그리고 누구든지 양심적으로 국회에서 발언할 인사를 택출(擇出: 골라냄)한다면 무방한 일이나, 우리 공주의 현상을 보면 우리 지방 인사인 정종렬군은 양심적이요, 덕망가(德望家)라고 말들은 하면서도 동정하는 의사(意思)가 없고 염우량 군은 8.15 이후 공주에서 유일무이한 청년투

---

190) 한국 전쟁 중에 김명동의 변고로 1951년 2월 보궐 선거가 실시되었다. 이 보궐 선거에서는 중앙 정계의 거물인 윤치영과 조병옥이 접전을 벌여 이승만의 지지를 받은 윤치영(14,739표)이 공주영명학교(공주영명고등학교의 전신) 졸업을 연고로 출마한 조병옥(8,550표)과 염우량, 정종열 등에게 승리하였다.

191) 염우량(廉友良, 1911년 10월 5일 충남 공주 태생)은 제3대 국회의원을 지낸 대한민국의 정치인이다. 공주보안대 대장, 반탁투쟁위원회 공주군 지부장, 독립촉성국민회 공주군 지부장, 자유당 공주갑지구당 위원장, 자유당 원내부총무 등을 역임했다.

192) 정종렬은 1950년 5월 30일 실시된 제2대 국회의원 선거에 충남 공주 을구에 무소속으로 출마해 총 891표를 득표하여 낙마하였다. 1951년 2월 보궐 선거에도 출마하였으나 중앙 정계의 거물인 윤치영이 승리하였다.

사요, 양심적이요, 열정적이며 지방을 위해서 투지만만(鬪志滿滿)한 분이다. 그러나 다만 경제적 혜택이 없어서 5.10선거나, 5.30선거 시에 석패(惜敗)한 분이다. 금번에도 조, 윤 거성이 나옴을 알고도 정정당당하게 출마해서 악전고투를 하는 것을 보고 나는 충심으로 동정하는 바이다. 그러나 공주 인사들은 무엇보다도 양대 조류에 분파되고 만 것이다.

맹목적으로 조 박사는 경제적으로 혜택이 있고 또는 민국당의 중진이요, 정계의 거물이니 금번에 당선이야 되든지 안 되든지 간에 선거사무에 가담해 두면 후일에 유망할 것이요, 경제적으로도 물론 혜택이 있을 것이라는 견해로 공주읍 민국당계 인사는 물론이요, 중간파들도 상당히 가담하고 갑구(甲區) 선량으로 현 국회의원인 박충식[193] 군이 전심전력을 다하여 조 박사의 선거사무를 보고 있는 관계상 박의 선거원들은 맹목적으로 조 박사를 지지하며 윤치영을 배격한다.

그 선전방식은 별별 수단을 다 쓴다. 내가 목도한 일이다. 수 개월을 하루같이 진영을 정리하고 있다. 물론 조 박사 편에서는 염, 정은 문제시 않는다. 그러나 윤을 경계시하는 것은 사실이다. 조편 견해로는 윤이 경제적으로 혜택이 없고 후원할 인사들도 경제적으로 충분치 못하니 선거 전에는 경제가 아니고는 실패 될 것이니, 안심이라고 자신만만하다. 그리고 중앙의 일류 명사들이 보조강연을 무수히 했다. 그러나 윤편은 미약하였다.

여기서 공주 인사들로 조편에 가담한 인사들은 아주 자신 있게 중상모략(中傷謀略) 선전을 한다. "확실하다 조병옥이요" "올동말동 윤치영

---

193) 박충식(朴忠植, 1903~1966.4.5)은 대한민국의 제2·4·5대 국회의원이다. 제5대 국회의원에서는 당선 무효를 선고 받았다.

이요" "우락부락 염우량이요" "얌전하다 정종열"이라는 선전을 공주읍 각 면(面)에 하였다. 물론 중상모략도 많았다. 그러나 과연 윤은 오지를 않고 있었다. 후원인들이 자비로 등록만 하고 윤씨 오기를 고대하고 있었다. 그러던 중 통합정견 발표일에서야 윤이 첫 출현을 하자 적수공권(赤手空拳: 맨손과 맨주먹)으로 제1차 장기면에서부터 정안면까지 오기에 조편 보고를 들으면 조의 지반(地盤: 근거지)이 동요된다고 걱정들을 한다. 그러나 총지휘의 의사는 중상모략적으로 반격하면 아무 문제없다는 것이고, 경제적으로 압도하여 윤이 앞서 나올 여유를 안 줄 모략들이 있다는 것이다. 그 반면에 윤편의 지휘자 말을 들으면 윤이 적수공권으로 왔으니, 우리들도 경제적 여유가 없다는 것을 각오하고 각자 양심적 입장에서 최후까지 진출하라고 명령하는 것을 보았다. 이 인사들은 윤을 동정한다기보다는 박(충식)을 증오하며 민국계를 증오하는 일파들이 동가홍상(同價紅裳)이라고 정계거물인 윤편이 되어 악전고투(惡戰苦鬪)하는 것을 나도 동정하였다.

윤편에는 김평중군이 지휘하는 맹자(猛者: 용맹하고 기백이 있는 사람)들이 많았다. 그리고 김명동[194] 전 의원 선거원들이 가담했고 구 한독당계와 정완긍 군의 선거원이 가담했었다. 조 박사의 경적(輕敵: 가벼운 적)이 아니다. 다만 경제적 여유가 없다는 것만 악조건이요, 다른 조건은 윤에게 유리하였다. 더구나 관에서는 불관여(不關與)라고 하나, 암

---

194) 김명동(金明東, 1903.11.25~1950.?.?)은 대한민국의 정치인이다. 공주치안유지회위원장, 반탁총동원위원회 중앙상무집행위원, 민족통일총본부 공주군 사무국장, 제헌국회의원(공주갑 무소속), 제2대국회의원(공주을 대한국민당) 등을 역임했고, 제헌 국회의원 초대 국회의원 재임시 국회 내의 반민특위 조사위원으로 활동하였다. 전쟁 중 사망.(한국전쟁 피난길에 사망한 국회의원은 5명으로 부산 출신 최원봉, 달성 권오훈, 구례 이판열, 공주 김명동, 연기 이긍종 의원이다.)

암리(暗暗裏)에 윤에게 호의가 보인다. 여기서 내 소감으로는 염우량 군이나 정종렬 군의 출마가 실패되리라고 확언하며 따라서 윤, 조 양 씨의 축록전은 틀림없이 조 박사의 패배라고 확언한다. 비록 조편에서 경제적으로 풍요하다 하나, 단시일에 표를 확실히 매수할 수 없을 것 이요, 인심을 수습 못 할 것이다. 더구나 박충식 선거원들은 5.30선거 때에 박의 경제가 허락하지 못해서 부채가 많았던 것이다. 그 인사들 이 금번에 또 어쩔까 염려해서 조에게서 나오는 금전은 갑구에 있는 선전원이라면 일비(日費: 날마다 비용)는 선례(先例: 전례)두고 여액(餘 額: 남은 액수)까지 유명무실한 선전을 할 것은 사실이다. 이것이 조 박 사가 갑구 인사들을 채용한 결점이요, 또 조의 사무장이라는 이모(李 某)는 그 친족 간에 신용이 없는 사람이라 조 씨를 증오한다라기보다 사무장을 증오해서 윤 씨편으로 가담하는 인사가 많다. 이것이 조의 책사(策士: 모사謀士)가 없었고, 득인(得人: 쓸만한 사람을 얻음)못한 것이 실패를 예고하는 것이다.

그 반대로 윤은 비록 경제적으로는 적수공권이나 다각적으로 득인 한 관계로 윤의 승리는 확실하다. 그러나 개인적으로는 조는 당을 초 월한다면 정계의 거물이요, 복력(腹力: 뱃심)도 현 정계에서 누구보다도 적지 않은 사람이요, 수완(手腕: 일을 꾸미고 치러 나가는 재간)도 있고 용 인(用人: 사람을 씀)하는 데에도 무던히 주의하는 인사다. 말하자면 중 력(重力: 지구중심으로부터 받는 힘)과 압력(壓力: 남을 자기의지에 따르도 록 하는 힘)이 있는 인물인데, 민국당이라는 탈이 조를 실패시키리라는 것이요, 윤은 조의 반대로 중력과 압력이 좀 부족하고 지혜와 변재(辨 才: 말하는 재주)가 있고 경제적으로는 좀 양심적이요, 체면을 생각하고 수기응변(隨機應變: 기회에 따라 변화에 순응함)하나 입지(立志)가 확고하지 못한 것이 윤의 결점이다.

좀 일을 당하여 심사숙려(深思熟慮)하고 발족한다면 질적 향상이 더 될 인물이다. 나는 윤이 성공하리라고 확언하면서도 역시 신(新)인물로 신사상(新思想)이 나오지 못하는 것을 유감으로 생각되는 바이다. 만약 윤도 조와 같이 경제적으로 풍유(豐裕: 풍요롭고 넉넉함)하다면 누가 될지 알 수 없는 일이나 경제적 혜택이 없는 것이 윤의 성공의 원인이 될 것이다. 나 보기에는 윤이 대통령을 100프로 지지하는 인물은 아니다. 시정(是正: 잘못된 것을 바로 잡음)해 가지고 지지할 인물이나, 시정이 마음대로 되지 못하면 윤의 용단성 부족한 것이 결점이다. 금번에 민심이 민국당계에는 반대라는 것을 여실히 표현할 것이다. 내이 붓을 들며 8개 보궐 선거구에서 민국당이 총 실패 될 것을 예고하면서 추측이 (사실과) 부합되기를 바라고 이 붓을 그치노라.

단기(檀紀) 4285년 2월 3일 상신정사(上莘精舍)에서 봉우서(鳳宇書)

〈부록(附錄)〉
이 붓을 들고 3일 후인 2월 6일 투표 개표보고를 듣고 내 소감

세상일은 순조(順調)로 되어 간다. 과연 윤치영 씨의 승리로 되고 정계에서 민국계의 총몰락이 되었다. 당연한 일이나, 일방(一方: 한편) 배은희195) 같은 인물이 입선된 것은 좀 유감이다. 이것도 서상일196) 군

---

195) 배은희(裵恩希, 1888.1.15~1966.2.5)는 장로교 목회자 출신의 대한민국 정치인이다. 일제 말기 신사 참배를 거부한 몇 안 되는 목회자이기도 하다. 대한민국

이 민국당이라는 관계로 석패한 것 같다. 8위(八位: 여덟 분) 신인물들이 원내에 등장해서 될 수 있는 대로 왜곡을 시정하고 현하 기다(幾多)한 난관을 타개하였으면 우리는 이 이상 더 기대는 없겠다. 우리의 생각에 배치하여 신인물들도 당 일색으로 시위(尸位: 죽은 이 같은 껍데기)가 되면 이것은 우리 민족의 죄인이 되는 것이다. 바라건대 여덟 분이 이대로 정계에 나가서 원내의 저기압을 소제(掃除: 청소)하고 광명정대한 처사(處事: 일을 처리함)로 나가기를 우리들뿐만 아니라 이 나라 전 국토에서 동시동감일 것이다. 일신(一新) 선량 여러분이여. 우리 기대에 어그러짐이 없이 양심적으로 처사하기를 바라노라.

제2대 국회의원이며, 대한국민당의 첫 발기준비 위원장이기도하다. 해방 이후 대한독립촉성국민회 창당에 참여하였고, 대한독립촉성국민회 전라북도 지부장을 거쳐 1945년 12월 신탁통치 반대 운동에 참여하였다. 그 뒤 대한민국 정부 수립 주장에 찬성하여 1948년 5.10 총선거에 출마하였으나 낙선했다. 1948년 윤치영, 신익희, 이청천, 임영신, 이인 등과 함께 대한국민당 창당에 참여하였다. 그러나 이듬해 신익희, 이청천 등의 탈당으로 약화된 대한국민당을 지도하였고, 제2대 국회의원에 당선된다. 그러나 이후 윤치영, 이범석, 임영신 등이 제거되면서 그도 정계에서 축출된다. (2대 국회의원 당선은 권오훈 사망으로 1951년 2월에 치뤄진 보궐선거에서였다. 선생님께선 아끼던 제자 권오훈의 사망으로 상심이 매우 크셨을 텐데 그 빈자리를 메꾸기엔 배은희는 역부족이었던 것 같다)

196) 서상일(徐相日, 1886.7.9~1962.4.18)은 대한민국의 독립운동가·정치가이다. 1909년 안희제·김동삼·윤병호 등과 함께 항일무장투쟁 단체인 대동청년당(大東靑年黨)을 조직하여, 독립운동을 전개하였다. 그 후 한때 만주에 망명하여 독립운동을 계속했으며, 1945년 8·15광복 후에는 송진우·장덕수 등과 함께 한국민주당을 창설하였다. 한국민주당은 대한국민당과 통합하여 민주국민당이 된다. 4.19 혁명 직후 실시된 1960년 제5대 국회의원 선거에서 혁신 정당인 사회대중당을 창당하여 대표총무위원에 취임하였으며, 제5대 민의원으로 대구시 을 선거구에서 당선되었다. 1941년 매일신보 기사에 친일 집회 참석자 대표로 나오는 등 친일의혹이 있다. 친일파인 장덕수 등과 함께 한 것도 이런 맥락으로 풀이하기도 한다. (그러나 장덕수를 암살한 대동청년단은 서상일 본인이 몸 담았던 단체이기도 하므로 현대사에 밝혀지지 않은 내막이 있었던 듯 하다. 대동청년단은 김구 지지자들을 중심으로 구성되었으며 이승만을 지지하는 단체들은 대동청년단을 견제하기 위해 구국청년총연맹을 결성했다.)

단기(檀紀) 4285년 2월 7일

봉우서우상신정사(鳳宇書于上莘精舍)하노라.

3-73
부산소견(釜山所見)

우연한 행각(行脚)이 부산을 또 왔다 차일피일(此日彼日)하다 10여
일 만에 귀가하였는데 그간의 소견이 수종(數種) 있다. 그런데 그중에
한 가지를 선기(先記: 먼저 기록함)해 보자. 이것은 즉 국회에서 도마 위
에 오른 벽보(壁報)사건[197]이었다. 상세한 일은 신문 지상에서 여러 번
보도하였으니 다시 논의할 필요가 없고 내가 본 대로 기록해 보는 것
이다. 부산에서 여러 군데 벽보를 보니 민의(民意)를 존중하지 않는 국
회의원을 소환하라는 의미였었는데, 내 생각에는 때마침 국회의원 보
궐선거가 있자 일부 의원들이 자파세력 관계로 관계자의 입후보지에
서 보조운동을 많이 하였다. 그런 관계로 혹 청년집단에서 이런 국회
의원을 소환하라는 것인가 했더니 의외에 국회 내에서 벽보사건이 등
장되자, 이 벽보가 개헌안을 부결한 국회의원을 소환하라는 것이요, 또
는 이 벽보의 배후에 모종의 기관이 있다는 것이 판명되었다. 그런지

---

197) 경향신문 1952년 1월 30일 〈전주電柱)마다 '삐라' 국회의원 소환하라 등의 내용〉
이란 제목의 기사가 실렸다. 기사 전문을 옮겨 보면 '지난 18일 국회에서 정부 제
출의 직선제 개헌안이 부결된 지 10일 만인 27일 돌연 부산시내의 전주(電柱)와
이곳저곳의 담벽에 다음과 같은 내용의 삐라 또는 벽보가 붙어 있어 시민들의 발
걸음을 멈추게 하고 또한 시선을 끌고 있다. 즉 그 내용을 잠간 훑어보면 '국회의
원들은 우리의 민중을 무시하고 저의 권리를 이용해서...' 부결시킨 '개헌안'은 대
통령의 의도를 절대 반대하고 민의를 거역한 것이라는 요지의 내용이 적혀 있는
것이다. (이 벽보 사건은 이승만이 정치적으로 불리해지자 국회를 협박하려 배후
에서 꾸민 공작이다. 이는 1952년 5월 25일~1952년 7월 7일까지 이어진 부산정
치파동(釜山政治波動)의 시작이기도 하다.)

수일 후에 마침 중앙청에를 갔다가 수백 명의 청년이 국회를 목표로 진격하는 것을 목격하였다. 중앙청에서 조금도 제지가 없었고 다만 국회 내 돌입(突入)만 중지시킨 것이었다.198)

그 다음날 신문 지상으로 구구한 논설이 많았다. 그러나 대체로 보아서 국가 헌법을 무시하고 입법 기관에서 결정한 것을 배후 압력이 있다고 무지한 청년을 선동해서 존엄한 국회를 습격하는 것은 대내, 대외적으로 초실태(超失態: 아주 큰 실수)인 것이다. 더구나 배후에서 조종한다는 것이 괴변(怪變)이다. 최고지도자이신 이 박사 담화(談話)가 의외에도 비합법적인 것에 경동(警動) 안 할 수 없었다.199) 그리고 국무위원들이 국회에 와서 답변하는 것도 아주 몰주장(沒主張: 주장도 없음)하고 철면피적 언동이 속출하는 데에는 국민으로서 무어라고 말할 수 없었다. 비록 과실로 이런 일이 있다 하더라도 문책이 있을 때는 당연히 솔직하게 고백하고 시정을 하는 것이어늘, 요령도 없고 답변으로 배후의 권력만 가지고 운운하니, 이것은 국제적 입장에서 어떠한 관측이 있는가 생각하지 않고 다만 개인적으로 비합법적이건, 합법적이건 불계하고 횡설수설하는 것이다. 가련한 인간들이 모두 국제적으로 본

---

198) 이승만이 배후에서 꾸민 이른바 관제민의(官製民意) 동원이다. 부산정치파동으로 이어진다.

199) 이승만의 불법적인 관제데모를 비판하신 말씀이다. 1950년 5·30 선거 결과 야당이 압승하여 국회 간선제로는 이승만의 재선이 어려워지자 직선제 개헌안을 국회에 제출하였다. 그러나 1952년 1월 18일에 국회가 이를 부결함으로써 정부와 국회간의 알력이 표면화되었다. 이에 이승만은 국회해산을 요구하는 '관제민의(官製民意)'를 동원하여 국회의원을 위협하는 한편, 5월 25일에 국회 해산을 강행하기 위하여 부산과 경상남도, 전라남도, 전라북도의 23개 시·군에 계엄령을 선포하였다. 이승만은 선생님 걱정대로 국회를 군경으로 포위하고 국회의원들을 위협하여 의원 166명 중 163명의 찬성표를 받아 발췌개헌안을 통과시켜 독재정권의 기반을 다지게 된다.

다면 얼마나 그 인물들을 저평가할 것인가, 또 우리나라를 얼마나 비문명적으로 취급할 것인가. 이런 인물들이 국무위원으로 등장하면 국가의 위신문제가 장래에 어떠할 것인가 우려되는 바이다. 법치국가로 법을 무시한다면 무슨 일이라도 할 것이다. 법이 무엇인지 모르는 인물들을 등용하는 것은 대체 누구의 과실인가? 감개무량한 일이다.

장래에 이런 비합법적 행위로 유엔에서 한국에 대한 대우 문제가 등장하지 않을까 의심시된다. 모모 정상배(政商輩: 정치가와 결탁하여 사사로운 이익을 꾀하는 자)는 법치국가보다 우리나라를 독재정치로 하였으면 하는 암동(暗動: 어둠 속의 움직임)도 있는 것 같다.

그러나 우리나라에서는 이런 비합법행위는 인정 안 될 것이다. 그리고 선량들이 지방에서 무조건하고 중앙 각 집단들을 신용하는 관계로 중앙의 정상배들은 이것을 이용해서 단체 명의로 별별 행위를 다한다. 그렇다고 지방단체가 이 별별 행위를 시정할 수도 없고 추종하는 외에 다른 도리가 없다. 그러니 지방 인사들이 각성하라는 것이다. 지방은 지방대로 연락을 잘해서 소위 중앙 집단에서 비합법적으로 하는 일이라면 성토(聲討: 소리 높여 비판하고 규탄함)도 할 수 있고 시정도 할 수 있다. 현상으로는 중앙집권제가 되어서 시시비비(是是非非: 옳고 그름)를 막론하고 지방에서는 한마디도 나오지 않고 있으니, 소위 중앙인물의 이용물밖에 안 되는 것 같다. 하루라도 속히 이 비합법을 시정해야 국가나 민족이나 모두 평화통일 재건을 목표로 나갈 수 있을 것이다. 내 소견대로 기록해 본다.

임진(壬辰: 1952년) 2월 초삼일(初三日)
봉우제우상신정사(鳳宇題于上莘精舍: 봉우는 상신정사에서 씀) 하노라.

미가(米價) 최신 기록인
35,000원대(坮)를 보고

6.25사변 후로 백물(百物: 온갖 물건)이 등귀(騰貴: 뛰어오름)하는 중에 타물(他物: 다른 물건)은 일고일저(一高一低)가 호흡적으로 있었다. 작년에 2만 원대까지 갔다가 도로 9000원대까지 저하되었던 것인데, 정부에서 현곡(現穀: 현물 곡식)으로 수득세(收得稅: 소득세)를 수집하는 법령이 나와서 국내 양곡의 반부(半部) 이상이 정부미가 된 이때, 민간에서는 다른 물건은 일고일저의 호흡하는 중에 대체로 보아 저회(低回: 낮게 돌아옴)하는 중인데 의외에 양곡배급이 순조로 안 되고 또는 모종 풍설(風說: 풍문)도 있는데 다가 3월 서울환도설이 역시 고물가의 원인이 되어 일기(一氣)로 앙등하는 미가(米價: 쌀값)는 금일 대전의 3만 5000원대를 무난히 돌파하였다. 이 현상이라면 민심이 얼마나 공황(恐惶: 두려워함)할 것인가. 극도의 불안감을 느끼는 것이다. 인생의 백 가지 문제가 다 식생활이 해결된 후 문제인데, 현상으로는 중농가(中農家) 이상의 가족 이외에는 거족적으로 양곡문제의 불안감을 갖지 않은 인사가 없다. 더구나 피난민이나 전재민(戰災民: 전쟁의 재하를 입은 국민)이나 실업자군들은 사활문제가 목전에 있다.

이 현상에서 정부에서는 응급대책이 나오지 않고 여전히 최고지휘자들도 자기 지위나 확고하게 할 목적으로 신문지상으로 운위(云謂: 일러 말함)하는 것이다. 아전인수(我田引水)격이지 민생의 사활문제는 도외시하는 것 같다. 국가가 태평한 시절이라도 이런 문제가 중대시되는데 더구나 전쟁이 승부를 결정하지 못하고 일선에서 아직도 우리 수도의 근접지에서 래왕하는 위기에 후방의 민생사활문제가 또 중대하게되니, 정부요인이나 국회선량들이나 이 선후책을 무엇으로 할 것인가 최중대문제이다. 내가 회고하건대 이 백미가격이 일두(一斗: 한 말)에 30전 하던 기억이 있고 근년에도 50전까지 저하한 때가 있었다. 최저에 비하여 현상 12만 5000배에 해당한다. 당시 노임(勞賃)이 보통 10전이다. 3일 출가(出稼: 일정기간 타향에서 돈벌이를 함) 노임이면 백미 일두(一斗)가 되었다. 현금(現今)은 하루 품삯이 보통 3000~4000원 이니 7~8일 노동하여도 백미 한 말 값이 못된다. 다른 물가에 비하여 쌀값이 유례없는 폭등이다[200]. 그러나 옛날에는 일할 장소는 여전히 있었으나 금일은 전재(戰災) 동포가 처처(處處)에 수를 알지 못할 만큼 있고 원주민들도 실직자가 얼마든지 있다. 노동으로 식생활을 해결하려면 아사(餓死: 굶어 죽음)하는 외에 타도가 무(無)하다. 이 전시 후방정책이 중대한 일이다. 그럼에도 불구하고 정부에서는 일호반점 유의하는 기

---

200) 신문기사 제목으로 당시 분위기를 보자면 다음과 같다.
　　1951.11.2 각계, 미곡 자유시장의 보호 육성을 주장 (민주일보)
　　1951.11.2 정부의 중점 배급제 실시에 따라 자유시장 미곡가 급등 추세 (서울신문)
　　1952.1.13 서울 쌀값 폭등세 (서울신문)
　　1952.1.28 민수용식량을 배급 – 쌀값 폭등세에 특별조치단행 (경향신문)
　　1952.1.31 외미수입으로 곡가조절 – 허서리, 양곡관리적극화 언명 (동아일보)
　　1952.2.10 정부미를 방출한다 (동아일보)
　　1952.2.11 정부미 무제한 방출 시내 10개소에 판매소 (동아일보)
　　1952.2.11 전면적 배급 필요 (경향신문)
　　1952.3.4 정부양곡정책은 지상론 (동아일보)
　　1952.3.6 살인적 미가에 당국억제에 부심 – 민간상사에 밀가루 수입허가 (동아일보)
　　1952.4.28 농림부, 외국산 쌀 도입 상황 설명 (동아일보)

색이 없고 날로 정당파쟁이나 일삼으니, 장래가 불안심되며, 또 이에 처하여 우리의 자숙할 건도 아주 없지 않다.

민간에도 정식(正食) 외에 식량소비품이 얼마든지 있다. 이런 것은 자숙하였으면 일조가 될 것이요, 정부에서도 양곡정책을 치중하지 않고 여전히 전철을 밟으면 불원한 장래에 불상사가 있을 것 같다. 하루라도 속히 집정자들의 정신 차릴 것을 바라며, 우리도 자숙해서 이 난관에 불상사 없이 지내기를 바라는 바이다. 양곡정책을 맡은 농림상(농림부장관)의 경질을 보니 신농림상 함인섭[201] 씨가 무슨 새로운 포부로 이 대난관을 무사히 통과할 것인가가 의문이다. 대동지환(大同之患: 모든 사람이 다 같이 겪는 환란)이라 무어라 대책이 없이 우리 피난민들은 일호(一毫: 한 치)의 여유가 없이 금일, 금일 매량(買糧: 식량을 사먹음)하는 사람들이라 농가보다도 감각이 가일층 빠른 것이다. 이 난관이 무사히 해결되기를 빌고 이 붓을 그치노라.

2월 13일 야(夜) 봉우제우상신정사(鳳宇題于上莘精舍)하노라.

---

201) 함인섭(咸仁燮, 1907.5.3~1986.9.15)은 일제 강점기의 전문학교 교수이며, 초대 강원대학교 학장, 제6대 농림부 장관을 지낸 대한민국의 정치가이자 대학 교수이다.

수필: 은인자중 하느라 부득이
가면을 쓰고 사는 나

　　사람이 세상에 나서 처세하기를 남양와룡(南陽臥龍: 제갈량)의 삼고초려(三顧草廬)는 못할지라도 어느 정도 자중(自重: 스스로 무겁게 처신함)이 당연한 일인데 근일 내가 우연히 모 사건에 투신(投身: 몸을 던져 관계함)이 되어서 자신의 목적은 목적대로 있으나, 외면으로 보기에 그만한 것에 열중하는 것같이 되어 일시적으로 창피도 하고 또는 부수적 존재에 자존심도 허락 않으나, 부득이 소불인(小不忍: 작은 것을 참지 못함)이면 난대모(難大謀: 큰일을 도모하기 어려움)라고 은인자중(隱忍自重)하느라고 유유(悠悠)한 미(美)가 부족하고 강인한 적(蹟: 자취)이 현저하다. 좌우가 손이 안 맞고 동상이몽(同床異夢)하는 노인배(老人輩)들과 비위가 맞지 않는 것을 현덕(玄德)이 허도(許都)에서 채포(菜圃: 채소밭)하듯이 가면으로 충실한 체 하자니 타인 이목에는 나를 의심하게 되겠다. 나도 잘 아나 도시(都是) 유종(有終)의 미(美)를 들고저 이 부득이한 계륵(鷄肋: 닭갈비)과 상사(相似)한 행위를 지이감행(知而敢行: 알면서도 감히 행함)하노라.

　　2월 13일 야(夜) 봉우제우유신정사(鳳宇題于有莘精舍)하노라.

반포면 수득세 건(件)에 대하여
내 의견을 기록하노라

정부에서 토지에 대한 세액을 실물로 받는다는 것은 고대에는 당연한 일인데 근대에는 현물세로 한 일이 없이 대금으로 납입한 것이 예가 되어 있었다. 그래서 토지의 생산을 조사한다는 것은 국내 총생산량 통계에 제공할 정도로 조사한 것이요, 정부에서는 과세하기 위하여 토지등분(等分)을 조사하고 토지가격을 조정한 것이 근대의 상례였다. 왜정시대부터 대한민국이 신생하기까지 불변하던 것을 6.25사변에 북한군이 남침하여 시행하려던 것이 토지에 대한 현물세라 그 조사가 극히 세밀하였던 것이다. 여기서 우리 대한민국의 농민들로서는 얼치기 공산당들(이 벌인) 그 시정(施政)의 혹독함에 대경(大驚)하였던 것이다. 그래서 순적색분자 이외에는 다 그 정책을 반대한 것은 사실이 확증하는 것이다. 그런데 의외에도 대한민국 집정자 일부가 이 현물세가 유리하다는 것을 단기 4284년부터 주장하고 국회 선량들도 별 문제 없이 그 안을 통과시킨 것이다.[202]

내 의견은 현물세가 부당하다고 주장하는 것이 아니라 아직 사변이 확실한 종결을 보지 못하고 민생이 도탄에 들어 있고 더구나 이도(吏道: 관리의 기강)가 숙청되지 못한 금일에 이런 안을 시행한다면 장계취

---

202) 참조: 국회에서 신묘년(辛卯年: 1951년) 현물세안(現物稅案)을 통과한 보(報: 소식)를 듣고 내 소감(所感)

계(將計就計: 저편의 계략을 미리 알고 이를 이용하는 계교)로 별별 사태가 다 발생할 것은 명약관화(明若觀火: 불 보듯 환함)한 일이다. 이 안을 제출한 정부도 그 말단의 폐(弊)를 생각지 못한 것이요, 국회의원들도 귀추(歸趨: 일이 돌아가는 추세)를 생각지 못하고 무사히 이 안을 통과시킨 것이다. 이 안이 실시됨으로(써) 몽리자(蒙利者: 이익을 보는 자)는 오직 부정(不正)한 관공리들 뿐이요, 그 피해는 식량난으로 전국민이 당하는 것이다. 가급인족(家給人足: 집집마다 생활형편이 풍족함)해야 자연 국부민강(國富民强: 나라는 부유하고 국민은 강해짐)한 것인데 전 국민의 피해로 몇 개 권력층의 복리라면 이 일은 부당하다고 본다.

그 일례를 들면 내가 사는 반포면 실정이다. 세무서 조정액에서 300여 입(叺: 가마니)의 수득세를 증수(增收: 더 걷음)해서 면비(面費)에 충당하려다 사전에 발각되어 300여 가마니의 현물이 도로 세무서로 가게 되었다. 이것은 면행정에서 장광설(長廣舌)을 가지고라도 답변 못할 일이다. 면민(面民)의 식량을 자기네의 부당행위로 세무서로 증납한 것은 이해 못할 일이다. 그 외에 작년에 한재(旱災: 가뭄재난)가 있어서 재해지 조사로 면세된 예가 있는데 여기서 내 의견은 정부에서 면세시켜 주는 것은 감사한 일이요, 또 당연한 일이나 면의 실정은 이와 반대로 면공무원들이나 또 면과 친밀한 자들은 수십 석(石: 섬, 10말)의 수입이 있는 자들도 재해지 면세를 받은 자가 부지기수요, 실상 재해자로는 이 몽리은전(蒙利恩典: 이익을 보는 혜택)을 받지 못한 면민이 상당수를 가지고 있다. 민원(民怨: 국민의 원망)이 얼마나 될 것인가 불문가지(不問可知: 안 물어 봐도 알 수 있음)이다. 막중한 국세를 내지 않고 천연한 기분으로 또 금번 면의회에도 출마하는 철면피도 있다. 또는 금번 부정사건의 공모자들은 여전히 인민을 기만(欺瞞: 남을 속여 넘김)하고 있다. 이런 도배(徒輩: 나쁜 짓을 하는 떨거지들)는 다 국적(國賊: 국가의 역적)이며, 민족의 죄인들이다.

또 이 수득세 현물을 받아서 배급하는 현상을 보건대 근(斤)으로 받아서 두량(斗量: 되나 말로 곡물량을 셈)으로 일입(一叺: 한가마)이 12말도 되고 11말도 된다. 이것은 정당성이 아니다. 역시 민간식량을 사취(詐取: 거짓으로 속여 빼앗음)하는 것이다. 모두 공무를 빙자하고 횡령하는 행위이다. 민족의 죄인들이다. 이상은 내(가 속한) 면의 실정이나, 다른 면이라고 청청백백(淸淸白白)할 일이 없다. 오십보(50步)로 소백보(笑百步: 100보를 비웃음)는 될지언정 이런 폐단이 아주 없을 리는 없다. 이런 사고가 다 수득세 부수물이다. 내 의견은 먼저 관리의 기강을 숙청하고 현물수득세를 하든지 현금으로 대납하든지 하는 것이 당연하지 현상 인물들이 그대로 해나간다면 구미삼년지탄(狗尾三年之歎: 개꼬리 3년 묵어도 족제비꼬리털 황모黃毛가 안 된다는 탄식)이 없지 않을 것이다. 말하자면 위정자들이 자숙하라는 것이다. 백성은 감노이불감언(敢怒而不敢言: 감히 화를 내도 말하지 않음)하고 되어 가는대로 두고 보자이니, 백미 한말이 3만 5000원 천정부지하고 앙등하니 이것이 다 무슨 연고인가? 현물세로 부정처분되고 민간의 식량배급이 원활하지 못한 데에서 기인된 것이다.

내가 반포면에 거주하니 반포면 실정을 말하는 것이다. 다른 도(道), 군(郡), 면(面)이라고 이런 부정사건이 없을 리가 없다고 본다. 이 전책임을 위정자가 지는 것이 당연하다고 주장하노라. 반포면에서도 책임자들이 자진하여 개과(改過: 잘못을 고침)하였으면 하는 미미한 희망을 가지고 있다. 금번에 윤, 황 2인이 고발하였다는 풍문도 있다. 그러나 "호사(好事: 좋은 일)도 불여무(不如無: 없는 것만 못하다)"라고 찬성은 못한다. 오직 우리 반포면만 그렇다면 용혹무괴(容或無怪: 혹시 그럴 수도 있으므로 괴이할 것이 없음)나 거세개연(擧世皆然: 온 세상이 다 그러함)하니 한심한 일이다. 일살생백주의(一殺生百主義: 한 번에 모든 것을 없애 버리는 주의?)도 좋으나 개과의 길을 주는 것도 역시 일도(一道: 하나의 길)라는 것을 부언(附言)해 두노라. 한심한 일이다. 이런 기록은 기분이 불쾌하다.

단기(檀紀) 4285년 3월 10일 봉우제우유신정사(鳳宇題于有莘精舍)

경제적으로 기생(寄生)이 되는 내 소감

금년이 53세이다. 인생사세(人生斯世: 사람이 이 세상에 태어남)하여 반백년 경험이 있으면 무슨 일이든지 해갈 만할 것인데, 나는 지금까지 걸어 나온 과거를 보면 경제적으로는 아주 기생이 되는 감이 있다. 무슨 일이든지 경제가 허락하지 않으면 못하는 것인데, 나는 이 경제를 너무나 도외시한다. 그 관계로 거듭 실패를 한 것이다. 비록 한신(韓信)203) 같은 명장도 최위급(最危急) 상황에서 최저 경제는 확보하고 일을 시작하였다. 유명한 배수진(背水陣)도 침선파부증(沈船破釜甑: 배를 가라앉히고 솥과 시루들을 깨부숨)하고 지삼일량(持三日糧: 삼일치 식량을 지님)204)하고 시작하였다. 이것이 가장 위험한 방법이었으나, 역시 삼일치 양식은 확실히 준비하고 나간 것이다. 또 고인의 말씀에서 재취즉민산(財聚則民散: 재물이 모이면 인민은 흩어짐)하고 재산즉민취(財散則民聚: 재물이 흩어지면 인민은 모임)205)라고도 하고, 유토(有土: 땅을 가짐)면 사유재(斯有財: 이는 재물을 가짐)요, 유재(有財: 재물을 가짐)면 사유인

---

203) 한신(韓信, ? ~ 기원전 196년)은 전한의 장군이자 제후이다. 동해군 회음현 사람이다. 고제 유방의 부하로 수많은 전투에서 승리해, 유방의 패권을 결정지었다. 한초삼걸(漢初三傑) 중 하나로 꼽히며, 소하가 국사무쌍(國士無雙)이라고 일컬은 명장이다.

204) 이 내용은 한신의 배수진 얘기가 아니라,《사기》제7권 〈항우본기(項羽本紀)〉의 "하수(河水)를 건너 조나라의 거록을 구원하는" 이야기에 나오는데 봉우 선생님이 착각하시고 인용하신 듯하다.

205)《대학(大學)》에 나옴.

(斯有人: 이는 사람을 지님)이라고 하시어 무슨 일이나 이 경제관념을 망각하고는 성공의 길이 묘연한 것이 당연한 철칙인데 나는 무슨 일을 하든지 이 불가결한 경제관념을 도외시하고 발족하였던 것이 실패의 최대 원인이었다.

지금까지 경제방면에서 나는 기생적 존재였다. 앞으로 이 기생적 존재를 면하자면 경제적 토대를 확립해야 하겠는데 이 경제방면에는 나로서 경험이 아주 부족하고 내 자신도 없다. 그래서 항상 경제문제를 다른 동지에게 폐를 시키는 것이다. 이것이 기생적 존재라는 것이다. 그러나 내가 내 역량을 검토해 보아야 경제방면에는 자신이 없으니, 자신 없는 것을 착수하기는 위험해서 아주 단념하고 경제는 다른 동지들에게 책임시킨 것이다. 근년으로 보더라도 6.25사변 전에 서울에 잠시 거주할 때에도 경제면은 청양(靑陽)의 이헌규 동지가 막대한 금액을 소비하고 그 다음은 영광 정성모 동지가 역시 막대한 금액을 소비하고 물적, 심적으로 협력해서 경영하던 일이 8~9할 성공에 도달했던 시기에 6.25사변이 나서 모두 허사가 되고 실패라느니보다 생명 보존이 중대 문제가 되었다. 그 후에도 이 동지는 여전히 물적으로, 심적으로 (협력을) 보이나, 정 동지는 생사존망을 아주 알지 못하는 중이요, 또 작년부터 향군(鄕軍: 재향군인)문제가 발족하자 이원(伊院) 박하성, 박하신 동지의 물적 협력을 얻어 추진하는 중이나, 역시 경제부족으로 중첩한 난관을 극복할 수 없다. 모든 것이 내가 경제적으로 자립을 못하고 기생적 존재인 관계가 원인이 되어 일마다 지연된다. 금번에도 물론 경제적 여유가 있다면 문제는 순풍에 돛 다는 격일 것이나, 중첩하는 난관은 다 이 경제 문제이다. 여기서 완전 성공점에 도달 못 하면 비록 노력했으나, 별 효과 없는 것이다.

거물급 같으면 유인사유재(有人斯有財: 사람이 있으면 이는 재물을 지닌 것이다.)하여 별 문제시 않을 것이나 평범한 우리들에게는 이런 문제가 일의 성패를 좌우하는 것이다. 여기서 물적, 심적으로 협조하는 동지들의 후의를 감사하게 생각하며 따라서 나의 기생적 존재를 자괴(自愧: 스스로 부끄러워함)하는 것이다. 비록 경제면에는 경험이나 실력이 없더라도 다른 방면에 부족한 만큼 배력(倍力: 곱의 힘)을 내면 사반공배(事半功倍: 일은 반만 해도 공은 곱이 됨)가 될 수도 있는 것인데, 대체로 보아서 내 역량이 부족하다는 것을 자각하며 한 걸음 더 나가서 내 성의가 부족한 것이 아닌가도 스스로 의심해 본다. 내 선친께서 재세시(在世時: 세상에 계실 때)에 간간 하교(下敎: 가르침을 줌)하시기를 "심호사사난성(心浩事事難成: 마음이 넓어서 일마다 성공하기 어렵다)"이라 하시어 "양력(量力: 힘을 헤아림), 탁덕(度德: 덕을 헤아림)을 하지 않고 임사(臨事: 일에 임함)하면 항상 곤란이 많다."고 하시었다. 그러나 내 생각에는 입지불고즉기학개상인지사(立志不高則其學皆常人之事: 뜻을 세움이 높지 않은 즉 그 배움이 모두 보통 사람의 일이 됨)라고 하신 성훈(聖訓)이 기억되어서 될 수 있으면 자기 역량보다도 나은 것을 입지하고 진출하는 것이 물론 중간에 노력도 많을 것을 각오하고 나가는 것이 당연하다. 자신을 가지고 53년이나 긴 세월을 불휴의 노력으로 일보, 일보 전진하는 도중이다. 실패도 연첩(連疊: 연이어 겹침)하였으나 부지 중 목적하는 길이 그리 멀지 않다는 것도 자신이 생기게 되었다. 비록 이 일, 저 일이 실패하는 중에 소득은 장래 목표하고 나가는 역할 인물들을 한 사람, 두 사람씩 규합하는 데서 우리의 생명선이 있다는 것을 잘 각오해야 하는 것이다.

나는 비록 경제적으로 기생적 존재이나, 이는 할 수 없는 일이요, 우리가 목적하고 나가는 백산운화(白山運化)의 한 점이라도 성공할 수 있다면 이것이 내게 무한한 희망이며, 또 우리 동지들에게도 역시 동일한 입장으로 환희(歡喜: 즐겁고 기쁨. 환열歡悅)를 가질 것이다. 소위 친근인으로 자처하는 자들도 내 행동의 피상(皮相)만 보고 별별 험구(險口: 욕을 해댐)를 다하는 자가 많다. 이는 척견폐요(跖犬吠堯)206)격이니 관심가질 필요가 없고 백산운화를 가지고 나온 36성중(聖衆)의 범태(凡胎)가 그 누구인 줄 알고 하루라도 속히 규합되어 이 대운을 맞이하게 하는 것이 그 누구의 책임이라는 것을 망각 안 하면 당현장(唐玄奘)207)의 81난(難)을 경과하고라도 뇌음사(雷音寺)208)를 왕래한 기록이 존재하니 비록 경제적 난관이 중첩할 지라도 낙망 말고 나갈 것이다. 일난(一難)통과, 일난복래(一難復來: 하나의 어려움이 다시 옴)는 일상사로 알고 극복하며 이 책임 완수까지는 자임자중(自任自重)할 것이다. 끝으로 협력 동지들에게 감사의 뜻을 암표(暗表: 속으로 표함)하노라.

---

206) 큰 도적 도척의 개가 성군 요임금을 보고 짖는다. 나쁜 놈의 개는 역시 성군을 못 알아보고 짖는다.

207) 현장(玄奘, 602.4.6~664.3.7)은 당나라 초기 고승이자 번역가이다. 삼장으로도 많이 불리는데, 삼장(三藏)이란 명칭은 경장(經藏)·율장(律藏)·논장(論藏)에 능해서 생긴 별칭이다. 그가 천축에서 불경을 가져온 행적은 끊임없이 이야기로 만들어지다가 명대에 이르러 오승은에 의해《서유기》로 완결된다.《서유기》는 삼장법사와 손오공 일행이 81가지의 난(難)을 해결하고 해탈에 이르는 과정를 그렸다.

208) 서유기에는 인도(印度)에 당도한 현장 일행이 중인도(中印度) 마가다국(摩揭陁, Magadha) 영취산(靈鷲山)의 뇌음사(雷音寺)에서 경전(經典)을 얻는 것으로 되어 있다. 전설에 따르면 고대에 둔황의 명사산 근처에 있었는데 나중에 바람과 모래에 묻히고 파괴되어 사라졌다고 한다. 1991년에 불교 단체와 둔황 불교 협회에서 뇌음사를 재건하여 일반에 공개하고 있다. 현장이 실제 다녀온 곳은 인도의 고대 불교 센터 날난다 사원(Nalanda Temple)이다. 150개의 불상과 7개의 불상, 655개의 경전을 가져왔다고 한다.

단기 4285년(1952년) 3월 10일 봉우제우유신정사(鳳宇題于有莘精舍)

6.25사변 후 동지들 간에
상문(相問: 서로 물어 봄)할 곳을 약기(略記)해 본다

　사변 후 동지들 간에 격조(隔阻: 소식이 막힘)한 이가 대부분인데 보청(補聽: 소식을 보강함)코자 약간을 기록해 본다. 우리 동지라기보다 선배인 조완구(趙琬九)[209] 선생은 일파(一波) 엄항섭(嚴恒燮)[210] 동지와 같이 이북행(以北行)으로 생사를 부지중(不知中)이요, 도해(道海) 동지도 역시 생사부지다. 엄기영(嚴基英) 동지는 수차 로상(路上)에서 상봉하였을 뿐이요, 유동붕(柳東鵬)[211] 동지도 대구에서 잠시 만났을 뿐이

209) 조완구(趙琬九, 1881.4.18~1954.10.27)는 한국의 독립운동가, 정치인이다. 임시정부와 임시의정원에서 활동하였으며 광복군 창설에 참여하였다. 한국독립당의 국내 초대 재정부장을 거쳐 1949년 한국독립당의 총재를 역임하고 1950년 6.25 전쟁 중 납북되었다. 홍명희의 고모부이다. 독립운동가 일우(一雨) 정윤(鄭潤, 1898~1931)이 쓴 《사지통속고(史誌通俗攷)》의 교열을 봐주기도 했다.

210) 엄항섭(嚴恒燮, 1898.10.15~1962.7.30)은 한국의 독립운동가이자 대한민국의 정치인이다. 호는 일파(一波)이며, 가명은 아호를 따서 엄일파라 하였다. 임시정부 선전부장을 지냈고 광복 뒤에는 한국독립당의 간부로 활동하였고, 1930년부터는 백범 김구(金九)의 최측근으로 활동했다. 해방 이후 대한민국 임시정부 귀국 제1진으로 귀국, 한국독립당의 국내지부 건설과 김구를 도와 신탁통치 반대운동, 미소공위 반대 운동 등에 참여하였으며 1948년 김구의 남북협상을 지지하였다. 1950년 한국 전쟁 중 납북되었다. 안공근과 함께 김구의 최측근이었다.

211) 유동붕(柳東鵬, 1895.10.18~1969.7.2)은 경북 안동 출신 독립운동가로 1919년 3월 18일 경북 안동 읍내 시장에서 송기식(宋基植)·송장식(宋章植)·권중호(權重浩)·이종록(李鍾祿) 등 천도교 인사들과 함께 태극기와 선언서를 배포하면서 3000여 명의 군중과 함께 군청과 경찰서 등 일제 기관을 포위하며 만세시위를 전개하였다. 이 일로 붙잡혀 옥고를 치렀다. 2010년 대통령표창에 추서되었

요, 백강(白岡) 조경한(趙擎韓)[212] 동지는 익산에 거주한다는 전언(傳言)만 듣고 아직 상봉 못 하였고 권오훈(權五勳)[213] 사후(死後) 한 번 조문도 아직 못 하였고, 한강현(韓康鉉)은 아마 희생되었으리라고 하나, 아직 확실하게 못 들었고, 구영직(具永稙)[214] 군도 사망하였다는 전언만 들었지 확실하지 않고, 한인구(韓仁求)[215]는 서천에서 잠시 만났을 뿐이요, 김일승(金一承) 동지는 꼭 상봉해서 토의(討議)해야 할 것

다.

212) 조경한(趙擎韓, 1900.7.30~1993.1.7)은 대한민국의 독립운동가 겸 정치인이다. 일제강점기 신한독립당 대표, 임시정부 의정원 의원, 한국광복군 총사령부 총무처장 대리 등을 역임하였다. 1940년 9월 한국광복군이 일본군 점령지역에서 초모해온 한인청년들을 교육·훈련시키기 위해 설치한 한국청년훈련반에서 교관으로 활동하였다. 1944년 4월 임시정부의 국무위원을 개선할 때, 국무위원으로 선임되었고 8·15광복 때까지 임시정부의 국무위원으로 활동하였다. 1963년 6대 국회의원, 1981년 독립유공자협회장 등을 역임하였다.

213) 권오훈(權五勳, 1911~1951.1.26)은 대한민국의 정치인, 국회의원이었다. 해방 정국에서 우익 정치인으로 활동하여 독립촉성국민회 창당에 참여, 충남도지부 부위원장을 지냈다. 그 뒤 1950년 5월 10일 경상북도 달성군에서 제2대 국회의원 총선거에 출마하여 당선되었다. 6.25 전쟁 중 현역 국회의원의 신분이었으나, 주한미군의 총기오발사고로 사망하였다. 봉우 선생님의 제자로 계룡산에서 입산 수련 하였다.

214) 구영직으로부터 1955년에 생존해 있다는 장문의 편지가 왔다. 봉우 선생님 제자로 계룡산 입산 수련을 한 바 있다. 그는 공학연구에 힘을 기울여 가며, 정신수련에 전력투구한 결과 획기적인 발명 세 가지에 성공하였다. 그중 한 가지를 특허 내어 당시 자유당 정권의 이기붕 씨에게 후원(공장 설립 자금등)을 받았다. 그러나 허무하게도 회사설립 축하 술자리에서 술을 들다 앉은 자리에서 술잔을 쥔 채 세상을 뜨고 말았다. 그 발명 내용은 우리 나라의 질 나쁜 무연탄을 가지고 원자력 이상의 에너지를 얻어 내는 방법이었다고 하며, 나머지 두 개의 발명내용은 무엇인지 전하지 않는다.

215) 한인구는 봉우 선생님 금란계 계원으로 충북 청원군 남일면 초대 면장이었다. 일제의 쌀 공출이 심해지자 일제 몰래 면민들과 함께 쌀을 국사봉으로 옮기던 중 체포되어 고초를 겪었다. 이후 남일면 사람들이 그의 덕을 기려 남일면사무소 앞에 송덕비를 세웠다.

도 있고 한데 아직 상봉하지 못하였고 부산으로 향하였다는 말뿐이요, 임지수(林志洙) 동지는 피차 동일한 입장이나 일오(一悟)편에 전언만 들을 뿐이요, ○○형제도 노상에서 사봉사별(乍逢乍別: 잠깐 만나고 헤어짐)로 별로 담화를 못하였고, 신훈(申塤)216) 동지는 상봉하였으나 구체적 타령(打令: 본격적인 토의)에 가지 못하였다.

이계철(李啓哲) 동지는 하룻밤 같이 자며 대강 합의하였으나, 역시 불충분한 감이 있어서 다음 기회를 요하고 윤창수(尹昌洙) 동지는 아직 상봉 못 하였고, 유화당(劉華堂)은 종종 상봉하나 역시 총요(蔥擾: 바쁘고 부산함)해서 온대심곡(穩對心曲: 평온히 마음속 깊이 대함)을 못 하였고 장이석(張履奭)217) 동지는 수차 상봉해서 의견은 일치되었으나 아직 본격적으로 타령(打令)을 못 하였고, 권태복(權泰復) 씨를 심방(尋訪: 방문)하고자 하였으나 아직 기회가 없었고, 차종환(車宗煥) 동지는 생사를 알지 못하고, 정성모(鄭性模) 동지는 아마 불행한 듯하고, 김익○(金益○), 김○균 양 동지의 생사존망을 부지중이요, 심광택(沈光澤) 동지는 군인으로 전출(轉出)되어서 잠깐 상봉했을 뿐이요, 이병수(李炳壽) 동지는 불귀(不歸)의 객(客)이 되었고, 민계호(閔啓鎬) 동지는 잠깐 만나보고 이별했을 뿐이요, 이용순(李用淳)은 부산에서 잠시 만났었고, 최승천(崔乘千) 동지는 상시 상봉하나 별로 본격적 타령은 없었고 노병직(盧秉稷) 동지는 사변 후 상봉하지 못하였고, 이윤직(李允稷) 동지는 생사를 부지하는 중이요, 그 외에 종종 상봉하는 분은 제외하고 일운

---

216) 신훈은 충남 홍성 광천면 사람으로 일제 강점기 출판법 위반으로 체포된 적이 있다. 1909년에 만들어진 출판법은 일제의 침략에 대항하는 언론을 억압하고 독립사상을 고취하는 서적들을 몰수하기 위한 수단이었다.

217) 장이석(張履奭)은 1963년에 창당되었던 정당인 신흥당의 총재를 역임하였다. 신흥당은 창당 이후 제5대 대통령선거와 제6대 국회의원선거에 참여하였다.

(一雲)은 잠시 만났으나 내 의사가 좀 해석된 후라야 악수하겠고, 정운복(鄭雲復) 군도 상봉만 하였지 하등 언급할 기회가 없었고, 가족 간에서도 태원이는 내가 종형제 간이며 동지적 입장인데 서로 사변 후에는 상봉 못한 것이 내 과실이며 당연히 기회를 정해서 찾아가 방문해야겠고, 김상조(金商祖) 동지도 부산서 상봉하여 제건(諸件)을 타령해 보았으나, 순조로이 나가지 못하는 것은 경제문제 때문으로 의견이 합치되어 뒷날을 기약하고 서로 이별하였으며, 정규명(鄭奎明) 동지는 내방(來訪)하여 상봉하고 후기(後期: 뒷날의 기약)를 둔 것이 부산에서 무슨 사업을 한다는 말만 듣고 주소도 부지하여 심방을 못하였고, 벽해(碧海) 족형(族兄: 집안의 형뻘 되는 사람)은 새로 아는 사이지만 쓸모가 많은 사람이고, 마산 임씨(林氏)도 무슨 일에든지 일조(一助)가 될 것이요, 강경 김 동지도 일방(一方) 역할은 할 것 같고 천안 이 동지도 일방지임(一方之任)은 될 것 같다.

송진백(宋鎭百)[218] 동지는 별 골자(骨子: 핵심)는 없으나 역시 동지적 입장으로 상의할 만하고 한정갑(韓正甲) 동지는 사무인으로 상세한 인물이요, 장항 임(任) 동지는 호사인(好事人)이라 임사(臨事)하면 잘할 인물이었고 규암(窺岩) 이재설(李載卨) 동지는 문학의 취미를 가지고 있는 분이다. 종종 상봉하면 유리하겠고, 이병응(李炳凝) 동지는 수학(修學)하는 향신(鄕紳: 시골 선비)이라 상문(相問: 서로 물어 봄)에 유리한 분이요, 김평협(金平俠) 동지는 모략(謀略)도 있고 추세(趨勢)도 하는 분이라 조건부면 일할 인물이니 기회 봐서 상대하는 것도 좋을 것 같고, 정완석(鄭完晳) 동지는 상담역으로 종유(從遊: 학덕이 있는 사람을 좇

---

218) 송진백(宋鎭百, 1905.10.3 대덕~1983.2.18)은 대한민국의 정치가이다. 제헌 국회의원(충남 대덕)과 자유당 촉탁위원(1957년)을 역임했다.

아 함께 지냄)하는 것이 필요하고 그 외 제동지는 간간이 상봉하는 관계
로 기록을 생략하노라.

임진(壬辰: 1952년) 3월 10일 봉우서우신야촌사(鳳宇書于莘野村舍)

추기 (봉우일기 1권 311쪽에 실려 있다.)

동지들도 가지가지라. 최후 목표까지 동일한 노정을 가지고 갈 동지
도 있고, 발정 시(길을 떠날 때)에 전송(떠나는 이에게 잔치를 열어 주거나
선물을 주고 송별함)이라도 하는 격으로 동지가 되는 인사도 있고, 어디
를 방향하는지 알 수 없으나 인간적으로 상교할 만하다고 동지, 동지
하고 교제하는 인사도 있고, 내 본 목표를 가자면 중간까지에 기다한
관절이 있는데 그 관절까지 동일 목표로 가는 동지도 많다. 관절마다
기로가 생하는데 어느 관절에서 상분할지 알 수 없는 동지도 있다. 내
가 그 동지를 보기나 그 동지가 나를 보기나 동일한 것이다. 그렇고 발
족하는 정거장 광장에 같이라도 가는 동지도 얼마든지 있다. 세상에는
동지, 동지 하나 정상은 그 동지가 동일한 목적으로 최종선까지 가는
동지는 기인이 못 되는 것이다. 동지, 동지 해야 동지가 확실한 동지가
귀하나, 그저 동지라고 하고 이 동지애를 확대시켜서 동일 귀착점에
가기를 빌고 이 붓을 그치노라.

망중한(忙中閑: 바쁜 가운데 한가로움)
한중망(閑中忙: 한가한 중에도 바쁨)

수년 전에 우연히 참례(參禮)하였던 한국재향장교회 관계로 부산에서 재향군인회에 참가를 정식으로 하기까지 3, 4차 부산 왕복을 하고 적지 않은 금전도 소비해 가며, 귀중한 시간도 허송하고 우천장(友川丈)과 같이 대전지부결성이라는 용무를 가지고 충남을 온 것이다. 3월 15일이 결성식 날이니 준비에 당연히 분망할 일이다. 그런데 의외로 한가하게 내 몸이 상신리 본가 일우(一隅: 한쪽 모퉁이)에서 야심(夜深) 인정시(人靜時: 사람이 고요할 때)에 독좌무면(獨坐無眠: 홀로 앉아 잠이 없음)하여 이 한가한 것이 무슨 연고인가 하는 망중한(忙中閑) 제목으로 잠을 청하는 차로 기록하기를 시작한다.

본시 군인회라 하니, 당연히 군인이라야 이 회에 입회할 자격이 있는 것이다. 그러하니 나는 비군인이니 무슨 관계가 있는가 이것이 화제다. 그렇다면 이 회의 헌장에 명시해야 할 일인데 이 모임의 창립준비위원회가 과반수가 비군인으로 조직해서 회원의 자격을 삼분해 놓았다. 하나는 정회원, 둘은 특별회원, 셋은 명예회원이니, 정회원은 육해공군의 예비역, 후비역 퇴역장병, 명예제대장병, 귀휴장병, 상이군인, 국민병역자 이상이요, 특별회원은 현역장교로 본회 사업에 직접 참여하는 자, 명예회원은 비군인으로 본회업무를 협조한 자라고 명시한 헌장이 있었다. 여기서 나도 이 회의 명예회원으로 입회하여 본부 명예이사로

된 것이다. 이사는 상임이사와 명예이사가 있다. 명칭은 다를지라도 이사는 동일하다. 이것이 본부헌장에 명시된 조문인데, 충남병사구 사령부(지금의 대전·충남지방병무청)에 와서 보니 비군인이라고 지부조직참가를 인정하지 않는 것 같다. 이것은 인정하지 않는 것을 구태여 참가하고자 하는 조건이 무엇인가 나도 생각할 여지가 있다.

여기서 내가 동행한 우천장의 모사불밀(謀事不密: 일처리가 면밀하지 않음)한 책임이 있다고 본다. 내가 예감이 있어서 우천장께 무슨 이유로 사령관에게 확답을 얻지 않는가 하고 재삼 질문한 것인데 우천장은 내가 심한것 같이 생각하시는 것 같다. 용혹무괴(容或無怪: 혹 그럴 수도 있으므로 괴이할 것이 없음. 짐작하여 헤아릴 만한 사정이 있는 것)한 일이다. 이오지심(以吾之心: 나의 마음)으로 도타인지심(度他人之心: 남의 마음을 헤아림)하는 관계다. 그러나 현실은 그렇지 않다. 대전 지방인들이 타 지방인을 무슨 이유로 개입하는가 하는 선입견이 있어서 중상모략이 있는 것도 당연한 일이다. 생각이 좀 창피해서 불참할까 하는 관계로 이 분망 중에 상신리 본가로 와서 휴양하는 것이다. 재삼 고려해 보니 그렇지도 않다. 충남병사구 사령관이 이해를 잘 못한 것이다. 헌장 조문이 명시된 바에야 다시 가서 설명도 하고 이해하도록 하는 것이 이치에 당연하다. 나의 참석, 불참석이 문제가 아니라 비군인 협조자의 입회길이 열리지 않는 것을 시정할 필요가 있다고 귀결점을 짓고 내일은 부득불 출발하여 재차 분망중으로 투입할 예정이다. 3월 15일 결성식이나 보고 하회(下回: 어떤 일의 결과나 상황)가 호전이냐, 악전(惡轉)이냐를 결정적으로 본 뒤에 본회로 가서 토의해 볼 예정이다. 중도이개로(中途而改路: 중도에서 길을 바꿈)한다면 내 면목도 없고 내 후배의 진로도 아주 막히는 것이다. 일시적 고배를 마셔 가면서라도 꾸준히

투쟁할 작정이다.

그러나 우천장이 문제다. 만약 사령관 말과 같이 충남에서 입회를 거절한다면 취할 태도가 어찌해야 되는가 하는 것이다. 일언하에 충북으로 가실 것인가, 투쟁하면서라도 충남주재(駐在)를 할 것인가 문제다. 그리고 우천장 영윤(令胤: 남의 아들에 대한 경칭)에게 부탁한 일도 오리무중이니, 무슨 연고인가. 또 청양 이씨도 무소식이니 연고를 알 수 없다. 이 한가하던 잠시의 기분을 펴지 못하고 또 한중망(閑中忙)으로 들어가는 것이다. 이것이 다 내가 호사(好事)하는 관계다. 내가 실질면에 있어서 수입이 있는 사업을 착수하고 이만큼 노력한다면 기분(幾分: 어느 정도) 성공에 도달했을지도 알 수 없는 일이다. 무단(無斷: 미리 승낙을 얻지 않음)이 일에 착수해서 별 성과도 없이 비상한 노력과 적지 않은 금전만 소비하니, 가소로운 일이다. 또는 지부결성에 참여한대야 무슨 실익이 있을 것인가. 승무소규(勝無所圭: 이겨도 한 모서리 없음)요 패무소우(敗無所憂: 져도 근심할 일 없음)의 일이다. 일시적 계륵(鷄肋)인 인과적 관계가 있을 정도다. 충북의 김상조 동지는 어떻게 추진하는지 궁금하다. 산농장(汕儂丈)도 역시 호조(好調)로 되는가 소식이 없으니 알 도리가 없다. 소위 연락기관이라는 것이 말만 있지 실지(實地)가 없는 듯하니 장래가 더 한심한 일이다. 3월 15일을 경과해서 본격적으로 착수를 해보든지 절연(絶緣: 인연을 끊음)을 하든지 결정할 것이요, 중앙이나 타도(他道)야 다시 착수 못할 것도 없다. 이것이 한중망(閑中忙)이다. 야정무수(夜靜無睡: 밤은 고요하고 잠은 없음)해서 청수차(請睡次: 잠을 청함)로 시작한 것이 의외에 축수(逐睡: 잠을 쫓음)가 되어 불면증이 생(生)하니 이만 붓을 그치노라.

단기(檀紀) 4285년 3월 10일 봉우제우유신정사(鳳宇題于有莘精舍)

수필: 대장론(大將論)

고지대장(古之大將)은 상관천문중찰인사하달지리(上觀天文中察人事下達地理)하고, 능겸지인용자(能兼智仁勇者)가 가거기위(可居其位)하였는데, 현금아국장성첨위중(現今我國將星僉位中) 능겸득차자(能兼得此者)가 기인(幾人)고.

예부터 대장은 위로 천문을 보고 가운데로 인사를 살피고 아래로 지리를 통달하고 능히 지혜와 어짊, 용기를 갖춘 자가 그 자리에 거한다 하였는데, 오늘날 우리나라 장성 여러분 중에 이들을 갖춘 자가 몇이나 될 것인가.

위거상장자(位居上將者)가 부지적지래부(不知敵之來否)하고 부지적지강약(不知敵之强弱)하야 불능예비(不能豫備)하고 육이오사변현상목도즉(六二五事變現狀目睹則) 사기창졸(事起倉卒)에 거국개둔각자도생(擧國皆遁各自圖生)하니 가탄가탄(可歎可歎)이라.

대장의 자리에 있는 사람이 적군이 오는지의 여부도 알지 못하고, 적군의 강약도 알지 못하니 미리 대비를 할 수 없고, 6.25사변의 현상을 목도하건대 사변이 갑작스레 일어나 온 나라 모두가 달아나 숨어 각자 삶을 도모하니 그저 탄식만 할 뿐이었다.

萬民之塗炭이 責在於元帥而不知恥하고 所謂廟堂之重臣이 晏然居其位하니 此何變也요. 敵臨境上에 勝敗를 難分而上下維事謀利而不知夢하니 然而不亡者가 未之有也라. 天必彰其罪惡而救其塗炭矣리라.

만민이 도탄에 빠짐은 그 책임이 원수에 있는데 그 부끄러움을 알지 못하고 이른바 정부의 고관이 안이하게 그 자리에 앉아 있으니, 이 무슨 변고인가. 적군이 국경에 임했으니 승패를 나누기 어려운데 위아래 모두 이속(利)만 다투며 꿈을 깨지 못하니 그런데도 망하지 않는 자가 아직 있구나. 하늘이 반드시 그 죄악을 드러내어 그 도탄에서 구해 주시리라.

將兵이 臨陣敢鬪則 後軍이 亦修省待機可也어늘 看今之狀則 臨陣者는 死於戰하고 後陣者는 飽於利하야 後不續前하고 前不能顧後하니 此非兵卒之略이라. 在上者의 法令이 不行也하나니 此則亂兵이라. 不可以敵强하나니 哀哉라. 亂兵이 將何爲哉아.

장수와 병졸이 전쟁에 나가 싸우되 후방에 있는 군사가 또한 잘 살펴보고 명령을 기다리고 있어야 하거늘 지금 전쟁의 상황을 살펴본 즉, 전방에 나가 있는 자는 전투에서 죽고 후방에 있는 자는 이속에 가득차 뒤가 앞을 이어주지 못하고, 앞에서 뒤를 돌아다보지 못하니, 이는 병졸의 전략이 아니다. 위에 있는 사람의 법령이 행해지지 않으니, 이는 곧 난병(亂兵)이라. 적에게 강하지 못하니 슬프다. 어지러운 병사가 장차 무엇을 하겠는가.

得賢相良將然後에 可以變其質而成其功矣리니 余觀夫將星諸位之

實蹟컨대 臨陣將星幾位少有將星之風하고 參謀總長李鍾贊이 亦有 淸儉之名하고 新任國防相은 雖無大才大德而亦可御衆者則少愈於他 將星矣라. 前國防相이 推賢讓能而引退하니 可愛之德이로다. 其外 誰觀其諸將星之行蹟而俱是無謀無才之人이니 待新人養成하야 我國 이 必興하리라. 其前則難望其成이로다. 可惜可哀로다.

어진 재상과 훌륭한 장수를 얻은 연후에 그 바탕을 변화시켜 성공할 수 있으니, 내가 장성 여러분들의 실적을 보건대 전투현장의 몇 분만 이 겨우 조금 장성의 기풍이 있을 뿐이라. 참모총장 이종찬이 또한 청 렴하고 검소한 이름이 있고, 신임 국방상219)은 비록 재주와 덕은 없으 나 무리들을 잘 제어하는 것이 다른 장성들보단 조금 낫다. 전 국방상 220)이 자신보다 현명한 사람을 추대하고 사퇴하였으니 칭찬 받을 만 하다. 그 밖에 누가 보더라도 여러 장성들의 실적은 모두가 꾀도 없고 재주도 없는 사람들의 것이니, 새로운 사람들의 양성을 기다려야 우리

---

219) 4대 국방부 장관 신태영(申泰英, 1891.2.1~1959.4.8)은 일제 강점기의 군인이 자 대한민국 육군 장성 및 정치인이다. 일본군 장교, 학생 동원을 위한 군사교관 등으로 참전과 병력 동원을 위한 선전에 협력하여 친일반민족행위자에 이름을 올렸다. 1949년 10월 소장진급과 함께 제3대 대한민국 육군 참모총장이 되었으 나 정세를 낙관하던 군수뇌부 및 미 고문단과 마찰을 빚어 재임 기간 7개월 만인 1950년 4월에 물러났다. 한국 전쟁이 발발하자 육군 전라북도 편성관구사령관 으로서 이 지역의 방어에 임하였으나 이때도 당시의 국방장관 신성모(2대 국방 부 장관)와 작전상의 의견충돌을 빚었으며 이에 따라 1950년 7월 해임되었다. 1952년 1월 복직되면서 곧 중장으로 승진하였으며, 2개월 후 1952년 3월, 육군 중장 예편과 동시에 국방부 장관이 되었다. 봉우 선생님께서는 '참모나 병사(兵 事: 군대, 전쟁에 관한 일)에 상당한 지위를 가진 청백(淸白)한 인물'이라고 평하 신바 있다.

220) 3대 국방부 장관 이기붕(李起鵬, 1896.12.20~1960.4.28)은 대한민국 제3대 국 방부 장관·재선 국회의원 등을 지낸 대한민국의 정치가이다. 4.19혁명 때 일가 족이 멸문지화를 당한 그 이기붕이다.

나라가 부흥할 것이다. 그전에는 그 성공을 기대하기 어려울 것이다. 슬프고 슬픈 일이로다.

6.25사변 당시 장성 운운하던 사람들 중에 모리배(謀利輩) 아닌 사람이 없었다. 국무총리 신성모221)의 비행(非行)은 물론이요, 백성욱222)

---

221) 신성모(申性模, 1891.5.26~1960.5.29)는 대한민국의 독립운동가 겸 정치인이다. 1910년 러시아 블라디보스토크로 망명하여 신채호, 안희제 등과 함께 독립운동을 하였고 1945년 광복 뒤 대한청년단장, 내무부장관, 국방부장관 등을 역임했다. 한국전쟁이 발발하고 개전 초기 1950년 6월 27일 새벽 4시에 열린 국무회의에서 국방부장관 신성모는 전황에 대해 아는 바 없다고 발언해 지탄을 받았다. 1951년에 발생한 거창 양민 학살 사건을 둘러싸고 당시 계엄사령관이던 김종원(金宗元)과 함께 사건을 합리화시키고 있다는 국회의 비난을 받았고, 그런 와중에 세칭 국민방위군사건이 발생하여 국회가 진상조사단을 구성하고 조사한 결과 착복금 중 일부가 이승만 정치자금으로 사용된 것으로 밝혀졌다. 이때 신성모는 이를 무마하려다가 국방부 장관직을 사임하였다. 1951년 제5대 주일본 수석공사로 근무하였다. 이때 그의 일본 공사관 부임을 놓고 내무장관 조병옥, 총리 장면 등이 반대했고, 민주국민당 최고위원 윤보선 역시 국민 방위군사건과 거창 사건을 두고 그의 도덕성을 언급하며 반대하였으나 이승만 대통령은 이들의 반발을 무릅쓰고 신성모의 일본 공사직을 관철시켰다.

222) 백성욱(白性郁, 1897~1981.8.16)은 대한민국의 불교 승려 겸 정치가 및 시인이자 불교학자 겸 대학 교수이다. 파리 보배 고등학교, 남독일 뷔르츠부르크 대학에서 공부를 마치고 1925년 〈불교순전철학〉으로 한국 최초의 독일철학박사 학위를 취득했다. 1928년 돌연 모든 세상일을 놓고 오대산 적멸보궁에서 100일 기도를 마친 후 손혜정 여사와 함께 금강산에 입산 장안사 소속 안양암에서 조국독립을 위해 기도하며 대방광불 화엄경을 제창했고 후에 지장암에서 500명의 제자를 가르치다가 1938년 일본 경찰의 압력으로 하산했다. 1948년 동국대에서 교수생활을 거치고 1950년 2월에 내무부 장관에 취임했다가 7월에 그만두고 광업진흥공사 사장으로 자리를 옮긴다(제자들 이야기로는 심안으로 땅속 석탄 광석을 발견했다고 한다). 1953년 동국대학교 총장에 취임한다. 1952년 제2대 대통령 선거에서 무소속 대한민국 부통령 후보로 출마하였으나 무소속 함태영 후보에 밀려 낙선하였고 1956년 제3대 대통령 선거에서 무소속 대한민국 부통령 후보로 출마하였으나 민주당 장면 후보에 밀려 낙선하였다.

의 무모(無謀)함은 또 어찌 언급할 것이며, 채병덕223) 참모총장의 추태
는 무엇이고, 비록 강약이 나뉘어져 있다 하더라도 어찌 흩어진 병사
들을 수습하여 한번 죽기로 싸우지 못하고 장수와 병졸로 하여금 어디
다 몸 둘 땅 하나 없으니, 가위 장수 없는 병졸이로다. 하필 일개 장성
이리요. 위에서 아래까지 나라의 막중함을 생각지 않고 오로지 내 한
몸의 피난만 생각하니 죽은 뒤에 장차 무슨 면목으로 선열(先烈), 영령
(英靈)을 뵐 것인가. 이 무리들은 곧 지옥에 떨어질 것이다. 지옥에 떨
어지지 않으면 갈 곳이 없다.224)

---

223) 채병덕(蔡秉德, 1916.4.17~1950.7.27)은 일제 강점기와 대한민국의 군인이다.
신성모의 추천으로 1949년 5월 9일 제2대 육군총참모장이 되었다. 1950년 4월
말에 제4대 육군총참모장 겸 육해공군총사령관으로 임명되었다. 한국전쟁 발발
전 육군정보국에서 북한군이 남침한다는 정보를 수없이 보냈지만 채병덕은 국군
은 전투기와 전차, 미군의 지원 없이 얼마든지 북한군을 격퇴할 수 있다고 허풍을
부렸다. 신성모의 허가를 받고 국군 병력 반 이상을 휴가 보냈고 계속되는 정보국
의 정보 분석과 북한 남침 경고를 무시하였다가 1950년 6월 발발한 한국전쟁에
서 서울이 함락되는 등 패전을 거듭하였다. 보다 못한 맥아더가 이승만에게 경질
을 요구하였고 결국 채병덕은 1950년 6월 30일 육군참모총장에서 해임되어 '경
남 지구 편성군 사령관'이란 직책으로 좌천되었다. 1950년 7월 23일 국방부장관
신성모의 명령으로 남해안을 돌아 공격하여오는 적을 저지하기 위해 출전하였다
가 7월 27일 하동에서 인민군 6사단의 매복에 걸려 전사했다. 이를 신성모의 살
해음모로 판단하는 학자도 있다. 1964년 한강 인도교 폭파에 대한 재심에서 채
병덕이 실질적 책임자인 것으로 결론 지어졌다.

224) 남침을 대비하려던 신태영 대신 후임으로 국방장관이 된 신성모와 그가 추천하여
참모총장이 된 채병덕, 이 둘은 전쟁발발 전 전선에서 속속 올라오는 남침 징후
정보를 고의로 무시하고 오히려 하루 전 6월 24일 12시를 기해 경계령을 해제하
고 전체 병력의 절반을 휴가와 외출을 보낸 인물들이다. 미 고문단은 정말로 정세
를 낙관했을까? 당시 누가 봐도 언제 전쟁이 날지 모르는 긴장 상황임에도 CIA는
전쟁 엿새 전 남침가능성은 희박하다는 보고서를 냈다. 전쟁 발발후 백악관은 안
보회의에서 CIA를 배제하고 수장을 교체했다. 이는 단순히 정보가 틀린 것을 떠
나서 CIA를 믿을 수가 없었기 때문이다. 무슨 이유인지 CIA는 백악관도 속인 것
이다. 전쟁 발발 전 남북 간에 지속적인 국지전이 벌어지고 있었고 이때 획득한
포로들에게서 대규모 남침 정보가 나왔고 북에 심은 정보망들도 계속 남침 보고

국민이 위정자의 부당함을 조금 깨달았으니 이로써 점차 스스로 깨 닫게 될 것이요, 머지않아 국가에 충성하고 양심적인 지도자를 뽑게 될 것이다. 충량(忠良)하지 않은 이가 정치를 하면 생민(生民: 살아있는 백성)이 도탄에 빠짐을 어느 누가 막으리요. 갈 사람은 가고, 나아갈 사람은 나아가서 혼암(昏暗: 어두움)을 명랑(明朗: 밝고 환함)함으로 바꿔 놓은 즉 가히 중흥(重興)이요, 가히 재건(再建)이리라. 새로운 사람의 양지(良智: 타고난 지혜), 양능(良能: 타고난 능력)이 산처럼 쌓인 즉, 어찌 백성이 도탄에 빠짐을 걱정할 것이며, 어찌 나라가 파괴됨을 두려워하 겠는가. 금계삼창(金鷄三唱: 금닭이 세 번 울음)에 근역(槿域: 우리나라)의 새벽을 알리고 머지않아 동천조일(東天朝日: 동쪽하늘 아침 해)에 모든 더럽고 추한 것들이 사라질 것이다.

여해난초우신야(如海亂草于莘野: 여해는 상신리에서 어지러이 쓰노라.)

(1952년 음력 3월 12일 쓰신 것으로 추정.)

를 하고 있었던 상황이다. 에치슨라인을 선포하고, 언제 전쟁이 나도 이상하지 않은 긴장 상황에 남침 가능성 없다고 보고를 하고, 남침 대비하려는 국방장관을 경질하고, 일주일 전엔 전방 주요 지휘관들을 대규모로 갑자기 교체하고 전후방 부대를 대대적으로 교대해 전투 지휘에 공백을 발생시키고, 전쟁 하루 전엔 전 장병의 절반을 휴가와 외출 보낸 뒤 육군본부 클럽에서 파티한다고 전방의 사단장들까지 불러들이고. 이게 과연 우연의 산물일까? 참고로 당시 육본 정보국에서 북한군 대규모 병력이 38선에 집결했으니 대비를 해야 한다는 보고를 올린 사람이 박정희와 김종필이었다. 김종필에 의하면 박정희는 "적(敵)이 1950년 3월에 공격해 올 것이 확실하다. 다만 중국 국공(國共)내전에 참전했던 동북 한인의용군이 북한 인민군으로 편입이 늦어진다면 침략 시점은 6월로 연기될 것이다."라고 정확한 판단을 하고 군 수뇌부에 대비를 건의했었다고 한다.

장교양성의 웅위(雄威: 웅장한 위풍)함을 보고

영지(靈芝)는 그 종자가 따로 있고, 예천(醴泉: 물맛이 훌륭한 샘)은 근원이 다르다. 우리나라 삼국시대의 영웅 을지(乙支)문덕과 천개(泉蓋)소문을 거슬러 올라가 보면 한 가지의 스승으로 백만 강병인 적국을 마치 호랑이가 양떼 속을 휘젓듯이 막아 냈으며, 고려시대 쳐들어온 외적을 강감찬 장군이 일격에 깨뜨리고 임진왜란에서는 해전에서 충무공 이순신 선생과 육전의 충장공 권율 장군이 해륙대전(大戰)에서 도시 외롭고 약한 군졸로 강적을 맞아 무인지경처럼 막아냈으니 우리 민족은 예부터 지금까지 강하고 용감하였다.

현상 6.25 후에 대량으로 사관과 병졸을 양성하여 각계각층의 청년들이 여기에 참여하여 밤낮을 가리지 않고 훈련에 매진하고 있다. 그 훈련 상황을 보니 그 하나하나가 모두 국가의 간성(干城: 방패와 성. 믿음직한 군대)이라 천일 동안 양성하여 쓰임은 하루에 있은즉, 이 장병들이 양성된 후에는 반드시 단숨에 우리의 옛 땅을 삼켜서 전일(前日)의 치욕을 씻음이 목첩지간(目睫之間: 눈과 속눈썹 사이)에 있으리니, 어찌 다행이지 않은가.

병자(兵者: 전쟁)는 불상지기(不祥之器: 상서롭지 못한 물건)225)이니 장시간 끌면 안 되고 단지 한번 화내어 정벌하되 가기만 하고 왕복하지

---

225) 노자 〈도덕경(道德經)〉 제31장에 나옴

않는 것이 옳다. 장교와 병사를 잘 양성하고 무기를 잘 수리해 놓아 적국으로 하여금 넘보지 못하게 하면 이는 싸우지 않고 적국의 병사를 물리치는 것이다. 고어(古語: 옛말)에 말하되,

"백전백승(百戰百勝)이 최선의 방법은 아니며, 싸우지 않고 남의 병사를 굴복 시킴이 최선의 방법이다.(百戰百勝 非善之善者也. 不戰而屈人之兵 善之善者也)"226)

라 하니, 우리나라 장병으로 하여금 사기를 잘 키워서 인접국가가 깔보지 못하게 하면 족하니 어찌 전쟁을 좋아하여 백전백승하려 하겠는가. 우리나라는 영지유종(靈芝有種: 영지는 씨가 있다)하고 예천유원(醴泉有源: 예천은 근원이 있다)이라 장용사강(將勇士强: 장수는 용감하고 병사는 강함)이 전래(傳來)의 풍습이니, 머지않아 그 영웅스런 자태를 보게 될 것이다. 행막행의(幸莫幸矣)로다. 다시 더할 수 없이 다행이로다.

鳳宇老父記於莘野精舍於黑龍之歲立春
(봉우노부는 1952년 입춘일에 신야정사에서 기록함)

---

226) 〈손자병법(孫子兵法)〉〈모공편(謀攻篇)〉에 나옴

수필: 일의 성패에 대한 운명론을 반대한다

사람이 무슨 일을 하다가 실패하면 흔히 말하기를 운(運)이 부족해서 실패하였다고 하는 것이 상례다. 그러나 내가 본 바에 의하면 그렇지 않다고 본다. 무슨 일이든지 착수하려면 기본조사를 하고 착수 시에 완전한 준비를 해가지고 착수하면 실패할 리가 없는 것이다. 어찌 실패할 리가 있는가. 무슨 일이든지 자기의 양력(量力: 역량을 헤아림), 탁덕(度德: 덕량을 헤아림)을 못하고 하다가 중도에서 실패하는 것이 상사이다. 어찌 일의 성부(成否: 성불성成不成)를 운명에다 부치리요.

고인(古人)이 말하기를 대인(大人)은 조명(造命: 운명을 만듦)이라 하였으나 하필 대인뿐이리요. 우리 같은 소인이나 보통사람도 성공할 만한 준비공작을 완전히 해가지고 착수하면 절대 실패될 리가 없으니, 소인이나 보통인들도 조명할 수 있다고 본다. 운명을 운위(云謂)하는 것은 내 역량을 생각하지 못하고 일을 하다가 실패하면 자기 과실(過失)을 옹호하기 위해서 운명론을 주창한 것이다. 여기서 소인도 운명론에 구애되지 말고 최안(最安), 최적(最適)한 자기의 목표를 세우고 만반의 준비를 다하고 비상력을 내어서 일을 진행하면 실패할 리가 없다고 자신 있는 평을 내리겠다. 동지들도 이 운명론을 이탈해서 실지적으로 사업인으로 설계를 하고 일로매진(一路邁進)하기를 바랄 뿐이다. 그리고 내가 목적하는 것이 내게 적당한가 아닌가를 제일 심사조건으로 할 것이다.

내가 항상 무슨 일이든지 마음에 있으면 내 역량이니 무엇이니를 막론하고 시작하는 근성이 있어서 실패를 거듭하나, 비록 실패할지언정 나는 운명이라고는 않는다. 내 불찰이라고 자과(自過: 자신의 과오)를 아는 바이다. 지난 일을 경험적으로 심사해 보면 다 원인이 있다. 성공도 원인이 있고 실패도 동일한 원인이다. 이것이 내가 이 붓을 든 원인이다. 무슨 일이든지 욕구성을 버리고 확실성을 가진 일이 아니거든 마구 착수하지 말라는 말이다. 얼숭얼숭한(여러 가지 모양이나 빛깔이 뒤섞여 분간하기 어려운) 일이면 무조건하고 호사인(好事人)이라 착수하고 선후책(先後策)에 갈팡질팡하니 이것은 내가 호사하는 관계다. 임사(臨事)해서 정세(精細)하지 못한 것이 내 과실이다. 무슨 운명이 나를 성공시킨 것이라고 말할 수 없는 것이다. 나는 운명론을 반대하면서 실질적으로 준비하기를 바랄 뿐이다.

단기(檀紀) 4285년(1952년) 음력 3월 12일
봉우서우유신정사(鳳宇書于有莘精舍)

1952년 2월 초3일 봉우 선생님의 산법(算法)메모

년적(年積)에 감당년지일수(減當年之一數)하고 승십이월삼십이(乘十二月三十二)하고 가자월(加子月)로 지모삭삼수즉(至某朔三數則) 무윤월적(無閏月積)이요, 월적(月積)을 윤분삼십이분오십칠초(閏分三十二分五十七秒)로 제지(除之)하야 가어월적즉(加於月積則) 순월적야(純月積也).

감당월매일(減當月枚一)하고, 이일실이십구도(以日實二十九度)요 십삼분○육초즉(十三分○六秒則) 시일적야(是日積也). 우가기제기일후(又加其第幾日后) 이육십갑자(以六十甲子)로 누제지(累除之)하고 여수(餘數: 남은 수)를 육십갑자(六十甲子)로 계지즉(計之則) 본일일진야(本日日辰也).

가령(假令) 단기(檀紀) 4276년(四二七六年) 계미(癸未)가 년천오이십년야(年千五二十年也).

[이 글은 1952년 2월 초3일자 수필의 상단 여백에 깨알 같은 글씨로 기록되어 있는 봉우 선생님의 메모이다. 내용을 보면 년적(年積), 월적(月積), 일적(日積), 일진(日辰) 등을 계산하는 가감승제의 산법(算法)인데 정확한 근거나 원리는 알 수 없다. 다만 선생님의 사상형성과 그 핵심에 산법과 수학이 차지하는 비중이 매우 높았음을 미루어 짐작게 하는 증표라 보겠다. -역주자]

수필: 왕척직심(枉尺直尋)[227]과 연정원의 발족

그 직장에서 이 인물을 구하는 것인가 이 인물이 그 직장을 구하는 것인가의 차가 있는 것이나 만약 적재적소(適材適所)라면 이 사람이 그 직장을 구하여도 무방하고 그 직장이 이 사람을 구하여도 역시 동일한 것이다. 귀착점은 일반이다. 그런데 적재적소가 아니면 갑이 을을 구하였든지 을이 갑을 구하였든지 성공 못하기는 일반이다. 그러하니 제일 선결문제는 사람으로서 입지(立志)를 하고 그 뜻을 성공코자 용진하는 것이다. 도중에 물론 난관이 중첩할 것이다. 이 난관을 극복하자면 백절불굴의 의지로 나가면 자연히 극복할 일이나 그 입지를 자신의 최안최적(最安最適)한 것을 택하여 비상력을 내서 수양(修養)하면 불식지공(不息之功: 쉼 없는 노력)으로 종지부(終止符)가 성공으로 되는 것이다.

자력양성(自力養成)이 제일 문제인데 자력이 양성되면 자연적으로 그 인물을 요구하는 직장이 도처에서 있을 것이다. 자력을 양성하지 못하면 비록 직장이 있더라도 자력이 부족한 만큼 성공의 길이 묘연한 것은 당연한 일이다. 그러니 직장 구하기가 급한 것이 아니요, 내 자력 양성하기가 제일 급한 것이다. 이것이 내 이론이 아니라 반생(半生)을 걸어온 실지면에서 경험해 본 실례인 것이다. 이것이 내가 말하고자 하는 화두(話頭)인데 금번에 내가 부산에서 대한민국 재향군인회 발기

---

227) 한 자를 굽혀 여덟 자를 바르게 함. 작은 일을 돌보지 않고 큰일을 이룸.《맹자(孟子)》〈등문공하(滕文公下)〉편에 나옴.

인으로 결성식 당시에 참석한 일이 있었다. 그 당시 현실을 본다면 각계각층의 인물이 앞 다투어 참가해서 우선권을 상쟁(相爭)하는 특이현상을 보았다. 나도 이 현상에 참석한 한 사람이다. 나 같은 인물이 이 군인회에 무엇이 필요한가. 말하자면 내가 이 직장을 구한 것이지, 그 직장이 나를 구한 것이 아니다. 그러면 적재적소나 되는가 하면 이것도 양심상으로 말하자면 내가 군인회에 관계가 없는 사람이니 무슨 적재적소가 될 것인가.

이것이 본 문제로 들어가는 것이다. 군인회 헌장에 단순한 군인으로만 조직되는 것이 아니라 국민병 해당자도 가입하게 되는 것이라는 조문에서 내가 이 향군에 가담하는 것이다. 무슨 연고인가 하면 내가 내 일생을 최고 이상으로 하는 연정원(研精院)의 발족(發足)을 이 군인회의 기생충 노릇을 해가며 능력 있는 대로 추진해 보겠다는 것이다. 이 회원이 순수 청년인 만큼 전국적으로 의사를 통할 수도 있고 또는 간부 진영들에게 내 이 소충(素衷: 소박한 충정衷情, 속마음 정)을 예고해서 미리 허락을 받은 일이 있다. 그러해서 내가 미력이나마 내 전력을 다하여 군인회일을 추진함으로(써) 내가 이념하고 있는 연정원 발족이 자연 추진되는 것으로 자신하고 내가 이 군인회로 가입한 것이다. 이것이 내가 군인회에서 요청하지 않은 가입을 한 원인이다.

세인이야 니를 무어라 하든지 또는 직장에서 나를 무엇이라 대우하든지를 물론하고 나는 내 성심성의로 군인회 일을 하는 것으로, 내 일을 추진하는 것으로 자신하고 나갈 각오이다. 이 직장에서 나의 이념 성공의 발아(發芽: 싹틈)를 보기까지 변함없이 나가기를 자서(自誓: 스스로 맹세함)하고 세인이나 군인회에서 아무 소리를 하든지 나는 나대로의 자력을 양성하면서 지반(地盤: 근거지)을 확보할 예정이며 내 동지들과 협조를 구할 것이다. 왕척직심(枉尺直尋)코자 한 것인데 만약 효과로 왕심직척(枉尋直尺: 여덟 자를 굽혀 한 자를 바르게 함. 작은 욕됨에 집착하여 큰일을 하지 않음)이나 안 될까 염려는 있으나, 여기서 결사적으로 성공을 바라고 나아가겠다. 이 붓을 그치노라.

단기(檀紀) 4285년(1952) 음력 2월 초삼일(初三日)
봉우서우유신정사(鳳宇書于有莘精舍)

재향군인회 충남지부 결성식을 보고

금년 2월 1일에 부산에서 향군중앙본부 결성을 보고 불과 40여 일 만에 3월 15일에 충남지부 결성식을 맞이하게 되었다. 재향군인회라 는 것은 군인이 있는 나라는 다 있다. 국민에서 상하귀천(上下貴賤) 없 이 장정(壯丁)은 다 현역군인이 될 의무가 있고 일차 현역을 경과한 후 는 도로 각자 직장으로 환원하는 것이 상리(常理: 당연한 이치)이다. 여 기서 환원하는 사람의 구별이 예비역, 후비역, 퇴역, 보충역, 귀휴병, 국 민병역, 상이병 등이 있으나, 모두 향토로 귀환한 국민으로 하루아침에 국가에 유사지추(有事之秋: 중대사가 생겼을 때)는 하일하시(何日何時)라 도 현역으로 일선에 나갈 수 있는 대기국민들이다.

그러니 이 현역이 아닌 국민으로는 군인이 국가의 간성(干城)으로 방수(防守: 막아 지킴)의 책임을 가지고 우리가 국가의 안위를 담부(擔 負)하였다는 정신을 조금이라도 망각할까 염려해서 이 향군을 조직하 는 것이다. 현역 외 현역이나 전선 외 전선의 구별이 없이 또 군사훈련 을 받은 국민이나 아직 안 받은 국민이나 따로 분별할 것 없이 각자의 향토, 각자의 직장에서 이 국가에 필요한 재능을 상시 함양하여 연락 을 완성해서 언제, 어디에서라도 통일된 국민개병(皆兵) 정신을 해이함 이 없이 가다듬는 기관이 이 향군일 것이다. 또는 군인은 국가방수(防 戍: 방위)의 절대 의무가 있느니만큼 정치파당(派黨)에 가담해서는 안 된다. 절대 중립적으로 군인의 정신을 수호하여 이 국토, 이 민족을 정의와 인도(人道)에서 배치됨이 없이 지도해 나갈 사람들이 이 향군일 것이다.

현 계단이 국가초창기인 만큼 모든 것이 갖춰지지 않았고, 아직 육성기에 있는 것은 사실이 부인 못 할 것인데 겸(兼)하여 6.25 참변으로 역사적 파몰(破沒)을 당하고 있는 오늘이라 무엇이 잔존(殘存: 없어지지 않고 남아 있음)하였으리오. 이 폐허에서 다시 재건으로 부흥할 책임이 물론 정부에 있을 것이나 국민전체가 지지(支持) 않으면 안 될 것이요, 이 국민 전체에서 중흥이 되는 인물은 향토나 도시를 물론하고 현재나 미래를 통하여 향군들일 것이다.

여기서 각자 부담된 의무를 완수할 책임이 있다는 것을 각오하고 매진해야 되는 것이다. 장래 중대 사명을 띠고 있는 이 향군 제위에게 고하고자 하는 바는 우리의 사명이 다못(다만) 이 충남이라는 지역에 국한된 것이 아니요, 우리 현 대한민국에 국한된 것도 아니라는 것이다.

우리는 오천년 역사를 가진 배달족(倍達族)이다. 현하 남북이 분립하고 불행히 세계 양대사조(兩大思潮: 민주주의와 공산주의)의 각축장(角逐場)이 우리 지역에서 전개되고 있는 것은 일시적으로 불행한 일이요, 통일과 부흥이 목전에 있는 것이다. 우리 향군의 모든 사명이 이 광대한 지역에 있다는 것이요, 우리 배달족의 전 지역에까지 확립시키는 것이 우리 민족, 우리 군인의 책임이며, 이 책임완수에는 향군으로서 우리의 전래하는 화랑도(花郞道)정신인 지덕체(智德體) 삼위일치(三位一致)로 나가서 유사시에는 군인으로, 무사시(無事時)에는 평민으로 이 나라, 이 민족의 사명을 다하자는 것이 우리의 정신이요, 또는 우리가 실천해야할 일이다. 현하 각계각층에 정당이니, 단체니 하는 것이 다 아전인수라고 하는가 보다. 자기의 권력을 수립해서 다른 날의 자기네

입각(立脚: 다리를 세움)을 준비하는 정상배(政商輩: 정치적 장사치들)라 민족이나 국가에 조금도 이득이 될 것이 없는 도당들이다. 각자가 자기네의 목표라는 것을 보면 애국애족 아닌 것이 없으나 실지면에 있어서는 다 틀렸다고 정평(正評: 올바른 비평)을 안할 수 없다. 현실이 증명하는 데야 어찌하리요. 그러나 우리가 결성한 이 향군이야말로 순수한 애국애족의 신아(新芽: 새싹)요, 자라나서 우리나라, 우리 민족의 간성으로 등장할 인물들이요, 일보전진해서 세계평화의 사도가 될 거룩한 사명을 가진 출발이니만큼, 각 단체, 각 정당의 불순분자들의 개입을 불허하고 순결하고 무략(無略: 책략策略이 없음)한 향군으로 출발하기를 빌 뿐이다.

나는 비군인이나 이 출발을 위해 중앙에 수삼 년 전부터 전심전력을 다해서 발기하던 한 사람이다. 그 연고가 있어서 부산 본회 발기에도 참가하였으며, 충남지부 발기인회에도 참가한 것이다. 내 정신상으로 이 향군사업이 우리들을 왜곡시켰던 정당단체들을 시정할 수 있다는 주견(主見)이 있던 것이다. 그러나 현하 조직체계를 보건대 너무 미약하고 또 모모 정당단체에 덧붙여 따라다니는 기생물들이 적지 않게 참가하는 감이 많다. 이 자들이 각자 근성을 발휘하지 말고 향군정신을 그대로 발휘했으면 하는 내 바람이나, 군인 중에서도 불순분자들은 불순을 시정하기 전에는 지도간부층에서 제외할 것을 원하는 바이다. 내가 이 붓을 든 것은 현 향군 간부진영이 좀 불순하다는 것이요, 장래의 미연의 사태를 방지하기 위해 지적해서 말하는 것이니 오해 없기를 바라며, 중앙이나 충남이나 늘 통하는 간부진영의 역량이 너무 미약해서 그 중대사명의 만에 하나라도 완수할 수 있을까 의심시된다. 개선(改選: 다시 뽑음)의 개선을 거듭해서라도 추현양능(推賢讓能)해 가며 중대

사명을 욕되지 않게 하기를 비노라. 하필 충남이리요. 모종의 파문(波
紋: 물결)이 각 도(道)에 다 간 것 같다. 공정한 입장에서 한심한 일이로
다. 이만.

단기 4285년(1952) 3월 15일 봉우서우유신정사(鳳宇書于有莘精舍)

[재향군인회 결성을 연정원 발족으로 연결시키려는 봉우 선생님의
눈물 겨운 분투를 엿볼 수 있는 수필이다. 해방 이후 몇 년간의 적
극적 활동으로 양성한 전국의 연정원 동지들 100여 인을 6.25전쟁
으로 잃은 봉우 선생님은 전쟁의 와중에서 다시금 연정원을 재건
하시려 재향군인회 단체에 발기이사로 참여하셨다. 이에 관한 수필
은 봉우일기 3-77, 3-81, 3-86 등에 실려 있다. -역주자]

수필: 지난 53년간 실패에 실패를 거듭한 연정원 발족과 동지규합

구극광음(駒隙光陰: 눈 깜짝 할 새 지나가는 세월)은 어언간 53년이라는 세월을 경과하였고 내가 해놓은 업적이라고는 아무것도 유전(遺傳)해 볼 만한 것이 아직 없다. 고인(古人)의 말씀에

"오이왕지불간(悟已往之不諫: 이미 지난 일은 후회해야 소용없음을 깨달았고)하니 지래자지가추(知來者之可追: 앞으로 닥쳐올 일은 추구할 수 있음을 알았네.)"[228]

라고 (하여) 반백이 넘은 내 신구(身軀: 신체)에 앞으로 무슨 그리 희망이 있을까 마는 수인사대천명(修人事待天命: 사람으로서 할 일을 마치고 하늘의 명을 기다림)이라는 말처럼 지난 일이 허무하다고 앞으로 목적하는 일을 안 할 수야 있는가. 목적에 도달하건 못하건 내 역량대로 불휴(不休)하고 나가 볼 것이다. 내 명(命)대로 사는 기간에 해놓은 것이 내 일생을 대표할 것이다. 금번에도 향군(鄕軍)건에 있어서 내 소감은 구한국(舊韓國: 대한제국大韓帝國1897~1910) 장교단이 참가하도록 노력하던 것이 여의(如意)하게 된 것은 성공이요, 비군인도 참가시킬

---

228) 《논어(論語)》〈衛靈公〉편에 나온다. 도연명의 〈귀거래사(歸去來辭)〉에도 나옴.

공작이었으나, 이것은 불여의(不如意)하여 명예회원이나 찬조회원자격으로 밖에 가입 못 하게 되었다. 이것이 비록 당연한 일이나, 우리에게는 실패요, 우리의 사업추진을 협력하던 동지들도 좀 낙망이 될 것이다. 여기서 좋은 대책을 강구하는 수밖에 없다.

무엇으로 이 실패를 보충할 것인가. 그 동지들의 신분을 보장할 만한 취직을 주선하는 것 외에 다른 방도가 없다. 박하중(朴河中) 동지나, 박하성(朴河聖) 동지나 양인(兩人)이었으나, 박하성 동지는 급하지 않으나 박하중 동지는 좀 급하다. 내가 곧 전력해서 주선(周旋)하기로 하였다. 그리고 다른 동지들은 그리 실패에 낙망할 정도는 아닐 것이다. 무슨 방면이 진출에 제일 적당한가 선택해 보자. 신문총국의 경영을 준비해볼까? 무슨 공장을 신발족 해볼까? 그렇지 않으면 부산으로 가서 구직을 해볼까? 여러 가지 방면이 떠오르나, 내 마음에 맞는 일이 한 건도 없다. 일간(日間: 며칠 사이로) 공주로 가서 동지들을 찾아가 보고 의견이나 교환해 볼까 한다. 유(劉), 리(李), 한(韓), 윤(尹) 제동지(諸同志)와도 심회(心懷)를 토의(討議)해 보는 것이 좋을 듯하다. 내 사적인 사정보다 동지적 입장에서 견해가 있을 듯하다. 대전에서 동(動)할 듯한 송(宋) 동지가 정적(靜的)으로 편경(偏傾: 한쪽으로 기울음)하며 외면으로는 움직이는 체하며 될 수 있으면 겸퇴(謙退: 겸손히 사양하고 물러남)하는 편이요, 임(林) 동지는 장래를 목표로 정중암약(靜中暗躍)적으로 그 지반을 얻으려 전력을 경주하는 것 같고, 최(崔) 동지는 포부는 있으나, 주도면밀(周到綿密)한 성격이 부족해서 아직 차일피일(此日彼日)격이 아닌가 생각이 나고 서(徐) 동지는 고목사회(枯木死灰: 말라죽은 나무와 죽은 재)적으로 의지의 미동(微動)도 없고, 물적(物的) 피동(被動)으로 고식적(姑息的: 임시변통으로 하는) 정양(靜養) 중이요, 구(具) 동지는 미미한 구사(舊事)에 의지를 경주하는 것 같고, 보조(步調)가 방관(傍觀)하는 중인 것이다. 이(李) 동지는 세류춘풍격(細柳春風格)이라 호사(好事)가 있으면 따라 붙을 정도요, 자진해서 나설 격은 부족하다. 신(申) 동지는 본시 일을 좋아하는 분이다. 또 무슨 회사라고 창립해 놓고 주식모집에 전력하는 것 같다. 일만은 유리한 일이다. 성공하기를 희망한다. 그리고 ○청(靑) 이(李) 동지는 비록 정적이나 불휴노력하고 있고, 무슨 방면이든지 같이 나아갈 준비를 하는 것 같다.

이 정도의 동지들 현상으로는 무슨 일이든지 발족하기가 힘든다. 그러니 다시 나아가서 동지들에게 의견을 교환해 보자는 것이다. 이것저것이 모두 성공하지 못하면 단도직입적으로 내 자신이 선두에 나가서 호남방면으로 행각(行脚: 돌아다님)해 보고 또 여의치 못하면 영남방면으로 행각할 예정이다. 이 중에서 무슨 방도(方道: 방법)가 나올 것이 아닌가 한다. 좀 실패를 거듭하니 정신이 명랑하지 못해서 일주(一籌: 하나의 산가지)를 막전(莫展: 펼 수 없음)이다. 일방으로는 이러하는 중에 동지규합(同志糾合)이라는 업적은 부지중 좋은 성적이요, 어느 정도로 동지규합 목표를 내걸고 나가느니보다 도리어 성공이다. 이것이 모두 연정원 취지를 완수시키는 도중이요, 내 일생을 통하여 걸어오는 길이 이러하다.

이 일, 저 일 실패하는 도중에서 접촉한 인물들이 내 동지가 되고 그중에 동지가 아니라도 선악(善惡)이 개오사(皆吾師: 모두 내 스승)라고 다 내 일하는 데 경험이 되는 것이다. 여기서 한 고지(高地), 두 고지 연차적으로 점령하여 목표고지가 부지불각 중에 점령되어 악전고투에 지낸 기록이 성공의 호경험이 될 것이다. 그러하니 내가 53년 걸어온 이 과거가 실패에 실패를 거듭했으나, 그래도 여러 많은 고지를 정복한 내 기록도 적지 않다는 것을 자타가 공인하는 것이다. 실패, 실패라 하나, 후퇴해가는 실패가 아닌 것은 확실하고 전진하는데 순조로이 나가지를 못해서 한 고지, 두 고지 해가며, 악전고투가 실패의 흔적으로 화한 것이다. 내 전법이 점진적 완화전법이지 전격전이 못되는 관계로 동지들이 아주 신물을 내는 것이다.

중도에서 개로(改路: 길바꿈)하는 동지들은 유감이나, 할 수 없는 일이요, 동고(同苦)해 가며 목적달성까지 가는 동지가 진정한 동지일 것이다. 걸어 나온 것도 많으나 앞으로 갈 길도 그리 가까운 거리가 아니라는 것도 각오해야 한다. 장래도 10년 내지 15년이면 우리의 목적지 도달은 못 될지라도 동지들이 출발점에서 시작해서 결승점을 앞두고 용진(勇進)하는 모습은 확실히 목격할 것이다. 여기서 내 생명이야 70이건 80이건 알 바 없고 우리 동지의 계속사업으로 누가 우승기를 갖든지 우리가 성공은 일반일 것이다. 일로 자경(自警)하노라.

단기(檀紀) 4285년(1952) 3월 17일
봉우서우유신정사(鳳宇書于有莘精舍)하노라.

치산신방(治疝神方): 산증(疝症)²²⁹⁾을 치료하는
신효(神效)한 약처방문(藥處方文)

사삼(沙蔘)²³⁰⁾

당귀(當歸)²³¹⁾ – 각 5돈(各五錢)

대회향(大茴香)²³²⁾ – 3돈(三錢)

---

229) 산증: 고환이나 음낭이 커지면서 아프거나 아랫배가 땅기며 아픈 병증으로 한습사(寒濕邪)가 침범하거나 내상(內傷)으로 기혈(氣血)이 제대로 돌지 못하여 생기는데 주로 족궐음간경(足厥陰肝經)과 임맥(任脈)의 장애와 관련되어 있다. 이 밖에 원기(元氣)가 허(虛)한 데다가 무거운 것을 들거나 과로하여 중초(中焦)의 기(氣)가 아래로 쳐져서 생기기도 한다. 비세균성 만성전립선염, 만성골반통도 한의학에선 산증으로 본다.

230) 사삼: 잔대 뿌리. 인삼의 대용품으로 사용되어 사삼(沙參)이라고 하였다. 몸속의 음기를 길러 폐 기능을 좋게 하고, 가래를 없애서 기침을 멎게 하는 등의 효능이 있다. 잘 놀라면서 가슴이 답답한 것을 없애 준다. 《동의보감》에는 비위를 보하고 폐기를 보충해 주며, 아랫배가 당기고 심하게 아프면서 음낭이 처진 것을 치료한다고 하였다. 《본초강목》에는 항상 자려고 하는 증상을 없애 주고, 폐화(肺火)를 치료하여 오래된 기침을 낫게 한다고 하였다.

231) 당귀: 참당귀의 뿌리를 건조시킨 약재. 월경을 조절하고 월경통을 제거해 주는 효능이 있다. 보혈작용이 현저하여 빈혈에 유효하고 일반 타박상이나 혈전성동맥염의 치료에도 응용된다. 만성 화농증에 사용하면 순환을 개선시키고 체내의 저항력을 증강시키며, 변비에 복용하면 장관운동을 원활하게 해주어 배변을 용이하게 한다.

232) 대회향: 일명 팔각회향(八角茴香)이라고도 하며 목련과에 속하는 대회향나무의 열매이다. 산기, 각기에 좋고 방광통 구토 구역질을 멎게 한다. 《본초강목》에는 장질부사나 학질로 열이 심할 때 회향을 짓이겨서 즙을 복용하라는 내용이 있다. 돼지고기 등의 잡내를 잡을 때 쓰기도 한다. 타미플루는 대회향을 정제해 만드는데 주성분은 '시킴산'이다.

1제(劑)233) 복용.

[1952년 3월 19일자 수필 상단 우측 여백에 작은 글씨로 쓰여 있음
-역주자]

---

233) 1제 = 20첩. 첩이란 1회 복용하는 한약의 양. 보통 2첩=3회 복용=1일 분이다.
20첩은 30회=10일 분이다.

신훈(申塤) 씨의 방적(紡績)회사 창립 준비를 듣고

인생이란 70, 80이 되더라도 동(動: 움직임)이라야 한다. 우리나라 사람들이 50만 되면 아주 고정(固靜)인물로 자처하는데 나는 불쾌감을 가지고 있는 사람이다. 인생이란 죽기 전까지 동(動)해야 한다는 내 항시 소신(所信)이다.

금번에 대전 도중(道中)에서 동지 신훈 씨를 상봉하였다. 60대를 넘은 지 오래되는 사람이다. 그리고 경제적으로 여유가 없고 가정적으로도 그리 안락한 혜택이 없는 동지다. 유자유녀(有子有女: 아들과 딸이 있음)하나 별 효도 못 하는 인간들이요, 해로(偕老)하나 단합이 못 된 가정이다. 말하자면 불운(不運)인 가정에 역시 빈궁하다. 그러나 인물 만큼은 내가 보기에는 단정학(丹頂鶴: 붉은 볏을 가진 두루미)은 못 되나 계군학(鷄群鶴: 닭 무리 속의 학)이라고 초대면 때에 평해 본 일이 있었다. 결점은 언과기실(言過其實: 말이 그 실질보다 과함)해서 다언혹중(多言或中: 말을 많이 하다 보면 어쩌다 적중함도 있음)하리라고 그 실행성 부족을 염려하였던 것이다. 과연 경과해 보니 언행일치는 못하나, 호사(好事)하며 주사(做事: 일을 경영함)도 무던히 하는 것 같다. 협조만 있으면 임사생풍(臨事生風: 일에 임해 바람을 일으킴)하는 인물이다. 고장(孤掌: 한 손바닥)으로는 난명(難鳴: 소리 나기 어려움)일 것이다.

그런데 금번에 듣건대 신씨가 거주하는 진잠(鎭岑)과 윤씨라는 인물과 방적회사를 창립 준비 중이라고 한다. 그리고 건물은 송진백 동지

주선으로 상당히 유리한 귀재(歸財: 귀속재산)를 점령하고 착착 준비 중이라고 한다. 단지 동풍(東風)이 결여될 뿐이라고 경제가 아직 허락 안 해서 뜻대로 못 나간다고 한다. 사업 만은 호사업이요, 방적이라면 나도 소소 경험 있는 것이라 현 우리 대한민국으로는 대공장들의 휴면상태인 만큼 중소공장은 시작만하면 손해는 없을 것이요, 활용만 잘하면 빠른 성공을 할 수 있을 것이다. 신 씨가 비록 노인이나 이런 일을 창립해 가지고 장래 유망한 기관을 만든 것이 동적(動的) 인물인 관계이다. 성공 여부는 문제 외로 하고 무슨 일이든지 착수해 꾸준히 나가면 설계 여하에도 있으나, 성공하는 것이다. 신 씨가 성공하기를 빌고 이 붓을 그치노라.

(1952년) 3월 19일 봉우서우유신정사(鳳宇書于有莘精舍)

우천장(友川丈)을 전송(餞送)하며

우천장은 장신(將臣: 대장) 신관호(申觀鎬)[234]선생의 영포(슦抱: 남의

손자를 지칭함)요, 만주 독립군 동천(東川) 신팔균(申八均)[235] 선생의 영

---

[234] 신헌(申櫶, 1810~1884)은 조선 말의 무신이자 외교관이었다. 원래 이름은 신관
호였으나 후에 개명했다. 1866년 병인양요 때 총융사가 되어 강화도 염창(鹽倉)
을 수비하였다. 그 뒤 1874년 진무사 훈련대장에 임명되어 지냈다. 이어 강화도
연안에 포대를 구축했다. 1876년 운요호 사건이 일어나자 판중추부사(종1품)로
서 일본의 구로다 기요타카와 조일수호조규(강화도 조약)를 체결하였다. 1882년
에는 미국의 슈펠트와 조미수호통상조약을 체결했다. 한편, 정약용의 민간자위전
법인 민보방론을 계승, 발전시켜《민보집설》(民堡輯說)·《융서촬요》등과 같은
병서를 저술, 자신의 국방론을 집대성시켰다. 김정희로부터 금석학, 시도, 서예등
을 배워 예서(隸書)에 특히 조예가 깊었다. 지리학에도 관심이 높아 김정호의《대
동여지도》제작에 조력하였을 뿐만 아니라, 자신이 직접《유산필기》라는 역사지
리서를 편찬하였다. 불교에도 관심이 있었으며 농법에도 관심을 가져《농축회통》
이라는 농서를 저술하였다.

[235] 신팔균(申八均, 1882. 음력 5.19~1924. 양력 7.2)은 한국의 독립 운동가이다.
신동천(申東川)이라고도 한다. 충북 진천(鎭川) 출신이다. 한성부에서 대대로 무
관벼슬을 지낸 집안에서 태어나 그도 대한제국의 장교가 되었으나 일본에 의해
군대 해산을 당하자 낙향하여 항일운동을 전개하였다. 이월학교를 설립해 청년들
에게 애국사상을 고취하고, 비밀 결사 대동청년당(大東靑年黨)에 가담해 활동하
였다. 1910년 일제에게 주권이 강탈당하자 만주로 망명하여 무장투쟁을 전개하
였다. 신흥무관학교 교관으로 독립군 양성에 종사하였고, 대한통의부 군사위원장
겸 총사령관으로서 일본군과의 수십차 교전에서 큰 전과를 올렸다. 1924년 7월
2일 독립군의 훈련지인 흥경현(興京縣) 왕청문(旺淸門) 이도구(二道溝) 밀림 속
에서 무관학교 생도와 독립군 합동군사훈련을 시키던 중, 장작림군(軍)으로 가장
한 일본군과 장작림군 및 경찰대에 포위, 습격당해 전사하였다. 신팔균 선생은 봉
우 선생님과 절친한 사이로 만주 독립군 활동 하실 때 동천 선생이 순국하신 바
로 그 전투에도 같이 참가하셨다고 생전에 여러 번 증언하셨다. 동천 선생을 살리
기 위해 애를 쓰셨으나 출혈이 너무 많아 돌아가셨다고 한다.

계(季季: 상대자를 높여 그의 아우를 지칭)다. 내 계부주(季父主: 아버지의 막내 아우)와 무관학교 동기동창으로 구한국(대한제국) 시종무관(侍從武官)을 역임한 선생이시다. 수년 전에 한국재향장교회에서 모시고 1년간이나 있었다. 그후 6.25사변으로 동서상분(東西相分)하였다가 금번 재향군인회 신발족 때에 구한국 장교로 참가하게 되어 우천장이 본회 이사로 추대 되었다. 그래서 충남으로 지부 결성을 책임지시고 나오시어 나도 보좌 격으로 같이 온 것이었다.

충남을 오시어서 이대영 대령과 상의하고 본격적으로 지부 결성 준비를 나가시라고 수차 진언했으나, 선생 생각에는 월연(月然)히236) 잘 될 줄 아시고 본댁으로 가셨다가 결성식인 2월 15일에 대전에 당도하셨다. 물론 대전에 계시며 참가하셨으면 부회장은 다른 데로 갈 데 없었던 것이다. 그런데 일거무소식(一去無消息: 한번 떠나니 소식이 없음)으로 계시다가 당일에 오시니 제외되고 만 것이다. 보좌 격으로 온 나도 제외되었다.

2월 15일에 결성식을 보시고 곧 귀택(歸宅: 집으로 돌아감)하셔서 내가 자동차부(部: 타는 곳)에서 전송하며 내 소감은 우천장께서 장문(將門: 장군 집안) 후손으로 쾌활하신 성격이나, 대인접물(待人接物)에 상대방의 관심(觀心: 마음을 읽어 냄)을 아주 못하신 것이 금번의 실패요, 또는 동고(同苦)하신 생각을 안 하시고 김형기 동지와 같이 오시어 '김의 사무국장 운운'이 실패의 원인이 된 것 같다. 선생 생각에는 김 군의 수완이 있는 것 같다고 보신 듯하나, 비군인 제외라는 헌장을 어찌할 것인가. 대체로 백국장이 우리들의 입장을 생각 안 해준 것이다. 또 기회

---

236) 어련히

만 있으면 부산으로 가서 담판을 하고 올까 한다. 실패하고 가시는 우천장을 위로하며 세사불여의(世事不如意: 세상사 뜻대로 되지 않음)는 늘 있는 일(常事)이라는 것을 자소(自笑)하노라.

(1952년) 3월19일 밤.

봉우는 유신정사에서 쓰노라. (鳳宇書于有莘精舍)

하동인 군(河東仁君)의 서신(書信)을 보고

오래 소식이 없어서 무슨 일이나 없나 하고 불안감이 있던 차에 의외의 서신이 (하동인 군으로부터) 와서 반가이 받아 보니, 의외에도 일선 (一線: 전쟁 일선)에서 광주(光州)통신학교 초등군사반으로 와서 비록 학교이름은 달라도 한 교문에서 수학을 한다고 영조(寧祖)를 시간만 있으면 만난다고 통지를 해주었다. 더욱 반갑다. 하 군은 내가 자식이나 일반으로 생각하고 있는 청년이다. 하 군 역시 내가 부형(父兄)이거니 하고 있는 사람인데, 내 자식과 한 교문(校門)에서 있게 되어서 내 마음이 든든하다. 내 자식도 장래 서로 의지할 동지를 친근히 접근하는 것이 당연한 일인데 동일 영내에 있게 된 것은 비록 단시일이나마 신(神)이 장래를 위해서 서로 만나게 한 것 같다. 하 군도 영조와 상봉하게 된 것을 좋아해서 감상을 적어 보낸 것이다.

그리고 일선에 있다 후방에 오니, 일선에서 생각하던 무엇보다 여러 가지가 다 상위점(相違點)을 발견한 듯한 감상이 말 못하는 중에 있고 또는 하 군은 군인으로서 성격이 단순하였다는 고백과 내가 항상 말하던 민족정신(에 대한 감상)이다. (민족과) 국가정신은 현 사회가 어떻게 변하든지, 삼라만상(參羅萬像)이 어떻게 변하든지 동인이는 대한민국 정부와 운명을 같이하고 그의 충성을 다하는 군인이 되겠고 그중에도 장교라는 사실을 자각하겠습니다라고 기록하였다. 이것이 내가 항상 하군에게 부탁하였던 신조(信條)이다. 사람답게 그리고 우리 민족을

위해서 일하라고 한 그대로 결심했다는 서신이다. 반갑다. 그리고 장래
도 변함없이 민족에게 충성을 다하기를 바라노라.

임진(壬辰: 1952년) 3월 20일
봉우(鳳宇)는 유신정사(有莘精舍)에서 쓰노라.

부재기위(不在其位)하얀 불모기정(不謀其政)이라

　고성(古聖: 옛 성인) 말씀에 부재기위하얀 불모기정237)이라고 하시었다. 후인이 여기서 오해하는 사람이 혹 있지 않은가 한다. 그 자리에 있지 않은 사람이면 그 정사를 도모하지 않을지언정 어찌 내가 세운 바를 시험해 보기 위하여 내가 그 자리에 있다면 그 일은 이 정도로 해보겠다는 생각이야 못할 리가 있는가. 고인이 말하기를 학우등사(學優登仕: 배움이 넉넉하면 벼슬길에 오름)238)라고 했다.

　아직 그 자리에 있지 않으나 장래에 뜻을 세우고 정치나 법률이나 군사나 여러 가지 종목에 내가 입지(立志)한 과목이면 내가 배워서 다년간을 경험하여 비록 내가 그 자리가 아니더라도 내가 하면 이러하게 방침을 정하겠다고 예정한 것이 실지면과 상위점이 없이 진행되며 또 일보를 전진해서 타인이 그 자리에서 행하는 정책보다 우수한 방책이 확립된 연후가 아니면 그 자리를 구할 수 없다는 것이 당연한 일이다. 독립적 입장으로 내가 목표하고 나가는 방면의 부문이라면 독자적으로 얼마든지 연구도 할 수 있고 모책(謀策)도 세워 볼 수 있는 것이다. 자기가 별 준비 상식도 없는 인물들이 대중 석상에 그 자리가

---

237) 《논어(論語)》 〈태백(泰伯)〉편과 〈헌문(憲問)〉에 나오는 공자님의 말씀. "그 자리에 있지 않으면 그 정사를 도모하지 말라"는 뜻이다.

238) 《천자문(千字文)》에 나옴. 《논어(論語)》 〈자장(子張)〉편에 "자하는 말하기를 배워서 실력이 우수하면 벼슬할 수 있다고 했다.(子夏曰....學而優則仕)"

없는 사람으로 시시비비를 과하게 논하면 이는 실지면에서 아무 파급되는 효력이 없이 다언다패(多言多敗)로 자기 위신만 타락되는 것이니, 상대방이 있는 일이거든 될 수 있는 대로 대외적, 대중적으로 그 자리가 없는 사람으로는 선전 말라는 것이요, 독립적으로 연구 말라는 것이 아니다.

말하자면 근년 같은 전쟁 시대에 군사학을 참고로 연구해 보더라도 독자적으로 적군과 아군 사이의 군사 승패가 어찌 될까, 내가 참모가 되었다면 어떤 전략으로 상대해 볼까, 또는 적이나 아군이 군사적으로 가치가 어느 정도나 되는가. 그리고 만약 우리 편이 부족점이 있다면 무슨 방략으로 이 난관을 타개할까, 또는 내가 적이라면 어떤 전략이 나오겠다는 것을 혼자서 충분히 연구한들 누가 무어라 할 것은 아니다. 내가 군사가도 아닌 이상 대중 석상에서 군사 득실이나 군의 비밀 같은 것을 생각 않고 말하다가 내가 말한 것이 아군의 전략상 불리한 선전이 되거나 혹 적의 제5열(第五列: 스파이)에 탐문(探聞)이 되면 나는 부재기위(不在其位)한 사람이 모기정(謀基政)하다 실패한 것이다.

정치, 군사가 모두 비밀이 있는 것이니 나로서는 독자적으로 연구는 해볼지언정 타인을 상대로 말을 신중 고려해서 될 수 있으면 부재기위 하얀 불모기정 하라는 것이다. 근일 정계나 군문에서 별별 일이 다 있으나, 직접 내게 대한 일이 아니거든 말을 조심하라는 것이다. 내가 독자로 연구는 얼마든지 좋은 것이다. 그 자리가 오기 전에는 그 자리가 오더라도 충분히 사무를 처리할 준비학식이나 상식을 양성하라는 말이다. 공연히 무익한 한담(閑談)으로 그 자리에 있지 않은 인사가 정계 득실이나 군문(軍門: 군대)의 승패를 논의 말고 수구여병(守口如瓶: 닫힌 병처럼 입을 조심하라)하라는 것이다. 그렇다고 학문을 수득(修得: 배워서 체득함)말라는 것은 아니다. 부재기위 불모기정이라는 고훈(古訓: 옛사람의 교훈)을 오해할까 염려해서 이 붓을 든 것이다.

단기(檀紀) 4285년 3월 25일 봉우서(鳳宇書)

3-92
공주군수의 초청을 받고 내 소감

3월 25일 이른 아침에 한청(韓靑)[239]감찰이 찾아와서 공주군수의 초청을 전한다. 내 육감(六感)이 있었다. 물론 반포면 사건[240]의 선후책인 것 같다. 내 생각에 이 일만이라면 가서 볼 필요가 없으나, 한편으로 내 소감이나 말하고 오리라는 각오로 공주읍에 들어간 것이다. 과연 내 소료(所料: 요량한 바, 미루어 생각한 바)에 틀림없다. 군수는 마침 외출하고 내무과장과 면행정계장이 초대면에 인사 후 반포면 사건에 감독책임을 느낀다고 미안의 의사를 표하고 그 다음 면행정 수습(收拾)에 대해 언급하고, 그 다음 면의 민심수습상 미안하나, 면책임을 져달라고 청하는 것이다. 내 소감 그대로다. 여기서 내 소회를 그대로 언급하고 나는 자격이 없고 더구나 사무인으로 천만부당한 인물이니 미안하나 귀하의 뜻은 감사하나 봉승(奉承: 받들어 이어감)할 수 없다고 사절하였다.

수차의 청구에 불응하는 도중 군수가 참석해서 동일한 조건으로 언왕언래(言往言來: 말이 오고감)하였으나 나는 여전히 내 의사를 고집하니, 군수말씀이 4.25 지방선거가 종료하기까지는 보류하겠으니 미안하지만 전적으로 면행정에 협력해 달라고 청하기에 나 역시 이에 응하였

---

239) 한청(韓靑)은 대한민국의 우익 청년 단체인 대한청년단의 약칭이다.
240) 농민들이 낸 토지수득세 양곡을 반포면장 이하 직원이 착복한 일. 이 일로 면장 및 가담 직원들이 처벌받았다.

다. 그리고 면사건의 자초지종 경과를 일일이 토론하고 호의적으로 선후책을 힘을 합쳐서 강구(講究)해 보자고 서로 약속하고 퇴장하였다. 나는 사실상 사무인이 못된다. 혹 의원이나 그렇지 않으면 언론계 인물로 이론이나 혹은 법적 근본해석을 가지고 시시비비를 토론하라면 소소 자신이 있으나, 무슨 사무든지 집무인으로는 아주 불합격 인물이다.

그런 연고로 내가 자신의 실력을 생각해서 면책임자 같은 것은 절대 사절하는 것인데, 혹자는 오해할지 알 수 없다. 직장이 말소기관이라 양에 덜 차서 안 할라고 하는가 할는지 알 수 없으나, 사실은 그렇지 않다. 내가 나가서 면민에 행복이 될 일이라면 대소를 불계하고 나가겠다. 그러나 사무능률이 없는 인물이라 면에 피해는 될지언정 유리하지 않다. 이 관계로 추현양능(推賢讓能: 어질고 유능한 사람에게 양보함)하는 것이다. 그리고 반포면 사건도 난사(亂絲: 어지러운 실)와 같으니 유능한 인사가 아니면 수습에 난관이 있을 것이다. 여기서 내 더욱 유능인사가 면책임을 맡기를 비노라.

단기(檀紀) 4285년(1952년) 3월 25일 봉우서(鳳宇書)

우리 면(面) 사건의 진상(眞狀)과
민심의 동태(動態)

　6.25사변으로 파괴될 대로 파괴된 남한 각지 중에서 우리 면도 역시 한 부분이었다. 9.28수복 후에 비록 면행정이라고 복귀되었으나, 면사무소에 백무일비(百無一備: 백에 하나도 갖춰지지 않음)하니 부지중 부채도 있었고 관리들도 역시 조난민(遭難民)들이라 가정생활에 극곤란 중이니, 부지불각 중에 개인적으로도 경제 문제가 해결되지 않아서 심중이 산란한 중에 수득세에 관하여 세무서에서 조정한 세액과 면대행기관에서 납세보고를 하는 액수가 소소 차이가 있더라도 세무서에서 인정한다는 구두 승인이 있자, 면관리들은 이것을 기화(奇貨: 뜻밖의 재물을 얻을 수 있는 기회)로 원래의 조정액보다 상당히 차가 나게 증수(增收: 더 걷음)해서 물론 면이나 지서의 부채도 정리해 보고 혹 남는 액수가 있으면 면행정상 준비금으로 적립도 하고 또 남는 돈이 있으면 면관리들의 사생활도 확보해 볼까 하는 범죄행위가 생기었다.[241]

---

241) 이 반포면 사건과 관련된 당시 신문 기사
　　鷄龍面長等問招(계룡면장 등 문초) - 조선일보 1952.06.23.
　　지난 봄 공주군 반포면에서는 농민들의 피땀으로써 바쳐진 토지수득세량곡을 면장 이하 직원이 무려 이백오십 가마니나 착복한 일이 있었는데 이번에는 공주 계룡면에서 또 면장 이하 면직원의 부정사실이 탄로되었다…줄임… 반포면장과 같은 방법으로 자그만치 무려 육백여 가마니를 부가하여 현금(입당 사 만 원내지 사만 오천 원) 또는 현물로써 착복하고 현물은 정미업자와 결탁 판매하였다고 하는데 이 정보를 입수한 공주경찰서에서는 동 면장 이것을 소비 외에 발견해서 선후책을 수차 권고해 보았으나 면장 자신이 자인하기를 극비 조건을 타인이 부지하리라고 선후책 언급을 회피하다가 선후책에 졸렬한 인사들이 화약고에 인화한 것이었다. 물론 면관리들의 비행(非行)은 있었다. 그러나 이 고발이 하등의 면민에 게는 실리가 없었고 법관에서는 공금유실 정도로 사건을 축소하려고 하지 민간 피해에까지 손이 닿지를 못하는 것이었다. 물론 완전한 해 결책이 아니다. 그러나 세간에서는 우리 면일을 무슨 큰일이나 난 것 처럼 신문지상으로 보도하고 있으나, 실지면에 와서 보면 정반대이다. 면관리들과 결탁(結託)되었던 인사들은 고발인들을 책하기를 증수된 수득세로 면부채나 청산하였으면 면민으로 행복될 일인데 고발을 해 서 무단히 현물만 세액으로 바치게 되니, 면민들은 그 중부채(重負債) 만 지겠다는 악선전이 상당히 많았고 소위 유지라는 인사도 이 같은 견해가 많았다. 또 한편에서는 말하기를 비록 현물은 못 찾더라도 범 죄사를 규명해 놓았으니 일살생백(一殺生百: 하나를 죽여 백을 살림)주 의로 실리가 우리 면에 그치지 않고 전역적으로 경계가 되는 것이라 고도 한다. 이것은 정의감에서 하는 말이다. 그리고 일부에서는 합법 적으로 법리화해 가지고 면민이 피해된 것을 가지고 범죄자 상대로 기소해서 피해액을 반환하게 하자고 주장한다. 성패야 어찌 역도(逆 睹: 앞일을 미리 내다봄)하리요마는 내 생각도 제3설을 주장하는 일인이 다. 그러나 고발인 측과 의견이 전일(全一: 모두 하나)이 못 되고 면민 전체의 합의 역시 추진되기 곤란한 일이다. 그러니 피해자가 일개인 정도가 아니요, 일면 전체라서도 미루고 있는 현상이다. 내 의견은 하

을 비롯한 서기 등 7명을 체포 구속하고 엄중 문초 중에 있다 한다.

루라도 속히 면민 전체가 합일되어 이 사건이 빨리 해결되기를 빌 뿐
이로라.

단기(檀紀) 4285년(1952) 3월 28일

봉우서우유신정사(鳳宇書于有莘精舍)

5.10선거인 도의원(道議員) 입후보의
권고를 듣고 내 소감

3년 전인 무자년(戊子年: 1948년) 5월 10일 국회의원선거[242] 당시 입후보한 경험이 있었다. 공주 갑구(甲區)에서 5인이 각축하다가, 고우(故友: 세상을 떠난 벗) 김명동[243] 군이 입선(入選: 당선)되었다. 그 당시 별별 사정이 다 있었으나 물론 내 자격이 불충분한 것이 (낙선의) 원인이었고 제2건은 내가 너무 늦게 입후보해서 선전할 시간이 없었고 제3건은 내게는 선전해 줄 만한 인물이 부족하였고 제4건은 경제가 아주 적수공권(赤手空拳: 무일푼 신세)이었다. 일차로 몇 군데를 역방(歷訪: 찾아가 봄)하고 인심의 동태를 보니, 김명동 동지에게 유리하다는 것을 알고 중지할까 하다가 신사답게 선거 일까지 무경쟁하고 있었다. 상대방에 대한 역선전은 이루 말할 수 없었(을 정도로 심한 선거였)다. 그러나 나는 자중하고 있을 뿐이었다. 내가 경제적으로 총 소비는 사진대,

---

242) 대한민국 제헌 국회의원 선거 또는 5·10 총선거는 1948년 5월 10일에 제헌 국회를 구성할 국회의원을 선출하기 위해 실시된 대한민국 최초의 민주적 선거이다.

243) 김명동(金明東, 1903.11.25~1950.?.?)은 대한민국의 정치인이다. 공주치안유지회위원장, 반탁총동원위원회 중앙상무집행위원, 민족통일총본부 공주군 사무국장, 제헌국회의원(공주갑 무소속), 제2대국회의원(공주을 대한국민당) 등을 역임했고, 제헌 국회의원 초대 국회의원 재임시 국회 내의 반민특위 조사위원으로 활동하였다. 전쟁 중 사망. (한국전쟁 피난길에 사망한 국회의원은 5명으로 부산 출신 최원봉, 달성 권오훈, 구례 이판열, 공주 김명동, 연기 이긍종 의원이다).

인간(印刊: 인쇄)요금 합하여 4만 원이 되었다. 여러 동지들의 열성은 수포로 되고 제3위로 낙선하였다.

제2차인 5.30선거[244]에도 출마하라는 권고를 받았으나 여러 가지 사정이 불허하여 중지하였던 것이다. 그런데 이번 5.10 도의원선거[245]에 입후보하여 출마하라는 권고를 동지 여러분들에게 여러 차례 받았다. 혹 어느 동지는 불가하다고 권고도 한다. 그 이유는 때가 때인 만큼 2년 후에 충분한 준비를 해가지고 나와서 실패 없는 것이 당연하다고 말한다. 내 생각에도 현상으로는 국가 다사지추(多事之秋: 일이 많은 때)인데 부재(不材: 재목이 아님)가 출마한다는 것은 불가한 일이다. 그리고

---

244) 대한민국 제2대 국회의원 선거. 4년 임기의 제2대 국회의원을 뽑는 선거로 1950년 5월 30일에 치러졌다.

245) 1952년 지방선거는 대한민국에서 최초로 시행된 지방선거로, 시·읍·면의회의원선거와 도의회의원선거가 별개로 진행되었다. 시·읍·면장은 각기 지방의회에서 의원들의 간접 선거로 선출하게 되어 있었으며, 특별시장과 도지사는 대통령이 임명하도록 되어 있어 선거가 실시되지 않았다. 1952년, 국회와의 관계가 멀어지자 국회에서의 간접선거로는 재선이 힘들 것으로 예상한 이승만은 직선제로의 헌법 개정을 시도하고 있었다. 그는 직선제 개헌을 위한 지지세력이 필요했고 지방의회를 구성해 자신의 지지세력으로 키우고자 했다. 출마자들은 대부분 이승만 대통령 지지자들이었다. 이는 시·읍·면의회의원선거의 정당별 출마자 수를 보도한 당시 〈동아일보〉를 보면 알 수 있다. 자유당 6,500여 명, 대한청년회 5,700여 명, 국민회 5,600여 명 등 이승만 대통령을 지지하는 정당과 단체 소속이 출마자의 대부분을 차지했고, 야당인 민주국민당 소속은 200여 명으로 0.7%에 불과하다고 보도하고 있다. 이승만의 의도대로 자유당, 대한국민당, 대한청년단, 국민회 등 친이승만 세력이 절대다수를 차지하며 압승하였고, 이는 곧 부산정치파동과 발췌개헌을 통한 이승만의 장기집권으로 이어지게 된다. 그럼에도 1952년 실시된 지방선거의 가장 중요한 의의는 바로 우리 스스로의 힘으로 시행한 최초의 지방선거였다는 점이다. 지방선거와 지방자치에 대한 기대가 얼마나 컸던지 당시 신문지상에서는 5·10총선거를 '민주주의의 초석'으로, 이번 지방선거를 '민주주의의 기둥'으로 표현하기도 했다. 현재까지도 지방선거는 지방자치의 출발점이자 '풀뿌리 민주주의'의 산실로 여겨진다. 정권의 이해관계가 얽혀 있었다 하더라도 우리나라의 민주주의 초석을 다지는 역사적 기원이 된 사실은 부정할 수 없을 것이다.

경제적으로도 아주 적수공권이다. 아무 준비할 능력이 없는 것이다. 그래서 아주 단념하였었는데 의외로 공주읍내를 갔다가 동지 수인(數人: 두서너 사람)을 상봉한 것이 원인이 되어 불계하고 금번에 출마할까 하는 것이다. 그 이유는 무엇인가? 성패(成敗: 성공과 실패)는 병가지상사(兵家之常事: 늘 있는 일)요, 아주 우국우민(憂國憂民: 나라와 국민을 걱정함)하는 생각이 없다면 모르되, 현상이 가장 국가 다사지추라 이런 때에 나가서 미력이나마 진력하는 것이 당연한 일이다.

국가 무사지추(無事之秋: 일 없을 때)에야 무엇이 그리 할 일이 많으리요. 비록 약마복중(弱馬卜重)246)할지라도 나가서 불석노곤(不惜勞困;힘든 것을 돌아보지 않음)하고 일하는 것이 당연하니 어찌 내 일신, 일가의 사정으로 민족을 위할 직장에 출마조차 못할 것 인가 하는 단안(斷案)이 나와서 내 자격불충과 내 경제가 용서 않는 것을 다 잊어버리고 금번 도의원에 입후보할 예정이다. 성패이둔(成敗利鈍: 성공과 실패, 날카로움과 무딤)을 말할 필요 없고 내 역량대로 해볼까 한다. 그리고 도의원이라는 것은 국회의원과도 서로 상이(相異)해서 정부에서 기정 방침은 좌우할 수 없고 도자치(道自治)로 정부 정책이나 헌법에 의준(依準)하여 어느 정도 국한된 부문을 예산 결의하여 하정상달(下情上達: 아래의 민심을 위에 전함), 상의하달(上意下達: 위의 뜻을 아래에 전함)하며, 어느 범위의 시정은 할 권리가 있는 것이다. 부기미이행천리(附驥尾而行千里: 천리마의 꼬리에 붙어 천리를 감)247)할 수 있는 것이다. 예행선거를

---

246) 약한 말에 너무 무거운 짐을 실음. 재주에 비해 힘겨운 일을 맡은 것을 비유함.

247) 《사기(史記)》〈사기열전〉의 〈백이열전(伯夷列傳)〉에 나오는 글이다. 부기천리(附驥千里)라고도 하는데 《사기》의 저자 사마천(司馬遷)의 명문이다. 봉우 선생님은 당신의 의사를 표현할 때 이처럼 다양한 고전명작의 원문을 원용하신다. (원문) 伯夷叔齊雖賢 得夫子而名益彰 顔淵雖篤學 附驥尾而行益顯 巖穴之士 趨舍有時若

하고 토의해 가며 민정(民情)에 적응하도록 진언하며 의결할 수 있는 것이다. 그러니 지심공정(持心公正: 마음을 공정히 가짐)만 하면 될 것 같다. 현재의 나처럼 준비 없이 출마하는 사람은 한 사람도 없으리라고 생각된다. 또 여러 동지들의 신세 질 각오로 결심하고 입후보를 확정한 것이다. 성패는 내 알 바 아니다. 수인사대천명(修人事待天命)할 뿐이다.

단기(檀紀) 4285년(1952년) 3월 26일
봉우서우유신정사(鳳宇書于有莘精舍)

추기(追記)

현 공주 도의원 입후보 예상자 중 내가 안면이라도 아는 분들이 5~6인되고 그 외에는 성명만 서로 아는 사람들인데 여러 방면으로 보아서 다 우수하신 자격을 가지신 이들인데 외람히 비견하고 나온 것은 미안막중(未安莫重)한 일이요, 내가 양력탁덕(量力度德: 힘과 덕을 헤아림)을

此 類名埋滅而不稱 悲夫 閭巷之人 欲砥行立名者 非附靑雲之士 惡能施于後世哉
(풀이) 백이 숙제가 비록 어질지만 공자의 칭찬으로 인하여 그 이름이 드러났고, 또 안연이 학문에 독실하였지만 파리가 천리마의 꼬리에 붙어 천리를 갈 수 있는 것처럼 공자의 칭찬을 얻고서야 비로소 그 덕행이 드날렸다. 산중에 숨어사는 선비도 나아가고 물러남에 그 때에 맞게 행동하는 사람이 있다. 그러나 이와 같은 사람들의 이름이 그대로 사라지고 세상에 알려지지 않으니 슬픈 일이다. 시골구석의 사람으로 행동을 가다듬어 이름을 드러내고자 하는 사람이 청운의 선비에게 붙지 않으면 어찌 후세에 이름을 남길 수 있겠는가!

못하는 것이나, 그러나 나도 무슨 요행(僥倖: 뜻밖의 행복)이나 믿고 나온 것이 아니라 여러분과 비견해서 출마함으로(써) 여러 가지 문견(聞見)이 나아질 것이다. 일로 불계하고 나왔으며 또 여러분들도 내 출마가 자기네와 별 방해가 안 될 것이다. 나는 몇 군데의 부동표를 가질 뿐이요, 선전이니 경쟁이니 할 내 실력이 부족한 사람이니 다른 인사들에게 무슨 해가 될 리가 있으리요. 내 의사는 자연표에 국한하고 무의미한 선전취득 같은 것은 아주 없을 것이다. 일로 자경(自警)하고 성불성에 대관심을 가지고 있지 않노라.

1952년 3월 26일 봉우추기우유신정사(鳳宇追記于有莘精舍)하노라.

내가 도의원 출마를 앞두고

　어제 공암(孔巖)에 갔다가 마침 (반포)면의원 출마인들의 기호 순번 정하는데 면인물들의 집합을 보고 내가 느낀 바 있었다. 이 인물들이 이 면에서는 유수(有數: 두드러지거나 훌륭함)한 인사들이다. 물론 자신만만(自信滿滿)한 인물일 것이다. 우리 면에 정원 12인에 출마인 28인이다. 우리가 우리 자유로 평해 보자. 그 인물들 자신의 의사와 타인의 여론이 부합되는가 보자.

　그중 출마자 일인을 보고 출마동기를 물으니, 면유지(面有志)들이다. 출마하는데 면에 살며 이런 때에 출마도 못하면 남이 이 면에 사는지도 모를듯해서 나와 보는 것이라고 한다. 이 사람은 주목적이 입선에 있는 것이 아니요, 자기 자격을 대외적으로 향상시켜 보겠다는 것 뿐이요, 또 한 사람을 보고 물어 보니 나는 나올 생각도 안 했으나, 동네에 거주하는 어떤 사람이 나오니 내가 생각해 보아도 나도 출마해 보면 그 사람 정도는 득표할 것 같아서 출마했다고 한다. 역시 입선이야 되든지 안 되든지 동네 사람의 출마나 방해하고 혹 입선되면 다행이요, 낙선 되더라도 상대자도 동일한 낙선이 되어서 동네 거주에 우월감을 없애겠다는 것이 주목적인 것 같다. 또 한 사람을 보고 물으니 금번 면공무원으로 죄도 없이 불명예 사직(辭職)을 당해서 이번에 당선되어 명예를 복구해 볼까 하는 심산이라고 고백한다. 솔직한 답변이다. 그러나 내 생각에는 이왕 불명예 사직을 당했다면 면민(面民)을 대하기에 미안한 마음을 가지고 자중해서 개과하는 것이 당연하다고 본다.

또 한 사람을 보고 물으니 내가 출마하면 입선은 문제없고 입선되면 민폐도 근절시킬 것이요, 면행정도 일신 시키고 세금도 감소시키겠다고 호언한다. 이 사람은 면의원의 권한도 알지 못하는 인물인 것 같다. 그러나 의사만은 감사하다. 그 인물은 왜정하(倭政下: 일제시대)에 면의원으로 회의할 때, 한마디도 못하던 인물로 고리대금업으로 빈민을 착취하던 인물인데, 구미삼년(狗尾三年: 개꼬리는 3년 지나도 쓸모없다)일 것 같으나 혹 개과 되었으면 하는 인물이다. 또 한 사람을 보고 물으니 년소배(年少輩: 나이 적은 무리)들이 출마해서 저희 마음대로 일하면 잘못할까 봐서 우리 노인편들을 출마시킨 것이라고 한다. 이 사람은 마음은 순직(淳直: 순박하고 곧음)하나, 일자무식(一字無識: 한 일자도 모름)한 인물로 재산이 있어서 모모 단체장으로 있는 사람이다. 재산은 있으나 인격은 중류가 못 되는 인물인데, 이 사람을 위요(圍繞: 둘러쌈)하고 면공무원들 간에 별별 비밀이 다 있는 인물이다. 겸해서 청년대립으로 음모적으로 모모 친일잔재들을 규합해서 금번 면사건에도 관계 인물이다. 이 인물과 규합된 인물이 7~8인이 된다.

그리고 또 한 사람에게 물으니 동네 친족 간 악감으로 그 사람 득표를 방해할 목적으로 출마했다고 한다. 이런 인물은 질적으로 선량하다고 못 본다. 우리가 보기에 면에서 제일 적격자라고 할 인물에게 물어보니 나는 자격이 없는 사람인데, 동지 여러분의 권고로 부득이 출마했으나 미안막심(未安莫甚)하다고 겸손하게 말한다. 이 인물이 우리 면에서는 무엇으로 보든지 선량(選良)일 것이다. 그리고 청년층에서는 자기들의 불충분함을 생각 못하고 투지만만해서 출마를 했다. 내가 보기에는 청년층에서 2~3인 정도에 확실성이 있을 뿐이요, 그 외에는 낙선되리라고 본다. 28인 출마 중에 면의원으로 일인당(一人當)될 만한 분이 아무리 특별히 후한 평을 해도 3~4인 이내요, 그 외는 전부 영점이다. 이 면내 인물을 심사해 보면 불출마한 (사람) 중에 면의원 자격이 충분하고 도의원이라도 부족하지 않을 인물이 6~7인은 확실히 보인다. 말하자면 자격자는 양보하고 부족자는 경쟁적으로 출마하는 기현상이다. 하필 우리 면뿐이랴. 다른 도시나 읍, 면에도 이 현상이 있을 것 같다. 내가 도의원 출마를 앞두고 이 현상을 목도하고는 미안한 감이 없을 수 없다. 유능한 인사들은 모두 은둔(隱遁)하는데, 아무 자격도 없는 나로서 출마하고자 한다는 것이 아무리 봐도 면의원 출마 현상이나 다를 것이 조금도 없다고 본다. 내가 본래 유예미결(猶豫未決: 미루고 결정안함)하는 근성이 있고 또 아무 준비도 없이 아무 일이나 착수해 놓고 선후책의 진퇴유곡을 당한 사실이 얼마든지 있는 경험자이다. 그러나 여전히 근성을 불개(不改)하고 금번에도 발족해 볼까 하는데 목전에 이 기현상을 보고는 참으로 불안감을 제거할 수가 없다.

도의원의 출마도 이와 유사하다. 우리 전부 17~18만 되는 인구에서 도의원의 자격이 충분한 분이 얼마든지 거주하고 있을 것은 사실인데, 내 자격부족도 생각하지 않고 감히 출마할까 한다는 것이다. 내가 이 반포면 의원 출마 인사들을 평하는 것과 동일한 평가들이 공정한 안목으로 도의원 출마자들을 평할 것이요, 그 평론가들의 안목에 나를 어떠한 평을 할 것인가. 내가 제3자로 공정하게 평해 보자. 제1, 도의원으로의 자격상 학식이 부족하고 또 사회상식적인 지식이 부족하고 또 조리 있는 변재(辯才: 말하는 능력)가 부족하고 또 노쇠한 편이라 투지가 부족하고 경제적으로 빈궁해서 도의회에 나가서 교제가 부족한 점이 결점이라고 평할 것이다. 이렇다면 적격자는 못 된다. 그렇다면 당연히 추현양능하는 것이 당연한 일이다. 그런데 왜 결정적 판단을 못하는가. 내 자신도 생각하는 바가 있다. 갑구(甲區)에서는 다소 득표할 가능성이 보이나, 을구(乙區)에서는 자신이 없고 혹 득표를 한다 하더라도 미지수인 것이다. 그리고 나를 위해서 선전해 줄 인사도 없고 그렇다고 내가 경제적으로 영점이니, 근일 선거에는 제일 요건이 표(票)이오, 제2가 자격부족이 결점이다. 자격이야 부족하건 족하건 웅변이라도 하면 대중표가 있을 것이나 아주 말하는 아(啞: 벙어리)다. 그리고 보니 내가 주저(躊躇)하지 않을 수 없다.

　그리고 행운으로 당선이 된대야 도의원으로서 내 책임을 완수할 것인가 자신이 의심된다. 책임을 완수 못 하면 이것은 그 자리를 오독(汚瀆: 명예를 더럽힘)하는 것이다. 이로서 근일 심상(心上)에서 진퇴양로의 암투가 부지(不止: 멈추지 않음)하는 것이다. 나아가서 결사적으로 투쟁하느냐, 그렇지 않으면 물러나서 후일을 기다리느냐가 분기점이다. 이 분기점에서 방황하는 내가 수일 후에 결정적 안(案)이 나올 것이다. 내가 출마하고자 하는 동기는 전술(前述: 앞서 말함)한 바 있었다. 그러나 내가 자동적이 아니요, 피동적이다. 내가 생각하고 심사숙려(深思熟慮: 깊이 생각함)한 후에 비록 경제나 인물이나 동할 수 없더라도 단신으로 공수(空手)로 단도직입(單刀直入)적으로 나갈 것인가 그렇지 않으면 추현양능하고 아주 은퇴할 것인가를 정해야 한다. 내 일신 사정이 현상 미묘난측(微妙難測)한 감이 있다. 동부동(動不動: 움직이며 움직이지 않음), 정부정(靜不靜)의 진퇴를 어찌할 수 없는 말 못 할 일이 있어서 백 가지 악조건을 불구하고 출마라도 해볼까 하는 의도였는데 아무리 생각해도 또 나가도 백난(百難: 백 가지 난관)이 있을 것을 각오하지 않으면 안 된다. 마음이 광대한 공간을 그칠 줄을 모르고 배회방황(徘徊彷

徨)하는 중이다. 내가 이 붓을 든 시간에도 마음은 기로에서 묵상(默想: 묵묵히 생각함)인지 침착히 하고 있는 중에 내 손이 가는 대로 둔 것이 이상과 같은 기록이 된 것이다. 내 자신도 이 암투(暗鬪)가 하루라도 속히 평화안정(平和安靜)되어 진퇴양로가 결정되기를 비는 바이다. 근일 아주 불면증으로 이 몸이 점점 쇠약해진다.

단기(檀紀) 4285(1952)년 3월 29일
봉우서우유신정사(鳳宇書于有莘精舍)

수필: 또 다시 운명론을 반대함
— 5.10 도의원 선거에 참패하고

　임진년(壬辰年: 1952년) 5.10선거인 도의원 입후보자가 되었다가 참패를 당하고 내 소감의 일단을 기록해 보는 것이다. 이 붓을 들기 전 약 40일 전에 내가 운명반대론을 기록해 본 일이 있었다. 과연 내 일을 예고한 것이다. 무슨 일이든지 발족하자면 당연히 준비가 있어야 하는 것이다. 그런데 금번 입후보 당시에도 내가 선거에 불가결할 인적, 물적의 아무 준비 없이 친지들의 권고로 불량력(不量力), 불탁덕(不度德)하고 피동적 행동을 한 것이니, 내 실패의 원인이요, 그다음에는 이왕 출마한 이상 적극적으로 해야 할 일인데 너무 소극적으로 무관심하고 한 것이 원인이다. 무슨 운명이 불호(不好)해서 그런 것이 아니다.

　예를 들면 선거구가 갑을구(甲乙區)를 통했으니 약간의 지반이라도 있는 갑구에다 전력을 경주하여 운동하였다면 물론 성적이 우수하였을 것은 누구나 아는 바다. 그런데 갑구에다 조금도 유의 않고 자연적 투표만 기대한 것이 실패요, 갑구 중에도 읍에서는 친지나 초면을 가리지 않고 호별 방문만 하였더라도 수확이 상당하였을 것이다. 그런데 읍에서는 아주 소수의 유지 몇 명만 방문한 것이 최대 실패가 되었다. 비록 운동은 못하더라도 유권자 제위에게 내가 입후보 하였소 하는 정도의 인사표시라도 하였으면 당연한 일인데 전부 궐(闕: 빼먹음)하고 시일을 경과한 것이 원인이며, 그다음은 경제적으로 적수공권(赤手空

拳: 빈털터리)이었다는 것이 역시 원인의 하나가 된다. 혹은 (선거)운동원의 불비점(不備點: 갖춰지지 않은 점)을 말하나, 이것은 내 자신의 불비요 운동인들은 전적으로 하였다는 것을 내 양심상으로 증명하는 것이다. 그리고 약간의 타방(他方: 다른 쪽)의 중상모략이 있었으나 이것은 큰 원인될 것은 아니다. 대체로 말하면 내가 출마한 이유가 주목적이 도의원에 있지 않았다는 점이 최대의 실패원인이 될 것이다.

제일로 무엇을 피하려고 지방의원에 출마한 것이요, 그다음은 당선된다면 또 무엇을 목표하고 나간다는 묘연한 희망이 실패의 원인이다. 도의원으로 출마하였으면 도의원으로서의 해당한 목표를 일관(一貫)해야 하는 것인데, 실상은 도의원이라는 것은 부수물로 취급한 내가 잘못이다. 그리고 마음에 없는 모당(某黨: 아무개 당)의 공인(公認) 입후보가 그리 비위(脾胃)에 맞지 않았다. 어떤 친지가 기권하라고 일야(一夜: 하룻밤)를 두고 권고하였다. 그 이유는 두 가지가 있었다. 한 가지는 공적으로 신인들에게 양보해서 노쇠물로의 아량을 보이고 2년 후에 만반의 준비를 다해가지고 출마해 보라는 것이요, 사적으로는 경제적으로 혜택을 못 받는 사람이 또 등락간(登落間: 붙고 떨어짐 사이)에 곤란할 것이니 경제적으로 급한 문제나 해결하고 안분지족(安分知足: 분수를 알고 만족함)하라는 것이었다. 내가 답하기를 나는 호사인이다. 그러나 동지규합을 좋아하는 관계로 비록 금번에 출마에 실패하더라도 유망한 동지 몇 사람만 얻으면 이것이 내게는 대성공이라고 하였다.

과연 선거는 실패하고 동지는 다수 규합되었다. 여기서 내 본의는 실패되지 않았고 형식은 실패된 것이며, 이것이 운명이 아니요, 내 역부족이라는 확증이다. 그리고 혹 입선이 된다하더라도 내 자신이 도의원으로의 임무를 완수하느냐가 양심상으로 평론(評論)이 구구하다. 만약 책임완수를 못하고 시위(尸位: 죽은 껍데기)로 있다면 도민 여러분에게 죄인이 될 것이다. 그러고 보면 새옹득실(塞翁得失: 새옹지마의 득실)로 안 된 것이 내게 다행인지 알 수 없다. 금번에 여러 친지들에게 너무나 많은 동정을 받아서 미안한 말씀을 (이루 다) 기록하지 못하겠다.

패군지장(敗軍之將: 전쟁에서 패한 장수)은 불가이언용(不可以言勇: 용맹함을 말할 수 없음)248)이라고 하나, 나는 비록 패군지장이나 선패자(善敗者: 잘 패배한 사람)는 불망(不亡: 죽지 않음)이라고 그리 퇴수(退守: 후퇴하여 지킴) 못 할 지경이 아니요, 가이진(可以進: 나아갈 수 있음), 가이퇴(可以退: 물러날 수 있음)할 입장이니 이것이 자위(自慰: 스스로 위로함)의 일조(一助)가 된다는 것이다. 내 선친 재세시(在世時)에 늘 경계하시기를 너는 심호사사난성(心浩事事難成: 마음이 호탕하여 일마다 성공하기 어려움)이라고 하시었다. 내가 무슨 마음이 넓은 것이 아니라 내 역량보다는 지나치는 일을 항상 좋아하는 관계로 이런 훈계를 하신 것이다. 내 실력을 양성해서 역량 이내에서 무슨 일이든지 발족하면 별로 실패 없을 것이다. 제일로 내 실력양성에 치중하고 이 붓을 그치며 역시 운명론을 반대하노라.

단기(檀紀) 4285년(1952) 5월 17일 鳳宇題于有莘精舍하노라.

---

248) 패군지장불어병(敗軍之將不語兵: 패군지장은 전쟁에 대해 말하지 않는다)과 같은 말로서《사기(史記)》〈회음후열전(淮陰侯列傳)〉에 나온다.

추기(追記)

　금번에 손병우 씨, 석숭(昔崇) 씨, 권병로 씨, 한석병 씨, 윤창수 씨, 선우근 씨, 안종식 씨 외에 용산계(龍山契) 동지 여러분의 동정과 또 동우노인(東尤老人)의 적극적인 노력과 권태호 씨, 발양(發揚) 김씨, 웃제(○弟?) 계룡 전씨 등 제위에게 심심한 사의(謝意)를 표하는 바이다. 그리고 면내 여러분 중에 음적, 양적으로 진력해 주신 동지가 여러분이 계시다. 이런 성의를 보답하지 못하는 내 심정 무어라고 할까. 다만 무언실행(無言實行)으로 여러분에게 보답하고자 이 붓을 그치노라.

봉우기(鳳宇記)

수필: 1953년 국회의원 선거 준비 설계안

금번 실패를 기회로 다가오는 내년인 국회의원 출마를 준비하라고 권고가 있고, 이 건의 예산을 제시한다. 출마 여부는 후일로 미루고 그 설계나 기록해 보자.

1. 참모부: 갑구(甲區) 각면(各面) 1인씩 계(計) 5인. 조직 기간은 금년 중.
2. 세포조직: 갑구 각동(各洞)에 1인씩 87동의 87인. 조직 기간은 금년 내.
3. 행사: 가) 금년 9~10월경까지 자서전(自敍傳) 간행하여 동책임자에게 5부씩 배부하고 참모회 개최함. 나) 내년 3~4월 중 각 면 단위로 동(洞)책임자 야유회(野遊會) 개최. 다) 내년 11월경 대통령령(令) 발령(發令) 시 각 동 단위로 책임자와 그 아래의 5인 균일(均一)의 선거 운동원 조직과 야유회 개최.

이상의 준비가 필요하다는 권고를 받았다. 설계안(案)만은 좋은 안이다. 실현성 여부가 문제를 좌우하는 것이다. 그리고 이 안을 성립하자면 1개년 반의 소요 경비가 최소한 200만 원이라는 숫자가 필요하다. 현상은 공염불이다. 이 안(案)도 생각해 보고 저 안도 생각해 보다가 제일 안전하고 실현성이 있는 안을 채택하기로 하고 이 안을 기록해 보는 것이다.

임진(壬辰: 1952년) 5월 18일
봉우서우유신정사(鳳宇書于有莘精舍)하노라.

연정원의 연혁(沿革)

내가 아주 소년시대인 임자년(1912) 봄이다. 소학교(小學校: 충북 영동 보통학교) 동창이던 이홍구(李洪龜), 안명기(安明基)와 그때 우리를 지도하던 소학교 선생님 박창화(朴昌和) 씨와 같이 영동(永同) 천마산(天磨山) 중화사(重華寺)라는 데를 갔다가 삼봉(三峯)이라는 고지(高地)를 간 일이 있었다.

그 고지는 그 산중에서 제2고지로 삼천척(三千尺)에 가까운 곳이라 봉정(峯頂)에서 내가 안계(眼界)의 광활함과 산곡(山谷)의 분파(分派)됨을 보고 감상담(感想談)으로 우리가 일보일보의 전진으로 숨가쁨과 피로를 인내하고 이 정상에 오기까지는 아무 쾌활함이 없이 왔으나, 이 봉정에 와서 보니 동서남북의 수백 리 산천이 안하(眼下)에 있고 대등한 속리산이나 덕유산도 평등하게 보이니 우리가 일보전진해서 최고봉을 답파하고 상유천하유지(上有天下有地: 위로는 하늘이 있고 아래로는 땅이 있음)라는 계한(界限)을 정해서 형이상(形以上)은 형이상대로 형이하(形以下)는 형이하대로 우리가 최고정(最高頂)을 점령해서 오늘 이 자리에 쾌활감을 잊지 않고 장래의 목표를 최고봉 답파(踏破)에 두겠다고 말하였다.

이홍구 군도 찬성하였고 안명기군은 하필 최고 정상이 맛인가 아무데나 경치 좋고 수석(水石)이나 무던하면 세 칸 초당(草堂) 지어 놓고 왕래친지나 접대하고 지냈으면 좋겠다고 하여 세 사람의 의견불일치를 보고 서로 자시(自是: 자신의 옳음)를 주장하는 중에 박창화 선생이 소문(笑問: 웃으며 물음)하기를 최고정상을 가자면 노력이 얼마나 들며 난관이 얼마나 개재(介在)한지 알고 최고 정상을 목표로 하는가, 의사만은 좋으나 백절불굴의 의지가 있는 사람이 아니고는 발족을 못할 것이라고 하였다. 그리고 독자적으로는 더욱이 난관이라고 말하였다.

내가 말하기를 부적규보(不積蹞步)면 무이지천리(無以至千里)요 부적소류(不積小流)면 무이성강하(無以成江河)라[249] 하였으니, 백절불굴의 의지를 가지고 내 동지를 규합해서 최고정상을 목표로 오늘부터 출발하리라, 우리의 5000년 역사를 다시 장식시킬 포부를 가지고 적국인 일본을 물리치고 우리 민족의 장래를 위해서 헌신적 진출을 하리라, 생사를 초월하여 애국애족이라는 이념을 가지고 최고정상 답파를 목표로 나가자, 동지는 모여라, 우리의 기하(旗下)로 모여라. 제1로 독립전취(獨立戰取)요, 제2로 우리 민족의 세계제패요, 제3으로 만년평화(萬年平和)를 목표하고 나가자 하고 열광적으로 산정에서 대성고호(大聲高呼)하니, 이 군(李君)이나 안 군(安君)이나 박 선생이나 다 부지중에 열루(熱淚: 뜨거운 눈물)를 흘리며 우리 민족 독립만세를 부르고 안 군도 이 이념이라면 찬성하겠다고 동지규합을 결의하고 귀가하였던 것이다.

그 후 박창화 선생이 음적, 양적으로 많은 지도가 있었고, 외양으로 단연계(斷煙契)니 친목회(親睦會)니 금란계(金蘭契)니 하며 동지규합을 시작하였고 주로 민족정신을 주입함을 목적하고 비록 소년들이나 정수(精粹) 동지가 상당 숫자를 헤아리게 되었다. 내가 발기인이 되고 인물고사(人物考查)는 박 선생이 해서 비밀을 통하는 동지는 이홍구, 송

---

249) 《명심보감》 권학편(勸學篇)에 나오는 순자(荀子)의 말로, "반걸음이 쌓이지 않으면 천리도 못가고 작은 물길이 모이지 않으면 강과 바다도 이뤄지지 않는다."는 뜻이다.

철헌, 이윤직, 김극수(金極洙), 김두수(金斗洙), 송우헌(宋禹憲), 안명기, 안상호(安相浩), 김복진(金復鎭), 김기진(金基鎭) 등으로 수시 모임을 갖다가 내가 5년 만에 공주로 이거(移居)한 후로 각인각산(各人各散: 각기 흩어짐)되어 왕래가 두절되었다. 그 후도 이윤직, 이홍구만은 간간 왕래하였으나, 기미년(1919) 3월 1일 후로 사회주의가 우리 지역에 들어오자 이 동지들의 태반이 그 방면으로 전환되고 혹은 주위 환경으로 아주 중지한 동지들도 많다.

그 후 나는 만주로 가서 출입하며 독립군 생활을 하다가 만 4년 만에 아주 단념하고 귀국해서 미미한 지하운동으로 외면으로는 신문기자도 되어 보고, 생명보험 외교원(外交員)도 되어 보고, 약품 채약상(採藥商)도 되고 행상도 되어 보고, 투기업자도 되어 가며 백면백작(百面百作)으로 동지규합에 노력해 왔었다. 그러며 유사종교의 간부진들도 동원해 보고, 학교 교원진들도 움직여 보았다. 그러다 왜정시대에 수십차나 영어(囹圄) 신세를 지고 그동안 공섭단(共涉團)이니 연방사(聯芳社)니 계몽사업이니 동지계(同志契)니 하며 각양각색의 집회를 하며 동지규합에 전력한 것이 동지층으로 수백 명이나 되었다.

8.15해방이 되자 동지들은 당연히 일층 더 노력해서 독립완수로 매진할 것인데 의외로 동요되어 혹은 관계(官界)로 혹은 군인으로, 혹은 사상전환이 되어 현존불변하는 동지가 100여 명에 불과해서, 이 동지를 가지고 연정원(研精院)이라는 연구소를 시작하고 좀 자격이 부족한 동지는 양성해서 완전한 동지로 향상시킬 예산이었다. 그러던 중 6.25사변으로 동지 중 50여 인이 피해를 당하고 아직 수습을 못하고 있는 중이다. 이것이 우리 연정원의 연혁이며 현상이다.

연정(研精)의 주목표는 물론 정신을 연구하는 데 있으나 부수조건으로 화학, 공학도 있고 문학과 체육학도 있다. 그러나 주목표는 여전히 정신연구다. 이 정신연구가 동서양을 통하고 고금을 통한 동일한 방식임에 틀림없는 것이다. 종교로는 유불선(儒佛仙) 3교가 다 연정 방식이 있으나 각자의 본 바가 달라서 좀 방식의 차이가 있으나 대동소이하다. 현 야소교(耶蘇敎)나 회회교(回回敎)나 정신연구 방식은 대동소이하다.

내가 말하는 연정원이라는 것은 종교적 숭배정신을 가지고 정신을 연구하라는 것이 아니다. 인신(人身)은 소천지(小天地)니 천지인(天地人)의 합리화한 원리를 정신연구로 각오(覺悟: 깨달음)해서 물욕(物慾)의 장벽으로 양지양능(良知良能: 배우지 않고도 선천적으로 갖추어져 있는 지능)이 발휘 못하는 것을 다 환원해서 천지의 원리대로 품부(稟賦)한 인생 그대로 발휘하면 성자(聖者)도 될 수 있고 철인(哲人)도 될 수 있는 것이다. 여기서 성공자는 최고봉을 답파한 자요, 비록 최고봉을 답파 못하더라도 어떤 고지(高地)쯤은 별 문제 없이 답파할 것이다.

내가 정신을 연구하라 하니 유신론자(唯神論者)로 알 것이나, 그것이 아니요 유물유신합치론(唯物唯神合致論)을 주장한다. 이원합일론(二元合一論)이다. 유물(唯物)만으로 만사를 해결할 수 없고 유신(唯神: 유심 唯心)만으로도 역시 만사를 해결하지 못한다. 유물유신이 합치됨으로(써) 전지전능(全知全能: 온전한 지혜와 능력)이 되어 만사가 다 완전한 해결을 할 수 있고, 우리가 목표하고 나오는 연정원의 최고 정봉(頂峯)에 도달할 수도 있는 것이다. 물심합일(物心合一)이 되면 강자도 없고 약자도 없이 만년평화가 될 수 있는 것이다. 아직 유물론으로 과학문명이 서로서로 차이가 있어서 각자 위지대장(爲之大將: 대장이 됨)이요 구왈여성(俱曰余聖: 모두들 내가 성인이라 함)이라는 점에서 전쟁도 있고

승패도 있는 것이다. 만약 물심(物心)이 합치된 전지전능으로 우리 우주를_ (이하 원고 유실)

[이상은《봉우일기》1권에 실려 있으며 아래 유실된 원고를 발견하였기에 추가함.]

지휘한다면 이 우주에 전쟁이 날 필요가 없고, 전쟁이 나서 승패가 결정적이라면 혹 승(勝)할 자는 전쟁을 욕구할지 모르나, 패할 자가 욕구할 리 만무(萬無)하다. 그러나 내가 말하는 승리할 자는 전지전능(全知全能)을 가진 우리 배달족이다. 우리 대황조(大皇祖: 큰할배)의 이념이신 만대평화(萬代平和: 홍익인간)를 목표로 나가라는 성훈(聖訓)대로 이 우주에서 우리 배달족(倍達族)이 성공하여 만대극락(萬代極樂)이며 평화로 다음 개벽운(開闢運)을 기대할 뿐이다. 여기서 속히 우리 배달족의 백산대운(白山大運)이 성공되기를 심축(心祝)하며 이 붓을 그치노라.

임진(壬辰: 1952년) 4월 4일 봉우기(鳳宇記: 봉우는 쓰다.)

수필: 선거출마를 권고하는 동지들과
중지하라는 동지

  장이석(張履奭)250) 동지가 불초(不肖: 봉우 선생님 자신을 낮추는 말)와
이계철 동지를 권고하여 출마해 보라고 하고 이계철 동지 역시 자기
일인(一人)만은 출마 않겠다고 같이 출마하자고 권고하였다. 그 중간
역할은 유화당(劉華堂)이 전적으로 하였던 것이요, 처음부터 출마를 중
지하라고 권고하기는 한상록 동지였다. 입후보 등록일에 불초가 문건
(文件) 불비로 미등록이 되어서 출마중지가 되면 체면에도 별 관계없
고 잘 된 일이라고 말하였다. 이계철 동지는 섭섭한 표정이 많았다.

  그러나 선거위원회 위원들이 재심사를 해서 등록시킨 것이 불초를
동정한 것이나, 나는 노심노력(勞心努力)을 안 할 수 없이 1개월간을 분
망 중에 있었다. 경과하고 보니 다 소견법(消遣法)의 하나다. 승패가 하
관(何關: 무슨 상관)인가. 되어가는 대로 하고 이러는 중에 인심동태도
보고 내가 임사소홀(臨事疎忽)하여 항상 실패하는데 일조(一助)도 될
것이다. 별별 극적현상이 다 있었으나, 역시 소견방편법이라고 해두고

---

250) 장이석(張履奭)은 1963년에 창당되었던 정당인 신흥당의 총재를 역임하였다. 신
    흥당은 창당 이후 제5대 대통령 선거와 제6대 국회의원 선거에 참여하였다. 장이
    석은 1963년 10월 15일에 있었던 5대 대통령 선거에 계룡산 산신의 계시를 받
    았다며 대선에 출마하였다. 이 선거에서 박정희가 윤보선을 15만 차이로 가까스
    로 이기고 당선 되었다. 참고로 장이석은 19만 8000표를 획득하여 윤보선의 낙
    선에 공헌하였다.

이 정도로 그친다. 출마를 권고하는 동지나, 중지하라는 동지나 모두 동지적 입장에서 없지 못할 일이다. 자기의 주장이 다를 뿐이다. 내가 들은 대로 기록해 보는 것이다.

임진(壬辰: 1952년) 5월 18일 봉우서우유신정사(鳳宇書于有莘精舍)

수필: 씨족애(氏族愛)와 화수회(花樹會)

6.25사변으로 분주불가(奔走不暇: 바쁘고 쉴 겨를이 없음)하여 아직 나는 서울에서 거주하던 가옥도 가서 보지 못하고 친족 간에도 생사존몰을 아지 못하고 지내는 전쟁 중 생애다. 그러나 금번 선거 당시에 공주 각 면에서 당해 본 씨족애(氏族愛)라는 것은 말할 수 없이 열정적이다. 비록 전쟁시대라도 기회만 있으면 공주에서라도 화수회(花樹會: 같은 성씨 친목회)를 조직해 볼까 한다. 전쟁시대일수록 씨족애를 고취(鼓吹)해서 한 걸음 더 나아가 민족애로 진전하는 것이 당연하다고 본다. 금번에 절실히 느낀 것이다. 금년래로 무슨 일이 있든지 화수회 발족을 해보리라.

현상으로는 조불모석(朝不謀夕: 아침에 저녁을 꾀하지 못함)인 경제면에 처해서 욕동부동(欲動不動: 움직이려 하나 못 움직임)이나, 당면한 문제나 해결되면 최단 기한 내로 착수해 볼까 하는 예정이요, 아직 성안(成案: 안을 작성함)은 없다. 사전에 족인(族人)들과 타합(打合: 타협)을 하고 반분(半分) 승낙이라도 듣고 발기인조직부터 착수할까 한다. 공주에서는 각 면에 거주 않는 곳이 없고 비록 극소수나 통합하면 수백 인 이상이 되는 것 같으니, 다른 대성(大姓)만은 못 하나 화수회 자격은 충분하다. 실현을 기약하고 일로매진(一路邁進)하리라.

임진(壬辰年: 1952) 5월 18일 봉우서(鳳宇書)하노라.

가아(家兒) 영조(寧祖)를 일선(一線)에 보내며

　　가아(家兒)[251]가 군대에 입대한 것은 군정(軍政: 해방 후 미군 군정) 당시 국방경비대에 입대하여 공주에서 엇나가 대전으로 가서 여수, 순천 사건[252]을 경과하고 제주전투지구[253]에 가서 6개월 있다가, 인천으로 오자마자 옹진(甕津)출동[254]이 되어 6개월 만에 적탄(敵彈)에 명중되

---

251) 남에게 자기 아들을 낮춰 일컫는 말.

252) 여수·순천 사건(麗水順天事件) 또는 여순사건(麗順事件)은 1948년 10월 19일부터 10월 27일까지 전라남도 여수·순천 지역에서 국군 제14연대 소속이자 남로당 소속의 김지회·지창수가 주동하여 일어난 군사반란과 여기에 호응한 좌익 계열 시민들이 가담한 사건이다. 국군, 해군, 경찰에 의해 반란군 2,000여 명이 전멸하였고, 이 과정에서 전라남도 동부 지역의 무고한 민간인들이 다수 희생되었다. 이 사건을 계기로 이승만 정부는 1948년 12월 1일 국가보안법을 제정하고 반공주의 기치를 강화하였다.

253) 제주도지구 전투사령부. 육본은 제주 빨치산을 토벌키 위해 1949년 3월2일 '제주도지구 전투사령부'를 설치했다. 약칭 '제주전투사령부'는 2연대(3개대대), 제주경찰 그리고 대유격전 특수부대인 독립 제1대로 구성됐다. 사령관에는 유재흥 대령, 참모장은 제2연대장인 함병선 대령으로 하여금 겸임케 했다. 공비토벌 작전은 제2연대를 주축으로 하여 펼쳤고, 해안지역 작전은 경찰이 담당했다. 1946년부터 이어진 제주의 소요사태는 1947년 3월 1일을 기점으로 하여 1948년 4월 3일 발화(제주 4·3사건)되었는데 제주도지구 전투사령부 작전은 4.3사건의 종결기인 1949.3.2.~5.15에 진행되었다. 4.3사건은 1954년 9월 21일 완전종료되기까지의 무력충돌과 진압과정에서 수많은 주민들이 희생당했는데 미군정기에 발생하여 대한민국 정부 수립 이후에 이르기까지 7년여에 걸쳐 지속된, 한국현대사에서 한국전쟁 다음으로 인명 피해가 극심했던 비극적인 사건이다.

254) 옹진반도로 발령. 당시 섬처럼 고립된 옹진반도는 국군 독립 제17연대가 주둔 방어하고 있었다. 1950년 6.25전쟁 발발 직후 6월26일까지 이틀 동안 옹진반도 전투가 벌어졌다. 독립 제 17연대(연대장 대령 백인엽)가 전차 1개 중대로 증강

어 우완(右腕: 오른팔)을 관통상을 당하고 부산 육군병원에 (치료받은 뒤) 몇 달 만에 삼탄관통(三彈貫通)을 (또 부상당하고) 완치하고 불구자는 면하였다. 그리고 제대하려는 것을 다시 수원보충대로 가 있다가 수도경비사단으로 가서 부평대대에서 6.25사변을 당하고 남하 못 하였다가 공주에 와서 부자가 같이 인민군에게 월여(月餘: 한 달 남짓)를 옥중고(獄中苦)를 당하고 우연한 기회에 생명 만은 구출하였었다.

9.28수복 후 원대 복귀하여 함경북도까지 갔다가 동부전선에서 수도사단 대전차공격대대 정보과 선임하사로 있다가, 작년에 갑종 제17기 간부후보생으로 합격이 되어 부산보충대에 있다가, 대구보충대로 와서 오래지 않아 광주보병학교에 적을 두고 6개월 만에 임진 양력 4월 26일 졸업하고 일시 귀가하였다가 대구보충대로 갔다가 다시 제7사단부로 발령되어 (강원도) 화천(樺川)으로 어제 출발하였다. 군인으로서 당연히 백전임위(百戰臨危: 모든 전쟁에서 위험과 맞섬)해야 제 책임을 완수하는 것이다. 전진무용(戰陣無勇: 전쟁에서 용기가 없음)이 비효(非孝: 효도가 아님)라 하니, 국가를 위해서 진력하는 것이 당연한 일이요, 이제 장교로 나가게 되니, 책임이 하사관보다는 가일층 더하다. 국가와 민족을 위해서 별일을 못하나 자식이라도 헌신적으로 나가서 일꾼이 된 것만은 반가운 일이다. 자식을 보내며 장래를 촉망하고 일변(一邊) 가족들을 위로하며 이 붓을 그치노라.

───

된 조선인민군 제 6사단 14연대와 38경비 제 3여단과 맞서 전투를 치렀다. 북한군의 기습에 악전고투하던 국군은 전황이 불리해지자 지연작전을 펼치며 인천과 군산으로 후퇴하였다. '제주지구전투사령부 2연대는 1949년 8월 13일을 기해 수송선을 타고 제주를 떠나 인천을 거쳐 황해도 옹진으로 배치되었는데, 1949년 10월 14일 새벽을 기해 북한인민군 소대병력이 옹진 지구의 녹달산과 그 곳에 인접한 은파산을 공격하였다. 이것이 바로 제3차 옹진전투(1949.10.14~11.15)이다'

임진(壬辰年: 1952) 5월 18일 봉우서(鳳宇書)

추기(追記)

전쟁시대라 민족혼(民族魂)이 부족한 탓인지 청년들이 군인 되기를
그리 좋아 않는 것 같다. 그러나 우리 부자는 다 이 정도는 지낸 것 같
다. 여러 가지를 초월해서 군인으로의 성공을 가족이 전부 빌 뿐이요,
다른 소망은 없다. 이것이 내가 안심하는 바이다.

수필: 식량부족문제와 국민의 굶주림

　농촌에서 생활하는 사람이라 무엇보다도 제일 양정(糧政)에 관심이 되는데 시상행매(市上行賣: 시장가격)가 백미 일두(一斗: 한 말)에 5만 원 이상을 하니 민생이 생활유지를 할 사람이 얼마나 되는가 의심시된다. 원인은 경지면적은 불변하고 농업의 제일 요소인 비료는 원활하게 수입이 못되고, 인부도 노무동원관계로 부족하니, 생산량이 전에 비하여 감소됨에 반하여 정반대로 인구는 수백만 명 이상이 증가되고 일선 지구는 농업을 못하고 또 부득이 백미와 외국 물자와 교환하는 일이 있게 되니, 비록 농산물이 평년작이라도 지탱할 수 없는 것인데 작년 농산물이 평년작이 못 되고 밖으로 나가는 반출량이 너무 많아서 국내 인민의 기아상(飢餓狀: 굶주리는 참상)은 차마 말할 수 없는 지경이다. 정부에서도 방임코자 하는 것은 아니요, 최선의 노력은 다하나 본디 없는 식량을 어찌 할 수 없는 것이라 맥령(麥嶺: 보리고개)에 일부 교환식량으로 방출하나 이런 것쯤은 동족방뇨(凍足放尿: 언 발에 오줌 누기)에 지나지 못하고 완전책은 아직 묘연하다.

　맥작(麥作: 보리농사)이 하루라도 속히 수확되었으면 좀 나으련만은 역시 일자(日字)를 요한다. 국민 대부분의 사활문제가 여기 있는데 국정이나 도정이나 시군읍면에서 아직 별다른 조처가 보이지 않고 지방의원들도 벌써부터 자기네의 권리주장이 많은 것 같으니 한심한 일이요, 국회 데모사건이 또 있으니 국가 위신문제도 있는 것이다. 정치욕에는 수단을 가리지 않는다 하나 이런 문제가 그치지 않으면 국민으로서 입법기관인 국회나 행정기관인 정부를 신뢰할 수 없는 것이니, 좀 신중히 처리하기를 바라는 바이다.

현 식량문제도 근본방침을 국회나 정부에서 해결 않으면 어찌 자연적 해결되기를 바랄 수 있으리요. 그럴 리는 없으나 만약 이 중대 문제를 도외시한다면 혹이나 불상사가 발생할까 염려되는 바이다. 현 농촌 실정으로 보아서는 광야 지대를 제외하고는 잔존 쌀 수량이 절대 부족한 것은 가리지 못할 사실이다. 민(民)은 이식위천(以食爲天: 먹는 걸로 하늘을 삼는다)255)이라고 이 선결문제를 무사히 해결시키기를 바라며 이 붓을 그치노라.

단기 4285년(1952) 5월 23일 봉우서(鳳宇書)

---

255) 《사기(史記)》〈역이기전(酈食其傳)〉출전. 진(秦)나라가 멸망한 후, 한왕(漢王) 유방(劉邦)과 초패왕(楚覇王) 항우(項羽)는 천하를 다투고 있었다. 항우는 우세한 병력으로 유방을 공격하였다. 이에 유방은 성고의 동쪽 지역을 항우에게 내주고자 하였다. 이때 유방의 모사였던 역이기는 식량 창고인 오창(敖倉)이 있는 그 지역을 지킬 것을 주장하며 다음과 말했다. "저는 〈천(天)이 천(天)이라는 것을 잘 아는 자는 왕업을 이룰 수 있으나, 천을 천으로 알지 못하는 자는 왕업을 이룰 수 없다. 왕자(王者)는 백성을 천(天)으로 알고 백성은 먹을 것을 천(天)으로 안다(王者以民人爲天, 而民人以食爲天).〉라는 말을 들은 적이 있습니다." 유방은 역이기의 말에 따라, 곧 전략을 바꾸어 군사들을 보내 오창을 지키게 하였다.

수필: 빚이 산더미 같은 나의 가정경제

바람에 날리는 부운(浮雲)이나 강수(江水)에 뜬 부평초(浮萍草)처럼 마음이 안 잡히고 따라서 가정 실정도 이 몸을 일일(一日)이라도 휴식을 허락하지 않는다. 나는 의식주 삼건사(三件事)를 다 알지 못하고 지내는 사람이다. 그러나 의식주가 없이는 못 지내는 사람이다. 그런데 내 실정은 가족 6인에서 가아(家兒)가 군인 생활을 하니, 5인의 재가(在家) 가족이다. 1년 총생활을 하자면 식량이 (쌀) 180두(斗: 말)가 소요되고 의복도 약간이 필요하고 거주비도 역시 있어야 하는 것인데 나는 정기 수입으로는 연수입이 일원도 없는 사람이요, 가족들은 조금의 수입이 있으나 역시 정기적인 것은 아니다. 이 현상으로 지내기를 여러 해 지냈으나, 연수입, 지출을 맞혀서 살아보지 못하였다. 이것이 내 생활이 부운종적(浮雲蹤迹: 뜬구름 같은 자취)이요, 부평초와 동일하다는 것이다.

더욱이 금년 같은 예가 없는 물가고등(物價高騰)에 경과는 무엇이 어떠하다고 보고할 수 없다. 그리고 장래도 아직 예정을 불허한다. 그중에 부채는 여산(如山: 산더미 같음)하고 보상할 방안도 나오지 않으니 선후책이 어디서 나올까 걱정이다. 나의 심서(心緒: 마음의 실마리) 정히 산란하다. 더구나 금번 입후보관계로 부채가 의외로 산적(山積: 산처럼 쌓임)하였다. 이것이 내가 계활(計活: 계획 있는 생활)을 도외시하는 연고로 이런 곤경을 당하는 것이다. 그렇다고 졸지에 개과할 도리도 없

고 그저 지내자니 6인 가족의 사활문제가 있고 식불감침불안(食不甘寢
不安: 음식을 먹어도 맛이 없고 잠을 자도 편안 하지 않음)하도다.

고인의 안빈낙도(安貧樂道: 가난해도 편안한 마음으로 도를 즐김)라고
하나, 나같이 부채가 많아서는 피동(被動: 남의 힘에 움직임)이 아니 될
수 없는 것이다. 부채만 없다면 가족이 근력기중(勤力其中: 적은 논밭이
나마 농사에 힘씀)하면 그저 연명은 될 것이다. 나도 무엇을 하든 약간의
수입은 있을 것이요, 가족들도 다 노동하면 수입의 다소는 차가 있을
지라도 호구(糊口: 입에 풀칠을 함)는 될 것인데 부채가 제일 난관이다.
금년 중에는 무슨 방도(方道)로든지 부채를 정리해야겠다. 현상으로는
묘연하다. 단호(斷乎)한 대책을 강구(講究)해 볼까 한다. 이것으로 내
마음을 자위(自慰: 스스로 위로함)하며 그치노라.

임진년(1952) 5월 23일 봉우서우유신정사(鳳宇書于有莘精舍)

장택상(張澤相) 군의 국무총리
인준의 보(報)를 듣고

장군(張君)256)은 영남에서는 명문거족의 한 사람으로 제(諸: 모든)형

---

256) 장택상(張澤相, 1893.10.22~1969.8.1)은 초대 대한민국 외무부 장관·대한민국
제3대 국무총리·4선 국회의원 등을 지낸 대한민국의 정치인이자 작가이다. 미군
정기 수도경찰청장을 역임했고, 정부 수립 이후 3대 국무총리를 역임했다. 1945
년 8.15 광복 직후 친일파들이 대거 포함된 한국민주당 결성에 참여하였다. 광복
직후 경기도 경찰청 경찰부장, 제1관구 경찰청장, 수도경찰청장 등으로 활동하였
고, 조선공산당원과 남로당 진압을 주도하였으며, 해방정국에서 10차례나 테러
를 당하였다. 1948년 대한민국 수립 직후 제1대 외무장관을 역임하였고 제5
차·6차 UN총회의 대표단으로 파견되기도 했다. 1952년 5~7월 무렵 피난지인
부산에서 이범석 등과 함께 부산정치파동에 주동적 역할을 수행하고, 1952년 5
월 6일부터 1952년 10월 5일까지 대한민국의 제3대 국무총리를 역임하였다. 그
의 아버지는 경북의 탐관오리였으며, 두 형은 친일파다. 그의 부친인 장승원은
조선 말기의 대표적인 탐관오리 중 한 명으로, 청송군수로 재직할 때에는 경북관
찰사 자리를 꿰어차기 위해 고을 주민들을 족치다 면직되었다. 하지만 결국에는
목표로 하던 경상북도 관찰사 자리에 올랐는데, 당시 세태를 기록한 황현의 매천
야록에서는 '판서를 지낸 아버지 장석룡과 함께 악행을 일삼아 가는 곳마다 탐학
과 도둑질로 가산을 수만 냥 쌓았다'라고 비판하고 있다. 더군다나 당시 어용단체
였던 일진회에서조차 영남지방 사람들이 무슨 죄가 있어서 그런 인간을 관찰사
로 앉히냐고 하였을 정도였다. 앞서 관찰사에 임명된 기록에 대해서는 장승원이
고종에게 환심을 사려고 막대한 뇌물을 갖다 바쳐서 관직을 얻은 것이라고 평하
기도 했다. 그의 두 형인 장길상과 장직상 또한 그 아버지의 그 아들이었는데, 장
길상은 친일 악덕 지주로 그 명성이 자자했으며 장직상은 벼슬을 하다가 이후 조
선총독부 중추원 참의직을 무려 세 차례나 지낸 전형적인 은행가 친일파였다. 장
승원은 1917년 대한광복회 박승진 의사에게 사살 당했다. 박승진 의사는 사법고
시를 통과해 판사로 임용됐으나 나라가 망하자 무장투쟁을 벌이던 중이었는데
거부 장승원에게 군자금 요청을 하였다가 거절은 물론 경찰에 밀고하자 처단한
것이었다. 이 일은 나중에 장택상이 경찰청장이 되어서 무장투쟁 독립운동가들을

제가 공히 현달(顯達: 지위와 이름이 높아서 드러남)한 가문이다. 왜정시대에는 장군은 외국 유학 후 귀국해서 낭인 생활을 하던 사람이요, 부호자제(富豪子弟: 부자의 아들)로 아무 사업도 않던 유한(有閑)청년이었다. 그러다가 을유 8.15해방이 되자 일약 군정 당시 수도청장으로 서울의 경찰을 장중(掌中: 수중)에 넣고 3년간 멸공(滅共)업적을 많이 남기고 무자년(戊子年: 1948년) 대한민국이 창업하자 외무장관으로 임명되어 초대 국무위원으로 등장하여 별 업적은 없이 오래지 않아 해임되고 전후 수차에 걸쳐 국회의원 출마에 번번히 실패하고 사별삼일(士別三日)에 당괄목상대(當刮目相對)라고 5.3선거에 자기 고향에서 당선되자 전일의 경박하던 풍도(風度)가 많이 없어지고 거연(遽然: 갑자기) 장자풍(長者風: 덕망 있는 윗사람의 기풍)이 있고 여전히 자기 파당(派黨: 당파) 수립에 급급하였다.

혹독하게 대했던 계기가 되었고 그를 친일파로 평가하는 원인 중 하나가 된다. 대표적인 것으로 악질 친일경찰 노덕술을 시켜 김원봉을 잡아들인 사건이 있다. 그러면서도 장택상은 집안과는 다르게 유학길에 이상설 안창호를 만나 감화를 받아 독립운동에 가담하였다. 파리위원부와 구미위원부 등에서 독립운동을 하다 귀국했고 국내에서는 몇몇 독립운동가를 숨겨 주었다는 이유로 가택수색을 당하기도 했고 청구구락부 사건에 연루되어 옥고를 치른바 있었다. 그리고 집안의 재력을 이용해 독립운동가들에게 비밀리에 자금지원도 했다. 유력 친일 집안이기에 총독부에서 일해 달라는 권고를 누차 받지만 이 모든 제안을 거절하고 독립운동을 하다가 요시찰 인물로 분류되었던 그는 1940년 이후 창씨개명을 거절하고 고향에 칩거하였다. 1942년에는 이승만이 미국의 소리를 통해 방송하던 단파를 안재홍, 송진우, 여운형, 윤치영, 김성수 등과 함께 밀청하다가 걸리기도 했으며 이후로 "일본은 패망할 것이다"라는 주장을 공공연히 하고 다녔다. 친일 가문에서 홀로 독립운동을 했고 그러면서도 아버지가 독립투사에게 사살당한 것에 대한 원한으로 해방정국에서 독립운동가를 숙청했고, 좌파운동과 좌파정당에 대한 무자비한 탄압을 했지만 이승만 박정희 독재 아래서 야당을 이끌며 한국 민주화의 두 거목 김영삼과 김대중을 자기 비서관으로 하여 정계로 입문시킨 것도 그였으니 여러모로 아이러니한 인물이다.

본시 재승덕박(才勝德薄: 재주가 뛰어나고 덕행은 모자람)하던 사람인데 그 경박함이 변하여 기분(幾分: 어느 정도) 침착성을 가지게 되어 국회 내에서도 부의장으로 당선되어 과실 없이 지내었다. 그러다가 장면 국무총리 사임으로 대명(大命)이 내려와 국무총리에 임명되자 불구해서 관기(官紀: 공무원의 기강) 숙청에 착수하여 청천벽력을 당한 관계(官界)는 비등(沸騰: 끓어오름)하고 자숙에 정신이 없었다. 내가 보기에 이 사람이 좀 미숙하였었는데 과거의 실패를 경험 삼고 국회에서 정부의 실정이 무엇에서 기인된 것이라는 것을 상찰(詳察: 자세히 살핌)하고 총리로 등장하자, 거추(巨椎: 큰 망치)를 일격한 것이다. 용단성이 있는 처사다. 장군은 재지(才智: 재주와 슬기)가 있는 사람이요, 겸하여 용단성이 있는 사람인데, 과거의 실패를 거울삼아 래두에 선정(善政)이 리음양(理陰陽;음양을 다스림) 순사시(順四時: 사시에 순응함)하는 삼대유신(三代遺臣)[257]의 성행(性行: 성품과 행실)을 그대로 본받아 실행에 옮기면 장군 일인의 영예(榮譽)도 될 것이요, 대한민국의 국민이 도탄에 든 것은 자타(自他)가 공인하는 바이니, 이 도탄에서 구출되면 이 나라의 다행이라고 인정하지 않을 사람이 어디 있으리요.

장군의 시정(施政: 정치를 폄)을 보고 계속성이 있기를 빌며 다시 생각나는 것은 사별삼일(士別三日: 선비가 사흘을 안 봄)에 당괄목상대(當刮目相對: 마땅히 눈을 비비고 다시 대함)라 비부오하아몽(非否吳下阿蒙: 더이상 오하아몽 즉 평범한 사람이 아님)[258]인 것을 못내 기뻐하여 이 붓을 든 것이다. 장군의 조각(組閣) 중에 철기 이범석의 내무부장관이나

---

257) 중국 고대 하(夏), 은(殷), 주(周) 세 나라의 재상급 신하
258) 괄목상대와 오하아몽은 《삼국지》 오서(吳書) 여몽전(呂蒙傳)에 나오는 노숙의 친구 여몽의 말에서 비롯된 고사성어이다.

신태영 장군(將軍)의 국방장관이나 다 거성(巨星)들이요, 말하자면 강력내각인 것은 틀림없는 것이다. 래두(來頭: 장래)를 바라마지 않는다.

임진(壬辰: 1952년) 5월 봉우서우유신정사(鳳宇書于有莘精舍)

충남도의회 긴급소집 보(報)를 듣고

충남도의회가 소집되어 소장파(少壯派)의 독무대로 노장파(老壯派)는 일언반사(一言半辭)도 주의, 주의하며, 발언을 못하던 제(際: 사이, 즈음)에 지방양정(糧政) 조사라고 의원들이 각각 귀향하였었다. 그러던 중 특별긴급소집이 있다기에 별 일 있나 했더니 후보(後報: 뒷소식)를 들으니 충남도의회에서 국회를 해산하고 총선거를 하라는 홍민(洪民)군의 동의가 재청, 삼청, 사청(四請)으로 표결 결과가 41대 0이라는 전원득표로 통과하였다고 신문지상에 보도된다.[259] 우리가 보기에는 주축(走逐)이 일반(一般)이라고 본다.[260] 이것이 완전한 민의(民意)인지 알 수 없다.

10만 선량들이 일 잘못한다고 5만 선량들이 결의하고 국회를 해산한다면 5만 선량들은 민의(民意)대로 하는 일인가 알 수 없다. 도의원들도 1년이 되었든지 1년이 되어서 일마다 모두 민의대로 순성(順成: 아무 탈 없이 잘 이룸)한 때라면 민의에 배치되는 국의(國議: 국회)를 해산하라는 것도 비록 비합법적일망정 용혹무괴(容或無怪)[261]한 일이나 자기들도 아직 처음 등장인물로 미지수에 속한 사람들이 압력에 피동

---

259) 부산정치파동은 이승만이 재선을 노리고 일으킨 친위쿠데타인데 친이승만 세력이 장악하고 있던 도의회의 국회해산건은 그 일련의 사건 중 하나이다.

260) 달아나는 것이나 뒤쫓아 가는 것이나 다 같은 것이라는 뜻으로 다 같이 옳지 않은 일을 한 바에는 나무라는 쪽이나 나무람을 받는 쪽이나 마찬가지임을 이르는 말.

(被動)되어 이런 중대결의를 한 것이 만약 성립되지 못하면 이것은 허언(虛言: 빈말)이요 만약 허언을 긴급소집으로 결의를 하였다면 5만 선량으로서 그 과실을 누구에게 말할 것인가. 10만 선량들이거나 5만 선량들이거나 일거수일투족을 극히 주목하지 않으면 안 될 것이다. 더구나 도의원 제군들은 도를 위해서 도민의 총의를 반향해서 행동이나 언사를 주의 않으면 안 될 것이다. 나로서는 금번 결의를 찬성 않는 사람에 속해서 이 붓을 든 것이 아니라 동일 입장에 있는 선량들로 신중하게 고려하지 않았다는 점을 책(責: 꾸짖음)하는 것이다.

국회의원이라고 다 악질이 아닌 이상에는 그들의 제안도 검토해 보라는 것이다. 파당(派黨)을 떠나서 국가와 민족을 위해서 공정한 입장에서 5만 선량으로의 언행을 주의하라고 이 붓을 든 것이다. 시시비비(是是非非)야 다 있다고 본다. 국회나 정부나 도의회나 다 같은 시시비비가 있을 것이라고 본다. 그렇다면 함구하라는 것은 아니고 자기네부터 실행으로 도민들 앞에서 우리들은 이러하오 하고 실적을 보인 후에 금번 결의 같은 일이 있다면 도민들도 우리 선량들이 한 일이니 다 공정하려니 할 것이다. 그러나 아직 자기네들도 미지수가 아닌가. 가위초샘지독불외호(可謂初生之犢不畏虎: 그야말로 갓 태어난 송아지 호랑이 무서운 줄 모름)라는 격이 아닌가 한 나도 실언(失言)인 줄 알며 이 붓을 든 것이다.

임진(壬辰: 1952년) 5월 봉우서우유신정사(鳳宇書于有莘精舍)

---

261) 혹시 그럴 수도 있으므로 괴이할 것 없음.

국회 데모사건 보도를 보고

국회 데모사건262)이 선번(先番: 먼젓번)에도 발생했었다. 그러나 국의(國議: 국회의원)가 배신행위가 있다고 소환을 하느니 국회를 해산하라느니 하는 것은 다 헌법상 있을 수 없는 일이다. 개헌이 된 후면 혹알 수 없으나, 현행 헌법으로는 절대 불가능한 일이다. 이 의원을 선출한 것이 10만(지역구 투표권자?)의 국민이다. 이 책임을 (국회의원을) 선출한 10만의 국민이 지는 것이니, 선출 당시에 이런 문제가 없게 신중히 고려해서 선출하는 것이 당연한 일이다. 그런데 선거 시에는 별별추태가 다 있고 선량이라기보다 유세력자 선출에 지방유지자라고 자처하는 사람들도 운동에 정신이 없고 하루아침에 선출한 후에는 다시자기네 소원대로 안 된다고 국회를 해산해라, 의원을 소환해라 하니어느 것이 민의인가 알 수 없는 일이다.

도의원들 면모를 보면 국회의원 출마에서 낙선한 인사도 있고 국회의원 입후보자 운동원들도 있다. 이 사람들이 국회의원 출마자가 가장양심적이요 하고 선전하는 인사들이 자기네가 도의원이 되어서 국회를 해산하라, 민의를 배반한다고 사자후(獅子吼: 크게 열변을 토함)를 하

---

262) 야당에 밀리던 이승만이 재선을 도모하기 위해 직선제 개헌안을 내놓았으나 부결되자 '대통령을 직선으로 뽑아야 한다는 것이 민의인데, 이를 배반한 국회의원을소환하자'는 관제 데모를 동원하였다. 또한 유보했던 지방자치제 선거를 실시하여 지방의회를 장악한 후 이를 통해 국회해산 등의 압박을 가하였다.

니 그들의 심정을 알 수 없는 일이요, 더구나 국회데모가 금번에는 연4일이나 있었던 것 같다. 아주 대폭적으로 한 것 같다. 이 데모를 제지하려는 경관이 중상자가 10여 인이요, 경상자가 80여 인이요, 의복손상을 입은 자가 380여 인이라고 보도가 되어 출근하였던 자동차가 7대나 손상되었다 하니, 그 데모가 대폭임을 알 수 있고 민중들은 죽창을 가지고 행동을 하였다 하니, 이것은 난민(亂民: 난을 일으킨 백성)임에 틀림없는 것이다. 그러니 이 데모가 지방이 아니요 중앙청 소재지요, 국회에서 행하였다면 민관(民官)이 그렇게 대담하리라고는 생각할 수 없다. 물론 배후세력이 이를 제지하나 최악의 경위까지는 안 가리라는 자신을 가지고 행위한 게 틀림없는 것이다. 그렇지 않으면 대담한 행동을 하다가 만약 난민으로 취급되어서 정부에서 최후행동이 나온다면 결사적으로 이런 행동을 하였으리라고는 우리는 믿을 수 없다.

데모군들을 비록 우리가 이런 행동을 하더라도 정부에서 절대 최악의 경위까지 안 가는 것을 생각하고 시작한 것이다. 제일 의심시되는 데모 당일 경관(警官: 경찰관) 수비(守備)가 대통령관저에는 없었다는데 생각되는 점이 있다. 그리고 이 데모가 무엇을 의미하는 것이 아닌가 한다. 민주주의 국가에서는 볼 수 없는 기현상(奇現象)이다. 타국에 치소(恥笑: 부끄러운 웃음거리)거리가 되는 것이다. 비록 정객(政客)들은 모략(謀略)이 아주 없을 수 없다고 하나, 너무 도의적 관념을 벗어나서는 후세에 좋은 이름을 전하기가 어려운 일이다. 일시적 영화(榮華)는 있을지언정 천추(千秋: 긴 역사)의 처량(凄凉)을 생각 안 할 수 없다. 이것이 군자(君子)와 소인(小人)의 욕망이 다르다는 것이다. 금번 국회데모 사건과 아울러 각 지방의 궐기대회가 무엇이 연상되는 것이 있다라는 정당히 말하자면 이 당 저 당이 다 같다는 평을 내리고 싶다. 대동소이

는 있을지언정 시시비비가 아주 판명되지 않는 것이다. 더구나 국회의

원 구속사건263)은 진상을 알 수 없으나 또 국회뿌락치사건264)과 유사

한 사건이 아닌가 의심시 되니, 청천백일(靑天白日: 맑게 갠 대낮)하에

공정하게 취급하는 것이 당연하다고 본다. 구한국시대에 사화(士禍)가

있다고 별별 악평을 다 하나 현 계급에도 유사한 것 같다. 아주 남한과

<hr>

263) '…내각책임제 개헌에 앞장서던 반이승만파 서민호 의원이 4월24일 지방의회 선
거 감시차 전남 순천에 갔다 숙소에서 술취한 서창선 대위와 시비가 벌어졌는데
서대위가 먼저 권총 6발을 쏜 뒤 서의원이 응사했지만, 서 의원은 살인 혐의로 구
속됐다. 국회는 서 의원의 살인이 정당방위인데도 그를 구속한 것은 내각책임제
개헌을 방해하기 위한 것이라고 판단, 서 의원 석방결의안을 의결했다. 서 의원이
5월19일 석방되자 부산 거리에는 이를 항의한다는 구실로 조작된 민의가 활개를
쳤다. 민족자결단·백골단·땃벌떼 등 정체모를 집단들이 때를 만난듯 거리를 누
비며 대낮에 야당의원들에게 공공연하게 테러를 가했다. 이들은 또 〈살인 국회의
원 석방한 국회는 해산하라〉며 정부·국회·대법원 청사를 습격하기도 했다. 피란
수도 부산시내에는 공포 분위기가 확산됐다. 때맞춰 이승만 지지파가 주를 이룬
7개 도의회가 국회해산 요구를 결의했고, 지방의회 대표는 반민의국회 해산궐기
대회를 열었다. 정부의 공세는 5월 25일 0시를 기해 부산·경남북과 전남북 일부
지역에 비상계엄을 선포함으로써 절정에 이르렀다. 공비소탕을 내세운 계엄을 악
용, 야당의원을 철저히 탄압한 것이다.계엄당국의 언론 검열이 시작됐고 25일 밤
부터 서민호 의원 등 내각제 지지의원들을 잡아들였다…' / 서울신문: 부산 정치
파동(새로 쓰는 한국현대사: 35)중에서

264) 1949년 5월부터 1950년 3월까지 남조선노동당의 프락치 활동을 했다는 혐의로
당시 국회 부의장이던 김약수를 비롯하여 노일환, 이문원 등 진보적 소장파 의원
들이 검거, 기소되었던 사건. 이 사건으로 국회에서 '소장파' 의원들이 제거됨으
로써 국회의 대정부 견제기능은 현저히 약화되었고, 이 때문에 1950년 9월까지
였던 반민족행위처벌법의 공소시효가 1949년 8월 말까지로 대폭 단축시키는 개
정안이 1949년 7월 국회에서 통과되었다. 1949년 6월 6일에 발생한 경찰에 의
한 반민특위습격사건과 6월 26일에 발생한 김구 암살사건과 더불어 이승만 정권
의 '6월 공세'의 하나로 평가되고 있다. 이 사건을 계기로 정부에 대해 가장 비판
적이었던 '소장파' 의원들이 국회에서 제거되면서 정부에 대한 국회의 견제기능
은 현저히 약화되었으며, 해방 직후부터 반민족행위자를 처벌하려는 흐름 역시
거의 끊기게 되었다. 또한 국가보안법이 헌법을 능가하게 되는 체제가 본격적으
로 형성되는 계기가 되었다.

불공대천(不共戴天: 하늘을 함께 이지 못한다, 원수)의 인공(人共: 인민공화국)을 제하고는 국내에서 이 당 저 당하고 분열하는 것은 그 죄가 동일하다고 본다. 그렇다고 민국계(民國係) 금권(金權) 만능을 찬성하는 것은 아닌 것이나 원외(院外) 자유당의 무정견(無定見: 일정한 견해가 없음)한 행동도 나로서는 찬성할 수 없다. 당헌당책(黨憲黨策)이 부족하다는 것이 아니라 간부진영이 부족하다는 말이다.

현 국내정세가 위급존망지추(危急存亡之秋)인데 불계(不計)하고 총력으로 대비하지 않으면 안 될 긴급사태임에 불구하고 각자 세력부식에 정신이 없는 현상이 이 민족으로 한심한 일이다. 대통령 선거를 앞두고 국회데모가 연발하는 것은 민족의 불안감을 해소할 수 없는 것이다. 당연히 자연스러운 분위기 안에서 평화롭게 선거하는 것이 옳다고 본다. 그런데 현상은 사태가 허락 않는 것 같으니 이것의 주동책임을 누가 지는 것이 당연한가 생각할 여지가 있다. 데모가 나고 궐기대회가 나고 국회해산 결의가 나고 다 나는 것은 민족을 위한 것이라면 좋은 일이나 만약 일호(一毫: 한 터럭) 반점(半點)이라도 사욕으로 편견에서 발생하였다면 그 죄과는 당연히 이를 책모(策謀: 모략을 획책함)한 인사가 지지 않으면 안 될 것이다. 아무렇든지 이런 일이 자주 생기는 것은 국가의 불행이라고 본다. 안전(眼前: 눈앞)에 적국이 아직 완전한 항복을 하기 전이요, 아직도 자웅을 겨루고자 하는 이때에 국내에서 정권에 대한 야심으로 후방을 소란히 한다는 것은 이적(利敵)행위임에 틀림없는 일이다.

여기서 파당(派黨)을 가지고 싸우는 제위(諸位)에게 고하는 바는 위급존망지추인 우리나라 운명을 생각하시고 일동일정(一動一靜)을 주의하소서. 합하면 평(平)하고 분(分)하면 난(亂)하는 것은 자연한 일이라.

국가와 민족을 생각해서 소분(小忿: 작은 분노)을 인내하고 대아(大我)에 ○으로 거족일치(擧族一致: 온 민족 하나됨)로 외적을 물리치고 국가의 초석(礎石)으로 태평을 완성하소서. 만약 이에 반하는 자는 수하(誰何: 누구여하)를 막론하고 우리 민족의 죄인임에 틀림없는 일이다. 이데모사건이 그리 중대한 일이 아니나, 물론 배후가 있는 관계로 국가와 민족의 분열을 초래할 우려성이 있으므로 내가 언지장(言之長: 말이 길어짐)함을 불각(不覺)하고 이 붓을 든 것이다. 제현(諸賢)은 노부(老夫)의 다언(多言)함을 용서하소서.

임진(壬辰: 1952년) 5월 봉우서우유신정사(鳳宇書于有莘精舍)

수필: 내 스스로 위안하는 글

53년 동안에 의식주 곤란 외에도 별별 당할 일, 못 당할 일을 많이 당했으나, 금년은 참으로 지주사격(蜘蛛絲格: 거미줄 격)이다. 이 일을 경영해도 될 듯 하다가는 안 되고 저 일을 경영해도 될 듯하다가 안 된다. 부지중 심적, 물적 공히 소비가 적지 않다. 신체는 더 쇠약해지고 느는 것은 백발이라. 여기서 지족(知足)을 못한 과오(過誤)라고 자탄(自歎)도 해보고 원망도 해보았으나, 아무 소용없고 현실이 증명하는 것은 부채가 산적(山積)하였을 뿐이다. 이 부채를 정리하자면 무엇으로 해야 옳은가 생각이 얼른 나지 않는다. 내가 재산문제에는 아주 문외한이니 경제해결에는 기능이 없다. 금년에 군인회건과 취직건과 (선거)운동건이 다 부채요, 입후보건도 부채가 일부를 점령하고 있다. 부채는 부채대로 책임을 지고 신용은 신용대로 없어졌다. 부지중 사람만 버린 사람이 되었다. 이 원인은 모사불밀(謀事不密: 일을 꾀함에 정밀하지 못함)한 관계다. 후회한들 무엇하리요. 다만 후일을 경계할 뿐이다.

그리고 선후책이 어느 곳에서 나올 것인가. 백방으로 생각해 보아도 얼른 생각이 나지 않는다. 그렇다고 내 생각에도 안 될 일을 착수할 수 없고 마음에 없는 일을 할 수 없는 일이니 그러면 어떻게 할 예정인가 일시적으로 이 문제가 해결되지 못할 것이요, 한 건 한 건씩 역량에 맞는 대로 부채를 정리해가며, 내 생활도 유지해 볼까 한다. 큰 일이 되면 큰 부채를 정리하고 작은 일이 되면 작은 부채를 정리하기로 내심(內

心)에 결정하고 우수사려(憂愁思慮: 근심과 걱정은 일하는데 대금물(大禁物)이니, 아주 안하기로 하고서 정신을 내어서 일에 착수해 볼 결심이다. 의식주 삼건사(三件事)에 불가결할 경제면은 할 수 없고 그 외에는 절대 안 하기로 하고 확실무의한 일이면 착수해서 금년 내로 금년에 진 부채는 금년에 보상하기로 아주 결정한다. 그리고 공공사업이라고 득담(得談: 구설수에 오름)하기 용이한 일은 결심하고 착수 않으리라.

세상에서 말하기를 유자격자는 채용이 못되고 세력이 있는 사람만 채용된다고 말들 하나 내 생각에는 그렇지도 않다. 주선력(周旋力: 골고루 배려하는 능력)이 있는 것도 섭세술(涉世術: 처세술)의 일조건이 되는 것이다. 섭세술이 부족해서 등용 못하는 것도 역시 자격이 부족한 관계다. 내가 주선력 없는 것을 한(恨)하지 수원숙우(誰怨孰尤: 누구를 원망하고 누구를 탓하리요)하리요. 세사(世事: 세상일)는 새옹득실(塞翁得失: 새옹지마 같은 이해득실의 교차)이 많은 것이다. 어느 것이 섭세에 유리한지 예단이 나오지 않는다. 남이야 아무 소리를 하든지 나는 나대로 내가 목적하는 방향을 지향하고 나가리라.

55세 갑오년(1954년)으로부터 62세 신축년(1961년)까지를 내가 목표한 예정선인데 이 선을 무사히 가야 내가 생각하는 바에 만에 하나라도 성공하는 것이다. 그전에는 아무 일이 있든지 다 준비공작이요, 실지행동은 아니다. 신축년을 무사히 통과해야 갑진(甲辰: 1964년), 을사(乙巳: 1965)년을 맞이하고 동지들과 지난 경과를 이어약(利於藥: 약에 이로움?)하게 될 것이다. 금년도 또한 이 준비공작의 1년이다. 아직 지낸 경험으로는 별로 배치되는 일이 없으니 다행이다. 장래도 확정적이 아닌가 한다. 그렇다면 고(苦)는 낙지종(樂之種: 즐거움의 씨앗)이니 현금(現今: 바로 지금)의 고생이 무엇이 불쾌할 것인가. 안빈(安貧)하고 장래준비에 전심전력을 경주할 뿐이다. 일로 자위(自慰)하노라.

임진(壬辰: 1952년) 5월 초구일(初九日)

봉우자위(鳳宇自慰: 봉우는 스스로 위로하다)

추기(追記)

《정감록》을 신용하는 사람들은 진사(辰巳)에 성인출(聖人出)하여 오미(午未)에 낙당당(樂堂堂)이라고 금년에 성인이 나오기를 고대한다. 성인이 나와서 국태민안(國泰民安: 나라는 태평하고 인민은 편안함)하였으면 누가 싫다고 할 것인가. 그러나 좀 시일을 요하는 것이 계단적으로 필연적이 아닐까 한다. 성인이건 현인이건 공정한 처사로 민족이나 국가만 평안히 할 사람이면 족하다. 노노유유(老老幼幼: 노인은 노인답고 어린이는 어린이다움)하는 심사(心事)면 족하다고 본다. 영웅호걸도 좋으나 민생문제해결에는 다 부적(不適)하다고 본다.

인기인(人其人: 사람은 사람답고)하고 관기관(官其官: 관리는 관리답고)하고 법기법(法其法: 법은 법대로)하면 비록 성현(聖賢)이 출세(出世: 세상에 나옴)해도 별무신기(別無神奇: 별다른 신기함이 없음)오, 정기법(定其法: 법률을 잘 정하고)하고 적기관(適其官: 적소에 맞는 관리를 배치함)하고 택기인즉수범인병권(擇其人則雖凡人秉權: 그 자리에 맞는 사람을 택하면 비록 평범한 사람이 정권을 잡아도)이라도 국태민안하리니, 요재어선정기법(要在於先定其法: 중요한 것은 먼저 법을 잘 제정하는 것이다)이요, 외무타도(外無他道: 그 밖에 다른 도리가 없다)니라.

여불신감록(余不信鑑錄: 나는 정감록을 믿지 않는다)하며 불신이인(不信異人: 이상한 도사도 믿지 않으며)하고 유소뢰자(維所賴者: 오직 힘입는 것은)는 역사(歷史)요, 불변자(不變者: 변하지 않는 것은)는 (역사의) 원리(原理)라. 여망국동사자망(與亡國同事者亡: 망해 가는 나라와 함께하는 자는 망)하고, 여치국동사자(與治國同事者: 잘돼가는 나라와 함께하는 자)는 치(治: 잘됨)하나니 치즉국태민안자연지리야(治則國泰民安自然之理也: 잘 다스려짐이 나라와 인민을 평안하게 하는 자연스런 이치)라.

감우역사즉(鑑于歷史則: 지나간 역사에 비추어 보건대) 현금지득실(現今之得失: 현재의 득실)이 명명(明明)하고 내두지결과부대지약이가지의(來頭之結果不待智若而可知矣: 장래의 결과는 기다리지 않아도 알 수 있으리니)리니 하환호후생(何患乎後生: 어찌 뒷사람을 걱정함)이며 하우호난세(何憂乎亂世: 어찌 어지러운 세상을 두려워하랴)아. 흥망성쇠자유기인(興亡盛衰自有其因: 흥망성쇠는 저마다 그 원인이 있으니)하니, 유기인이무기실자(有其因而無其實者: 그 원인이 있으며 그 실체가 없는 것)를 여미상견지(余未嘗見之: 나는 일찍이 보지 못했음)로라.

연즉하심감록지예언호(然則何尋鑑錄之豫言乎: 그런즉 어찌 정감록의 예언을 찾겠는가)아. 치란(治亂: 다스려짐과 어지러움)도 자재기중의(自在其中矣: 절로 그 가운데 있으)니 선견과거즉(先見過去則: 먼저 과거를 본즉) 현재를 가지(可知: 알 수 있음)요, 차견현재즉(次見現在則: 다음으로 현재를 본즉) 미래를 역가지의(亦可知矣: 또한 알 수 있으)리라.

봉우소기우유신정사

(鳳宇笑記于有莘精舍: 봉우는 유신정사에서 웃으며 쓰다.)

교육구(教育區)위원에 당선되고 내 소감

　　교육구위원[265]이라면 공주군 내에 초등학교와 고등공민학교와 공민학교의 교육에 관한 일절(一切: 일체)을 의결할 책임이 있다. 이것도 지방자치제에 중요한 교육부문의 사업을 분담한 것이다. 교육이란 국가백년대계의 근본인 기반이 되는 것이니 소호라도 소홀히 생각해서는 안 되는 것이다. 그런데 불초(不肖)가 금번 당선에 이 중책을 이행할까 의심시된다.

　　현하 관내 각 학교실정으로 보면 일왈(一曰: 첫째로 말하자면) 인적 자원인 교원이 부족하고, 이왈(二曰) 물적 자원인 경제가 부족하여 6.25 사변 후 보충해야 할 제반시설을 하지 못하고 또 물가앙등고(物價昂騰高)로 교원의 생활문제를 보충 못 하고 삼왈(三曰) 아동의 가정형편이 7할 이상 불안감이 있어서 협력능률이 부족하고 사왈(四曰) 정부에서

---

265) 〈교육법〉과 〈교육법 시행령〉이 1949년 12월과 1952년 4월에 각각 제정·공포됨에 따라, 1952년 5월 24일 시·구 교육위원회 위원선거가 실시됨으로써 교육위원회가 최초로 구성되었다. 초기에는 한강 이남의 17개 시와 123개 군에 교육위원회가 설치되었고, 그 뒤 행정구역 개편으로 8개 시교육위원회가 신설되었으며, 1956년 7월에는 한강 이북의 서울특별시를 비롯한 2개 시와 8개 군의 교육구 교육위원회가 설립되어, 총 27개의 시교육위원회와 140개의 교육구 교육위원회를 포함한 167개의 교육위원회가 설립되었다. 그러나 1961년 5·16 군사구테타로 인해 교육위원회의 기능이 정지되고 교육행정은 일시 일반행정에 흡수, 통합되었다가 1963년 11월에 개정된 〈교육법〉에 의거하여 1964년 1월에 종전의 소교육구인 시·군 단위가 아니라 대교육구인 서울특별시, 부산광역시, 각 도 단위 교육위원회 11개를 구성하였다.

아직 교육방침이 확립되지 못한 감이 있다.

이 현상에서 공주는 교육도시로 유명한 곳인데 내가 아무 포부도 없이 나온 것은 불감(不敢: 감히 아님)한 일이다. 동지들이 나더러 교육감 출마를 권하는 것을 사양하고 교육과 교육행정에 경험이 풍부한 곽선생에게 양보하고 나로서는 일위원으로 진력하겠다는 결심으로 하고 있는 중이다. 그리고 선거당시에 내가 미안한 것은 같은 출마자인 박 군이 청년으로서 장래 유망한 사람인데 내가 당연히 양보해야 할 일인데 대립한 것은 나의 부족한 점이다.

내가 양보 못한 사정은 내가 수년 전에 상신분교장(초등학교)을 창설266)하고 경영하는 중인데 현재 존폐문제가 있는 중이라 내가 위원으로 나가서 이 문제를 해결해야겠다는 생각이다. 박 군은 본교장이 전적으로 지지하는 관계로 분교 존폐문제가 또 등장할 것 같다. 부득이 양보 못할 것이다. 양해하기를 바란다. 나는 반포면 세 학교에 대해서는 내 역량껏 진력할 생각이다. 그리고 위원제위와 합력해서 공주군교육의 장래도 교육도시로 지위를 잃지 않게 진력할 것이다. 일로 자경(自警)하고 이 붓을 그치며 4년간 혹은 2년간 위원으로의 책임을 완수할까 한다.

임진(壬辰: 1952년) 6월 1일(음력 5월 초5일)

鳳宇書于有莘精舍하노라.

---

266) 연구소 홈페이지 게시판 '봉우 선생님 송덕비 유래' 참고

국회해산 총선거실시 결의문을 보고

원문대로 참고문안(文案) 제1지령(指令: 지휘명령)-각 시·읍·면 의회 결의문 요지(본 요지안을 ○○○○작성하여 대표가 필히 ○○상경 지방의 원동지회에 제출할 일)

주문(主文)

현 국회를 즉시 해산하고 총선(總選)을 실시하라.

이유(理由)

현 국회는 6.25사변 불과 25일 전에 선출된 국회의원으로 구성된 것으로 동란으로 인하여 격세의 변천을 한 현하 국정과 민정에 비추어 국민의 대변기관이 될 수 없다.

국가원수인 대통령을 주권국민의 손으로 직접선거하려는 국민의 기본 권리를 박탈함으로서 민의에 배반하였음.

민생고로 말미암아 도탄(塗炭)의 극에 신음하는 민성(民聲)을 자신들의 정쟁에 병용(倂用)하여 국민을 우민시(愚民視)하는 독선을 자행함으로서 의회독재와 위법행위를 하였다.

　　　　　　　　단기 4285년(1952) 6월 일 ○○도 ○○시 ○○읍 의회

대통령

국회의장 각하

제2지령

좌기(左記)사항을 정(正)히 별도작성 제출할 사(事: 일)

○○도 재석(在席) 출석 결석 찬(贊) 부(否) 기(棄)

○○시 의회　이상(以上)

○○읍

○○면

이상이 원문이다. 내가 보기에 우리 면(面)의회에도 의원들이 모여 지령대로 하자고 거수표결하니 누가 감히 부(否)를 말할 사람이 있는 가. 출석 전원 찬성으로 결의문을 작성하여 보내었다. 도(道)의회에서 도 거수 표결하였다고 한다. 역시 지령으로 움직임이라고 한다.267)

내가 보기에는 이 일이 정당하건 부정당하건을 떠나서 도의회라고 하면 5만 도민의 선량인데 지령에 움직여 역시 하부(下部) 시·읍·면 의회에 지령으로 움직여서 이것도 독재성이 아니요, 민의에 순응하는

267) 이런 일이 가능했던 이유는 지방의회를 친이승만파가 장악하고 있었기 때문이다. 이승만은 국회와의 관계가 멀어지자 국회에서의 간접선거로는 재선이 힘들 것으 로 판단하고 직선제로의 헌법 개정을 시도하고 있었다. 그는 직선제 개헌을 위한 지지세력이 필요했고 지방의회를 구성해 자신의 지지세력으로 키우고자 했다. 출 마자들은 대부분 이승만 대통령 지지자들이었다. 이는 시·읍·면의회의원선거의 정당별 출마자 수를 보도한 당시 〈동아일보〉를 보면 알 수 있다. 자유당 6,500여 명, 대한청년회 5,700여 명, 국민회 5,600여 명 등 이승만 대통령을 지지하는 정 당과 단체 소속이 출마자의 대부분을 차지했고, 야당인 민주국민당 소속은 200 여 명으로 0.7%에 불과하다고 보도하고 있다. 이승만의 의도대로 자유당, 대한 국민당, 대한청년단, 국민회 등 친이승만 세력이 절대다수를 차지하며 압승하였 고, 이들은 관제데모 국회해산건 등에 동원된다. 결국엔 부산정치파동과 발췌개 헌을 통한 이승만의 장기집권으로 이어지게 된다.

것인가. 양심적으로 생각해 보라는 말이다. 그리고 법치국가에서 법을 무시하고 독재적으로 정권야욕에 국민의 선량들을 정쟁의 도구로 삼는 무리들은 비록 일시적 영화는 볼지 알 수 없으나, 만대(萬代)에 처량함을 면치 못할 일이다. 목전에 적국이 있고 위급존망한 이때에 국련(國聯: 유엔)이 아니면 어찌할 수 없는 이때에 금반(今般: 이번) 처사는 외국에서 부정당하다고 국제적으로 비판이 불량한 것이다.268)

이것은 우리나라 금일 외교가 실패요, 장래가 염려되는 것이다. 자주성을 가지고 있다면 외국이야 무어라고 하든지 국가에 유리한 일이라면 관계없는 일이나 현상은 외교가 실패됨으로 해서 국내정세가 일변되는 것은 자연한 일이다. 그리고 5만 선량들부터 정권에 야욕이 있어서 정당성을 생각 않고 국민이야 사활(死活)이 하관(何關: 무슨 상관)인가 하고 자기네들의 일시적 성공만 생각하는 것 같다. 누구를 위해서 하는 행동인가. 양심적으로 자기비판을 해보라. 과연 국가나 민족을 위해서 하는 행동인가. 이런 행동을 주장하는 자가 대아(大我), 소아(小我)의 분별을 하고 있는가. 자기네들이 양심이 있을 것이다. 현 정권이 과거에 시정(施政)이 민족에 적합한가 소소대로 시정(是正)하여 정당하게 하는 것이 당연하지 않는가. 정부를 물론하고 절대 지지해서 민생의 도탄이 날로 심해지면 이것이 누구의 과오인가. 한심한 일이다.

---

268) 국회해산, 관제데모, 계엄령, 국회의원 체포가 이어지자 유엔에서 계엄령을 즉각 해제하고, 현재 체포·구금된 국회의원들을 석방할 것을 강력히 요구했으며 트루먼 미국 대통령도 항의각서를 보냈다. 당시 미국은 지지부진한 휴전협상보다 한국의 정치적 위기를 더욱 심각하게 받아들였다. 미국은 이 위기가 휴전협정뿐만 아니라 군사작전의 시행마저도 위협한다고 보았다. 그래서 부산정치파동의 해결책으로 유엔군 계엄령과 이승만 제거 계획도 수립하였으나 이승만을 대체할 마땅한 인물이 없다는 이유로 중단되었고 미국은 발췌개헌안 통과와 재선 과정을 묵인하게 된다.

민족이나 국가를 위하는 일이라면 생명을 내놓고 나갈 의사로 지금까지 걸어온 것이다. 이런 부정당한 행동에는 의분심(義奮心)이 용서를 하지 않아서 이런 붓을 든 것이다.

물론 남의 이목을 끌면 불리하려니 하는 것도 자각하는 일이다. 그러나 이 부정성(不正性)을 보고는 아무 말 않고 있을 수가 없어서 내가 이 붓을 드는 것이다. 끝으로 비록 이 부정당(不正當)한 과오가 있는 의원들이라도 자진(自進: 스스로 나섬)이 아니면 용서할 수 있는 것이다. 그러나 자기네의 정당한 권리를 박탈당하고 타인의 의사에 추수(趨隨: 쫓아가 따름)한다는 것은 인격적으로 손실이다. 정평하자면 부족하다는 것이다. 독재하의 언론기관이 이 일을 쓸 리가 없으나 현재는 민주주의국가의 민족이니만큼 정당하자면 얼마든지 자기이론을 주장할 수 있는 것이요, 이것이나 저것이나가 다 잘 안된다면 기권하고 귀가하는 것이 당연하다. 아무렇든지 미미한 정권욕이 있어서 제 마음 없는 것이라도 추수(趨隨)해가며 의원으로 있는 것인가 한다. 나도 도의회에 출마하였던 사람이다. 나도 당선하였으면 계륵(鷄肋)이 생각된다. 이왕 당선하였던 것을 이 결의 반대하다가 해나 되지 않을까 해서 지령대로 움직였을는지 알 수 없다. 내가 당선 안 된 것이 다행하다고 본다.

일부 도의원들은 부득이 지령대로 움직이는 것 같고 소장파 몇 사람은 하늘이 얕아서 못뛰는 것 같다. 하루 강아지 범 무서운 줄 모르는 것이요, 단지 그 하나만 아는 것이요, 그 둘은 모르는 까닭이다. 아무렇게 하든지 내가 상관할 바 아니나 나도 그 자리에 갈 뻔했던 사람이요, 또 앞으로 2년 후면 다시 한 번 길까 하는 사람이라 미리 내 생각을 표현하는 것이요, 후일에 만약 배신한다면 역시 죄인의 자기판결을 받을 것이다. 자고로 책인즉명(責人則明: 남을 탓함에는 밝음)하고 서기즉혼(恕己則昏: 자신의 허물을 용서함에는 어둡다)269)이라고 한다. 그러나 이런 일은 자타를 구별할 것 없이 누가 하든지 정당하게만 하면 당연한 일이다. 세상 사람이 권리에 야욕으로 자기의 위신을 상실하는 일이 얼마든지 있는 것이다. 그리고 일시적 영화는 이런 사람들에게 잘 가는 것이 이 세상의 상리(常理: 당연한 이치)이다. 그러니 누구나 영화를 싫다고 할 사람이 있는가. 만고(萬古)의 처량을 생각할 시간이 없는 것이다.

단기(檀紀) 4285년(1952) 6월 10일
봉우자경(鳳宇自警: 봉우는 스스로 경계함)

---

269) 중국 송나라 학자 범순인(范純仁)이 자신의 자제들을 훈계하기 위해 한 말로《송서(宋書)》〈범순인열전〉에 실려 있다. 《소학(小學)》, 《명심보감(明心寶鑑)》에도 같은 내용이 있다. 원문의 뜻은 "사람들이 자신은 비록 어리석을지라도 남을 책망하는 데는 밝고, 비록 총명하고 재주가 있는 사람일지라도 자신의 허물을 용서하는 데는 흐릿하다. 너희는 모름지기 다른 사람을 책망하는 마음으로 나 자신을 꾸짖어 탓하고 자신을 용서하는 마음으로 다른 사람을 관용해야 하는 것이다. 그런즉 성현의 지위에 도달하지 못할까 근심걱정하지 않아도 된다."(人雖至愚責人則明 雖有聰明恕己則昏 爾曹但當以責人之心責己 恕己之心恕人則 不患不到聖賢地位也.)

안왕이부득빈천호

(安往而不得貧賤乎: 어디 간들 이런 빈천이야 못 얻을까)

국가창초(國家創初)에 백정(百政: 백 가지 정사)이 불비(不備)하여 국말(國末), 국초(國初)가 다 민생문제에 도탄이 되는데 더구나 건국 3년 만에 역사에 희유(稀有: 드물게 있는)한 6.25사변으로 우리나라의 남북을 통하여 인명살상이나 건축파괴나 철도, 교량, 공장 등 각종 시설은 전재(戰災) 안 입은 것이 없으며, 현금도 그 전쟁이 종식되지 않아서 국가가 위급존망지추에 있으니, 백성으로 안어직업(安於職業: 직업에 안정됨)하고 보가보신(保家保身: 가족과 자신을 보호함)할 도리가 없는 것이요, 또는 장정은 병역으로, 그 이상은 노무동원으로 하시(何時:어느때)에 영장이 나올까 알 수 없으니, 누구나 다 불안감을 가지고 있는 것 같다. 농상공직업을 가진 사람들도 전심전력을 다 못 하고 되어 가는 대로 지내는 중이다.

그러니 어디인들 안 그러하리요? 안왕이부득빈천호(安往而不得貧賤乎)아를 이런 때에는 해석을 "어디를 가여도 이런 빈천이야 못 얻을까" 하고, 여기도 가고 저기를 가도 여전히 빈천은 일반이니 자기 고향에서 인내하고 평화할 때까지 있으라는 것이다. 어디로 가든지 동일한 입장이니 조금이라도 나을 것이 없는 바에야 그리운 고향에 있는 것이 당연하다는 것이다. 그저 전쟁이 종식되기까지, 평화가 오기까지 잘있든지 잘 못 있든지를 막론하고 가만히 업드려 있는 것이 무엇보다도 타당한 일이다. 나도 현상유지를 할 도리가 없으나, 어디를 가도 일반이니 평화가 오기까지 인내하며 있을까 한다. 어디로 간들 이 문제를 해결할 도리가 있을 것인가. 인내하고 있어 보자.

단기(檀紀) 4285년(1952) 6월 10일 鳳宇書于有莘精舍하노라.

3-111

부채(負債)

내 일생을 통하여 부채가 얼마나 되는지 알 수 없다. 나는 도대체 부채뿐인 것 같다. 부채라는 것은 의무나 책임을 완수 못한 것이 부채가 되는 것이다. 제일 먼저 부모님께 내가 당연히 행할 도리를 못하였고 그 다음 대한민국 국민으로서 망국한 뒤에 당연히 인군(人君: 임금)에게 보답할 도리를 못하였고 그 다음 선생님에게 가르쳐 주신 대로 행하지 못하였고, 그다음 선배 제위에게 내가 할 도리를 다 이행치 못하였고 그다음 내 후진에게 내가 선배로서의 도리를 못하였고 그다음 친척 간에 내가 행할 도리를 다하지 못하였고 붕우(朋友: 친구) 간에도 내 도리를 이행하지 못했고 부부간에도 부(父)된 책임이나 의무를 못하였고 경술합병(庚戌合倂: 1910년 경술국치) 후는 국민으로서 당연히 취할 책임을 이행 못 하였고, 을유 8.15 이후 우리 민족으로 당연히 져야할 건국의무의 한 가지도 해당한 일이 없었다. 그리고 대한민국이 건국함으로 또 내가 당연히 져야 할 국민의무를 다하지 못하였고 6.25사변에 대처하여 국민으로 정난(靖難: 나라의 난을 평정함)할 의무가 있음에 불구하고 좌시하고 있었다. 그리고 부자 간에도 아비된 책임을 한 가지도 못하였다.

그리고 내 일신에도 기혈의 부조(不調)나 노욕의 불균(不均)으로 신체가 항상 불건(不建)하니 내가 내 몸이나 정신에 대한 책임도 완수를 못한 것이다. 이러고 보면 나라는 존재는 온전히 부채의 결정체가 되고 마는 것이다. 고인(古人: 옛사람)의 앙불괴천(仰不愧天: 우러러 봐도 하늘에 부끄럽지 않음) 부불작인(俯不怍人: 아래로 보아도 사람에 부끄럽지 않음)이라는 것은 무엇을 의미한 것인가. 사람으로서 자기가 할 책임을 완수하였다는 것인가 한다. 그 얼마나 위대한 일인가. 우리 같은 사람은 한 건의 일도 아직 책임이나 의무를 발행 못 하였으니 지난 일로 앞 일을 미루어 보면 대강은 알 것인데, 장래가 그리 원대하고 장구하다고는 못 믿는다. 그 부채를 정리할 것인가 못할 것인가 예정하기에 너무나 분명해서 단안(斷案)을 내리고자 한다. 이 산적한 부채를 다 보상할 도리가 없고 될 수 있다면 내 수명이 앞으로 몇 십 년이 있는지 예정할 수 없으나 한 80년 산다고 가정하고 그 전에 부채를 정리해 보는데 물론 다 정리하지는 못하나, 제일 큰 부채 중에 가장 급한 것을 정리하고 그다음 또 긴급한 것을 정리하기로 작정하고 더 부채나 지지 말았으면 하는 희미한 예단(豫斷)이다. 첫째 갚아야 할 이 (정신적) 부채는 도덕적으로 판정이 내린 크나큰 부채요, 또는 독촉을 안 해도 양심상으로 인내하기 괴로운 부채요, 법적으로는 자유에 맡기어서 구속을 않는 것이다. 보상하는 도리는 책임과 의무를 완수하는 데서 영수증을 자연 취득할 수 있는 것이다.

그다음 법적으로 제시된 부채는 의식주를 위요(圍繞: 둘러쌈)하고 수지가 맞지 않으면 적자의 지출이 합하여 부채화 하는 것이다. 나는 이 법적 부채도 내 일신에 비하여 과중한 것이다. 내가 물적 부채 중에도 법적 수속을 당하지 않을 부채가 있고 상대방에게 수속을 받을 부채가 있다. 분별해서 기록해 보자. 내 선친께서 상속시키신 부동산 백여 두락(斗落: 마지기, 200평)을 내가 소비한 것과 조부모님 묘직전(墓直田: 묘지기밭)을 매도한 것과 옥길(玉吉) 산판(山坂: 나무 베는 일판)이나 산직전(山直田: 산지기밭) 매도한 것은 당연히 갱신할 책임이 있는 것이요, 부모님 묘소 수호할 준비와 선친유고발행(先親遺稿發行: 아버님 남기신 글을 책으로 발간함)은 내 일생을 통해서 안 하면 안 될 책임이 물적으로 있고, 종형(從兄: 사촌형)에게나, 외숙(外叔: 외삼촌)에게나, 당질(堂姪: 종질從姪, 사촌형제의 아들로 오촌관계)에게나, 종제(從弟: 사촌아우)에게나 내가 당연히 정리할 물적 관계가 있고 권오훈(權五勳), 한강현(韓康鉉), 주형식(朱亨植) 유가족에게는 내가 조금의 여유라도 있다면 물심양면으로 책임지는 것이 내 도리요, 백범(白凡: 金九) 선생 유족에게도 동일한 입장이다. 이상의 부채는 색구(索求: 필요한 것을 찾아내거나 구함)를 기다릴 것 없이 자진해야 하는 것이요, 그 다음으로 내가 박산주(朴汕住) 유족이나 정희준(鄭熙準?) 유족이나 문수암(文殊庵) 유족이나 동일한 관계를 가진 유족들에 원호(援護)할 의무가 있다. 그다음은 내 개인에게 친밀하던 말하자면 자기 의무 이상으로 일편적 봉공(奉拱)을 한 이채구(李采九), 설초(雪樵: 제자 金瑢基), 담설(擔雪), 이헌규(李憲珪), 송옥석(宋玉石), 이송하(李松夏), 이용순(李用淳), 김학수(金學洙), 박하성(朴河聖) 등 동일한 입장을 가진 제위(諸位: 여러분)에게는 나로서도 하시라도 내 의무 이상으로 보상할 각오가 있다. 역시 색구를 기다릴 성질이 아니다. 그다음 동지적 입장으로 있는 여러분이나 혹 유족에게도 내가 당연히 질 책임이 있다는 것을 잘 아는 바이다.

그다음은 법적으로 책임이 있는 부채가 신구(新舊) 합해서 이성근, 박하○, 박하○, 박해선, 이해익, 오모 등에게 합해서 1300만 원 정도다. 그다음은 내 선거의 부채가 100여 만 원 된다. 이것의 청산을 하루라도 속히 해야 내 생활이 안정되겠다. 심적, 물적 공히 부채가 여산(如山)해서 내 마음이 불안한 중이다. 무슨 사업이든 착수해서 성공만 하면 물적 부채쯤은 해결될 것 같다. 심적 부채는 그리 용이한 것이 아니라 기한부로 말할 수 없으나 물적 부채도 법의 관련성이 있는 것은 금년내에 완전 정리를 못하면 적어도 내년 중에는 완수할 각오다. 그 다음은 색구성이 없는 부채에 일건 일건씩 착수해 볼까 한다. 나의 부채 현상을 여실히 기록해 보는 것이다.

단기(檀紀) 4285년 6월 12일 鳳宇書于有莘精舍

한기(旱氣: 가뭄)가 태심(太甚: 너무 심함)하여
민생문제가 난관(難關)에 봉착하였다

남한 일대에서는 6.25사변으로 전재민(戰災民: 전쟁재해민)이 그 수를 알지 못하겠고 실업자가 역시 부지기수다. 그러니 농가들도 힘써 농사를 못 지은 관계로 재작년 수확이 만불성언(萬不成言: 모든 것이 말이 안 됨)인 중에 인구는 예외로 증가하여 양정(糧政)이 아주 낙관을 불허하는데 약간의 외국쌀로 구호하나 임갈굴정(臨渴掘井: 목마른데 우물 팜)하는 것이다. 작년 1년을 이 불안 속에서 지내며 농사 진 것이 역시 평년작이 못 되어 농가에서는 말할 것도 없이 곤란중이요, 농사 짓지 않는 집으로 양식을 사먹지 않으면 생계를 못하는 대다수의 인구는 무어라고 형언할 수 없는 지경에 처하였다.

작년 초에 백미(白米: 흰쌀) 한 말에 7000~8000원 이라고 살 수가 없다던 것이 금년에는 물경 5만 원대를 출입하고 있으니, 전재민이나 불농가(不農家: 농사 짓지 않는 집)가 전부 실업군인데 무슨 금전으로 양식을 살 수 있는가. 민생고는 가장 위기에 봉착하였는데, 설상가상으로 한기(旱氣: 가뭄)가 한 달여를 계속하여 보리농사가 5할 이상 감수(減收: 감소수확)를 고하니, 장차 식량 살 곳도 없고 금전도 없고 극도에 달하면 어찌될 것인가. 이 가뭄이 아주 그칠 줄을 알지 못하니 도작(稻作: 벼농사)의 풍흉(豊凶: 풍작과 흉작)도 이번 가뭄이 판단할 것이 아닌가 한다. 정부에서는 이런 중대 시기임에도 불구하고 추현양능(推賢讓能:

현자를 추대하고 유능한 인사에게 양보함) 미덕은 보이지 않고 정권야욕으로 상호투쟁하고 목전의 중대 문제를 도외시하는데 소위 도의회니, 면의회니 하는 사람들도 여기 부화뇌동(附和雷同)되어 이 문제해결은 생각도 않고 부산을 가느니, 어디를 가느니 하며 제1착으로 자기네 식량 문제부터 해결하니 이것이 선량들인가 의심시된다.

민유방본(民惟邦本: 인민은 오로지 나라의 근본)이니 본고(本固: 근본이 단단함)라야 방녕(邦寧: 나라가 안녕함. 《서경(書經)》〈王之歌〉에 나옴)이라는 고어(古語)가 철칙(鐵則)일 것이다. 현 민생을 다각적으로 보아도 안녕하다고는 평할 사람이 없을 것이다. 그러면 ○不○이 邦○할 수 있는가. 조물주(造物主)도 이 민생을 도외시하는 인물들을 경계하기 위해 가뭄을 주는 것이 아닌가 한다. 그러나 이 재해를 편피(偏被: 일방적으로 당함)하는 사람은 우리 마을의 농가와 전재민, 불농가요 중앙이나 도시에 있는 정상배(政商輩)나 모리배(謀利輩)는 조금도 이번 가뭄에 움직이지 않는다. 원컨대 죄 없는 농민을 위해서 조물주는 전지유능(全知唯能)하신 신화(神化: 신의 조화)로 속히 이 가뭄을 거두시옵소서!

단기(檀紀) 4285년(1952) 6월 12일
봉우서우유신정사(鳳宇書于有莘精舍)

도교육위원회에 참석하고

　성문과정(聲聞過情: 소문이 실정보다 지나침)을 고인(古人: 君子)이 치지(恥之: 부끄러워함)하였다.270) 나도 이 성문과정의 한 사람이다. 내가 사는 면에서는 면교육위원으로 선출되어 공주군에 갔었다. 그러나 내가 생각하건대 면민이 바라는 우리 반포면 교육에 내가 가서 뜻대로 성공할 것인가가 의심시 된다. 공주에서는 일면(一面) 일읍(一邑)에서 다 같은 사정이다. 그러니 내가 다른 면보다 우선적으로 우리 면에 할 자신이 없는데 더구나 공주군을 대표하여 충청남도에 가서 도교육위원이 되어서 공주의 일도 일이려니와 충청남도 교육에 공헌을 할 자격이 부족하다고 단언해 둔다. 그러면 왜 자격이 부족하며 사임을 안 하고 시위소찬(尸位素餐: 자리만 차지하고 녹만 받아먹는 껍데기)으로 있는가 하면 그저 그 책임을 감수하고자 함이요, 유구무언(有口無言)이다. 도교육위원으로 2개년 간을 공주에서 교육계 대표자의 명령에 의하여 근신하며 복종해 볼까 하는 것이요, 또 2년 후에 지반이나 닦아 볼까 하는 것이다.

　문교부 사정이 어떤지 알 수 없으나, 내 생각에는 내 임기 중에 공주 갑을구를 통하여 초급중학이나 2~3곳 창설하고 공주읍은 자고로 교육도시인 만큼 다음에도 손색이 없게 해볼까 하는 것인데, 금번에 회의

---

270) 《맹자(孟子)》〈이루장구(離婁章句)〉하(下)에 나오는 말.

에 참석해 보니 각군에서 참석하신 위원들이 과연 자격자들인 것 같다. 대전 출신 송진백(宋鎭百) 동지는 제헌국회의원으로 교육분과에서 일하는 동지라 금번에도 중앙교육위원으로 선출되었고 관선위원인 인권식(印權植) 동지가 의장으로 선출되고 김종호(金鍾虎) 위원은 17위원 중 최소연배인데, 부위원장으로 당선되고 이정국 동지가 또 부위원장으로 선출되었다. 육완국 동지는 송진백 동지와 중앙위원 축록전(逐鹿戰: 선거전)에서 9대7로 석패(惜敗: 아쉽게 짐)하였다. 모두 투사들이다. 그 외에도 다른 위원들도 나보다는 10배, 100배의 역량을 가진 인사들이다. 아무 모로 보든지 내가 최저자격인 것 같다. 그런데 의사진행에 있어서는 의장이 숙수(熟手: 익숙한 사람)라고는 못 하겠고 각 지방에 와서 가기가 급해서 최대 급행비행기로 적어도 일주일 이상 가야할 의회를 단 하루 만에 폐회하게 되고 조례(條例)는 한 번 읽고 의장과 간부에게 전임하고 회의록에는 대전위원에게 부기하고 형식만 회의라고 진행하였다. 예상 외다. 도교육위원회라는 것이 의장 1인, 부의장 2인, 중앙위원 1인 선출로 종료되고 본의회에는 말하자면 아무것도 하지 않았다고 해야 정당하다.

당일 송창헌 위원의 발의로 대통령과 문교부, 내무부장관에게 메시지를 전하라는 동의가 성립될까 말까 하다가 진지사(陳知事)의 재찬성 발의로 국회의장에게까지 메시지를 전하기로 정하여 의장과 간부에게 일임하였다. 그 다음날 귀로에 올랐으나 예상보다는 아주 심심하다. 그나마 형식뿐이요, 실질적으로 무슨 효과가 있을까 의심시 된다. 그러나마나 문교사회국장이나 문정과장이나 학무과장이나 다 "상부예산관계로 별 확립된 신규사업예정이 없습니다." 그저 현상유지도 큰 일이라고 하니 한심한 일이다. 여기도 주권자(대통령)선거가 종식된 후래야 좀 추진될 모양이요, 별 이렇다는 교육사업 예정은 한 건도 못 들었다. 이것이 소경의 잠자나 깨나 일반이라는 것이다. 그런데 무슨 일이 있을까하고 가서 본 것이 마음과 90도 차이가 발생해서 아무 흥미 없이 온 길이요, 따라서 도교육위원으로 장래 할 일이 걱정이라 이 붓을 든 것이다. 내가 성문과정(聲聞過情)도 부끄러우나 또는 도교육기관도 예상보다는 다르다는 것이다. 2년간의 내 소감대로 공주교육을 위해서 일이 잘될 것인가 그렇지 않으면 아무 효과도 없이 임기만료 할 것인가가 의심시 된다.

단기 4285년 6월 15일 봉우서우유신정사(鳳宇書于有莘精舍)하노라.

〈추기(追記)〉

도교육위원으로 초대회의에 갈 때에 공주 장학사가 부탁하는 건의안이 있어서 알아본다 하였는데, 각 군(郡)에 뇌동이 되고 당시에는 말하는 것이 도리어 불리할 것 같아서 중지하고 공귀(空歸: 빈손으로 돌아옴)한 것이다. 교원배치는 도에 300여 명을 새로 임명하는 모양이니, 공주만도 60명이 부족이라 한다. 반수(半數)나 임명될까 염려다. 내가 사는 상신분교장(上莘分校場) 문제도 말할 시간이 없었다. 다음 달 군교육회의에서나 말해 볼까 한다. 제3차 구조물자도 벌써 배정이 다되어서 신규로는 난사(難事: 어려운 일)라고 한다. 역량 있는 대로 추진해 볼 것이다.

봉우서(鳳宇書)

미8군단 화약고 폭발의 보(報)를 듣고

고금을 막론하고 병법은 일반이다. 후방에 적치(積置: 쌓아 둠)한 화약은 극비밀리에 타인이 소재를 알 수 없어야 하는 것이요, 다음에 수비에 절대성을 가져야 하는 것이다. 그런데 금번 부산에 있는 미8군단 화약고가 폭발해서[271] 인명도 손실 되고 피해도 적지 않은 것 같고 부근의 피난민만 수만 명에 달한다 하니 물적 손실은 막론하고 화인(火因)이 발표되지 않으니, 혹 오열(五列: 간첩)이나 있어서 한 행동이 아닌가 인심의 불안감이 없지 않다. 미군영내에도 사상적으로 증명 못할 인물이 얼마든지 있으니 누가 그렇지 않다고 확언하리요. 적의 후방소란책이 아닌가 우려가 된다. 후방에 있는 국민들로는 일대 경계를 하지 않으면 안되겠다. 물론 미국은 물자가 풍족한 곳이라 단시일에 보충이 있을 것이나, 아무렇든지 간에 불상사임에는 틀림없다. 무엇을 예고하는 것이 아닌가 주의된다.

그리고 현상 전국(戰局: 전쟁상황)도 미묘난측(微妙難測)한데 후방인 중앙정국도 역시 예단을 불허한다. 대통령선거를 앞두고 무슨 일이나 나지 않을까 염려하는 중이다. 국회사건도 역시 양자 5간에 다 불길한

---

271) 1952년 6월 18일 부산 해운대 지역에 있는 미군 탄약고에서 오전 11시 20분경 2회의 대폭발이 있었고 오후까지 수차례에 걸쳐 소폭발이 있었다. 한국인 노무자 1명이 사망하고 미군 8명이 부상을 입고 4명이 실종되었다. 주변의 2만~3만여 명의 주민이 당국에 의하여 주변 각지로 대피하였다.

전조가 아닌가 한다. 설상가상으로 미군화약고가 폭발하였으니, 조물주가 우리나라 집정자들에게 경고하는 것이 아닌가. 촌농가에서도 보리농사는 5할이 감수(減收: 감소수확)요, 이앙(移秧: 모내기)은 충남이 2할 정도 식부(植付: 심음)되었다니 이것이 다 보통으로 볼 사고(事故)가 아니다. 국가흥망지추(國家興亡之秋: 국가의 위기)에 정객들이 아무 해결책을 이러하다고 내놓지 못하고 이 일 저 일 되어 가는 대로 해가는 것 같으니, 이것은 여답호미(如踏虎尾: 호랑이꼬리를 밟음)요 여리춘빙(如履春氷: 봄에 얼음을 밟음)이다. 위험천만이다. 우리들 자신이 나랏일에 대한 책임감이 부족하였다는 것을 확증한다. 지금부터라도 여러 가지를 실천궁행(實踐躬行)하여 이 난국을 극복할 것이다. 주의에, 주의를 가해야 할 것이요, 미8군단에도 미안하다는 의사를 표시할 뿐이다.

봉우서우유신정사(鳳宇書于有莘精舍)하노라.272)

---

272) 1952년 6월 18일 사건 당일 또는 다음날 19일에 쓰신 것으로 추정.(역주자)

모인(某人: 아무 사람)의 소송(訴訟)에
증인으로 심문을 받고 내 소감

    내가 공암리에서 피난 중 한 칸 대옥(貸屋: 빌린 집)에 기거하고 있는 관계로 조석불계(朝夕不計: 아침저녁 가리지 않음)하고 상시 외출하여 집회 장소가 몇 곳이 되나 다 한담(閑談)으로 소일(消日)하는 곳이다. 여기서 우연히 갑과 을 아무개의 시시비비(是是非非)에 참견(參見)한 일이 있었는데 내가 중간에서 수차나 중재한 일이 있었다. 그 후에 서울로 외출하여 갑을의 경과가 어찌 되었는지 알지 못하였었다. 그러던 것이 졸지에 증인호출장이 와서 비로소 갑을이 소송화한 것을 알았다. 그런데 입증하러 가서 보니 내가 피고편 입증(立證)인데 나와 또 한 사람의 소송 목적인 부동산 주인이 피고편 증인으로 와서 사실대로 피고의 증언을 제공하였다.

    그런데 원고편 증인들은 원고와 동업자들이라 이해가 직접 관계되는 관계인지는 알 수 없으나, 태반부(太半部: 절반) 이상의 허위 진술을 하고 문서로 위조한 흔적이 현연(顯然: 현저히 드러남)하다. 물론 원고편도 손해가 있는 것은 사실이나, 사필귀정(事必歸正)으로 이런 부정당한 행위를 해서는 안 되는 것이다. 나는 아주 이해관계가 없는 사람이라 내 증언이나 했으면 그만이나 정의감으로 이런 사기 행위를 감행하는 자들은 하시든지 그런 행위에 필적할 보응(報應: 대가)이 있는 것은 우리가 명약관화하게 본 일이 많다. 소송이라는 것이 서로 정당성만 가지고는 상호 양보할 수 있는 것이나 왜곡을 부인하는 관계로 소송으로 판결을 구하는 것이다. 피차간에 손실이요, 오직 어부지리(漁父之利)를 득하는 자는 변호사요, 이런 일이 있는 관계로 재판소가 있는 것이다.

법은 유수(流水)와 같다고 본다. 결제동방즉동류(決諸東方則東流: 동쪽으로 터놓으면 동쪽으로 흐르고)하고 결제서방즉서류(決諸西方則西流: 서쪽으로 터놓으면 서쪽으로 흐름)[273]한다. 그런 관계로 자기 주장으로 법에 의거해서 이러면 이 법으로 당연히 성공하려니 하고 별별 방법을 다 해가며 소송을 하는 것이다. 그러나 법의 원칙은 수지취하욕구기평(水之就下欲求其平: 물은 아래로 흐르려 하고, 스스로 그 균형을 잡는다)이다. 정리(正理: 올바른 도리)가 승리하고 부정(不正: 바르지 못함)이 패하는 것이다. 나도 여기서 원고편의 왜곡을 보고 정의감으로 이 붓을 든 것이다. 종국에는 이(理: 도리)에 곧은 자가 승리할 것은 기정사실이다. 이 붓을 그치고 하회(下回)를 보기로 한다.

단기(檀紀) 4285년(1952) 6월 19일
봉우서우유신정사(鳳宇書于有莘精舍)하노라.

---

273) 《맹자》〈고자장구상(告子章句上)〉 제2장에 나옴. "고자가 말하기를 성(性)은 소용돌이치면서 흐르는 물과 같습니다. 동쪽으로 터 놓으면 동쪽으로 흐르고, 서쪽으로 터 놓으면 서쪽으로 흐릅니다. 사람의 성품에 선과 불선의 구별이 없는 것은 물이 동쪽과 서쪽의 구별이 없는 것과 같습니다. (告子曰 性猶湍水也. 決諸東方則東流, 決諸西方則西流. 人性之無分於善不善也. 猶水之無分於東西也.)

군수를 면회하고 모건(某件)을 부탁하고 내 소감

부재기위(不在其位: 그 자리에 있지않음)하얀 불모기정(不謀其政: 그 정사를 꾀하지 않음)하는 것이 당연한 일이요, 또 부재기위한 인사가 그 자리에 참여해서 말하는 것이 부당한 줄도 잘 아는 바이다. 그러나 현 시대사조가 그렇지도 않은 것 같다. 고인(古人)의 학우등사(學優登仕: 배움이 넉넉하면 벼슬에 오름)라고 충분한 소양이 있은 후에 그 배운 바를 발휘코자 사적(仕籍: 벼슬장부)에 몸을 두고 고성(古聖)의 가르치신 언행일치로 정청인화(政淸人和: 정치는 청정하게, 사람은 화목하게)하게 해볼까 하는 심산이었는데 현 시대는 그것이 아니라 무슨 취직을 위해서 내 식생활을 제일 안정하게 해결할까 하고 무슨 취직이 제일 수입이 많은가 하는 정도요, 보세장민(輔世長民: 세상을 돕고 백성을 잘살게 함)[274]코자 하는 의도에서 사적(仕籍)에 몸을 두고자 하는 것이 아니다. 고인(古人)도 녹족이대기경야(祿足以代其耕也)[275]라고 그 사람이

---

274) 《명심보감(明心寶鑑)》〈준례편(遵禮篇)에 나오는 증자(曾子)의 말씀. "보세장민막여덕(輔世長民莫如德: 세상을 돕고 백성을 섬김에는 인덕을 구현함보다 더한 것이 없다.)"

275) 《맹자(孟子)》〈만장장구(萬章章句)〉하 2장에 나옴. "큰 나라로 땅이 사방 백리가 되면 그 임금은 경의 봉록의 10배, 경의 녹은 대부의 4배, 대부는 상사의 배, 상사는 중사의 배, 중사는 하사의 배, 하사는 서민으로서 관직에 있는 자와 그 녹이 같고 그 녹은 그가 농사짓는 것을 대신하기에 충분하다."(大國地方百里 君十卿祿 卿祿三大夫 大夫倍上士 上士倍中士 中士倍下士 下士與庶人在官者同祿 祿足以其代耕也.) – 卿(경): 경상(卿相). 재상(宰相) / 大夫(대부): 제후(諸侯)로부터 하사 받은 영지(領地)의 백성을 다스리는 사람. / 上士(상사): 상층(上層) 계급의 벼슬

그 직에 취하면 물론 그 식생활도 해결한 것은 사실이라 이런 후에는 타고(他顧: 남을 돌아봄)할 염려가 없이 전심전력을 다하여 자기 직책을 다하는 것이다.

현재도 정부에서는 그 주의로 관리나 공리를 채용할 것이나 말단 기관에서 보면 공관리들이 생활 문제로 별별 추행(醜行)이 다 있고 이 생활 문제로 동일감을 가지고 있는 관계로 이 관청 저 관청이 연락해서 부정행위도 많은 것 같다. 그리고 민간에서 재직자의 부정행위가 있는 것을 알고 있는데도 불구하고 자기 양심 상으로는 어떠한지 알 수 없으나, 외면으로는 태연자약하게 철면피적으로 안연히 그 취직에 있고 도리어 이 부정 사실을 말하는 인사를 질시하는 것이다. 그러며 또 그 자에서나 자책할 것이 아니라 그 이상 자리를 구하고 있는 형적이 현저하다.

나도 부재기위(不在其位)한 사람이 참다 못하여 군수에게 참고적으로 면의 실정을 대강 말하여 둔 것이다. 또 면민들로도 직접 군수에게 가서 말 못 하는 인사들도 많으니 나는 말할 만한 교분이라 부당한 줄도 알고 부재기위 불모기정이라는 과실을 범하는 줄도 알며 말하자면 고의범으로 군수에게 진언한 것이다. 군수가 들어서 참고가 된다면 다행한 일이다. 이 일이 내 일신에는 아무 관계없는 일이요, 우리 면민에게는 직간접으로 관계가 지대한 고로 부득이 이 말을 참지 못하고 군수에게 한 것이다. 내가 내 일신 섭세술(처세술)에는 부족한 것인 줄 잘 아는 바이다. 협의감(俠義感)으로 이런 행동이 있었다는 것은 내 자유이다. 오해 없기를 바란다.

─────────

아치. / 中士(중사): 중층(中層) 계급의 벼슬아치. / 下士(하사): 하층(下層) 계급의 벼슬아치. / 庶人(서인): 서민(庶民). 일반 백성(一般百姓).

단기(檀紀) 4285년(1952) 6월 20일 鳳宇書于有莘精舍하노라.

수필: 공로(空老)를 자경(自警)함

   사람이 이 세상에 나서 누가 일을 다 하고 여감(餘憾: 남은 한)이 없이
가는 사람이 몇 사람이나 되리요. 그러나 다 자기대로 할 일은 하고 자
기 목적하던 일이 자기역량에 지나쳐서 성공하지 못하는 일은 있을지
언정, 다 못하고 가는 법은 없는 것인데 나는 내가 목적한 바야 성공하
든지 못하든지 안 하든지 간에 내가 53년이나 되도록 풍풍우우(風風雨
雨: 비바람 세월)로 아무 이렇다 할 일을 해놓은 것이 없고, 그렇다고 목
적을 위해서 준비해 놓은 것도 별로 이렇다는 표현할 일이 없이 지내
왔다. 이것이 공로(空老: 헛되이 늙음)라는 말이다. 53년이라는 백발이
성성한 무위무능(無爲無能: 하는 일도 없고 능력도 없음)한 한 노인으로
화(化)하고보니 한심한 일이다. 물론 잘했든지 못했든지 아무것도 않
고 지내온 것은 아니나, 표현할 수 없고 실적이 없다는 것이다.

   내 일신사(一身事)로 말하더라도 효어친(孝於親: 부모에 효도)해야 하
는 것인데 부모님 생전에 별로 효도를 못하였고 불효된 일이 많았을
뿐이요, 사사여사생(事死如事生: 죽은 사람 섬기기를 살아 있을 때처럼
함)[276]이라 하는데 내가 부모님 하세(下世: 돌아가심)후에도 여전히 효
도를 못하였고 불효한 행동이 있었을 뿐이요, 계술(繼述: 조상의 뜻과 사
업을 이음)을 잘해야 하는 것인데 아직껏 조성(造成)을 못하였고, 위선

---

276) 《예기(禮記)》〈중용편(中庸篇)〉에 나오는 공자님의 말씀

사(爲先事)에도 정성이 부족하다고 확언해야 정평(正評)이요, 절대적으로 충어군(忠於君: 임금에 충성)해야 하는 것인데 내 아주 겉으로 드러난 불충(不忠)이라는 일은 없으나 군(君)에게 충(忠)했소하고 내놓을 것도 없다. 신어우(信於友: 벗에게 우애 있음)도 역시 향당붕우(鄕黨朋友: 고향 친구들)에게 확신될 만한 행위를 못하였고 혹은 믿음을 지킨 데도 있고 혹은 믿음을 못 지킨 데도 있어서 우도(友道)에 믿음이 있는 정평을 듣기는 부족하다. 그리고 경어장(敬於長: 윗사람을 공경함)해야 하는 것인데 내가 특별히 불경장(不敬長)한 것은 없으나, 또 경장했다고 표현될 만한 점이 없다. 우형제(友兄弟: 형제에 우애 있음)는 내 역량껏은 우애해 볼까 했으나, 역시 타인이 너는 우애 있는 사람이라고 확평할 것 같지 않다. 화부부(和夫婦: 부부간 화목함)는 별로 불화하지는 않으나 모범적 화목은 못 된다. 그러고 보면 오륜(五倫)에서 겨우 낙제 안 할 정도의 인물이요, 성적이 특수한 점은 한 건도 보이지 않는다.

이것이 내가 53년이 되도록 한 건도 이렇다는 실적이 없는 확증이다. 내가 무슨 일을 하든지 유시무종(有始無終: 시작은 있으나 끝이 없음)하다고 평한다. 사실은 그러하였다. 그 이유도 없는 것은 아니나 사실이 유시무종한 일이 많다. 호사(好事: 일 벌리기 좋아함)한다고 평하나, 내가 호사해서 그런 것이 아니라 무슨 일이든지 불구심해(不求深解: 깊이 이해를 하지 않음)하고 될 듯한 일이면 착수하는 것이 내 병이다. 첨전고후(瞻前顧後: 앞을 굽어보고 뒤를 돌아다 봄)하고 좌계우량(左計右量: 좌우로 따져봄)하며 일을 착수하는 것이 상리(常理)인데 나는 이렇게 심각한 연구를 안 하고 착수해 놓고 진행해 가며 해결을 연구하는 병이 있다. 그러니 실패를 잘한다. 그러나 내 심산은 일이 정당하고 행동이 불량성이 없다면 성공과 불성공을 심심(深深) 고려 않고 그저 해보는 것이다. 해가면 역량껏 연구도 해보고 진행방법을 책모(策謀: 모의)하는 것이 내 천성이요, 소호라도 양심에 부족한 주사(做事: 계획한 일)라면 이해나 불확실성이 있더라도 착수 않는 벽성(癖性: 버릇)이 있다. 내가 일생을 통해서 범과(犯過: 잘못을 저지름)가 되는 줄 알고 범한 것은 색계(色界)밖에 없다. 그 외에는 재상(財上: 재물적)이나 다른 일이나, 양심이 허락 않는 일을 착수해 본 일이 없다. 재상에도 부득이한 사정으로 실수한 일은 있으나, 고의로는 한 건도 양심에 허락 안 되는 일을 한 적이 없다. 그러나 내 본성이 소외계활(疎外計活: 생활대책이 서툴고 어설픔)해서 생활고를 받고 있다. 세상에서는 나보다 열 배, 백 배 재물적으로 유능한 인사들도 생활고를 받고 있는데, 나 같은 무재무능한 사람으로 생활고를 받는 것은 당연하다고 여기는 데 대해 조금도 불만감이 없다. 그렇다고 안빈낙도하는 덕이 있다는 것이 아니라 불원천불우인(不怨天不尤人: 하늘과 사람을 탓하지 않음)할 정도이다. 말하자면 생활 곤란이 내 대가였나 하지 불평불만이나 인내 못할 지경은 아니다.

왜 그러면 안빈낙도가 못 되는가 하면 나는 비록 성공을 못하나 이 빈곤을 면하고자 이 일 저 일에 착수해 본 일이 일 차 이 차가 아니다. 그러니 내가 그 일에 성공하지 못해서 할 수 없이 빈곤에 인내하는 것이지 그 빈곤을 천직이거니 하고 안주하는 것도 아니요, 또 무슨 도를 즐기는 것도 아니다. 그저 부득이한 인내다. 그래도 미미한 희망이 있고 목표가 있는 것이다. 이 목표까지는 언제 도달할지 알 수 없는 일이나, 그저 불식지공(不息之工)으로 미력이나마 휴식 없는 전진 중일 것이다. 내가 60을 살든지, 70을 살든지 혹은 80, 90을 살지 알 수 없으나 내가 이 세상을 떠나기까지는 작지불이(作之不已)하고 내 목적에 도달하기까지 가볼 확고불변한 입지(立志)는 있다. 이것이 나를 빈곤에서 인내하는 용기를 내주는 것이다. 비록 곤란할지라도 초지관철(初志貫徹)하지 않으면 안 된다는 내 결심이다. 이 초지가 관철되기 전에는 아무것도 다 부작용인 사업이라는 것을 확언해둔다. 재상(財上)이나, 색상(色上)이나, 명예상(名譽上)이나 다 내 목적하는 것이 아니다. 내 목표하고 있는 것은 성공하기 전에는 말할 수 없는 일이요, 내가 입지하고 있는 일에 아무것이나 다 희생이 되고 있는 것이다. 나를 정평하자면 내 일생을 지내고 확평(確評)하라는 것이다. 내가 은인자중하며 아무 욕(辱: 수치)이나 영(榮: 영화)을 모두 불관(不關)하는 것은 무슨 이유가 있다는 것을 재언(再言)해두는 것이다. 내 목표를 달성하는 데는 재물도 필요하고, 사람도 필요하다. 그렇다고 아무 재물이나, 아무 사람이나 취할 수 없는 것이다.

내가 53세가 되도록 아무 일도 못했다고 그것도 누구를 원망할 수 없는 일이다. 내 자신의 부족으로 이런 일이 있는 것이다. 타인이야 무어라 하든지, 세상에서야 무어라 평하든지 내 마음에는 조금도 변함없는 내 입지다. 내 초지관철을 내가 내 일생에 못하면 내 승계자(承繼者)를 구할 뿐이다. 여기서 내 미미한 욕심은 내가 내 생전에 확실한 기초라도 보고 갔으면 하는 것이다. 그러나 이것도 되어가는 대로 둘 예정이다. 내가 일시적으로 무엇을 하든지 내 입지는 확고불변하다는 것을 표명하는 것이다. 범위와 한계가 다 있는 것이요, 무조건하고 나가는 것이 아니다. 여기서 동지도 규합해 보고 인재도 양성해 보고 하는데 판국(判局)이 국한된 인물은 도리어 나를 의심하고 자기의 주밀(綢密: 주도면밀함)을 자랑하는 인사들이 많다. 그럴 듯한 일이다. 각자의 주장대로 할 일이다. 공문십철(孔門十哲: 공자의 10대 제자)이나 모니불(牟尼佛: 석가) 12제자나, 야소(耶蘇)의 10대 제자나 모두 구체이미(具體而微:

형태는 갖추었으나 불완전함)하였고, 그 외에 공문(孔門: 공자문하) 삼천제자나 모니불 49년 설법에 제자가 얼마나 되는가. 그러나 성공자가 몇 사람이며, 예수도 제자가 성공자는 10여 인 외에는 별다른 제자가 없다. 이것이 당연한 일이다. 내 생각에는 사도(師道: 스승의 도)나 제자도(弟子道)가 다 완비하지 않은 관계가 아닌가 한다. 이런 말은 죄를 범하는 줄 알며 해보는 것이다. 고성(古聖)은 계왕성개래학(繼往聖開來學: 옛 성인을 잇고 후대학인들을 가르침)하시며, 학불염(學不厭: 배움에 염증내지 않음) 교불권(敎不倦: 가르침에 게으르지 않음)하시었다. 이것이 사도(師道)였는데 그 사도를 그대로 행하는 후세인사가 얼마나 있는가 의심된다. 계세말속(季世末俗: 말세)이라 별 일이 다 많으나 누가 그 가운데를 잡고 정일(精一)을 전할까. 이무이치(理無二致: 이치는 둘이 없음)요, 도무이도(道無二道: 도는 두 가지가 없음)가 아닌가 한다. 우연히 붓을 들다가 언지장(言之長: 말이 길어짐)하였도다. 내가 53세가 되도록 아무 성과가 없고 공로(空老)해서 혹 인내 못할까 염려하여 자경하는 것이 요령부득한 말을 많이 기록했도다. 후인은 과한 책(責: 꾸지람)을 말으소서.

임진(壬辰: 1952년) 음력 5월 회(晦: 그믐)에 봉우자경우신야정사
(鳳宇自警于莘野精舍: 봉우는 신야정사에서 스스로 경책하노라)

[이 수필은 〈봉우일기〉1권 139페이지에 실려 있는 것을 다시 역주하였다. -역주자]

습유답조장(拾遺答弔狀: 조장에 답한 것을 주음)

선친께서 돌아가셨을 때 남리(南里)277)대부(大父: 할아버지와 한 항렬
되는 남자 친척)께서 파격적인 조장(弔狀: 조문弔問하는 글)을 써주셨는
바 문체가 호방하고 위대하였는데, 그 글이 기억이 안 나고 휴지가 되
었다. 그러다 우연히 그 조장에 내가 답한 글을 발견, 주워서 여기 기록
해 놓는다. 본래의 조장을 보존해 놓지 못해 죄송할 따름이다. (先親喪
事時南里大父破格弔狀而文體浩大不能記憶而休紙答弔狀草發見故
拾遺亂草而本弔狀則不能保存罪悚耳)

태훈(泰勳)은 이마가 땅에 닿도록 두 번 절하며 남리(南里)대부님께
답장을 올립니다. 노(魯)나라 모든 선비의 덕업(德業)은 연식(緣飾: 겉으
로만 보기 좋게 꾸미는 일) 형정(刑政: 형벌정치)에 있고, 한(漢)나라 순리
(循吏: 법을 잘 지키며 열심히 일하는 관리)의 풍류와 본원(本源)은 경술(經
術: 경서에 대한 학문)이라고 합니다. 대부주께서는 일찍이 명예를 얻으
셨고 만년에는 저술에서도 덕업과 경학연구 속에서 나오지 않은 것이
없습니다.

---

277) 남리(南里)는 한말의 학자 권병훈(權丙勳: 1864-1941)의 자(字)이다. 호(號)는
성대(惺臺). 본관 안동. 경기도 김포 출생. 한말에 함흥지방재판소 판사로 있다가
재판권이 일본에 넘어가자 관직을 버리고 여생을 한문자학에 몰두하여 한자어원
사전《육서심원(六書尋源)》을 편찬하였다.

무릇 포희씨(복희씨)가 처음으로 팔괘를 그리고, 창힐이 문자를 만들고 서계(書契: 글자로 사물을 표시하는 부호)를 만들어 결승(結繩: 새끼로 지은 매듭)문자의 정치를 대신한지 5000여 년이 되었습니다. 천지간에 유명한 저술이 엄청나게 많으니 어찌 다섯 수레 정도이겠니까? 그렇지만 자전(字典) 속의 문자(文字), 성운(聲韻: 음운), 음의(音義) 등의 분야에 이르러서는 비록 그 종류가 수만이지만 내용은 다 틀려서 각기 한가지의 장점은 있을지언정 모든 장점을 망라한 것은 아닙니다. 문자는 그 근본을 구성에 두고 그 지엽을 활용에 두고 있습니다. 그렇다 보니 육서(六書)에 대한 각자의 해석이 저마다 다릅니다.

어떤 이는 말하기를 상형(象形), 지사(指事), 회의(會意), 형성(形聲), 전주(轉注), 가차(假借)의 개념으로 육서를 풀이합니다. 어떤 이는 말하기를 상형, 처사(處事), 회의, 해성(諧聲), 전주, 가차의 개념으로 육서를 풀이합니다. 또 어떤 이는 상형, 상사(象事), 상의(象意), 상성(象聲), 전주, 가차로 육서를 풀이하며 대동소이한 바, 육서는 곧 늘 육서라고 하면서도 그저 그 본말만 간략하게 기술(記述)했을 뿐 그것을 완성하는 경지에는 이르지 못했습니다.

대부주께서 관직에서 결연히 물러나시고 두문불출하시며 문자학 연구에 몰두하신지 20여 년 만에 거의 완성에 도달하신 즉, 이는 만년에 학문이 넓어지시고 세상에 대한 성찰이 깊어지신 때문이라 아니할 수 없습니다. 그리하여 그 연구기록물《육서심원(六書深源)》은 가히 만세토록 받들어질 법도로 삼을 수 있게 되었습니다. 이에 이르러서야 문자시조인 복희와 창힐도 선천(先天)에서 마음을 놓을 수 있게 되었습니다. 이는 작게는 대부주의 훌륭하신 영예요, 나아가 우리 (권씨)종중의 영예이며, 더 나아가 우리 겨레, 그리고 같은 한자를 쓰는 모든 사람들의 영예이러니, 이를 결론적으로 말하자면 만고를 통틀어 그 전례가 없었던 훌륭한 영예입니다. 실로 대부주께서 20년 동안 쌓으신 공적은 세계역사상 전무후무한 위업이 되었습니다. [이에 대하여] 족손의 몸으로 어찌 굳이 장광설을 늘어 놓을 필요가 있겠습니까?

[泰勳稽顙再拜上書答于南里大父台執下. 魯諸儒之德業緣飾漢循吏之風流本源經術云, 大父主早年榮譽晚來著述無非德業經術中出也. 若夫包犧始畫八卦蒼頡始造文字造書契而代結繩之政以來五千有餘年矣. 天地間有名著述亦是以汗牛充棟奚但五車0哉. 然而至於字典文字聲韻音義, 雖類萬不同而皆可盡其一能而未盡善盡美者也. 文字本於構成末於活用因以有六書之各其解釋各異. 或曰象形指事會意形聲轉注假借以解六書0. 或曰象形處事會意諧聲轉注假借以解六書. 又曰象形象事象意象聲轉注假借以解六書則大同小異六書則恒是六書也. 但畧畧記述其本末而未至於完成矣. 至於大父主勇退宦海杜門著述藝譜二十餘年幾完成則此無乃晚年學問博矣涉世深矣. 故其述作可爲萬世法矣. 當此時包犧蒼頡能安心於先天矣. 小可爲大父主令譽推之則吾字之令譽 再推則吾族與同文者之令譽 統以論之則亘萬古未曾有之壯譽. 實大父主二十年間積功爲世界前萬古後萬古之幸?也. 族孫豈贅論哉. (0과 ?표시는 잘 안 보이는 한자를 뜻한다.)]

그러나 아래로는 구천에 계신 선조들을 위로하고자 우리 종중을 극찬하며 글을 짓는다면 무릇 선중부주(先仲父主)께서 재능으로 고묘(高廟, 돌아간 고종황제) 중엽에 그 명성이 당대에 떠들썩하였고, 우리 종중에도 공로가 있었건만, 걸핏하면 찬사도 있고 비방도 있었던 것은 어찌 보면 당연한 이치입니다. 오고가매 어쩌다가 우리 종중[어른?]을 평가할 수는 있을 것입니다. 그러나 무릇 선친께서 유릉(裕陵, 돌아간 순종) 말기에 명예와 절조를 굳게 지키며 20여 년 동안 두문불출하시며 시(詩)와 부(賦)로 비분강개하면서 여생을 스스로 그르치신[칩거한 것을 뜻함] 것은 결코 누구에 의해 부려진 기량(伎倆) 때문은 아니었습니다. 세상사에 대해서 찬사도 비판도 하지 않으신 일 역시 종중의 일과 관련되어서가 아니라 그저 우리 선조들께 누가 되지 않고자 하는 마음뿐이었습니다. 오고가며 어떻게 우리 종중을 평가하면서 종중을 극찬할 수가 있겠습니까? 대부주께서 선인(先人: 선조)의 위업을 예찬하신다면 그것은 명성이 현실과는 배치되는 격으로 정리에 얽매여 과분하게 미화하는 것이 아니겠습니까? 그렇게 되면 선친의 넋께서 지하에서 그 일을 부끄러워하실 것이 분명합니다. 그래서 불초한 족손(族孫)의 몸으로 글을 써서 대신 변호하는 것입니다. '그같은 바람에 폐를 끼쳤다'고 나무라지 마시기를 바랄 뿐입니다. 나머지는 오로지 굽어 살펴주시옵고 그저 이와 같이 기술할 뿐 더 이상 장황하게 적지 않도록 하겠습니다. 삼가 이 글을 올립니다.

[然而下慰中先天極吾宗題之則 若夫先仲父主以才能選拔於高廟中葉名動一世 亦有功於吾宗中而動而有擧亦有謗自然之理也. 去來亦或可輕重吾宗而若以先親則以名節自持於裕陵末運杜門不出二十餘年以詩賦慷慨自惧餘生絶非伎倆所使也. 無譽無謗於世亦不關宗中之事而但不辱吾先而已則 去來豈可輕重吾宗而能極宗哉. 大父主贊先人之業而無乃聲聞過情則先親靈魂必於地下恥之. 故不肖族孫以書替辯者也. 勿爲下責其煩伏望耳. 餘流維下察若述不次謹疏上.]

정축년(1937) 정월 25일에 불초한 족손 태훈이 재배하며 삼가 올리나이다

(丁丑正月念五日罪族孫泰勳再拜疏上)

임진년(1952) 음력 5월 그믐에 봉우가 유신정사에서 옮겨 쓰다

(壬辰五月晦鳳宇移草于有莘精舍)

점점 다가오는 8.15 기념일
무엇을 의미하는 것인가

중병(重病)든 사람이 병세는 감(減)하지 않고 진원(眞元: 원기)은 고갈되고 정신이 왔다 갔다 하는 중에 가인(家人: 집안사람들)이 그 날자 가는 것을 민망(憫惘)히 여기는 것과 같다. 8.15가 가까우면 주권자가 누가 되든지 선거는 될 것이다. 그런데 누가 될 것인가 이것이 장래 4년 간의 우리 민족 전체의 사활(死活)을 운위(云謂: 일러 말함)하는 것이다. 누가 구세주가 될 것인가. 날자는 부득부득 다가오고 걱정은 걱정대로 된다. 국가안위가 이 주권자의 선불선(善不善)에 있는 것이다. 전번에도 누가 적임자인가 하는 의심으로 세평이 있는 5~6인들을 평해 보았으나[278], 또 들으니 이갑성[279] 동지가 또 인망이 있다고 한다. 이

---

278) 《봉우일기》 1권에 '차기 주권자 될 인망이 있다는 세평을 받는 인물들을 내 의견대로 평해 보자(6월23일)'라는 글로 실려 있다.

279) 이갑성(李甲成, 1889.10.23~1981.3.25)은 대한민국의 독립운동가, 정치가, 사회운동가이다. 3·1운동 때 민족대표 33인의 한 사람으로 독립선언서에 서명하였으며, 1931년 신간회 사건으로 조선총독부의 탄압을 피해 상하이로 망명, 독립운동을 펼치다가 귀국하였다. 1940년 흥업구락부 사건으로 7개월간 복역하다가 윤치호의 신원보증으로 풀려났다. 1945년 독립촉성국민회의 조직에 참여하여 회장이 되고 1947년에는 남조선 과도입법위원회 의원을 지냈으며 단정 수립론을 지지하였다. 1950년 제2대 민의원 의원에 당선되었다. 그뒤 1952년 이승만의 친위조직이 된 대한인 국민회 회장을 지냈고, 그해 자유당에 입당, 1952년 10월 한국 전쟁 중 전시내각(戰時內閣)의 임시 국무총리(國務總理)를 역임했다. 1953년 자유당의 최고위원, 정무부장을 역임하였다. 4.19 혁명 후 야인으로 생활하다 1963년 2월 민주공화당 창당 발기위원이 되었다. 1965년 광복회 회장을

갑성 동지는 3.1운동 당시 33인 잔존조(殘存組)이다. 물론 관록(貫祿)이야 누구에게든 지지 않을 인물이요, 앞서 부통령선거 시에도 인촌(仁村: 김성수)에게 근소한 표점으로 석패 하였었다. 인기가 있는 것 같다. 그러나 주권자라는 것은 독립운동만으로도 안 되는 것이요, 청렴결백만으로도 안 되는 것이다.

이 난국을 대처할 정치역량이 있어야 하는 것인데 이갑성 동지가 선불선이나 이 역량에는 아주 의심시된다. 독립촉성국민회의[280] 당시에도 이갑성 동지의 수완 발휘를 보지 못하였었다. 세상에서 말하기를 도선(徒善: 한갓 착하기만 하고 주변성이 없음)이 불여악(不如惡: 악한 성품만 못함)이라고 한다. 아무러기로 선이 악만 못할리야 없지마는 선은 선이나 효과적이 아니라는 말이다. 이갑성 동지는 33인 잔존조만으로도 명예가 있는 것이니 난국 수습에는 타인에게 양보하는 것이 좋을까 한다. 그러면 누가 최적임자인가? 민간에서는 인물평을 다 알 수 없는 것이다. 세상에서 흔히 아는 이 박사 승만 선생이 재선[281] 될 것인가

지냈다.

280) 대한독립촉성국민회는 1946년 민족주의 정당들로 구성되었던 국민운동추진단체다. 1946년 2월 8일 서울 인사동에서 이승만(李承晩)의 독립촉성중앙협의회와 김구(金九)의 신탁통치반대국민총동원위원회가 통합, 발족하였다. 1948년 12월 26일 국민회로 개칭하였다.

281) 선생님께선 이미 '차기 주권자 될 인망이 있다는 세평을 받는 인물들을 내 의견대로 평해 보자'라는 글에서 이승만의 재선에 관해 '...금번에 만기(滿期) 퇴임하고 이종여년(以終餘年: 여생을 마침)하면 박사에게는 행막행언(幸莫幸焉: 이 이상 행복할 수 없음)일 것이다. 만약 재임한다면 천추(千秋)에 유취(遺臭: 나쁜 냄새를 남김)할 것이다...' 라고 평하신바 있다. 그리고 '...내가 무자년(1948)에 서울서 초대 대통령 선임 호외(號外)를 보고 내 소감을 기록한 바 있었다. 박사가 정치에서 백 가지에 한 가지도 선정(善政)을 못할 것이니 우리 백성은 도탄(塗炭)에 들 것이라고 하였고, 또 우리 백성이 운이 좋아서 이런 대통령을 맞이하게 되었다고 하였다. 무슨 연고인가 하면 미온적인 정치인이 대통령으로 나오면 현상유지

그렇지 않으면 그다음 누구누구가 될 것인가? 궁금하다. 내 마음에는 8.15[282]가 얼른 왔으면 속히 누가 선거 되든지 알고 싶다. 아무리 보아도 이 난국을 잘 수습할 인물이 귀한 것 같다는 말이다. 별별 수단을 다하여 선거운동이 있을 것이나 우리 민족의 행불행(幸不幸)이 여기 있으니 극히 주의하지 않으면 안 되겠다는 말이다. 완전무결한 인격자가 주권자가 되어서 이 중대난국을 무사히 종결하고 장래의 타방(他邦: 다른 나라)과 대등(對等)하게 될 기초를 닦아 주기를 빌어마지 않는 바이다. 할 말을 중지하고 이 붓을 그치노라.

단기(檀紀) 4285년(1952) 6월 27일

봉우서우유신정사(鳳宇書于有莘精舍)하노라.

[봉우 선생님 같은 정신적 고단자께서 6.25동란이란 절체절명의 국가위기 상황에 빠진 대한민국의 앞날을 걱정하시며, 완전무결한

나 혹은 완진적(緩進的: 완만하게 나아가는) 보조로 민족도 반세기 내지 일세기를 경과하지 않으면 완전한 활로를 찾기 어려운 일인데 의외로 박사가 대통령으로 당선되었으니 민족은 급전직하(急轉直下)로 도탄에 들어서 민족적으로 각성(覺醒)이 새로워서 불구(不久)하여 우리민족의 상처를 대수술할 날이 있으리라고 평한 일이 있었다. 과연이다. 4년간 민생고(民生苦)야 다른 인물이 대통령으로 나온다면 100년간 받을 고난을 단시일에 받았다고 할 수밖에 없다. 현재 박사 정치는 대외, 대내 다 실패다. 차기에 또 당선된다면 불구하여 정변(政變)이 있으리라고 확언해 둔다...'라는 평도 하셨다.

282) 1952년 8월 5일 직접 선거로 제2대 대통령 선거와 제3대 부통령 선거가 실시되었다. 선거 결과 이승만이 제2대 대통령, 함태영이 제3대 부통령으로 선출되어 8월15일 취임하였다. 전시 상황임을 이용해 계엄령을 발동하고 부산정치파동을 일으키고 국회의원들을 겁박하여 원하던 직선제 개헌을 이뤄낸 결과였다.

인격자가 국가주권자가 되어야 함을 하늘에 기원하신다. 대도인이
웬 정치? 하시는 분들도 계시겠지만 아마도 봉우 선생님의 이런 국
가와 민족에 대한 지극한 사랑이 계셨기에 오늘날의 우리도 있지
않나 싶다. -역주자]

지방의원들이 국회를 봉쇄하고
국회해산을 강요하였다는 보(報)를 듣고

충남서도 먼젓번 지방의원 180여 명이 지방의회에서 국회해산 의결을 가지고 부산에 내려온 지 이미 오래도록 오지 않고 있다는 말을 들었는데 또 국회의사당을 지방자치의원들이 봉쇄하고 외출도 못하게 하고 국회해산을 강요하였다는 보도에 국회내부에서도 일부 자유당파들은 국회의원들의 자율적 산회안을 제출하였다고 한다. 아무렇든지 정계는 미묘난측(微杳難測)한 일이다. 역사에 이런 기록이 남으면 무어라고 후인들이 평할 것인가.[283]

심야독좌(深夜獨坐: 깊은 밤 홀로 앉음)하여 지방의원 제군(諸君)이여! 생각해보라. 아무리 피동적이라도 자기 일신의 위신이나 불명예를 생각해보라. 나는 국회의원을 위한 것도 아니요, 또는 지방의원들을 증오해서 그런 것도 아니요, 오로지 법치국가요 독재국가가 아닌 이상 지방에서 선출된 의원들도 지방자치를 위해서 최선의 노력을 할 일이요, 국회의원들도 가장 양심상으로 가책(呵責)이 없을 정도로 국회에서 의

---

283) 부산정치파동은 이승만이 재선을 노리고 일으킨 친위 쿠테타인데 친이승만세력이 장악하고 있던 지방의회의 국회 해산 요구는 그 일련의 사건 중 하나이다. 1952년 6월 30일 이승만이 장악한 지방의회의 의원 200여 명이 국회해산 요구를 하며 국회의원들을 다섯 시간 이상 연금하였고 이에 항의하는 박성하 의원을 폭행하기도 했다. 선생님의 우려대로 이승만은 폭압적 방법을 동원하여 직선제 개헌을 하고 재선에 성공하였다.

사를 결정하는 것이 당연한데 근일 신문지상으로 보건대, 아무리 생각해 보아도 예측을 불허한다. 국회의원들이나 지방의원들이나 호헌정신을 저버리지 말고, 소아(小我)에 피동되지 말고 민족지상(至上), 국가지상의 정신으로 제군의 일거수 일투족이 세인의 이목을 경주(傾注)한다는 것을 잘 생각하기를 바라는 바이다. 민주주의 원칙이 이러하다면 좀 의심시 된다. 목전에 인민군이나 중공군은 그 대세가 아직 결정점까지 가지 않은 것 같은 이때에 국내에서 일치단결하여 어적(禦敵: 외적을 막음)하는 것이 당연한데 제군의 행동이 어느 모로 보든지 분열행동임에 틀림없다.

불란서에서 나옹(奈翁: 나폴레옹) 1세가 승전한 여위(餘威: 나마지 위엄)를 가지고 국회를 제압한 일이 있으나, 역사적으로 보아 결과가 양호하다고는 못할 것 아닌가. 이번 제군의 양심이 과연 어떠한가. 이번 국회가 제군의 의사대로 해산되고 다시 뽑는다면 만사가 다 여의하리라고 믿는가. 아무리 보아해도 그 심리를 파악 못 하겠도다. 내가 보기에는 오십 보로 소백보(笑百步)284) 아닌가 한다. 국가위급 존망지추라는 것을 생각하라. 제군들은 지방선출의원들은 총민의(總民意: 모두 국민의 뜻)라고 자임하나, 민간에서는 제군들의 행동을 도리어 의심시 한다. 몇 사람의 영웅수단으로 한로(韓盧)285)의 팽(烹)할 날도 머지않다

---

284) 오십 걸음 도망간 사람이 백 걸음 도망간 사람 보고 웃는다. 실상 도망간 것은 마찬가지라는 뜻.

285) 한나라에서 나던 검은 사냥개. 전등록에 '한로축괴(韓盧逐塊) 사자교인(獅子咬人)'이라는 내용이 나온다. '한로는 명견이지만 개의 습성을 버리지 못해 사람이 흙을 던지면 흙을 쫓았다. 그러나 사자는 사람이 흙을 던지면 던진 사람을 문다'는 말로 수행자는 개가 되지 말고 사자가 되라, 즉 허상을 좇느라 진실을 놓치지 말라는 가르침이다. 한로(韓盧)와 동곽(東郭)이 나오는 다른 우화도 있는데 동곽(東郭)은 제나라 동쪽에 사는 날쌘 토끼로 한로(韓盧)가 동곽(東郭)을 쫓아 산을

는 것을 잘 각오하라. 우리가 제군들에게 부여한 권한은 지방자치조례(條例)286)에 국한하였다는 것을 생각하라. 말하자면 시시비비는 그만두고 아무리 변명하려 해도 탈선 행위 임에는 부정 못할 일이다. 법치국가에서 호헌(護憲: 헌법을 수호함)정신을 망각해서는 일시적 성공은 있을지 알 수 없으나, 탈선(脫線)이라는 평은 면하지 못하리라. 사자(士子: 선비)는 위언위행(危言危行: 위험한 발언과 행동)해서는 안 되는 줄 알며, 부득이 이런 기록을 하는 것이다.

작작원중화(灼灼圓中花: 활짝 핀 정원의 꽃)는 조발환선위(早發還先萎: 빨리 피면 먼저 짐)하되, 지지간반송(遲遲澗畔松;더디게 자라는 시냇가 소나무)은 울울함만취(鬱鬱含晚翠: 무성하여 늦게 까지 푸르름)라는 시(詩)287)가 있다. 원중화도 무명야초(無名野草: 이름 없는 들꽃)보다는 우수하나, 간반송의 만절(晚節: 만년 절개)과 어떠한가. 제군들이여, 자중(自重)하기를 바라마지 않노라.

봉우서우유신정사(鳳宇書于有莘精舍)

세 개나 넘고 산마루를 다섯 개나 넘다 보니 모두 지쳐 죽어 버려 지나가던 농부가 쉽게 둘 다 잡았다는 내용이다.

286) 지방자치단체의 의회에서 법령의 범위 안에서 제정된 자치법규

287) 《소학(小學)》〈가언(嘉言)〉에 실려 있음. 이 시는 《송사(宋史)》〈범질열전(范質列傳)〉에서 나옴.

인촌(仁村)의 부통령 사임(辭任) 수리(受理)를 듣고

김성수(金性洙)288)옹(翁)이 부통령으로 당선한 것도 민국당(民國

---

288) 인촌 김성수(金性洙, 1891.10.11~1955.2.18)는 대한제국의 교육인 겸 언론인·기업인·근대주의 운동가였으며, 대한민국 초기 정치인, 언론인, 교육인, 서예가였다. 1914년 와세다 대학교 정치경제학부에서 학사 학위를 취득하였다. 귀국 후 1915년 중앙고등보통학교를 인수하여 학교장을 지내는 등 교육 활동을 하였다. 1919년 3·1 운동 준비에 참여하여 자신의 집을 회합 장소로 제공하였다. 1919년 10월 경성방직을 설립하여 운영하였다. 물산장려운동에 참여하였고, 1920년에는 양기탁, 유근, 장덕수 등과 동아일보를 설립하였다. 1932년 오늘날 고려대학교의 전신인 보성전문학교를 인수하였다. 1930년대 김성수는 실력양성론에 따라 자치운동을 지지하였다. 8·15 광복 이후에는 한국민주당 조직과 대한민국 임시정부 봉대운동 등에 참여한 뒤 김구, 조소앙 등과 함께 신탁통치반대운동을 주관하였다. 1947년부터 한국민주당의 당수를 지내기도 했고 1947년 3월부터 정부 수립 전까지 대한민국 임시정부의 국무위원을 지냈다. 그 뒤 5.10 단독 총선거에 찬성하였다. 1949년 민주국민당의 최고위원이 되었고, 한국 전쟁 기간인 1951년 5월부터 1952년 8월까지 대한민국 제2대 부통령을 역임하였다. 그러나, 이승만이 부산정치파동으로 헌법을 개정하여 재선을 추진하자 부통령직을 사임하였다. 1954년 이승만의 장기 집권에 반대하는 호헌동지회에 참여하여 통합 야당인 민주당의 창립 준비에 관여하였고, 1955년 2월 18일 병으로 사망하였다. 사후 1962년 건국공로훈장 대통령장이 추서된 한편, 2002년 2월 28일 '대한민국 국회의 민족정기를 세우는 국회의원모임'과 광복회가 선정한 친일파 708인 명단에 수록되었고, 친일반민족행위 705인 명단, 친일인명사전에 언론계 친일파로 수록된 이후 대법원에서 거짓서훈으로 인정, 2018년에 독립유공자 서훈이 박탈되어 논란이 되었다. (인촌에 대한 봉우 선생님의 평은 후하다. 대동청년단 단원들이 인촌을 제거하려 했을 때 봉우 선생님께서 부당함을 설파하시어 말리셨다. 이후 장덕수가 제거되었다. 그런 점에서 인촌의 불명예로 거론되어진 일들은 불가피한 시대적 방편이라 생각되어진다. '차기 주권자 될 인망이 있다는 세평을 받는 인물들을 내 의견대로 평해 보자(봉우일기 1권)' 에서 인촌 부분 참고)

黨)289)이라는 지반(地盤)이요, 사임한 것도 물론 민국당이라는 지반이 동요하는 데서 일어난 일이 아닌가 한다. 인촌 개인으로는 우남(雩南: 이승만)을 보좌하건 혹은 독자적이건 부통령이라는 자리에 부당하고 오로지 민국당 배경으로 그 자리에 간 것이다. 인촌 개인만은 호인(好人)이요, 악인은 아니다. 개인 자격이라면 거물급 내각의 문교부나 재무부 장관 쯤은 과히 실수 안할 인물이다. 부통령으로는 대통령을 보좌하며 대외, 대내에 일인지하(一人之下)요 만인지상(萬人之上)이다. 통솔력이 부족하다는 말이다. 금번에 그 사임이 물론 신병으로 집무할 수 없다는 이유가 본의요, 또 사실일 것이나 정계가 미묘한 관계로 민국당이 실각하니 인촌이 부통령을 사임한다고 말하는 것도 아주 재동 야인지설(齋洞野人之說: 인촌의 고택이 재동에 있음. 재동야인은 김성수)이라고는 못할 것이다. 임기도 불과 몇 달밖에 안남은 이때라 그 사임수리가 영관(營官)에서는 의심시 하는 것 같다.

그러나 이 문제만은 당초에 민국당에서 인촌을 부통령으로 선출한 것이 도리어 실책일 것이다. 설산(雪山)290) 같은 지장(智將: 지혜로운 장

---

289) 민주국민당(民主國民黨)은 1949년 2월 10일 한국민주당과 대한국민당이 통합하여 결성된 대한민국의 정당이다. 한국민주당의 후신으로, 약칭은 민국당이다. 당초 최고 위원 여러 명이 합의해서 당을 이끌어가는 집단 지도 체제로 출범하였으나, 1953년 당헌을 개정하고 1인의 위원장이 당을 대표하는 단일 지도 체제로 전환하였다. 위원장에 신익희, 조남윤, 부위원장에 김도연, 이영준, 고문에 백남훈, 서상일, 조병옥으로 1. 민족의 권리 확보, 2 만민 평등의 민주정치 구현 3. 경제적 기회 균등을 원칙으로 한 자주경제 수립, 4 민족문화의 양양을 위한 세계문화에의 공헌, 5 인류의 자유와 행복을 기초로 한 세계평화의 수립 등 5개 강령과 10개 정책을 발표 조직했다. 민국당은 창당 초부터 야당으로 출발해 수차에 걸친 개헌 파동 등 난관과 억압을 받다가 1955년 9월 19일 민주당 (대한민국, 1955년)에 흡수되었다.

290) 설산(雪山) 장덕수(張德秀, 1894.12.10~1947.12.2)는 일제 강점기의 정치인, 언론인, 교수, 친일반민족행위자이다. 상하이로 건너가 신한청년당과 상하이 임시 정부에 가담하였다가 조선총독부에 의해 체포되어 전라남도 하의도에 유배되

수)이 있었다면 이런 일은 안 하였으리라. 어느 모로 보든지 민국당도 당세가 소모된 것은 가리지 못할 일이로다. 인촌의 부통령 당선 당시 내 소감을 기록한 일이 있었다. 대요(大要)만 추억 해보자. 세상에서 말하기를 한민당291)은 친일파, 민족반역자, 모리배(牟利輩), 유산(有産)계

었지만 여운형의 도움으로 탈출하였다. 1923년 동아일보 창간에 참여하고 부사장을 역임하였다. 1936년 일장기 말소 사건에 따른 동아일보 정간사태와 1938년 흥업구락부 사건 전후로 친일파로 변절, 시국대응전선사상보국연맹, 국민총력조선연맹, 대화숙 등 일제 어용단체에 참여해 그 단체에서 주관하는 시국 강연에 적극 나서는가 하면 내선일체를 찬양하는 글들을 수없이 기고하거나 발표하는 등 적극적으로 민족을 배반하였다. 1945년 광복 후에는 한국민주당 창당에 참여하였고, 한국민주당 외무부장과 정치부장 등을 역임하였다. 신탁통치 문제에 대해서는 '찬성 후 반대'라는 입장을 내서 이승만, 김구와 갈등을 빚었지만, 이승만의 남한 단독 정부 수립론은 초지일관으로 지지하였다. 1947년 12월 2일 저녁 6시 50분경 동대문구 제기동 자택에서 한국독립당 소속 박광옥, 배희범의 총에 맞고 절명하였다. 이들은 장덕수가 젊어선 공산당, 나중엔 친일파, 게다가 찬탁론자라는 이유로 암살했다고 밝혔다. 1948년 한국독립당원 김승학이 작성한 친일파 명단, 1980년대 친일파 연구가 임종국이 쓴 한국의 친일파 99인, 2002년 발표된 친일파 708인 명단, 2005년 고려대학교 교내 단체인 일제잔재청산위원회가 발표한 '고려대 100년 속의 일제잔재 1차 인물' 10인 명단, 2009년 친일반민족행위진상규명위원회가 발표한 친일반민족행위 705인 명단, 2009년 민족문제연구소에서 발간한 친일인명사전 등에 수록되었다.

291) 한국민주당(韓國民主黨)은 1945년 9월 16일 결성된 극우정당으로, 사회운동단체인 대한독립촉성국민회를 제외하면 한국독립당과 함께 미군정기의 양대 우익 정당이었으며, 대내외적으로 호남지역주의 친일파 정당으로 인식되었다. 한국민주당에 참가한 정당단체는 8월 18일 원세훈이 창당한 고려민주당, 8월 28일 김병로, 백관수 등이 창당한 조선민족당, 9월 2일 장덕수, 백남훈, 윤보선 등이 창당한 한국국민당, 9월 7일 송진우, 김성수 등이 조직한 국민대회준비회 등이었다. 9월 6일 조선민족당·한국국민당은 한국민주당이라는 명칭으로 통합할 것을 선언하였고, 여기에 국민대회준비회가 가세해 9월 16일 한국민주당이 정식으로 출범하였다. 초대 수석총무(당수)는 송진우였으나 1945년 12월 30일 한현우에게 암살되었고, 그 이후의 실권자였던 정치부장 장덕수 역시 1947년 12월 2일 박광옥 등에게 암살되었다. 제2대 수석총무는 김성수였다. 1945년 12월 모스크바 삼상회의 당시에는 신탁통치에 반대하였으나, 1947년 5월 제2차 미소공동위원회 당시부터는 찬탁에 서명한 뒤 미소공위 현장에서 반탁을 외치자고 종용하였다. 1946년 10월 좌우합작위원회의 '좌우합작 7원칙'을 비난하다가 당내 독립

급으로 합동된 정당이라고 지목한다. 사실에 있어서도 아주 부인은 못할 일이다. 그러나 현 기성 정당 중에서는 인물로 보든지, 국회 내 세력으로 보든지 타당에 지지 않을 당이니 현 대한민국 실권은 대부분이 이 한민당계의 수중에 있는 금일(今日)에 당수(黨首)인 김성수 옹이 부통령으로 당선됨은 의미가 다각적이다. 김 씨가 시위소찬(尸位素餐: 껍데기 역할)으로 자기 당세(黨勢)나 확충할 심산을 가지고 그 자리에 나왔다면 물론 국가의 죄인이 될 것이요, 그렇지 않고 김 씨는 다수당의 당수인 만큼 일거수일투족이 족히 국회를 좌우할 만하니 대통령과 합심하여 발정시인(發政施仁: 어진 정치를 베풂)한다면 우리 민족의 행(幸)이 되리라고 기록하고 자기 당수를 부통령으로 추대한 한민당도 작비(昨非: 지난 잘못)를 고치고 속히 난국을 양심적으로 수습하기를 비노라 하였었다.

그런 인촌이 만 1개년 이상 부통령 자리에서 한 일이 이렇다는 표현될 일이 없었고 시위소찬으로 여진여퇴(旅進旅退: 나그네처럼 나왔다 물러감)하였다. 그러면 이것은 자신이 없이 그 자리의 영예만 취한데 지나지 않는다. 물론 대통령이 언청계용(言聽計用: 말을 들어주고 계책을 써

운동가들이 대량 탈당하는 사태를 겪었다. 1948년 5월 10일 제헌 국회의원 선거에서 제1당이 되었다(한국독립당은 단정단선론에 반대하여 총선에 불참하였고, 독촉국민회는 한 목소리를 내는 정당이 아닌 범우익 사회단체였다). 1948년 ~1949년 반민족행위특별조사위원회가 활동할 당시 정재계에 전방위적으로 로비를 하는 등 비협조적이었다. 1948년 7월 이승만 정부 초대 내각 구성 때 이승만이 한민당계 중에서 김도연 한 명만 입각시키자 반이승만 세력화 하였다. 1949년 2월 10일 친일파 정당 이미지를 타파하고자 대한국민당의 일부와 합당하여 민주국민당으로 개편하였으나, 친일파에 관대한 독립운동가들과의 합당이었기 때문에 친일파 이미지 쇄신에는 실패하였다. 1951년 이승만의 자유당 창당을 계기로 완전히 야당화 되었다.

줌)292) 하지 않아서 그랬소 할는지 알 수 없으나 그 자신 없이 나온 것이 인촌으로 실책이라는 말이다. 그 다음 한민계의 독무대로 지냄을 증오한 나머지 자유당이 조직되어 표현되는 대립에 임기도 얼마 남지 않은 부통령이 사임하는 것은 인촌 개인의 무능하다는 것을 여실히 증명하는 것이요, 부통령으로 당선될 때에 확고부동한 포부가 없었다는 것도 추측할 수 있는 일이다. 그러니 자임(自任: 업무를 스스로 맡음)이 없이라도 추현양능(推賢讓能)의 덕은 부족할지라도 책임 완수도 못하며 명예욕에 여진여퇴 한다는 것은 인촌의 정신을 위해서 애석해하는 바이다. 모리정상배(牟利政商輩)들 같으면 예사(例事)이나 거물이 극히 귀한 우리나라에는 인촌도 준거물급인데 금번 부통령으로 인기가 좀 약해진 것은 애석하노라. 나는 포의한사(布衣寒士: 벼슬 없는 가난한 선비)라 어찌 옹의 거취를 알리요마는 내가 본 관견(管見: 좁은 소견)으로 기록하는 바이다.

단기(檀紀) 4285년(1952) 7월 1일
봉우서우유신정사(鳳宇書于有莘精舍)

---

292)《사기(史記)》〈회음후열전(淮陰侯列傳)〉에 나옴. 한신(韓信)이 항우에게 유방이 자신을 이렇듯 잘해 줬다고 말함.

공주 검찰청에 출두(出頭)하고 나와서 내 소감

검찰청에서 호출이 와서 무슨 일인가 하고 출두해서 보니 별일이 아
니라 반포면 수득세(收得稅) 건으로 진정서를 제출한다고 내가 면대표
라고 날인(捺印)한 일이 있었다. 사실은 나는 상세히 알지 못하였고 황
한주 군과 윤두각 군이 한 일인데 내가 반포면 대표로 선출되었다고
무조건하고 날인한 것이 문제화한 것이었다. 사실만은 면민(面民)이 억
울해서 한 것인데, 문구는 수정할 여가가 없이 보지도 않고 날인한 것
에 내 과실(過失)이 있다. 검찰관은 무조건하고 억압적으로 말한다. 상
대자의 부탁을 받은 것 같다. 이것이 진정(陳情)이 가서 사실 심리라면
시시비비로 우리들이 잘못했으면 당연히 책(責: 꾸지람)을 들어도 좋으
나, 아직 제출 여부도 알지 못하고 억압적 언사(言辭)를 할 조건이 없
다. 그러나 나는 본시 본의가 아니라 기권하기로 했다.

괄낭(括囊: 주머니를 묶음)이면 무구무예(無咎無譽: 허물도 없고 기림도
없음)293)라는 것인데 괄낭을 못한 것이다. 말하자면 언충신(言忠信: 말
씨가 믿음직스러움), 행독경(行篤敬: 행동이 독실하고 공경함)294)을 못한

---

293) 《주역(周易)》 64괘중 곤괘(坤卦) 육사(六四)의 효사(爻辭).

294) 《논어(論語)》 〈위령공편(衛靈公篇)〉에 나오는 공자님 말씀. "자장(子張)이 통할
수 있는 길을 물은즉, 공자님 말씀하시길, '말씨가 믿음직스럽고 행동이 착실하
면, 되놈의 나라에서도 통할 수 있지만, 말씨가 미덥지 못하고 행동이 착실하지
못하면, 제 고을에선들 통할 수 있을까? 섰을 때는 멍에 맨 망아지가 눈앞에 있는
것이 보이고, 수레 안에 앉았을 때는 수레채가 멍에에 의지하고 있는 것을 보게

관계로 일시라도 관(官)에서 말을 하게 된 것이다. 말하자면 "면민으로 얼마나 억울해야 그렇겠소. 그러나 이것은 법적 해석으로는 당신들에게 불리할 것이니, 중지하는 것이 유리하다고 보오." 하고 호의라도 얼마든지 할 일인데 단연(斷然: 단정하듯이) 조처를 하나니 무고죄로 10년 이하 3개월 이상이니 하는 것은 (검사의) 좀 부족한 언사라고 안 할 수 없다. 내가 주의를 덜해서 당하는 일이나, 요즘 관변(官邊: 관청 관리들)의 처사도 그리 찬성할 수는 없다는 말이다. 내가 임사소홀(臨事疎忽: 일에 임해 소홀함)하였던 것도 후회하며 상대방의 포용성 없는 것도 추기해 두노라. 심불평(心不平), 기불평(氣不平)해서 이 붓을 든 것이다. 당초에는 내가 이 사건을 중간에서 해결할 생각으로 나온 것이 의외에 황씨가 화약에 불을 지른 것이다. 평화리에 해결하려던 심산은 다 허지(虛地)로 가고 본의 아닌 구설(口舌)만 들으니, 아무 모로 보든지 불평하도다.

1952년 7월 1일 봉우서(鳳宇書)

추기(追記)

이 사건이 아직 제출되지 않았다는 소식을 들었으나, 심불평은 해소

된다. 그렇게 되어야 어디나 통할 수 있는 것이다.'라고 하셨다. 자장이 이를 큰 띠에 적었다." [子張問行. 子曰, 言忠信, 行篤敬. 雖蠻貊之邦行矣. 言不忠信, 行不 篤敬, 雖州里行乎哉. 立則見其參於前也, 在車則見其倚於衡也, 夫然後行, 子張書 諸紳]

가 안 된다. 해안하청(海晏河淸)295)은 속히 못 되더라도 민생고나 임시라도 해결하고 현 38선이나 없어지고 남북통일로 태극기를 날리고 공산당을 다 민족진영에 항복시켜서 3000만 우리민족이 다시 평화롭게 지냈으면 함을 몽상이라도 어찌 않는 바요. 평화로 돌아오면 이런 일에 참예할 필요가 없는 것이다. 나는 내가 생전 목표로 하고 가는 연정원(研精院)사업이나 하고 있으면 세외(世外)불평에 관계할 리가 있으리요. 도시(都是) 전시(戰時)라 부득이 칩거(蟄居)하고 있자니 이런 일, 저런 일을 다 당하는 것이다. 일로 자위(自慰)하노라.

봉우자위(鳳宇自慰: 봉우는 스스로 위안하노라.)

---

295) 바다가 잔잔해지고 황하의 물이 맑아짐. 태평성세의 조짐, 성군이 나서 세상이 편안해짐.

3-123
습유(拾遺) 상신분교 개기제문(開基祭文)

上莘分校開基祭祝文殘帙中得來故記之: 상신국민학교분교의 터를
닦아 열어 주는 제사의 축문을 책더미 속에서 찾아 기록한다.

維歲次丁亥(1947)七月丁卯朔二十六日壬辰上莘分校期成會長權泰
勳敢昭告于

土地之神伏維時當槿域建國之初地在錦陽莘野之中數人動議百戶呼
應莫非世潮喚醒一春期成三載遷延實因部民之蒙昧幸賴 神明之所佑
今日開基經始小而山村曠古之盛典大而邦國爾今之幸福伏願 神其保
佑學宮官舍渠渠告竣與海嶽同其永遠猶兒鳳雛濟濟成美就文武定其基
礎貢獻靑邱草創黎明之文化飛躍世界最高至上之水準顯現弘益人間之
皇祖理念垂輝倍達靑史於人類萬代 謹以薄酒菲脯祗薦于 神 尙饗

임진(壬辰: 1952년) 7월 3일 봉우이서우축수록중(鳳宇移書于逐睡錄中:
봉우는 '잠을 쫓는 글' 속에 옮겨 쓰다)하노라.

수필: 축수록(逐睡錄)을
한 달 만에 다시 시작하는 머리말

7월 3일 이후로 우연히 신체가 불건강하여 만사에 여념이 없었다. 그러하여 1개월이 지나도록 일차도 집필한 적이 없었다. 가정생활도 역시 말이 아니어서 10여 년 내 처음 당하는 곤란이었다. 그중에 부채가 여산(如山)하여 안빈(安貧)할 수도 없는 지경이다. 각 방면에서 독촉이 심하여 인내하기 어려운 중에 계옥지수(桂玉之愁)[296]가 겸하여 침노(侵撓: 불법으로 침범하다)하니, 약해지는 것은 신체밖에 없다. 그리고 정신상으로야 별 이상 없으나, 역시 불안감은 있다. 내 사적 입장이 이러하다고 타인에게 공개할 수 없는 것이다.

자유당에서는 전국 전당대회를 7월 19일에 대전에서 개최하고 대통령, 부통령을 원외 자유당에서 공인, 추천하자는 것인데 물론 인물이야 당수, 부당수로 확정한 것이다. 2000여 명의 대의원들이 만장일치로 결정하였다. 자연적으로 이런 일이 있을 것이다. 별로 신기한 것 같지 않다. 그러나 소위 전당대회라고 하니 인물이 그리 없을 리는 없는데, 연달아 나오는 동의(動議)가 한 가지도 그럴 듯한 조목이 보이지 않고 그저 (부화)뇌동(雷動)이요, 또는 요령부득의 건이 많이 나온다. 중앙간부 진영에서 나와 말하는 것도 아직 그러하다. 각 지방에서 오신 분들

---

296) 땔나무는 계수나무와 같고 쌀은 옥과 같이 귀해서 근심이라는 뜻으로 양식과 땔감이 매우 귀하여 생활이 빈곤함을 두고 이르는 말.

중에는 미지수의 인물이 많을 것이나, 신중히 고려하는 것 같다. 발언은 청년층에서 뇌동이나마 하지 노성인(老成人)들은 함구불언(緘口不言)하고 수수방관(袖手傍觀: 팔짱 끼고 보고만 있음)하는 것 같다.

나 역시 종제(從弟: 사촌아우)나 만날까 하고 가서 본 것이다. 6.25사변 후에 초대면이니. 종제도 정읍의 당대표이다. 그러나 역시 함구불언한다. 다 같이 울면서 겨자 먹는 격인 당원들이다. 대체로 별다른 활기를 가진 대회가 아니다. 그 후 얼마 안 되어서 정부통령 직선투표가 시행되었다. 여기까지 다시 수필을 쓰려는데 머리말로 쓰는 것이다. 사적으로는 계부주(季父主: 아버지의 막내아우)께서 70세라는 소령(邵齡: 고령高齡)으로 음력 5월 14일 하세(下世)하시었다. 그러나 가서 뵙지도 못하였다. 죄송한 일이다. 1개월을 휴식하였던 수필을 다시 시작하며 이것으로 머리말을 대신한다.

임진(壬辰: 1952년) 8월 7일

봉우서우유신정사(鳳宇書于有莘精舍)하노라.

내가 말하는 수양(修養)이라는 것은
어떠한 효과를 초래하는가

　자고급금(自古及今: 옛부터 지금까지)하도록 인세간(人世間: 사람 세상)에서 인간의 지혜나 체력이나 수명이 다 어디서 어디까지라는 한정이 있고 이 국한을 벗어난 인물은 성현군자니, 영웅호걸이니, 선(仙)이니, 불(佛)이니 하며 혹은 역사(力士)니, 장사(壯士)니 한다. 그래서 공자께서도 인물이 생지(生知), 학지(學知), 곤지(困知)의 구별이 있다고 하신 것이다.297) 그러나 고(古)시대나 금일이나 동일한 것이다. 물론 극상(極上)에서 극하(極下)의 사이에는 상당한 차가 있으나 그 극상과 극하라는 정도가 세계적으로 보라. 지덕체(智德體) 삼육(三育)의 통계를 보건대 큰 차이가 있다고 못한다. 체육으로 말할지라도 현 세계 올림픽 대회의 기록이 우리 인류의 보통 연습과 체력의 최고 기록일 것이다.

　예를 들면 마라톤이라면 수십 년 전에도 2시간 30분 정도의 기록이 있었는데, 현 최고 기록이 2시간 23분 6초라면 신기록이라고 경악하는 것이 약 7분 이내의 단축이다. 그리고 노약자는 말할 것 없고, 장년층

---

297) 《논어(論語)》〈季氏篇〉과 《중용(中庸)》〈제4편〉에 나온다. 《논어》〈계씨편〉: 낳자마자 아는 사람은 위가 되고 배워서 아는 사람은 그 다음이요, 막혔다가 배운 사람은 또 그 다음인데 막혔어도 배우지 않는 부류들은 꼴찌감이다.[生而知之者, 上也. 學而知之者, 次也. 困而學之, 又其次也. 困而不學, 民斯爲下矣.] 《중용》〈제4편〉: 어떤 이는 태어날 때부터 알기도 하고, 어떤 이는 배워서 알며, 어떤 이는 아주 어렵게 고생하며 알기도 하나, 그 깨달아 앎은 하나이지 둘이 아니다. [或生而知之, 或學而知之, 或困而知之, 及其知之一也.]

이나 청년급이라면 누구든지 연습하면 3시간 범위 내에는 갈 수 있으니, 못 가는 사람과 잘 가는 사람의 차가 한 시간 이내라는 말이다. 다른 종목도 다 이 정도가 통계일 것이다. 지육(智育)방면으로도 역시 동일하다고 본다. 우리 민족 같이 경제적 혜택을 못 받아서 과학의 학습을 못하는 데는 예외로 하고 누구나 다같이 자기소장(自己所長: 자기 잘하는 바)대로 대학을 졸업하고 다 같은 년한을 연구한다면 그 지력의 차가 그리 많은 것이 아니요, 약간의 차가 있을 뿐이다. 배우지 않은 사람과 배운 사람의 차라 하더라도 그리 말 못할 지경은 아니다. 무식한 사람도 보통 상식은 다 있는 것이다. 그러고보면 지육의 차라는 것도 역시 체육의 차나 일반이다.

덕육(德育)이라는 것은 표현할 수 없는 것이라 말할 수 없으나, 역시 삼육이 다 같다고 보는 것이 큰 실수 없다고 본다. 이것이 현 세계의 현실이라 부정 못할 일이다. 그리고 수명으로도 물론 요사(夭死)도 있는 것이나, 통계로 보아서 인간칠십고래희(人間七十古來稀: 사람으로 70세는 예부터 드물다)라고 하였으니 연세(延世)는 좀 수(壽)가 는 것 같다. 최고 100세대(坮)가 있고, 90노인도 많이 있다. 그러나 60대가 국민보통사망률이 못 되는 것은 가리지 못할 일이다. 이것이 세계 각국에 통하는 동일점이다. 어떤 위생과 의료를 하든지 80~90 노쇠를 막을 수 없다는 것이 통계학 상으로 일목요연하게 보이는 것이다. 이것이 현대 과학문명의 세계를 통한 동일점이다. 여기서 우리가 말하고자 하는 것은 우리의 선조들이 하시던 수양법대로 수양한다면 현 세계 과학이 증명하는 예를 돌파하고 신기록을 낼 수 있다는 것이다. 제1, 체육으로 말하더라도 우리가 말하는 수양법대로 학습하면 현 올림픽 기록은 모조리 돌파할 수 있다는 것과 돌파라고 하면 또 추급(追及: 따라감)할 수 있는 것을 의미하는 것이나, 이 수양법이 아닌 이상 절대 추급을 불허할 정도요, 수명도 현 최고 기록을 누구든지 돌파하고 백수환동(白首還童: 하얀 머리가 검은 아이처럼 돌아감)할 수 있다는 것을 확언(確言)해두며, 지육(智育)도 현 과학의 최고봉을 우리 수양법대로 수양하면 누구든지 10년 이내에 돌파할 것을 자신(自信)이 아니라 확언해 두는 것이다. 10년 내지 20년이라는 수양을 하면 누구나 다 현 세계 과학이 운위하는 천재가 될 것이요, 불가사의(不可思議)가 될 것이라는 말이다.

덕육(德育: 덕성을 기르는 교육)도 지혜가 병진(竝進: 함께 나아감)함으로 물론 과학이 운위하는 덕육 정도가 아니라는 것을 확언해 두노라. 이 수양법의 일례를 들면 그 과학가로 신발명을 하도록 되자면 16년 학교생활과 대학원 몇 년에 실지 경험 몇 년을 합하여 20년 이내에는 우수한 신발명은 자신이 없는 것이다. 그러나 우리 수양법으로 최대한 10년이면 고단자(高段者)로 승단(昇段)될 것이요, 고단자라면 만능의 권위가 있는 것이다. 용사백배(用師百倍: 백배의 효능)는 물론이요, 천배, 만 배의 능력이 있다는 것이다. 1년의 연구가 과학자 100년의 연구에 해당한다는 말이다. 이것이 우리 민족이 세계를 제패할 수 있는 수양법이라는 것을 확언해 두노라. 구시대에는 (이를) 습득한 선배들이 당시 정치에 불합(不合)하니, 은둔하는 외에 다른 도리가 없었고 혹 득시(得時: 때를 얻음)한 인물도 자기가 수득(修得: 수양해 체득함)한 기능의 만일(萬一: 만에 하나)을 사용할 정도로 하늘을 공구(恐懼: 몹시 두려워함)하며 사람을 공구하여 시용을 주저하였다. 현세야 무엇을 주저할 바 있으리요. 아주 완성되는 대로 세인에게 공개하라고 하느니보다 우리 동지에게 우선적으로 수양한 것을 공개하여 간도광명(艮道光明)하여 성시성종(成始成終)의 미(美)를 거두어 볼까 하는 것이다.

내가 말하는 것은 재질(才質)의 청탁이나 사람의 현우(賢愚: 어짊과 어리석음)를 택하는 것이 아니요, 다만 우리의 동지 될 인물이면 누구나 좋다는 것이다. 남녀노소를 물론하고 시험적으로 그리고 소아적(小我的)으로 나오는 인물은 천재라도 불고(不顧: 돌아보지 않음)하고, 열성을 가지고 우리 민족을 위해서 나온다면, 대아(大我)를 위해서라면 나도 일호반점(一毫半點) 가림 없이 수양법대로 지도할 것이다. 내가 말하는 이 수양법은 모모씨가 말하는 호풍환우(呼風喚雨: 바람과 비를 부름)하여 항룡복호(降龍伏虎: 용과 범을 항복시킴)하고 이산도해(移山渡海: 산을 옮기고 바다를 건넘)하고 사신역귀(使神役鬼: 귀신을 부림)하는 술법이 아니라, 또 일초즉입여래계(一超卽入如來界: 한 번에 뛰어 곧바로 여래의 세계에 들어감)하는 법도 아니다. 계단, 계단으로 현실을 밟아가며, 일층, 일층 승진하여, 승단(昇段)이 되고 초계(初階), 재계, 3계로 초단(初段)이 되고, 4계, 5계, 6계로 중단(中段)이 되고, 7계, 8계, 9계로 고단(高段)이 되어 차제승진(次第昇進)하는 계단적 수양법이요, 5년을 일기(一期)로 내지 20년이면 누구나 다 될 수 있는 법이다.

20년 된 청년이 시작한다면 35세 내지 40세면 충분히 고단자로 세계의 권위자가 될 것이니, 무엇이 그리 이상할 것도 없고 그리 어려울 것도 없다. 누구든지 초계만 되면 자연적으로 고단까지를 희망하는 것은 필연적이라 별로 더 상세한 것을 기록하고자 않는다. 무릉도원(武陵桃源)을 들어갔던 어부같이 길을 찾지 못할 염려는 없다.[298] 동호자만

---

298) 무릉도원은 도연명이 지은 '도화원기'에 나오는 이상향이다. 서진 시기 무릉에 사는 한 어부가 고기를 잡기 위해 계곡을 올라가는데 복숭아 꽃잎이 내려오는 것을 보았다. 더 올라가다 동굴을 발견하였는데 그 안에는 아름다운 마을이 있었다. 거기 사는 사람들은 진(秦)나라 때 사람으로 난리를 피해 여기 들어왔는데 시간이 얼마나 지났는지도 모르고 있었다. 어부는 바깥 세상 얘기를 해주고 융숭한 대접

있으면 상세한 것은 축조(逐條: 한 조목씩 차례로 쫓음) 응대(應待)하겠노라. 수양법은 우리 성조(聖祖)께서 전하신 것이요, 유불선에서 공통된 점이 있고, 동서양 성인들이 실행하던 법을 그대로 다시 간단명료하고 일견자해(一見自解: 한번 보면 스스로 이해함)하며 1년, 2년이면 누구나 다 자득(自得: 스스로 깨달아 얻음)이 있게 되는 간이(簡易)한 법이라. (이 법을) 휘지비지(諱之秘之: 꺼려하고 숨김)하는 것은 대아를 망각하는 것이다. 동호(同好) 제군자에게는 공개하고자 하는 바이라 대강 기록해 두노라. 후일 군자를 기다릴 뿐.

단기(檀紀) 4285년(1952) 8월 14일
봉우지죄근기(鳳宇知罪謹記)하노라.

을 받았다. 어부가 돌아가려고 하자 이 마을에 대해서는 비밀을 지켜 줄 것을 당부했지만, 어부는 너무 신기했던지라 다음에 또 오기 위해 길마다 표시를 해두었다. 마을로 돌아온 어부가 고을 태수에게 이 이야기를 아뢰자 태수가 따라나섰으나 표시가 없어져서 다시는 그곳을 찾을 수가 없었다.

8.15 기념일을 당하여

 구한국이 경술년(庚戌: 1910년)에 왜국(倭國)에게 병합(倂合)을 당한 후, 망국민족으로 36년간 말 못할 압박을 당하다가 독립운동에 헌신하신 선열(先烈)의 적공(積功)과 우리 민족의 불휴의 노력과 겸하여 국련군(國聯軍: 국제연합군)의 건투(健鬪)로 왜적이 항복하자, 우리도 독립의 기회를 얻은 것이나, 을유(乙酉: 1945년) 8.15는 우리가 왜인의 통치하에서 벗어난 기념이요, 무자(戊子: 1948년) 8.15는 우리가 우리의 손으로 대한민국을 독립하고 대통령을 선출하여 정치를 시행코자 취임식을 거행한 독립기념일이요, 임진(壬辰: 1952년) 8.15는 우리의 최고지도자인 대통령과 부통령을 우리의 손으로 직선하여 의미심장(意味深長)한 대통령과 부통령의 취임식이 6.25사변으로 임시공허한 서울에서 거행하게 되는 금일(今日: 오늘)이라. 이날 우리민족은 무어라 말할 수 없이 그저 감개무량(感慨無量)할 뿐이다.

 우리나라가 무자(戊子) 8.15에 독립한 후로 만 4개년 간에 대외, 대내적으로 입법, 행정, 군사에 미묘난측(微妙難測: 미묘하여 헤아리기 어려움)한 관계가 많았고, 민생문제는 경제혼란으로 극도의 난관에 봉착한 가운데 더구나 6.25사변으로 국내인구 통계가 경악할 만큼 축소되고 건설은 복구될 여유가 없을 만큼 다 파괴되고 정계나 각계 인물들도 수를 알지 못할 정도로 희생이 되고 농업국인 우리나라가 생산이 부족해져서 외국의 구호미(救護米: 원조 쌀)가 아니면 민생의 사활을 예측할 수 없고, 농촌 청장년 내지 노쇠급까지 징발, 징병으로 가인(家人: 집안 사람)이 생산 작업에 안심할 수가 없고, 전쟁은 아직도 어느 때에나 종결될지 예측을 불허하는 이때, 현 정계는 관망하건대 정계거물급으로 자처하는 인물들이 민족이야 어찌 되든지 각자의 사리사욕(私利私慾)으로 대아(大我)를 망각하고 모 장관은 수십억을 착복하였느니, 모 장관은 수십억을 횡령하였느니 자상달하(自上達下: 위에서 아래까지)로 모 국장, 모 처장, 모 장군, 모 군수, 모 면장에 이르기까지 사복(私腹: 사사로운 욕심)을 안 채우는 사람은 백미(白米)에 뉘 섞이듯 하였으니(거의 없으니) 대체로 장래가 어찌될 것인가.

경제적으로도 미화 1불에 한화 만 원 이상이니, 이 경제야 독소(獨蘇: 독일소련) 패망할 때의 경제보다도 더한 것이다. 백미 한 말에 12만 원 이상이라면 더 말할 필요 없는 것이다. 그런데 금번 새로 취임하는 대통령이나 부통령이 오늘 취임식에 여전히 전철(轉轍: 구른 바퀴 흔적)을 밟을 것인가 혹은 비상조치가 있을 것인가. 우리 민간인으로는 퍽이나 의심시 된다. 오늘은 8.15 기념일 어느 모로 보든지 의미심장하다. 과연 오늘 취임하시는 대통령, 부통령이 무슨 심산을 가지고 이 난국(亂國: 어지러운 나라)의 난국(亂局: 어지러운 판국)을 타개할 것인가. 임기 4년간에 업적이 어떠할 것인가. 대통령의 역량은 (지난) 4년간이다. 우리 민족이 맛본 것이다. 물론 대통령이야 잘하고자 하였으나, 보좌역이 불충분해서 기괴망측한 시정이 많았다. 금번에는 부통령이 보좌를 잘하여 (앞으로) 4년간에 완전한 민족활로를 타개하였으면 하는 희망뿐이다. 만약 자신이 없이 그 자리가 귀하다 하여서 (독재로) 나간다면 이 강산 이 민족이 무슨 죄가 있단 말인가. 금일의 의미심장하다는 것은 을유(乙酉) 8.15를 기념하는 것도 아니요, 무자(戊子) 8.15를 기념하는 것도 아니라 오로지 임진(壬辰: 1952년) 8.15를 기념하며 장래 4년간의 우리 민족, 우리 국가가 사활기로(死活岐路: 생과 사의 갈림길)의 분기점에 있는 관계로 의미심장하다고 보는 것이다.

대통령 1인의 시정방침이 우리 민족 전체의 사활을 운위하게 되니, 과연 중대한 일이다. 임기가 4년간이라고 4년에 국한된 것이 아니다. 말하자면 시종(蒔種: 씨앗을 심음)을 잘못해 놓으면 비록 다른 사람이 와도 그 종자를 그치기가 곤란하다는 말이다. 위정자(爲政者)가 친현인(親賢人: 현인을 친함) 원소인(遠小人: 소인을 멀리함)하라는 고훈(古訓: 옛사람의 교훈)이 있는데, 이 박사님은 정반대로 친소인 원현인하는 아주 이상적(異狀的: 이질적 상황)인 성질이 있는데 그 이론은 소위 거물급이란 사람들은 자기의 명령대로 시행 않고 각자의 의견을 첨부하거나, 혹은 각자 주장으로 이 박사의 주장을 말살시킬 우려성이 농후한 관계로 거물급은 절대로 친근히 않는 것이다. 그리고 보면 박사님이 친근히 하는 인물은 물론 박사님 명령에 유령시종(惟令是從: 오직 명령대로 좇음)하는 도배(徒輩: 무리지어 나쁜 짓을 하는 패거리)요, 정평(正評: 바른 비평)하자면 소인배라고밖에 할 수 없다. 이것이 과거 4년간의 실정(失政: 잘못된 정치)일 것이다. 금번에 명칭은 직선(直選)이나, 사실은 관선(官選)인 것이다. 금번에 역시 4년간 행해 오던 시정(施政)이나 인사관계를 하면 조금도 변함 없이 민생도탄일 것이다.

목전의 전국타개(戰局打開)가 귀추(歸趨: 일이 되어 가는 형편)를 알 수 없으며, 경제혼란이 여전히 안정될 희망이 보이지 않고 물론 천후(天候: 기후)도 관계 있으나, 농정(農政)이 연년(連年: 연이어 해마다) 흉작이요, 생산공업은 전부 휴면상태요, 교육시정은 아무 준비가 없이 전부 임시교육제도요, 광산은 대규모로는 한 곳도 못하고 전부 잠채(潛採:

광물을 몰래 캠) 정도요, 국방은 청장년이 자진해야 할 것인데 기피를 일삼는 현상이요, 이것은 물론 군인의 옹호(擁護: 북돋아 주고 보호해 줌)가 부족한 관계요, 공관리(公官吏)는 대부분 사복(私腹: 개인의 이익이나 욕심)을 착복(着服: 남의 금품을 부당하게 차지함)하는 자가 많은 현상인데, 이것은 공관리 일가족 생활비가 도시나 지방의 차는 있으나 평균 5인가족의 최저생활을 하더라도 50만 원이 필요한 것인데, 현 공관리 보수가 말초(末梢: 말단) 4급 공무원이면 이것 저것 합해서 합계가 20만 원 이내이니, 아무리 청백한 인사라도 생활문제로 부득이 참다못해서 착복이 생기는 것이다. 정치에 간여하는 인사는 누구고 다 동일 태세이니, 이것은 오직 대통령이 민정(民情: 국민의 사정과 생활형편)이나 관정(官情: 관리들의 사정)에 어두움이라고 본다. 그리고 (대통령의) 보필지임(輔弼之任: 보필의 임무)을 가진 사람들도 이 실정을 고하는 사람이 없다는 것이 사실이다. 좌우가 거물급이 없는 관계다.

국가만년대계를 세우지 않고 무엇이든지 국련(國聯: 유엔)에다 의뢰하여 구호물자나 나온다면 이것에서 자기네 사복이나 취할 정도의 인물들이 만조정(滿朝廷: 조정에 가득함)한 것이 한심하다는 말이다. 제일 인사관계에 정신을 안 차리면 조금도 4년 전보다 나을 것이 없다는 말이다. 국가는 위급존망지추에 있는데, 소위 정객들은 온전히 정치야욕으로 민족을 도외시하고 있으니, 대청결(大淸潔)을 당하지 않으면 좀처럼 변해지기 곤란한 것이다. 그리고 소위 민간인들도 수백, 수십억의 거자(巨資: 거액의 자본)를 가지고들도 10년, 100년 하고 장래를 경영하는 사업에 투자를 하지 않고 목전의 이익에 매두몰신(埋頭沒身: 머리와 몸을 처박음)하는 것이 가증(可憎)하다는 말이다. 남한에도 수력발전이나, 해산(海産)이나, 광업에 투자하면 이익은 이익대로 있고, 건설도 되며, 생산공장들도 다시 회생하여 휴면상태에서 벗어져 나올 것인데, 소위 거상들은 외국물자로 이익이나 보고 급하면 토영삼굴(兎營三窟)299)이라고 일본이나 미국으로 갈 준비나 하고 있는 현상이라. 이런 인물들을 계몽할 방도가 없고 정상배들도 부화뇌동(附和雷同)하여 오일경조(五日京兆)300)격으로 우리 민족이 우리나라에 근거를 안 두고 일본이나 미국에다 의뢰할 정신밖에 없으니 이런 인물들로 구성된 정당이 민의(民意)에 순응될 리가 없는 것도 자연스런 일이다. 국방도 청장년의 의무로 자진해서 출정(出征: 싸움터에 나감)해야 당연한데 현상은 소위 유권력자들의 청장년은 별별 명칭으로다 군에 가지 않고 지방의 힘 없는 자가 전부 가게 되니, 청년들도 애국심보다 자애심(自愛心: 자기 몸을 아끼고 사랑하는 마음)이 더 있어서 기피하려고 하는 것이다. 하루 아침에 입대한 뒤에는 가족원호를 국가나 민족이 호상해야 하는 것인데 이 사상이 부족하다. 후방에서 권리 있는 청년은 모리(謀利: 부정한 이익만 꾀함)로 호화생활을 하고 권력이 없는 인물들만 입대하게 되니, 기피하는 사람만 잘못이라고 책할 수도 없다.

우리나라는 농업국이니, 비료생산을 해야 하겠는데 이북에서 비료가 오지 못하니 일본이나 미국에서 들여오는 외에 딴 도리가 없다. 국내의 비료공장을 경영하는 자벌(資筏: 자본가들)들은 일인도 없다. 가탄(可歎: 탄식함)할 일이다. 교육이 없으면 사람이 모두 금수(禽獸)와 같은 것인데, 교육시설을 조금도 치중하지 않는다. 모두 파괴된 현 교육시설

---

299) 토끼는 숨을 수 있는 굴을 세 개는 마련해 놓는다는 뜻으로 《전국책(戰國策)》, 《사기열전(史記列傳)》에 나옴.

300) 중국 한나라 장창(張敞)이 경조윤(京兆尹: 서울시장)에 임명되었다가 며칠 후에 면직된 고사. 며칠 안 되어 교체됨을 이름. 《한서(漢書)》에 나옴.

가지고는 국민교육에 만부족(萬不足)한 것이다. 이상과 같은 사정이 있고 더구나 국련에 절대 원호하는 중이라고 의존만 말고 외교부분에 유능한 인사들을 택해서 우리나라의 외교정책에 중점을 두는 것이 당연한데 현 외교진영은 무명소졸들을 기용하여 대한민국의 위신만 땅에 떨어지니, 이것이 다 정부식견이 부족한 관계이다. 김홍일301)장군 같

---

301) 김홍일(金弘壹, 1898.9.23~1980.8.8)의 본관은 김해(金海). 초명은 홍일(弘日), 호는 일서(逸曙). 별명은 최세평(崔世平), 중국식 이름은 왕웅(王雄)·왕일서(王逸曙)·왕부고(王復高). 평안북도 용천 출신. 18세에 정주오산학교를 졸업한 뒤 황해도 신천경신학교(儆新學校)에서 교편을 잡았다. 재직 중 오산동문회가 항일단체로 몰려 심한 고문을 받고 풀려나자 중국 상해로 망명하였다. 그곳에서 구국일보사(救國日報社) 사장인 중국인 황개민(黃介民)의 도움으로 1920년 구이저우[貴州]의 육군강무학교(陸軍講武學校)를 졸업하였다. 졸업하자마자 바로 한국독립군에 가담하여 무관학교의 생도대장·교관·중대장·대대장, 1921년 독립군의용군단 대장, 1923년 조선의용군 부사령관 등을 거치면서 일본군 소탕전에 적지 않은 공적을 올렸다. 그러나 헤이허사변(黑河事變)으로 독립군이 참변을 겪은 데 큰 충격을 받고, 1926년 중국 국민혁명군에 가담하여 장개석(蔣介石)의 북벌에 직접 나선 적도 있으며, 1945년 5월 중국군 중장으로 승진될 때까지 근 20여년간 항일전투는 물론 한국의 독립운동을 배후에서 적극 지원하였다. 국민혁명군에 복무하는 동안 총사령부 병기감, 통계과장, 우쑹요새(吳淞要塞)의 사령부 참모장, 상해병공창 군기처 주임, 육해공군 총사령부 군기처장 등 중국군의 병기를 관리하는 책임장교로 있으면서, 김구(金九)의 뜻에 따라 한인애국단의 거사에 비밀작전 참모격으로 크게 활약하였다. 김구의 요청으로 송식표(宋式驃)와 함께 1932년 이봉창(李奉昌)의 1·8일왕저격 및 윤봉길(尹奉吉)의 4·29상해의거용 폭탄을 제작하였다. 이봉창의 거사가 일왕 히로히토(裕仁)를 죽이지는 못하였지만, 윤봉길의 대의거는 상해 훙커우공원(虹口公園)에서 시라카와 요시노리(白川義則)를 비롯한 10여 명의 일본 요인을 살상하는 전과를 올리게 하였다. 중국군 상해병공창 주임으로 복무하던 시절에는 19로군 후방 정보국장을 겸임하면서 일본 해군기함 이즈모호(出雲號)의 폭파와 일본군 무기창고 폭파계획도 아울러 진행하였으나 뜻을 이루지 못하였다. 그 뒤 1937년 동로군(東路軍)사령부 참모를 비롯하여 집단군 참모처장·사단장, 병단(兵團) 참모장, 청년군사령부 부참모장 등의 요직을 거쳤으며, 1943년중국 육군대학을 졸업하였다. 1945년 6월 한국광복군 총사령부 참모장이 되었다. 같은 해 12월 중국 동북보안사령장관부(東北保安司令長官部) 고급참모 겸 한교사무처장에 취임하여 광복 당시 만주 일대에 거류하는 한국인 동포의 보호와 본국송환에 진력하였고, 1946년 말에는 미중앙정

은 이는 우리나라 군사전략가 중의 한 사람인데, 주중(駐中)대사라는 명칭에서 축출을 하는 현상이니 가탄(可歎: 가히 탄식함)할 일이요, 외상(外相: 외교부장관)부터 외교가 무엇인지 아는가 모르는가 알 수 없을 정도의 인물이다. 다 말하자면 얼마가 될지 알 수 없다. 이런 정도이니 임진 8.15야말로 의미심장하고 감개무량하다는 말이다. 앞으로 사활(死活)을 확정하는 기로상(岐路上)에 선 임진 8.15를 맞이하며 이 붓을 든 것이다.

임진(壬辰: 1952년) 8.15(광복)절.
봉우생(鳳宇生) 지죄근기(知罪謹記)하노라.

보단(CIG)의 비밀 업무를 지원하기도 했다. 1947년 5월 중국 국방부·정치부 전문위원으로 활동하다가 1948년 8월 귀국하였다. 1948년 육군 준장으로 임명되어, 그해 12월부터 1950년 6월까지 육군사관학교 교장을 역임하였다. 6·25전쟁 직후 시흥지구 전투사령관으로 한강선에서 밀려오는 적을 1주일간 방어한 뒤, 육군 제1군단장으로 평택지구에서 포항탈환작전에 이르기까지 전공을 세우고, 육군종합학교 총장으로 군간부 양성에 이바지하였다. 1951년 10월 예편된 뒤 주중 대사가 되었고, 타이페이 외교사절단장으로 활약하다가 10년 만에 귀국하여 1961년 5·16군사정변으로 국가재건최고회의 의장고문과 군정 외무부장관을 지냈다. 1965년 한일협정을 적극 반대, 박정희(朴正熙)와 결별하고, 1967년 정계에 투신하여 제7대 국회의원이 된 뒤, 1970년 신민당 전당대회의장을 거쳐, 1971년 유진산(柳珍山)이 한때 물러난 뒤에 당수 권한대행을 맡았다. 그해 신민당 전국구 국회의원이 되었고, 당내로는 김대중(金大中)과 제휴하여 1971년 신민당 당수가 되었으나, 당내 양파가 각각 전당대회를 열어 1당 2당수의 내분을 겪은 뒤, 1972년 9월 당수직을 사임하였다. 박정희의 삼선개헌과 유신체제에 반대하고, 만년에는 광복회 회장을 맡았다. 1980년에 82세로 사망하였다. [출처: 한국민족문화대백과사전]

(1) 다시 연정원 동지들 약평(略評)이나 해보자
유일(遺逸)[302]도 같이 해보자

사별삼일(士別三日: 선비가 사흘 이별함)에 당괄목상대(當刮目相對: 응
당 눈비비고 다시 봄)라 하니 연정원 동지들이나 또는 유일(遺逸) 동지들
이 상별한 지 어언간 다년(多年: 여러 해)이 되었으니, 어찌 내 사견만으
로 동지를 평할 수 있으리요. 그러나 내가 평하고자 하는 것은 서로 헤
어지기 전에 행동한 바로 평해 보는 것이다.

우리의 원로급으로 백강(白岡: 조경한趙擎韓,1900-1993)[303]을 평해

---

302) 유일(遺逸)은 조선 초기에 초야에 묻힌 재능 있는 선비를 천거해 관직에 임명하
는 제도로 정도전이 창안하였다. 학덕과 재능을 지녀 조관(朝官)이 될 자질을 갖
추고도 사화기(士禍期)를 거치면서 지방으로 은거하였다가 유일천거제(遺逸薦擧
制)에 의해 등용된 지식인을 일컫기도 한다. 이들은 출사하지 않고 재야에서 심
성수양과 학문연구에 진력하였는데 이들이 남긴 문학적 성향을 유일문학(遺逸文
學)이라 한다.

303) 조경한(1900.7.30~1993.1.7)은 대한민국의 전 독립운동가, 정치인이다. 호는
백강(白岡)이다. 본관은 옥천(玉川). 1900년 전라남도 순천군 주암면 한곡리 한
동마을에서 태어났다. 중국 베이징 시 계명학원 법정과를 졸업하였다. 1918년
독립단의 국내 연락원으로 독립운동에 참여했다가 1919년 3.1 운동 후 만주로
망명하여 독립운동에 투신하였다. 이후 1924년 중국으로 망명하여 만주에서 항
일무력투쟁, 광복군창립, 독립운동 단체의 조직에 참여하였다. 1930년 7월 북만
주에서 한국독립당을 창당할 때, 홍진, 이청천 등과 함께 창당에 참여했으며, 한
국독립당의 선전부 위원으로 선임되었다. 1931년 만주 사변 직후 한국독립군을
조직하여 활동하였다. 1933년 말 난징에 있던 김구의 제의로 이청천 등과 중국
관내지역으로 이동하였다. 1934년 낙양군관학교가 개교되자 이범석 등과 교관
을 맡았다. 1935년 민족혁명당 결성에 참여하였다가 김원봉과의 이견으로 1937
년 민족혁명당을 탈당해 조선혁명당을 창당하였다. 1939년 대한민국 임시정부

보자. 노송(老松)이 암상백운중(巖上白雲中: 바위 위에 하얀 구름 속)에 특립(特立: 특별히 우뚝 섬)한대, 치학(穉鶴: 어린 학)이 서식(棲息)한다고 본다. 백강은 봉황이나 붕(鵬: 붕새)이 아니라 단정학(丹頂鶴)에는 틀림없다. 그러나 좀 덜 늙었다는 말이다. 좀 더 청수(淸秀)하고 한적하였으면 노학(老鶴)이 될 것인데 내 기대가 그 성정이 조금만 변해지기를 바라는 바이다. 원로격으로 좀 부족감이 있으나, 원령(元靈)의 유촉(遺囑)이 있고 또 원로감이 부족하니, 우수한 원로가 오기 전에는 그 자리를 백강에게 주자.

그리고 거물급에는 차종환(車宗煥)을 추천한다. 차군(車君)은 학(鶴)은 학이나 그러나 동물원 속에 있는 학이 아닌가 한다. 자리야 아무데 있거나 본성이야 변하지 않을 것이나, 너무 순인(馴人: 사람에 길들여짐)하여 영송특립(嶺松特立: 고개 위에 우뚝 선 소나무)한대 임의소요(任意逍遙)하는 한적(閑寂)한 기상(氣象)이 부족하다. 그러나 이 학을 동물원에서 (풀어) 놓아서 청산으로 보내면 그 본성이 나올 것이다. 그래서 차군을 거물급의 수반(首班)으로 추진하는 것이다.

그 다음 김일승(金一承)을 거물급으로 평해 보자. 역시 학인데 백운심처학(白雲深處鶴)이 아니요, 근야청산학(近野靑山鶴: 들판 근처의 청산

의 임시의정원 회의에서 의정원 의원으로 선출되었고, 1944년까지 의정원 의원으로 활약하였다. 1940년 충칭 시에서 한국독립당에 참여했으며, 중앙상무집행위원 겸 훈련부장을 역임하기도 하였다. 이후 한국광복군 총사령부에 몸담았다. 한편 대한민국 임시정부 국무위원으로도 활동하였다. 1962년 건국훈장 독립장을 수여받았다. 1963년 제6대 국회의원 선거에서 민주공화당 후보로 전라남도 순천시-승주군 선거구에 출마하여 당선되었다. 1967년 제7대 국회의원 선거에서는 민주공화당 공천에서 현역 전국구 국회의원인 김우경에 밀려 탈락하였다. 그 해 이갑성을 친일반민족행위자로 공격하여 논란이 되었다. 별세할 당시, 나를 국가유공자로 둔갑한 친일파가 가득한 현충원이나 국립묘지에 묻지 말아달라는 쓸쓸한 유언을 하신 바 있다.

학)이다. 남이야 무어라 하든지 봉시즉학명구고(逢時則鶴鳴九皐: 때를
만난 즉 학이 깊은 물가에서 욺)304)할 것이다. 좀 고목사회성(枯木死灰性:
마른 나무, 죽은 재 같은 성질)이 있어서 그치기를 바라노라.

그다음 임지수(林志洙) 군을 평해 보자. 군은 춘산미호(春山媚狐: 봄산
의 아름다운 여우)의 성격이다. 내가 그전에 평하기를 군은 남관(南貫: 남
쪽관혁)을 적중하는 사수(射手: 사격수)다. 돌아서서 북관(北貫: 북쪽관
혁)을 쏘면 역시 적중하리라고 평하였다. 주사(做事: 일을 경영함), 모사
(謀事: 일을 꾀함)에는 차김(車金)보다 10보를 앞서리라. 남들이 별별 평
을 다하나, 나는 여전히 거물급으로 대우하겠노라.

그다음 최승천(崔乘千) 군을 거물급으로 평해 보자. 내가 전에 평하
기를 경고(經鼓)라 하였었다. 고(鼓: 북)는 고다. 누구나 다 알아들을 고
성(鼓聲: 북소리)이다. 그러나 독경(讀經: 경전을 읽음)할 때만 연계(連繫)
하여 소리가 나고, 평시에는 아무 소리가 없는 것이 병이다. 이왕 고
(鼓)가 되거든 일국의 전승고(戰勝鼓)나 일국의 신문고(申聞鼓)305)가
되어 달라는 말이다. 아무렇든지 우리 동지 중에서는 거물급이다.

그다음은 동지격(同志格: 동지급)을 평해 보자. 윤창수(尹昌洙) 동지는
그 의지가 호방(豪放)한 중(中)에 장의경력(仗義輕力: 정의를 소중히 여기
고 무력을 가벼이 함)하는 미덕(美德)이 있고 임사근신(任事勤愼: 일을 맡

---

304) 학명구고 성문우천(鶴鳴九皐 聲聞于天: 학은 깊숙한 물가에서 울어도 그 소리가
하늘까지 들린다). 현명한 사람은 반드시 세상에 드러난다는 의미로 《시경(詩
經)》소아(小雅) 학명(鶴鳴) 편에 나온다.

305) 신문고(申聞鼓): 1402년(태종 2년) 특수청원(特殊請願)·상소(上訴)를 위하여 대
궐 밖 문루(門樓)에 달았던 북이다. 억울함을 호소하려는 자는 사헌부에 고소하
고 여기서도 해결이 안 되는 경우에 신문고를 두드리게 하였는데, 이는 형식상 조
선에서 민의상달(民意上達)의 대표적인 제도였다.

기면 부지런하고 신중함)하는 성정(性情)이라 무슨 일을 맡기면 실수 안할 인물이다. 순산호(巡山虎: 산림을 순찰하는 호랑이)의 성격이 있는 동지다. 준거물급 대우를 하기로 한다.

그다음 한의석(韓義錫) 동지를 평해 보자. 위인(爲人: 사람 됨)이 주밀안상(周密安詳: 두루 다 치밀하고 상세함)하고 신행자중(愼行自重: 신중한 행동)하는 인물이다. 그리고 자임(自任: 스스로 임무를 부여함)도 하는 인물이다. 아마도 남산칠일무(南山七日霧: 남산의 칠일 안개)에 숨은 금문표(錦文豹: 비단 무늬 표범)가 아닌가 한다. 역시 준거물급 대우를 한다.

그다음 신훈(申壎) 동지는 호사(好事: 일을 벌려서 하기를 좋아함)하는 성질이나 자유(自由)로는 모사가 치밀하지 않은 관계로 실수하기 용이하고 배후만 있다면 전면주사(前面做事: 앞에서 일을 경영함)는 절대 타인에게 양보 안 할 인물이다. 중군(中軍)이나 일방지임(一方之任: 한쪽을 책임짐)은 어려우나, 선봉격(先鋒格)으로는 충분한 인물이다. 계성학립(鷄聲鶴立: 닭이 소리 내니 학이 섬)이라고 평하였었는데 도리어 장안준마(裝鞍駿馬: 안장을 잘 갖춘 빠른 말)라고 평하는 것이 당연하겠다. 말하자면 주인만 만나면 일행천리(日行千里: 하루 천리 감)하겠다는 말이다. 거물급으로는 약하고 동지급으로 수반(首班: 우두머리)대우를 하자는 말이다.

종제(從弟: 사촌아우) 태원(泰元)은 전에 평을 중지하였으나 근일에 와서 접근성이 있어서 평한다. 여도할죽(如刀割竹: 칼처럼 대를 쪼갬)하는 성질로 열화 같은 급성을 가지고 임사불승(任事不勝: 일할 때 뛰어나지 않음)하지 않고 자기가 담당한 일은 절대로 책임이행을 하며 청렴개결(淸廉介潔: 청렴하고 깨끗함)한 인물이다. 폭이 좀 불광(不廣: 넓지 않음)하나, 일방지임(一方之任)에는 가능한 인물이다. 맹호출림(猛虎出林)이 아닌가 한다. 호(虎)로는 좀 약하다고 보나, 성격으로는 호성(虎性)이 잠재한다. 유일격(遺逸格: 세상에 숨어 있는 인재격)으로 준거물 대우를 하기로 하자.

그다음 김인경(金仁卿) 동지를 평해 보자. 위인이 안상(安詳: 찬찬하고 자상함)하나 능어변사(能於辨事: 일을 분별함에 능함)하고 대인접물(待人接物)에 별무규각(別無圭角: 달리 모서리의 뾰족한 곳이 없음)하고 원만성을 가진 귀공자(貴公子)격이다. 신언서판(身言書判: 풍채, 언변, 글솜씨, 판단력)이 아무데 내놓아도 큰 실수 안 할 정도다. 갑리보검(匣裏寶劍: 칼집 속 보검)이라고 본다. 유일(遺逸)로 동지대우를 하자.

김도경(金道卿) 동지는 장어독명(長於獨明: 홀로 밝힘에는 능함)하고 졸어모사(拙於謀事: 일을 도모함에 서툼)하나 관후장자(寬厚長者: 관대하고 점잖은 사람)의 기풍이 있어 동지 일석(一席)에는 고참(高參)대우를 주는 것이 당연하다. '설송(雪松)'이라 평한다. 번화상(繁華狀)은 없으니, 개결(介潔: 아주 깨끗함)은 하리라.

그다음 민계호(閔啓鎬) 동지를 평해 보자. 위인이 관후(寬厚: 너그럽고 후덕함)하나, 심불견저(深不見底: 깊이 바닥을 못 봄)하고 천능장물(淺能藏物: 얕게 물건을 감추는데 능함)이라야 하는데, 심천(深淺)을 현어인(現於人: 사람에 나타냄)하여 使不知何事而執務則可也(무슨 일인지 모르고 일하게 하면 좋으나)나, 若使知其何事而執務則(그 일을 알고서 하게하면) 不能守秘矣(비밀을 지키지 못하리니)리니, 故로 不可任事而使不知何事而連絡則可也(고로 일을 맡길 수 없고 어떤 일을 모르고 연락하게 하면 괜찮다)라. 심성본호(心性本好: 심성이 본래 좋음)하니, 도림방우(桃林放牛: 복숭아나무숲에 풀어논 소)가 아닌가 한다. 동지격으로 대우하자.

그다음 서기원(徐基源) 동지를 평해 보자. 서군은 청소년시대에는 별별 일이 다 있는 동지이나, 백수풍진(白首風塵)의 경력이 많은 동지이다. 마음만 맞으면 일방지임을 맡더라도 절대 타인에게 지지 않고 일을 잘할 동지다. 노기복력(老驥伏櫪: 늙은 천리마가 말구유 밑에 엎드림)이라고 본다. 동지급에서는 고참대우가 상당하다.

그다음 구○래(具○來) 동지를 평해 보자. 총명재예(聰明才藝: 총명하고 재능과 기예가 출중함)한 동지로 주사(做事), 모사(謀事)에 타인에게 지지 않는 동지이나, 원대한 입지가 좀 부족한 것이 결점이다. 노쇠에 가까우나, 임사생풍(臨事生風: 일에 임해서는 바람을 불러일으킴)할 인물이다. 유일(遺逸)로 준거물급 대우를 하자. 영취양정(靈鷲養精: 신령스런 독수리가 정신을 기름)이 아닌가 한다.

그다음 김장응(金壯應) 동지를 평해 보자. 나와 한독당 중집(中執: 중앙집행위원)으로 같이 있던 사람인데 그후 풍풍우우(風風雨雨)를 다 지내고 수서운권(水逝雲捲: 물 흐르고 구름 걷힘)하야 참선(參禪)에 취미를 붙이고 소견세려(消遣世慮: 세속의 생각을 씻어 버림)하는 인물이다. 그러나 지덕(智德)을 겸비(兼備) 못한 것이 결(缺: 흠)이 되어 인심을 못 얻는 것 같다. 추응양조(秋鷹養爪: 가을 매가 발톱을 기름)인 것 같다.

그다음 한인구(韓仁求)를 평해 보자. 이미 친한 지 수십 년이다. 위인(爲人: 사람됨)이 신언서판(身言書判)이 구비하고 백집사가감(百執事可堪: 모든 일을 감당해 냄)이다. 그러나 결점이 한 가지 있다. 백능이무일장(百能而無一長: 백 가지가 능한데 그중 한 가지도 뛰어난 게 없다)한 것이다. 무엇이든지 하면 하겠지 하는 자신이 만만하나, 특별한 장점은 보이지 않는 것이 결점인데 자신은 그렇게 생각 않는 것 같다. 세상에 별놈 있나 나도 저희 하는 것이면 한다라는 자신을 가진 안고수비증(眼高手卑症: 눈은 높으나 손은 낮은 증세. 생각과 현실의 괴리)이 있다. 세인의 거물로 평가되는 사람도 물론 결점이 있을 것이다. 그 결점이나 단점을 들어서 자기와 비교해보고 나도 거물만 못지않다는 왜곡된 자신(自信)을 하는 것이 아닌가 한다. 말하자면 탁마(琢磨: 옥석을 쪼고 깜)가 덜 되었다는 말이다. 그의 백능(百能)도 좋으나 무엇으로든지 일장(一長)을 양성하면 천성이 거물로는 부족하나, 고참격은 충분하리라고 믿는다. 자아비판을 공정히 하고, 최단(最短), 최장(最長)을 택하여 고치라는 말이다. 무호원중리작호(無虎園中狸作虎: 호랑이 없는 동산 속에 살쾡이가 호랑이 노릇을 함)라고 선배들의 행사(行事: 한 일)를 잘보고 잘못을 고치라는 말이다. 고사현종(孤寺縣鍾: 외딴 절에 걸린 쇠북) 이라고 평한다. 조석(朝夕)으로 종성(鐘聲: 종소리)이 청산백운(青山白雲)을 울리나, 자성(自聲: 자기 소리)의 홍량(洪亮: 크고 밝음)한 것만 알지 다른 종의 거소(巨小: 크고 작음)를 모른다는 말이다. 준고참 동지격으로 대우한다.

그다음 한상록(韓相錄) 동지를 평해 보자. 위인이 지민(智敏: 지혜롭고 민첩함)에는 부족하고, 우둔한 편이다. 그래서 사물에는 불명(不明: 밝지 않음)하다. 그러나 신의(信義)나 동지애(同志愛)는 타 동지에게 지지 않는다. 이것이 도리어 우리 동지로는 취할 바이다. 그리고 나와 동고(同苦)를 많이 한 인과(因果)가 있다. 세인은 그 사람의 모사(謀事: 일을 기획함), 주사(做事: 일을 경영함)가 부족함을 결점으로 아나, 나는 그 신의나 동지애가 더 굳기를 바랄 뿐이다. 경제적으로 극도의 곤란을 보는 현상이나, 경제는 우리가 최저확보하고 설계된 것을 가지맛지면 틀림없이 성공할 것이다. 절대로 변함없다고 본다. 그러나 최저생활이라도 확보를 못하고 일을 맡기면 생활에 끌려서 실패할 것이다. 10여 년 전에 대전(경찰서 유치장) 영어(圄圄: 감옥)중에서 왜놈 형사가 (한상록을 보고) 인웅(人熊: 사람곰)이라고 별명을 지었는데, 정평(正評)인가 한다.

동지 중 고참(高參) 동지대우가 당연하다.

그다음 조철희(趙哲熙) 동지를 평해 보자. 위인이 주사, 모사하는 재능이 있고 호사자(好事者)이다. 그리고 침착성을 가지고 있다. 임사(臨事: 일에 임해) 소홀하지 않는 성질이다. 용감하다. 그러나 신의적으로는 만점이 못되고 일을 좋아해서 자력에 부족하더라도 맡기면 할 것이요, 성불성(成不成)을 타산(打算)해서 책임을 안 질 동지는 아니다. 그러나 일하다 성공할 희망이 없으면 그만둘 염려가 있는 동지다. 뒤에서 감독하고 시키면 남에게 지지않고 일을 잘하는 성질이다. 인기세이도지(因其勢而導之: 그 기세로 이끌고 감)하는 것이 당연하다고 본다. 경제관념은 부족하니 경제적으로 (임무를) 맡기지 말아야 한다. 유호리(類虎狸: 호랑이 비슷한 살쾡이) 아닌가 한다. 외양일견(外樣一見: 겉으로 한번 봄)하면 그 용감성이 호랑이인가 하는데, 내사(內査: 안으로 살펴봄)하면 명실상부(名實相符)가 못된다. 약하다는 말이다. 그런고로 호랑이와 유사하나 실력은 살쾡이와 가깝다는 평인데, 실력이 양성 되면 호랑이로도 등장할 수 있는 것이다. 년고(年高: 나이 많음) 동지다. 동지격으로는 준고참으로 대우하자.

그다음 최순익(崔淳翼) 동지를 평해 보자.

(다음 편에 이어서)

(2) 다시 연정원 동지들 약평(略評)이나 해보자
유일(遺逸)도 같이 해보자

　그다음 최순익(崔淳翼) 동지를 평해 보자. 위인이 중후(重厚)하고 동지애는 있으나, 별다른 재능이 부족하고 한 지방에서 좌진(坐鎮: 앉아 누름)하고 자기 근방(近傍: 가까운 곁)이나 점진적으로 교화시킬 정도요, 나아가 일도(一道), 일군(一郡)을 통솔하기에는 좀 부족하나 그러나 격만은 부족한 것이 아니요, 재능이 좀 부족하다는 말이다. 기성(旣成)의 설계를 가지고 나가라면 못나갈 사람은 아니다. 한상록이나 조철희나 다같이 반 년 이상을 영어(囹圄: 감옥) 동지다. 혈맹의열단(血盟義烈團) 사건 당시이다.306) 평하자면 "와우청파격(臥牛青坡格: 소가 누운 푸른 고개격)"이다. 그 행동거지(行動擧止)가 진중(鎮重)하며 언사 역시 신중(愼重)해서 세인의 신용을 받고 공덕도 있으나, 재능이 좀 부족해서 자기 지방의 유지(有志)로 신용(信用)받지 원조(遠照: 멀리 비춤)를 못한다는 말이다. 동지로 대우하자.

　그다음 유화당(劉華堂)을 평해 보자. 위인이 신언서판(身言書判)을 다

---

306) 관련기사: 조선일보 동아일보 1924.11.19. '일심대한독립(一心大韓獨立)을 팔에 새긴 의열단원 한상록 징역 십개월을 불복'. 충남 공주군 연안면 평산리 거주하는 한상록(24살)은 제령 위반으로 징역 10개월에 처한 것을 불복하고 경성복심법원에 공소하였다. 한상록은 강계에서 고향사람인 의열단원 김종순을 만나 입단 권유를 받고 왼팔에 일심대한독립(一心大韓獨立)이라 새기고 독립단원으로 정치변혁을 도모하고 관공서 활동을 방해하고 갑산에서 단원모집 활동을 하다가 체포되었다.

구비하고 재능이 있는 동지다. 백집사가능(百執事可能: 모든 일을 맡을 수 있음)이나, 과어재민(過於才敏: 재능의 민첩함이 지나침)하여 중후미(중후미: 중후한 맛)가 부족하고 재승(才勝: 재주가 뛰어남)하다고 평하기 쉽겠다. 주사, 모사에 재능이 있고 동지애도 있는 동지이나, 좀 중후하였으면 거물취급도 될 동지인데 너무 재주가 있어서 신중미가 부족한 것이 결점이 되어 그리 중시를 않는 듯하다. 이것만 고치면 책사(策士: 책략을 잘 쓰는 사람)로 기용할 만한 인물이다. 평하자면 "유지황조(柳枝黃鳥: 버들가지 위의 꾀꼬리)"라고 본다. 양류지(楊柳枝: 버드나무 가지)에 황조성(黃鳥聲: 꾀꼬리 소리)이 천전(千囀: 천 번 지저귐) 만전(萬囀: 만 번 지저귐)하면 앵출범조불감제(鶯出凡鳥不敢啼: 꾀꼬리가 나오면 뭇 새는 감히 울지 못함)라고 범조(凡鳥)야 상대하려고도 못한다. 그러나 세인이 다 앵성(鶯聲: 꾀꼬리 울음소리)인줄 알면 그 이상 더 신기한 것이 나오지 않는 은연중 어인(御人: 사람을 다스림)하는 수단이나 능력이 있어야 하는 것인데, 아주 소연(昭然: 이치에 밝음)하다는 말이다. 그러나 거물로는 부족하고 고참 동지로 대우하자.

그다음 장이석(張履奭)[307] 동지를 평해 보자. 내가 상봉한 지 그리 시일이 오래지는 않다. 그러나 일견허심(一見許心: 한번 보자 마음을 허락함)한 동지다. 졸어소사(拙於小事: 작은 일에는 쓸모가 없음)하고 능어대

---

307) 장이석(張履奭)은 1963년에 창당되었던 정당인 신흥당의 총재를 역임하였다. 신흥당은 창당 이후 제5대 대통령선거와 제6대 국회의원선거에 참여하였다. 장이석은 1963년 10월 15일에 있었던 5대 대통령 선거에 계룡산 산신의 계시를 받았다며 대선에 출마하였다. 이 선거에서 박정희가 윤보선을 15만 표 차이로 가까스로 이기고 당선되었다. 장이석은 19만 8000표를 획득하였다. 공화당이 야권분열 공작 중에 하나로 장이석이 중도사퇴를 하지 않도록 공을 들인 것도 있지만 결과적으로 장이석의 출마는 박정희의 당선을 가능케 했다. 출마계시를 산신이 했는지 또 다른 누가 했는지 알 수 없는 대목이다.

사(能於大事: 큰일에 능함)한 것 같다. 위인(爲人)이 신언서판을 구비한 가운데 대의명분(大義名分)을 지키고 구구영영(苟苟營營: 구차하게 일함)하는 태(態: 모양)가 없고 혹 담론(談論)을 해보면 거가건축(巨家建築: 큰 집을 지음)에 수장(修粧: 단장을 마침)이 다 안 된 감이 있다. 동지애도 있고 변재(辯才: 말재주)도 있으며, 주사(做事), 모사(謀事)도 하나, 대체로 활달관홍(豁達寬洪: 활달하고 크게 너그러움)은 하나, 주밀안상(周密安詳: 두루다 정밀하고 상세함)한 점이 부족하다. 포용량이 그리 광폭인 것 같지 않다. 그러고 보면 거물급의 고문격은 될지언정 자기가 거물급으로 진출하기는 좀 문제가 아닐까 한다. 장면(張勉)308)이나 죽산(竹山: 조봉암)309)을 말한다. 그러나 후일 성공하면 거물(巨物) 산하(傘下: 우산아래)의 중진은 될지 모르나 자기가 거물이 되기는 아무리 보아도 난문제(難問題)다. 그리고 거물급 집회에 참석하면 언론(言論: 말과 논의)만은 얼숭덜숭(회색과 검은색이 뒤섞인 모양, 여기서는 그럭저럭) 할 것이나 독자적으로 주사, 모사를 하면 다른 거물급만 못하다는 말이다. 그러니

---

308) 장면(張勉, 1899.8.28~1966.6.4)은 일제 강점기의 교육자·종교가·번역가·출판인·문인·저술가였으며 훗날 대한민국의 종교가·외교관·교육자·정치인이었다. 1956년 8월 15일부터 1960년 4월 25일까지 대한민국의 제4대 부통령이었다. 1951년 10월 제6차 UN 총회 파견 수석대표로 다녀왔다. 1950년 11월 23일부터 1952년 4월 23일까지 제2대 대한민국 국무총리를, 1960년 8월 19일부터 1961년 5월 17일까지 제7대 국무총리를 역임했다.

309) 조봉암. 정치가·독립운동가, 1898~1959. 호는 죽산(竹山). 노농총연맹조선총동맹을 조직해 문화부책으로 활약하다가 상하이에 가서 코민테른 원동부(遠東部) 조선대표에 임명되고, ML당을 조직해 활동했다. 제헌의원·초대 농림부장관이 되고 대통령에 출마하기도 했다. 1952년 제2대 대통령에 출마하여 차점으로 낙선, 1956년 다시 제3대 대통령에 출마하였으나 낙선되었다. 그해 진보당(進步黨)을 창당, 위원장이 되어 정당활동을 하다가 1958년 1월 국가보안법 위반으로 체포되어 대법원에서 사형선고를 받고 1959년에 처형되었다. 2011년 1월 20일 대법원에서 간첩죄와 국가보안법 위반 등 주요 혐의에 대해 무죄 선고를 받았다.

거물급 회합에 참석할 거물대우자(巨物待遇者)요, 평시에는 고참 동지로 준거물대우를 해주는 것이 정당하다고 본다. "부암호(負岩虎: 바위를 지고 있는 호랑이)"라고 본다. 그 용맹이 있기는 있으나, 미지수에 속한다는 말이다.

그다음 김상조(金商祖) 동지를 평해 보자. 위인(爲人)이 능간(能幹: 일을 잘할 재주와 능력)이 있고 대의명분(大義名分)을 지키는 동지다. 그런데 일의 윤곽(輪郭)을 만들지 정세(精細: 정교하고 세밀함)한 편이 못된다. 임사소홀한 것이 아니라 주사, 모사에 백무일결(百無一缺: 백에 하나도 결점이 없음)한 설계를 못하는 관계이다. 이만하면 되거니 하다가 실수를 하는 것이 이 동지의 결점이다. 지피지기(知彼知己)를 확실하게 못 하는 관계로 간간 실패한다. 그렇다고 아주 모사꾼이 아니라는 것이 아니라, 좀 더 정세(精細: 정밀하고 세밀함)해서 당사삼사(當事三思: 일을 당해 세 번 생각함)하면 독자적이라도 별 실수 없으리라고 믿는다. 강적만 없으면 김 동지도 모사를 잘하는 사람이나 상대방에서 선수(先手: 먼저 손을 씀)를 하면 당하는 줄 모르고 당하는 것이 동지의 결점이라는 말이다. 이것은 관심법(觀心法)이 좀 부족한 연고요, 관심법을 모르더라도 좀 더 정세하면 실수 없을 것이다. 주사(做事)하는 동지다. 악수하고 같이 하면 자기가 맡고 있는 일은 실수 없이 잘 하리라. 창작력이 좀 부족할 뿐이다. 평하자면 옥적(玉笛: 옥으로 만든 젓대)이 아닌가 한다. 주인을 만나서 불기만 하면 그 소리가 유량청아(瀏亮淸雅: 맑고 밝은 상태)이나, 적(笛) 자신이 출성(出聲: 소리를 냄)할 수 없다고 본다. 고참동지로 대우해서 미래 준거물로 인상(引上: 끌어올림)하자.

다 혁혁한 인물들이다. 산성(散星: 흩어진 별들)이 삼삼라열(森森羅列: 총총히 벌려 있음)한데, 광망(光芒: 빛살)이 명료(明瞭)한 것을 관상자(觀

象者: 천문을 보는 이)가 평하지 않을 수 없다. 이외에도 무수한 산성(散星)이 있으나, 중지하고 연정원(研精院) 원우(院友)나 무순무서(無順無序: 순서 없음)하게 평해 보자. 제일 패두(牌頭: 패의 우두머리)부터 평해 보자, 원우에 대한 상세한 평은 전술(前述)이 있으니 약평(略評: 간략한 평)하기로 하자.

패두(牌頭)는 주성(柱星) 평생구(平生句)가 "산상수선화(山上水仙花), 원비강하성(原非江河性)"라고 하였다는 평인 것 같다. 지반(地盤: 일을 하는 근거지)을 얻지 못하였다는 말이다. 수선화가 수변(水邊: 물가)에 있는 것이 당연한데 산상에 있는 것은 수선화의 자리가 아니라는 것이다. 그리고 수선화라면 담박청아(淡泊淸雅)한 명화(名花: 이름난 꽃)다. 그러면 물론 무명야초(無名野草: 이름 없는 들풀)가 아니라는 확증이다. 패두는 이 평생구와 소호도 상이(相異)하지 않다. 현상 그대로 기록된 것이다. 내가 바라는 바는 불고가인생산작업(不顧家人生産作業: 집안 식구들 먹여 살리는 일을 돌아보지 않음)하고 백발이 되기 전에 만(滿) 2년만 독수(獨修: 홀로 수양함)하라는 부탁이다. 현상은 칠층보탑(七層寶塔)에 지결정(只缺頂: 단지 정수리가 없네)이다. 2년만이면 완성탑이 되어 묘당(廟堂: 나라의 정사를 관장하는 곳)의 시구(蓍龜: 중요인물)로 족히 명수후세(名授後世: 이름을 후세에 전함)할 것이라는 말이다.

다음 부패두(副牌頭)를 평해 보자. 백운(白雲)이 만건곤(滿乾坤: 세상에 가득참)할 제, 궁항(窮巷: 외딴 촌구석)에 특립(特立: 우뚝 섬)한 노송(老松)인가 하여라. 이 구어(句語)가 부패두를 그대로 기록한 것이다. 남이야 무어라 하든지 송성쇄락(松聲灑落: 쏴아 하는 소나무 소리가 시원하고 깨끗함)할 뿐이다. 비록 번화상(繁華相: 번성하고 화려함)은 부족하나, 고결자수(高潔自修: 고결하게 자기 수양함)하는 그 심성(心性)을 말한 것이다. 주위 환경이 불허해서 가옥처수(家獄妻囚: 집이 감옥이요, 아내의 죄수)가 되어 아무 일도 못한다. 이 동지는 우리가 경제적으로 부담하고 후진교양에 원두(院頭)로 활약하였으면 4~5년만 계속한다면 그 문하 자성혜(門下自成蹊: 문 아래 스스로 지름길을 만듦)할 것이다.

그다음 곡앵(谷鶯: 골짜기의 꾀꼬리)을 평해 보자. 그가 곡앵으로 호(號)할 때부터 앵천교목(鶯遷喬木: 꾀꼬리가 큰나무로 옮김)할 예조(豫兆: 조짐)를 말한 것이다. 그러나 학우등사(學優登仕: 배움이 넉넉하면 벼슬길에 나섬)가 불변의 철칙(鐵則)이다. 비록 곡앵이 총혜(聰慧: 총명하고 슬기로움)하나, 공부가 완성되기 전에 사도(仕途: 벼슬길)에 오른 것이 곡앵을 위하여 소결(小缺: 작은 결함)이다. 대인접물(待人接物)에 아직은 별무난사(別無難事: 달리 어려운 일은 없음)로되, 해가 갈수록 지위가 나아갈수록 임사(臨事: 일에 임함)하여 유족(裕足: 넉넉함)한 태(態)가 부족하기 쉽다. 사무인으로 자처하지 말고, 아직 학인이거니 하고 불휴의 노력으로 자습하면 등동산이소노(登東山而小魯: 동산에 오르면 노나라가 작음)하고, 등태산이소천하(登太山而小天下: 태산에 오르면 천하가 작도다)하신 성훈(聖訓: 성인의 교훈)을 맛볼 것이라는 말이다. 오직 부탁은 일생을 마음 놓지 말고 학인이거니 하고 작지불이(作之不已: 끊임없이 노력함)하라는 말이다. 그리고 재덕(才德: 재능과 선한 품성)이 겸비해야 한다는 것을 일시라도 잊지 말라는 것이다. 소년동지로 연정원 동고(同苦: 함께 고생함)와 내 이념 달성에만은 공헌을 한 동지다. 미래를 촉망(囑望: 잘되기를 바람)하기에 그의 완성을 비노라. 대금물(大禁物)은 중지자족(中止自足: 중단하고 스스로 만족함)이라는 것이다. 사업에는 자족도 좋으나 학인으로서는 자족을 잘못 이해하면 자포자기(自暴自棄)가 되는 것이다. 각별주의(恪別注意)해 주기를 바라노라.

그다음 동지(崔鍾恩)를 평해 보자. 그 위인이 사선어후(事先語後: 일을 먼저하고 말은 뒤에 함)하고 침묵수졸(沈默守拙: 말 없고 우직함)하는 것이 동지의 장점이다. 그렇다고 고지(固志: 굳은 뜻)를 동(動)할 줄 모르고 칩복(蟄伏: 겨울잠 자는 벌레처럼 움직이지 않음)하기만 좋아할 리가 없다. 그러나 장족(長足)의 진보를 주위 사정이 허락하지 않는 관계로 부득이 침울한 성격의 소유자가 된 것이다. 일호반점(一毫半點)이라도 비의지사(非義之事: 의롭지 않은 일)라면 몽중에도 생각 않는 사람이요, 착착(着着) 실행으로 전진하고자 하는 현상으로는 전진이 대단히 곤란할 것 같다. 동지애도 있고 이념도 실현해 보았으면 하는 의지만큼은 만복(滿腹: 배에 가득함)한 사람이요, 혹 무슨 기회가 있으면 나도 나가서 일을 좀 해보았으면 하는 미미한 염원도 없는 것은 아니다. 불휴(不休)하고 자습(自習)하나, 그 자습도 환경이 용서를 않는 것이다. 내 생각에는 점진적으로는 인간은 백발이 먼저 오고, 목적은 성공하기 어려우니, 급진적으로, 용단적(勇斷的: 용기를 내서 결단하는)으로 착수해 보라고 하노라. 환경을 생각지 말고 비상한 용단력을 내어서 주사(做事: 일을 경영함)하면 실패 없이 성공하리라는 내 확평을 해둔다. 현상유지로는 10년을 가도 여의(如意)한 일이 없으리라. 각별히 주의하라는 말이다. 내가 고지(固志)를 애중(愛重: 사랑하고 소중히 생각함)히 생각하는 관계로 고지의 사정을 좀더 연구해 본 것이다. 고지도 내가 생각하는 바를 다시 연구해 보고 내말이 그르지 않거든 실행해 보라는 것이다. 부지중 언지장(言之長: 말이 길어짐)하도다. 원우(院友) 중 중진(重鎭)이 가옥처수(家獄妻囚)가 되어 미혼진(迷魂陣)에서 나올 줄을 알지 못하기에 내 탄식하는 바이다.

　그다음 교랑(巧郞)이나 평해 보자. 모니불(牟尼佛: 석가)의 설산육년

(雪山六年)310)이나 달마조사(達摩祖師)311)의 면벽구년(面壁九年)312)이나 중니성(仲尼聖: 공자)의 위편삼절(韋編三絶)313)이 무엇인지 알지 못하는 관계로 양성대졸하수교(養成大拙何須巧: 크게 무능함을 길러냄이 어찌 공교로움만 하겠는가)라고 이 교량은 무슨 공부든지 호흡지간(呼吸之間: 순식간)에 할 수 있고 사조(師助: 스승의 도움)만 있으면 어떤 사람이라도 성인군자(聖人君子)되기 용이(容易: 쉬움)한 것을 속사(俗師: 속된 스승)들이 무단(無端: 끝이 없음)이 학인들을 세월만 천연(遷延: 지체함)하거니 하고 성심성의(誠心誠意)껏 노력을 않고 스승 되는 자가 일초즉입여래계(一超卽入如來界: 한번에 뛰어올라 부처의 세계로 들어감)하게 만들어주기만 바란다. 그렇게 안 된다고 원우(院友: 연정원 동지)를 원망하며, 위사자(爲師者: 스승된 자)를 원망하는 것이 교량의 성공 못한 원인이다. 공자, 노자, 석가, 예수가 제자를 모두 성현군자로 만들지 못한 것을 생각하라는 말이다. 자성자계(自誠自戒: 스스로 정성을 다하고 경계함)하고 공교(工巧: 잘 치장함)보다 졸(拙: 무능하고 쓸모없음)을 양성(養成)하라고 부탁하노라. 여전히 불개기심(不改其心: 그 마음을 고치지 않음)하면 성공은 못 볼 것이다.

---

310) 석가모니가 설산에서 6년간 수도한 것을 말함

311) 달마는 인도 파사국 남부 지방의 천축향지국 팔라바 왕가의 왕자로 출생하였으나, 왕족의 허울을 벗어던져 버리고 북위 제국의 평범한 불제자로 귀화한 중국 북위의 불교 승려이다. 양현지(楊衒之)의 '낙양가람기(洛陽伽藍記)/547년'에 따르면 중국 대륙에 선종을 포교한 남 인도지방 타밀 출신의 승려로, 고대 인도 불교의 제28 대 조사이자, 중국 선종의 제1 대 조사이다.

312) 면벽구년은 달마가 소림사(少林寺)뒤의 오유봉(五乳峰)중턱에 자리한 동굴에서 9년간 벽을 마주하고 수행한 것을 말한다.

313) 공자께서 역경 읽는 것을 좋아해 죽간의 가죽끈이 세 번이나 끊어질 정도로 읽었다는 고사.

그다음 박하성(朴河聖) 동지를 평해 보자.

(다음편에 이어서)

(3) 다시 연정원 동지들 약평(略評)이나 해보자
유일(遺逸)도 같이 해보자

그다음 박하성(朴河聖) 동지를 평해 보자. 위인이 근실(勤實: 부지런하고 성실함)하고 침착해서 남의 말을 잘 안 듣는 성질인데, 야소교인(耶蘇教人: 기독교인) 생활을 해보아 수행(修行)이라는 것이 있다는 것만은 자신한다. 자기 가정생활이 대가족이라 경제적으로 여유가 없고, 또 시간적으로도 여유가 없으나, 단시일이라면 수양을 하여 지기수준 향상을 해볼 의도가 있으며, 교랑(巧郞)같이 요량미정(料量未定: 헤아림을 알 수 없음)한 행동은 않는 동지다. 우리가 이념실현을 위해서 발족하자면 궐연(蹶然: 벌떡 일어남)히 찬성할 동지다. 원우 중 중진은 아니나, 불가궐(不可闕: 빼놓을 수 없는)할 실제 위(位: 자리)가 있다는 것을 명시하노라.

초재(樵齋)를 평해 보자. 일슬지공(一膝之工)314)이 없는 관계로 고인 조박(古人糟粕)315)이 일불행(一不幸: 하나의 불행)이 되어 기예(技藝)가 있어서 박이부정(博而不精: 널리 알지만 정밀하지 못함)한 피상(皮相)만 핥고 맛이 있는지 없는지 알지를 못하고 피상이 그대로인 줄 알고 삼교구류(三教九流: 모든 학문)의 득력(得力: 깊이 공부하여 통달함)한 사람

---

314) 두 무릎을 한결같이 바닥에 붙이고 앉아 착실하게 하는 공부.
315) 옛사람의 술 찌꺼기. 학문, 서화, 음악 등에서 옛사람이 다 밝혀내어 전혀 새로움이 없는 것을 비유한 말.

을 보면 순하인(舜何人) 여하인(余何人)가316) 하고 '나도 너만하다' 하고 당랑거철(螳螂拒轍: 사마귀가 수레바퀴를 막음)317)하는 행동을 일마다 한다. 혹 권고하여도 청이불문(聽而不聞: 들어도 못들은 척함)한다. 소위 자행자지(自行自止: 마음대로 행동함)하는 인물이다. 동지가 무엇인지 생각 않는다. 그저 소아(小我)에 구속되어 갓을 ○○○는 심연(深淵: 깊은 못)에 유영(遊泳: 즐겁게 헤엄침)하고 있는 것이다. 안두(岸頭: 강기슭)에 (건너) 간 뒤에야 비로소 미혼진(迷魂陣)에서 방황한 줄을 알 것이다. 하루라도 속히 안두에 등(登: 오름)하여 세사(世事)가 그리 용이하지 않다는 것을 깨닫기를 원우의 한 사람으로서 바라는 바이다. 절대로 악평(惡評)을 하고자 하는 것이 아니다. 실상(實狀)을 기록할 따름이다. 원우(院友)로서는 없지 못할 사람이오, 현상(現狀: 현재의 상태)은 미혼진(迷魂陣)에서 나올 줄을 모르고 있다는 말이다.

그다음 송하(松夏) 동지를 평해 보자. 동지는 무재무능(無才無能)하다. 그러나 위인(爲人)이 근실충직(勤實忠直)하여 허위(虛僞)가 없는 동지다. 백 가지 재능보다 그 한 가지 충직을 사랑하는 것이다. 유시유종(有始有終)의 미(美)를 거(擧: 얻음)하리라.

그다음 소졸(小拙)을 평해 보자. 동지는 과연 졸하다. 그러나 자신의 졸한 줄을 알고 졸(拙)이라 자호(自號: 자신의 호를 스스로 지어 부름)하였다. 내가 원하는 바는 이왕(已往) 졸하거든 대졸(大拙)을 양성하라고 할 뿐이다. 졸이 섭세(涉世: 세상을 건넘)하는데 무엇이 해로우리요, 다만

---

316) 《맹자》 〈등문공편〉에 나옴. "안연(顏淵)이 왈(曰), 순하인야(舜何人也: 순임금은 어떤 사람인가)며, 여하인야(予何人也: 나는 어떤 사람인가)오? 유위자역약시(有爲者亦若是: 하려고 하는 자는 또한 순임금과 같아질 것이다)라 하니라."

317) 《장자》에 나옴. 무모한 행동을 비유

소졸(小拙)보다는 대졸(大拙)이 되어달라는 것이다. 유일유이(維一無二: 오직 하나요 둘도 없는)한 원우 중 소졸이다. 세인(世人)이 다 저 잘난 줄 믿고 사는데, 동지는 소졸한 것을 자지(自知: 스스로 앎)하니 가애(可愛: 사랑스러움)로다. 그 졸이 변하지 않기를 바라노라.

그다음 칠성(七星) 동지를 평해 보자. 원우의 일인으로 6.25사변 경과 후 소식을 알지 못하는 사람의 일인이나, 위인이 온순(溫順)하고 친절하여 대인접물(待人接物)에 호감을 준다. 재능은 취할 데가 없으나, 그 위인은 취할 만 하도다. 가교(可敎: 가르칠 만함)의 인물이다.

그다음 이헌규(李憲珪) 동지를 평해 보자. 그 재능을 찬(贊: 기림)하기보다 그의 충신(忠信: 충성심과 신의)을 칭찬하고 싶다. 수년간 기거(起居: 생활)를 같이 했으나 초대면 때와 조금도 변한 것이 없이 여전한 인물이다. 이만하면 원우로 무슨 일이든지 감당할 수 있으리라고 믿는다. 가용지재(可用之材: 쓸 만한 재목)라고 평하고 싶다.

이호(珥鎬) 동지를 평해 보자. 교랑(巧朗)과 비슷한 점이 많다. 그러나 교랑보다는 실지(實地)를 밟은 감(感)이 있다. 기교는 교랑만 못하고 실지로 나가고자 하는 것은 교랑보다 낫다는 것이다. 모두 소재(小才: 작은 재주)가 있고, 또 수득(修得)한 학력(學力: 학문의 실력)이 부정(不精: 정밀하지 않음)해서 세상에 난사(難事: 어려운 일)가 얼마나 있는지 알지 못하는 것이 이미 두 분(교랑과 이호)의 결점이라는 말이다.

그다음 헌두(憲斗) 동지를 평해 보자. 수십 년 전에 탈안준마(脫鞍駿馬: 안장 벗은 날랜 말, 한강현韓康鉉)와 같이 (나의) 문하(門下)에서 수양(修養)하던 동지들이다. 위인이 근실하고 부화(浮華: 실속은 없고 겉만 화려함)를 일삼지 않고 사무에 정(精: 면밀함)한 사람이다. 장래의 대희망을 가지고 나가는 것이 아니라, 적소성대(積小成大: 작은 걸 쌓아서 큰 걸

이룸)요, 자비급고(自卑及高: 낮은 데서 높은 곳에 이름)로 각답실지(脚踏實地: 다리로 실제 땅을 밟음)하는 동지요, 우리 이념에 배치(背馳) 않는 동지이다.

그다음 기섭(起燮) 동지를 평해 보자. 위인이 정직하고, 위인모충(爲人謀忠: 남을 위해 꾀를 냄)하는 성격이 있고, 애주(愛酒)하나 큰 실수 없고, 동지애가 많은 인사로 우리의 이념을 찬동하는 동지다. 앞으로도 우리가 발족하게 되면 동지도 물론 찬성할 것이다. 그러나 일방좌진(一方坐鎭: 한쪽으로 앉아 지킴)에 능한 인사요, 진판(進判: 나아가는 판)에는 부족하다. 우리 이념 실현에는 만상(萬相: 각양각색의 인물들)이 구비되어야 하는 것이니, 농산어촌(農山漁村)의 중견동지로 향응(響應: 메아리처럼 울림)할 만한 동지라면 모두 악수해야 하는 것인데 이 동지도 광면(廣面: 폭넓은 얼굴) 인사(人士)로 일방은 물론이요, 폭을 넓힐지라도 가능한 동지라는 말이다.

그다음 무영(無影)을 평해 보자. 그 행동이 청년시대에는 무영무종(無影無踪: 그림자도, 자취도 없음)한 것이 많아서 "무영"이라고 불렀던 것인데, 풍풍우우(風風雨雨)가 어언간 부동심지년(不動心之年)을 지내고 비상간고(備嘗艱苦: 온갖 어려움과 고초를 맛봄)하던 중에 탁마(琢磨)가 된 것 같다. 호사(好事: 일하기 좋아함)하며 위인모충(爲人謀忠)도 한다. 청년시대에 부화(浮華)해서 남의 신용을 못 받았으나, 경험으로 보아서 지도자만 있으면 재능은 있는 사람이라. 그리고 상인해물지심(傷人害物之心: 사람과 사물을 해침)까지는 없는 사람이다. 그러니 일은 실수 없이 잘하리라고 믿는다. 전일(前日: 전날)의 결점으로 현상 가용지재(可用之材)를 버려서는 일란(一卵)으로 기간성지재(棄干城之才: 방패와 성 같은 인재를 버림)와 같다는 말이다. 무영이여, 황홀막측(恍惚莫測:

황홀하여 예측하기 어려움)하던 청년시대를 몽중(夢中)이라도 생각지 말고 각답실지(脚踏實地)하고 래두(來頭)의 성공을 바라노라.

그다음 재웅(再雄) 동지를 평해 보자. 위인이 근신(謹愼: 삼가하고 조심함)하나, 재지(才智: 재주와 슬기)가 좀 부족하여, 사무에는 능하다고 못 보나, 무슨 일이든지 설계를 가지고 시키는 일이면 별 실수 없을 인물이다. 대사(大事)는 재국(才局: 재주와 국량)이 난감(難堪: 감당하기 어려움)이요, 소사(小事)는 가주(可做: 경영할만함)할 인물이나 오애기근신(吾愛其謹愼: 나는 그 삼가고 신중함을 사랑함)이요, 불애기재지(不愛其才智: 그 재주와 슬기는 사랑하지 않음)로라.

그다음 하동인(河東仁) 군을 평해 보자. 중학교 교원으로 있다가, 육군에 입대하여 통신장교로 (6.25전쟁) 일선(一線)에 있는 중이다. 초등군사반을 수업하고 가는 길에 (나를) 심방(尋訪: 찾아 방문함)하였다. 내 말하기를 군인으로의 정신을 잊지 말고 정부에서 행정부문이야 무어라 하든지 위국위족(爲國爲族: 나라와 민족을 위함)하여 진충(盡忠: 충성을 다함)하라고 말하였다. 장래가 촉망되는 청년이며, 내 자식과 같이 여기는 사람이다. 그리고 연정원에서 비록 단시일이라도 수양해 본 인물이다. 원우(院友)자격이 충분한 인물이다.

그다음 현달(鉉達) 동지는 내가 그 재능을 본 일이 없으니 말할 수 없고, 불변하고 상신(相信: 서로 믿음)하다는 일점(一點: 한 가지 점)을 말할 뿐이다. 무영(務榮) 동지와 같이 내 문하에서 왕래하며, 한독당(韓獨黨)318) 청년시대부터 동일한 보조로 현재까지 온 것이다. 현달, 무영

---

318) 한국독립당(韓國獨立黨)은 1930년 1월 25일 상하이에서 결성된 대한민국 임시정부의 여당이자 대한민국의 보수정당이다. 대한의 독립을 위하여 일본 제국에 대항한 단체로 이동녕·안창호·이유필·김두봉·안공근·조완구·조소앙 등이 중심

양동지(兩同志)는 별 재능은 없으나, 일가족같이 무사불관(無事不關)하고 만나는 대로 상의도 하고 내가 일도 시켜 보는 사람이다. 장래 시간이나 경제여유만 있다면 수양을 시켜 볼까 한다. 무영 동지는 연정원 패두(牌頭: 우두머리)의 처질(妻姪: 처조카)되는 사람이라 연고가 깊다. 연정원에서 수양이야 했든지 안 했든 간에 원우로 대우하는 것이다. 이밖에도 무수한 인물이 있으나, 이만 중지하고 주마간산(走馬看山)식으로 대강 대강 평하는 것이다. 산성(散星)에서도 유일(遺逸)이 얼마든지 있고, 원우 중에서 자격심사라든지 더할 수 있다. 그러나 이 정도로 그치는 것도 의미가 있는 것이다. 붓을 그치노라.

단기(檀紀) 4285년(1952) 임진(壬辰)년 8월 16일

봉우지죄근기(鳳宇知罪謹記)하노라.

[아주 중요하고 특별한 글이다. 봉우 선생님의 새로운 증언들이 많이 수록되어 있다. 기존 《백두산족에게 고함》, 《봉우일기》에 실린 동지 또는 교유인물들에 대한 어느 회상기보다도 수록인물수가 많

이 되어 결성되었다. 1930년 출범 초기에는 중국 국민당 정부처럼 이당치국의 체제를 표방하였기 때문에 한국독립당이 곧 임시 정부 그 자체였지만 점차적으로 다원주의에 입각하여 임정의 여당 형태로 변하였다. 1945년 광복 후에는 대한민국의 보수정당으로서 활동하였다. 1948년 남북협상과 1949년 김구의 피살을 기점으로 세력이 분열되고 약화되어 당을 이루는 주요 세력이 자유당, 민주국민당, 민주공화당, 신민당 등에 흡수되었다. 1966년에 일어난 한국독립당 내란음모사건으로 인해 이듬해 1967년을 기하여 식물 정당 체제를 드러냈고 1970년 2월 3일 해산되었다. (한독당 내란음모 사건은 1966년 김두한 의원이 학생들과 한국독립당 당원들을 배후로 하여 5단계 혁명계획을 수립하고 정부전복을 기도하였다고 한 국가보안법을 이용한 제3공화국의 정치조작사건이다.)

다. 무려 41명에 달하는 연정원 원외, 원내 인사들에 대한 선생님 특유의 필치와 서술이 돋보인다. 특히 이 글에는 1952년 당시의 연정원 원두(院頭: 우두머리)와 부원두에 대한 묘사가 실려 있는데, 실명이나 별호 등이 일체 표기되어 있지 않아서 선생님 자신을 기록하신 것인지의 여부도 궁금하다. -역주자]

수필: 사업의 파탄과 안빈낙도(安貧樂道)

금년 계춘(季春: 음력 3월, 늦봄)부터 작동(昨冬: 지난 겨울)과 신춘(新春)에 보던 일이 다 파탄(破綻: 찢어져 터짐)이 되어 직접 영향을 받게 되었다. 그래서 하간(夏間: 여름 동안)에는 가족 전체적으로 최저 상황 확보에 길이 없어서 가위(可謂: 과연) 파락호(破落戶: 좋은 집의 자손이 잘못하여 망한 사람)가 되고 말았다. 물론 원인은 내 잘못이나, 역시 고의적으로 한 일이 아니다. 그러나 친구 간에서는 설마 그 지경이야 갔을까 하고 보통으로 생각하는 것 같다. 하지만 사실상으로 인내가 의문시된다. 별 타개책이 없는 이상은 현상 유지를 할 것 같다. 만약 현상 유지를 못한다면 어떤 정도가 되는가 하면 극도로 곤란을 극복하기 어려운 때에는 가족 각자가 분산하는 외에는 딴 도리가 없다. 현상이 그 분기점에 있는 것 같다.

나도 반년이라는 시일을 아주 양식으로 영양가치가 없는 음식으로 호구(糊口: 입에 풀칠함)한다. 청년시대와 달라서 아주 쇠약해지는 것 같다. 정신상이나, 육체상이나 다 같은 감동(感動: 느낌이 옴)이 되는 것이다. 육체야 물론 영양분을 섭취 못하는 관계가 있으나, 정신이야 그럴리가 있을까 하나 정신은 지난 겨울과 올봄에 계속적 실패로 산적한 부채청산이 문제화될 듯한 감이 있어서 정신은 육체보다도 일층 더 피로하여 안정이 되지 못한다. 그래서 신규(新規: 새로이 하는 일) 주사(做事: 일을 경영함)에 고려가 더 되는 관계로 무조건하고 착수를 않고, 주의, 주의를 하는 것이 현상의 곤란을 초래한 것이다. 그래서 신체가 한 달에 수삼차(數三次: 몇 번씩)나 병이 나고 평시에도 상시(常時: 늘)로 불건강한 상태다.

고인이 말하기를 모대사자(謀大事者: 큰일을 도모하는 자)는 불모소사(不謀小事: 작은 일을 도모하지 않음)라 하였으나, 수모대사(雖謀大事: 비록 큰일을 도모함)나 불고기원즉난정기초(不固其元則難定基礎: 그 근원을 단단히 하지 못하면 기초를 정하기 어려움)라. 욕모대사자(欲謀大事者: 큰일을 꾀하려는 자)도 역모소사(亦謀小事: 또한 작은 일을 꾀함)하여 면가옥처수연후(免家獄妻囚然後: 집 감옥에서 처의 죄인 역을 면한 뒤)에 가이주모대사(可以做謀大事: 가히 큰일을 꾀할 수 있음)니라. 그러나 무릇 옛사람의 큰일을 도모함을 보건대, (然觀夫古人之謀大事) 상소루소사(常疏漏小事: 늘 작은 일에 소홀함)하여, 치가족어도외자(置家族於度外者: 도를 넘는 자에게 가족을 버림)이 십상팔구(十常八九: 십중팔구)이니 余則因家族之念而煩惱精神則難做大事者(나 또한 가족생각으로 인해 정신적 번뇌가 많아 큰일을 이루기 어려움)로다.

可笑浮生百年中做事謀事云是云非(가소롭구나, 인생 백년 동안 일을 도모하며 옳다 그르다 함이여)하고, 超然出世之念(초연하게 세상을 뛰쳐나가려는 생각)이 時時萌動(때때로 싹터 움직임)하니 未知或可成否(혹시 될지 안 될지 여부를 알 수 없음)라. 古人之安貧樂道者(옛사람이 가난을 받아들이고 도를 즐긴다 함)는 雖貧而己安於道(비록 가난해도 자신은 도에 편안함)하니, 雖貧(비록 가난함)이나, 無可憂慮(근심, 걱정함이 없음)로되, 余則貧則勝於古人(나 또한 빈궁한데 고인보다 더 심함)하고 道則弱於古人(도는 고인보다 약함)하니, 煩惱妄想不亦可乎(번뇌망상이 어찌 안 생기랴?)아. 可笑可笑(웃고 또 웃을 일)로다. 因一時難耐之困難(한때 참지 못

하는 어려움으로)하여 執筆自叙(붓을 들어 스스로 기록함)하니, 自知器局
之小(그릇과 재량의 작음을 스스로 알겠도다)로다. 愧古人之安於貧者(옛
사람의 가난을 받아들임에 대해 현재의 나는 부끄러움을 느끼네)하노라.

임진(壬辰: 1952년) 9월 2일
봉우자경서(鳳宇自警書: 봉우는 스스로 경계하며 씀)

정부통령선거 후문(後聞: 뒷소문)을 듣고

이 대통령이 정선(正選: 대통령 당선)되고 함태영319) 씨가 부선(副選: 부통령 당선)된 후문을 이곳저곳에서 듣고 본 대로 수문록(隨聞錄: 들은 대로 기록)을 적어 보자. 선차(先次: 지난번) 평(評)을 기록한 일이 있어서 평은 중지하고 조리 없는 기록을 해보자. 대통령 당선은 물론 관권

---

319) 함태영(咸台永, 1872.10.22~1964.10.24)은 대한제국의 법관이자, 일제 강점기의 독립운동가, 종교인, 대한민국의 정치인이다. 3·1 운동 당시 민족대표 48인의 한 사람이기도 하다. 1952년 8월 15일부터 1956년 8월 14일까지 대한민국의 제3대 부통령을 역임하였다. 함경북도 무산군 출생이다. 1895년(고종 32년) 4월 16일 한국 최초의 근대식 법조인 교육기관인 법관양성소에 입학하여, 법관양성소 재학 중인 1896년 3월 5일 한성재판소 검사시보로 재직했다. 대한제국 때인 1898년 법관양성소에서 수석으로 전문학사 학위 취득하고 한성재판소에서 검사로 법관 근무를 시작했다. 한성재판소 판사 당시에는 독립협회, 만민공동회의 사건 수사 담당자였다. 그는 독립협회 사건으로 체포된 이상재, 윤치호, 이승만 등 독립협회, 만민공동회 관련자들에 대한 관대한 판결을 내렸으며, 이 인연으로 훗날 이승만의 지지를 받고 부통령이 되기도 했다. 이후 고등재판소 검사, 평리원 검사, 법부 형사국 서기관과 법률기초위원, 1908년(융희 2) 10월 8일 대심원판사 등을 역임했지만 독립협회, 만민공동회 사건 이후 집권층의 의도를 반영하지 않아 파면과 복직을 반복하다가 1910년(융희 4년) 10월 2일 경술국치 이후 사퇴했다. 1919년에는 파리강화회담에 보내는 독립탄원서를 작성했고 3·1운동 당시 중앙지도체 인사 중의 한 사람이었다. 1919년 3·1 운동 거사 직전 비밀 연락에 참여하였으며 3·1 운동에는 민족대표 48인 중 한 사람으로 참가하여 만세선언서 등을 운반, 배포했다가 체포되어 징역 3년형을 선고받고 서대문형무소에서 복역하다 2년 만에 가석방되었다. 이후 목회자, 선교 단체, 교육사업 등에 활동하다 1945년 광복 뒤, 이승만의 권고로 인하여 우익 정치인으로 활동하였다. 1952년의 정부통령 선거 때 제3대 부통령에 출마하여 당선되었다. 부통령 퇴임 후에는 한신대학교 이사장을 지냈고 1960년에는 이승만 환국추진위원회에서 활동하였다.

만능으로 성재옹(省齋翁: 李始榮)320)이나 죽산(竹山: 조봉암)이나의 비(比)가 아니나, 신흥우321) 군은 문제도 안 되었고, 철기(鐵驥: 이범석)의 부통령 출마야말로 이대통령 주변의 인물들에게 충동(衝動)을 주었다.

원외 자유당을 중심으로 지방의원을 동원해서 국회를 제압한 데 대하여 국회의원들에게 악평을 철기 단신(單身: 홀몸)이 받고 있는데 내

---

320) 이시영(李始榮, 1868.12.3~1953.4.17)은 조선, 대한제국의 관료이자 대한민국의 독립운동가이며 교육자, 정치인이다. 본관은 경주(慶州). 자는 성옹(聖翁), 호는 성재(省齋). 국권피탈 후 신민회의 국외독립운동기지건설계획에 의거하여 6형제의 가재(家財)를 재원으로 삼아 1910년 말 서간도(西間島)로 솔가, 망명하였다. 1911년 교육진흥 및 독립군양성을 표방한 경학사(耕學社)와 신흥무관학교(新興武官學校)의 전신인 신흥강습소(新興講習所)설립을 주도하였고 이후 신흥무관학교(新興武官學校)로 확대 발전시켰다. 상해 임시정부수립에 참여하였으며, 한국독립당 창당에 참여하기도 하였다. 광복이후 교육사업과 인재양성에 힘썼으며, 1948 초대부통령에 당선되었으나 이승만의 전횡에 반대하여 1951년 부통령직 사임을 제출하였다. 이후 민주국민당 후보로 제2대 대통령선거에 출마하였으나 낙선하고 이후 국민의 정신적 지주역할을 하였다. 1949년 건국훈장 대한민국장이 수여됨.

321) 신흥우(申興雨, 1883.3.26~1959.3.15)는 한국의 개화 운동가이자 감리교 목회자이다. 1920년부터 1935년까지 조선중앙기독교청년회 총무로 기독교를 통한 농촌개조와 문맹 퇴치, 사회운동, 실력 양성 등을 목표로 독립운동을 추진하였다. 1896년 서재필, 윤치호, 이승만 등과 함께 협성회(協成會) 조직에 참가하여 협성회 청년부 지도자로 활동했고, 만민공동회와 독립협회에도 가담했다. 그 후 미국에 유학, 서던캘리포니아 대학교를 졸업했으며, 1912년 YMCA 청년회 이사와 배재학당 교장을 지냈다. 1919의 3.1 운동에는 참여를 거부하고, 1920년 조선체육회 발기에 참여하였으며 제7대 회장을 지냈다. 1927년 이상재, 허헌, 김병로, 조병옥 등과 함께 신간회(新幹會) 조직에 참여하여 기독교대표의 한사람으로 활동했다. 1930년대에는 흥업구락부의 조직에 참여하고 적극신앙단을 결성했으며 1932년 YMCA 총무를 역임하였다. 일제 강점기 후반에는 기독교 감리교회의 지도자로 활동했으며 박인덕, 전필순, 함태영 등과 함께 적극신앙단을 조직하였고, 흥업구락부 사건으로 투옥당하기도 했다. 태평양 전쟁 후반에는 기독교의 협력에 동참하기도 했다. 8·15광복 이후에는 정치인으로 활동하며 이승만을 지지하였으나 나중에 정적으로 변신하였다. 1952년 대통령 후보로 출마했으나 낙선했고, 1957년에는 민주당에 입당했다.

무장관 당시에 이 박사에게 내두(來頭: 장래)에 이범석이가 부통령 출마차로 내무장관을 사임하리라고 모모(某某) 유력자들에게 예고를 하였는데 불구(不久)에 이범석이 사임하였다. 모모가 또 진언(進言: 윗사람에게 자기 의견을 말함)하기를 타인 같으면 모르되 이범석이면 실권은 부통령이 잡을 것이요, 또는 대통령이 연로(年老)하시니 오래지 않아서 무슨 사태가 있을지 알 수 없다고 진언하는 바람에 5월 2일에 함태영 옹의 지명이 있었고 이범석 배제에 모든 진영이 확립되게 된 것이다. 비조진(蜚鳥盡: 새 사냥이 끝남)에 양궁(良弓: 좋은 활)이 장(藏: 감춰짐)이요, 교토사(狡兎死: 교활한 토끼를 죽임)에 주구팽(走狗烹: 사냥개를 삶아 먹음)[322]이라는 고어(古語)가 확평(確評)이다.

이 박사 재선에는 오로지 이범석이 전심전력(全心全力)을 다하였으나, 만약 이범석이 부통령으로 당선되는 날이면 노물급(老物級)들이나, 또 이 박사계들 모모는 다 실각(失脚: 물러남)할 우려가 있는 관계로, 이범석 배제(排除)에 모모 유력자의 총결합이 되어 이범석이가 실각하게 된 것이다. 이 박사는 이이제이책(以夷制夷策: 적으로 적을 제거하는 술책)에 능한 인물이다. 이범석도 자승자박(自繩自縛)하고 만 것이다. 그러나 덕(德)으로 보아서는 실덕(失德: 덕망을 잃음)이다. 다 같다. 이 박사나 이 장군이나 동일하다. 이 바람에 함태영 옹이 좌수어인지공(坐受漁人之功: 앉아서 어부지리를 받음)하여 부통령에 당선된 것이다. 이 정도로 철기의 실패담을 기록하는 것이다. 대체로 철기가 수덕(修德: 덕을 닦음)을 못하는 관계로 취원(取怨: 원망을 얻음)을 한다. 그런 고로 이 박사 좌우에 있는 인물들이 다 이 박사에게 너무 속히 자라난 것을 (보이

322) 《사기》〈월왕구천세가(越王句踐世家)〉에 나옴.

기) 싫어서 소인상기(小人相忌: 소인이 서로 꺼림)하는 관계다. 이 박사 신변(身邊: 몸 주위)에 있는 모모(某某)라는 사람들은 지명(指名) 안 해도 다 잘 아는 인물들이다.

금번에 국회의원 제위에게 철기가 실덕한 것은 가리지 못할 사실이요, 대외, 대내적으로 실신(失信: 신용을 잃음) 행위를 한 것도 가리지 못할 사실이다. 이런 사건이 모 수중에서 발모(發謀: 모의가 나옴)해서 행사(行事: 일을 실행함)가 되고, 세인(世人)이 주지(周知)하게 되니, 일이란 무슨 일이든지 광명정대(光明正大)하게 하는 것이 당연한 일이다. 타인을 음모로 해(害)하면 자기도 타인에게 음해(陰害)를 당하는 것이 소연(昭然: 명확함)한 보응(報應: 인과관계에 따른 결과)이다. 철기여, 황작(黃雀: 꾀꼬리)의 뒤에 탄방(彈方: 새총을 겨눔)323)이 있는 줄을 잘 알아야 한다.

발췌 개헌안324) 당시에 신라회, 삼우장(三友莊), 자유당 삼파가 합세

---

323) 나무에 앉은 매미가 이슬을 먹느라 뒤에 사마귀가 있는 줄을 모르고, 사마귀는 또 매미를 잡으려 하면서 그 뒤에 꾀꼬리가 있는 줄을 모르고, 꾀꼬리는 또 사마귀를 쪼으려 하면서 자기를 겨눈 새총이 있는 줄을 모른다. 눈앞의 이익을 좇느라 후환을 생각 못하는 것을 빗대는 고사. 《장자》산목편(莊子·山木篇)에도 비슷한 내용이 나온다. 당랑포선(螳螂捕蟬)이라는 사자성어 등으로 여러 역사적 장면에서 응용되는 고사.

324) 대통령 직선제와 국회 양원제를 골자로 하는 정부의 안과, 의원내각제와 국회 단원제를 골자로 하는 국회의 안을 절충해서 통과시켰다고 하여 발췌 개헌이라는 이름을 얻었다. 여당과 야당의 각 안 중에서 좋은 것들만을 발췌하여 절충한 개헌이라는 뜻이다. 그러나 실상은 이승만의 대통령 재선을 위하여 실시된 개헌이며, 대한민국 헌정사상 첫 번째 친위 쿠데타이기도 하다. 1950년 5월 30일 제2대 국회 의원 선거에서 무소속 의원이 60% 이상 당선되었다. 이러한 국회 상황에서 이승만(李承晩)은 재집권하기가 어렵다고 보고 일련의 정치 공세를 강화하였다. 이승만은 1951년 11월 30일 대통령 직선제 개헌안을 제출하였다. 그러나 이 개헌안은 1952년 1월 18일 국회에서 찬성 19, 반대 143으로 부결되었다. 대통령 직선제 개헌안이 국회에서 부결되자 이승만은 부산을 포함한 경상남도와 전라남

하여 압도적 승리를 얻었으나 이지소재(利之所在)325)에는 각자경리(各自競利: 각자 이끗을 다툼)하니 이것이 대인군자(大人君子)의 행동은 아니다. 말하자면 견세리이추(見勢利而趨: 유리한 세력을 보고 따라감)하니, 기합(其合: 그 합함)을 불가시(不可恃: 믿을 수 없음)라는 말이다. 이범석이도 그 합하였던 것을 믿고 부통령 출마를 하였다가, 실패한 것이다. 이범석 군도 자수(自修: 자기수양)하는 것이 당연하고 신라회나 삼우장파들도 자숙(自肅)하라는 말이다. 민족의 대계(大計: 큰 계획)를 위해서 합세하는 것은 당연하나, 일시적 이해를 가지고 합했다, 나뉘졌다 하는 것이 정당으로서 가치가 있는가 하는 말이다. 우리 민족과 국가를 위해서 대금도(大襟度: 크게 남을 포용할 만한 도량)로 나가 주기를 바라는 바이다. 붓을 이 정도에서 그치노라.

임진(壬辰: 1952년) 9월 2일 봉우서(鳳宇書)

도·전라북도 일부 지역에 비상계엄을 선포한 후 국회의 정치 활동을 억압하고 야당 의원들을 구속하였다. 이러한 상황에서 신라회(新羅會)를 주도한 국무총리 장택상(張澤相)은 1952년 6월 20일에 이른바 발췌 개헌안(拔萃改憲案)을 제출하였다. 장택상은 발췌 개헌안이 야당이 제출한 내각 책임제와 정부의 대통령 직선제를 절충한 것이라고 주장하였다. 그러나 발췌 개헌안은 이승만의 최대 관심사인 대통령 직선제가 핵심이었다. 발췌 개헌안은 7월 4일 헌병과 무장 경찰, 그리고 민중자결단·백골단·땃벌떼 등의 정치 테러 집단을 동원하여 국회를 포위한 가운데 기립 표결로 찬성 163, 기권 3으로 통과되어 7월 17일 공포되었다. 이승만은 개헌안이 공포된 뒤 곧이어 실시한 8월 5일 정·부통령 선거에서 대통령에 당선되었다. 이로써 이승만은 재집권의 목적을 달성하였다.

325) 이끗이 있는 곳. 출전《한비자(韓非子)》

대통령 재임초(再任初)의 인사(人事)관계를 보고

이 박사가 대통령 재임이 되자, 내각강화니 개편이니 억측이 분분(紛
紛: 어지러워짐)하였고 신익희 국회의장과 윤부의장과 장총리의 회견이
자주 있음을 보고, 무슨 새로운 방책이 있어서 내각강화나 우수인선(人
選)개편이 있나하고 세인들은 학수고대(鶴首苦待)하는 중, 방위군사건
326)과 거창사건327) 책임자 신성모328)가 고비원주(高飛遠走: 멀리 달아

---

326) 국민방위군사건. 1·4후퇴 시기 국민방위군의 간부들이 방위군 예산을 부정 착복
한 결과 철수 도중에 많은 병력들을 아사 병사 시킨 사건. 1·4후퇴 시기 방위군
예산을 국민방위군 간부들이 약 25억 원의 국고금과 물자를 부정 착복함으로써
야기된 것이었다. 식량 및 피복 등 보급품을 지급하지 못하였고 방위군 수 만여
명의 아사자와 병자를 발생시켰다. 이 사건으로 신성모 국방장관이 물러나고 이
기붕이 그 후임으로 임명되었으며, 사건의 직접 책임자인 김윤근, 윤익헌 등 국민
방위군 주요 간부 5명이 사형 선고되었다.

327) 거창민간인학살사건은 1951년 2월에 경상남도 거창군 신원면에서 대한민국군
에 의해 일어난 민간인 대량학살 사건이다. 공비 소탕 명목으로 500여 명을 박산
(朴山)에서 총살하였다. 그 후 국회조사단이 파견되었으나, 경남지구 계엄민사부
장 김종원(金宗元) 대령은 국군 1개 소대로 하여금 공비를 가장, 위협 총격을 가
함으로써 사건을 은폐하려 하였다. 국회 조사 결과 사건의 전모가 밝혀져 내무·
법무·국방의 3부 장관이 사임하였으며, 김종원·오익경·한동석·이종배 등 사건
주모자들이 군법회의에 회부되어 실형을 선고받았으나 얼마 되지 않아 모두 특
사로 석방되었다.

328) 신성모(申性模, 1891.5.26~1960.5.29)는 대한민국의 독립운동가 겸 정치인이
다. 1951년에 발생한 거창 양민 학살 사건을 둘러싸고 당시 계엄사령관이던 김
종원(金宗元)과 함께 사건을 합리화시키고 있다는 국회의 비난을 받았고, 그런
와중에 세칭 국민방위군사건이 발생하여 국회가 진상조사단을 구성하고 조사한
결과 착복금 중 일부가 이승만 정치자금으로 사용된 것으로 밝혀졌다. 이때 신성
모는 이를 무마하려다가 국방부 장관직을 사임하였다. 1951년 제5대 주일본 수

나 종적을 감춤)하였던 것을 대통령이 소환하였다는 풍설(風說: 풍문)도

석공사로 근무하였다. 이때 그의 일본 공사관 부임을 놓고 내무장관 조병옥, 총리 장면 등이 반대했고, 민주국민당 최고위원 윤보선 역시 국민 방위군사건과 거창 사건을 두고 그의 도덕성을 언급하며 반대하였으나 이승만 대통령은 이들의 반발을 무릅쓰고 신성모의 일본공사직을 관철시켰다. 신성모의 가장 큰 문제는 국방장관으로 있던 6,25 전쟁 발발전의 행적이다. 육군 정보국(박정희 김종필 증언)과 전선에서 지속적인 남침도발 징후를 보고하며 대비를 촉구했으나 줄곧 무시하였고 오히려 남침 적극 대비를 주장하는 육군참모총장 신태영을 경질하고 지휘경험이 없는 채병덕을 임명하였다. 전쟁 발발 일주일 전엔 전방 주요 지휘관들을 대규모로 갑자기 교체하고 전후방 부대를 대대적으로 교대해 전투 지휘에 공백을 발생시키고, 전쟁 하루 전엔 전 장병의 절반을 휴가와 외출 보낸 뒤 육군본부 클럽에서 파티를 이유로 전방의 사단장들까지 불러들였다. 6.25 당일과 다음날에도 국군이 파죽지세로 밀리고 있음에도 곧 남침을 격퇴하고 평양을 탈취하겠다며 거짓말을 해댔다. 패전과 한강교폭파의 책임을 전사한 채병덕에게 뒤집어 씌웠는데 채병덕의 전사는 신성모의 음모라는 설을 주장하는 학자도 있다. 이승만이 군 경력이 없는 신성모를 국방장관으로, 지휘 경험이 없는 병기소좌 출신의 채병덕을 육군총참모장으로 임명한 것과 전쟁 발발 전 이들의 수상한 행적은 이승만의 의도를 의심하기에 충분하다 할 것이다. 바로 북진통일을 주장하던 이승만이 남침을 고의로 방치한 것이 아닌가 하는 의심이다. 실제로 맥아더와 주고받은 2통의 편지가 정일권 회고록에 나오는데 이승만과 맥아더는 개전초부터 중공군 참전을 예상하는 의견을 나누고 있었다. 편지에서 이승만은 맥아더에게 이 전쟁이 중공을 때릴 기회라고 말하며 하지만 확전을 기피하는 워싱턴에겐 본심을 밝혀선 안 된다고 썼고 맥아더도 장래 아시아 민주주의의 최대 위협이 중공이므로 이 기회에 때려야 한다고 같은 화답을 하고 있다. 이 편지의 날짜는 1950년 10월 13일이었다. 영부인 프란체스카 여사의 회고록에도 비슷한 내용이 나온다. 이승만은 중공이 참전한 것은 '하나님이 한국을 구하려는 뜻'이라고 말했다고 한다. 북진통일을 하더라도 중공의 위협은 계속될 것이므로 유엔군이 들어와 있는 이 기회에 중공을 때려야 한다는 것이었다. 이를 이승만의 높은 통찰로 보는 이도 있으나 이 전제가 애초 틀린 게 미소 상층부는 확전을 기피하고 전쟁을 한반도 안으로 국한된 제한된 전쟁을 처음부터 의도하고 있었다는 게 문제. 이승만의 이런 판단은 결과적으로 아무런 수확 없이 한반도 초토화만 재촉하게 되었다. 역사에 가정은 없겠지만 전쟁을 기회로 중공을 때려 장래를 담보하겠다는 판단 대신 애초 전쟁이 벌어지지 않게 외교력을 총동원하고 남침 대비를 단단히 하여 김일성의 남침 의도를 분쇄했었다면 어땠을까. 선생님께서 이승만 당선을 두고 '우리 민족에게 운이 있어서 100년에 당할 고통을 일시에 당하게 만드는 대통령이 나왔다'고 평가하신 말씀이 생각나는 부분이다.

있고, 혹은 신성모 내각설도 있어 세인은 불안감이 없지 않았었다. 그런데 아무 말도 없더니, 의외에 내무장관 김태선329) 씨는 도로 서울시장으로 가고 신임 내무장관은 충남지사 진헌식330) 씨가 되고, 농림장관 함인섭331) 씨는 사임하고 국회의원 신자룡332) 씨가 신임하였다는 호외가 도는 것을 보았다. 우리가 보기에 이번 인사문제는 내각강화도 아니요, 개편의 가치도 없다고 본다. 왜 그런가 하고 반문할 사람도 있을 것이다. 그 이유를 답하리라.

진 씨가 충남지사로 와서 8개월간이다. 혹은 할계(割鷄: 닭자름)에 언용우도(焉用牛刀: 어찌 소잡는 칼을 쓰랴)333)라고 그 포부를 발휘 안 했는지는 알 수 없으나 아무런 개적(改蹟: 개혁 업적)이 없고, 자기의 친신인(親信人: 가까이 여겨 신임하는 사람) 부식(扶植: 도와서 심음)에 지나지 못하였고 말하자면 시위소찬(尸位素餐: 껍데기 역할)이었다. 그러나 대통령, 부통령선거 당시에는 전심전력을 다하여 말하자면 부하를 총동원하여 이 박사와 함태영 씨 운동을 하였었고 도의원들과도 지사(知

---

329) 김태선(金泰善)은 1903년 함남 고원군에서 태어나 내무부치안국장, 서울시장, 내무부장관 등을 역임한 관료로 1977년 1월 7일 사망했다.

330) 진헌식(陳憲植, 1902.2.9~1980.9.19)은 대한민국의 제헌 국회의원과 제2대 충청남도지사, 제10대 내무부 장관을 역임한 정치인이다.

331) 함인섭(咸仁燮, 1907.5.3~1986.9.15)은 일제 강점기의 전문학교 교수이며, 초대 강원대학교 학장, 제6대 농림부 장관을 지낸 대한민국의 정치가이자 대학 교수이다.

332) 신중목(愼重穆, 1902~1982.12.31)은 제2대 국회의원, 제7대 농림부 장관을 지낸 대한민국의 정치인이다. 이승만의 족청 거세 과정에서 파면 당하였다.

333) 할계언용우도(割鷄焉用牛刀: 닭을 잡는 데에 소 잡는 큰 칼을 쓸 필요는 없다). 《논어》《양화(陽貨)》편에 나온다. 공자가 제자인 자유가 대견하여 농담으로 한 말이었으나 '작은 일을 처리하는 데 지나치게 큰 수단 혹은 인물은 필요하지 않음'을 비유하는 뜻으로 더 많이 쓰인다.

事) 기밀비 년액(年額) 4000만 원 조례(條例)의 인준(認准: 의회의 승인)으로 무한 노력하였을 뿐이다. 도민을 위하여, 도행정을 위하여 도의원들과 투쟁한 것이 아니요, 지사 자신의 기밀비 문제로 조금이라도 더 예산을 통과시킬 투쟁이 있었을 뿐이다. 나도 도교육위원의 일인이라 수차 상대하였으나, 별 이렇다는 인상을 받지 못한 것은 사실이다. 그럴 것 같으면 김태선이나, 진헌식이나 내무장관으로 막상막하(莫上莫下)의 인물이요, 경찰관계는 도리어 김 씨가 낫지 않을까 한다. 그리고 진 씨가 사무상으로는 부족하다는 평이 있으나 대통령 부인께는 일표(一票)를 얻은 이라고 한다. 사실이 이러한지 아닌지 나는 알지 못하나, 세인들이 내무장관 신임을 보고 이 사람이면 난국에 대처할 인물이라고 평이라도 해야 하겠는데, 대체로 평하는 말이 진 씨는 행운아라고 (하는데) 진 씨 개인의 장관됨이 행운이지 우리 민족이나 정부로서는 별문제가 아니니, 내무장관의 적재(適材: 적당한 재목)가 못 된다는 확증(確證)이 아닌가 하고 농림장관도 함인석 씨나 역시 막상막하해서 별 우수성이 보이지 않는 것 같다.

말하자면 무의미한 인사관계다. 그렇거든 진 씨나 신 씨가 우리는 난국에 대처할 자격이 부족하다고 추현양능(推賢讓能: 현인을 추대하고 자기보다 능력있는 사람에게 양보함)하는 아량이나 보였으면 하겠는데 문재승(聞齋僧)[334]으로 작약(雀躍: 너무 좋아 날뜀)하고 일언반사(一言半辭: 한마디나 반토막의 말)의 사양도 없이 부임하니, 구한국(舊韓國: 대한제국)의 망국대신(亡國大臣)들이라도 그래도 대명(大命: 임금의 명령)이 강하(降下: 내려옴)하면 서너 번 사양은 보통이었는데, 현실은 환실기위

334) 재(齋) 얘기를 들은 승려라는 뜻으로 자기가 좋아하는 일을 하게 되어 신이 난 사람을 비유.

(患失其位: 그 자리 잃을 것만 두려워함)하니, 현세인들이 자임(自任: 자신이 적임이라 믿음)이 많아서 그러한가 그렇지 않으면 대통령이 적재적소(適材適所)를 잘 선택해서 사양할 여지가 없는가 알 수 없는 일이다. 아무리 생각해도 소경(맹인)의 눈은 자나 깨나 감끼는 일반이라고 신임 장관이건 구임(舊任) 장관이건 민정(民情: 국민의 사정과 형편) 모르기는 일반이다. 이런 인사문제로 내각을 개조한대야 하나마나 같다고 본다. 인기인(人其人: 사람은 그 사람), 위기위(位其位: 자리도 그 자리)하니 구미삼년(狗尾三年: 개꼬리 3년)335)이 아니고 무엇인가.

　민생의 도탄(塗炭: 몹시 곤궁하고 고통스러움)은 날로 심해지고 완전한 해결책은 보이지 않고 올해의 농작물은 그나마 한재(旱災: 가뭄의 재앙)와 수재(水災: 홍수나 장마 등의 물난리)로 남한만 650만 석(萬石: 만 섬)336)이 감수(減收: 수확의 감소) 예상이라 하나 실상은 그 이상이 될 것이다. 하년하시(何年何時: 어느 해, 어느 때)에나 해안하청(海晏河淸)337)이 되어 태평성대(太平聖代)가 될 것인가. 이것이 우리 민족이 수우숙원(誰尤孰怨: 누구를 탓하고 원망함)할 것 없이 자승자박이 아니고 무엇인가. 내가 양(兩) 장관 신임 호외(號外)338)를 보고 소감이 있어서 수자(數字: 몇 자) 기록하는 것이다.

임진(壬辰: 1952년) 9월 3일

봉우서우유신정사(鳳宇書于有莘精舍)하노라.

---

335) 개꼬리는 삼년 지나도 개꼬리지 황모(黃毛: 족제비 꼬리털)는 못 된다.

336) 한 섬은 두 가마의 곡식 분량.

337) 바다가 잔잔해지고 강물이 맑아짐. 태평한 세상의 조짐. 성군이 나서 세상이 편안해짐의 비유.

338) 특별한 일이 있을 때 정시 외에 발행하는 신문.

3-133
한협(韓協) 충남지부 재발족을 보고

작년 3월부터 국제연합협회 한국협회[339] 충남지부 재발족이 있었고, 나도 지부 이사로 공주, 논산, 부여, 서천, 보령, 홍성 등지를 출장하며 지부 발전을 위해서 노력하였으나, 당시 충남지사이던 이영진[340] 씨의 방해공작[341]으로 전국적 중지 상태에 있다가 금번 본회 회장인 조병옥 박사니, 대표이사 정일형(鄭一亨)[342] 박사 사건(事件)[343]이 거듭하여 아주 진공간(眞空間: 아무것도 한 것이 없음)으로 있었는데, 충남지부

---

339) 지금의 유엔한국협회. 유엔과 대한민국을 잇는 가교가 되어 유엔의 이념을 확산·고취시키고 국제평화의 유지와 세계문제 해결에 기여하고자 국제 및 국내 민간운동 전개를 목적으로 설립되었다. 1947년 11월 '국제연합 대한협회'로 발족한 뒤 1949년 8월 '국제연합 한국협회'로 개명했다가 1994년 6월 '유엔한국협회'로 개명하였다. 비영리사단법인으로 외교부 등록단체다.

340) 이영진은 1908년 충청남도 서산 출생의 정치인이다. 1948년 10월부터 1951년 12월까지 관선 충청남도지사를 지냈다. 충청남도지사 시절에는 6.25 전쟁 직후 충청도로 피신해 온 이승만 대통령 일행을 각별히 보좌하였다. 도지사를 역임한 이후에는 북삼화학공사 이사장, 재단법인 풍문여자중학교-풍문여자고등학교 이사를 지냈다. 1963년 제6대 국회의원 선거에서 민주공화당 후보로 같은 선거구에 출마하여 당선되었다.

341) 국련(國聯: UN) 한협(韓協)문제에 대한 나의 의견 〈봉우일기4-13〉 참고

342) 정일형(鄭一亨, 1904.2.23~1982.4.25)은 대한민국의 관료이며 정치인이다. 미군정기 때 미군정청 인사행정처장과 물자행정처장을 지냈으며 대한민국 정부 수립 이후 야당에서 활약하였다. 제2공화국의 두 번째 외무부 장관이었으며, 5·16 군사 정변 이후 실각하였다.

343) 부산정치파동 반대시위에 앞장섰던 조병옥 정일형 등은 체포령이 내려지자 한동안 피신 상태로 지내기도 하는 등 이승만 정권에 탄압을 받았는데 이것을 말씀하신 듯하다.

대표이사 최승천(崔乘千)344) 군의 노력으로 충남이라도 재발족을 해보 겠다고 천만 원대의 비용으로 인쇄물을 간행하고 충남도청 의회실에 서 이사회를 개최하였으며, 성낙서345) 씨를 지부장으로, 임지호346) 씨 를 부지부장으로 보선(補選)하였다. 송진백347) 씨나 한정갑 씨는 부지 부장으로 유임(留任)하게 되고 이사진영(理事陣營)은 50인으로 각 기관 장과 지방유지(有志: 이름 있고 힘 있는 사람)로 위촉하였다.

그리고 사업은 회원을 보조회원은 전도(全道) 호수(戶數: 호구수)의 전 반(全般: 통틀어 모두)을 될 수 있는 한 다 가입해 보겠다고 한다. 유종(有 終)의 미(美)를 거두기를 바라노라. 나도 일시 가담하여 협력하던 사람 이라 잘되기를 바라노라. 우리들이 하는 일이 보통 유시무종(有始無終: 시작은 있으나 끝은 없음) 하기가 쉬운지라 원하건대, 최군이여, 노력을 일 층 더하여 지방인사들에게라도 신앙(信仰)을 받을 만큼 처사(處事: 일을 처리함)해 주기를 바라노라. 그간의 경과도 난항(難航)에 난항을 계속했 으나 부수확(副收穫)이 없는 관계로 내가 이 부탁을 하는 바이다.

임진(壬辰: 1952년) 9월 3일 봉우서(鳳宇書)

---

344) '최승천(崔乘千) 군을 거물급으로 평해 보자. 내가 전에 평하기를 경고(經鼓)라 하였었다. 고(鼓: 북)는 고다. 누구나 다 알아들을 고성(鼓聲: 북소리)이다. 그러 나 독경(讀經: 경전을 읽음)할 때만 연계(連繫)하여 소리가 나고, 평시에는 아무 소리가 없는 것이 병이다. 이왕 고(鼓)가 되거든 일국의 전승고(戰勝鼓)나 일국의 신문고(申聞鼓)가 되어 달라는 말이다. 아무렇든지 우리 동지 중에서는 거물급이 다.' / (1)다시 연정원 동지들 약평(略評)이나 해보자 중에서.

345) 성낙서(成樂緒, 1905~1988.11.24, 충남 공주)는 대한민국의 교육자, 정치인이 다. 이화여전 교수를 역임했고, 1948년 5월 제헌 국회의원(충남 대전)에 당선되 었으며, 충청남도지사, 충남대학교 총장을 역임했다.

346) 임지호(林志浩)는 2대 대전 시장(1952.12.29~1955.11.18)을 역임했다.

347) 송진백(宋鎭百, 1905.10.3~1983.12.18)은 대한민국의 정치가이다. 1948년 5 월 제헌 국회의원(충남 대덕)에 당선되었다. 자유당 촉탁위원을 지냈다.

수필: 살 길이 보이지 않는
절처(絶處)에서 삶을 희망하며

우연히 무하지증(無何之症: 병명을 몰라 고칠 수 없는 병)으로 일주일이나 와석(臥席: 병석에 누움)하였다가 금일에서야 기신(起身: 몸을 일으킴)하였으나, 쾌소(快蘇: 완전히 회복됨)되지는 못한 것 같다. 세사(世事: 세상일)가 마음에 덜 맞고, 주위 환경이 역시 한 건도 순조로이 되는 것이 없으나, 상심사(傷心事: 마음 상한 일)라고 아니할 수 없다. 더구나 내가 살고 있는 곳이 아주 농촌인데 금년은 한기(旱氣: 가뭄)가 70년래 처음 있는 첨년(尖年)348)이라 농작물이 흉작인데 더구나 선한후수(先旱後水: 먼저 가뭄, 뒤에 홍수)라고 수재(水災: 홍수나 장마)가 평년을 지나치고 백로절(白鷺節) 풍재(風災: 폭풍재해)는 수십 년 초유의 괴풍(怪風: 괴이한 바람)이다. 발목취석(拔木吹石: 나무 뽑고 돌을 날림)은 보통이요, 거마옥장(車馬屋墻: 수레나 담장)이 도궤(倒潰: 무너짐)하지 않은 것이 별로 없다. 농작물이야 말할 것도 없다. 한재, 수재에 풍재까지 겸했으니, 농촌에서 생애(生涯: 생계)를 계속할 도리가 없는데, 정부에서는 삼재(三災)

---

348) 군대에서 맨 앞에 서는 병사를 첨병(尖兵)이라고 하듯, 처음 있는 해란 의미로 첨년(尖年)이란 단어를 쓰신듯 함. 이 당시 동아일보 1952년 8월 22일 '예상보다 혹심한 한해(旱害), 전국농작상황'이란 제목의 기사에 당시 가뭄 피해가 잘 나와 있다. 기사는 원용석 농림차관이 12일간 현지 시찰한 바를 전하며 경남 일대는 논과 밭이 전멸 상태에 있고, 충남 역시 서산 보령 서천 등의 지방이 피해가 극심하였으며 기타 각 지방 역시 전남을 제외하고는 상상 이상의 피해를 입고 있다고 쓰고 있다.

에 아무 대책이 없다고 선언하니 참 대난사(大難事)다. 우리도 어찌하면 좋을 것인가.

내 사적 생애는 생불여사(生不如死)349)다. 집안에 들어오니, 시량(柴糧: 땔나무와 양식)이 있나, 여행을 하자니 여비가 있나, 그러면 출입할 의복이 변변한가. 가족들이 없어도 화락(和樂)하게 지내던 것을 금년에 와서는 인내(忍耐)에 인내를 하여도 더 인내할 도리가 없다. 고인(古人)이 말하기를 함지사지이후(陷之死地而後: 죽을 곳에 빠진 뒤라야)에 생(生: 살다)이라350) 하더니, 가위(可謂: 가히 이르자면) 절처(絶處: 다 끊어진 곳)로다. 절처에는 봉생(逢生: 삶을 만남)하는 법인데 지금껏 해서는 아무 생도(生道: 생계, 살 방법)가 보이지 않는다. 그래도 군면(郡面)에서는 무슨 세금이니, 희사금(喜捨金: 기부금)이니, 무슨 후원회비니 하고 일을 알지 못할 청구가 꼬리를 물고 달라고 하고, 그래도 외면(外面: 겉모양)좋게 선생이 안 내면 다른 사람들은 어떻게 하느냐고 말한다. 정소위(正所謂: 바로 이른바) 배고파서 죽어도 배불러 죽었다고 할 지경이다. 내가 사생활면에 아주 주의 않는 관계로 금년에 이 난관을 당한다.

고인 말씀이 일일불재식즉기(一日不再食則飢: 하루에 두 번 먹지 않으면 곧 굶주림)이라351) 하였으나, 그 식(食)이 어떤 식(食)인가 알 수 없

---

349) 사는 것이 죽는 것만 못함. 몹시 곤란한 지경에 빠져 삶이 차라리 죽음만 같지 못하다는 뜻.

350) 《손자병법》〈구지(九地)〉편에 나옴.

351) 전한 대의 정치가 조조(鼂錯)가 한 경제에게 올렸던 상소문인 〈논귀속소(論貴粟疏)〉에 나온다. 농경 문명국가 국력의 근본인 농업을 장려할 것을 권하는 내용이다. 사마천의 《사기》 열전 중 〈원앙조조열전袁盎鼂錯列傳〉의 조조가 바로 이 사람이다. 《한서》에는 이름을 조조(鼂錯)로 기록. 안사고의 《한서주(漢書注)》에서 '鼂錯'의 '錯'에 대하여 "錯音, 千故反"라 주석한 데서 기인하여 '착'이 아닌 '조'로 읽어야 한다고. 조선 후기의 초학 교재인 《학어집(學語集)》에도 같은 내용이 나

다. 일일일식(一日一食: 하루에 한번 먹음)이라도 충장(充腸: 창자를 채움)만 되면 무관하나, 일일재식이라도 충장이 못되는 데에서 인내가 곤란하다는 것이다. 나야 어찌 되었든지 가족들이 아무리 화락하재야 할 수 없는 일이다. 더구나 금일까지는 지냈으나, 내두(來頭: 장래)가 묘연(杳然)하다. 아무리 생각해 보아도 별 계산이 나오지 않는다. 사적 생활에 내가 금년같이 역경을 당한 것이 30년 전이었다. 그러나 내가 20대 소년이요, 가족도 년부역강(年富力强: 나이는 젊고 힘은 강함)한 시절이라 아무 일을 하든지 인내할 수 있었다. 그러나 금년은 사방이 다 대동지환(大同之患: 모두가 다 겪는 환란)으로 호소무처(呼訴無處: 하소연할 곳 없음)요, 너나 할 것 없이 오십보(五十步)로 소백보(笑百步)352)며, 실업자와 난민(難民)들은 거진 동일한 입장이다. 게다가 우리 가족은 다 향쇠지년(向衰之年: 몸이 쇠약해질 나이)이라 나갈 용기(勇氣)가 없다. 고인(古人)이 이와 같은 입장에서 자칫하면 불고(不顧: 돌아보지 않음)하고 주사(做事: 일을 벌림)할 우려가 있어서 경계하기를 궁시기소불위(窮視其所不爲: 궁핍할 때 어떤 일을 하지 않는가를 살핌)353)라 하였다.

옴. 학어집은 박재철이 1868년(고종5년) 학문에 관한 글을 여러 책에서 뽑아 만들었다. ─ 89.衣食이라 人情이 終世不製衣則寒하고 一日不再食則飢하니 是故로 聖人이 爲之衣食하야 以厚民生이로다. ─ (사람의 심정이란 언제나 옷을 입지 않으면 춥고 하루에 두 끼를 먹지 않으면 배고프니 이런 까닭에 성인이 옷과 음식을 만들어서 백성들 사는 데 편안하게 했다.)

352) 오십 보를 달아난 사람이 백 보를 달아난 사람을 보고 웃었는데, 실상 도망간 것은 마찬가지라는 말.《맹자(孟子)》〈양혜왕(梁惠王)〉상편(上篇)에 나옴.

353)《사기(史記)》〈세가(世家)〉권44. 〈위세가(魏世家)〉〈위문후(魏文候)〉편에 나오는 글. 위문후가 진(晉)나라 대부(大夫) 이극(李克)에게 어진 재상을 천거해 달라고 하자, 자신에게 묻지 말고 다음 다섯 가지를 살펴보면 본인이 충분히 결정할 수 있다며 제시한 내용 중에 이 글이 포함되어 있다. 그 다섯 가지는 1. 평소에 어떤 사람과 친한가를 살핌. 2. 부귀할 때 어떤 자와 어울리는가를 살핌. 3. 잘나갈 때 어떤 사람을 추천하는가를 살핌. 4. 궁핍할 때 어떤 일을 하지 않는가를 살핌. 5. 가난할 때에는 어떤

이런 절처(絶處: 위급한 상황)에서 집심(執心: 집중의 마음)을 잘하고 못하는 것이 수양하였는가 못 하였는가의 구분이 생기는 것이다. 내가 가족들을 보고 비록 절화(絶火: 음식을 끊음)를 하더라도 일가화락(一家和樂)하고 인내하는 것이 당연하다는 말을 자주 하였다. 그러나 과연 곤란하다. 언이행난(言易行難: 말은 쉬워도 행함은 어렵다)이다. 장래에 아무 역경이 닥쳐와도 변함없이, 안연(安然: 편안함)히 받을 결심을 가지고 가족들과 같이 변하지 말자는 맹세를 하는 것이다. 그러나 우리가 본디 계활(計活: 살림대책)에 재능이 부족한 관계로 그 대단치 않은 가족 수삼인(數三人)의 의식주를 해결하지 못하고 이런 붓을 들게 되는 것은 자괴(自愧: 스스로 부끄러움)한 일이다. 천불능궁력색가(天不能窮力穡家: 하늘은 힘써 농사짓는 사람을 궁하게 못함)[354]라는데 역색(力穡: 힘써 농사짐)을 않는 관계로 자연 궁한 것이니, 일근천하무난사(一勤天下無難事: 늘 부지런하면 세상에 어려움이 없음)[355]라고 내가 근(勤: 부지런함)하지 못한 것이 원인이 되어 이 궁(窮: 어려움)을 초래한 것이니 수원숙우(誰怨孰尤: 누구를 원망하고 누구를 탓하겠는가)할 것 없이 자경(自警)할 뿐이로다.

단기(檀紀) 4285년 9월 10일
봉우생서우유신정사(鳳宇生書于有莘精舍:
봉우생은 유신정사에서 쓰노라)하노라.

것을 취하지 않는지를 살펴야 함 등이다.
354) 중국 남송(南宋)의 시인(詩人) 육유(陸游: 1125-1210)의 싯귀.
355) 남송의 주희(朱熹)의 말.

일선(一線: 6.25사변의 최일선) 노무교대인의
요령 없는 현상보고를 듣고 내 소감

　근 1년 만에 귀가한 일선 노무인들이 금번에 교대되어 각각 귀향하였다. 요령 없는 현지 상황보고를 들으면 노무원들의 대동소이한 말들이다. 일선이라 해도 노무원들은 절대로 위험하지 않다는 말과, 본가의 악의악식(惡衣惡食: 열악한 의복과 음식)하는 것보다는 노무원 대우가 아주 특별대우라는 말과, 국련군(유엔군)들이 노무원에게 조금도 차별대우를 않는다는 말과, 흑인들이 백인보다 대우를 더 낮게 하더라는 말과, 국련군도 육군보다는 해병대들이 강하다는 말과, 항공술로는 이북군이 국련군에게 수자적으로 부족하나, 질에 있어서는 속력이나 다른 것이 그리 부족한 것 같지 않다는 말과, 포병전도 국련군의 압도적 숫자에 북한군이 어찌하지 못하나, 북한군도 포병술이 아주 부족한 것 같지 않다고 하고, 국군도 강할 만큼 강하여 중공군에게 절대로 지지 않을 것이라는 공통된 말과, 일선 진지(陣地)는 양군(兩軍)이 다 지뢰화(地雷化)하여 부주의하고는 일보도 보행할 수 없다는 말이 다 공통된다.

　그러면 국부적으로 일고지(一高地)나 일평원(一平原) 쟁탈전은 있을지 알 수 없으나, 대세로 보아서는 교착전(膠着戰)이라고 평할 수밖에 없는 현상이다. 국련군도 이 정도로 전선을 교착시켜 놓고 항공전으로 중공군 후방을 교란시키고 보급로를 단절하고 장기 소모전으로 들어가서 차기 미국대통령이나 선거한 후, 신정책이 나오지 않을까 하는

것 같다. 만약 민주당에서 승리하면 민주당 정책 그대로 존속할 것이
요, 공화당이 승리하면 아이젠하워 원수(元帥: 군인의 가장 높은 지위. 대
장의 위)의 독특한 신정책이 있을 것이다. 대체로 미국선거가 좌우할
것 아닌가 한다. 그렇지 않으면 일선은 교착시키고 상륙작전이 나오지
않을까 한다.

노무원들의 구구한 보고가 있으나, 별 주견(主見)없이 일방적으로 말
하는 것이니 알 수 있는가. 그러나 교착이라는 데는 별 이상 없을 것 같
다. 노무원들이 징집 당시에 서로 피하려는 것이 지금 현상으로는 서
로 가려고 하게 되어 다행한 일이다. 일선 장병들도 원기왕성하게 결
전(決戰)의 시기를 고대하는 것 같다고 노무원들이 전하니, 대체로 다
건강체로 귀향한 것은 감사한 일이다. 노무원들이 전하는 말도 요령
없었고 이 말을 들은 나도 순서 없이 들은 대로 기록해 보는 것이다. 다
음에 다시 시간을 이용하여 ○문(○文)을 기록하기로 하자.

단기 4285년 9월 10일 봉우생서우유신정사(鳳宇生書于有莘精舍)

나의 한계(限界)

    세상 사람들이 흔히 말하기를 나는 어떠하다느니, 내가 무슨 일을 하겠다느니, 나의 장래 일을 위하여 내 과거 일을 어떻게 하느니, 나와 타인과 대조하느니 하는데 대체 나라는 (존재의) 한계를 잘 알 수 없다. 세상에 출생한 후부터 '나'라고 명칭해 환원(還元: 죽음)하기까지 일생을 통하여 이 육체를 '나'라고 한계를 정한 것인가 혹은 어디서 어디까지가 '나'라는 말인가 알 수가 없는 일이다. 만약 위에서 얘기한 것과 같을진대, 이 육체로 나오기 전에는 '나'라는 것이 없을 것이요, 또 이 몸이 죽어지면 '나'라는 것이 자연 소멸될 것인가. 아마 세상에서의 해석은 이 방면이 많은 것 같다. 내가 출세(出世: 출생)하기 전의 일이야 알 수 없고 또는 한번 죽어지면 알 수 없는 것이니, '나'라는 것은 한계가 아마 이 정도가 아닌가 한다. 사실은 세상에서 이 정도 해석이 보통은 되는 것 같다.

    그러면 내 생각에는 이런 감(感)이 있다. 육체가 생기기 전에는 '나'라는 것이 어디서 잠복하였다가 이 육신이 온 후에 내가 생겼는가. 이 육신을 '나'라고 칭호(稱號)한다면 이 육신이 죽었더라도 여전히 그 육신이 '나'인 것은 틀림없을 것이다. 그런데 호흡만 정지되고 이 몸의 열이 식어서 사체(死體)가 된 때에는 '나'를 대표한 성명(姓名)을 그 사체에게 부르지 않고 아무개의 사체라고 한 송장이 되고 마니, (생시에) '나'에게 가장 친절하던 사람도 다 (송장이 된 내 육신을) 피한다. 그렇다면 이 육체가 나를 대표할 수 없는 것이요, 또 그렇다면 무엇이 불변하는 '나'인가? 알 수 없는 것이다. 이 육체가 내가 아니라면 무엇이 '나'라는 말인가? (누군가) 말하기를 정신이 '나'라고 하면 또 이 육체는 무엇인가? 또는 이 정신과 육체가 합하여 '나'라는 명칭이 된다면 이 정신도 이 육체를 이탈하는 찰나에 '나'라는 것도 없어질 것이다.

그런데 현실로 보면 이 육체를 '나'라고 명칭한 데도 있고 또는 정신과 육체를 합하여 '나'라고 명칭한 데도 있으니, 이 정신이 육체를 다 떠나서도 '나'라는 존재가 아주 없지 않은 것은 사실이 증명하는 것이다.

나를 대표한 성명이 내 육체와 정신이 분리한 후에도 여전히 아무개라는 명칭이 있을 수 있는 것이다. 그렇다면 이 성명이 '나'인가 하면 그렇지도 않다. 혹은 말하기를 내 전신(前身: 전생의 몸)도 '나'요, '나'도 말하자면 내 현신(現身: 현재의 나)도 '나'라는 말이요, 내 후신(後身: 다음 생의 나)도 불변하는 '나'라고도 하니 무엇이 진정한 '나'인가? 알 수 없다. 각기 주장하는 사람에 따라 자기 주장이 옳다고 하나, 어느 '나'가 진정(眞正)하며, 어느 '나'가 진정하지 않다는 것을 말하기 용이치 않다. 그렇다면 아주 (나의) 한계가 없는가 하면 또 그렇지도 않은 것 같다.

제일 선차(先次: 먼저)로 자아(自我)라는 것, 말하자면 '나'라는 것을 잘 찾아야 이 한계를 알 수 있다는 것이다. 각자의 주장이 다르니, 이 붓을 든 나도 이 한계가 의심이 나서 이 붓을 든 것인가 혹은 주장은 있으나 말을 않는 것인가. 두 가지 가운데 하나 일 것이다. 그저 한계를 알 수 없다고 존의(存疑: 의문을 남겨 둠)해 두고, 후일 군자(君子: 학식과 덕행이 높은 사람)의 답안을 구하는 것이다.

무아유아개시아(無我有我皆是我)요,

무아, 유아 모두 '나'요

과거미래현재아(過去未來現在我)라.

과거, 미래, 현재의 '나'라.

무무공공이 막비아(無無空空莫非我)요,

무무와 공공이 '나' 아님이 없으니,

불생불멸이 자유아(不生不滅自由我)라.

불생불멸이 스스로 '나'에게서 말미암노라.

세인아, 욕심생사로(世人欲尋生死路)커든,

세상사람들아, 삶과 죽음의 길 찾으려 하거든

공산명월각자아(空山明月覺自我)하소.

빈 산 밝은 달 '자아'를 깨달으소.

자로(子路)356)가 죽음에 대해 묻자 공자가 "부지생(不知生: 삶도 모르

---

356) 중유(仲由, 기원전 542년 ~ 기원전 480년)는 중국 춘추 시대 노나라의 학자이자
관료로, 자는 자로(子路) 또는 계로(季路)이며 변(卞) 사람이다. 흔히 자로라고
불린다. 공자(孔子)의 핵심 제자 중의 한 사람으로, 염구와 함께 노나라의 유력한
정치가였다. 공자와 14년의 천하주유과 망명생활을 함께 했으며, 공자가 노나라
로 돌아갈 때 위나라에 남아서 공씨의 가신이 되었으나, 왕실 계승 분쟁에 휘말려
괴외의 난 때 전사하였다. 그는 용맹스러웠고 직선적이고 성급한 성격 때문에 예
의바르고 학자적인 취향을 가진 제자들과는 이질적인 존재였다. 그의 성격은 거

는데)이어니, 언지사(焉知死: 어찌 죽음을 알랴)리요" 하시니 공부자(孔夫子: 공자의 높임말)가 삶을 모르신다는 말씀이 아니요, 자로가 생(生: 삶)을 모른다는 말씀이다. 말하자면 인증비거(引證比據: 비교하고 증거로 삼음)가 될 삶을 자로가 알지 못하며 죽음을 무엇하러 묻는가 하시는 말씀이다. 나의 생부터 각(覺: 깨달음)하면 자연 사(死: 죽음)는 알 일이라고 부자(夫子)께서 해설하신 것이다. 그러나 공문십철(孔門十哲)357)이신 자로가 사(死)만 질문하다가 반문(反問)을 당하고 생(生)을 알고자한 것 같지 않다. 자로도 '나의 한계'가 의심시 되는 것 같다.

안자(顏子)358)는 종일좌여우(終日坐如愚: 종일 어리석은 이처럼 앉아 있음)하시나, 순하인야(舜何人耶: 순임금은 누구냐)며 여하인야(余何人也: 나는 누구냐)요, 유위자(有爲者: 노력하는 이) 역약시(亦若是: 또한 이와 같음)라고 확증(確證)을 들어 말씀하시었다. 지생(知生: 삶을 앎)만 하신이가 아니라, (공부를) 추진(推進: 밀고 나아감)하여 천년, 만년 이전까지

칠었으나 꾸밈 없고 소박한 인품으로 부모에게 효도하여 공자의 사랑을 받았다.

357) 공자가 말한 열 명의 우수한 제자를 뜻하는 말. 공자는 제자가 약 3000여 명이 넘었다고 하는데, 그중에서도 뛰어난 제자를 가리켜 '72현(賢)'이라고 칭했다. 십철은 또 그중에서도 최고를 뽑은 것이다. 그 일원은 이렇다. '공자 왈, 덕행(德行)에는 안회(顏淵)·민자건(閔子騫)·염백우(冉伯牛)·중궁(仲弓), 언어에는 재아(宰我)·자공(子貢), 정사(政事)에는 염유(冉有)·자로(子路), 문학에는 자유(子游)(일명 언언)·자하(子夏: 일명 복상)가 뛰어나다고 하였다.'

358) 안회(顏回, 기원전 521년? ~ 기원전 491년?)는 중국 춘추시대 노나라 사람으로, 공자의 제자이다. 자는 자연(子淵)이다. 자(字)를 따서 안연(顏淵)·안자연(顏子淵)이라고도 부른다. 학덕이 높고 재질이 뛰어나 공자의 가장 촉망받는 제자였다. 그러나 공자보다 먼저 죽었다. 빈곤하고 불우하였으나 개의치 않고 성내거나 잘못한 일이 없으므로, 공자 다음가는 성인으로 받들어졌다. 그래서 안자(顏子)라고 높여 부르기도 한다. 선생님 말씀으로는 순 → 안자·가섭 → 예수 → ? 로 이어지는 삶을 살고 있다고 한다. 연구소홈페이지 봉우사상을 찾아서(46) - 안자 이야기 참고

'나'라는 것을 해설하시었다. 말하자면 '나'의 생사관(生死關)을 중중첩첩(重重疊疊: 거듭거듭 여러 겹)이 모두 출입하신 분이다.

석가모니불은 천상천하(天上天下)에 유아독존(唯我獨尊: 오직 내가 홀로 존귀함)이라고 '나'를 해탈하시었다. '나'라는 것을 절대 자포자기(自暴自棄) 못한다고 유아독존 하라는 말씀이다. 이 정도로 '나'라는 것의 연구에 제공한다. '나'만 각(覺)하면 그 한계도 알 수 있고 나의 대등한 물(物: 만물)도 알 수 있다. 아마 그렇거니 하는 것이다. 횡설수설(橫說竪說)해 둔다.

임진(壬辰: 1952년) 9월 10일 야(夜)
봉우서어신야누옥(鳳宇書於莘野漏屋:
봉우는 신야 의 비가 새는 누추한 집에서 쓰노라.)

[이상은 봉우 선생님의 수필집 《백두산족에게 고함》 19페이지에 이미 실려 있으나, 내용의 중대성을 감안하여 윤문하지 않은 원문을 다시 번역하였다. 이 글의 백미(白眉)는 6줄의 칠언(七言) 한시(漢詩)로서 봉우 선생님께서는 동양 고대정신철학의 골수(骨髓)를 파격적으로 집어내 후학들에게 아주 친절하게 제공해 주시고 있다. 공산명월각자아(空山明月覺自我)!!! 이 글을 읽는 여러분 모두 하루속히 "나'를 깨달으시어 생사의 길을 찾으시기를 바란다. 이것이 봉우 선생님 가르침의 가장 큰 핵심이자 정요(精要)이다. -역주자]

이조(李朝: 이씨조선) 500년간에
유의미수(有意未遂)[359]한 일이 얼마나 되나

고려 말년에 북벌(北伐: 요동정벌)을 도모하다가 그 병력, 그 병권(兵權)을 가지고 이조(李朝)가 개국(開國)하여 불과 몇 년에 태조 고황제(高皇帝) 선위(禪位: 다음 왕에게 물려줌)하시고, 부자지간에 별별 문제가 다 있었으나, 세종대왕께서 성치(聖治: 성인의 다스림)를 하시어 태평성대가 되었었다. 그러다가 문종(文宗)대왕(조선 제5대왕. 재위 1450-1452년)께서 승하(昇遐)하시고, 세종대왕의 대군(大君: 정궁正宮이 낳은 아들) 팔위(八位)가 다 영걸(英傑: 영웅호걸)하시어 유주(幼主: 나이어린 군주) 단종대왕이 수양대군의 음모(陰謀)로 방축(放逐: 자리에서 쫓아냄)되고 생사육신(生死六臣)의 충의(忠義)가 역사를 장식하였다. 이때에 사육신의 충의로 복벽모의(復辟謀議: 단종을 다시 세우려는 모의)가 성립되었던들 단종대왕의 성치(聖治)가 또 있었을 것이요, 장상(將相: 장군과 재상)이 다 거물들이라 내우외환(內憂外患)이 맹생(萌生: 싹틈)할 길이 없었을 것이다. 이것이 이조(李朝)역사 중 왕가(王家)로 유의미수(有意未遂)의 제일절(第一節: 제일 마디)이요,

그 다음 선조대왕께서 배출한 인재를 조정에 두시고 동서분당(東西分黨)이 시작하였고 이 붕당(朋黨: 조선조 동서분당)관계로 이율곡(李栗

---

359) 뜻은 있으나 이루지 못함

谷)360)선생의 십만양병설(十萬養兵說)361)을 부인하고 용사역(龍蛇役: 임진왜란)으로 국가의 위급존망(危急存亡)362)이 목첩간(目睫間: 눈과 속눈썹 사이)에 있었었다. 비록 이충무공의 해전(海戰)과 권충장공(權忠莊公)363)의 육전(陸戰)이 있어 망국의 치욕은 면하였으나, 명(明)나라에 의존하지 않으면 지탱(支撐)할 수 없게 되었었다. 이문성공(李文成公: 율곡)의 양병론이 실현되었으면 용사역이 있었을리 없고, 있다 하더라도 일격하(一擊下)에 승전(勝戰)하였을 것이다. 이것이 왕가의 제2차 유의미수한 절목(節目)이요,

---

360) 이이(李珥, 1537.1.7(1536. 음력 12.26)~1584.2.27(음력 1.16))는 조선의 문신이자 성리학자이다. 본관은 덕수(德水). 자는 숙헌(叔獻), 호는 율곡(栗谷)이다. 관직은 이조판서(吏曹判書)에 이르렀다. 시호는 문성(文成)이다. 서인(西人)의 영수로 추대되었다. 이언적, 이황, 송시열, 박세채, 김집과 함께 문묘 종사와 종묘 배향을 동시에 이룬 6현 중 하나이다. 아홉 차례의 과거에 장원급제하여 구도장원공(九度壯元公)이라는 별칭을 얻었다. 그의 업적 중에는 성리학에서의 이기일원론의 학문을 밝힌 것으로 잘 알려져 있다. 일본의 침략을 예견하고 선조에게 십만양병설을 주장하였으니 받아들여지지 않았다.

361) 이이는 일본의 전국시대는 종결될 것이며, 이후 일본 내 세력 내 갈등 완화와 국내 관심사를 다른 곳으로 돌리기 위한 목적으로 명나라나 조선을 침공할 것이라고 주장했다. 일본의 도발에 대한 대응으로 그는 10만 명의 정병을 양성하여 일본의 침략에 대비할 것을 건의하였다. 그러나 그의 이러한 견해는 동인에 의해 왕을 현혹하기 위한 발언으로 치부되었고, 서인조차 그의 생각이 지나친 상상력과 허언이라며 호응해 주지 않았다. 이이가 10만 양병설을 주장하던 당시, 조선의 총병력 수는 장부상으로는 30만 명이 넘었으나, 실제 전투 가능한 병력 숫자는 겨우 1,000명 정도였다고 한다.

362) 나라가 존재하느냐, 망하느냐 하는 중대한 때. 위급존망지추(之秋).

363) 권율(權慄, 1537.12.28~1598.7.6)은 조선 중기의 문신, 군인, 정치인이다. 본관은 안동(安東)이고, 자(字)는 언신(彦愼), 호는 만취당(晚翠堂) 또는 모악(暮嶽), 시호는 충장(忠莊)이다. 46살이 되던 늦은 나이에 병과로 급제를 하여 관직에 입문하였다. 권율의 이치전투 승리로 왜군의 전라도 진입을 차단하였기에 왜군은 보급이 중단된 상태로 궁지에 몰려 허덕이게 되었고, 행주대첩으로 전황을 반전 시키는 공을 세웠다.

그다음 광해조(光海朝: 광해왕조)는 선왕(先王: 선조)의 임진 전화(戰禍)로 황폐된 강토를 단시일에 정리하고 명장(名將) 박엽(朴燁)364)을 기백(箕伯: 평안감사)으로 두고 북벌을 모의하던 것이 인조대왕에게 폐함을 당하였으나 만약 광해주(光海主)365)가 북벌을 성공하였던들 중원지록(中原之鹿: 중원의 사슴, 중국대륙)을 미지숙취(未知孰取: 누가 가질지 모름)일 것이다. 이것이 왕가의 제3차 유의미수일 것이요,

그다음 인조대왕의 병자, 정묘호란을 지내고 효종대왕366)께서 이완(李浣)367)을 신임하고 북벌을 모의하던 것이 효종대왕이 일찍이 승하

---

364) 박엽(1570~1623)은 조선 광해군 때의 문신이다. 반남 박씨로 자는 숙야(叔夜), 호는 국창(菊窓). 조선 중기의 문신, 도인으로 문무에 모두 뛰어난 능력을 겸비하여, 광해군 때 함경도 병마절도사, 평안도관찰사 등을 지내며 10만 강병을 양성하며, 광해군과 함께 북벌을 꾀하였으나 서인들의 사대주의적 인조반정으로, 학정의 누명을 쓰고 처형당했다. 《응천일록(凝川日錄)》이나 《속잡록(續雜錄)》 등에 그 누명의 흔적이 보인다. 그러나 그의 영웅적 풍모를 흠모하는 민중들에 의해 야사에서의 그는 영웅적 모습으로 재탄생한다. 봉우 선생님께서도 송구봉 제자 중에 제일 억울하게 죽은 이가 박엽이라고 말씀하신 적이 있다.

365) 광해군(光海君, 1575.6.4(음력 4.26)~1641.8.7(음력 7.1))은 조선의 제15대 임금(재위: 1608~1623)이다. 임진왜란 때 분조하여 의병을 이끌었으며, 즉위 후 후금과 명나라 사이에서 중립외교노선을 취하였다. 또한 전후 복구와 대동법의 실시 등 여러 정책을 실시하였지만, 형인 임해군과 이복 동생인 영창대군을 죽이고 계모인 인목왕후를 폐위시키는 등으로 서인에 의해 폐위당했다. 반정으로 인해 폐위된 두 번째 왕이기도 하다.

366) 효종(孝宗, 1619.7.3(음력 5.22)~1659.6.23(음력 5.4), 재위: 1649~1659)은 조선의 제17대 임금이다. 송시열, 윤선도, 송준길 등에게서 성리학을 수학하였으며, 1637년 정축하성 이후 소현세자 등과 함께 청나라에 볼모로 끌려갔다가 8년 만에 귀국했다. 즉위 후 북벌을 계획하였으며 대동법 등을 시행하였으나 재위 10년만에 갑작스럽게 사망했다.

367) 이완(李浣): 1602~1674. 조선 중기 효종 때의 무신. 자는 징지(澄之), 호는 매죽헌(梅竹軒). 무장으로서 정치에도 핵심적 역할을 했다. 효종의 북벌정책을 보필, 국방체계·군비·병력 정비에 기여하였다. 한성부판윤·공조판서·형조판서, 수어사를 거쳐 우의정을 지냈다. 소설 《허생전》에 등장한다. 1649년 효종 즉위 후 송시열과 함께 북벌을 계획함에 따라 북벌과 관련된 요직을 두루 맡았다.

하시어 시작을 못했으니, 만약 성공하였던들 국치(國恥: 국가의 수치)를 쾌설(快雪: 흔쾌히 설욕함)하고 국위(國威)가 대진(大振: 크게 진작됨)하였을 것인데, 이것이 왕가의 제4차 유의미수일 것이요,

그다음 영조대왕368)께서 노혼(老昏: 늙어 정신이 흐림)하시되 장조(莊祖)대왕369)께 전위(傳位: 왕위를 물려줌) 안 하신 것은 장조가 영자(英資: 매우 훌륭한 자질)가 있어 북벌모의를 한다 해서 사사(賜死)하신 것이다. 만약 장조대왕이 등극(登極)하시었다면 역시 미지(未知)일 것이다. 이것이 왕가의 제5차 유의미수일 것이요,

그다음 고종(高宗)황제 초년에 대원군(大院君)370)께서 외어내수(外

---

368) 영조(英祖, 1694.10.31(음력 9.13)~1776.4.22(음력 3.5))는 조선의 제21대 왕(재위, 1724.10.16(음력 8.30)~1776.4.22(음력 3.5))이다. 재위 기간 완론 탕평을 주창하며, 노론과 소론의 당론을 중재하고 탕평책을 추진하였다. 또한 악형 폐지, 서적 간행 등을 추진하였으나, 탕평론은 실패하였고, 둘째 아들 사도세자와 갈등을 빚다가 결국 죽음에 이르게 하였다.

369) 장조(莊祖, 1735.2.13(음력 1.21)~1762.7.12(음력 윤 5.21)는 조선의 왕세자(王世子)이자 대한제국 추존 황제(皇帝)이다. 영조의 서 차자, 효장세자의 이복동생이며 정조의 생부이다. 흔히 사도세자(思悼世子) 또는 장헌세자(莊獻世子)로 더 잘 알려져 있다. 성은 이(李), 이름은 선(愃), 본관은 전주(全州), 자는 윤관(允寬). 호는 의재(毅齋)이다. 영조의 둘째 아들로 생후 1년만에 왕세자로 책봉되었으며 1749년 어명으로 대리청정을 시작하였으나 노론, 부왕과의 마찰과 정치적 갈등을 빚다가 1762년(영조 38년) 어명으로 뒤주에 갇혀 아사하였다. 사후 지위만 복권되었고, 양주 배봉산에 안장되었다가 다시 아들 정조에 의해 수원 화성 근처 현륭원(융릉)에 안장되었다. 정조 즉위 후 장헌의 존호를 받았다. 정조는 재위 중 그를 왕으로 추존하려는 시도를 하였으나 노론계열의 반발로 무산되고 만다.

370) 흥선대원군(興宣大院君, 1821.1.24(음력 순조 20년 12.21)[1]~1898.2.22(음력 2.2))은 조선 후기의 왕족이자 정치가, 대한제국의 추존왕(흥선헌의대원왕, 興宣獻懿大院王)이다. 본명은 이하응(李昰應)이다. 1864년 1월부터 1873년 11월까지 어린 고종을 대신하여 국정을 이끌었으며, 안으로는 유교의 위민정치를 내세워 전제왕권의 재확립을 위한 정책을 과단성 있게 추진하였고 밖으로는 개항을 요구하는 서구 열강의 침략적 자세에 대하여 척왜강경정책으로 대응하였다. 서원을 철폐 및 정리를 하여 양반·기득권 토호들의 민폐와 노론의 일당 독재를

禦內修: 외적을 방어하고 내부를 다스림)를 힘쓰시고 인재를 외국에 유학시켜서 지식을 많이 수입하고 벽파문벌(劈破門閥: 문벌을 쪼개어 깨뜨림)하고 인재를 취하였으니, 국정이 장차 다스려질 것인데 민비371)의 음모로 대원군이 실각(失脚)하였으니, 만약 대원군의 의사대로 진행하였던들 국부민강(國富民强: 나라와 인민은 부강해짐)하였을 것이다. 경술국치가 없었을 것이다. 이것이 왕가의 제6차 유의미수일 것이다.

여기서 추론(追論: 추가 논의)하고자 하는 바는 중종대왕 당년(當年: 일이 있던 그해)에 조정암(趙靜庵)372)이 대사헌(大司憲)으로 청류(淸流)를 휴제(携提: 제휴)하고 국정을 갱신하려다가 필경 약사(藥死: 사약을 받고 죽음)를 당하였으니, 만약 실행되었던들 역시 국정이 대치(大治: 크게 잘 다스려짐)되었을 것이요, 이것은 국왕이나 정부가 실행코자 하던 것이 아니라 개인적으로 유의미수의 제1건일 것이며, 이조 전체로는 논할 바가 아니다.

개인적으로는 명선(明宣: 명종과 선조) 양조(兩朝: 두 조정)에 인물들이

타도하고 남인과 북인을 채용하는 등 실리 정책을 추구하기도 했다.

371) 명성황후 민씨(明成太皇后 閔氏, 1851.11.17~1895.10.8)는 조선의 26대 왕이자 대한제국의 초대 황제인 고종(高宗)의 왕비이자 추존황후이다. 최익현 등과 손잡고 흥선대원군의 간섭을 물리치고 고종의 친정을 유도했다. 민씨 척족을 기용함으로써 세도정권을 부활시켰으며, 1882년 임오군란 이후 일본 견제를 위해 청나라의 지원에 의존하다가 1894년 청일전쟁에서 청나라가 패배당한 이후에는 러시아를 끌어들여 일본을 견제했다. 일본 낭인들에게 살해당했다.

372) 조광조(趙光祖는 1482.8.23(음력 8.10) 조선 한성 출생~1520.1.10(1519. 음력 12.20) 조선 전라도 능성에서 사사됨)는 조선의 문신, 사상가이자 교육자, 성리학자, 정치가이다. 조선국 사헌부 대사헌 등을 지냈다. 성리학적 도학 정치 이념을 구현하려 했으나 훈구 세력의 반발로 실패했다. 1519년 반정공신들의 사주를 받은 궁인들에 의해 나뭇잎에 주초위왕(走肖爲王)이란 글자가 나타나게 함으로써 역모로 몰려 전라남도 화순으로 유배되었다가 사사된다. 개혁 정책을 펼치다가 희생된 개혁가라는 시각과 급진적이고 극단적이라는 평가가 양립하고 있다.

배출되었고 율곡이 어수지제(魚水之際: 물과 고기의 사이)를 얻어서 언청계용(言聽計用)373)하다가 강호일위재고신(江湖一葦載孤臣: 강호의 자그마한 갈댓잎 배에 외로운 신하를 실음)374)의 구(句)를 음(吟: 읊음)케 되어 실각하니 율곡선생 일인의 실각이 아니라 청류(清流: 명분과 절의를 지키는 깨끗한 선비들)의 대표실각일 것이다.

(명종, 선조 동시대에) 조남명(曺南冥: 조식曹植)375), 서고청(徐孤青: 서기徐起)376), 유겸암(柳謙庵: 柳雲龍)377), 송구봉(宋龜峰)378), 이토정(李土亭)379), 성우계(成牛溪)380) 등 제현(諸賢: 여러 성현)이 배출되었으나, 다

---

373) 어떤 일을 처리할 때 한 사람이 내놓은 의견을 받아들이고 그대로 실행함. 사마천의 《사기(史記)》〈회음후열전(淮陰候列傳)〉에 나옴. 명장 한신(韓信)이 항우에게 유방에게 입은 은혜를 나열하는 중에 유방이 자신의 건의를 듣고 자신의 계책을 써주기까지 했다는 말이 나온다. 일반적으로 남을 깊이 믿어 그가 하자는 대로 함의 뜻으로 사용하는 고사성어이다.

374) 이이(李珥)의 〈구퇴유감(求退有感)〉 시에 나오는 구절.

375) 조남명(曺南冥): 1501-1572, 조식(曹植). 조선 중기의 산림학자, 도인, 영남학파의 거두. 임진왜란을 대비하여 많은 제자들을 키워 내 실전에서 큰 공을 세웠다.

376) 서기(徐起, 1523(중종 18) ~ 1591(선조 24))는 조선 중기의 학자, 도인이다. 충청우도 최초의 서원인 공암정사(현, 충현서원)을 세워 후학을 양성하고 기호학파의 맥을 호서 지역에 정립했다. 유교경전 중심의 사변적인 학풍보다는 성인(聖人)의 길을 학문의 궁극적 목표로 삼았으며 1572년(선조 5) 계룡산 아래 공암으로 이주해 후학 양성에 매진하였다. 그에 대한 야사가 다수 존재하며 봉우 선생님께서도 종종 그를 언급하셨다.

377) 유겸암(柳謙庵): 1539~1601, 조선 선조 때의 문신, 도인. 서애 유성룡의 친형.

378) 송구봉(宋龜峰): 1534~599. 송익필(宋翼弼). 조선 중기의 도인, 문장가, 서인세력의 막후 지도자

379) 이지함(李之菡): 1517~1578. 조선 중기의 학자이다. 본관은 한산이며, 호는 토정(土亭)·수산(水山)이다. 친형 성암 이지번의 문인이다. '토정'이라는 호는 그가 마포 나루에 '토정'이라는 흙집을 짓고 가난한 사람들과 같이 살았기에 붙여진 이름이다.

380) 성혼(成渾, 1535.6.25~1598.6.6)은 조선 좌찬성 직책을 지낸 조선 중기의 문신, 작가, 시인이며 성리학자, 철학자, 정치인이다.

기용이 못 되고 광해조의 박엽이나, 인조의 임경업(林慶業) 381) 장군이
나, 효종조의 허생(許生) 382) 같은 인물들이 모두 무명지사(無名之士: 이
름없는 선비)로 자기소학(自己所學: 자기의 배운 바)을 발휘 못하고 정조
(正祖)대왕시에 박연암(朴燕巖) 383)이나, 박제가(朴齊家) 384) 등이 선견
지명(先見之明)으로 만언소(萬言疏) 385)를 올렸으나 청허(聽許: 듣고 허

---

381) 임경업(林慶業, 1594.12.13(음력 11.2) ~ 1646.8.1(음력 6.20))은 조선 중기
    의 무신으로 친명배청파(親明排淸派) 무장이었다. 1624년(인조 1) 이괄의 난 때
    에는 반란군을 토벌하여 1등 공신에 책록되었다. 1633년 청북 방어사 겸 영변부
    사에 등용되어 북방 경비를 튼튼히 하기 위해 의주에 있는 백마산성을 다시 쌓았
    다. 당시 후금의 소규모 부대가 국경을 넘어오자 이를 여러 번 격퇴하였다. 병자
    호란 당시 청은 백마산성을 피해 침공하였으며 조선은 무릎을 꿇었다. 이후 대청
    투쟁을 하다가 명으로 망명해 명의 총병이 되어 청을 공격하였다. 청에게 잡혀 심
    양으로 호송되었다가 인조의 심문 요청에 환국되었다. 나라를 배신하고 국법을
    위반한 죄목으로 장살 당했다.
382) 허생(許生): 조선 후기에 연암(燕巖) 박지원(朴趾源)이 지은 한문 단편소설 허생
    전(許生傳)의 주인공. 봉우 선생님 말씀에 의하면 실존 인물이다. 평민 출신으로
    상업 수완에 능했다 한다.
383) 박지원(朴趾源, 1737.3.5(음력 2.5) 조선 한성부 출생~1805.12.10(음력
    10.20) 조선 한성부에서 별세)은 조선 후기의 문신, 실학자이자 사상가, 외교관,
    소설가이다. 그는 노론임에도 열하와 베이징을 여행하고 돌아온 후(열하일기 저
    술) 청나라와 서구의 문물을 적극 받아들일 것을 주장하였다. 그리고 서구의 문
    물과 청나라의 기술 중 성곽 축조, 제련 기술 등을 적극 받아들여야 된다고 주장
    하였고, 상행위를 천시할 것이 아니라 상행위와 무역을 적극 장려하고 무역항을
    개설해야 한다는 것과 화폐를 이용할 것을 주장하였다. 그는 수많은 동지들을 규
    합하고 문하생을 길러내 노론당 내에서도 북학파라는 학파/정파를 형성하였다.
    그는 문하생에도 양반, 중인, 서자를 차별하지 않고 학문을 배우려는 자를 모두
    받아들였다. 그는 서얼을 차별하는 것은 잘못이며 능력과 실력에 따른 균등한 인
    재 등용을 주장하였다.
384) 박제가(朴齊家, 1750.11.5~1805.7.6)는 조선 전설서 별제, 조선 오위도총부 오
    위장, 조선 경기도 영평현감 직책을 지낸 조선 후기의 정치가, 외교관, 통역관, 실
    학자로 북학파의 거두이다. 박지원과 이관상의 문하에서 수학하였다. 청나라의
    선진 문물 수용과 중상주의 경제 정책을 주장했다.
385) '만언에 이르는 장문의 글로 임금에게 아뢰는 소'라는 뜻

락함)를 받지 못하였다.

인조 때 이괄(李适)386)은 반정공(反正功: 인조반정에 대한 공로)의 불
평과 북제배(北諸輩: 북방의 여러 무리들)의 전횡(專橫)을 기(忌: 꺼림, 증
오함)하여 거병(擧兵: 군사를 일으킴)하였으나, 필경 역신(逆臣: 반역한 신
하)으로 참(斬: 베어짐)을 당하고, 홍경래(洪景來)387)는 조신(朝臣: 조정
신하)의 불평을 인내치 못하여 기병(起兵)하였으나, 역시 실각을 하고
최제우(崔濟愚)388)는 국가의 계급태중(階級太重: 양반, 상놈의 차별을 너

---

386) 이괄(李适, 1587~1624.2.14)은 조선 중기의 무신. 인조반정의 성공에 주도적
역할을 하였으나 2등 공신에 책록되어 불만이 있던 데다 반역의 무고까지 받자
공신들에 대한 적개심이 폭발하여 난을 일으켰다. 반란 초기 서울을 점령하는 등
기세를 올렸으나 서울 입성 2일 후 친구였던 정충신에게 패퇴한 뒤, 부하에게 암
살되었다.

387) 홍경래(洪景來, 1780~1812.5.29(음력 4.19))은 조선 순조 시대 평안도 농민 반
란군의 지도자이다. 본관은 남양(南陽)이다. 유교, 병법, 풍수지리 등을 익히고
서당에서 아이들을 가르치기도 한 지식인이었다. 1811년 홍경래는 조선 정부에
대항하는 농민군을 이끌고 반란을 일으켜 정주를 비롯하여 서북 지방 상당수를
지배했다. 이를 홍경래의 난이라고 한다. 세력이 최고조에 이르렀을때는 청천강
이북을 거의 지배했다. 1812년 5월 29일(음력 4월 19일) 관군에게 정주성이 함
락될 때 관군의 총에 맞아 전사하였다.

388) 최제우(崔濟愚, 1824.12.18(음력 10.28.) 조선 경상도 월성 출생~1864.4.15
(음력 3.10) 조선 경상도 대구에서 사형 집행됨)는 조선 말기 동학의 창시자이며
천도교의 창시자이다. 호는 수운(水雲)이며, 본관은 경주이다. 그는 유교·불교·
선교 등의 교리를 종합한 민족 고유의 신앙인 동학을 창시하였는데 동학은 후에
천도교로 발전하였다. 동학의 근본사상은 '인내천'(人乃天)이다. 이것은 인본주
의를 강조하면서, 성실과 신의로써 새롭고 밝은 세상을 만들자는 외침이었으며
어지러웠던 나라를 구하고자 하는 사상이었다. 또 모든 사람은 평등함을 주장하
였는데, 갈수록 신도가 늘어나 사회 문제로 대두되었다. 수운은 동학을 펴기 시작
한 지 만 3년도 되지 않은 1863년(철종 14년) 12월에 체포되었고, 이듬해 3월
10일 '삿된 도로 정도를 어지럽혔다는 죄(左道亂正之律)'로 대구 경상감영 안의
관덕정(觀德亭) 뜰 앞에서 처형당함으로써 죽음을 맞이했다. 이때 그의 나이 41
세였다. 1907년 순종 때 그의 죄가 풀렸다. 저서로《동경대전》,《용담유사》등이
있다. 수운의 사망 이후 그의 후계 동학 교주는 최시형이 이어받게 되었으며 2대
동학 교주가 되었다.

무 심하게 함)을 기(忌)하여 일시동인(一視同仁: 누구나 평등하게 똑같이 사랑함)하라는 것과 인내천(人乃天: 사람이 곧 하늘)이라는 신사상(新思想)을 제창하고 자기가 실행하다가 역시 정법(正法: 형벌을 받음)되고 원주(原州) 소수(疏首: 상소문을 올린 우두머리) 홍기학(洪起學)의 정대공명(正大公明)한 의론(議論)도 거참(車斬)을 당하였다. 이조 500년간에 유의미수한 일이 공사(公私) 공히 얼마든지 있는 것이다. 그러나 국가에서 이상 몇 건 외에는 없다고 해도, 과언이 아니다. 사적으로는 얼마든지 있으니 우선 이 몇 건사(件事: 사건)만 기록하기로 하고 붓을 그치며 500년 간 대표할 유의미수건은 광해조의 북벌이 가장 유의미수해 보인다. 그다음은 성패를 미가지(未可知: 알 수 없음)다. 상세는 후일로 미루고 이만 그친다.

임진(1952년) 9월 12일 봉우서우유신정사(鳳宇書于有莘精舍)

《심서고(心書考)》〈격세(擊勢)³⁸⁹〉장 추기(追記)

 6.25사변에 북한에서 남한실정을 조사하였을 때에 이런 보고가 있었을 것이다. 남한의 현상이 사노양절(師老糧絕: 군대가 많이 지쳐 있고 군량은 끊어짐)은 아니나, 양정(糧政: 식량정책)이 별로 준비가 없었다고 해도 무리가 아니었고 백성(百姓)이 수원(愁怨: 시름과 원망함)이라고 하였을 것이요, 군령(軍令)이 소습(小習: 잘 지켜지지 않음)이라고 물론 보았을 것이요, 기계(器械: 무기)의 불수(不修: 고치지 않음)라고 보았을 것이다. 그리고 계불선설(計不先設: 싸우기 전에 계책이 미리 마련되어 있지 않음)이라고도 물론 보았을 것이다. 그리고 인도네시아 실정으로 보아 미군이 전적으로 응원을 안 하려니 하였을 것이다. 혹 응원이 온다 하여도 전격전으로 공세하면 남한 전역을 점령한 후에 응원군이 오려니 하였을 것이다. 그리고 장리각박(將吏刻剝: 장수와 버슬아치들이 부하를 가혹하게 부림)하다고도 보고되었을 것이다. 그다음 상벌경해(賞罰輕懈: 상벌을 처리함이 가볍고 해이해져 있음)라고도 조사하였을 것이요, 영오실차(營伍失次: 부대의 행렬과 대오에 질서가 없음)라고 보는 것도 무리가 아니었다. 전승이교(戰勝而驕: 전투에서 승리했다고 교만해짐)라는 조문에만 불합치할 뿐이다. [여기서 별색 글씨는 제갈공명의 전술서《심서(心書)》〈격세장〉의 한자원문과 풀이이다. -역주자]

---

389) 적의 상황에 따라 대처하라.

그래서 북한에서 전격전(電擊戰)을 시도한 것이다. 그리고 남한에도 무수한 공산당이 있어서 응원이 되려니 하고 남침한 것이다. 그러나 미국이 이 기지(基地)를 실(失: 잃음)하느냐가 중대문제인 것을 생각 못한 것이다. 전격전으로 남한을 침공한 것은 오로지 이런 조건을 보고 불법침공을 한 것이다. 물론 성공이라고 보았을 것이다. 그러나 반격전에 북한 전역을 들어 일패도지(一敗塗地: 여지 없이 패해서 일어날 수 없게 됨)한 것이다. 이것이 남한으로도 실패이나, 북한으로도 실패다. 이것이 지피지기(知彼知己)하는 선견지명(先見之明)이 부족하였고 남한의 피상(皮相)만 선찰(善察: 잘 살핌)하였을 뿐이다. 북한에서도 100%의 승산을 가지고 남침하였을 것이요, 남한에서는 방어할 능력이 없었던 것이다. 그러나 국련군(유엔군)의 배후 응원이라는 조건을 살피지 못한 것이다. 그리고 남한군도 수복시(收復時)에 평원선(平元線: 평양-원산라인)까지만 점령하고 강력한 방위를 하였으면 1월의 후퇴에 그 많은 피해가 없었을 것이다. 아무리 보아도 양측 군대의 주참모(主參謀)가 부족하다는 평가 외에는 할 것이 없다. 이것이 다 불가동이동(不可動而動: 움직일 수 없으며 움직임)한 것이다.

6.25후퇴시에 남한군으로 지능적 참모가 있었다면 한강선(漢江線)도 물론 작전지대요, 제2차 금강선(錦江線)은 천부(天賦)의 험(險: 험지)였다. 그다음 영호선(嶺湖線: 영남-호남라인)에서 얼마든지 방비할 수 있었고 그렇게 일패도지할 정도가 아니었다. 그러니 참모가 없다는 것이다. 북한에서는 가공(可攻: 공격 가능)의 세(勢)가 있었고 남한에서는 가수(可守: 수비 가능)의 세가 있었던 것이다. 여기서 수(守)할 곳을 수(守)하지 못하는 것은 지략(智略)이 없는 연고다, 비록 북한군이 한강을 도강(渡江)하였을지라도 금강선에서 중지되었을 것이다. 금강선에서 일

전(一戰)도 해보지 못하고 후퇴한 것은 무모(無謀: 아예 전략이 없음)하다고밖에 말할 수 없는 것이다. 여기서 전략가로서 무슨 말을 하는지 알 수 없으나, 가소(可笑)로운 일이다. 6.25사변에 북한군의 남침은 북한군이 강해서 대구선(大邱線)까지 간 것이 아니요, 남한군의 무모로 무인지경(無人之境)에 들어간 것과 같이 온 것이다. 이것을 목격하고 이 붓을 드는 것이다.

봉우추기(鳳宇追記)하노라. 1952년 9월 12일.

[이 글은《봉우일기(鳳宇日記)》1권 213쪽에 실린《심서고(心書考)》〈격세장(擊勢章)〉에 대한 봉우 선생님의 소감문에 덧붙인 〈추기(追記)〉이다. 1952년 일기 원문을 요즘 다시 정리하던 중에 이 추기가 누락된 것을 발견하고 다시 싣는다.《무후심서(武侯心書)》는 제갈양의 병법서지만 어느 누가 있어 이렇듯 다양한 견지에서 그 원문의 뜻을 6.25사변, 즉 '김일성의 난(亂)'이 벌어지던 1952년 한국의 현실과 비교하며 논의할 수 있겠는가. 이 글을 보면 6.25사변을 일으킨 북한공산당들의 심리가 전략적으로 아주 치밀하게 해석되어 있다. 아울러 남한 군부의 치명적인 약점도 분석, 비평하셨다. 새삼 선생님의 광대무변(廣大無邊)한 식견(識見)에 공경심(恭敬心)을 발하게 된다. -역주자]

자식(子息)의 서신을 보고

자식이 금년 4월 26일에 갑종(甲種) 간부후보생으로 보병학교에서 6
개월간 (과정을 이수한 후) 졸업을 하고 곧 제1선인 금성(金城)으로 출령
(出令: 명령을 내림)되었다. 그후 얼마 되지 않아서 9월에 귀가하였는데
들으니 또 정보학교시험에 합격해서 대구로 수업차 가는 도중에 잠깐
다녀간다는 말을 들었다. 그때에 학비를 30만 원 정도를 청구하는 것
을 경제적으로 극곤란하여 20만 원 정도를 주선해 준 것이다. 역시 내
생활이 곤란해서 이것도 여의하게 못하였었다. 10월 13일에 입교할 날
짜였다. 그후 소식을 알지 못해서 궁금하던 차에 금번에 서신을 보니
대구 도착 즉시 신병(身病)이 나서 3일간 입원치료를 하고 입교를 하였
으나, 아직 완치가 못 된 것 같다고 통지가 오고 약간 가지고 간 학비는
병원비로 소용되었다는 소식이다. 자식이라야 독자(獨子: 외아들)인데
객지에서 병이 나서 입원치료 한다니 걱정이다.

비록 일선은 아니나, 역시 부모 된 마음에 걱정 안 될 수 없다. 그리
고 학비를 소용(所用: 쓸 바)했으니, 학비를 보내달라고 청구한 것이다.
자식이 아비에게 학비를 청구하지 누구에게 청구할 데가 있는가. 그런
데 내 근일 경제적으로 가구(家口: 집안 식구) 몇 사람의 호구(糊口: 입에
풀칠을 함)를 못하는 중이다. 이것을 어찌하면 좋을 것인가. 아무리 생
각하여도 도리가 없다. 아비로 아비 도리를 못하는 것이다. 그러니 객
지에서 학비가 없이 병도 완차(完差: 완전히 차도가 있음) 못 된 몸으로

아비 답신 오기를 고대하는 자식의 마음이 얼마나 초조할 것인가. 나나 소년시대에도 내가 내 자작(自作: 스스로 지음)으로 용전여수(龍殿如水: 돈쓰기를 물같이 함)하다가 실패도 많이 하고 성공도 혹 해보았으나, 부모님께 청구해 본 일은 없었다. 그러나 현금(現今) 자식의 입장과 내 소년시대의 입장이 같지 않다. 내가 아무리 생각해도 별 도리는 없고 무슨 비상조처를 해야 얼마든지 주선하겠는데 실상은 큰일이다. 아비로서 아비의 책임을 못해서는 큰일이다. 그저 속이 답답할 뿐이다. 이 문제가 종결되기 전까지는 마음이 놓이지 않겠다. 이 정도로 이 붓을 그치노라.

임진(壬辰: 1952년) 9월 12일
봉우서우유신초당(鳳宇書于有莘草堂)

충남지사 신임(新任: 새로 임명됨)을 보고

전 지사 진헌식 군이 내상(內相: 내무부장관)으로 입각한 후 충남 신 지사 하마평(下馬評)이 구구(區區)하였다. 부산 소식은 윤석오(尹錫五) 씨가 제일 유력하다고 전하였고, 그 외에도 손 대전시장, 권 내무국장, 김종회 국회의원 등 다수 인사의 하마평이 있었다. 그중에 성낙서 군 도 하마평이 있었으나 제일 약자였다. 성 씨 본인도 수차 상봉하여 지 사설을 문답하여 보았으나, 열중한 인사가 얼마든지 있는데 내게 참례 (參例)올 리가 만무하다고 말하였다. 사실 성 씨는 별 재능은 없는 인물 이나, 관후장자(寬厚長者: 관후하고 점잖은 사람)의 풍(風: 기풍)이 있고 온전히 학자풍이 있는 인물이다. 그 선인(先人: 선친)인 성보영씨도 가 까운 군에서 후덕하다는 평을 듣던 인사다. 일정시대 도의원으로 삼년 불명(三年不鳴: 삼년을 울지 않음), 삼년불비(三年不飛: 삼년을 날지 않음) 라고 묵언자(默言者)로 유명한 인사다. 성군도 그 선인의 풍이 많은 인 물이다. 그런데 의외에 충남 신 지사는 제일 하마평이 약하던 성씨에 게 임명되었다. 먼젓번에도 문교부장관이니, 지사니 하며 하마평이 있 던 인물이다. 무자년(戊子年: 1948년) 5.10선거에 대전시 출신으로 제헌 국회의원이 되었고, 현 자유당 충남도당 당수였다. 성군에게 바라는 바 는 물론 도 정책도 중앙에서 시달이 있을 것이나 자기 권한 내라도 도 민의 복리를 위하여 진력하여 달라는 부탁 외에는 다른 말은 없다.

성 군은 양심적 인물이다. 그러나 결단성이 부족하고 추진력이 약하며, 임사(臨事)에 판단력이 부족하다. 그저 원만성은 있으나, 사무인으로는 어느 모로 보든지 적격자가 아니다. 양심 없는 사무능률 있는 인물보다 양심 있는 사무능률 없는 인물이 나을 것이나 도민에게는 차단피장(此短彼長: 이쪽의 단점이 저쪽의 장점)이 있을지 알 수 없다. 성 군은 일정시대 이왕직(李王職)390)에 봉직한 일이 있을 뿐 정계에는 생소한 인물이다. 너무 중앙 중심으로 나아가지 않고도 중심으로 선정(善政)이 있기를 바라노라. 그리고 도지사라는 자리를 이용해서 중앙 정상배들의 도구가 되어서는 안 된다. 그 염려가 제일 많다. 대통령이 성군을 임명하고 만약 도민에게 부당한 명령이 있으면 성군이 ○할지언정 도민을 위해서 거부할 용기가 있는가가 의문시되며, 설폐구폐(說弊救弊)391)해서 일차 하명(下命: 명령 내림)된 것을 철회할 만한 능력이 부족하다는 말이다. 그저 대통령께서 임명하신 것이니 시행하는 것이 당연하다고 유령시종(惟令是從: 오직 명령하는대로 좇음)할 염려가 있다는 말이다. 비록 자기 자신만은 혹 부당한 줄 알지라도 외현(外現: 밖으로 드러냄)해서 부당성을 발표하지 못하리라는 예측이다. 용단성이 부족하다는 말이다. 독자의 판단력이 없다는 것이 아니다.

그리고 성 군에게 이 임명이 된 것도 이 대통령으로도 여러 가지를 보아서 그 무능한 것도 보고 유령시종할 것도 잘 보고 임명한 것이다. 같은 양심인물이라도 대통령 자기 심산(心算)에 배치 안 되는 인물을

---

390) 이왕직(李王職)은 일제 강점기에 조선총독부에서 대한제국 황족의 의전 및 대한제국 황족과 관련된 사무를 담당하던 기구로, 대한제국 시기에 황실 업무를 담당하던 궁내부를 형식적으로 계승한 기구이다. 1910년 12월 30일에 창설되어 1946년 1월 31일 폐지되었다. 이왕직의 수장은 장관으로 대신급이었으나, 일본 본국의 궁내부 대신의 지휘를 받았다.
391) 먼저 폐단을 말하고, 그 폐단을 바로 잡음.

택한 것이다. 능력보다는 순종이 더 유리한 관계다. 이것도 이대통령의 재임(再任: 다시 대통령에 당선됨)후 인사 관계인데, 아마 각 도지사 중에도 성군과 동격자(同格者)들을 새로이 채용하리라고 예단(豫斷: 미리 단정함)을 하는 것이다. 그리고 자유당에서 그래도 정계거물급에 드는 철기 이범석은 부통령 임명을 거부하고, 자유당에서 비거물급들은 당연히 채용해서 대통령 복심(腹心)이 되게 해서 각 도(道)의 자유당을 직접 자기 산하(傘下)로 들어오게 할 묘책(妙策)으로 부당수(副黨首)는 무권력(無權力)하게 만들었다. 각 도 자유당에서 중앙당부의 유력자들은 자기가 직접 기용하면 부당수의 위신은 타지(墮地: 땅에 떨어짐)하고 자기 권력은 잘 시행되리라는 묘책이 실현될 것이라고 확언해 둔다. 이것이 이 박사의 두고 쓰는 방법이다. 다른 도에도 반드시 자유당 간부가 기용되리라고 예언을 해보는 것이다. 철기가 부통령이 되어서 각 간부를 기용하면 이는 철기의 장래 권력범위가 될지언정 이박사의 직접권력 범위가 못 된다는 자기 판단일 것이다. 아무렇든지 성지사가 선정이나 해서 도민의 행복이나 오게 해주기를 빌고 이 붓을 그치노라.

임진(壬辰: 1952년) 9월 12일 야(夜)
봉우서우유신정사(鳳宇書于有莘精舍)

추기(追記)

　성 군이 지사로 신임한 것은 유현호전임(猶賢乎前任: 전임보다 오히려 어짐)이나 지사가 누가 되든지 상부 명령이 좌우하는 것이라 중앙에서 무슨 신정책이 나올까 기대하는 것이다. 그러나 대종(大腫: 큰 종기)을 수술 않고 약간의 산약(散藥: 가루약)만 가지고 무흠(無欠: 흠 없음)한 완치가 될 것인가. 아무래도 의심시 된다. 수구여병(守口如瓶: 말을 삼가기를 병마개 막듯이 함)하고 방의여성(防意如城: 삿된 마음 막기를 성 지켜내듯 함)[392]하여야 하는 것인데, 무엇이든지 보면 내 의사를 솔직하게 기록하니 이것이 내가 부족한 연고다. 그러나 하고 싶은 것을 말 않고서는 병이 날 것 같아서 남이야 무어라 하든지 내 생각대로 횡설수설(橫說竪說)하리라.

임진(壬辰: 1952년) 9월 12일 밤
봉우서우유신초당(鳳宇書于有莘草堂)

---

392) 이 두 구절은 주희(朱熹: 주자)의 말로, 《명심보감》〈존심편(存心篇)〉에 나온다.

부산 근문(近聞: 요즘 소식) - 국회소식

9월 13일 공주 교육위원회 월례회에 갔다가 부산소식을 두서없이
수종(數種: 여러 건)을 듣고 기록해 보는 것이다. 국회에 정부에서 작년
상환곡(償還穀)393)과 수득세로 받은 곡물은 배급가격 4배로 증(增: 불
림)하자는 안건을 2배로 통과시키고, 금년 수득세와 상환곡을 금납제
(金納制: 돈으로 납부하는 제도)로 통과시켰으나, 정부에서 물론 거부하
리라고 전한다. 금납과 현물납394)의 시시비비(是是非非)가 다 있다고

393) 1948년 헌법에 명시된 농지를 농민에게 분배한다는 원칙에 의거하여 '농지개혁
    법안'을 작성하였다. 국회의 심의를 거쳐 최종 통과된 농지개혁법은 1가구당 3정
    보 이상의 자경(自耕)하지 않는 농지는 매수하고, 농지를 매수당한 지주에게는
    지가증권(地價證券)을 발행하고 보상하여 타산업으로의 전업을 알선한다는 등의
    주요 내용으로 만들어졌다. 그리고 농지를 분배받은 농민은 평년작의 150%를 5
    년간 균분상환한다는 방침도 결정되었다. 농림부는 1950년 6월 초순 시·군·읍·
    면사무소에 수배농가(受配農家) 단위로 작성된 상환 대장을 비치하도록 하고, 각
    분배농가에게 상환증서를 교부하였다. 이에 따라 1950년 하곡(夏穀)부터 농지대
    가 상환곡(償還穀)이 납부되기 시작하였다. 농지대가는 현물 또는 현금으로 상환
    할 수 있도록 법에 명시되었으나, 상환곡은 현물로 징수되었다. 인플레이션을 막
    고 군량미를 확보한다는 이유였다. 상환곡은 시가의 50% 수준인 법정곡가로 환
    산되어 수납되었기 때문에 전쟁으로 인한 피해와 함께 농민에게 많은 부담을 안
    겨주었다. 농민의 비난 여론이 거세어지자 국회에서는 농지개혁법 개정안을 내어
    현금상환을 명시하고자 하였으나 정부의 거부권 행사로 무산되었다.

394) 임시토지수득세법 시행으로 토지에서 생산한 곡물수익에 대해서는 모두 현물세
    를 납부토록 하고 특수작물과 사찰지, 교회지, 공원등의 임대수입에 대해서는 금
    납제를 그대로 유지하였다. 토지에 대한 현물세의 세율은 누진세율이었다. 농지
    개혁법에 의해 분배된 농지에 대해서도 누진세율을 적용한 임시토지수득세를 징
    수함으로써 농지개혁사업의 성과를 훼손하고 있었다. 분배해 준 지주와 분배받은

하나, 작년 현상으로 보면 각 지방에 각양각색의 폐해(弊害)가 있었고 금년 식량난으로 영세민층이 극도로 곤란함을 겪은 것의 주원인이 작년 현물납(現物納) 때문인 것이다. 이 현물납으로 몽리(蒙利: 이익을 얻음)한 사람은 농촌에서 대농가(大農家)들의 자작농층(自作農層)인 극소수분자일 것이다.

보라, 자작농층들은 금년에 소작농의 토지를 도처에서 매점(買占: 사서 차지함)하였다. 말하자면 또 지주(地主)가 생기는 것이다. 이것이 농촌 실정이다. 언자(言者)들은 말하기를 소작농들이 자기 소유로 만들기 위해 몇 년간 인내하라는 것이다. 그러나 또 금년 같은 한수풍(旱水風) 삼재(三災)가 모두 발생할 때에 만약 현물납이라면 민생은 아주 파멸에 가까울 것이다. 탁상공론들로 민생의 생사가 목전에 있다는 것을 도외시하고 자기네들의 배급양곡에 유리한 현물납을 주장하는 정객들은 민생을 도외시(度外視)하는 자들일 것이다. 현물납이 아니면 공출(供出: 강제로 걷어감)이래야 할텐데, 공출이 될 것이냐고 하니 말하기 곤란하나, 일정 36년에도 이 공출제가 아니라도 식량을 1년에 800만 석 이상을 일본으로 이입(移入: 옮겨 들임)하고도 국내 식량은 확보하였었다. 이것이 식량정책의 현부(賢否: 현명함과 그렇지 않음)를 말하는 것이다. 그리고 금납이라면 현시가로 납입을 운운395)하는 것 같은데, 세금이라는 것은 일정한 부동산에서 일정한 규정으로 납세하는 것이 당

농민 모두에게 가혹한 부담이 되었다. 지주측면에서 보면, 지가보상액을 50석 이하로 받은 지주들이 84.2%에 달했기 때문이고 농민들도 예컨대 10~20석을 수확했다고 한다면 지가상환곡을 30% 납부해야 하고 또 임시토지수득세를 20% 납부해야 했기 때문에 너무나 가혹한 부담이었다.

395) 상환곡은 시가 50% 수준의 법정곡가로 환산 수납토록 하면서 금납은 최고시세로 납부하라는 정부의 이중적 방침에 반발이 생기는 것은 당연.

연한 것이다. 현물납을 금납으로 변경한다고 최고시세로 납금하라는 것은 망민(罔民: 백성을 속임)이 아니고 무엇인가.

위정자들의 정견(政見: 정치 식견)이 박약하고 민생문제에 치중이 아니라 위정자들에게 치중한다는 것이 민족적으로 보아서 난민선정(暖民善丁?)한다고밖에 못하겠다. 현물납이건 금납이건 보편적으로 민생문제에 치중하면 좋은 것이다. 국회의원들은 그나마 민정을 시찰하고 자기네 것은 민생문제를 해결해 볼까 하고 현금납을 제안, 통과시킨 것이다. 정부측에서는 자기네에 일시적 불리하다고 거부할 것 아닌가 한다. 이 안을 국회에서나 정부에서나 타협적으로 무사히 시행하였으면 우리 민족의 행(幸: 다행)일 것이다. 그러나 현정부가 그 아량이 있을까 문제다. 그리고 그다음 대통령이 국의(國議) 소환안(召喚案)[396]을 상정할 듯하다. 또한 개헌안을 올리지 않을까 한다. 그 개헌안은 정부 내지 대통령 특권주장이 아닌가 한다. 만약 통과하지 못할 때에는 국회해산 문제가 또 있지 않을까 한다. 이런 거조(擧措: 행동거지)가 있다면 국가적 치욕일 것이다. 대외, 대내(對內)에 위신이 땅에 떨어지는 것이다. 주권자의 좌우에 사람이 없다는 것을 개탄(慨歎)하는 것이다.

여복거동궤자(與覆車同軌者)는 경(傾: 기욺)하며 - 엎어지는 수레와 같은 궤도를 가면 기울어지고 -

여망국동사자(與亡國同事者)는 멸(滅)이요-망하는 나라와 같은 일을

---

396) 재선을 위해 친위 쿠테타인 부산정치파동을 일으킨 이승만은 야당을 압박하기 위한 관제데모를 일으켰는데 이때 단골메뉴로 헌법에도 없는 국회의원 소환제를 주장했다. 재선 후에도 이승만은 서울 경무대 관저에서 열린 제42회 국무회의에서 헌법 개정과 관련하여 14개의 유시를 내렸는데, 13번째로 '국민투표제, 국회의원 소환제, 참의원 선거 등에 관하여 국회에 강력히 촉진시키라'고 하였다.

하는 자는 멸망함이요,

무선책자(無善策者)는 무악사(無惡事)하며, 무원려자(無遠慮者)는 필유근우(必有近憂)라 – 착한 계책을 힘써 행하는 자는 악한 일이 생기지 않으며, 멀리 생각함이 없는 자는 반드시 가까운 곳에서 걱정근심할 일이 생긴다. – 하였으며,

주약자(柱弱者)는 옥괴(屋壞)하고 보약자(輔弱者)는 국경(國傾)이라 하니, – 기둥이 약하면 집이 무너지고, 보좌하는 이가 약하면 나라가 기운다.[397]

보약자(輔弱者)도 국경(國傾)커든 황어무보자호(況於無輔者乎)아. – 보좌진이 약해도 나라가 기울거든 하물며 보좌진이 없음에랴!

금년이 우리 민족의 위급존망지추가 아닌가 한다. 내가 타인의 전설(傳說: 전하는 말)만 들은 것이라 확실성은 없으나, 신빙할 만한 사람의 전언(傳言)이라 내가 사실로 믿고 이 붓을 든 것이다. 아무리 생각하여도 주권자(主權者)의 노혼(老昏: 늙어서 정신이 흐림)이 이 나라 운명을 좌우하는 것 같다는 말이다. 일인지해(一人之害: 한 사람의 해악)가 급어일국(及於一國: 한 나라에 미침)하니, 가불신호(可不愼乎: 가히 삼가야 하지 않겠는가)아. 우리 민족이 자작자수(自作自受: 스스로 지어 스스로 받음)하는 것이니, 누구를 원망하며 누구를 칭찬하리요. 다만 우리 운명만 바

---

397) 황석공(黃石公)의 〈소서(素書)〉 6장 〈안례(安禮)〉에 나옴.

랄 뿐이로다. 하늘이 한수풍(旱水風: 가뭄, 수해, 태풍) 삼재(三災: 세 가지 재앙)로 농민뿐 아니라 국민의 양정(糧政)을 말유(末由?)하게 하고 또 목전에 병란(兵亂: 6.25사변)이 위급존망지추요, 또한 정쟁(政爭)의 풍운이 장기(將起: 장차 일어남)하니 무슨 운명이 이같이 기구(崎嶇)한가. 장차 무슨 대운(大運)이 우리 민족에게 오려고 먼저 시련을 이같이 하시는가. 민족은 민족대로 자숙(自肅)하고 장래를 고대(苦待)해 보자.

임진(壬辰: 1952년) 9월 13일
봉우서우유신정사(鳳宇書于有莘精舍)하노라.

명(名)과 형(形)

무시형즉무시명(無是形則無是名: 이 형체가 없으면 이 이름이 없음),

유시형즉유시명(有是形則有是名: 이 형체가 있으면 이 이름이 있음)이 불변의 진리다.

그러나 우주만상에 그 형체에 그 이름을 갖고 그 이름에 그 형체가 반드시 있다고 증명하기 용이치 않다. 그러면 정형(正形: 올바른 형체), 정명(正名: 올바른 이름)이 어렵다는 말이다. 우주만상의 형체와 이름을 지을 때에 심사하는 방식이 무엇인가?

대소(大小), 장단(長短), 경중(輕重)은 규구(規矩)398), 준승(準繩: 수준기와 먹줄), 권형(權衡: 저울추와 저울대)으로 측량할 수 있고 그 형체의 분별은 오색(五色)399), 오음(五音)400)과 동식물, 광물과 수요(壽夭: 오래 삶과 일찍 죽음)와 이용(利用: 필요에 따라 이롭거나 쓸모 있게 씀) 등으로 심사해 보는 것이요, 그 성질과 성분도 물론 연구할 것이다. 그러나 우주인간의 심사방식이 다 같다고는 못 보는 것이다. 그러니 다 심사하더라도 대동소이한 명명(命名: 이름을 붙임)이 있을 것이요, 어느 것이 가장 적합한 명명인지 알 수 없는 일이다.

형(形)의 일부, 일부씩은 혹 동일한 심사가 있었을는지 알 수 없으

---

398) 원을 그리는 그림쇠와 직선을 그리는 곱자.

399) 흑, 백, 청, 황, 적색

400) 궁(宮), 상(商), 각(角), 치(徵), 우(羽)

나, 전부가 동일하다고는 하기 곤란하다. 명명이 대형(大形)에 달(達: 적합함)하지 못하면 그 정형(正形)을 알지 못함이요, 그 형체가 그 이름에 적합지 못하면 그 이름이 정명(正名)이 못 되는 것은 지자(智者: 슬기로운 사람)를 기다리지 않고 다 아는 것이나, 이 우주에서 정형(正形), 정명(正名)이 얼마나 되는가가 나는 의심시 된다. 그런고로 유가(儒家)에서도 격물치지(格物致知)[401]라는 것이 있으니, 그 형체를 격(格: 바로잡음)하면 그 심사를 정당히 할 만한 명(明: 밝음)의 소유자가 되어서 격물(格物: 형을 격함), 치지(致知)하여 정형, 정명이 조금도 차이가 없으리라는 것이다. 그러나 격물치지 하는 이가 그 얼마나 되는가가 역시 문제다.

그저 옛 성인이 명명하신 것을 맹종하는 외에 다른 도리가 없다. 여기서 우리가 보는 형체가 옛 성인이 본 형체와 동일하였던가, 같지 않았던가의 차이도 있고, 우리가 마주 대한 형체가 옛 성인이 명명하였던 것이라도 우리가 격물치지를 못하는 관계로 불변한 것인지, 변한 것인지 알 수 없다. 혹은 불변한 것도 있을 것이요, 변한 것도 있을 것이다. 아주 알기 용이한 주야(晝夜: 낮과 밤)라는 형(形)을 대해 보자. '낮'이라는 형체는 일출(日出)에서 일몰(日沒)을 의미한 것이요, '밤'이라는 형체는 그 정반대일 것이다. 장단(長短)이라는 형체도 역시 무엇을 기본으로 두고 무엇보다 길은 형체요, 무엇보다 짧은 형체라고 명

---

401) 《대학(大學)》에는 대학지도에 이르는 삼강령(三綱領)과 이를 실천하기 위한 팔조목(八條目)이 나온다. 팔조목의 격물(格物), 치지(致知), 성의(誠意), 정심(正心), 수신(修身), 제가(齊家), 치국(治國), 평천하(平天下)의 내용 중, 처음 두 조목을 가리키는 것에서 유래되었다. (참고: 삼강령에서 봉우 선생님께서는 기존 주자의 현토와는 다른 大學之道 在明明 德在新 民在至於至善 으로 본래의 의의가 어디에 있는지를 밝히신바 있다. - 봉우사상을 찾아서21 18: 23)

명했을 것이다. 경중(輕重)이나, 강약(强弱)이나, 원근(遠近)이나가 모두 무엇을 기본하고 말하는 명명이다. 이런 명명은 고금(古今)을 통할 수 있는 것이요, 그 외에도 부자(父子)니, 군신(君臣)이니, 사제(師弟)니, 부부(夫婦)니, 붕우(朋友)니 하는 것도 불변의 명명이다.

그러나 인품의 선악(善惡)이니, 현우(賢愚)니 하는 것은 그 양극은 누구나 다 알기 용이하나, 중간에 와서 가여선(可與善: 착할 수도), 가여악(可與惡: 악할 수도), 가여현(可與賢: 어질 수도), 가여우(可與愚: 어리석을 수도)의 중간에 와서 명철한 심사법이 아니면 명명(命名)이 아니 나온다. 말하자면 중간에 있는 인간으로 그 선(善)하다 명명한 인간도 악(惡)이라 명명한 인간보다 더 악한 일도 있었을 것이요, 악이라 명명한 인간도 선이라 명명한 인간보다 더 선한 점도 있을 것이다. 여기서 정명(正名)이 어려운 것이다. 이것은 도덕적으로 하는 말이나 현행법적으로 보아도 판결에 승리한 사건이라고 정당하다고는 못 보는 일이 얼마든지 있다. 그러니 그 형(形)에 그 명(名)이 꼭 바르다고 누가 증명할 것인가. 우주만상이 모두 안 그런 것이 없다. 격물치지하는 안목으로 보면 별별 일이 다 많을 것이다.

그리고 관직의 명명(命名)을 두고 보자. 대통령이라면 그 나라를 주재하는 명명인데, 그 나라를 권력으로는 주재하나, 정치로는 주재자격을 상실하면 이는 이름이 형체를 승(勝: 이김)하여 명형(名形)이 상부(相符: 서로 부합함)하지 못한 것이다. 다른 직장이 다 그렇다. 직(職)은 군수로되, 그 포부나 실력은 대통령 자격이 있다면 그 형체가 이름을 승(勝)한 것이다. 역시 명형(名形)이 상부 않은 것이다. 이것이 과불급(過不及: 지나침과 미치지 못함)이 개불중(皆不中: 다 맞추지 못함)이라고 정명(正名), 정형(正形)이 다 아니다. 그 형체가 있거든 그 이름을 명

(命)해서 정명, 정형하라는 말이다. 명실(名實)이 상부 못한 것은 그 결과가 형체를 보호하지 못하는데 이르는 것이다. 그 형체를 보호하지 못한다면 파괴를 의미하는 것이다. 형체가 이름을 이긴다면 도리어 그 형체를 보중할 것이나, 이름이 형체를 이기되 차이가 과하다면 패망하는 외에 다른 도리가 없는 것이다.

우리가 무슨 일을 하든 자가(自家)비판을 해서 선정기형(先正其形: 먼저 그 형체를 바로잡음)하라는 말이다. 말하자면 정명(正名: 이름을 바로잡음)부터 하고 일에 착수하라는 것이다. 이 명(名)과 형(形)에 관하여 얼마든지 이론이 있으나, 명이 강하면 형이 약하다는 것이고, 형이 강하면 명이 약하다는 것이요, 정기명즉정기형(正其名則正其形: 그 이름을 바로잡으면 그 형체도 바로 잡힌다)이라면 명형(名形)이 상부(相符)하다는 삼론(三論: 세 가지 의론)이 있을 뿐이다. 복식(複式)이야 얼마든지 있는 것이다.

임진(壬辰: 1952년) 9월 16일

鳳宇書于有莘精舍(봉우는 유신정사에서 쓰다.)

[이 글은 1989년 출간된 〈백두산족에게 고함〉 36페이지에 〈사물의 이름에 대하여〉란 제목으로 실린 것인데, 봉우 선생님께서 일기원문에 "잘 고찰할 것"이란 표시를 해놓으신 글이라 원문에 충실히 다시 역주 하였다. -역주자]

수필(隨筆): 가소(可笑)로운 근일(近日: 요즘) 내 생애

　근일(近日) 내 생애야말로 가소(可笑: 우스움)롭다. 소성(小星)이 매시일(每市日: 매번 장날), 혹은 평일이라도 시(柿: 감)행상을 해서 맥미(麥米: 보리쌀) 1말씩, 혹은 5승(升: 되)씩 매량(買糧: 양식을 사다)해 가지고 오는 것으로 4인 가족이 연명(延命)을 하고 지낸다. 실인(室人: 아내)은 쇠약하고 가간사(家間事: 집안일)나 약간 보살피고 숙자는 건강하나 집안일에 아내의 조력자로 있지 전적으로는 무슨 일을 못하는 사람이요, 나는 무사분주(無事奔走: 일없이 공연히 바쁨)하나, 시간만 있으면 서책이나 보고 혹 정좌(靜坐)나 하고 불사가인생산작업(不事家人生産作業: 집안일을 안 돌봄)하는 사람이다. 금년 채전(菜田: 채소밭)은 실패했다. 그리고 두태(豆太: 콩과 팥)는 흉년이다. 이제 바랄 것은 상실(橡實: 상수리)이나 수집하여 삼동(三冬: 겨울 석달)과 명춘(明春: 내년 봄)의 호구지계(糊口之計: 먹고사는 방도)가 될 것인데, 금년은 이것도 흉작이다.

　고인(古人)의 말이 천불생무록지인(天不生無祿之人: 하늘은 녹이 없는 사람은 내지 않음)[402]이라고 하나, 우리 같은 사람은 아무리 생각해도 녹(祿: 복, 재물)이 있는 것 같지 않다. 녹이라는 것은 근로(勤勞)의 대상(代償: 대가, 보상)인데 이 몸은 노동의 가치가 없는 사람이라 노동할 장소가 없다. 체력이나 정신이나 모두 실업자다. 정평하자면 파락호(破落

---

402) 《순자(荀子)》와 《명심보감》〈성심편(省心篇)〉에 나옴. 지부장무명지초(地不長無名之草: 땅은 이름 없는 풀을 기르지 않음)와 함께 거론된다.

戶)다. 의식주의 대책이 없는 인물이다. 경제적으로는 기생충이다. 더구나 금년 같은 흉년을 당해서 어찌해야 호구라도 할까가 큰 문제다. 나도 7~8년 전만 해도 비록 낭인생활이라 할지라도 1년에 가족식량쯤은 용이하게 수입되었는데, 을유년 광복 이후로는 내가 정당생활이니, 무엇이니 하며 식생활문제 해결에 주의를 안한 관계로 점점 생활고를 당하는 것이다.

더구나 작년, 금년 두 해에 백사불성(百事不成: 모든 일이 실패함)이다. 내년까지는 내가 운명학(運命學)으로 보아서 불운인 것도 같으나, 천불능궁력색가(天不能窮力穡家: 하늘도 힘써 농사짓는 집을 어쩌지 못한다)403) 하였으니 내가 역작(力作: 힘써 지음)만 하면 안 될 일도 없는 것인데, 내가 너무 우유부단(優柔不斷)하고 아무 일도 착수 않고 혹 착수한대야 실패하고 그래서 용기가 나오지 않는데 더구나 신체가 약해진 게 원인이 되는 것 같다.

너무 공상(空想)은 말고, 실질적으로 나가서 마음에 없는 일이라도 좀 착수해 보아서 이것도 해보고 저것도 해 보아야겠다. 소성이 하죄(何罪: 무슨 죄)냐. 종일 시행매(柿行賣: 감을 팔음)를 하고 황혼에 식량을 사가지고 와서는 정신없이 야간에 노독(路毒)을 못 견뎌서 자는 것을 볼 때 내 내심(內心: 속마음)으로 좀 미안하다. 실인(室人)도 극도의 쇠약으로 목불인견(目不忍見: 눈으로 차마 보지 못함)이다. 이것이 다 내 책임이다.

[여기서부터는 〈봉우일기〉1권 317쪽에 실린 〈낙수글〉을 다시 실었

---

403) 중국 송(宋)나라 시인 육유(陸游: 1125-1210)의 칠언시 〈술의(述意)〉에 '인수감모수신사(人誰敢侮修身士: 사람이 누가 감히 수양하는 선비를 모욕하랴)'의 대귀절로 나옴.

다. -역주자]

　내가 내 화(火)에 가족들에게 불편한 소리도 하나, 가족이 무슨 죄인
가. 우리 지내는 것을 극빈궁자(極貧窮者: 극도로 빈궁한 사람)에 비해보
면 그래도 소소 차가 있는 것 같다. 그래도 비록 잡곡이라 해도 조반석
죽(朝飯夕粥: 아침밥 저녁죽)은 하는 셈이다. 물론 이것도 계속성은 없으
나, 현상까지는 이 정도였다. 금일은 보리쌀 두 말의 치량(置糧: 식량을
구함)을 해왔다. 5~6일은 또 식생활은 해결하겠다. 가소로운 일이다.
이 세쇄(細瑣: 아주 자질구레함)한 말을 붓을 안 들고자 했으나, 불면증
이 있어서 청수제(請睡劑: 잠을 청하는 약)로 이런 붓을 들고 잠을 청해
보는 것이다. 무슨 해결책을 구하고자 해서 그런 것은 아니다. 벌레소
리는 낭낭하고 사경(四境: 동서남북)이 고요한데, 홀로 이 붓을 들고 있
는 내 마음의 실마리(心緖)도 가장 파동이 심하도다.

임진(壬辰: 1952년) 9월 12일
鳳宇書于有莘精舍(봉우는 유신정사에서 쓰노라).

신문지상의 진(陳) 내무장관 답변을 듣고

진 내무장관의 기자회견 석상에서 문답한 일조(一條)를 보고 내 소
감을 기록해 보는 것이다. 각 지방장관과 중앙의 차관, 국장급의 이동
을 질문한 데 대해서 진 내무장관의 말씀이 숨은 인재를 등용하다 보
니 그 사람들이 자유당 사람들이었고, 내가 자유당 사람만 기용한 것
이 아니라고 답변하였다. 과연 명담(名談: 사리에 맞는 말)이다. 나 같으
면 대해(大海)에 든 고기야 알 수 없고 촉고(數罟: 촘촘한 그물)로 잡은
고기에서는 이 고기들이 제일 거대(巨大)해서 선택한 것이라 하면 제
일 적당하다고 본다. 진 선생도 양심상으로 자유당을 등용한 것이 아
니고 인재를 등용하다 보니 자유당 사람이라는 말인가. 그러면 타파(他
派)에서는 그만한 인재가 없다는 말인가 반문(反問)하고자 하노라.

솔직히 정당정치라 자유당원을 등용 안 할 수 없다고 하는 편이 정
당하다고 본다. 자유당을 등용하건, 타당을 등용하건 우리는 상관없
다. 누가 등용되든지 우리 민생 문제만 잘 해결해 주면 그만이다. 그러
나 답변을 그렇게 수퉁하게(투박하고 무겁게) 말할 필요가 어데 있는
가. 그리고 ○○○방(○○○房)부터 보도 않고 ○○한다고 자유당에서
나왔기로 선치(善治: 선정善政)말라는 법이 어디 있는가. 선치만 하면
그만인데 기본란이말치자부의(其本亂而末治者否矣: 그 근본이 어지럽고
도 말단이 잘 다스려지는 일은 없다)[404], 그런고로 우리는 걱정하는 것이
다. 각 지방장관을 자유당 일색으로 등용하였으니, 아무가 보든지 무

슨 당운동을 대대적으로 시작할 준비나 아닌가 의심하게 되었다. 그래서 좀 미안하다는 말이다. 나도 자유당 각색(各色)을 가지고 있는 사람이라 자유당에 대한 불명예한 말을 들으면 안 들은 것만 못해서 이런 붓을 드는 것이다.

진장관이여, 대금도(大襟度: 큰 도량)로 초인(楚人)이 실지(失之)에 초인이 득지(得之)라 말고 인(人)이 실지(失之)에 인(人)이 득지(得之)라고 하라.[405] 대한민국 관리를 대한민국 사람으로 등용하였다고 답변하는 편이 더 수수할 것 같다고 부언(附言)하노라. 다만 내두에 등용될 제공(諸公: 여러분)의 치적(治積)있기를 바라고 이 붓을 그치노라.

임진(1952년) 9월 21일 鳳宇書于有莘精舍 하노라.

---

404)《대학(大學)》에 나옴

405) 초나라 사람이 잃은 것은 초나라 사람이 주울 것이라 하지 말고, 사람이 잃은 활을 사람이 줍는다라고 하라는 뜻.《공자가어(孔子家語)》〈호생(好生)〉에 나온다. [초나라 왕이 사냥을 나갔다가 활을 잃어 버렸다. 신하들이 가서 활을 찾아오겠다고 하자, 왕이 말했다. "그냥 두어라. 초왕이 잃은 활을 초나라 사람이 주울 것인데 굳이 찾으러 갈 필요가 있겠느냐?" 공자가 이 이야기를 듣고 말했다. "안타깝구나. 왜 생각을 크게 갖지 못했을까? 사람이 잃은 활을 사람이 줍는다고 하지 않고 하필 초나라라고 했단 말인가?"《여씨춘추(呂氏春秋)》〈귀공(貴公)〉과《설원(說苑)》에도 같은 내용이 나온다.]

국무총리 일행의 재해지(災害地)
시찰 후보(後報: 뒷소식)를 듣고

　국무총리 장택상 씨와 농림장관 외 장관 일인과 국회의원 몇 인이 금번 풍수해 재해지 시찰의 거(擧: 거사)가 있었다. 물론 당연한 일이다. 일인지하(一人之下)요, 만인지상(萬人之上)이라는 총리로서 일국의 수 십년래 희유한 재해가 있으니, 당연히 시찰할 일이요, 그 진상을 목도 (目睹: 목격)하고 그 대책을 안출함이 더 절실할 것이라. 무거운 몸으로 수고를 불석(不惜: 아끼지 않음)하고 즉시 시찰의 길에 올랐다는 것만은 만강(滿腔: 마음속에 꽉참)의 경의(敬意)를 표하는 것이요, 장 총리가 담 화 발표한 것을 보건대 전북의 피해재지(災地) 상황은 목불인견이라고 동정의 눈물을 금치 못하겠다 하였으니, 재상으로서 이런 실정을 알고 행정 하는 것은 당연하다고 본다. 그런데 각 지방에서 그 일행의 접대 가 크나큰 문제가 되었다.

　본군(本郡)으로만 하여도 대백여만원(大百餘萬圓)이라는 거대한 비 용이었다. 재하자(在下者)로 할 수 없는 일이나, 민폐근절을 목표로 하 는 장 총리가 재해지 시찰의 이런 거대한 비용이 나는 것을 일에 앞서 주의하여, 간략하게 접대하도록 하는 것이 역시 당연한 처치라고 본다. 만생의 사활문제가 목전에 있고 재해지 인민(人民)의 참상을 시찰하는 장관님들로 무슨 왜정시대의 위로출장여행으로 알아서는 안 되는 것 이다. 여러모로 보아서 장택상 본인이야 그럴 리가 없으나, 동행하는 인물들이 감사 덕분에 비장(裨將: 감사를 보좌하는 관리)이 호강한다고 재해지 시찰을 위로출장여행으로 알고 각지의 접대에 일언반사 주의가 없이 엄여시(엄연히) 받았으니 누가 옳고 누가 그름을 말할 것 없이 모두 일반인 것 같다. 소위 동행하는 장관들이나, 국회의원들이나 재해지 인민의 참상을 염두에 두었다면 어느 사람이고 민(民)부담이랄 접대비용을 절약시킬 것이다. 이도숙청(吏道肅清: 공무원기강을 깨끗이 함)을 표방하는 장총리 일행의 금번 처사는 그 책임들이 없는 것을 여실히 표현하는 것이요, 고어(古語)에 책인즉명(責人則明: 남을 책함에는 밝고)하고, 서기즉혼(恕己則昏: 자신을 용서함에는 어둡다)이라는 것이 이런데 준비○가 아닌가 한다.

나도 재해지 주민으로 장래에 총리시찰로 무슨 혜택이 있을지 알 수 없으나, 혜택은 혜택이고 우선 부담은 아니 할 수 없는 관계로 내가 근소의 부담이 싫어서 하는 것 보다 재상 체면이 안 되었다는 것을 명시하는 것이다. 본디 (장 총리의) 평이 불호(不好)한 인물이라면 나도 이런 붓을 들 리가 없으나, 이도숙청으로 민간에서는 장 총리에게 바람이 아직 적지 않은데 구미삼년(狗尾三年)이라면 백성이 누구를 바라리요. 여기서 내가 보는 것은 각 지방에서도 자숙해서 극히 간략한 접대로 이유를 설명하고 민폐가 안 될 범위에서 대접하는 지방관리가 보이지 않았다는 것은 부족하다는 것이요, 이를 묵과시켰다는 것은 장(총회)의 일시적 실수라고 본다. 재범이 없기를 바라노라.

임진(1952년) 9월 23일 鳳宇書于有莘精舍.

연정원(研精院)에서 양성하고자 하는 과목

후생(後生)을 양성(養成)한다면 물론 덕육(德育), 지육(智育), 체육(體育)의 삼육(三育)을 떠날 수 없을 것이다. 그러나 우리가 말하는 바는 주목적이 정신연구에 있는 관계로 목적하는 바가 사회과학과는 좀 다른 점이 있다. 물론 연정원에서도 삼육병진에는 이의가 없으나, 정신을 수련해서 보통인 이상의 정력소유자가 되게 하기 위하여는 준비 기반으로 체육에 치중 안할 수가 없고 이왕 체육을 수득(修得: 배워 얻음)하자면 우리가 예부터 전래하는 화랑도(花郎道)에서 하는 방법을 그대로 사용하는 것이 제일 타당하다고 본다. 현세에 행하는 무도(武道)와 체육운동법이 그 법과 유사한 곳이 많으나, 오법(奧法: 속의 내밀한 법)에는 이르지 못하였다. 말하자면 그 방식이 좀 다르다는 말이다.

일례를 들면 마라톤을 현세법으로 연습하자면 단거리 경주에 충분한 주법을 습득하고, 그다음 중장거리로 나아가서 기록이 충분하고 여력이 있는 자로 비로소 마라톤 연습에 참가할 자격이 있는 것이다. 여기서 충분한 영양가치 있는 음식물을 먹고, 정력(精力: 심신의 활동력)을 섭취해서 피로를 보충하며, 불휴의 노력으로 신기록을 작성하는 것이다. 그러나 동서양을 물론하고 인체의 차이라는 것은 그리 큰 차이가 있는 것은 아니다. 이 나라의 최고 기록과 저 나라의 최고기록이 사소한 차가 있을 뿐이다. 여기서 선천적으로 체질이 나은 사람은 용이하게 신기록을 내고, 보통사람으로는 기록증진이 거진 상사(相似: 서로 같음)한 것이요, 다만 그 사람들의 투지와 인내력 여하가 좌우하는 것이다. 동일한 연습을 하더라도 기록증진율은 다 다른 것이요, 인내력도 억지로는 못하는 것이다. 여기서는 준비연습과 지도자의 지도방식이 다른 관계일 것이다. 금년 올림픽 대회에서 마라톤 기록을 낸 사람은 3종을 다 기록을 냈다고 한다. 최고 기록에서 3분 이상을 단축하였다면 위대한 것이다. 이것이 현세계 실정으로 보아서 타국에서는 이 기록을 따르기가 어려울 것이다.

이것에 비하여 우리가 말하는 연정원에서 연습시키는 속보법(速步法)은 어떠한가 하면 제일 먼저 근육신축연습을 하고, 그다음 호흡법을 연습해서 1계단, 2계단으로 나아가 6~7계단까지만 가면 비로소 중체이보법(重體移步法)을 연습하는 것이다. 이 연습이 충분해지면 본체운보법(本體運步法)으로 들어가는 것인데, 이 법의 특징은 단거리 기록이나 장거리 기록의 시간이나 거리의 평균점이 된다는 것이다. 그리고 무슨 직장을 가진 사람이라도 자기 열성만 있다면 1년 내지 2년이면 충분히 연습할 수 있다는 것이요, 충분히 연습한다면 현 세계 신기록쯤은 절대 문제없다는 것을 확언해 두는 것이다. 최악의 경위(經緯)라도 마라톤기록을 2시간으로 단축은 염려 없다는 것이다. 최선의 경위에는 1시간 이내까지도 단축할 수 있다. 이것은 내가 얼마든지 본 실례가 있다. 이것이 신구법의 대조이다. 구식법이라고 해도 화랑도 본식으로 전래하는 구법이라는 말이다. 얼마든지 이와 같은 실례가 많다. 체육법으로는 거의 이 비례로 될 것이다.

그다음 지육(智育)도 신구법을 대조해 보자. 신식이라면 소학교6년제, 초급중학 3년제, 고급중학 3년제, 대학 3~4년제에 대학원 2~3년이라는 계단을 밟아야 1인당의 학자가 되는 것이다. 전문학교제도 있으나, 예외로 하고 대체로 20년 학창생활을 해야 비로소 일부문의 학자일 것이요, 여기서 박사학위까지는 또 거리가 있는 것이다. 화랑도의 지육이라는 것도 대체로 15세 이상의 연령자로부터 25세 이내의 인물로 구성되는 것인데, 삼교구류(三敎九流)의 세계오전(世界奧傳: 세계의 심오한 비전)을 연구하는 것이다. 제일 긴요 조건이 체육과 병행하는 것이며, 지육훈련에는 무엇보다도 기억력 증진법을 습득하고 그 다음 연구력을 증진시키는 것인데 고서(古書)의 일조(一條)를 들면 "고자(瞽者: 소경, 장님이) 선청(善聽: 잘 듣고)하고, 농자(聾者: 귀머거리가) 선시(善視: 잘 봄)하나니, 절리일원(絶利一源: 감각의 한 근원을 끊으면)이면 용사십배(用師十倍: 그 쓰임이 열 배요)요, 삼반주야(三返晝夜: 세 번 밤낮을 돌아오면)면 용사만배(用師萬倍: 그 쓰임이 만 배라)[406]라."고 하였다.

시(時)의 고금(古今)이나, 양(洋)의 동서(東西)를 막론하고 사람의 기억력이나 연구력이라는 것도 어느 범위가 있는 것이요, 무한계까지 나가지 못하는 것도 당연한 일이다. 그중 재질의 청탁으로 좀 낫고 못한 한계가 있을 뿐이요, 혹 예외의 재질이 있다면 천재니, 신성(神聖)이니 하고 또 그 반대로 우매한 사람은 하우불리(下愚不離: 너무 어리석어 성품의 변화가 없는 자)라고 한다. 이것이 통속적일 것이다. 그러나 화랑도(花浪道)의 지육(智育) 훈련방식에서는 의외의 기록이 있는 것이다. 을지문덕(乙支文德), 연개소문(淵蓋蘇文), 강감찬(姜邯贊), 서화담(徐花潭), 정북창(鄭北窓), 조남명(曺南冥), 송구봉(宋龜峯), 이율곡(李栗谷), 진묵(震黙)[407] 등의 유명한 인사들이 모두 이 지육법을 체득한 선

---

406)《음부경(陰符經)》에 나옴

407) 진묵대사는 조선 명종 17년(1562)에 전라도 만경현 불거촌(萬頃縣 佛居村, 지금의 전라북도 김제시 만경읍 화포리 성모암 자리)에서 태어나서 임진왜란 시기를

배들이다. 말하자면 초인간적으로 강력한 기억력과 연구력을 가지게 되는 것이다.

그 기간은 우리가 알기 용이한 비록 천재의 말을 들었으나, 이율곡 선생이 금강산에서 1년간 (정신) 수련으로 족히 평생을 사용해도 남을 만큼이 되었었다. 그러니 본질이 탁하더라도 10년이면 족족(足足: 충분)하다고 본다. 예를 들면 우리나라에서 무슨 공업연구소가 없었으나, 삼국시대의 도자기술이 현대문명으로도 모방을 못하고 금세공도 현대보다 나았다는 것은 사실이요, 주종술(鑄鐘術)도 현세계 어느 곳보다 우리나라 것이 나은 것을 보면 가히 알 일이요, 무기로도 중국에서 수당(隋唐)의 웅병(雄兵)이 정벌 왔다가, 패배한 것은 가리지 못할 것이 아닌가. 그리고 정북창이 중국에 가서 10여 국 사신들과 각각 그 나라 말로 통한 것은 사실이 증명하는 것인데, 우리나라에서 외국어 교수소(敎授所: 가르쳐 주는 곳)가 없었고 또는 우리나라와 그 여러 나라와 교통이 없었는데, 초면에 한번 보고 언어가 즉시 통하였다면 이것이 신비(神祕)가 아닌가? 인도의 유가성(瑜伽聖: 요가성인)이 일언(一言)으로 25국인(國人)이 각각 자기 나라 말로 들은 것도[408] 현세계에서 증명하

거쳐 인조 11년(1633)에 72세로 입적하였다. 1850년에 초의선사(草衣禪師)가 짓고 전주 봉서사(鳳棲寺)에서 간행한 《진묵대사유적고(震默大師遺蹟考)》에 그의 일화가 18편이 전한다. 구전하는 진묵 대사 관련 전설은 현재 32편 정도가 채록되어 있다. 그는 부처의 화신으로 일컬어질 정도로 여러 신통력을 발휘하였다고 한다.

408) 인도의 요기 파라마한사 요가난다(1893-1952)가 인도 대표로 미국 보스톤 진보종교지도자국제대회에 참석하고자 1920년 8월 미국으로 가는 여객선에 승선했는데, 동승한 여러 나라 사람들을 위해 강연을 했을 때 벌어진 일. 〈요가난다자서전(Autobiography of a Yogi)〉에 이 일화가 나온다. 봉우 선생님은 이 일화를 80년대초 미국 인디애나대학으로 유학을 떠나는 박병운 학인에게도 해주셨다한다.

는 것인데 이것도 다 우리의 이 지육(智育) 수행법의 일종일 것이다.

이와 같은 예가 얼마든지 있다. 그러니 내가 말하고자 하는 것은 고급중등학교 졸업자나 대학졸업자라도 우리의 방식대로 몇 년만 수련하면 물론 기상천외(奇想天外)의 효과를 얻을 것이요, 만약 소인(素人: 비전문가)이라도 우리의 방식을 습득한 후에 과학계로 진출한다면 사반공배(事半功倍: 일은 반만해도 공은 배가 됨)가 아니라 사일공백(事一功百: 일은 하나해도 공은 백)의 효과를 거둘 것이다. 신과학적으로는 20년간을 전문으로 학습한대도 역시 단일 부문의 과학자일 것이나, 우리의 지육법을 수득한다면 동일 20년이면 100가지 부문의 과학자로도 세계 권위를 가질 것이라는 것을 확언해 두노라. 말하자면 기억력이나 연구력을 훈련하면 성공 안 한다면 습득하지 않아서 10년간이라야 연구될 것이면 아무리 과소평가하더라도 1년간이면 충분히 연구할 수 있다는 것을 확언해 두노라. 이런 예가 얼마든지 있는 것이다.

그리고 덕육(德育)방면에는 현세라고 누가 덕육을 반대할 것인가. 그러나 덕에 배치되는 일을 많이 하는 것은 기인(欺人: 남을 속임)과 자기(自欺: 자신을 속임)로 이 덕의 용서 못 받는 일을 많이 하는 것인데 이 지육이 훈련이 되면 일의 귀추를 알게 되니, 어찌 고의로 범할 수 있으리요. 이것이 자연적으로 덕육을 시키는 것이다. 자로(子路)가 사(死)를 공자께 여쭙자, 공자께서 "부지생(不知生: 삶을 모르는데)이어니 언지사(焉知死: 어찌 죽음을 알리요)리요" 하시고 부답(不答)하시었다. 자로가 생의 원리를 다시 질문하지 않은 것이 의심시 된다. 공자 말씀도 생의 원리를 알면 자연히 죽음이라는 것도 그 원리가 알아질 것이라는 말씀이다.

그 원상을 연구해 보면 그 변화될 것도 알아지는 것이다. 추고험금

(推古驗今: 옛것을 추리해 오늘을 겪는다)이라는 말이다. 종두득두(種豆得豆: 콩 심은 데 콩 나고)하고 종화득화(種花得花: 꽃 심은 데 꽃픾)라는 말도 종자(種子)라는 원상(原象)이 있으면 그 종자에서 나오는 것도 그 원상을 변치 못한다는 말이다. 그러나 그 변화하는 것도 역시 그 원상에서 원인(原因)이 되어서, 변화하는 것이라는 말이다. 본질도 없이 허공중천(虛空中天: 텅 빈 하늘 한복판)에서 무엇이 변화될 것인가. 이것이 만물불멸(萬物不滅)의 원리(原理)다. 변한 것이요, 멸(滅: 없어짐)한 것은 아니라는 말이다.

우리 연정원에서 양성시키겠다는 것은 주로 이 정신수양(精神修養)이며, 체육도 불가분의 관계를 가지고 있다는 것이요, 덕육은 자연적으로 체육과 지육을 지배(支配)하게 되리라. 우리의 수양이라는 것이 이 덕육이 아니고는 발족할 수 없는 것이다. 그러니 자연적으로 삼육(三育)이 병행하는 것이다. 원리에서는 병이 난 후에 복약(服藥)치료하는 것이 상례(常例)이나, 연정원에서는 병이 오기 전에 복약으로 병을 방어하는 것이다. 이 약에서도 상등(上等)약품은 금전으로 사지 못하는 귀중한 약이 있다. 그러나 억만장자라도 물질로 살 수 없고 극귀(極貴)한 사람이라도 그 극귀한 약품을 못 사지도 않는 것이다. 고인(古人)의 시귀(詩句)에 "복약신구무병일(服藥身軀無病日: 약 먹는 몸에 병 생길 날 없음)이요, 양화천시반음시(養花天時半陰時: 꽃 기를 때도 반은 그늘진 때)러라."고 한 것이 있다. 이것이 우리의 복약법을 말하는 것 같다. 이 약을 완전히 제조할 줄 안다는 것이 우리 연정원의 완전한 원우(院友)자격을 가졌다는 것이다.

끝으로 본론에 들어가자. 연정원에서 양성하고자 하는 과목은 물론 ○행(○行)되나, 체육과와 상식과와 정신연구과와 사업과의 4과가 분과(分科)가 되고, 본과(本科)가 4과를 각각 연락할 수 있어서 5과를 양성하고자 함이요, 그 5과 중에서 본과는 고사(考査)를 주로 하며, 4과 양성의 책임을 가지고 있는 신라시대의 국선양성과(國仙養成科)와 같은 것이다. 이 5과로 원우를 분담훈련하며, 정원우(正院友)가 되기까지 몇 년간 물심양면을 제공할 조건이 있어야 하는 것이다. 중국에는 청방(靑幇)[409]이라는 것이 우리 연정원과 유사한 역할을 하고 있고, 인도에서는 요가라는 것이 우리의 정신연구과와 같고, 일본의 낭인조(浪人組)라는 것이 우리의 체육과와 상식과와 같다. 타국에도 유사한 것이 있는 것이다. 국가에서는 정치로 국가를 통솔하는 것이요, 우리는 이와 같은 정신으로 민족정신을 단결하자는 것이다. 이 단결로 장래의 대동책(大同策)의 발상지가 우리의 출생지인 \이라는 것을 재인식시킬 것이다. 이 대동책이 우리에게서 발상지가 되고 그다음은 중국, 인도로 전파되고 그다음은 전 세계의 평화를 양성하여 극락세계를 창설하자는 이상(理想)이요, 다만 이상이 아니라 실현될 날이 그리 멀지 않은 장래에 있다는 것을 확언해 두노라.

한갓 이상으로 몽상(夢想)하는 것이 아니요, 정신계에서는 수천 년 전부터 우리나라에서 이런 위대한 발족(發足)이 있으리라고 예언도 한 데가 있고, 각 종교 성인들도 다 각각 이런 일이 있으리라고 동일한 암시를 하였다. 그 성인들도 그 원리를 보고 그것을 말로 글로 전하였을

---

409) 방(幇)은 상호부조의 집단이라는 뜻으로, 청나라·중화민국 때에 동부·양자강 유역에서 세력을 떨친 비밀 결사다. 강남의 쌀을 북경으로 나르는 운반인의 자위 조직에 비롯됐다고 하나 후에 범죄 단체로 변했다. 한때 1000만 명 이상의 각양각색의 사회계층을 망라하였으며 때로는 정치적 책동도 하고 또는 일선에서 직접 행동도 감행하며 때로는 암흑가의 범죄행동도 마다하지 않았다. 조직원은 師父—子弟—義父—義子의 관계를 맺고 목숨을 담보로 절대복종 하였다.

뿐이요, 무슨 독창적으로 아무도 알지 못하는 것을 말한 것이 아니요. 우리의 성조(聖祖) 단군께서 4286년(1953년)에 구월대(九月臺)로 오신다는 것과 대순(大舜)이 4234년에 다시 화(華)에 오겠다는 것과 석가모니불이 2000년 후에 용화세계로 오신다는 것과 문왕후(文王後) 3000년에 선후천변괘론(先後天變卦論)이 있고, 야소(耶蘇)의 2000년 후 부활론이 있다. 모두 동일한 논결(論結)이요, 별다른 것이 아니다.

그러니 나도 여러 성인이 말씀하신 것과 또 우리 현상을 보면 백산운화(白山運化)가 멀지 않다는 것을 중언부언(重言復言)하여 타인들이 말하자면 '백산병(白山病)'이 들었다고 할지 알 수 없으나, 여러 가지로 보아서 여합부절(如合符節: 딱 맞아 떨어짐)이니 5000년 전부터 2000년 전까지 여러 성인들은 벌써부터 다 예언해 놓은 것인데, 우리는 목전의 일을 보고도 말 못할 바 없어서 남이야 무어라 하든지 이 백산운화를 연정원에서 주로 삼는 것이다.

완전한 표현을 볼 날은 아직도 상당한 년수(年數)가 있을 것이나, 백산운화의 조짐은 뵈인지 벌써 오래로다. 종자가 심어지고 신아(新芽: 새싹)가 벌써 나서 점점 장양(長養: 자라남)하는 것을 세인(世人)은 보고도 모르는지 이 거룩한 천지조화(天地造化), 우주의 심판이 하필 우리 근역(槿域: 무궁화지역, 우리나라)인가. 이것을 속히 보려거든 연정원의 원우(院友)되시길!

여해소기우신야(如海笑記于莘野: 여해는 신아에서 웃으며 씀)하노라.
임진(壬辰: 1952년) 음력 8월 초10일 정축(丁丑) 야심후(夜深後).

추기(追記)

　연정원 과목을 상세히 기록 않은 것은 원우들로 자각하게 한 것인데, 사실은 이 과목을 상기(祥記)하자면 시일이 상당히 걸릴 것이요, 그 서류가 완성됨으로(써) 화랑도(花浪道)의 전모(全貌)를 엿볼 수 있는 것이다. 내가 말하는 것은 통론적(通論的)이요, 아직껏 일분과(一分科)의 상세를 궐(闕: 빠짐)한 것은 연정원우로 각 분과의 담당 인물이 있어서 전문 학습이나 수련한 감상담(感想談)을 쓰도록 하기 위해서 중지하고 있던 것인데, 부득이 명년부터 일과(一科), 일과씩 차례로 상세하게 붓을 들까 하는 예정이다. 그러나 이것도 그만한 시간적 여유가 있을는지가 의문이다. 결심하고 명년부터 본격화할 예정이다, 시작을 못하면 준비라도 충분히 할 것이다.

　　임진(壬辰) 중추(中秋) 정축(丁丑) 야(夜). 鳳宇追記于有莘精舍.

　[이 글은《천부경의 비밀과 백두산족 문화》443페이지에 실린 글을 원문대로 다시 정리한 것이다. -역주자]

급병(急病)으로 사선(死線)을 월(越: 넘음)하고

근일 내 신체가 정신으로나 육체적으로나 공히 극도의 피로를 느끼고 있었다. 정신을 과로한 관계인지 불면증이 있고 운동을 못하는 관계인지 소화가 불량하여, 간간 복통이 난다. 이러던 중 중추절이 점차 가까워져 신곡(新穀: 햇곡식)에 신어염(新魚鹽: 새 먹거리)을 겸하였던 것이 더욱 체질에 맞지 않았던 것이다. 8월 12일 6.25사변에 참상을 당한 반포면 동지들의 대상일(大祥日: 2주기 제삿날)이라 위문하고자 공암까지 가서 오후가 되기를 기다리던 중, 의외에도 졸지에 급성 위병(胃病)이 나서 3~4시간을 사전팔도(四轉八倒: 네 번 구르고 여덟 번 자빠짐)하며, 사거활래(死去活來: 죽었다 살았다)하다가 의사의 응급치료로 죽음은 면하였다. 그러나 회생하기 전에는 가족 일인도 없는 타인의 방안에서 냉기가 몸에 들이치는 와중에 정신이 왔다 갔다 하다가 신체는 마비될 대로 마비되고, 아마 가족도 보지 못하고 최후를 당하나 하고 고통스런 중에도 자신의 고적(孤寂: 외로움)함을 느꼈다.

그러다가 의사가 오고 주인의 간곡한 간호로 사선을 넘어서 다시 생로(生路)를 밟게 되자, 친지들의 위문도 있고 가인(家人)이 소식을 듣고 와서 사후(事後) 구호를 한다. 비록 생로를 밟았으나, 역시 완전 소생(蘇生: 죽다가 다시 살아남. 回生)이라고는 못 보겠다. 장년기와는 아주 동일하게 논할 바가 아니다. 장년기라면 비록 이런 일이 있었다 하더라도 급증만 그치면 운권청천(雲捲靑天: 구름 걷힌 푸른 하늘)인데, 아주 파김치가 되어서 기거(起居)를 마음대로 못하겠고, 음식 역시 주의해진다. 이 것이 아마 노쇠(老衰)라는 것인가 보다. 그리고 이것이 영양부족이 원인 인가 한다. 그러나 도무지 내가 정신적으로 수양을 덜해서 그 노쇠를 방지 못한 것이 더구나 주원인(主原因)인 것 같다. 이 사선을 월(越)해서 생로를 밟은 이때에 내가 정신을 차릴 것은 자력갱생(自力更生)이라는 것이다. 역(力)이라면 정신이나 육체를 함께 해서 하는 말이다.

이 붓을 들자 때마침 금성 일선에 있던 자식이 와서 일가단합(一家團合)하고 청년들도 많이 와서 위로한다. 자식은 또 무슨 학교시험에 합격하였다고 집에 다니러 오던 중이오, 이 붓을 든 날은 임진(壬辰: 1952년) 중추절(仲秋節: 추석) 정오다. 비록 년사(年事: 농사)는 흉작(凶作)이라도 농가에서 그래도 중추절이라 노소(老少)가 다 환락(歡樂: 기뻐하고 즐거워함)한다. 일시적 망우(忘憂: 걱정을 잊음)일 뿐이다. 나도 병도 회생 중이요, 자식도 일선에서 오고 또 상급학교로 입학된 것 같고 동중(洞中: 동네)도 남녀노소가 다 환락하니, 앞으로 나갈 길을 열기 위하여 오늘은 유쾌히 휴식하고 내일부터는 새로이 살 길을 개척하기에 노력을 다할까 한다. 이것이 나의 급병으로 사선을 월(越)한 소감 이다. 100가지 악조건을 다 극복하고 전로매진(前路邁進: 앞길로 힘써 나아감)하리라.

임진(1952년) 중추(仲秋) 봉우서(鳳宇書)

장(張) 국무총리의 사임설을 듣고

일전(日前) 신문지상으로 장택상 총리의 사임설을 들었다. 언청계용(言聽計用: 남의 말이나 제안을 잘 수용함)이 못되면 거취를 분명히 하는 것도 당연한 일이다. 그러나 그 거위(去位: 자리에서 물러남)가 그것이 아니요, 고시진(古市進) 문제410)로 불편해서 거위한다면 도리어 불명예한 일이다. 내가 선론(先論: 앞서 논의)한 바도 있으나, 고시진 문제쯤으로 사임할 필요는 없다고 본다. 이 문제를 제기하는 것은 자유당의

---

410) 1952년 7월 부산정치파동을 일으킨 이승만이 계엄령을 펴고 재선을 위한 대통령 직선제 개헌을 할 때, 장택상은 이범석과 함께 이를 도와 발췌개헌안을 성사시켜 경찰이 깊이 개입하도록 하였다. (이때 박정희는 육군본부의 작전국 차장으로 근무하며 작전국 국장 이용문과 함께 이승만을 제거하는 모의를 하고 있었다) 이후 3대 정·부통령 선거에서 이승만이 이범석을 견제했는데 이승만의 명을 받은 장택상은 내무부 장관 김태선과 함께 경찰과 모든 행정조직을 총동원해 함태영 선거운동을 전개함으로써 이범석은 낙선 하였다. 이승만과 장택상이 개헌의 1등 공신인 부통령 후보이자 족청계의 지도자인 이범석을 떨어뜨리고 함태영을 당선시키자, 분노한 이범석은 선거에 경찰이 깊이 개입한 사실을 규탄하면서 국무총리 장택상과 김태선을 고소하였다. 이때 이범석의 낙선에 앙심을 품은 자유당의 족청계는 고시진(古市進) 사건을 일으켜 "장택상은 일제와 내통했다."하여 맹공격을 퍼부었다. 이승만은 퇴임 전까지 일본인의 한국 출입을 엄금했기에 당시 일본인은 선원 외에는 한국에 발을 붙일 수 없던 시절이었다. 그러나 장택상은 일제 강점기에 경기도 지사를 지낸 고시진이 부산에 밀입국하자 그의 신원 보증을 해주고 그를 만나 면담하였다. 그가 일본인을 만나는 장면을 목격한 이범석의 측근이 이를 이범석에게 전했고, 이범석은 다시 이승만에게 그가 일본인과 교류한다며 친일파로 지목하였다. 이승만은 "장택상이 그럴리가 없다"고 했지만 그가 일본인과 교류한다는 의혹이 언론에서 제기되자마자 그를 바로 해임시켜 버렸다. 이후 잠시 기세를 올렸던 족청도 이승만에 의해 '세력부식자' '분열주의자'로 낙인찍히고 숙청되었다.

음해인 줄 누구나 다 아는 것이다. 자유당으로서는 자당 세력을 확장하기 위해서 반대 인물을 제거하려는 것은 용혹무괴(容或無怪: 혹시 그럴 수도 있으니 괴이할 것 없음)나 모든 국민이 다 여기 수긍할 리는 없다. 그런데 금번 인사 문제가 총리 본인은 잘 알지도 못하는 인선인 것 같다. 이것이 다 위법정신일 것이다.

총리가 국회에다 발췌 개헌안을 통과시킬 적에 거수나 기립으로 결의를 시켜서 강제적으로 개헌안을 통과시킨 것이다. 부득이 그러려면 대통령 재선 후는 당연히 총리로서 부득이 사태를 해결하기 위해서 발췌개헌을 통과시킨 것이나, 우리가 생각하는 대통령이 선임되시었으니 국회의원 제위나 국민 제위에게 사과하고 이 자리를 사양한다 하였으면 국회에서도 동정이 있을 것이요, 국민들도 회고(回顧: 뒤를 돌아다 봄)할 것이다. 그런데 총리 재인준설을 반대하고 있다가 고시진 사건이 등장한 후 사임한다는 것은 국회에도 신망이 좀 약해지고 국민들도 혹 무슨 고시진에 관련성이나 있지 않은가 하고 의심하게 되었다. 말하자면 거위부득기시(去位不得其時: 자리 물러남이 그때를 못 얻음)라 하겠다.

장(張)이 총명재혜(聰明繼慧: 총명하고 매우 지혜로움)하나, 평소의 덕행(德行)이 좀 부족하던 인물이라 이런 실수가 있는 것 같다. 애석한 일이다. 그나마 인재 귀한 대한민국으로 국무총리 자격도 큰 문제다. 물론 거물급은 기용하지 않을 것이요, 또 신성모나 이윤영이나 백성욱 무리가 기용되지 않을까 하는 육감이 있다. 신성모는 방위군사건이나 거창사건 책임자라 혹 알 수 없으나, 이윤영은 몇 차례 총리인준을 못 받은 퇴물이나, 박사님께는 충신이니 십분 가능성이 있고 백(白)도 오가(吾家)○○○이라는 칭호를 듣는 인물이니, 민간에서야 어떤 평이 있던지 혹○○못한 일인데 차기를 바라는 백으로서는 ○○○ 경제적으

로는 나을 것이니, 불응할는지도 알 수 없다. 철기(이범석)는 비록 자유
당 ○○○하였으나, 박사님 사위(四圍: 사방)의 노물(老物: 늙다리)들에
게 동정을 못 받을 것이니, 총리를 하고자 해도 안될 것이다. 장총리가
근대 총리 중에 소호(小毫)라도 공적을 남기고 간 인물이라 그 부득시
(不得時: 때를 못만남)하고 하야(下野)하는 것을 애석(愛惜)해 하노라.

임진(壬辰: 1952년) 중추(仲秋: 음력 8월 가을이 한창일 때)
봉우서(鳳宇書)하노라.

우주 대자연을 그대로 본받아서

　일월왕래(日月往來)에 주야(晝夜)가 분(分)하고, 월(月)의 영허(盈虛: 차고 빔)로 일월(一月)이 성(成)하고, 춘하추동으로 일세(一歲: 한 해)가 성(成)하고, 주이부시(周而復始: 돌아서 다시 시작함)하여 1년이 2년되고, 2년이 3년으로 천지개벽 후 변함없이 만물이 다 춘생하장(春生夏長: 봄에 나고 여름에 자람), 추수동장(秋收冬藏: 가을에 거두고 겨울에 감춤)으로 생성수장(生成收藏)을 하는 것이 이 우주의 대자연일 것이요, 이 대자연을 그대로 본받아 인간은 인의예지(仁義禮智)로 교화하는 것이 대자연의 생장수장(生長收藏)의 도(道)와 조금도 다를 것이 없다. 인(仁)은 춘(春)의 생(生)함을 의미함이요, 예(禮)는 하(夏)의 장양(長養: 길러냄)함을 의미함이요, 의(義)는 추(秋)의 수확을 의미함이요, 지(智)는 동(冬)의 심장(深藏: 깊이 감춤)함을 의미하는 것이다.

　만사(萬事), 만물이 다 이 원리를 벗어나서는 아무것도 되는 일이 없는 것이다. 혹 이 원리를 벗어나서 되는 일이 있었다고 가정하면 이는 원리의 배치된 것이라 장구할 수 없는 것이다. 일시적으로 역리(逆理: 원리에 어긋남, 배리背理)로 있을 수 있으나, 절대적으로 이 대자연을 벗어나서는 성패존망(成敗存亡)의 도(道)가 없는 것이다. 그렇다면 이 우주 내의 예부터 지금까지 역대 인물들이 모두 무위이치(無爲而治: 아무것도 하지 않아도 다스려짐)할 것인데, 왜 성쇠존망이 있으며 성현하우(聖賢下愚: 성현과 바보)가 있는가 의심할지도 알 수 없는 것이다. 이것이 대자연이라는 말이다. 춘생추살(春生秋殺: 봄에 낳고 가을에 죽임)하는 것도 자연이며, 성쇠존망하는 것도 자연이라는 말이다. 그러나 인생은 그 자연의 도를 아는 관계로 자신이 성(盛)하고, 대자연의 원리대로 하면 성(盛)할 것이요, 쇠(衰)하는 대자연의 원리대로 하면 쇠하는 것이다. 존망(存亡: 존속과 멸망)도 역시 이것을 의미하는 것이다. 그러니 춘(春)이 생(生)하는 원리를 가졌다면 천지간(天地間)의 화평(和平)이 그 영생(永生)을 의미함이요, 추(秋)가 사(死)하는 원리를 가졌다면 천지간의 숙살지기(肅殺之氣: 초목을 죽이는 가을의 쌀쌀한 기운)가 그 패망(敗亡)을 의미하는 것이다.

고성(古聖)이 말씀하기를 "불기살인자(不嗜殺人者: 살인을 좋아하지 않는 자)가 능일지(能一之: 통일할 수 있을 것입니다.)"[411]라고 하신 것도 이 춘(春)의 생육(生育)하는 도(道)를 가지면 능히 천하인심(天下人心)을 얻을 것이라는 의미니, 역시 대자연을 본받으라는 말씀이다. 가을이 되어서 금풍(金風)이 일취(一吹: 한 번 붐)하면 초목군생(草木群生)이 다 기를 펴지 못하고 위축(萎縮)되다가 엄상(嚴霜: 된서리)이 한번 내림에 초목이 모두 고(枯: 마름)하는 것이다. 인간도 이 화풍(和風)이 없고 금풍이 불기 시작한다면 엄상(嚴霜)이 올 조짐이요, 이 엄상이 온다면 패멸(敗滅)을 의미하는 것이다. 천지간 대자연은 순환무단(循環無端: 끝없이 순환함)한 것이나, 인간은 그렇지 않아서 천지 대자연의 생장(生長)을 본받으면 언제든지 생존할 수 있고, 수장(收藏)을 본받으면 하시(何時: 어느 때)든지 패망할 수 있는 것이 역시 인간의 대자연이다. 그러니 우리도 우주 대자연을 본받아서 춘생추살(春生秋殺)의 도(道)를 그대로

---

411)《맹자(孟子)》〈양혜왕장구(梁惠王章句)〉상(上)제6장에 나옴.

보아 인간이 장구화평(長久和平)을 하도록 자연을 본받으라는 말이다.

그런데 근세에는 전 세계가 숙살지기(肅殺之氣) 속에서 있으니 세계적 파멸을 의미하는 것인데, 일점(一點) 미미한 희망은 무엇인가. 이 숙살지기(肅殺之氣) 속에서 국제연맹으로 약육강식하며 숙살을 주장하는 것을 제지하며, 세계의 영구평화를 목표로 하는 사업을 시작하는 것을 보면 이것은 숙살지기를 온화지기(溫和之氣)로 변화하고자 하는 것이니, 이것이 춘생(春生)을 의미하고, 영구평화를 의미하는 대자연의 원리 그대로 본받는 것 같다. 이것은 우주의 장래가 영구 태평코자 하는 춘화(春和)의 배태(胚胎: 아이나 새끼를 뱀)가 이 숙살지기 속에서 생긴 것이요, 이 춘화의 세력과 추살의 세력이 어느 편이 강한가가 문제이나, 세계인류로는 누구나 이 숙살을 좋아할 리가 없고 이 춘화를 싫어할 사람이 없으니 현상이 비록 5할, 5할의 세력을 가졌더라도 종말에는 춘화의 세력은 날로 더하고, 숙살의 세력은 날로 감소하여 이 세계 평화실현이 멀지 않으리라는 것을 예고해 둔다.

하지만 이 숙살지기도 춘빙(春氷: 봄 얼음)이 풀리듯 단시일에는 안 될 것이요, 적어도 양세력이 일차 부딪치기 전에는 그 숙살지기가 헛터지지 않을 것이라는 것도 아주 예고하노라. 그러자면 우리 인류는 양대 기류(氣流)의 부딪치는 곳에 있는 부분만은 할 수 없이 장래 태평(太平: 대평화)을 위해서 희생될 것을 각오하라는 것이다. 금번에 풍재(風災: 폭풍재해)가 백년래에 처음 있었다고 전한다. 그러나 나는 이것이 양대 기류의 충돌이 이렇다는 신(神)의 예고가 아닌가 한다. 그렇다면 우리 지역이 아주 평화무사하리라고는 볼 수 없으며, 우리에게는 온화한 남풍(南風)이 부딪혀서 전국을 휩쓸었으니, 양대 조류의 부딪힐 때도 우리에게 남풍이 불어 올 조짐이라는 것을 아주 명시하노라.

두고 보라. 노부(老夫)가 허언(虛言: 빈말)을 하나. 불구(不久)에 실현되리라. 그리고 이 양기(兩氣) 상충(相衝)에 숙살지기가 파괴된다는 것도 아주 예고하노라. 그 다음은 중화기(中和氣)가 부지중 초춘(初春)이 왔다 고(告)하리니, 잔설(殘雪)이 있어도 설광(雪光)은 춘광(春光)이리라, 봄이라고 한기가 없어지고 일난(日暖: 날이 따뜻함)하지 않는다는 것도 아주 각오하라. 어언간 귀홍득의천공활(歸鴻得意天空闊: 북쪽으로 돌아가는 기러기 뜻을 얻어 하늘 한복판으로 훨훨 날아가고)이요, 와류생심수동류(臥柳生心水動搖: 비스듬히 누운 버드나무 생기가 돌고 얼었던 물이 녹아 흐르네)[412]라고 봄이 언제 온지 알지 못하고 봄은 봄대로 이 강산, 이 세계에 올 날이 그리 머지않다는 것을 세인(世人)에게 고하며 이것이 대자연을 본받아서 인간적으로 일하는 것이라고 말하노라.

임진(壬辰: 1952년) 9월 27일
여해노부소기우물물재(如海老夫笑記于勿勿齋:
여해 늙은이는 상신리 물물재에서 웃으매 기록함)하노라.

[글의 제목이 너무나 멋있다. 이 글은 《봉우일기》 1권 383페이지에 실려 있는데, 1952년 쓰신 글이 실수로 1953년도 글에 들어가 있음을 밝히며 다시 역주하였다. -역주자]

---

412) 이는 조선 영조 때(1763년) 편찬된 김수장(金壽長)의 가곡집 《해동가요(海東歌謠)》에 실린 시조 노래이다. 원문은 "적설이 다 녹도록 봄소식을 모르더니, 귀홍 득의천공활이요, 와류생심수동요로다. 아희야 새 술 걸러라 새 봄맞이 하리라." 이다. 봉우 선생님께서는 해동가요도 부르셨구나!

수필(1952년 음력 8월 17일자 일기 다음에 쓰여짐)

자식(子息)이 무자년(戊子年: 1948)에 군대에 입영해서 비상간고(備嘗艱苦: 어려움과 고통을 맛봄)하고 백전임위(百戰臨危: 온갖 전쟁의 위험을 겪음)하였다. 2연대에 입대하여 제주도 토벌에 참가하였고, 그다음 옹진전투에 가서 적탄을 3탄이나 맞아서 부산병원에서 치료하여 다행히 불구자는 안 되고 상이(傷痍)군인으로 보충대에 있다가 다시 수도사단에 들어가서부터 인사계나 재무계나 하고 사무계통으로 있다가 6.25 사변 때에는 수도사단 부평피복창부대에 가서 있다가 후퇴할 때에 공주까지 왔다가 본대에 따르지 못하고 부자가 같이 적군(인민군)의 (사상)교양장 생활을 하다가, [이하 유실됨. -역주자]

근일(近日: 요사이) 중공군의 반공전(反攻戰: 반격전)이 치열함을 신문지상으로 보고

그간 남북전쟁이 하는 일 없이 교착상황이었는데, 의외로 근일 모든 전선에서 긍(亘: 걸쳐)하여 총공세를 보인 것 같다. 신문지상으로 보아서 근 30개소에 총공세로 나오며 적군의 목표는 백마고지[413]에 있었다고 한다. 근일에 그 백마고지가 20번을 주인을 바꾸었으니, 그 얼마나 전쟁이 치열하였던 것을 알 수 있다. 국군과 국련군(國聯軍: 유엔군)이 합력해서 동 고지를 탈회(奪回: 탈환)하였다고 보도되었다. 이 고지가 피아(彼我) 상쟁하는 전략적 중대지점인 것은 틀림없는 일이다. 그러니 비록 최대 희생이 나더라도 우리 장중(掌中)에 안 두면 불리한 것이다. 적군의 총공세로 아군의 방어선에 약간의 손실이 없을 수 없으나, 반격으로 보복하는 외에 다른 도리가 없다. 그런데 적군이 백마고지가 제일 필요해서 그러는 것보다 신경전술이 아닌가 한다. 말하자면 노병책(勞兵策: 병사들을 힘들게 하는 책략)이 아닌가 한다. 그러면 아군도 장계취계(將計就計)[414]해서 그 노병책과 분병책(分兵策)을 무엇으로

---

413) 백마고지전투는 휴전회담이 교착상태에 빠져들고 1952년 10월 초 판문점에서 포로회담이 해결되지 않자, 중공군의 공세로 시작된 1952년도의 대표적인 고지쟁탈전이었다. 백마고지(395고지)전투는 회담이 난항을 겪고 있던 1952년 10월 6일부터 15일까지 철원 북방 백마고지를 확보하고 있던 한국군 제9사단이 중공군 제38군의 공격을 받고 거의 열흘 동안 혈전을 수행하였고 결국 적을 물리치고 방어에 성공했다.

대응할 것인가.

내 사견(私見) 같으면 우수한 공해군(空海軍) 지원 하에 적의 후방인 원산, 진남포를 중심으로 상륙작전을 할 필요가 있다고 본다. 이것은 결사적이나, 적의 후방을 교란하고 적군의 전의를 상실케 하며, 중부의 적군으로 낭중지서(囊中之鼠: 주머니 속의 쥐)가 되게 하고 적의 제2선, 제3선이 동요해서 전의를 상실케 하는 계책이요, 비록 아군이 심입중지(深入重地: 중요한 곳에 깊이 들어감)하였더라도 공해군 협력이면 상대방을 압도할 수 있을 것이다, 그리고 비록 적군이 인해(人海)전술을 사용한다 하더라도 물론 실패할 것이다. 그리고 평원선(平元線: 평양, 원산 라인)은 우리나라의 최단경선(最短經線)이니, 방어진지의 구축에도 필요하고 전진기지로도 서북의 청천강선까지는 일로전격(一路電擊: 한길로 삽시간에 닥칠 수 있음)할 수 있는 것이요, 북방도 함흥까지는 무사통과할 수 있는 것이다. 그리고 만주폭격으로 후방을 요란(擾亂: 어지럽힘)한다면 적도 출혈(出血)작전에 여념이 없을 것이요, 적의 배후(背後?)도 전략상으로 만주까지 유인하기 쉬운 일이다. 역시 장계취계로 양강선(兩江線)까지 전격하는 것이 유리하다고 본다,

이것이 병가(兵家)의 상사(常事)다. 심입(深入)하여서는 불리하나, 국경선까지는 전격전으로 회복할 수 있는 것이다. 그렇다고 모종(某種: 어느 종류) 전쟁이 즉발(卽發: 곧 폭발함)하라는 리(理)도 없는 것이다. 그러나 현 미국에서 민주당과 공화당이 대통령 선거전으로 (정신이 없는데) 공화당에서는 한국에서 미국청년을 많이 희생할 필요 없이 아세아전쟁은 아세아인이 하는 것이 당연하다는 이론을 주장해서 민간에

414) 상대의 계략을 알아채고 그것을 역이용하는 계책. 《삼국지》에 나옴.

환심을 사니, 민주당에서도 일부 시인하며 부언(附言)하기를

"만약 한국에서 남북이 다 외래군(미국, 유엔군, 중공군)이 귀환(철수)하면 괴뢰군(인민군)의 마제(馬蹄: 말굽)가 남한을 답평(踏平: 밟아서 평평하게 만듦)할 것이라"

고 단언해 두었다. 자기들이 보기에도 국군의 현 실력만으로는 인민군을 못 당한다 확증한 것이다. 이런 연고로 인민군도 미국의 양파(兩派: 민주, 공화당)투쟁을 목전에 두고 일층 치열한 전쟁으로 미국 내 인심을 동요시킬까 하는 신경전을 시작한 것이다. 민주당에서도 선거관계로 적극적으로 못하는 관계로 그 틈을 타서 인민군이 역시 장계취계코자 하는 것 같다. 여기서 우리 국군도 각오할 필요가 있다. 내가 늘 말한 것과 같이 국련군(유엔군)에게만 의존 말고 자력양성에 전 역량을 경주해서 자력이라도 무난히 공방(攻防) 자재(自在: 맘대로 함)하게 연습하라는 것이다. 물론 이것은 국책상 문제이니, 어련할 것 아니다. 국방부나 참모부로만 이것이 될 일이 아니요, 거국일치(擧國一致: 온 국민이 하나가 됨)가 되고 국책이 수립되지 않으면 할 수 없는 것이다. 일국의 최고영도자로부터 최하에 있는 일개인에 이르기까지 단결되지 않으면 용이한 일이 아니다.

내일의 미국선거여하로 우리나라 전선에 미쳐오는 영향도 직접 전파를 통하는 것 같을 것이다. 이 위기존망지추에 있어서도 "연작(燕雀: 제비와 참새)이 안지당상지화(安知堂上之火: 어찌 집 위의 불을 알까)"라고 거족적 위기를 염두에 안 두고 자상달하(自上達下: 위에서 아래까지)로 매두몰신(埋頭沒身: 머리 박고 온몸을 빠뜨려 매달림)하는 것이요, 오로지 무엇인가(에 빠져 있는지) 알 수 없는 일이다. 미군 대신으로 (대만의) 국부군(國府軍)을 교대한다는 설이 대두하니, 아무리 장개석 부하의 용맹

한 군사라도 기계화 부대가 미군의 만일(萬一: 만에 하나)이 못 되면 할 수 없는 것이다. 국련군같이 완비(完備)한 무장을 가지고도 중공군의 인해전술에 부득이 후퇴하는 수가 있는데, 그만 못한 기계화 부대를 가진 군대라면 그 귀추가 어떠할 것인가. 묻지 않아도 잘 알 것 아닌가. 우리 국민으로는 위급존망지추라는 감이 없을 수 없다. 일방으로는 미국도 금번 선거에 공화당이 승리하건, 민주당이 승리하건 대소(對蘇)정책이 급변할 리는 없으나, 대국적 견지로 보아서 우리 한국을 적극 원조함으로 대소련 정책을 유리하게 수행할지, 혹 한국을 제외하고 일본으로 후퇴함으로 대소련 정책완수가 유리할지, 우리가 아전인수(我田引水: 내 논에 물 대기)적 견지(見地)만 가지고는 정평(正評)이 안 나오는 것이다.

그러니 공화당에서 유래(由來)하는 미국의 고립정책이 대소련 정책에도 사용된다면 우리 한국 쯤은 포기할는지 알 수 없다는 말이다. 아주 포기한다는 것이 아니라, 하루아침에 포기하였다가 다시 상륙작전으로 복구한다면 미국으로 보아서 별로 손실은 없으나, 우리나라는 아주 패망이라는 말이다. 여기서 공화당이건 민주당이건 어느 당이 승리하건 우리 한국 문제를 적극성을 가지고 원조하도록 외교진이 맹활동하지 않으면 안 된다는 것이다. 현 정부에서 외교 진영이 너무 약해서 국민이 국가를 신뢰할 수 없다는 것이다. 이 위급존망지추임에도 불구하고 여전히 당파적으로 분쟁만 일삼으니, 장차 어찌 될 것인가? 예측을 불허 하는 것이다.

물론 미국과 소련의 양대 세력은 빙탄불상용(氷炭不相容: 얼음과 숯처럼 서로를 용납하지 않음)하는 세력이라 하시(何時)든지 승패가 결정난 뒤라야 전 세계가 소강(小康: 약간의 평화)을 확보할 것이나, 우리는 직접 그 영향을 전파와 같이 받는 나라라 더욱이 자중하며 자각해서 거국일치로 이 국난을 막지 않으면 어찌 해결이 될지 큰 문제라는 말이다. 이 원인이 우리한테 있지 않고 (2차세계)대전 종료 시에 카이로회담415)이나, 얄타회담416)에서 미소 양국이 이 큰 분쟁의 화약고 도화선을 만들어 놓은 것이요, 불쌍한 것은 죄도 없이 희생되는 남북한 인민일 것이다. 해방 당시에 만주까지는 소련이 일본군을 무장해제하고 한국은 미군이 담당하였으면 오늘날 이런 문제가 날 리 없을 것은 누구나 다 아는 바이다. 이 내용에는 말 못 할 비밀이 잠재할 것이요, 일방으로 세계평화를 운위(云謂)하나 일방으로는 양웅(兩雄: 미소美蘇)이 세계제패를 앞두고 이런 연극을 한 것은 가리지 못할 일이다. 약소민족의 비애(悲哀)라고 할 밖에는 타도(他道)가 무(無)하다. 이 중대 문제가 어찌

---

415) 카이로 회담은 1943년 11월 22일~26일 미·영·중의 3개 연합국이 이집트의 수도 카이로에 모여 열린 회담이다. 5일간에 걸친 회담에는 루스벨트·처칠·장제스 등이 대표로 참가했으며, 회담 결과 발표한 선언에서 연합국은 제2차 세계대전 발발 후 최초로 일본에 대한 전략을 토의했다. 이 회담에서 연합국은 승전하더라도 자국(自國)의 영토 확장을 도모하지 않을 것이며, 일본이 제1차 세계대전 후 타국으로부터 약탈한 영토를 반환할 것을 요구했다. 특히 한국에 대해서는 앞으로 자유독립국가로 승인할 결의를 하여 처음으로 한국의 독립이 국제적으로 보장을 받았다. 여기서 문제는 '다자간 국제신탁통치 실시'와 '적절한 시기'로 표현된 애매한 문구였다. 그에 대한 해석은 각국의 입장에 따라 전혀 다른 문맥을 가질 가능성을 내포하고 있었다.

416) 얄타 회담은 1945년 2월 4일부터 2월 11일까지 소련 흑해 연안에 있는 크림 반도의 얄타에서 미국·영국·소련의 수뇌자들이 모여 나치 독일의 제2차 세계대전의 패전과 그 관리에 대하여 의견을 나눈 회담이다. 이 회담에서 미국은 당시 일본 제국과 서로 상호불가침조약을 맺고 있던 소련에게서 대일전참전을 약속받았고, 이로 인해 일제 패망 후 한반도가 38선을 경계로 미소 양국에 의해 분할 점령되는 계기가 마련되었다. 당시 스탈린은 일본과의 전쟁 참여를 대가로 1905년에 러일전쟁에서 상실했던 영토인 남사할린 등을 요구했고, 소련의 협력이 절실했던 미국은 이를 받아들인다. 루스벨트는 한국을 독립시키는 과정에서 열강들의 이권 다툼을 방지한다는 명목으로 신탁통치라는 방안을 제시한다.

해결되며, 목전의 전쟁이 어찌 될 것인가? 실로 큰 걱정이다. 더구나 동기전(冬期戰: 겨울전쟁)에는 매양 우리 편에 유리 못 하던 중이라 이 동기를 맞이하며 적군에 공세가 있었고 또 미국 선거전에 우리 [이하 유실됨. -역주자]

임진(1952년) 양력 10월 12일(추정)

수필: 내가 사는 산동네, 신소(莘沼), 상신리(上莘里)

내 신체가 비교적 건강한 몸이었었는데, 근년에는 아주 쇠해져서 행동거지나 음식물에도 조금의 부주의만 하면 반드시 병적으로 고통을 당한다. 금번에도 추석절 직전에 음식 관계로 관격(關格: 먹은 음식이 체하여 토하지도 못하고 급성 통증을 수반하는 병)이 되어 아주 중태가 되었다가 이것이 근거가 되어 약 20일이나 불건강을 초래하였다. 그래서 될 수 있으면 출입을 중지하고 가정에서 한양(閑養: 한적하게 휴양함)하던 것이다. 내가 살고 있는 이 상신리(上莘里)는 아주 산촌(山村)이다. 내가 이 동리에 와서 산 지 벌써 37년이다. 이 동리는 고래(古來)부터 아주 문화수준이 저하(低下)하기로 유명한 곳이다. 그저 생활이나 확보하는 완전한 농촌이다. 고래부터 이 동리의 명물이 있다.

무엇인가? "신소(莘沼: 상하신리 계곡)의 3000냥(三千兩)"이라고 하는데 감(柿)돈 1000냥, 광주리(축기광柤器筐: 싸리나무 그릇)돈 1000냥, 고사리돈 1000냥이라는 명물이 있다. 무슨 말이냐? 신소는 산촌이라 시목(柿木: 감나무)이 많아서 옛날 돈으로 1년에 1000냥 수입은 될 것이라는 말이요, 광주리돈 1000냥이라는 말은 산촌이라 싸리나무가 많이 생산되니 신소 광주리라면 경향을 물론하고 유명한 산물이다. 이것도 산촌의 특유한 현상이요, 또 고사리돈 1000냥이라는 것도 신소 여자들이 고사리 꺾는데 선수들이라 시집갈 밑천을 고사리로 한다는 말이다. 이 3건이 다 산촌 특유의 현상이요, 다른 지방에는 있을 수 없는 현상이다. 근일 와서는 신소라면 나무 장사로 유명하다. 동리 유지라면 구루마나 있고 시장에 자주 다니는 사람이면 동네 신사요, 유지일 것이다. 그런 관계로 내가 이 동네 와서 산 지가 37년이나 되나 내가 보기에 이 동네 사람으로 학교에 다녀서 출세한 사람이 없다. 소학교 졸업하고 큰 출세하면 구루마꾼이요, 더 이상 출세하면 벌목상일 것이다. 아주 단순하다.

　내가 이 동리에다 소학교를 창설해서 아동 교육에 편리를 도모할까 하였더니, 의외에도 역효과를 보았다. 안정(安靜)하였던 동리에 파문(波紋)을 낸 것 같다. 아동들이 학교에를 다니면 노동을 싫어해서 산촌에서 경제적으로 불리하다고 설립 전에는 반대가 심하였고, 설립 후에는 협조가 없다. 사실 현상 유지가 극히 곤란하다. 이런 현상이니 나도 상시 돌아 다니다가 본가(本家)라고 와여도 내집에 오는 사람이라는 것은 항상 다니는 몇 분이요, 다른 사람은 올 사람이 없다. 가족 외에는 다른 사람이 별로 없다. 그러니 낮에는 간서(看書: 독서)나 하고 밤에는 찾아오는 몇 분과 야담(野談)이나 할 뿐이다. 이 동리가 백호(百戶)가 넘으나, 내 생애(生涯: 평생)의 취미는 산사(山寺)에 있는 것과 소호(小毫)도 상이점(相異點)을 발견 못한다.

　더구나 신체가 불건강한 중에는 너무 고적(孤寂)한 감이 있어서 너무 간서하는 것도 안력(眼力: 시력)관계로 불리하고 또 음식물도 불건강중에는 주의된다. 이 기현상(奇現象)을 내 생애, 내 거주지의 현실로 기록해보는 것이다. 병이 나면 자연요법을 쓰는 외에는 별도리가 없다. 더구나 금년같이 대외, 대내적으로 국사다단(國事多端)한 세월에, 이런 산중에서 아무것도 아지 못하고 있으니, 고인(古人)의 애오향애오려(愛吾鄕愛吾廬: 나의 고향을 사랑하고 나의 오두막집을 사랑함)라는 구어(句語)

를 실현시킬 수가 없다. 그저 본가에 와서도 손님과 같다. 집안 일도 알수 없고 동네 일도 알 수 없다. 아주 손님 같다. 내가 이 동네 사람들에게는 별 필요 없는 존재다. 우리 가족들은 이 동네 특유의 감나무도 재양(栽養: 심고 키움) 못하며, 또는 광주리도 만들 줄을 모르고, 싸리도 꺾을 줄을 모른다. 그다음 나무 장사도 못하고 또 구루마도 부릴 줄 모르며, 농사도 모른다. 이것이 이 동네의 기물(棄物: 버린 물건) 취급을 받는원인이요, 나도 그 원인을 구태여 변경하고자 않는다. 그러나 나는 나대로 산중인(山中人)답게 지낸다. 이 동네에서 감나무 재배나 광주리나고사리나에 관계가 없고 또는 벌채상이나 우마차 관계도 없다.

그러나 나는 나대로 이 경치 좋은 계룡산 신소동천(莘沼洞天)을 대자연이 주신 대로 그대로 사랑한다. 이 동네 천석(泉石: 샘물과 돌)은 타동네에 비교가 안 될 만큼 (아름다우니) 신체야 불건강하건 건강하건간서(看書)나 하고, 피로하면 청천백석(淸泉白石: 맑은 샘과 흰돌)에 청풍명월(淸風明月)도 내 피로를 휴식시키며, 청성녹죽(靑松綠竹: 푸른 솔과대나무)이나 정란야국(庭蘭野菊: 뜰 안의 난초와 들국화)이 내 고적한 회포(懷抱)를 위로한다. 혹 등산하여 원조(遠眺: 멀리 조망함)도 해보고, 혹임수(臨水: 물가에 나감)하여 관란(觀瀾: 물결을 쳐다봄)도 해본다. 남이야무어라 하든지 나는 역시 이 동네 사람이요, 나는 나대로 이 동네를 동경하는 사람이요, 내가 37년이라는 긴 세월을 보낸 기념이 이곳에 있고 또 내 선친(先親: 아버지), 선비(先妣: 어머니)산소가 이곳에 계시다. 어느 모로 보든지 이 동네는 잊을 수 없는 곳이요, 더구나 내 신체가 불건강할 때에는 한적(閑寂)한 산천이 아니면 한양(閑養)할 수 없는 것이다. 내 정양(靜養)장소로 이 곳을 택한 것이요, 절대로 경제적으로나 출세적으로 이곳을 택한 것이 아니다. 내가 근일도 몹시 쇠약해져서 이

것을 회복하고자 또 이 신소 산천을 찾아온 것이다. 이 수필을 다시 시작해 본다.

임진(壬辰: 1952년) 중양(重陽: 음력 9월 9일)
익일(翌日: 이튿날) 여해소기(如海笑記)

[이 글은《봉우일기》1권 317페이지 낙수란에 일부 실린 것인데 이번에 원문을 찾아 전부 다시 정리하여 실었다. -역주자]

모 도의원을 만나고 내 소감

우연히 여정일석(旅灯一夕: 여행 중 하루밤)을 같이 한 분이 도의원 모
씨였다. 내가 도의원으로서 수락한다는 인사를 하니 그 의원 말씀이
이러하다.

"제가 도의원으로 출마해서 당선되었을 때에 소회(所懷)는 비록 도
의회의 권력 범위가 한계가 분명하나, 최대 범위내에서 도민의 복리를
미력이나마 진력해서 도모할까 하는 자기(自期: 스스로 기약함)가 있었
는데 의외로 도회의가 소집되자마자, 지방의회 대(對) 민의원 사건이
발생해서 최초에는 혹 국회의원의 무슨 확실한 비행이 있어서 대한민
국 건설 도중에 큰 이점(異點: 다른 점)이나 되는 일을 했나 하고 기분
(幾分: 얼만큼)은 의심시하고 (부화)뇌동(雷同: 주견 없이 남의 의견을 좇아
따라함)하였었습니다. 그런데 급기야 부산 가서 수십 일이라는 귀중한
시일을 보내며, 그 진상을 규시(窺視: 몰래 훔쳐봄)하니 부지중 우리는
선출하여 주신 민중 여러분에게 배신행위자가 되었고 자기 자신도 알
지 못하는 동안에 도의원의 권한을 초과하고 모모 정상배의 주구(走
狗)행동을 감행하게 되었다는 것을 절실히 느꼈습니다. 양심상으로는
귀향하는 대로 성명서라도 발표하고 사임코자 하였으나, 귀가하고 보
니, 역시 신변(身邊)문제도 있고 그럴 용기도 나오지 않아서 주저하고
있었습니다. 출마 시 양심과는 배치되는 유권자들에게 일시적이라도
매수 되었던 것은 지방주민 여러분을 뵈올 면목조차 없사오나, 장공속

죄(將功贖罪: 죄 지은 사람이 공을 세워 속죄함)할까 하는 심산으로 다른 의원들이야 무슨 일을 하든지 제 한 몸만은 도민을 위해서 의원들과 도정(道政)과 중간에 서서 서로 배치 안 하는 역할과 또는 가능한 범위 내에서 도민의 실리를 도모해 볼까 하는 심산이요, 이 심산을 실현하기 위하여 의원 중 양심분자들을 규합해서 동일 보조로 자기 일신의 미력(微力: 적은 힘)을 더할까 하는 예정이라"고 간단명료한 답변을 한다.

　그리고 모모 같이 당선된 의원들이 합치점을 못 보는 것이 유감이라고 부언한다. 또한 모모 정당에서 동일 당원인데 도의원 중에서 같은 당 출신 구락부가 있다. 그래서 그 의원들이 비밀회합을 하는데, 자기는 일차도 참석 못 하였고 자기 외에도 동일 구락부원으로 참석 못 한 의원이 많다는 말을 한다. 여기서 같은 구락부원이라도 참석자는 참석자끼리 접촉하게 되고, 불참석자는 역시 불참석자끼리 접촉이 돼서 부지중 분파되는 동태가 있으며, 또한 중립파에서도 인적으로 우수 인물이 많아서 모모 정당이라면 경이원지(敬而遠之: 공경하는 체 하며 실제는 멀리함)하는 감이 있다고 한다. 그리고 자기는 정당이니, 무엇이니를 막론하고 도의회의 권한 범위에서 도민의 유리한 일이면 동지를 규합해서 진력하겠다고 최후에 말을 한다. 도의원들이 언실상부(言實相符: 말과 실제가 서로 부합)하게 다 이 정신이면 감사하겠다. 그러나 아전인수가 제일 용이한 일이다. 그 권력을 이용해서 자기 당세(黨勢) 확장이나 자기 개인의 이권이나 획득할 사업에 치중 않는 의원이 몇 분이나 되는가 의심시 된다. 당선된지 5개월만에 신문지상으로 보면 모모 의원은 40차니, 37차니, 30차 이상의 발언자도 있고, 단 일차 발언한 의원도 있다. 그러나 여기서 나나 타인이나 생각하기는 의원이 반드시 발언수가 많다고 성적이 우량하다고는 못 본다. 비록 반년에 일차밖에 발언을 못해도 자기 임기 내에 자기 책임을 이행할 만한 언행상부할 발언이 족족하다고 본다. 내가 만난 의원도 발언수는 그리 많지 않은 의원이나, 큰 실수는 안 하리라고 믿는다.

의원들에게 그 의원의 언행을 물어 보니, 지목하기를 중립파라고 한다. 적극성을 가지고 정당관계에 나오지 않는다고 악평을 한다. 그러나 내 생각에는 도의원으로서는 너무 정당(政黨), 정당하다가는 자기 임무를 집행하기가 곤란하리라고 믿는다. 내가 이 의원에게 최후의 부탁은 도의원으로서 우리 도민의 기대에 적합한 일을 해주기를 바라며, 동가홍상(同價紅裳)이라고 우리 군민(郡民)에게 유리한 일에 노력해 달라고 간단하게 말하였을 뿐이다. 이 의원은 비록 청년이나, 장년기분(壯年氣分)이 있고 노성인(老成人)들이 말하는 것과 동일한 어조(語調)가 많다. 타인들은 비록 이 사람에게 별별 평이 다 있으나, 나로서는 그의 장래를 촉망하고 좀 더 보강되기를 바라마지 않노라. 그 관계로 그 사람의 결점이 있다면 내가 가리지 않고 책선(責善: 옳은 길로 권유함)하고자 하는 바이다. 후일을 바라고 이 붓을 그치노라.

임진(壬辰: 1952년) 9월 10일 봉우서우유신초당(鳳宇書于有莘草堂)

충남대(忠南大)재단 후원위원회 참사(參事)위촉장을 받고

충대가 문교부 허가로 도립(道立)으로 발족된 지 벌써 시일이 경과
하였다. 그러나 재단이 완성되지 못하여 여러 가지 역경에 처한 것은
사람들이 다 아는 바다. 그러나 금번에 재단후원위원회를 조직하고 불
초(不肖: 나)를 참사로 위촉한 데는 일변(一邊: 한편) 영광스러우나, 일
변 적격이 못 된다는 정평을 내리겠다. 역원(役員: 임원) 명목을 보니,
참사는 대전시 교육위원과 도교육위원으로 구성한 것 같다. 그러나 도
교육위원은 위원이요, 충대재단 후원위원회의 참사는 참사다. 그런데
나로서는 재단후원에 자신이 없는 사람이다. 비록 이 공주군 선출 교
육위원이나, 이 군(郡)을 대변해서 충대를 위하게 될 수 없는 현상이다.
충대재단 후원을 위해서는 도리어 본군 읍내유지들로 위촉하는 것이
적당하다고 본다. 내가 공주고중학교 재건위원이다. 역시 조금의 협력
도 못하였고 명목만 위원이지 협력을 청구도 하는 일이 없었다. 충대
에서도 그렇지 않을까 한다.

우리나라에서 무슨 일을 하든지 명실상부한 조직을 하지 않고 형식
상으로 조직하는 것이 통폐(通弊: 두루 있는 폐단)가 된다. 금번에도 그
런 것 같다는 말이다. 후원위원회 참사이거든 실효가 있을 만큼 참사
시키는 것이 당연하고, 또 참사 본인도 자신 없으면 타인에게 양보하
는 것이 당연한데 늘 있는 일로 위촉하니 승낙하고 일이야 하든 못하

든 명목이나 가지는 것이 우리네의 통병(通病)이다. 나도 승낙서에 날인하고 충대를 위해서 이 유명무실한 임원명의가 없게 되기를 바랄 뿐이다. 충대는 도립이라니 도에서 당연히 책임제로 경영을 해야 할 일인데, 먼저 도교육위원회에 가서 보니, 도에서는 조금의 경영책임도 없고 다만 명의만 도립이라고 하고, 도민의 기부행위로 이 대학을 유지하게 할 예정이니 알 수 없는 일이다. 그런 현상을 보고도 내가 이 참사라는 명의를 싫다 않고 승낙하고 나서 자력 생각을 않고 다른 임원의 늘상 있는 일로 생각한 데 지나지 않으니, 가소로운 일이며 자괴(自愧: 스스로 부끄러움)할 일이다. 그런 관계로 이 붓을 시작하고 이 붓을 그치노라.

임진(壬辰: 1952년) 9월 초(初) 10일
봉우서우유신초당(鳳宇書于有莘草堂)

현조비정부인전주이씨(顯祖妣貞夫人全州李氏)
기일(忌日)을 경과하고 내 소감

음력 9월 14일은 조비(祖妣: 돌아가신 할머니) 정부인(貞夫人)417) 전주 이씨의 입재일(入齋日: 제삿날)이다. 그런데 항상 같은 (집안)경제이나 유달리도 금번은 아주 전량(錢糧: 돈과 식량)이 절핍(絶乏: 끊겨 궁핍함) 하였고, 아무 준비도 못 하였었다. 자고(自古: 옛부터)로 봉제사(奉祭祀: 제사를 받듦), 접빈객(接賓客: 손님을 대접함)이라는 것은 사자(士子: 선비) 의 당행사(當行事: 마땅히 행할 일)인데 더구나 제사를 못 드리게 되어 무어라고 말할 수 없는 정신적 고통을 받았다. 그러던 중에 의외에 당 일 차량(借糧: 식량을 빌려옴)을 해서 궐사(闕祀: 제사를 빠뜨림)할 지경만 면하고 나서 생각한 바 있었다.

내 선친이 종조부(從祖父)께 양자(養子)로 입후(入後: 후손으로 들어감) 하신 것이었다. 물론 봉제사할 만한 자산(資産)도 있었고, 자산이 없었 다 하더라도 또는 양자로 안 오셨더라도 숙부(叔父) 봉제사쯤 못할 것 이 아닌데 또 나로서도 종조부 봉제사쯤은 못 할 것이 없는 일인데, 양 가(養家: 양자로 들어간 집)의 자산도 있었고 또 지친(至親: 아주 친한 형제 간) 양자라 질(姪: 조카)도 유자(猶子: 자식과 같음, 조카)인데 내 선친 생 존 시에도 그리 지성(至誠: 지극정성)껏 봉제사를 못하였고 내가 봉사한

---

417) 조선조 때 정2품, 종2품의 종친 및 문무관의 아내를 칭하는 이름.

후 근년에는 아주 ○○지경이니 이것이 다 내 죄과(罪過)다. 물론 산소(山所) 수호(守護)도 못한다. 서울 시가지 안에 (산소가) 있는 관계로 내 소유가 못된 관계도 있으나, 내 부주의로 소유권을 갖지 못하여 성묘도 못 다닌 것인데 6. 25사변으로 아주 소식 불통이다. 이러고도 내가 무슨 대외적 일을 경영한다는 것은 내 자신이 무치(無恥: 부끄러움이 없음)한 일이다. 여기서 겨우 궐사 안 할 정도로 기념하고 여러 가지로 정신상 고통이 있어서 이 붓을 든 것이다.

효백행지원(孝百行之源: 효도는 백행의 근원)이라고 하는 효(孝)라는 것은 자식이 부모에게만 하는 것이 아니다. 조선(祖先: 조상)에게 하는 것이 모두 효가 되는 것인데 내가 조부모에게 효를 못하고 있으면 조부모님은 내 부모님께 효 못한다고 책(責: 꾸짖음)하실 것이다. 그러니 즉 내가 조부모님께 불효하는 것은 내 부모님에게 불효하는 것과 조금도 다를 것이 없다. 백행의 근원이 되는 효를 못하고 그 다음 일을 하고자 하는 내 자신을 책하며, 일일(一日)이라도 속히 개과(改過: 잘못을 고침)되기를 바라고 이 붓을 그치노라.

임진(壬辰: 1952년) 9월 15일 鳳宇書于有莘精舍하노라.

수필: 가족 호구(糊口: 먹고 삶) 문제의 갈림길

인수감모수신사(人誰敢侮修身士: 사람이 누가 감히 수양하는 선비를 업신여기겠는가)며, 천불능궁력색가(天不能窮力穡家: 하늘도 힘써 농사짓는 자를 궁하게 못하네)418)라 하고 대부(大富: 큰 부자)는 재천(在天: 하늘에 달려 있음)이요, 소부(小富: 작은 부자)는 재근(在勤: 부지런함에 있음)이라 하였다. 그런데 나는 현상으로는 가족의 호구지도(糊口之道: 먹여 살릴 방도)가 아주 없어서 사활문제에 봉착하고 있음에 불구하고 아무 이렇다는 방책이 나오지 못하니, 가소로운 일이로다. 53년이 다 되도록 적축(積蓄: 쌓음)한 경력이 다 어디로 가고 필경 가족의 호구 문제가 등장하게 되니, 이것이야말로 양심상 자책(自責)이 얼마든지 있도다.

사람이 비상시 대처할 준비가 있어야 하는 것인데, 요만한 난관을 타개할 도리가 얼른 보이지 않으니, 가소로운 인생이로다. 고인(古人)들도 안빈(安貧)이니, 곤궁(困窮)이니 하였으나, 빈(貧)이나 궁(窮)도 정도가 있는 것인데 내 정상(情狀: 있는 그대로의 실상)은 그 정도를 무엇이라 평할 수 없을 형편이니 안빈도 곤궁도 다 나에게는 당치 않고 현상유지를 할 수 없는 것과 생활개선할 도리를 생각해야 할 것과의 최대 난관의 기점(岐點: 갈림점)에서 정신이 없이 있는 중인 것 같다. 내가 목적하고 나가는 것은 나가고 그 나가는 중에 호구는 무엇으로 하든지

---

418) 중국 남송(南宋)의 시인 육유(陸游)의 시귀(詩句)이다.

안 하면 안 될 것이니, 호구 문제도 중대하나 부업적 문제요, 이 부수 조건으로 본 목적의 이상(異狀)이 있을까 해서 내가 그 기로(岐路: 갈림길)를 분명히 하기 위해서 이 붓을 드는 것이다.

임진(壬辰: 1952년) 9월 15일 봉우서우유신초당(鳳宇書于有莘草堂)

미국 대통령 선거 종막(終幕: 결과)을 듣고

　미국에서는 민주당과 공화당의 양당이 있을 뿐이다. 그리고 양당 간의 정쟁(政爭)이 비교적 타국 정쟁에 비해 아주 냉정한 감이 있다. 20년을 두고 민주당에서 대통령으로 있었고, 그 전에도 민주당이 많이 승리하였었다. 그러나 일단 어느 당에서 승리하든지 그 정책대로 완수하게 양당이 별 큰 반대 없이 협의적으로 나가는 것이 미국의 특장(特長)이요, 또는 대통령이야 누가 되든지 인물만은 양당에서 기용하는 것이 역시 미국의 특장이다. 금번에 미국 대통령 선거를 앞두고 극도의 축록전(逐鹿戰: 선거전)이 있었으나 개표 전일에 민주당 스티븐슨[419] 씨가 기권하고 아이젠하워[420] 씨에게 축하장을 보낸 것은 우리나라에서는 보지 못할 기현상이다. 아무리 보아도 신사적이다. 선거로 대립되었을 때는 열전을 하더라도 일단 종결한 후에는 당연히 자기 타산을 해보고 고결한 양보를 하는 것이 당연하며 또는 그 국가, 그 민족을 위해서 당선자의 정책에 협력하는 것도 역시 당연한 일이다.

---

419) 애들레이 유잉 스티븐슨 2세(Adlai Ewing Stevenson II, 1900.2.5~1965.7.14)는 미국의 민주당 소속 정치인이었다. 높은 지적인 기풍과 뛰어난 인품, 선량한 행실, 무엇보다 민주당에서 리버럴한 신념을 웅변한 인물로 알려져 있다.

420) 드와이트 데이비드 아이젠하워(Dwight David Eisenhower, 1890.10.14~1969.3.28)는 미국의 제34대 대통령이다. 제2차 세계대전을 승리로 이끈 연합군의 가장 중요한 사령관이었으며, 이후 미국의 제34대 대통령을 역임했다. 대통령으로 집권하던 동안 1950년대 호황기의 미국을 상당히 안정적으로 이끌었다는 평가를 받고 있다.

공화당의 아이젠하워 원수는 20년이란 굴칩(屈蟄: 때를 못 만나 집에 처박혀 있음)을 갱기(更起: 다시 일으킴)할 역량을 가지고 공화당을 대표해서 나온 것이요, 스티븐슨 씨는 민주당의 지반을 가지고 자기도 미국 귀족의 자손으로 명문귀족이며, 자신도 어느 모로 보든지 미국 일류 정치인물임에 틀림없는 것이다. 아 원수는 비록 제2차 세계대전을 승전한 명장이나, 농촌의 평민가정에서 태어나 역시 평민적으로 장성한 인물이다. 그러니 현 세계 사조(思潮: 사상의 경향)가 하국(何國: 어느 나라)을 물론하고 귀족적이라는 것을 대중이 좋아 않는 것은 가리지 못할 사실이다. 미국도 역시 이 사조를 막지 못한 것은 금번 선거가 증명하는 것이다. 20년의 민주당 지반을 가지고도 또 정치적 일류 수완을 가지고 아주 신언서판(身言書判)의 귀족적 전형인물로 미국같이 신사국에서 20년을 칩복(蟄伏: 칩거)하였던 공화의 전승(戰勝)장군이라고 하나, 한 평민의 아들에게 대통령을 당선시킨 것을 보면 미국도 민주당의 수십 년 내려오는 정책과 너무 귀족적 행사에 머리가 아파서 평민가정에서 생장(生長: 나서 자람)하여 평민의 사정을 잘 알고 또는 군인으로 솔직한 성격을 가진 아이젠하워 원수에게 동정표가 많은 것은 가리지 못할 사실이다.

총 투표수가 5,400만 표에서 아 원수가 3,000만 표를 얻었으니, 스티븐슨씨가 불과 수백만의 표밖에 안 되나 실상은 관선(官選)된 수는 민주당이 80여 명이요, 공화당이 400여 명이라는 큰 차이를 보게 되었다. 이것은 관선된 인물의 공화당으로서의 우월이 아니요, 오로지 아원수 일인의 동정표라고 본다. 그리고 선거전 당시에 한국출병문제를 운위(云謂)해서 우리들로서도 미국의 선거가 직접 우리 전쟁에 큰 영향이 있다고 역설들을 하여 스티븐슨 씨가 당선 못 되면 한국전쟁에 막대한 손상이 있으리라고 역설을 한다. 여기서 내가 본 바에 아 원수의 한국전쟁대책이 무엇일까 하는 예측을 해보는 것이다. 선거당시 말과 같이 미국군을 후퇴하고 국부군으로 대신할 것인가, 그렇지 않으면 우리 국군에 전 책임을 다 맡겨 놓고 무조건하고 후퇴할 것인가 하는 세인의 역설하는 것과, 그다음 아 원수도 미국의 전통적 정책들을 아주 버리지 않을 것이니 한국에서도 현상유지 정도로 그치리라고 보는 유식계급의 보는 것과, 그다음 아 원수는 전략가로서 한국전쟁을 정치적으로 책임면제될 정도로 수행할 것이 아니라 아주 본격적으로 전략적 이해타산을 다해 보고 영불해협421)에 상륙작전으로 강적 독일을 다시 일어나지 못할 치명상을 주던 전략이 나오지 않을까 하는, 한국전쟁 종결을 속히 할 좋은 방책이 아 원수 심산에 있을 것 같다고 나는 생각한다. 선거당시 한 말은 허위가 아니요, 하루라도 빨리 한국전을 종결함으로 귀중한 인명을 아낀다는 것이 아닌가 한다.

병불념사(兵不厭詐: 전쟁은 속임수도 마다하지 않는다)422)라고 아 원수가 장차 선거에서 당선되면 적극책을 사용할 인물이라도 아주 완화책을 사용할 듯이 해주면 적국에서도 아 원수의 승리를 고대할 것이다. 그러나 맥아더 원수도 역시 공화당 인물이나 적극전술을 사용하려다가 사임하고 간 것이다. 금번에는 아 원수가 등장하면 맥아더 원수를

---

421) 도버해협. 영국 도버와 프랑스 칼레를 잇는 잉글랜드 해협의 일부로, 영국과 프랑스를 오가는 최단 루트이기도 하다. 도버 해협을 기준으로 영국과 프랑스 사이의 거리는 대략 34km 정도에 불과하다. 제2차 세계대전 말기 노르망디 상륙작전의 상륙지점을 속이기 위해 연합군이 이곳에서 기만 상륙작전을 펼쳤다. 이 작전의 성공으로 연합군은 인류역사상 최대 규모의 상륙작전을 비교적 적은 피해로 성공시켰다.

422) 《후한서(後漢書)》 〈우후전(虞詡傳)〉에 나온다.

다시 기용하지 않을까도 생각되며, 맥아더 원수를 기용하지 않더라도 그 전술을 사용하며 또 아 원수의 일류작전인 상륙작전이 나오지 않을까 한다. 국부군을 중국 본토로 상륙작전을 하게하고, 국군을 평원선(平元線)중단 상륙작전을 하게 하고, 일본군의 연해주(沿海洲)423)상륙과 국련군(유엔군)의 내년 봄 온화기를 틈타서 요동반도상륙으로 후방기지 요란책(擾亂策)이 나오지 않을까 하는 내가 본 아 원수의 장래다. 병귀신속(兵貴神速: 전쟁은 귀신처럼 신속함이 중요함)424)이라고 절대로 아 원수는 장기전을 피하리라고 본다.

민주당의 장기전은 적을 소모시키는 반면에 동양의 자상천답(自相踐踏: 스스로 서로 짓밟음)해서 장기간 내에 다시 거두(擧頭: 머리를 듬)를 못하게 하는 것이 일석이조격(一石二鳥格)의 승(勝)이라고 본 것 같다. 이것은 정책이요, 전략은 아닐 것이다. 국제적으로 한국 내정을 간섭한다느니보다 협조한다는 의미에서 내정이나, 군사부문을 완성시키려는 것이 아니라, 국군 독자적으로는 절대로 공방이 모두 부족하게 정책을 해놓고 자기들도 장기전으로 현상유지나 하며, 한국의 자립을 불허하는 것이 민주당 정책이 아닌가 한다. 맥아더 원수는 군인으로서 이 정책상 모략(謀略)을 알지 못한 관계로, 만주폭격을 주장하다가 해임당한 것이다. 외양으로는 구해 줍네 하고, 내용으로는 한국민의 의존성을 양성시킨 것이 과거 민주당의 정책이었는데, 만약 이것이 미국의 국책이

---

423) 현재 러시아 극동에 위치한 프리모르스키 변경주. 프리모르스키는 러시아어로 "바다와 접해 있다"를 뜻한다. 이를 한자로 옮겨 연해주(沿海州)라고 불린다. 한때 발해(渤海)의 영토였고, 일본 강점기에 나라를 잃은 우리 동포들에게 망명지가 되었던 곳이다. 19세기 중엽에 몰락하던 청을 압박하여 러시아가 피 한 방울 흘리지 않고 어부지리 격으로 집어 삼켰다.

424)《삼국지》〈위지(魏志)〉〈곽가전(郭嘉傳)〉에 나오는 조조의 책사 곽가의 전략.

아니요, 민주당의 당책이었었다면 금번 아 원수가 공화당의 평민정책으로 완전한 전략상 입장에서 한국전쟁을 속히 종결시킬 신정책이 나오기를 한국민인 우리로서 바라지 않을 수 없다. 그런데 미국의 국책이 그러하면 아 원수도 고치지 못할 것이니, 이것이 제일 염려되는 것이다.

미국의 유화책이라는 것은 상대자를 아주 자멸하도록 큰 상대는 장구한 시일을 요하고, 작은 상대는 단시일을 요하나, 외면만 유화책이지 내심으로는 강적이라도 자멸하기를 고대하는 정책이다. 그리고 약소국가나 민족은 의뢰안할 수도 없고, 의뢰하면 자립할 원조는 절대로 않는 것이 미국의 전통적 정책인데, 금번 아 원수는 (미국역사상) 80년 만에 처음으로 군인으로서의 대통령이요, 20년 만에 공화당으로서 승리한 것이니, 이 미국의 전통적 정책을 다시 그치고 세계평화를 아 원수의 정책으로 수립하였으면 하는 내가 아 원수에게 바라는 바이다. 미국의 전통정책이라는 것은 외면으로는 그 후의(厚意)를 감사하나 실상으로는 민족전체를 자멸하는 대로 지도하는 것과 조금도 다를 것이 없다. 현재 미국계 정객들은 우리 민족을 자립시킬 정책을 흉중에 가진 사람이라고는 보이지 않는다. 대통령 이하 모두 미국계는 일반이다. 미국계 정객들은 한국이 미국 아니면 하루도 존재할 수 없는 줄로 확신한다. 그리고 미국식의 자본주의가 다 있어서 비록 자리에 있는 사람이라도 그 자리를 내놓으면 자족(自足)히 생활할 준비를 않는 사람이 없다. 일방으로 보면 혹 무리가 아니라 할는지도 모르나, 이 금전이나 물질의 출처가 어디라는 것을 연구할 필요가 있다. 미국계 한국정객은 90프로는 다 이 미국식 호화판 자본주의요, 미국식 건설을 본받는 사람은 보이지 않는다. 그러나 우리나라에서 제일 누덕(累德: 선행에 방해가 되는 악행)으로 여기는 거관탐장(居官貪臟: 관직에 있으며 재물을 탐함)을 면하지 못하니, 청렴개결(淸廉介潔: 청렴하고 절개가 있음)이라는 것은 흔적도 보이지 않는다. 이것이 우리나라 미국식 정치인들의 통병(通病)인데, 이것이 미국의 전체가 그런 것이 아니라, 미국 민주당 정책이 공화당에게 정권을 뺏기지 않을 정치자금준비의 통병을 우리나라 인사들도 미국에서 돈버는 이유는 모르고, 맹목적으로 배운 것이 아닌가 한다.

금번 내가 아 원수에게 바라는 바는 미국 공화당에서 이 미국의 통병인 자본주의 호화판을 개조해서 이도(吏道: 관직의 기강)를 숙청하고 민풍(民風: 민속)을 순박하게 하며, 엄연한 미국 먼로주의425)와 미국의 독선주의를 버리고 세계일가(世界一家)주의로 우리가 말하는 대동책(大同策)을 해보라는 것이다. 비록 우리나라 우리 민족은 5000년 역사는 있으나, 현상으로 보아서 민주주의의 실행은 미국이 일일지장(一日之長)426)이 있는 것 같으니, 세계관으로 보아서 시행하기 용이한 데서 대동정책을 실시해 보라는 것이다. 이것을 내가 아 원수에게 바라는 바요, 우리 민족을 무시해서 그러는 것은 아니다. 할 수 있거든 미국에서라도 해보라는 것이다. 아 원수에게 이것을 바라며, 우리 민족도 하루라도 속히 반성해서 내가 항시 말하는 대동책을 우리의 손으로 세계 만방에 보급하도록 노력하라는 것이다. 현상 같아서는 칠야(漆夜: 캄캄

---

425) 제5대 미국 대통령 제임스 먼로에 의해 주창된 미국의 고립주의 외교정책 선언. 유럽 국가가 아메리카 대륙의 국가들을 식민지화 하려고 한다거나 전쟁을 일으키려 한다면 이를 미국에 대한 전쟁으로 규정하고 대응하겠다는 내용과 미국 역시 유럽에 일어난 일에 대해서 개입하지 않겠다는 내용이다.

426) 하루 먼저 태어남. 조금 나이가 많음. 또는 조금 나이가 많음.《논어》〈선진편(先進篇)〉 출전.

한 밤) 삼경(三更)에 아무 서광(曙光: 새벽 동틀 무렵의 빛)이 보이지 않고 정객들은 모두가 주출망량(晝出魍魎: 낮에 나온 도깨비)같으니, 안심이 안 되어서 내가 아 원수의 당선을 보고 이 붓을 든 것이요, 나도 모미병(慕米病: 미국을 사모하는 병)이 생겨서 이러는 것은 아니다. 우리도 계명성(啟明星: 샛별)이 비치고, 동천서색(東天曙色: 동녘 하늘의 새벽빛)이 비칠 때가 그리 멀지 않다는 것을 확언해 두며, 현상을 부인한다는 것이 아니라 현상은 우리 민족의 혼란기에서 대동책으로 장차 진행하는 과도기 중에 있음을 또한 확언해 두노라.

그리고 아 원수는 아 원수대로 장차 나오려는 대동책의 영자(影子: 그림자)를 먼저 보이라는 말이다. 하루라도 빨리 우리나라 미국계 정객들도 사람으로 명실공히 사람노릇을 하라는 말이다. 현상 같아서는 외면은 신사요, 내용은 비인간적이라는 것을 확언해 두노라. 누구누구 할 것 없이 다 일반이다. 우리 배달족(倍達族) 고유의, 문화고유의 정신을 그대로 발휘할 날이 그리 멀지 않으니 우리 민족들도 자경자계(自警自戒: 스스로 경계함)하고, 미국계 정객들의 진부패취(眞腐敗臭: 진짜 썩은 냄새)를 속히 청소하라고 권하며, 이 붓을 그치노라.

임진(1952년) 9월 23일
봉우지죄근기(鳳宇知罪謹記: 봉우는 죄를 알며 삼가 씀)

가아(家兒)⁴²⁷⁾의 귀가(歸家)를 보고

가아(家兒)가 일선에서 한 달 전에 귀가하였다가 정보학교 입학차로 대구로 갔다. 대구 가서 신병(身病)이 나서 병원에 입원하였었다는 서신을 보고는 가서 보지도 못하고 다시 서신왕복도 못하던 중에 의외에 금일 또 귀가하였다. 정보학교를 졸업하고 김포 미제8군단(美第8軍團) 정보학교 정보반으로 가서 2개월 다시 훈련하고 다시 일선으로 간다고 한다. 그리고 신병은 여전히 낫지 않은 것 같다. 일변 반갑기도 하고, 일변은 걱정도 된다. 신체가 불건강한 것을 보고도 또 출발하게 되니, 부모심정으로 걱정 안 될 수 없으며 경제적으로 아주 할 수 없으니, 역시 걱정이 된다. 내가 비상준비를 못한 관계다. 그리고 소식을 들은 후라도 극력 준비하였으면 이런 곤란한 지경은 안 되었을 것이다. 도시 내가 경제방면에는 자신이 없는 관계다. 부자간이라도 내가 너무 무심하다고 하리라. 그러나 내 본성이라 할 수 없는 것이다. 자식 한 사람의 교육을 못시키고 단시일인 군대학교도 학비를 자유롭게 못하니 말하자면 주변이 없는 연고다. 그러나 자식은 자식대로 장래를 위해서 노력해야 할 것이다. 군인인 이상에는 위국진충(爲國盡忠: 나라를 위해 충성을 다함)할 결심으로 군인답게 용감성을 양성해서 다른 사람에게 절대로 지지 않을 아주 모범군인이 되어야 할 것이다. 비록 아비는 제

---

427) 남에게 자신의 아들을 낮추어 부르는 말

할 일을 못하였으나, 자식은 자식대로의 할 일을 해야 하는 것이다. 나도 독신이요, 자식도 독신이나, 남의 다형제 부럽지 않게 위국위족(爲國爲族)해서 역량껏 일을 해야 하는 것이요, 부자가 다 이념보다 실천을 하는 중이다. 자식의 앞길에 서광이 오기를 바라고 이 붓을 그치노라. (현상이 병중임에도 불구하고 병을 참으며 학교를 다녀서 졸업장을 받은 것이다.)

임진(壬辰: 1952년) 9월 24일 봉우서우유신정사(鳳宇書于有莘精舍)

추기(追記)

자식이 무자년(戊子年: 1948) 4월에 국방경비대 당시에 입대해서 제주토벌과 옹진토벌을 경과하고 상이군인으로 또 수도사단 배속이 되어 있다가 6.25사변에 공주에서 부자가 다 같이 공산당에 체포되어서 장기간을 생사기로에서 방황하다가 9.28 퇴군(退軍) 즉시 원대복귀하여 함경북도 작전에 참전하였고, 그다음 동부전선에서 수도사단 대전차공격 대대 정보과 선임하사로 있다가 작년에 갑종 간부후보생으로 보병학교에 입학하여 금년 4월 26일에 졸업하고 소위 임관이 되어 제6사단에 배속되었다가 또 정보학교에 입학하였던 것이다. [이상. 봉우 추기.]

대황조(大皇祖: 큰할배) 봉안(奉安)에 대한 사견(私見)

대황조는 우리의 최고지상(最高至上)의 조선(祖先: 조상)이시다. 그러니 백두산을 중심으로 한 오족(五族)은 누구나가 다 같이 숭배하는 것이 당연하다. 우리가 고대에는 가가봉단군(家家奉檀君: 집집마다 단군을 받듦)하고 10월 상달에는 10월 초삼일(初三日)이 개천절(開天節)인 관계로 누구 집을 물론하고 "터쥬(이 땅의 주인)"에게 고사(告祀) 지내지 않는 집이 없었다. 이 풍속이 비록 5000년에 가까운 오늘까지 전하는 것을 보면 그 당시를 추상할 수 있다. 중간에 국가에서 별별 방식으로 다 방해하였으나, 민족의 조상을 위하는 마음은 변함이 없었다. 삼국통일시대부터 이조 말년까지는 국가나 사류(士類: 선비의 무리)가 대황조를 위한 일은 없었고, 오직 민간에서만 숭배하는 유풍(遺風)이 있었을 뿐이다. 그런데 이것이 신라 말엽부터 모당풍(慕唐風: 당나라를 사모하는 풍조)이 크게 불어서 자국의 전래하는 역사는 말살되고 만 것이다. 그러나 엄연히 존재한 것은 단군님이 우리 대황조시며, 또 우리나라 최초의 군주라는 것은 가리지 못할 일이다. 대황조의 건국연대가 중국 요순시대와 상치(相値: 두 가지 일이 공교롭게 마주침)되었다고 가장(假裝: 거짓으로 꾸밈, 조작)을 한 것이 우리나라 역사의 결점이다.

우리가 본 바로는 현 단군기원보다 304년이 더 있는 갑자년(甲子年), 갑자월, 갑자일, 갑자시가 단군기원이라고 확언해둔다. 지금부터 4589년 전에 이 동방에서 대황조께서 탄생하시어 우리 인류를 만물의 영장답게 여러 가지로 교화하시고, 처음으로 국가를 구성하고 군장(君長: 임금)이 되셨으며 교화를 받은 사람 중에 가장 특수한 인물들을 사방으로 봉(封: 다스릴 땅을 주어 보냄)하시어 민족을 교화하신 것이 중국에서 말하는 복희(伏羲), 신농(神農), 황제(黃帝)로 대칭(代稱)된 우리 역대 단군들일 것이다. 중국에서는 요(堯)가 처음으로 한족(漢族)을 통치한 제왕이라는 것을 확언해 두는 것이다. 공자가 주(周)나라 시대에 나셨으나, 당시 별별 전설을 다 말살하실 수 없어서 오로지 중국 역대 제왕의 치국평천하(治國平天下)하던 말씀이나 기록을 하실 새, "조술요순(祖述堯舜)에 헌장문무(憲章文武)"[428]하신 것을 보더라도 오제(五帝)[429] 모두 중국의 왕천하(王天下: 임금이 되어 천하를 다스림)하신 제왕이 아니시었다는 명확한 증거이나, 역(易)에는 복희씨의 시화팔괘(始畵八卦: 처음으로 팔괘를 그림)한 건(件)을 여실히 말씀하시고, 간도광명(艮道光明: 간방, 동북방의 도는 밝다)이라, 성시성종(成始成終: 처음과 끝을 이룸)이라고 하시고 제출호진(帝出乎震: 임금은 동방에서 나옴)[430]이라고 명시하시었다.

역가(易家)들 말은 이것이 과거를 말하는 것이 아니라, 원리를 말한다고 한다. 그러나 사실과 부합되는 원리를 말씀하신 것이요, 공자도 우리 배달족이라 "도불행(道不行: 도가 행해지지 않으니)이라 승부부어해(乘桴浮於海: 뗏목을 타고 바다를 건너 국외로 나가려 함)이라"[431] 하시었

---

428) 《중용(中庸)》 제30장에 "중니(仲尼), 공자께서는 요임금과 순임금의 도덕을 근본으로 삼아 본받으셨으며, 주나라 문왕과 무왕의 법도를 따르셨다"고 나옴,

429) 소호(少昊), 전욱(顓頊), 제곡(帝嚳), 요(堯), 순(舜) 등 다섯 명의 중국 고대임금들.

430) 《주역》〈설괘전(說卦傳)〉 출전.

431) 《논어》〈공야장(公冶長)〉 출전.

다. 그리고 대우치수(大禹治水: 우임금의 홍수를 다스림)에 난망주신지공(難忘珠申之功: 주신의 공을 잊을 수 없음)이라 하였는데 그 주신(珠申)이라는 것은 무엇을 의미한 것인가 연구할 필요가 있다. 중국 사람들이 우리를 '신'이니 '진'이니 한다. 그 후에 이름이 변하여 숙신(肅愼)이니, 여진(女眞)이니 선비(鮮卑)니 하는 것이다. 소리가 서로 비슷한 것이요, 다 우리나라 민족임에 틀림없는 것이다. 한족(漢族)에게 우리가 패퇴(敗退)되기는 주무왕(周武王: ?-기원전 1043년) 시대부터다. 그래서 한족은 광대한 토지를 점유하고 점점 증식되었고 우리 민족은 사분오열하여, 극히 쇠약해졌다. 그러나 우리는 우리의 정신을 잃지 않고 자주적으로 지내왔던 것인데, 삼국통일이 있은 후부터 우리 역사가 점점 없어지기 시작해서 벌써 1000여 년이라는 세월을 경과하였으니, 우리 대황조의 역사를 다시 볼 도리가 없다. 현재 얘기하는 《단군사(檀君史)》라는 것은 그 피상(皮相)에 대해 하등(何等)의 근거를 문자로 증명할 곳이 우리나라 역사에서는 볼 수 없다. 그런데 중국에 가서 보면 단군사가 종종 편언(片言: 한마디 말)이나 패사(稗史: 패관이 이야기 형식으로 쓴 역사)에 보이며, 도관(道觀)이나 선서(仙書)에서는 더 많이 볼 수 있다.

기자(箕子)의 '홍범(洪範)'[432]이라는 것이 단군의 전래하던 종지(宗旨)인 듯 싶고, 요순(堯舜)의 전수심법(傳授心法)이 역시 우리 대황조의 전수심법인가 한다. 1000여 년 중단한 역사를 구고학적(究考學的: 고고

---

432) 우왕(禹王)이 홍수를 다스릴 때 하늘이 낙서(洛書)를 내려주므로 이것을 본받아 법을 삼은 것을 홍범이라 한다. 주나라 무왕(武王)이 기자(箕子)에게 찾아가 선정의 방안을 물었을 때 기자가 홍범을 아홉 가지로 일러 교시한 것을 홍범구주(洪範九疇)라 한다. 《서경》 주서(周書) 홍범편에 수록되어 있다. 9조목은 오행(五行)·오사(五事)·팔정(八政)·오기(五紀)·황극(皇極)·삼덕(三德)·계의(稽疑)·서징(庶徵) 및 오복(五福)과 육극(六極)이다.

학적)으로 증거를 구하는 중이다. 그리고 우리나라에서 불교가 전래하며 말류지폐(末流之弊: 말세의 폐단)가 우리 대황조에 대한 숭봉심(崇奉心)이 박약(薄弱: 얇아지고 약해짐)해진 것 같다. 중국에서는 사(寺: 절)와 관(觀: 도관, 도교의 절)이 병행하나, 우리나라에서는 관이라는 명목이 없다. 우리나라 절에서 숭봉하는 현상을 보면 부처와 제석전(帝釋殿)433)과 산신각(山神閣)434)과 칠성각(七星閣)435)과 독성각(獨聖閣)436)이 보통인데 우리가 중국에서는 사원(寺院)에서 부처와 제석전을 동일 숭봉하는 일은 별로 보지 못하였다. 우리나라에 한정된 일이다. 이 제석전이 바로 단군전(檀君殿)이라고 본다. 촌가(村家)에서도 10월 상달에 터쥬의 제석(帝釋)단지에 고사(告祀)지내는 것이 지금까지 전래한다. 불교가 우리나라를 시통(始通: 처음 통함)해서 졸지에 숭봉할 장소가 없으니, 기존에 사람들이 숭봉하던 제석전(단군전)에다 같이 봉안(奉安: 신주나 화상을 받들어 모심)하였던 것인데, 불교는 왕성해지고 단

---

433) 제석신을 모신 곳. 제석은 불교의 수호신으로 강력한 신들의 우두머리라는 뜻으로 석제환인(釋提桓因)이라고도 부른다. 사천왕(四天王)과 주위의 32천왕(天王)을 통솔하고 불법을 옹호하고 불법에 귀의하는 사람들을 보호한다.

434) 한국의 사찰에서 산신을 봉안한 건축물이다. 본래 불교의 것이 아니고 한국 토착 민간신앙을 수용한 것이기 때문에 전(殿)보다 격이 낮은 각(閣)을 칭한다. 한국불교의 토착화 과정을 일러주는 좋은 증거가 된다.

435) 칠성각(七星閣)은 인간의 자식과 수명을 관장한다는 북두칠성(北斗七星)을 모시는 전각이다. 수명장수신으로 일컬어지는 칠성(七星)을 봉안한 전각이다. 칠성각은 우리나라 사찰에서만 볼 수 있는 특유의 전각 중의 하나로서, 한국불교의 토착화 과정을 알 수 있는 자료가 된다. 우리나라 불교사의 초기 및 중기의 사찰에서는 칠성각을 찾아 볼 수 없으나, 조선시대에 들어와서 차츰 나타나기 시작하여 현재는 전국 대부분의 사찰에 건립되어 있다.

436) 스승 없이 홀로 깨친 성자인 독성(獨聖), 즉 '나반존자(那畔尊者)'를 모신 전각. 나반존자는 본래 부처의 제자로 아라한과(阿羅漢果)를 얻은 뒤 부처의 수기(授記)를 받았다. 이후 나반존자는 부처님 멸반 후 스승 없이 홀로 선정(禪定)을 닦아 깨달음을 얻어서 독성(獨聖)의 이름을 얻었다.

군의 전래하던 역사는 국책상으로 소멸되던 때라, 부처를 모신 불전(佛殿)이 주인이 되고 주인이던 제석전이 객위(客位: 손님자리)로 나간 것이 지금까지 전래하는 확증이라고 본다.

신라 말기까지도 화랑도니 국선(國仙)이니 하는 풍속이 남아 있었으나, 고려와 이조에 와서 아주 우리 단군숭봉 사상이 없어져서 국가에서는 아무 관심이 없었다. 《동몽선습(童蒙先習)》437)과 《동국통감(東國通鑑)》438)에 겨우 "신인(神人: 신처럼 숭고한 사람)이 강우태백산단목하(降于太白山檀木下: 태백산 박달나무 아래에 내려오심)라."고 할 정도요, 상세한 내용은 없다. 한심한 일이다. 이조 말년에 와서 비로소 대종교(大倧教)439)를 나철(羅喆)440) 선생이 도사교(都司教: 대종교의 가장 덕망 있는 사람으로서 교를 대표하는 자리)가 되어서 1000여 년 미증유(未曾有)

<hr />

437) 조선시대 동몽교재(童蒙教材) 중에서 가장 이른 시기에 저술되었고, 초학 아동들이 《천자문》 다음 단계에서 반드시 학습하였던 대표적인 아동교육교재. 현종대 이후에는 왕실에서 왕세자의 교육용으로도 활용되었다.

438) 단군조선에서 고려 말까지의 역사를 편년체로 기록한 사서이다. 총56권 28책의 활자본으로 이뤄졌다. 고조선의 건국 연대를 기원전 2333년으로 밝히고 있으며, 삼국의 역사를 서술하였음에도 신라의 역사를 추가로 집필하였다는 특징을 지닌다. 세조 4년(1458년)에 시작되어 우여곡절 끝에 성종 15년(1484년)에 완성 되었다.

439) 대종교(大倧教)는 태고로부터 내려오는 고대역사를 거슬러 올라가며, 세계를 창조하신 하느님을 믿는 종교이다. 중광 교조는 나철이다. 종교로 출발하였지만 그 시기가 바로 일제 강점기였던 탓에 항일독립운동에 더 많은 공헌을 했다. 독립운동가 상당수가 대종교인이었다.

440) 나철(羅喆, 1863.12.2~1916. 음력 8.15)은 조선 말기의 문신이자 대종교의 창시자이고 대한제국의 독립운동가이다. 문과에 급제하여 벼슬을 하다가 귀향하여 항일운동에 투신하였다. 을사오적 암살에 실패하고 1907년 자수하여 지도(智島)에 10년 유형을 선고받았으나, 1년 후 고종의 특별사면으로 풀려났다. 그후 나철은 구국운동(救國運動)의 일환으로 민족 종교 운동에 주력해 1909년 1월 15일 한성부에서 대종교를 창시했다.

의 성사(盛事: 성대한 일)를 시작하였으나, 역시 미미(微微) 부진(不振)한 것은 수년후 국망(國亡)하고 왜정이 용허하지 않는 연고였다. 만주로 가서 유지자(有志者)들이 민족운동을 하며 대종교도 불휴의 노력을 하였던 것이다. 그러다 을유(乙酉: 1945년) 8.15에 선배 여러분들이 입국한 뒤로 당연히 민족적 대선전을 해서 국가에서 계몽정신을 가지는 것이 당연한데, 소위 주권자라는 인물들이 타종교인물들이라, 대황조를 숭봉하느니 보다는 자기가 숭봉하는 야소(耶蘇)나 국민전체가 숭배하였으면 하는 심리를 가진 인물들이었지 대황조를 봉안함으로 민족정신을 단결시킬 수 있는 것을 어찌 알았으리요. 그런데 민간인으로 자기의 주목적이야 무엇이든지 대황조를 봉안하고 민족통일사상을 고취하는 것은 비록 자기의 타목적이 있다 하더라도 우리가 보기에는 감사한 일이라고 본다.

대황조께서 한갓 나라를 개국한 시조라고 하더라도 누구든지 봉안 못할 바가 없는데 이 대황조는 우리 인류사에 비류(比類)가 없는 대성(大聖)이시고 우리 배달족에게는 오족(五族)을 통한 조상이시니, 누구라도 봉안하지 못할 이유가 없다. 비록 원조(遠祖: 고조 이상의 먼 조상)일지라도 다 같은 조상이니 누가 숭배 안 할 사람이 있을 것인가. 그런데 비록 다 같은 자손이나, 이 대황조를 모시었거든 욕되지 않게 하기를 빌 뿐이다. 그리고 장래 국가적으로 숭봉하는 것이 당연한 일이라 본다. 정치 주권자들이 대황조 숭봉이념이 없이 다 제가 잘나서 그리되거니 하는 인물들은 근본이 없는 나무와 같다고 확언해 두노라. 입으로는 근일 백두산 영봉에 태극기 날린다는 말과 대황조 이념 운운하는 인물들이 많으나, 하는 일을 보면 대황조의 죄인 아닌 인물이 별로 없다고 본다. 앞으로 대황조의 홍익인간 이념을 여실히 발로(發露)하기를 빌고 이 붓을 그치노라.

임진(壬辰: 1952년) 9월 28일 봉우서우유신정사(鳳宇書于有莘精舍)

추기(追記)

내가 9세 시에 나철 선생이 서울 마동(麻洞)에서 대종교를 창설할 때에 참가하여 11세까지 거경(居京: 서울거주)시에는 참배하였었다. 그후는 다시 왕래가 없었으나, 나는 대황조를 우리의 글자 그대로 대황조로 숭봉하지 무슨 (종교의) 교조로는 숭봉하고자 않는다는 것을 표명하는 것이다. 우리 백두산족의 오족(五族)이 통일하여 대황조 이념이신 홍익인간(弘益人間)을 실현시킬 책임이 우리의 손에 있다는 것을 감사히 생각할 뿐이다. - 여해추기(如海追記).

[이 글은 〈백두산족에게 고함〉(1989년) 68페이지에 실린 봉우 선생님 수필인데, 원문에서 누락되었던 〈추기〉를 덧붙이고, 내용을 다시 역주하여 올린다. "대황조는 우리의 최고지상의 조상이시다"라는 인상적인 정의로 시작하는 이 글은 선생님의 많은 글 중에서도 단연 독보적인 중요성을 지니고 있다. 봉우 선생님은 평생 우리 민족의 뿌리를 알아야 한다 강조하셨는데, 그 뿌리가 바로 대황조, 대황조사상인 것이다. 선생님은 이 글에서 대황조로부터 비롯한 우리 민족의 숨겨진 역사와 문화를 새로이 조명하고 정의 내렸으며, 앞

으로 나갈 길까지 제시하고 있다. 우리가 진짜 잊어서는 안 될 존재의 중요한 비밀과 뿌리적인 것, 정신문화적인 것들을 선생님은 일러 주시고 챙겨 주시며 이미 많은 중요한 것들을 상실한 우리들에게 아직 늦지 않았다며 앞으로 잘하라고 격려까지 해주신다. 봉우 선생님을 만나지 못했다면 우리가 어데서 이 겨레의 근본과 참역사를 알 수 있었을까? 진정 머리가 다 아득해진다. 아주, 아주 중요한 글이다. 봉우 선생님의 사상이 21세기 대한민국에서도 다시 연구되어져야 하는 이유이다. -역주자]

자식을 보내고

　양력 10월 11일 오후에 아직은 오려니 생각도 안 하던 가아(家兒)가 대구정보학교반을 졸업하고 왔다. 반갑다. 그러나 학교 내에서 통학하며 수십일이나 병으로 고통스러웠다고 한다. 현금도 병중인 것 같다. 행보를 못하고 전신이 불편해 하는 것 같다. 게다가 대구에서 자식의 친구에게서 병원 치료차로 수십만 원의 부채가 있는 것 같다. 그러나 가정형편이 경제적으로 아주 타격을 받아서 자식이 보기에도 그런 금액을 주선할 것 같지 않으니, 병도 병이요, 정신적으로 고통이 심한 것 같다. 3, 4일 간에 병이 아주 악화해서 가족 전체가 걱정 중이었고 또 17일은 김포로 가서 미8군 부속인 항공정보반에 입학해야 할 형편인 것 같은데, 부채도 어찌 할 수 없고 김포가서 2개월 동안 학교비용도 주선되지 않아서 분주히 쉬지도 못했으나 아무 성과를 보지 못해 속수무책(束手無策)이었다. 6일 이른 아침에 출발할 예정이었으나, 5일 밤 늦게까지 별별 수단을 다해도 촌효(寸效: 조금의 효험)를 못 보다가 5일 오전에 병은 종처(腫處: 부스럼 자리)를 파종(破腫: 종기를 터트림)하고 많은 양의 농즙(濃汁)이 나온 후로 몸의 열과 두통이 좀 감소해진 것 같으나, 여러 가지 불성공(不成功)으로 기분이 불쾌한 것 같다. 그러던 중 5일 심야 후에 ○○의 전심전력으로 옛분의 동정적 주선이 효과를 발생하여 50만 원을 마련했다. 자식도 하룻밤을 편히 자고 6일 아침 일찍 대전으로 출발하였다.

여전히 큰 종기가 파종된 후 몸조리도 못하고 완치하자면 상당한 일자가 걸릴 것 같은데 입교일자 관계로 이와 같이 총총하게 보내니 내 마음이 그리 쾌활하지 못하다. 그리고 금번 부채의 선후책도 역시 묘연한 것이다. 타인들은 자손 많은 사람도 다 공부도 시키고 출세도 시키는데, 나는 독신 자식 하나를 항시 학비 등절(等節)에 곤란을 보게 되니, 나 역시 기분이 좋을 것은 없다. 비록 가인생산작업(家人生産作業)에 유의(留意)는 않으나, 이런 때를 당하면 그 곤란을 해결하기 난사(難事: 어려운 일)라는 말이다. 자식이 금번 김포로 가서 병이나 속히 완차(完差: 완전한 차도)되고 2개월 학습이나 잘해서 건강한 몸으로 원대 복귀하여 일선 정보관(情報官)으로 임무를 잘하고 내년 미국유학시험이나 잘 통과되었으면 하는 바람이요, 그다음은 다시 나가는 길을 보아서 희망이 있을 것이다. 병중의 자식을 보내고 마음이 불안해서 그 건강이나 속히 회복되기를 바라고 이 붓을 드는 것이다.

임진(壬辰: 1952년) 양력 10월 16일
봉우서우유신정사(鳳宇書于有莘精舍)하노라.

이갑성(李甲成)₄₄₁) 군의 총리 지명설을 듣고

　항간(巷間: 거리)에서 장차 국무총리에 지명될 인망이 있다는 인물들이 누구, 누구 하는데 이윤영 군은 실패하였고, 제2차 지명이 시일을 연타(延拖: 끌다)하더니 필경 항간의 예정대로 이갑성 군의 국무총리 지명설이 있다. 내가 신문이나 공보(公報)를 못 보았고 전하는 얘기만 들었다. 여당의 이갑성이나 야당의 윤치영설이 있던 것이라 아마 이갑성 지명설이 확실시 된다. 그런데 이갑성 군은 기미운동 33인조의 잔존조의 일인이요, 애국투사로 자타가 공인하는 사람이다. 그러니 이군은 애국투사로는 족하고 정치인으로는 우리가 보기에 절대로 다른 사람보다 우수한 것 같지 않다고 확언해 둔다. 애국지사로는 의지가 굳은 사람이나, 정치적으로는 정치학식이나 수완이 부족해서 이갑성이라는 명가(名價: 이름값)를 유지 못 할 인물이라는 말이다. 33인 잔존조만으로도 이갑성에게는 무상(無上)의 영광이지, 만약 국회에서 인준 된다면 이갑성 총리의 정책이 한 가지도 나오지 못하고 소위 여당이라는 자유당 정책이 그대로 나올 것이요, 지금까지 해나온 실례로 보아서 자유당 정책이라는 것은 기괴망측한 정책이 나올 것이다.

　그러면 이갑성 군은 정불유기(政不由己: 정책은 내 힘 밖에 있음)요, 정

---

441) 이갑성(李甲成, 1952.10.9~1953.7.27) 전시내각의 임시 국무총리. 대구출생. 세브란스의전 출신. 3·1운동 때 민족대표 33인의 한 사람으로 독립유공자이나 친일의혹도 있는 인물.

유당출(政由黨出: 정책은 정당에서 나옴)이라 할 것이나, 잘못된 책임은 갈데없이 이갑성이 가지지 않으면 안 될 입장이다. 종전에 자유당에서 대통령 일색의 정책을 사용하였는데 이것은 준법정신에서는 아주 탈선이다. 그러나 이갑성이 국무총리가 되어서 이를 시정하고 정정당당(正正堂堂)하게 정치를 해나갈 만한 역량이 없는 사람이요, 당에서 또는 대통령이 하라는 대로 명령 복종할 인물이니 그리고 보면 애국지사라고 청명(淸名: 청렴하다는 명망)이 있던 사람이 정치모리배들의 주구노릇밖에 못한다면 그전의 명망 있던 소문은 땅에 떨어지고 말 것이다. 그리고 자유당 대표로 이갑성이가 나온다는 것부터 유리한 조건이 아니다. 이 박사님도 이갑성을 국무총리로 지명한 것이 아니요, 자유당을 지명하자니 이갑성이가 나온 것이라고 본다. 내 생각에는 이갑성의 명가(名價)를 보존하려면 국회에 불인준되어야 할 일이요, 만약 인준되는 날이면 이갑성의 명가는 귀어허지(歸於虛地: 빈 땅으로 돌아감)라고 아주 단언해 두노라. 두고 보라. 인준되더라도 이갑성 정책이라고 이렇다는 정책이 절대로 없다는 것도 역시 단언하노라.

임진(壬辰: 1952년) 9월 29일
봉우서우유신정사(鳳宇書于有莘精舍)하노라.

이갑성의 인준부결을 듣고

산촌이라 소식이 불통이나 우연히 공암을 갔다가 이갑성 군의 인준부결설을 듣고 내 소감이 있어서 두어자 기록해 보는 것이다. 이 인준부결이 있기 전에 이씨가 연립내각 운운의 성명이 있었고, 또 국회에서 곽상훈 의원의 지명사임 권고도 있었다. 곽씨 의사가 당연한 일이다. 당연히 부결될 줄 알면 남자답고 정치가답게 지명을 아주 청청백백(淸淸白白)하게 자기 심경에 없는 의사라도 그럴듯하게 성명서를 발표하고 타인에게 이렇소 하고 사퇴하면 그래도 33인조의 잔존조라도 다른 사람보다는 우수하다고 할 것인데, 정반대로 인준을 얻고자 구구한 성명서를 발표하고 또 곽 씨의 권고도 일축하고 인준운동을 열렬히 하다가 필경 부결을 당하니, 이것은 이 씨가 신언서판(身言書判)에서 비록 3건은 족하나, 판단력이 크게 부족한 관계다. 국외인인 우리도 그 부결될 것을 명약관화하게 아는데, 이 씨 자신이 이것을 알지 못할 리가 없고 다만 국무총리라는 명리욕으로만 인준운동을 열중했다는 것은 이 씨로 하여금 33인 잔존조의 영예도 상실되게 하는 것이라고 본다.

이 군이여, 명리에 너무 열중하지 마라. 국무총리 글자 그대로 일국의 국무를 모두 다스릴 만한 소신이 있는가. 그리고 혹 자신이 있더라도 자기 소신대로 행사하게 될 것인가 그렇지 않고 비록 자신 있는 정책이 있더라도 자유당에서 당 정책에 배치되는 일이면 아무리 이 씨가 선정을 하고자 하더라도 용인할 것인가. 이 자유당을 제외하고 자기자의로 행정할 만한 역량이 있는가 회상해 보라. 그리고 자유당의 근본책대로 시정해서 민의에 순응될까도 생각할 여지가 있지 않은가? 아무리 정권의 야욕이 있다 하더라도 자기 일신보다도 거의 다 선령(先靈)이 된 기미(己未: 1919년) 33인의 근본정신을 망각하고 민족의 죄인이 되어서는 안 될 것 아닌가? 잔존조로 일색청(一色靑: 한 가지 색 푸름)의 이갑성 군이 의외에도 자유당의 맹장으로 국무총리 지명까지 받는다는 것은 인준이 되든지 부결이 되든지 불문하고 불명예이며, 선령(先

靈)에게 득죄(得罪: 죄를 얻음)라고 보노라.

이갑성 군과 나는 대면도 못한 사람이나, 33인의 공통된 열혈이야 아직 남았으리라고 보는 관계로 군의 금번 처사의 부당성을 지적하는 것이며, 먼저번 국회 산회론(散會論)을 주장하던 것도 양심상으로 가책(呵責)이 없는가 회상해 보라. 일시의 부귀가 무어라고 백대의 평론을 불계하고 우왕마왕(牛往馬往: 소나 말처럼 갈팡질팡함)하는 것은 지사(志士)의 취할 바가 아니라고 본다. 비록 국회의원 제군이 다 자격이 부족하다 하더라도 그래도 입법기관임에는 틀림없는 것이요, 또한 행정부의 왜곡을 시정코자 하는 곳은 이 국회 외에는 다시 없는 것이 아닌가. 그런데 비준법행위를 체면 불고하고 감행하고, 수단을 가리지 않고 정권을 탈취하려는 행동을 감행하는 자유당의 대표인물로 이갑성 군이 총리인준에 지명되었다는 것이 이 군을 위하여 애석하지 않을 수 없는 일이다. 군도 양심이 있거든 민생에서 자유당의 행위를 어떠하다고 보는가 고찰해 보라. 그리고 현 행정부가 과연 민의에 순응되는 것이라고 보는가? 이 군이 총리로 인준이 되든지, 부결이 되든지 내게는 아무 관계가 없는 것이나, 기미독립운동 33인의 근본정신이 이 33인이라는 영예를 팔아서 부패하고 윤리도덕이 없는 행정부의 수반이 되었다면 지하의 선령들이 33인 '일엽청(一葉靑: 한 잎 푸름)'의 대표적 잔존조의 소행이라고 칭찬할 것인가? 그 선령들이 이군과 동렬에 있음을 영예로 생각할 것인가?

이 군이여, 밤에 잠이 없거든 묵상해 보라. 이루다 말할 수 없으나 이 군도 무지몰각(無知沒覺)한 인사는 아니다. 일시 과오가 있더라도 속히 개과하고 지하의 33인 중 먼저 가신 영신(靈神: 영혼)에게 기도를 올리고, 사과하라. 그리고 인준에 부결하신 국회의원 제위에게도 감사의 뜻을 표하라. 군이 다른 계통의 인사라면 우왕마왕하더라도 내가 이 붓을 들 리가 없는 것이다. 3.1운동 33인조의 잔존조라는 관계로 내가 이 붓을 든 것이다. 현 행정부가 민의에 얼마나 배치되었는가도 잘 고찰할 지어다. 또 부패도 거의 극에 달한 느낌이 있다. 그 극에 달하면 변하는 것이 상리(常理)인데, 머지않아 소연(昭然)하게 알 것이다. 이군의 부결을 보고 내가 소감이 있어서 이 붓을 들고 따라서 33인 선령들에게 이군 같은 잔존조를 세상에 남겨서 여러 선령들에게 욕됨을 미안하다고 심고(心告)하고 이 붓을 그치노라.

임진(壬辰: 1952년) 양력 11월 22일 야(夜)
봉우서우유신정사(鳳宇書于有莘精舍).

아이젠하워 원수의 환영행사를 보고

　고금(古今: 옛날과 오늘)이 일반이다. 타국의 군주가 아국을 방문한다면 이는 국민으로서 무상(無上)한 영광이요, 국가로도 역시 영광이다. 그런데 더구나 한국의 사활분기점에 선 한국전선을 장차 종결시키기 위해서 미국의 차기 대통령으로 당선되어 아직 취임식도 하기 전에 한국전선부터 방문하겠다는 확약이 있고, 또 이 전쟁을 절대 양보 않겠다는 연설이 있는 아 원수의 환영이라면 물론 거국적으로 해야 당연하다고 본다. 그러나 방한일자를 확정하지 않은 것이라 거국적으로 환영 준비는 필요하나, 오기 전부터 환영행례를 하는 것은 무의미하지 않은가 한다. 11월 28일 촌촌(村村: 마을마다), 방방곡곡(坊坊曲曲) 말할 것 없이 거국적으로 행사를 한 것 같은데 아 원수 방한일정이 극비밀이라 28일 극비리에 방한행각이 있지 않은가 하였더니, 30일 신문지상으로 보니 아직 선발대도 한국에 도착이 안 되어서 장기환영준비를 만든 꼴만 되었다. 도시는 물론 장기라도 어느 날, 어느 때에 아 원수가 도착할지 알 수 없으니 계속할 밖에 다른 도리가 없고 지방에서는 만반의 준비를 하고 있다가 명령 한 번에 거국적으로 환영을 하라고 정부훈시가 있는 것 같다.

　그러니 장기가 될지, 단기가 될지 알 수 없는 일이나, 국민도 국민이려니와 정부에서도 무슨 일이든지 손에 안 잡힐 것 같다. 또는 아 원수가 방한하고서야 한국전쟁이 끝날 것이라고는 나는 안 본다. 아 원수는 아 원수대로 한국전쟁을 요리할 심산이 있을 것이다. 와서 일선시찰정도 하는 것은 유엔군 현지방문 정도가 아닌가 하는 감이 없지 않다. (미국대통령) 선거연설에서도 불확실한 말은 안 하였으나, 여전히 미국의 전통적인 엉거주춤한 말솜씨로 미국민에게도 호감을 얻을 정도요, 국제연합 각국에게도 모박힐 말은 절대로 않는 미국식 웅변이다. 그러나 방한행각의 확실성이 있는지, 있다면 어느 때쯤 되는지 우리 국민으로는 장기환영준비를 괴로워서 그러는 것이 아니라 일이 손에 잡히지 않아서 알고자 하는 것이다. 또는 아 원수 일정이 극비밀리에 되는 것도 무리가 아니다. 전선시찰관계도 있고 적국오열(五列: 간첩)관계도 있고 하필 적국의 오열이리요. 전쟁에도 지대한 관계가 있으므로, 물론 비밀을 엄수하는 것이 당연한 일인데 사실에 있어서는 민간인으로는 곤란하다는 것도 무리는 아니라고 본다. 하루라도 속히 아 원수의 방한이 실현되기를 바라고 이 붓을 그치노라.

임진(壬辰: 1952년) 11월 30일

봉우서우유신정사(鳳宇書于有莘精舍)

본군(本郡: 공주) 출신 국회의원 박충식[442] 군의 서한(書翰: 편지)을 보고

〈서한 원문〉

근계(謹啓: 삼가 아룁니다) 조국통일을 위하여 낮과 밤으로 고투(苦鬪)를 계속하시는 향리(鄕里: 고향마을) 제현(諸賢: 여러분)에게 무한한 건승(健勝: 건강함) 있사옵기를 빌고 또 비옵나이다. 복잡다단하여 그 귀추가 심히 염려되었던 세계정세는 이번 미국 대통령 선거를 계기로 아연 긴장의 변(變: 변화)을 가하게 되었습니다.

더욱이 "유엔군의 한국철수 운운"을 주장한다 하여 세계여론은 물론 이 민족의 신경을 몹시 날카롭게 하던 아이젠하워 원수가 20년간의 민주당 집권을 타도하여 당당히 당선케 됨은 한국전쟁이 가진 바 세계사적 의의를 여실히 표명하여 남음이 있으며, 나아가 세계정세의 신국면이 전개될 것을 기대하여 마지않는 바입니다.

특히 공화당의 강경정책은 침략자를 철저히 징벌하여 동서의 정분(政紛: 정치적 분란)을 자유진영의 종국적 승리로 귀결 지을 것이니 우리는 충심으로 아 원수의 당선을 축복하는 바이며, 그의 선거공약대로

---

442) 박충식(朴忠植, 1903~1966.4.5)은 대한민국의 제2대(민주국민당)·4대(자유당)·5대(무소속) 국회의원이다. 제5대 국회의원에서는 당선 무효를 선고 받았다. 1951년 2월 보궐 선거에서는 적극적으로 조병옥의 선거 운동을 하였다.

하루 속히 내한(來韓)하여 민족의 숙원이던 남북통일에 획기적인 정책이 수립되기를 갈망하여 마지않는 바입니다.

근자(近者: 요사이) 외국신문의 오전(誤傳: 오보)으로 "미군의 한국철수 운운"이 회자(膾炙), 유포되어 결전하(決戰下: 결정적인 전쟁 아래) 우리 국민에게 불리한 심리적 동요를 초래케 함은 심히 유감스런 일이오며, 이런 의혹은 여러분의 밝은 관찰로 점차 해소되리라 믿사오나, 최근 그 연설의 원문이 입수되었기에 동봉하여 보내 드리오니 참조하시어 전의앙양(戰意昂揚: 전쟁의 의사를 드높임)에 일조가 되게 하옵소서.

추배(趨拜: 예도에 맞춰 절함)치 못함을 사(謝: 사죄함)하옵고 삼가 진언(進言)하나이다.

임진 11월 일 생(生) 박충식 배(拜).

〈편지동봉 연설문〉

[아이젠하워의 한국문제에 관한 대통령선거 연설 요점: 1952. 11. 1. 디트로이트 연설]

1. 한국군은 증강하여야 한다.
2. 미국군 철수는 주장하지 아니한다.
3. 한국동란 해결방책은 아직 없으나, 먼저 한국에 가서 사정을 시찰하여야겠다.
4. 우리는 언제까지나 기다리고, 기다리고, 기다릴 수는 없다.
5. 한국전쟁은 피할 수 있던 것이나 현 행정부의 정치적 빈곤과 독재가의 심리를 이해 못한 데에서 기인되었다.

6. 각 방면의 경고에도 불구하고 1950년(애치슨[443]) 행정부에서는 미군철수와 방위선 내에서 한국을 제외한 성명으로 말미암아 6.25사변이 생긴 것이다.

7. 미군의 참전은 당연하고 또 불가피한 일이다.

8. 자기가 행정부 대통령에 당선되면 한국전쟁 종결에 전력을 집중할 것이다.

9. 한국군을 훈련하고 무장시키는 계획을 급속하게 추진할 것이나, 유엔군은 그 불행한 국가를 떠날 수 없을 것이다.

10. 언제나 공산도당과 타협을 거절하고 공산주의를 분쇄할 만한 심리전술을 추진하며, 아시아의 각 자유국가와 부단한 연락과 협상을 할 것이다. (이상 연설 원문)

이상 원문을 기록하고 여기에 대한 내 사견은 이러하다. 지방선출 국회의원으로 지방인사가 궁금히 여기는 정계사정을 의원 자신이 아는 대로 간간이 통지하는 것도 역시 자기 책임상 불가결한 일이다. 박충식 의원은 선거 당시에 보면 변재(辯才: 말재주)도 부족하고, 포부도 부족한 것 같았다.

그러나 박 의원은 수십년간 화신백화점 점원으로 상업, 외교에 능력이 있는 사람이라 화신에서도 중진으로 있었다. 화신의 발전이 이 박

---

443) 딘 구더햄 애치슨(Dean Gooderham Acheson, 1893.4.11~1971.10.12)은 미국의 민주당 정치인이자 변호사로 해리 S. 트루먼 행정부에서 제51대 국무장관(1949~1953)을 지내면서 냉전을 위한 미국의 외교 정책을 주도하였다. 그의 가장 논란되는 정책은 전미국신문기자 협회에서 행한 연설에서 동북아시아 방위선에서 한국을 제외한다는 선언이다. 에치슨 라인에 대한 주류적 시각은 미국의 극동 방위선에서 한국을 배제시켰음을 선언한 것으로 북한은 이를 남침의 신호탄으로 생각하게 되었다.

의원의 책모(策謀: 책략) 중에서 많이 나왔던 것이다. 그래서 박 의원이 정치인으로는 부족감이 많으나, 상업·외교에 경험이 많은 사람이라 처세와 교제술에는 큰 실수 안 할 인물이다.

비록 국회 의석상(議席上)에서 의원자격으로 당당한 발언을 하는 데는 부족감이 많으나, 자기가 선출된 공주 갑구를 위해서 공적, 사적으로 진력하는 것은 가리지 못할 일이다. 이런 일이 우리가 보기에도 여러 차례다. 금번에도 아 원수연설이라고 외신보도가 미국군을 한국에서 철수하겠다는 의견을 게재하여 한국 인사들이 불안감을 가지고 있는 이때에 박 의원이 이것이 오보(誤報)라고 하는 통지를 지방인사에게 보내니, 비록 국회에서 정정당당한 발언은 못 되나, 역시 지방인사로는 박 의원에게 감사의 뜻을 표할 것이다.

박충식 군도 당연히 취할 태도요, 별다른 예외의 일은 아니나 그렇다고 묵과시키는 것도 부당한 일이다. 내가 이 서한을 보고 이 붓을 든 것이다. 박 군에게 더욱 국회의원으로 정당하게 의회에서 발언 있기를 바라고 앞으로 또 끊임없는 노력 있기를 바라마지 않노라. 이다음 아 원수의 연설요점 10조에 대한 내 의견을 기록해 보겠노라.

1. 에 대한 내 사견: 민주당 정책이 한국군의 증강을 불허한 것은 이 연설로 보아서 알겠다.

2. 에 대한 내 사견: 미국 여론이 미국군을 한국에서 철수하자고 주장하는 정당이나 파당이 있는 것은 사실이다.

3. 에 대한 내 사견: 미국에서 한국동란을 위험시 않고 또는 최단기간 내에 해결하자는 미국의 정책이 아닌 것도 사실이며, 아 원수가 한국에 와서 시찰한 후가 아니면 한국전쟁은 아직 미지수에 있

다는 명증(明證: 명백한 증거)이다.

4. 에 대한 내 사견: 민주당의 정책이 한국전쟁을 장기전으로 도입하여 단시일 해결을 보고자 않던 것도 아 원수 연설로 확증되며, 민주당 태도는 아주 장기전으로 미국정계에 표명하였던 것도 사실이다. 3차대전이 나도록 연장전을 하려던 것이다.

5. 에 대한 내 사견: 한국전쟁 발단의 책임이 미국에 있다는 확증이며, 애치슨 행정부의 행정적 과오도 이 전쟁의 발생 원인에 대한 증언임에 틀림없는 것이요, 지피지기(知彼知己)를 못한 것이라고 확증하였다.

6. 에 대한 내 사견: 한국전쟁 발발(勃發)의 책임을 증거를 들어서 공격한 것이다. 1950년에 애치슨 행정부가 미군철수와 방위선 내에서 한국을 제외한 성명(聲明: 발표)이 제오(第五)의 증언이다. 이것이 북한의 남침을 유도한 것이다. 그러고 보면 한국전쟁의 총책임은 당연히 미국이 져야 하는 것이다.

7. 에 대한 내 사견: 5조와 6조에 대한 책임관계로 미국의 한국참전도 당연한 일이요, 또 불가피한 일이다.

8. 에 대한 내 사견: 아 원수는 군인인 관계로 정치모략보다 전략상으로 보아서 자기가 대통령으로 당선되면 이런 한국전쟁은 정치적 해결보다 군사적 해결을 하겠다고 자기의사를 표명한 것이다.

9. 에 대한 내 사견: 한국군의 완비를 추진할 것이나, 그래도 완전무비한 강군비(强軍備)는 불허하겠다는 증언이다. 한국군만이라도 완전한 무장과 훈련을 하면 외국의 응원이 아니라도 충분한 방어가 될 것이나, 그 정도까지 완비는 허락할 수 없고 유엔군 보좌에 충분하게 정도는 추진하겠다는 증언이다. 그런고로 불행한 한국

을 유엔군이 떠날 수 없다는 증언을 내린 것이다.

10. 에 대한 내 사견: 종래의 민주당 정책이 공산도당과 타협정책을 사용하였다는 증언이요, 아 원수 자신은 이 정책을 반대하겠다는 말이며, 그리고 심리전술 운운은 비록 3차대전이 발생할 우려가 있더라도 적극적으로 반공정책을 쓰겠다는 정견(政見)이며, 끝으로 "아시아 각 자유국가와 부단의 연락과 협상을 할 것이다" 라고 한 것은 민주당의 애치슨 행정부에서는 아시아 각 자유국가들을 상대로 연락이나 협상을 안 하였고 그저 원조나 감시 정도에 그쳤다는 명확한 증거라고 본다.

이상이 아이젠하워 원수 연설에 대한 나의 조건적 사견이다.

임진(壬辰: 1952년) 10월 17일
봉우서우유신정사(鳳宇書于有莘精舍)

아이젠하워 원수의 한국방문을 환영함

아 원수가 대통령선거 연설에서 한국문제에 관하여 여러 조건을 말하다가 "한국동란을 아직 해결할 방책이 없으나 먼저 한국에 가서 사정을 시찰해야겠다"라는 구절이 있었다. 과연 아 원수는 공화당을 대표하여 민주당의 수십 년 견진(堅陣: 견고한 진영)을 용이하게 격퇴하고 우수한 성적으로 미국 차기 대통령으로 당선되자, 선거 당시 연설을 신조(信條)로 다망(多忙: 매우 바쁨)함을 무릅쓰고 (6.25) 동란지대요, 더욱이 일선지대의 위험을 불고(不顧: 돌아보지 않음)하고 12월 2일 김포 비행장에 하륙하여 4일까지 시찰을 완료하고 5일 출발하였다.

세상에서는 별별 기대를 다하나, 사실만은 아 원수가 말한 바와 같이 한국동란을 아직 해결할 방책이 없으나 먼저 한국에 가서 사정을 시찰하여야겠다고 선언한 것을 보면 이번 방문이 이 한국동란 해결의 관건(關鍵: 핵심)이라고 아니 볼 수 없는 것이요, 아 원수도 충분한 고려가 있은 후에야 해결책이 나올 것이다. 또는 취임식이 있은 후가 아니면 아직 정치적이나 군사적으로 별 신규변동이 없으리라고 본다. 아 원수의 한국에 대한 정견연설 내용으로 보아서 애치슨 행정부와 같이 타협책이나 연기책을 사용하지 않을 것만은 확실한 일이다. 그러나 아 원수의 한국시찰에서 얻은 바가 아 원수가 생각하고 있던 바에서 틀림없었던가 혹은 예료(豫料: 예측)보다 호전 하였는가 혹은 악전(惡轉: 악화) 하였는가는 아 원수가 아닌 이상 알 수 없는 일이요, 아무렇든지 일국의 원수로 더구나 민주 우방의 맹주(盟主)격인 미국 대통령 당선자로 우리나라 동란을 해결하고자 실지 시찰을 대통령 선거연설에서 민중에게 언약하고, 당선한 뒤에 식언(食言)함이 없이 즉시 실현한다는 것은 아 원수는 아 원수대로의 신조요, 우리 한국은 국가나 민족을 들어서 환영 안 할 수 없는 것이다.

아 원수에게 바라는 바는 남북한을 통하여 우리 3000만 겨레를 노자(勞資: 노동자와 자본가, 공산주의와 자본주의) 양대 조류가 충돌할 도화선이나 조상(俎上: 도마 위)의 제물로 사용하지 말아 달라는 간단한 부탁이 있을 뿐이요, 그 외에 이러니, 저러니 억측은 다 필요 없는 것이다. 아 원수는 아 원수대로의 한국시찰의 소감과 해결책이 있을 것이니, 우리가 별별 소리를 다하기로서니 그 복안(腹案: 마음속 생각)이야 변할 것인가. 세계평화를 위하여 아 원수는 노력해 달라는 말뿐이다. 이것으로 우리나라를 방문해 준 아 원수를 환영하노라.

임진(1952년) 12월 9일 봉우서우유신정사(鳳宇書于有莘精舍)

추기(追記)

내가 먼저도 기록한 바가 있었다. 미국에서 대통령이 민주당에서 선출되든지, 공화당에서 선출되든지 대한(對韓)정책만은 대동소이(大同小異)하리라고 말하였다. 두고보라 물론 행정부에서는 민주당이나 공화당의 기본정책이 있어서 다소 상이점이 있을 것이나, 미국 대 한국뿐만 아니라 미국 대 동양정책은 미국의 국책으로 기정방침이 확립된 이상 별 큰 변동은 없으리라고 본다. 공화당이나 민주당에서 하후하박(何厚何薄: 누구에게는 후하고 누구에게는 박함)있으리라고는 안 본다. 이것이 국제정세요, 미국의 국책일 것이다. 그러나 우리는 아전인수격으로 아무렇든지 아 원수의 미국 대통령 당선으로 우리를 위하는 신정책이 나왔으면 하는 미미한 희망일 것이다. 국책이야 아무렇든지 우리나라에 유리하게 되었으면 무엇이 불가하리요. (국가정세의) 호전을 빌 뿐이다.

봉우추기(鳳宇追記)

이 대통령이 외국기자회견 석상(席上)에서
발표한 몇 조를 듣고

임진 12월 10일 발표에서 들으니 이대통령이 외국기자회견[444] 석상에서 일본기자의 회견을 불허하고는 100여 명 외국기자가 다 회견하였다. 중대회견이다. 그 발표한 차례는 알 수 없으나, 아래에 기록한 조건이다. 한국 국군만 가지고도 능히 양강선(兩江線: 압록강과 두만강)까지 갈 수 있다는 것과 현재 인도안[445]은 절대 반대한다. 차라리 중공안을 수락하는 편이 유리하겠다라고 발표하였고 그다음 발표는 거국일당정책을 하겠다고 발표하고 그다음 헌법개정안을 국회해산권을 행정부에서 갖도록 하겠다는 등의 중대발표인 것 같다. 내가 직접 듣지 못한 관계로 그 내용을 상세히 알 수 없으나, 이상의 여러 조목을 발표한 것만은 사실이다.

이 발표가 아이젠하워 원수와 회견 후에 발표한 것이라 무엇을 의미

---

444) 이승만은 휴전반대와 북진통일을 주장하고 있었는데 아이젠하워는 '명예로운 조기 종식' 즉 휴전을 염두에 두고 있었으므로 이승만의 요구는 수용하기 어려웠다. 이런 이유로 아이젠하워는 이승만을 껄끄러워 하여 방한 기간 고작 1시간을 만났을 뿐이었다. 아이젠하워와의 회담이 성에 차지 않은 이승만은 아이젠하워가 돌아간 후 즉각 기자회견을 열어 다시 한번 자신의 의견을 표출하였다.

445) 인도는 한국전쟁 정전협정의 최초제안자로 정전3인 위원회를 구성하자는 결의안을 제출하기도 했다. 이후 휴전회담이 난항에 부닥칠 때 가장 논쟁이 된 것은 전쟁포로문제였는데 포로교환 문제로 인도군이 한국에 파병되자 이승만은 이들이 한국 땅에 들어오면 사살하겠다고 엄포를 놓았다.

하는 것 같다. 한국 국군만 가지고도 능히 반공전을 승리할 수 있다고 한 것은 추측건대, 아 원수의 한국 국군 증강이 확약되지 않았나 하는 정도요, 이 대통령이 군사가가 아닌 이상 무슨 자신이 있을 리 없다. 중 공군과 휴전안에 인도안은 유엔 측에서 절대 다수로 통과하는 것을 이 대통령이 절대로 반대하는 것은 한국과 유엔총회 간에 자신의 의사를 고집하는 것으로, 외교상 불리한 일이요, 더구나 포로교환 문제에는 우 리 한국 행정부에서 별로 책임이 없는 것이다. 유엔군과 중공 간에서 고집할 것인데 한국대통령으로는 운위(云謂: 일러 말함)할 필요가 없는 일을 운위한다는 것은 필요성을 불감(不感;느끼지 못함)한다. 다만 유엔 총회와 의견만 충돌될 뿐이다.

그다음 개헌안은 준법정신으로 호헌안(護憲案)이라면 모르되, 위법 적인 독재정신이라면 점점 일국의 원수로 위신이 땅에 떨어질 염려가 있다고 생각된다. 그다음 거국일당정치라면 외면은 같으나, 현상으로 보아서 부단(不斷)의 기괴망측한 상황이 생겨날 것이다. 대통령을 둘러 싸고 정상모리배들이 국가와 민족은 염두에 없고 상하로 이익을 다투 는 악폐만 만드니 한심한 일이요, 이 발표가 있은 후에 여러 가지가 언 제부터 실현될지 알 수 없으나, 민생으로는 최대 관심처라고 아니할 수 없다. 그리고 일본기자만 제외하는 것도 비록 일본정부에서 부당성 이 있다 하더라도 대통령으로의 포용량이 부족하다는 악평을 면하지 못할 것이다.

이 발표가 있은 다음 민간에서 주시되는 것은 대통령으로 무슨 강력 한 신정책이 나올까 하고 기대하는데, 아직 별 일이 없고 민병단(民兵 團)이니, 농민조합설이 나오나 이런 종류는 여전히 민생문제에 별 유리 한 것이 아니다. 민병단은 또 방위군을 연상하게 된다. 농민조합도 농촌에 큰 폐단은 될지언정 유리한 것은 못될 것 같다. 그리고 아 원수가 이한(離韓)하기도 전에 무슨 발표니 무엇이니, 하는 것이 더 생각할 여지가 있다. 내가 직접 듣지 못한 것이라 이 이상 더 평을 하고 싶지 않다. 아무 발표를 하거나 안하거나 우리는 민생문제나 해결이 속히 되고 목전에 개재(介在)한 전쟁이나 속한 시일 안에 승리로 완수되었으면 하는 심축(心祝)이 있을 뿐이요, 이외에는 아무 소망이 없다.

대통령이 외국기자회견 석상에서 무정견한 발표를 해서 외국인에게 치소(恥笑: 부끄러운 웃음거리)거리나 안 될까 염려하는 나머지 이 붓을 든 것이다.

실상은 국군만 가지고는 중공군이나 북한군을 격퇴시킬 만큼은 아직 못하고 행정부도 인물이 극귀한 오늘날 일당정치라면 왜곡이 자연 생하는 법이요, 휴전안도 인도안은 가장 타당한 안인데 이 안을 절대 반대하고 중공안인 직접해결책을 찬성한다는 것은 유엔을 불신임한다는 의미에 불과한 것이오, 거국일당정치라는 것도 현하 자유당의 당책의 왜곡성이 얼마든지 있는 것을 살피지 못하고 자기 일인의 의사대로 진행하고자 일당정치를 주장하는 것 같다. 이런 것은 외국기자들이 정당한 비판을 가하면 절대로 호평이 안 나올 것 같다고 본다.

그리고 국군만으로는 국방에 부족한 것은 무엇보다도 사실이 증명하는 것인데, 아직 완전한 무장이나 훈련이 못된 국군을 망자존대(妄自尊大: 망령되이 자신을 크게 높임)격으로 과대 평하는 것도 부당한 일이다. 이것이 다 대통령으로 십분 주의하고 외국기자에게 대하며 발표해야 당연하다고 보는 것이다. 이런 무정견한 담화를 생각하지 않고 대담하게 발표하는 것은 말하자면 노 대통령님의 복력(腹力: 뱃심)이 보통을 지난다는 것을 여실히 알 수 있는 것이다. 우리는 일개 평민으로 이런 말을 하면 혹은 불경할지 알 수 없으나, 나도 대한민국 국민이라 이문목격(耳聞目擊: 귀로 듣고 눈으로 직접 봄)하고 아무 말도 안 할 수 없어서 이 붓을 든 것이다.

임진(壬辰: 1952년) 12월 12일
봉우서우유신정사(鳳宇書于有莘精舍)

도(道)

도(道)라는 것은 곧 '길'을 말함이라. 천(天)에 천도(天道)가 있고, 지(地)에 지도(地道)가 있고, 인(人)에 인도(人道)가 있어서 서로 변할 수 없는 것이 도(道)요, 그 도가 비록 천도나 지도나 인도의 분별은 있을지언정 시(始: 시작)에서 종(終: 마침)하는 이치가 동일하고 그 궤도를 벗어나지 못하는 것도 동일한 것이다. 만약 이 원칙에서 소호(小毫: 작은 터럭)라도 변함이 있다면 이는 도의 원리를 위반한 것이요, 그 위반한 것을 도라고 할 수 없으며, 또는 위반하게 못된 것이다. 천지인(天地人)이 다 같이 이 도(道)의 원리대로 걸어오고 있는 것이요, 어느 한 가지라도 자유로 변함이 없는 것이다. 천도(天道)나 지도(地道)를 본받아서 인도(人道)가 된 것이니, 천도나 지도는 대자연을 그대로 걸어오는 것이라 항상 변함이 없이 오되, 인도(人道)는 대자연대로 걷는 것이 아니라 그 대자연을 본(本)받는 관계로 질(質: 바탕)만은 고금(古今: 옛날과 지금)의 다름이 없이 천도나 지도와 동일히 걸어갈 질(質)이 충분하나, 행(行)하는 것이 대도(大道)를 가지 않고 방계곡경(旁谿曲逕)[446]으로 가는 사람이 갈수록 늘어가는 것도 가리지 못할 일이다. 천도와 지도는 우주의 대자연으로 고금이 일반이나, 인도(人道)만은 고금의 차이도 있고 동서의 분별도 있어서 서로 같지 않다는 것을 말하자니, 인도(人

---

446) 바른 길을 가지 않고 굽은 길을 간다는 뜻으로 일을 순리대로 정당한 방법으로 하지 않고, 그릇된 수단으로 억지로 도모함을 이른다.

道)의 아직 왜곡됨을 보고 이것이 인도의 상리(常理)라고 보는 것도 아니라는 것을 부언해 둔다. 현재 우리가 걷고 있는 길이 무슨 길인가. 천도나 지도와 동일한 원칙인가 아닌가를 대조해 보고 그 원칙에서 위반된 일이라면 이것이 인도가 아니라는 것을 시정(是正)하라는 것이다.

천도(天道)는 명(明: 밝음)으로 음양(陰陽)을 분(分)하고, 춘하추동으로 사시(四時)가 정(定)해지고, 북극(北極), 남극(南極)으로 천축(天軸: 하늘의 굴대)을 정했다.

지도(地道)는 주야(晝夜: 낮과 밤)로 음양이 나뉘고, 수화목금토(水火木金土)로 오행(五行)이 되고, 북극, 남극으로 지축(地軸)을 정했다.

인도(人道)는 남녀(男女)로 음양을 나누고, 효제충신(孝悌忠信: 효도하고 공경하며 충직하고 신의 있음)으로 오륜(五倫)을 정하고, 생사(生死)로 인축(人軸)을 정했다.

양(陽)은 정즉전(靜則專: 고요한즉 오롯해짐)하고, 동즉직(動則直: 움직인즉 곧아짐)하며, 음(陰)은 정즉합(靜則闔: 고요한즉 닫힘)하고 동즉벽(動則闢: 움직인즉 열림)이라.

음양동정(陰陽動靜)으로 만물이 시생(始生: 비로소 생겨남)하나니, 수화지기(水火之氣: 물과 불의 기운)가 상박(相搏: 서로 부딪힘)하여 배생언(胚生焉: 배가 생김)하고, 배성이원(胚成而圓: 배가 이루어지면 둥글어짐)하고, 득토이양생(得土而養生: 흙을 얻어 생명을 기름)하여, 물시생언(物始生焉: 만물이 비로소 생겨남)하나니, 범물지인(凡物之人: 만물의 씨)이 외포자토야(外包者土也: 밖을 싸고 있는 것은 흙이다)요, 내포자금야(內包者金也: 안을 싸고 있는 것은 쇠)요, 포내양분자음양야(包內兩分者陰陽也: 포 안에서 둘로 나뉜 것이 음과 양)요, 포내유자수야(包內油者水也: 포 안의 기름진 것이 물)요, 배자목야(胚者木也: 배된 것은 나무)요, 양배상합자화야

(兩胚相合者火也: 두 개의 배가 서로 합한 것이 불)이라.

차인(此仁: 이 씨앗)이 복득토이수화상박온기시생이후배자장이포피시탄이아생(復得土而水火相搏溫氣始生而後胚滋長而包皮始綻而芽生: 다시 흙을 얻어 물과 불이 서로 부딪쳐 따뜻한 기운이 비로소 생겨나며, 그 뒤에 배가 더욱더 자라서 껍질을 싸고 있는 것이 터져 비로소 싹이 나옴)하나니, 세인(世人)이 상언춘생(常言春生: 늘 봄에 만물이 생겨난다 함)이나, 기생(其生: 그 발생)은 이재어인지배초생지시즉춘시발아(已在於仁之胚初生之時則春始發芽: 이미 씨앗의 배가 처음 생겼을 때 곧 봄이 비로소 싹을 틔운 것임)이요, 비시생(非始生: 봄이 되어서 처음으로 나온 것은 아님)이라.

인지시생(人之始生: 사람의 첫 발생)도 역연(亦然: 역시 그러함)하니, 어모태중시월(於母胎中十月: 어머니 뱃속의 열 달)이 명의(明矣: 사람의 첫 발생)요, 산아이후(產兒而後: 아이를 낳은 후)에 시생(始生: 첫 발생)은 비야(非也: 아닌 것)라.

고로 오행지서(五行之序: 오행의 순서)도 수(水)-목(木)-화(火)-토(土)-금(金)이 가야(可也: 옳음)라. 연즉사서역(然則四序亦: 그런즉 사계절 역시) 동(冬)-춘(春)-하(夏)-추(秋)가 가야(可也)요, 방위(方位)도 북(北)-동(東)-남(南)-서(西)가 가야(可也)라. 이것이 천도(天道)나 지도(地道)의 순서요, 인도(人道)도 역시 이 순서를 따르는 것이 당연하다고 본다. 이 도(道)를 말한 것이 동양철학으로는 역(易)이라는 것이다.

하도(河圖)447)는 상천하지(上天下地)에 일월(日月)이 동서(東西)로 운행하여 주야(晝夜: 낮과 밤)가 되고, 이 주야가 적(積: 쌓임)하여 춘하

447) 복희씨가 다스리고 있을 때 하수(河)에 용마(龍馬)가 나타나 그 용마의 등에서 25개의 흰색 점과 30개의 검은 점, 모두 55개의 점으로 이루어진 그림을 보고 만들었다고 전해진다.

추동의 사서(四序: 四時)가 성(成: 이루어짐)함을 말하고, 일월의 광명(光明)을 제일 먼저 받아서 동(動)한 곳이 동북방(東北方)이요, 인도(人道)의 문명을 창조한 곳이 동북방이며, 인민(人民)을 교화(敎化)한 곳이 동북방이라 제출호진(帝出乎震)이라고 하였다. 동남(東南)은 그 혜택을 받아서 려(麗: 고울 려)하였다고 하고, 서남(西南)은 그 풍교(風敎)448)가 제우손(齊于巽: 손방에서 가지런해짐)이라 하였다. 그리고 서북(西北)은 지형(地形)으로 배(背: 등)와 같으나, 최종에는 광명하리라고 하였다. 이 것이 하도(河圖)가 우주의 역사를 천도나 지도로 보아서 미리 말씀한 것이었다.

그다음 낙서(洛書)449)는 후천적으로 보니, 북방(北方)이 수(水)의 근원이요, 남방(南方)이 화(火)의 근원이라는 것을 알았고 서북방(西北方)을 보니, 천축(天軸)인 북극(北極)이 있고, 서북(西北)을 중심으로 중요 성수(星宿)가 다 있더라고 말하였고, 서남(西南)으로 보니 광대(廣大)하기 한(限)이 없는 대지(大地)가 있더라. 그러나 이 대지가 중후(重厚: 무겁고 두터움)하나, 명려(明麗)하지 못하더라고 말하였고, 동북(東北)을 보니 대지가 있으나, 산천(山川)이 명려하고 웅위(雄偉: 웅장하고 위대함)하여 서남(西南)의 중후혼탁(重厚混濁)과는 아주 판이(判異)하더라고 말씀한 것이요, 동남(東南)을 보니 무변대해(無邊大海: 끝없는 큰 바다)에 일월(日月)의 호흡을 따라 움직이는 기체(氣體)가 항상 불휴(不休)의 풍(風)이 되더라는 말씀이요, 동방(東方)을 보니 암야(暗夜: 어두운 밤)에 만뢰구적(萬籟俱寂: 모든 소리가 그쳐 아주 고요함)하다가 일광

---

448) 교육이나 정치의 힘으로 백성을 착하게 가르침

449) 우왕이 낙수에 있는 신성한 거북이의 등에 새겨진 모습을 보고 만들었다고 한다. 하도와 낙서는 태극과 팔괘의 효시가 된다.

(日光: 햇빛)이 초승(初昇: 처음 떠오름)에 만물이 모두 움직이고 이 양기(陽氣)가 쌓인 음기(陰氣)와 상박(相搏: 서로 부딪침)해서 뇌정(雷霆: 격렬한 천둥과 벼락)이 되어 만물의 칩복(蟄伏: 틀어박혀 숨어 있음)을 깨뜨리어 정기(正氣)로 화하게 한다는 말이요, 서방(西方)을 보니 대지(大地) 중의 저수(貯水: 쌓인 물)가 출구가 없어서 대택(大澤: 큰 못)이 되어, 정양(靜養)하는 청정한 물의 본성을 갖게 하더라는 말씀이요, 그 다음은 아무리 보아도 중앙은 토(土)가 아니면 안 되겠는데 이 토(土)가 무슨 토(土)인가 하고보니 양토(陽土)가 지구를 지배할 중심이더라는 말씀을 해놓으신 것이 역시 천도(天道)와 지도(地道)를 보시고 인도(人道)도 이러하리라고 말씀하신 것이다.

사람도 천원지후(天圓地厚)를 본받아서 두(頭: 머리)가 천(天)이 되고, 복(腹: 배)이 지(地)가 되고, 두면(頭面: 머리와 얼굴)이 이목구비발(耳目口鼻髮: 귀, 눈, 입, 코, 머리털)로 천(天)의 오행(五行)을 본받고, 또 면상(面上: 얼굴 위) 칠공(七孔: 일곱 구멍)으로 북두칠성(北斗七星)을 응(應)하고, 하부(下部) 이공(二孔)으로 남극(南極) 이성(二星)을 응하고, 복내(腹內: 뱃속) 오장육부(五臟六腑)로 지(地)의 오행(五行)을 본받았다. 이 것이 사람도 천도나 지도(地道)에 응하여 생긴 것이니, 인신(人身: 사람 몸)이 역일소천지(亦一小天地: 또 하나의 작은 천지)라는 것도 가리지 못할 일이다.

그런데 사람이 천지(天地)로부터 품기(禀氣: 기운을 받음)해서 이 세상에 출생하고 생로병사(生老病死: 살며, 늙어서, 병들어 죽음)하는 것은 천지자연의 이치로 되나, 살아서 행하는 일이 이 천도(天道)나 지도(地道)에서 볼 수 없는 행동을 한다면 이는 천지이기(天地理氣)로 품수(禀受: 내려 받음)한 몸을 생각하지 않고 초목금수(草木禽獸: 풀, 나무, 새, 짐승)

가 받은 천지이기의 편기(偏氣: 한쪽으로 치우친 기운)로 출생하여, 그 전기(專氣: 오로지 하나 된 기운, 사람 된 기운)를 받지 못하고 동물이나 초목으로 자처(自處)하는 것이다.

사람이나 초목금수나 생로병사는 다 동일하고 생양수장(生養收藏: 낳아 키우고 거둬들임)도 동일하고, 식물은 식물대로 번식욕(繁殖慾)이 있고, 동물은 동물대로 번식욕이 있는 것이요, 사람도 역시 동일한 것이다. 그리고 동물도 약육강식(弱肉强食)하는데, 인간도 역시 약육강식한다. 동물도 다 같은데 무엇으로 사람이 만물의 영장이 될 것인가? 식물이나 동물은 천지의 대자연 속에서 되어가는 대로 가다가 초목동부(草木同腐: 초목과 함께 썩음)하는 것이 불변하는 원리이나, 인생은 이 천도나 지도를 본받아서 될 수 있으면 그 장점을 본받고 단점을 버리며, 음양이기(陰陽二氣)에 동화되어 계왕성개래학(繼往聖開來學: 옛 성인을 잇고 미래의 후학을 열어 줌)하는 것이 다르다. 사람이라는 것이 다른 동물보다 다르다는 것을 가르치어 고인(古人)의 걷던 길을 황무지가 되기 전에 수리(修理)하고 또 좋은 길터가 있으면 천도나 지도에 본받아서 다시 개척하는 것이 이 인생 된 의무요, 책임이다.

우주의 인류로 난 이상, 이 우주를 상대하고 이 우주의 총기관(總機關: 모든 기관을 다스림)되는 길을 개척하며, 수리해서 후인의, 이 길을 걷고자 하는 사람의 편리를 도모함으로 자기도 부지중 그 대도(大道)에서 걷게 되는 것이요, 또 후인도 그 대도로 오게 되는 것이다. 이 고인도(古人道)가 진무황폐(陳蕪荒廢)해서 길이 어디인 줄 알지 못하게 된 것은 비록 우주의 자연이라 할지라도 이 길이 황폐한 줄 알고도 수축(修築: 수리하여 고침)이나 개척하지 않은 사람의 책임이 있다는 것을 절실히 느끼는 바이다. 이 인도(人道)는 일월(日月)의 황도(黃道), 적도

(赤道)와 같이 변할 수 없는 큰 길인데, 우주가 생긴 후에 그 길을 걸어 온 사람이 그리 많지 못해서 이 길이 황폐해졌다는 것이다.

고인도(古人道)를 금인행(今人行: 오늘의 사람이 행함)하고, 금인도(今人道: 오늘의 도)를 후인행(後人行: 뒷사람이 행함)하는 것인데, 그 길을 가본 사람이 이 길을 가자니 산정(山程: 산길)도 있고, 수정(水程: 물길)도 있으며, 평이험준(平易險峻: 평평하고 험준함)이 다 있더라고만 하였지 다시 돌아서서 이 길이 황폐해졌으니 내가 다시 개척하고 수축해서 후세 사람이 천존지비(天尊地卑: 하늘은 높고 땅은 낮음)하고 일월이 광명한 줄 알 듯이 알기 용이하게 잘 표지도 해놓고 노정기(路程記)도 분명히 해놓고 이 길을 걸어 보면 그 다음 어떠하다는 것도 자상히 해놓을 필요가 있다고 본다. 이 우주인들이 아무리 험한 길을 걸었더라도 자기나 걸었지 이 길을 험하니 뒷사람이 걷기 힘들겠으니 다시 개척해서 용이하게 걷게 해주는 사람이 귀하다는 것이다.

이 걷기 힘든 길을 걸어 보고 내가 걸어 보니 이렇더라고 말씀하신 것이 성경현전(聖經賢傳: 성현의 경전)이다. 그러나 이 길을 가기 극히 곤란하니 다시 이렇게 개척하고 속히 가도록 하라고 하신 말씀을 못 보았다. 고금(古今)을 통하고 동서를 막론하여 성인(聖人)들이 이 길 걷기에 다 곤란을 당한 것은 사실이다. 그래서 옛 성인이 말씀하시기를 이번 대운(大運)에는 이 길을 잘 개척해서 그 후에 오는 사람으로 하여금 다 오기 용이하게 하리라는 예언과 묵시(默示)가 있다. 우리가 때마침 이 기회에 났으니, 누가 이 고인도(古人道)를 새로 개척할 것인가 알고자 하며 이 길을 대개척할 사람이 우리 백산족(白山族)이라는 것도 역시 천도(天道)와 지도(地道)에 응해서 그런 말을 한 것이요, 무슨 백산족을 귀하게 여겨서 이런 말을 한 것은 아니다.

지역도 우리 지역이요, 인종도 우리 인종이요, 시기도 때마침 이때에 우리가 이 땅, 이 인종, 이 시기에 나서 이 길의 개척하는 것을 볼 것인가. 혹 만일이라도 이 개척하는 일판의 부역꾼이라도 될 것인가. 이 붓을 들고서 일방으로 다행히 여기며, 일방으로 불행히 여기는 것이다. 다행으로 여기는 것은 지역적이나, 인종적이나, 시기적으로 마침 동일하다는 것이요, 불행하다는 것은 아무리 유리한 조건이 있더라도 내 자신이 소양이 없는 것이다. 아주 우리가 출생하기를 시기로 보아서 몇 세기 전이나 또는 몇 세기 후라도 이런 정신적 고통은 없을 것이요, 또 인종이 타족(他族)이라면 우리가 이것을 고대(苦待)할 필요도 없고, 또 지역이 아주 타지역이라면 혹 우주에 이런 일꾼이 오려니 할 정도이지 무슨 바람이 있을 것인가. 불행인지 다행인지 지역이나 종족이나 시기가 다 구비하고 사람이 소양이 없어서 이 길 개척의 일꾼은 고사하고 누가 일꾼이 될지 조차 묘연(杳然: 어둡고 멂)하니 어찌 불행한 일이 아니리요. 아무렇든지 우리가 보기는 틀림없는 일이다.

공자(孔子)의 대동(大同)이라는 도(道)요, 모니불(牟尼佛: 석가)의 용화(龍華: 임금, 제왕)라는 도요, 순(舜)의 중화(重華)라는 도요, 야소(耶蘇: 예수)의 부활(復活)이라는 도이다. 이외에도 여러 가지의 길이다. 동일한 일도(一道)이다. 우리가 걷고 있는 이 길이다. 이 길이 경(經: 남북)으로, 위(緯: 동서)로 아무데로 가든지 공통된 길이라는 것이다. 방계곡경(旁谿曲逕)이 아니라는 것이다. 이 길을 개척해서 우주에 공헌해서 지금부터 이후로 우주인들의 걸을 길을 편리하게 하여 준다는 것이 얼마나 위대한 일인가. 이 〈도(道)〉라는 제목을 쓰다가 우연히 말이 길어지는 것을 잡지 못하였노라. 이다음 천도(天道)나 지도(地道)의 자연성과 인도(人道)의 부자연함을 시간만 있으면 상세하게 내 소견대로 기록해 볼까 한다. 이다음 나올 길을 개척할 사람이 과연 어떤 사람인가는 다음 일이 시작한 후에 알 것이요, 이 길이 머지않아서 개척되리라는 것은 내가 미리 확언해 두노라.

내가 항상 말하는 백산운화(白山運化)라는 것이 이 길 개척을 의미하는 것이다. 이 길을 개척할 인물들이 벌써 삼육성중(三六聖衆: 서른여섯 성자의 무리)의 범태(凡胎: 범인의 몸)로 출세(出世: 세상에 나옴)하였다는 조짐을 본 지 오래라는 말이다. 요수진이한담청(潦水盡而寒潭淸: 장맛물이 다하니 찬골물이 맑더라)이라고 현재의 양대(兩大) 탁류(濁流: 미국, 소련)가 상박(相搏: 서로 부딪침)해서 임우(霖雨: 장마)가 그친 후에 일륜홍일(一輪紅日: 하나의 둥그런 붉은 해)이 동천(東天: 동녘하늘)에 빛날 때가 이 길이 광명하게 개척될 때라는 것이다. 고인도(古人道)나 금인도(今人道)가 별로 다를 것이 없으나, 고인도는 동서남북에서 각자가 걷던 길이요, 장래 나올 길은 우주의 통로(通路)라는 것도 아주 확언해 두고, 시호시호불재래지시호(時乎時乎不再來之時乎: 때로다, 때로다. 다시 오지못할 때로다)를 불른 최수운(崔水雲)450)도 이것을 의미하였던 것이라고 본다. 장래의 오만년무극대도(五萬年無極大道)가 우리 지역에서 발단(發端: 처음 시작됨)된다는 것이다. 말하자면 극(極: 다함)이 없는 대도(大道)라는 말이다. 여기서 붓을 그치노라.

임진(壬辰: 1952년) 10월 27일 계사(癸巳)
봉우지죄근기(鳳宇知罪謹記: 봉우는 죄인줄 알며 삼가 씀)하노라.

---

450) 최제우(崔濟愚, 1824년 음력 10월 28일~1864년 음력 3월 10일) 조선 말기 인내천의 교리를 중심으로 한 동학의 창시자이며 천도교의 창시자이다. 호는 수운(水雲)이며, 본관은 경주이다.

[이 글은 원래 1989년에 출판된 《백두산족에게 고함》 97페이지에 실렸던 것인데, 당시 독자들에게 처음 선보이는 선생님 글이라 쉽게 전달하려는 의도에서 어려운 한문을 한글로 바꾸고 각주도 생략하는 등 윤문을 많이 하여 지금 다시 보니 원문의 의도가 잘못 표현된 것도 있고 해서 되도록 원문에 가깝게 다시 역주하였다. 이 글은 1952년에 쓰신 글이지만 봉우 선생님 스스로 원고 위에 필고(必考: 반드시 고찰할 것)라고 강조하신 만큼, 우리 후학들이 깊이 되새겨볼 중요한 봉우사상자료라고 생각된다. 70년 전의 이 글에 벌써 백산운화, 백산족, 삼육성중, 오만년무극대도 등 선생님의 선지자로서의 면모를 드러내는 용어들이 보인다. 선생님의 예지력은 이미 한 세기 전에 완성되어 움직이지 않으셨나 미루어 본다. -역주자]

트루먼 대통령[451]이 아이젠하워 원수의 방한(訪韓)을 정치적 선동이라고 기자회견 석상에서 발표하였다

우리가 보기에 트 대통령이나 아 원수의 시시비비를 외면적으로 평할 수 없다. 그러나 트 대통령은 루스벨트 대통령의 계승자로 루 전대통령이 모스크바삼상회담[452]에서 정해진 미국이 취할 전통정책을 그대로 이행하던 민주당 대통령으로 우리 한국사변(6.25전쟁)을 온전히 정치적으로 해결하려는 것은 가리지 못할 일이다. 말하자면 비록 유엔군이 한국에 와 전쟁을 하나 본격적으로는 모스크바삼상회담을 원칙적으로 해결하려던 것이 사실이다. 맥아더 원수가 중공군의 기지(基地)인 만주폭격설로 그 직을 면하게 하였고 미국이 취할 바는 한국사변은 한국지역 내에서 해결한다는 원칙을 고수하니, 이것은 아마 삼상회담의 비밀인 것 같다.

그런고로 맥아더 원수는 군인이라 군사적으로 해결하자는 만주폭격

---

451) 해리 S. 트루먼(Harry S. Truman, 1884년 5월 8일 ~ 1972년 12월 26일)은 미국의 제34대 부통령(1945년), 33번째 대통령(1945년 4월 12일~1953년)이었다. 프랭클린 루스벨트 대통령의 갑작스런 죽음으로 부통령이 된 지 불과 82일 만에 대통령직을 승계하였다. 제2차 세계대전에서 나치 독일의 항복을 받았고, 태평양 전쟁에서 일본 제국의 천황인 히로히토로부터 항복을 받았으며, 한국 전쟁 당시 미국의 대통령이었다. 세계에서 유일하게 핵무기를 전쟁에서 사용하라고 명령한 국가 원수다.

452) 1945년 12월 16일부터 26일까지 소련의 모스크바에서 개최된 미국·영국·소련의 외무장관 회의이다. 제2차 세계대전 뒤의 일본 점령지구에 대한 관리 문제를 비롯하여 얄타회담에 따른 대한민국의 독립 문제를 거론하였다.

설이 있자 곧 면직된 것이다. 이것 때문에 중공군이 무한한 인적 자원을 가지고 얼마든지 한국으로 수송되는 것이다. 비록 한국지역 내에서는 전쟁으로 승부가 있더라도 본국인 중국에게는 하등의 불리한 점이 없는 관계로 마음 놓고 전쟁을 계속하는 것은 트루먼 대통령의 정치적 해결이라는 잘못된 정책에서 비롯한 것이라고 본다. 그런데 공화당에서 선출한 아이젠하워 원수가 차기 대통령으로 당선되자 이 사변을 해결할 방책을 연구하려고 방한한 데 대하여 트 대통령이 찬성은 못 할지언정 정치적 선동이라고 비난한 것은 알 수 없는 일이다.

비록 미국으로서 우리 한국뿐만 아니라 동양제국에 대해 취할 기정 방책이 있을 것이다. 그래도 민주당이 취할 정책이나 공화당이 취할 정책이나의 약간의 차이가 있을 것이요, 또 주권자의 두뇌로도 역시 다를 것이다. 우리 한국사변 해결의 기정 방책이 있다 하더라도 정치적으로만 하느냐, 군사적으로 하느냐가 상이점이 있는 것이요, 모스크바삼상회담을 그대로 인정하느냐, 공화당에서 자기 주견으로 하느냐도 역시 상이점이 있을 것인데 전임자로서 신임자의 정치적, 군사적인 행동을 옳으니, 그르니 할 필요가 없다고 본다. 여러모로 보아서 미국은 아주 신사적 태도를 가지고 있는 나라인데, 금번 기자회견석상에서 발표한 담화는 좀 신사적 태도의 결점이 되지 않나 한다.

그리고 아 원수가 맥아더 원수와 함께 하와이에서 함상(艦上: 군함위) 회견을 하는데 그 회견도 트 대통령이 비난하였다. 이것도 불미(不美: 아름답지 않음)하다고 본다. 맥 원수가 근일에 와서 한국전쟁을 종식시킬 방책이 있다고 발표하였는데, 트 대통령이 말하기를 전쟁을 더 확대 않고는 이 전쟁을 종식시키지 못할 것이니, 만약 맥 원수가 전쟁을 확대 안 하고 종식시킬 책이 있다면 주권자인 자기에게 왜 보고하지 않고 지금 와서 이 담화를 발표한 것인가. 맥 원수의 종래 보고는 모두 믿을 수 없는 보고였으니, 지금의 전쟁 종식책이라는 것도 불신한다고 비난하였다. 그리고 맥 원수가 의례(儀禮)가 있는 사람이라면 본국에 돌아와서 당연히 복명(復命: 명령을 받고 일을 처리한 사람이 명령권자에게 보고함)이 있었을 것이라고 책(責: 꾸짖음)하였다. 그런데 이것은 군주가 대사(待士: 선비를 대함)의 정성이 부족하면, 선비도 사상(事上: 위를 섬김)하는 충(忠: 충성심)이 부족한 것은 불변의 원리인데, 트 대통령도 하사지풍(下士之風: 선비를 하대하는 경향)이 있다. 비록 직(職)을 하고 오는 맥아더 원수라도 자기가 초청하고 한국전쟁 종식책이나 현장사정을 문의할 일 아닌가. 이 책임이 맥 원수 혼자에게 있지 않다고 보고, 지금이라도 맥 원수가 자기가 전쟁종식책이 있다고 하거든 왜 초청해서 문의를 못하고 비난하는 것인가. 알 수 없는 일이다.

미국신문에서는 맥 원수나 트 대통령의 양비론(兩非論: 둘 다 그르다는 논의)을 얘기하나, 우리가 보기에는 트 대통령이 맥 원수를 면직시킨 것은 오로지 모스크바삼상회담에 배치되는 정치적인 문제가 발생할까 해서 군사적으로 해결하려는 맥 원수를 면직시킨 것이고, 맥 원수도 당연히 자기대로의 방책이 있음에도 불구하고 그 직을 면하니 무슨 호감이 있어서 복명이니, 의사표현이니 할 것인가. 칩복하고 있다가 아 원수의 등장을 계기로 같은 군인의 두뇌(頭腦: 수뇌)이니, 내가 한국전쟁 종결책은 이런 것 같다고 발표해 보는 것도 무리가 아니라고 본다.

유엔군에서는 한국휴전회담이 암시가 되어 있는 포로교환문제를 인도안(印度案)을 통과시켜 중공과 북한에 통고한 것 같다. 아무렇든지 유엔의 의사는 완전해결이 못되더라도 현상유지로 전쟁이라도 종식되었으면 하는 것이다. 한국이야 남북이 되든지, 통일이 되든지 관계할 것 없고 이 사업이나 종식하자는 데 동의하는 것 같다. 이것은 소련 측이 유엔총회 측을 이용하는 것이 아닌가 한다.

트 대통령이 잘했느니, 아 원수가 우리 일을 잘 해줘야 하겠느니 할 것 없이 우리는 우리대로 장래 자립을 목표로 나가는 것이 당연한 일인데, 근일 신문에 끊일 새 없이 아 원수가 어쩌느니, 트 대통령이 무어라 했느니 연재되나 우리에게는 일건도 직접 관계가 없는 추상적 비판에 지나지 않는 것뿐이다. 내가 트 대통령의 신문기자회견 석상에서 발표한 담화를 보고 우리나라 전쟁해결 문제를 도마 위에 놓고 트 대통령이나 아 원수 간에 환언하면 민주당 대 공화당의 정쟁(政爭) 도구로 만드니 가련한 것은 우리나라라고 본다. 게다가 국내실정은 상하가 교정리(交征利: 이득을 서로 다툼)하니 국가의 위급존망을 생각하는 우국지사가 없는 것 같다. 하도 한심해서 이 붓을 들어본 것이다. 트 대통령이야 무어라든, 아 원수야 무어라 하든 우리 한국전쟁이나 평화롭게 해결되어 지기를 바라노라.

임진(壬辰: 1952년) 10월 30일 봉우서(鳳宇書)

교(教: 가르침)

나 같은 천견박식(淺見薄識: 얕은 견해와 엷은 지식)으로 감히 무엇을 안다고 이 붓을 드는 것은 죄 됨을 스스로 아노라. 그러나 이 붓을 드는 것은 '내가 들으니 이와 같더라'는 것이요, 내가 창작해서 하는 것은 아니다. 하늘에는 천도(天道)가 있고, 땅에는 지도(地道)가 있으며, 사람에는 인도(人道)가 있는 것은 누구나 다 아는 일이다. 그 안다는 것이 정도 문제다.

천도는 무엇이요, 지도는 무엇이요, 인도는 무엇이라고 확실무의(確實無疑: 확실하고 의문이 없음)한 답이 나올 만큼 알기는 그리 용이한 일이 아니라고 본다. 그러니 여기서 교(教)가 없어서는 그 도(道)를 행할 수 없는 것이다. 그 도를 행하고자 하는 사람은 반드시 이 교(教)를 받아야 하는 것이다. 환언하면 도유교행(道由教行: 도는 가르침으로 행한다)이다.

아무리 좋은 도(道)가 있어도 가르침을 받지 못하고는 그 도를 행할 수 없는 것이다. 무슨 말인가 하면 여기서 백두산이 2000여 리요, 방향은 북방이요, 가자면 등산섭수(登山涉水: 산 오르고 물 건넘)해야 하고 평로(平路)도 있고 험로(險路)도 있다는 것과 출발점에서 좌우(左右)는 이러이러한 지역이요, 노정을 얼마 가면 또 길이 기로(岐路: 갈림길)가 있는데 어느 길로 가야 하는 것이요, 그다음은 또 전면에는 이런 산이 있고 또는 이런 물이 있으니, 그 물을 건너서 길이 무슨 방향으로 가야 된다고 자초지종(自初至終: 처음부터 끝까지)까지 지극히 세밀하게 해놓아도 시기의 춘하추동이 다르고 가는 사람의 역량이 다르고 중도에서 만난 사람의 말이 이 노정기와 동일하라는 법도 없고 또는 비록 같이 동일 지점에서 가는 사람이라도 백두산까지 가는 노정에서 별별 일이 다 많을 것이다.

그다음은 각기 출발점이 동일하라는 법도 없고, 비록 동일한 백두산이 목적지라도 출발지가 동서남북이 같지 않고, 거리의 원근과 행로의 역량이 백부동(百不同: 100가지가 다름)할 것이니, 그 가르치는 노정기를 사람마다 해줄 수는 없는 법이다. 그리고 목적지가 동일하라는 법도 없다. 이것이 교(敎)의 중요점이다.

그런고로 교(敎)라는 것은 출발하고자 하는 사람을 중심한 것이 아니요, 목적이 되는 대상물을 중심으로 만약 백두산이 목적물이라면 먼저 백두산이라는 것이 천도, 지도, 인도의 어느 것에 해당하고 그 위치는 무슨 부문이요, 그 산의 중요점은 무엇, 무엇이요 그 산이 다른 산에 비하여 이러이러한 특점이 있고 춘하추동에는 대체로 이러한 변화가 있고, 경승(景勝: 경치 좋은 곳)은 어떠하며 보는 사람으로 하여금 이런 감상이 있게 하는 곳인데 천도, 지도, 인도에 비하면 어떠하며, 그 남북동서쪽은 각각 이러이러한 곳들이 있다고 목적지인 백두산을 중심으로 사방으로의 노정기를 내놓는 것이 길(道)을 가르치는 것이다.

이 목적지라는 것이 우주의 공통된 목적지인지 어떤 국가나 어떤 민족이나 또는 어떤 소수의 공통된 목적인지를 먼저 고찰할 필요가 있다는 말이다. 그리고 우주의 경(經)이나 위(緯)에 길이 아님이 없고 적도(赤道)도 길이요, 황도(黃道)도 길이다. 그러나 이런 길은 공통점이 보인다. 적도(赤道)에서 양극(兩極)을 간다면 어느 곳이나 90도를 지나야 갈 것이요, 적도대(赤道帶)로 일주(一週: 한 바퀴를 돎)를 동서(東西)로 하려면 360도를 지나야 목적에 도달할 것이다. 그 다음 경도나 위도에서도 이것이 공통되는 것이니, 이런 것은 다 천지인도(天地人道)를 걷는 길이라 비록 목적은 좀 다르다 하더라도 대경대법(大經大法: 공명정대한 원리와 법칙)인 공통된 길이다.

이런 것이 아니요, 어떤 극소수의 공통점이라고 이 길로 가라고 가르친다면 이것은 그 가르침으로 우주공통로(宇宙共通路)로 못 나간다는 것이 당연한 일이다. 여기서 우리로서는 제일 먼저 목적지가 양극이냐, 적도냐 하는 우주공통점을 택해서 그 목적지로 가는 길을 가르치는 곳이 어디인가 고찰하라는 것이다.

우주의 성인(聖人)이라는 사람들은 이 우주공통로를 먼저 걸어 보고 가장 용이하게 후인이 가도록 가르치신 것이 교(敎)라는 것이요, 목적지가 두 곳이 아니요, 동일 목적지라는 것이다. 그러면 어떤 이유로 가르치심이 다른가 하면 그 성인들의 출발점이 상이(相異)해서 내가 가 보니 이러하더라는 것이다.

말하자면 같은 백두산이더라도 남방에서 북으로 가서 본 이와, 북방에서 남으로 와서 본 이와, 동방에서 서로 와서 본 이와, 서방에서 동으로 와서 본 이의 경로가 다를 것이며, 또 시기의 고금이나 춘하추동도 상이하나, 우주성인(宇宙聖人)들이 가르치신 길은 다 같은 목적지를 가도록 가르치심이라는 것을 나는 말하는 것이요, 그 성인이 아닌 사람이 가르친 곳은 자기 일인(一人)의 목적지이거나, 그렇지 않으면 최소수의 공통된 목적지라는 것을 확실히 말해 두노라.

그리고 이다음 가르침이 나올 것은 우주공통목적지를 어디서 출발하든지 다 동일하게 갈 수 있도록 지극간이(至極簡易: 지극히 간단하고 쉬움)하게 가르치심이 오래지 않아서 나올 것이라는 것도 아주 확언 해두노라. 그런데 근일에는 유사한 가르침이 많으나, 고성인(古聖人)들의 가르치심과 목적지가 다르거든 이것은 물론 우주공통로가 아니라는 것을 고찰할 수 있다는 것이다. 고성인이라면 공자, 석가, 노자(老子), 야소, 소크라테스, 마호메트 같은 성인들이다. 그 가르치신 방법은 소소 상이점이 있으나 모두 각기 관점의 차이요, 목적지는 동일한 천도(天道)이며, 지도(地道)이며 인도(人道)라는 것이다.

동양철학으로도 공부자의 솔성(率性: 천성을 좇음)이나 모니불의 견성(見性)이나 노자의 명성(明性)이나 목적은 성(性)이라는 것 외에는 없다는 것이다. 천진만성(千眞萬聖)이 다 이 성(性) 한 가지로 가르치신 것이다. 그러나 소위 유사한 가르침이라는 것은 목적이 외면으로는 그 럴듯하나, 이면(裏面: 속얼굴)에 있어서는 목적지까지 갈 수가 없게 된 노정기라는 것도 아주 확언해 두노라.

가르침이 우주의 공통된 목적을 가도록 된 것을 정(正)이라 할 것 이요, 그 가르침이 어떤 국한된 목적을 가도록 한 것을 사(邪: 삿됨, 치우 침)라고 확평(確評)할 밖에 다른 도리가 없는 것이며, 또는 천도나 지도 나 인도의 어느 길이나 걸어갈 수 있는 가르침이 정(正)이요, 천도나 지도나 인도에 맞지 않는 가르침이 사(邪)라 할 밖에 타도가 없다. 이 가르침은 공통된 것이요, 이 가르침을 받아서 걸어가는 것은 사람마다 상이하다는 것이다.

목적을 정하고 나가는 사람들은 이 가르침을 받아서 그대로 나가야 할 것이요, 나가자면 제일 조건이 건전한 신체로 정일(精一)한 정신을 함양(涵養)해서 불휴(不休)의 노력을 하면 그 가르치는 목적지가 그리 고원난행(高遠難行: 높고 멀고 가기 어려움)은 아니리라고 고인들이 말씀하시어 후인의 걸어옴을 장려하신 것이다.

우주를 통해서 교(敎)라는 것은 그 길을 걷도록 가르침이니, 별 다른 것이 아니다. 이것을 별 다른 것으로 알고 걸어가서는 그 목적에 도달하기 곤란할 것이다. 일로 붓을 그치노라.

임진(壬辰: 1952년) 10월 회일(晦日: 그믐날) 야(夜)

봉우지죄근서(鳳宇知罪謹書)

추기(追記)

내가 이 교(敎)라는 제목 아래 횡설수설(橫說竪說)한 것은 전일(前日: 전날)에 들은 대로 말씀한 것이다. 내가 본 바에 있어서는 전유(前儒: 과거의 유교 선비)들이 배불배선(排佛排仙: 불교와 선교를 배척함)하고 겸하여 양묵(楊墨: 양주楊朱와 묵적墨翟)453)이니, 근일에 와서는 야소(耶蘇:

---

453) 중국 전국시대 사상가인 양자와 묵자.《맹자(孟子)》〈등문공장구하(滕文公章句下)〉에 이들을 비판하는 대목이 나온다. "성군(聖君)이 나오지 아니하여 제후(諸侯)가 방자(放恣)하고, 초야(草野)의 선비들이 멋대로 하늘의 순리를 여러 가지로 의논하여 양주(楊朱) 묵적(墨翟)의 말이 세상에 가득하여, 세상의 말이 양주(楊朱)에게 돌아가지 않으면 묵적(墨翟)에게 돌아간다. 양씨(楊氏)는 자기만을 위하니 이는 군주(君主)가 없는 것이요. 묵씨(墨氏)는 친부모나 남이나 똑같이 사랑하니 이는 아버지가 없는 것이다. 아버지가 없고 군주가 없으면 이는 금수(禽獸)이다. 공명의(公明儀)가 말하기를 '임금의 푸줏간에 살진 고기가 있고, 마구간에 살찐 말이 있는데도 백성들에게 굶

예수)니 하는 것을 지극히 배격하였고 불가(佛家)에서 선교(仙敎)를 비방한 데가 있다. 그것은 자기의 목적과 상이하다고 벽이(闢異: 다르다고 물리침)하는 것이요, 그 길로 가서도 최종에는 동일하다는 것을 찾지 못해서 그런 것이 아닌가 한다.

어느 교문(敎門)에서나 초학을 가르침과 숙덕(宿德: 오래 덕을 쌓은 중진)들을 가르침이 다르리라고 본다. 말류지폐(末流之弊: 끝에 생기는 폐단)는 아전인수(我田引水)로다. 내게 옳다고 하나, 성공하기 전에는 옳은 것도 없고 또는 그른 것도 없다고 본다.

그러면 시비곡직이 없다고 보는가 하면 그런 것이 아니라 누구든지 각자 성인의 가르치심을 받았거든 그 극치점까지 가기 전에는 절대로 자수(自修: 자기 수련)에 노력할 일이지 선(仙)이 어떠네, 불(佛)이 어떠네 혹은 유(儒)가 어떠네, 서학(西學)이 어떠네 하고 자기가 목적하는 공부는 성공의 길이 아직 묘연함에도 불구하고 쟁론(爭論)을 일삼는 일이 많음을 보고 내가 말하는 바는 내가 아직 부족함을 알며, 남하고 쟁론을 말고 내가 하는 공부의 성공을 한 연후에 비로소 내가 목적한 곳이 저 사람들의 목적한 곳과 상이하다는 것을 말할 수 있는 것이요, 만약 최종 목적지까지 가서 보니 그 사람들도 동일한 지역에서 상봉하게 된다면 도리어 상봉하기 전에 상쟁(相爭)한 편이 모자라지 않은가 하는 의심이 있다는 말이다.

나도 학인(學人)이요, 상대도 학인이면 아직 목적지에 못 간 사람으

주린 기색이 있으며, 들에는 굶어죽은 시체가 있다면, 이는 짐승을 내몰아 사람을 잡아먹게 하는 것이다.' 하였다. 양주(楊朱) 묵적(墨翟)의 가르침이 종식(終熄)되지 않으면 공자(孔子)의 가르침이 드러나지 못할 것이니, 이는 옳지 못한 학설(學說)이 백성을 속여 인의(仁義)의 바른길을 꽉 막는 것이다. 인의(仁義)가 꽉 막히면 짐승을 내몰아 사람을 잡아먹게 하다가 사람들이 서로 잡아먹게 될 것이다."

로서 중간 가르침으로 어찌 목적지의 경계(境界)를 상쟁하리요. 중간의 상쟁은 승리도 없고, 부(負: 지다)도 없으며, 시(是: 옳음)도 없고 비(非: 그름)도 없다고 본다. 정확한 시비곡직(是非曲直: 옳고 그름, 굽고 곧음)은 자기의 목적을 성공한 후에 자연 판단될 것이라 보는 관계로 중간 상쟁에는 무시무비론(無是無非論)을 주장하는 것이다.

학인으로서는 무엇보다도 정진해서 목적달성이 그 이상 더 큰 승리가 없다는 것을 확언해 두노라.

봉우(鳳宇) 지죄근서(知罪謹書)하노라.

임진(1952년) 중동(仲冬: 음력 11월)을 맞이하며

을유년(1945년) 8월 15일날 우리는 왜정을 벗어나서 군정하(軍政下)에 있게 되자 우리의 독립에 기다(幾多: 수많은)한 지사(志士)들이 많은 노력을 하였으나 미소 양국의 군사적 해결 운운으로 중분(中分: 반으로 나눔)된 38선이 말썽이 되어서 영영 통일을 못하고 남은 남대로, 북은 북대로 미소의 양대 세력하에 분립(分立)되고 말았다.

이것이 원인이 되어 남한에 공산분자가 상당히 잠재하였고, 북한에도 민족진영이 그 압박하에서도 아주 없지는 않았던 것이다. 이래서 남북한이 38선을 국경으로 왕래를 못하고 항시 군사적 대립을 하고 있던 것이 무자년(1948년) 독립 후로 경인년(1950년)에 와서 6.25사변이 발발하자 북한군의 남한 석권(席卷: 자리를 말 듯이 휩씀)으로 말미암아서 9.28 수복 전까지 남한에서만도 인명희생이 수백만이요, 건설파괴는 유사 이래 초유한 일이다.

그리고 유엔군과 국군의 북진으로 북한도 무던히 파괴되었으리라고 본다. 또 1.4후퇴 시에도 일진일퇴(一進一退)로 한국은 아주 파괴되고 말았다. 이 사변이 어언 3년이 되어 금년은 휴전 운운으로 1년을 경과하고 별 전과가 없었다. 그러던 것이 중공군의 공세로 모든 전선에 파문이 생겨났고, 양군(兩軍)에 사상(死傷)이 많았다.

그런데 우리 정부는 행정부에서 어떠한 시정(施政)이 있는가 하면 이 대통령의 준독재로 정치적 거물급은 한 사람도 등용하지 않고 자기

명령만 복종하는 인물만 등용해서 6.25사변 중에 국민방위군사건이니, 거창사건이니, 모모 장관의 부정사건이니 하며 일파복일파기(一波伏一波起: 한 파도가 잠잠하면 한 파도가 일어남)로 그칠 줄을 알지 못하는 현상이요, 민생문제는 날로 악화되어 아주 도탄(塗炭)에 든 것이다.

이 중에 금년 선거전에서 별별 기괴망칙한 실정(失政: 잘못된 정치)이 다 있었다. 이야말로 민주국가에서는 볼 수 없는 독재정책으로 재선(再選)된 것이다. 민족이 국가를 신뢰할 만한 조건이 한 건도 없다. 그러거든 민간단체들이나 정신을 차리면 좀 낫겠는데 민간단체들도 정책을 이용해서 자기네의 이권운동에 매두몰신(埋頭沒身: 머리 묻고 몸을 쳐박음)하고 민생문제 같은 것은 염두에도 없다. 이것이 민생은 도탄이요, 정치는 혼란(混亂)하다고 하겠다.

그러면 민간에서도 우국지사(憂國志士)들이 있어서 이것을 시정해야 할 것인데 만약 민간 유지(有志)들이 정치의 왜곡이나 민생문제 같은 것을 운위(云謂)한다면 이것은 용서 없이 희생되는 사실이라. 그러니 민간에서는 민심이 안정되지 않아서 소위 유식층(有識層)들은 비결(秘決) 쪽이나 신용하고 작년에는 화전(和戰: 휴전)이 되고 금년에는 성인이 나온다고 각 종교에서는 별별 선전을 다해서 우민(愚民: 어리석은 백성)에게 취재(取財: 재물을 걷어감)하는 현상이다.

소위 진사(辰巳: 1952년과 53년)에 성인출(聖人出)하여 오미(午未: 1954년과 55년)에 낙락당당(樂樂堂堂: 즐겁고 당당함)이라는 것이다. 그런데 어떤 성인이 나오는지는 알 수 없으나, 금년도 벌써 300일이 지나고 남은 날도 얼마 되지 않는 11월 초하루를 맞이하니 양력으로는 10여 일만 지내면 금년이 다 가고 음력도 두 달이면 금년이 다 간다.

그러나 전국(戰局)이나 민생문제에 아무 희소식이 들리지 않고 아이젠하워 원수도 한국전쟁은 아직 해결할 방책이 없으나 내가 현지에 가서 시찰하고 연구하겠다는 정도의 별 책임 있는 담화가 아니다. 만약 장기전으로 도입해서 빠른 해결책이 없다면 경과한 도탄(塗炭: 곤궁하고 고통스런 상황)은 도리어 순경(順境: 순조로운 경지)일지도 알 수 없다. 미국 대통령 취임식이 1월 20일인 듯하니 그 후에 무슨 새로운 대책이 나올 것인가.

이것은 열 번 속아도 혹이나 하고 아 원수의 새로운 해결책이 있기를 바라고 또 한국의 최고 지도 인물들도 과거의 실정(失政: 잘못된 정치)을 재연하지 말고 새로운 정신으로 국민에게 임하기를 빌며, 지방에 산재한 정상모리배(政商謀利輩)들도 자숙(自肅)하기를 바라노라. 여전히 그치지 않는다면 비록 우방의 전쟁해결책이 나와도 신건설이나 부흥의 효과를 얻지 못할 것이요, 민생의 도탄을 구할 방책이 역시 없을 것이다. 여기서 민족은 민족끼리 단결해서 신정책이 나오기 전까지 완전 대기하도록 자립하지 않으면 안 될 것이다.

앞으로 며칠만 지나면 동지(冬至) 양생일(陽生日: 양기가 생기는 날)이라 임진년은 다 지나고, 계사년(癸巳年: 1953년) 맞이 준비가 있어야 할 것이다. 임진 중동(仲冬: 음력 11월)을 맞이하며 계사년이 멀지 않아 또 올 것을 의미하고 무슨 신소식이나 올 것인가 하는 기대를 가지고 이 붓을 시작한 것이다. 아무리 생각해도 무슨 일이든지 역(逆)이나 순(順)으로 전향하더라도 계단적으로 되는 것이요, 아무 조짐도 없다가 졸지에 희소식(喜消息)이 하늘로부터 내려오는 법은 없다. 이것이 원리요, 이것이 현실이다.

아무리 보아도 이런 조짐이 보이지 않는 관계로 아무가 아무 소리를 하든지 귀에 들어오지 않는다는 말이다. 춘아(春芽: 봄싹)가 발생하는 것은 동시월(冬十月: 겨울 음력10월)에 배태(胚胎: 아이나 새끼를 뱀)된 것이 겨울 석달을 칩복(蟄伏: 칩거) 중 부지불식간(不知不識間)에 자장(滋長: 잘 자람)되었다가 춘풍화기(春風和氣: 봄바람의 온화한 기운)가 한번 불면 탁갑발아(坼甲發芽: 껍질을 터뜨리고 싹을 틔움)하는 것이다.

그러니 이 계단이 사람으로서는 잘 알지 못하는 잠재성 계단이라 우리나라 전쟁도 잠재성 계단에 들어 있는가 혹은 춘한(春寒: 봄추위)이 상초(尚峭: 아직 남음)해서 아직 발아만 못하는 것인가의 의심이 없지 않다. 점진적 계단이라도 이 종별(種別: 종류에 따른 구별)이 있는 것이다.

내포(內包)된 계단과 외현(外現)된 계단의 구별이 있는 것이나, 우리 전쟁 종식기의 현상이 어느 계단에 갔다는 것을 잘 고찰해 보라는 것이다.

백방으로 고찰해 보아도 외현기는 지났다고 본다. 내포기인 것 같다. 그러니 얼른 알 수가 없다는 말이다. 명년(明年)을 맞이할 동지(冬至)가 며칠 남지 않았으니, 동지가 오고 앞으로 엄동(嚴冬: 몹시 추운 겨울)이 오고, 그다음 우수(雨水), 경칩(驚蟄)이 올 것이다. 내가 임진 중동을 맞이하여 임진은 다 간 것이요, 새로 올 것은 계사(癸巳: 1953년)가 점점 다가옴을 반가워서 이 붓을 들고, 이 붓을 그치는 것이다.

임진(壬辰: 1952년) 중동(仲冬) 초길(初吉: 음력 매달 초하룻날)

봉우서(鳳宇書)

[봉우 선생님은 냉철한 현실주의자의 안목으로 한국전쟁의 한복판

에서 미국과 소련이 점철된 냉혹한 국제정세의 틈바구니에 끼인 가련한 약소국 남북한의 현실을 투시하며 이 글을 쓰신 것 같다. 특히 남한의 각성을 촉구하고 국민들의 정치, 경제, 사회적 자립심이 무엇보다도 중요하다고 역설하신다. 선생님은 비결책이나 믿는 황당한 신비주의자는 경멸하셨으며, 자연의 순리에 기반한 현실인식을 지닐 것을 강조하셨다. 70년이 지난 지금에 돌아봐도 선생님의 현실분석은 탁월하다. 미래지향도 과학적이며 논리적인 현실분석에 기초하므로 누가 봐도 명징하다. 1952년 겨울 계룡산 산골에 칩거 중이셨던 선생님은 당시 다 망해 가던 한국의 사회현실에서 아주 특이한 현실도인이셨다. -역주자]

학(學: 배움)

自無而至有日學이니, 없음에서 있음에 이르는 것을 배움이라 하니, 亦日 또한 말하기를 自不知而至于知日學也라. 모름에서 앎에 이르는 것을 배움이라 한다. 自無而知有도 무에서 유를 앎도 不能獨自至有而必因敎而學然後에 혼자서는 불가능하고 반드시 가르침으로 인하여 배운 후에야 方至于有 하고 바야흐로 유(有)에 이르는 것이며, 自不知而至于知도 모름에서 앎에 이르는 것도 亦不能獨自至于知라. 또한 홀로는 앎에 이를 수 없는 것이다.

必因敎而學然後에 반드시 가르침으로 인하여 배운 뒤에야, 方至于知하나니, 비로소 알게 되나니, 學則至于有至于知요, 배운즉 유(有)와 앎에 이르고, 不學則無與不知가 배우지 않으면 무(無)와 모름이 常不變하나니, 늘 변하지 않으니, 是는 下愚也요, 이는 아주 어리석은 사람이요, 學而至于有至于知가, 배워서 유(有)와 앎에 이르름이 至於至善則變化氣質而可爲聖可爲賢이라. 지극한 선(善)에 도달한즉, 기질이 변화하여 성인도 되고 현인도 될 수 있다.

古聖日上智與下愚는 不離라 하니, 옛 성인이 말씀하시되, 가장 지혜로운 이와 가장 어리석은 이는 크게 다르지 않다 하시니, 此之謂也論學與不學之別이 非他也라. 이것을 일러 배움과 배우지 않음의 구별을 논함이 남에게 있지 않다.

學有小學中學大學之分하니, 배움은 소학(小學), 중학(中學), 대학(大

學)의 구분이 있으니, 해제지동(孩提之童)454)은 父母敎之以學하고 아주 어린 아이는 부모가 배움으로 가르치고, 人生八歲以後則 師敎之以小學하고, 學而盡小學之科然後에 인생 여덟 살 이후에는 스승의 가르침은 소학으로 하고, 소학과목을 다 배우고 난 뒤에, 師가 更敎之以中學之科하여, 스승이 다시 중학과목을 가르쳐, 學者盡中學之科然後에 배우는 사람이 중학과목을 다 배운 후에, 更進大學之科하나니 다시 대학과목으로 나아가나니,

此이 學之次序요, 이것이 배움의 차례요, 亦敎之次序也이라. 또한 가르침의 차례이다.

敎者는 師也요, 가르치는 사람은 스승이요, 學者는 士也라. 배우는 사람은 선비이다. 師之敎는 止于大學之科하고, 스승의 가르침은 대학과목에서 그치고, 學之科는 止于窮理盡性하나니, 배우는 과목은 궁리진성(窮理盡性: 이치를 궁구하고 천성을 다함)에서 그치나니, 窮理盡性은 非師之所能敎也오, 궁리진성은 스승이 가르칠 수 있는 것은 아니요, 推自師之所敎하여, 스스로 스승의 가르친 바를 추구하여, 獨自精研不息則其學이 不知不識之間에 儼然自成一家요, 독자적으로 쉬지 않고 정밀히 연구한즉 그 배움이 부지불식간에 의젓한 일가를 이룩한 것이요, 擴而充而則虛靈知覺이 無所不至하나니, 넓히고 채워나간즉 허령지각(虛靈知覺: 영혼을 비워 깨달음)이 도달하지 않은 곳이 없나니, 此는 學者之以心傳心之妙訣이요, 이는 배우는 사람의 마음으로 마음을 전하는 묘결이요, 不可以文字言語로 形容者也라. 언어문자로 형용할 수 없는 것이다.

---

454) 해제지동은 두서너 살된 어린 아이, 《맹자》에 보임.

學이 始于孩提之童의 父母教之以動作言語하고 終于窮理盡性하나니, 배움이 아주 어린 두서너 살 아이를 부모가 동작과 말을 가르침에서 시작하여 마침내 사물의 이치를 궁구하고 자신의 천성을 다함에 이르렀나니, 故로 學有兩分하니, 고로 배움은 둘로 나뉘어지니, 一日 可以教而學者也요, 하나는 가르침을 받아 배우는 것이요, 一日不可以教而學者也라. 또 하나는 가르침을 받아 배울 수 없는 것이다.

可以教而學者는 日用事物之學也요, 不可以教而學者는 窮理盡性之學也라. 가르침으로 배움은 날마다 사용하는 학문이요, 가르침으로 배울 수 없는 것은 궁리진성의 학문이다.

日用事物之學은 人皆可以教之며, 일용사물지학은 사람들 모두가 가르칠 수 있으며, 人皆可以學之로되, 사람들 모두 배울 수 있으나, 窮理盡性之學은 於人에 可以教之者며 於人에 亦可以學之者라. 궁리진성의 학문은 사람에 따라 가르칠 수도 있으며, 사람에 따라서는 배울 수 없는 사람도 있다. 故로 以心傳心이요, 不可以言語文字로 教之學之也니라. 그러므로 마음으로 마음을 전함이요, 언어나 문자로 가르치거나 배울 수는 없느니라.

禮樂射御書數之學은 人皆可以教之며, 人皆可以學之로대, 예법(禮法)과 음악, 활쏘기와 말(마차)몰기, 글짓기(쓰기)와 산수(수학)의 학문은 사람마다 모두 가르치고 배울 수 있으나, 精一執中之學은 於人에 可以教之者며 於人에 亦可以學之者요, 非人皆可以教之하며 亦人皆可以學之者라. 정일집중지학(궁리진성지학)은 사람에 따라서 가르칠 수도, 배울 수도 있으나, 모든 사람이 가르치거나 배울 수 있는 것은 아니다.

現世之物質文明은 人皆可以教之며, 현세의 물질문명은 모든 사람이 가르칠 수 있으며, 亦人皆可以學之로대, 또한 모든 사람이 배울 수 있으나, 雖日現世라도 哲學則不可人人皆教며, 人人皆學者가 明矣니, 비록 현세라 하더라도 철학이 곧 모든 사람을 다 가르칠 수 있다거나, 모든 사람이 다 배울 수 있는 것은 아니다.

現世之哲學도 教者學者雖日糟糠이라도 亦然커든 況於聖門之傳授心法乎아. 현세의 철학도 가르치고 배움이 비록 그 조강, 지게미와 쌀겨 같은 껍데기라 하더라도 그렇거든 하물며 성인의 문하에서 심법을 전해 줌에 있어서이랴?

古聖이 有言日 立志不高則 其學이 皆常人之事라 하니, 옛 성인이 말씀하시기를 뜻을 세움이 높지 않으면 그 배움이 모두 보통 사람의 일이 되어 버리고 마니, 當立志于高遠可也나 人有才質淸濁之分하고 學有誠不誠之別하니, 마땅히 높고 멀리에 뜻을 세움이 옳으나, 사람은 재질의 맑고 탁한 구분이 있고, 배움에는 정성 있음과 그렇지 않음의 구별이 있으니,

當擇立志于最安最適於自己者하고 以熱誠不休不息而學則其成功必矣리라. 마땅히 자신에게 가장 편안하고 적정한 곳을 택해 뜻을 세우고 열성으로 쉬지 않고 배운 즉 그 성공은 반드시 이뤄질 것이다. 學者之成功은 必三合而後에 能如意하나니 何也요? 배우는 사람의 성공은 반드시 셋이 합쳐진 뒤에 뜻을 이룰 수 있나니 그 셋은 무엇인가.

一日 賢師之教요, 二日 良朋之勸이요, 三日 自己之誠이니, 첫째 어진 스승의 가르침이요, 둘째 좋은 친구의 권유요, 셋째 자신의 정성이니, 三者缺一則必難完成者는 如見明鏡이로다. 세 가지에서 하나라도 결여되면 완성하는 사람이 되기 어려우니, 마치 밝은 거울을 보는

것 같도다. 雖日缺一而完成이라도 用誠이 百倍於他人然後라야 方可
完成矣리라. 비록 셋 중 하나를 빼고 완성했다 하더라도 그 정성을 드
림이 남보다 백 배는 되고난 뒤라야 마침내 완성될 수 있으리라.

　詳細節目은 一片之紙에 不可記故로 留待後日하고 略記其要하노
라. 상세한 절목은 한 조각 종이에 기록함이 불가하므로, 뒷날을 기다
리고 여기서는 간략히 그 요점만 써 두노라.

　　　임진(壬辰: 1952년) 지월(至月: 동짓달) 초길(初吉: 음력 매달 초하룻날)

　　　봉우지죄근서(鳳宇知罪謹書: 봉우는 죄인 줄 알며 삼가 글을 쓰노라)

　　　　　　　　　　　　　　　　　　　　　　하노라.

추기(追記)

　내가 학(學: 배움)이 부족해서 어로은근(魚魯銀根)을 확실히 구별하지
못하는 인물이 감히 학(學)이라는 제목으로 붓을 든 것은 양심상 부끄
러움을 이기지 못하는 바이오나, 비록 나는 불학무식(不學無識: 배우지
못해 아는 게 없음)하나, 어릴 때에 선생문하(先生門下)에 출입하며 이문
목견(耳聞目見: 귀로 듣고 눈으로 봄)한 바를 그대로 기록해 보는 것이요,
내가 무엇을 알아서 이렇소 하고 기록하는 것이 아니오니. 후일 군자
는 용서하시고 勿以人而棄其言則幸莫甚焉이로다. 사람들이 그 말을
버리지 않게끔 해주시면 크게 다행이겠습니다.

余自弱冠으로 周遊槿域에 無處不到하고, 내 나이 스물에 국내를 돌아다니매, 이르지 않은 곳이 없고, 入中國에 遍踏九州하고 東遊扶桑에 趨從碩學하니, 중국에 들어가 아홉 주를 두루 밟고, 동쪽으로 일본을 유람하며 학식 많은 분들을 찾아다니니, 余雖不敏이나 聞見則不下於獨學之士라. 내 비록 민첩하진 않으나 듣고 본 즉, 홀로 배운 선비의 아래는 아니다.

歸國後或對人談話之際言及於此邊則敎者學者가 俱無正經하고 귀국 후에 혹 사람을 만나 얘기를 나누면서 이 방면, 곧 교(敎)나 학(學)에 대해 언급해 보니 모두 이에 대한 정경(正經: 바른 길)이 없었고, 皆曰聖經賢傳에 學問之節次備矣盡矣云이요, 未見要領之語故로 余不辭淺見하고 略記數語하여 以待後日君子之正評이요, 모두 말하기를 성현의 경전에 학문의 절차가 다 나와 있다고 하면서 중요한 말을 찾아보지 못하므로 내가 얕은 견해임에도 마다않고 몇 마디 간략하게 기록하여 뒷날 군자의 바른 평을 기다림이요, 學之次序와 敎之方式則更待余有餘昨O하여 盡述少年時所聞所見하여 欲供於後日諸君子之前하노니, 後日君子는 勿罪余之無識하고 善察今日余之心懷則足矣라. 배움의 순서와 가르침의 방식은 다시 내가 글을 지을 여유를 만들어 소년시절의 듣고 목격한 바들을 다 써서 후일의 여러 군자들에게 제공하고 싶으니, 후일 군자는 나의 무식함을 죄주지 마시고 오늘날 나의 심회를 잘 살펴봐 주셨으면 그것으로 족하다.

余則實魚魯銀根之徒則何足可論가. 然이나 思念則或補益於同苦同好故로 知罪謹記하노라. 나는 사실 어로은근이 잘 구별 안 되는 무리에 속하는데 어찌 이런 논의가 내게 맞겠는가? 하지만 생각해본즉 혹이나 이 방면의 동호자나 동고자들에게는 도움거리가 될 수도 있겠다 싶어 죄인 줄 알면서도 삼가 기록하노라.

(임진壬辰지월至月초길初吉야심夜深 봉우서鳳宇書)

[이 글은 1952년 음력 11월 1일 밤에 쓰셨는데《백두산족에게 고함》109페이지에 〈도(道)〉, 〈교(敎)〉 다음으로 실려 있다. 책에 실린 글과 원문을 대조해 보니 원문은 거의 한문으로 씌여 있었는데 책에는 번역문만 실려 있어서 이번에는 원문을 다시 번역하여 한문과 번역문을 함께 실었다. 책에는 빠뜨린 〈추기〉도 번역하여 새로 추가하였다.《백두산족에게 고함》책이 나올 때 역주자 나이 31세, 그때 어리석은 역주자가 무얼 알았을까? 이 글의 원고를 보면 학(學)이란 제목 옆에 좌우로 동그라미를 두 번 치고 그 위에 삼각형으로 감싸는 식으로 엄청 중요하다는 표식을 하셨다. 이 표식 옆에는 '3고(考)'라고 써 놓으셨고, 이 모든 것이 '매우 어리석은 후학 역주자에게 이 글이 중요하니 패싱하지 말라는 표시였으리라 생각한다. 봉우 선생님 사상의 근간이 되는 도, 교, 학의 글들에서 일관되게 전해 주신 심법(心法)의 향연! 이 가운데서도 선생님은 자신을 불학무식한 사람이라고 겸손하게 낮추신다. 요즘 현대인들이 가장 이해하기 힘든 성자(聖者), 도인(道人)의 모습이다. -역주자]

수필: 정봉화(鄭鳳和) 동지 심방기(尋訪記)

근 1개월간이나 몸이 불건강하고 또는 심서(心緖: 마음의 실마리)가 산란하야 혹은 독서도 해보고 혹은 여행도 해보았으며 그간에 외종(外從)사촌 김준경 군의 혼사(婚事)도 있어서 분주불가(奔走不暇: 달리며 쉬지 못함)해서 집필할 정신이 없었다. 그런데 정봉화 동지를 심방하고 수일간 담화하는 중에 합치점을 서로 본 것을 기록하고자 한다.

정 씨는 소년시대부터 대황조 단군님을 절대 숭봉하는 동지다. 그런데 그 주견(主見)이 현세인이 말하는 대종교(大倧教)의 교조(教祖)로서 대황조를 거론하는 〈단군론〉에는 반대하고 우리(민족)의 공통된 대황조(큰할배, 한배검)로서 숭봉하자는데 서로의 합치점이 있고, 신라의 삼국통일로 말미암아 우리 대황조의 전래해 오던 유풍(遺風)이 모두 소멸되고 말았다는 점에서 합치가 되었으며, 고려 김부식의 멸사책(滅史策: 역사소멸정책)으로 인하여 우리의 통속적 역사전래도 아주 소멸되었다는 점에 합치가 되었다.

고려에서는 그래도 전래하는 습속이 상존해서 대황조시대에 전래하던 비법이 대략 남아 있었다. 고려자기니 무예(武藝)니 정신수련술이니가 상당하였다는 점이 합치되었고 이조에 와서 율곡, 충무공, 구봉(龜峯: 송익필)의 야담 같은 것에 합치점을 보겠고 또 우리가 장래 대황조를 위하여 조금이라도 노력한다면 이것이 우리 민족으로서 무엇보다 더 영광이라고 고상한 희망을 가지고 있는 점이 합치된다. 우리가 장래에 만주(滿洲)가 우리 수중에 들면 중국과 손을 잡을 것이라는 점도 합치된다. 그리고 우리 대황조가 어느 신명(神明)보다도 더 존귀하신 신명이라는 점도 합치를 보았다. 또한 (정봉화 씨는) 신단재설(申丹齋說: 단재 신채호의 학설)을 많이 주장한다. 이것은 우리 민족으로 당연한 일이다. 자기가 말한 것을 확신을 가질 만한 자각이 없는 것이 한(恨)이라고 하는 것도 양심적이다. 약간의 서로 비슷한 점도 있으나, 말할 필요 없고 이 정도만이라도 합치되기가 극히 어려운 일이다.

그리고 중재(中齋: 정봉화 씨의 호)가 예산고중학교 역사교수를 하는 관계로 될 수 있는 대로 민족혼을 고취하여 달라고 나도 부탁하였다. 후일 여러 방면으로 연락하기로 약속하고 작별하였다. 중재는 고묘(高廟: 구한말 고종의 조정)에 장신(將臣: 대장)이던 정낙용(鄭洛鎔) 선생의 영포(令抱: 손자)요, 금백(錦伯: 충청감사)으로 오시었던 정주영(鄭周永) 선생의 사자(嗣子: 대를 이을 아들)였다. 우리와는 세의(世誼: 대대로 사귀어 온 정의)가 있는 처지요, 또 민계호 동지의 매부였다. 여러 방면으로 장래를 기약할 동지다. 경성(京城: 서울)에서 인사를 한 지가 6~7년이 되었으나, 총체적으로 토론해 보기는 이번이 처음이다. 학부출신이나 한학(漢學)에도 상당한 권위자이다. 동지 한 분이라도 더 규합된 것은 대황조의 신우(神佑)이신가 한다. 앞으로 불휴의 노력이 있기를 바라노라.

임진(壬辰: 1952년) 12월 12일 봉우서우유신정사(鳳宇書于有莘精舍)

추기(追記)

중재와 심 씨와 양 씨가 다같은 대황조 숭봉인들인데 심 씨는 병사(病死)하고 양 씨는 6.25사변에 참사(慘死: 참혹하게 죽음)하였다. 불행한 일이다. 중재는 공주 김동욱 노인과도 왕래하며 연산 개치(介峙) 윤 씨와도 왕래하는 것 같다. 모두 대황조 숭봉이라는 합치점을 갖고 있다. 또한 대황조 이념의 부흥을 자임(自任)하는 마음도 있는 것 같다. 그러나 힘이 부족한 것 같다. 하지만 열성만은 부족치 않다고 본다. 다같은 동지 중에도 백산(白山) 동지들은 가일층 긴밀히 연락할 필요가 있다고 본다. 그리고 안재홍(安在鴻)455) 씨가 백두산 탐사기 중에 산상(山上)에서 거궐(巨闕: 큰 대궐)이 있는데, 적적무인(寂寂無人: 고요하니 사람이 없음)하였고 다만 한 사람이 있었으나, 아무리 문답을 하고자 해도 불응하더라고 기록해 두었다. 또한 그 거궐의 현판은 〈호천금궐(昊天金闕)〉이라 하였더라는 것을 출판한 책 속에 확실히 기입해 놓았다는 것을 전한다. 내가 부기(附記)하는 것은 호천금궐의 호천상제(昊天上帝)는 복희씨(伏羲氏)임에 틀림없고, 제1세 단군이 호천상제이신 복희씨라는 것을 부언해 두노라.

봉우 부기하노라.

---

455) 안재홍(安在鴻, 1891.12.30~1965.3.1)은 한국의 독립운동가, 통일운동가, 정치가이며 언론인, 역사가, 언어학자이다. 일제 강점기에 시대일보 이사, 조선일보 사장, 신간회 활동 주역이었으며, 조선어학회, 흥업구락부 등에서도 활동했다. 일제 강점기 내내 사회단체와 독립운동, 칼럼 기고 활동 외에도 사학자로서 고적지 답사, 어문 연구 등의 활동을 하기도 했다. 수필가로서는 고원의 밤 등의 수필, 기행문을 남겼다. 일제강점기 당시 국내에서 활동한 몇 안 되는 중도 우파, 비타협적 민족주의자로 광복 후 여운형, 김규식, 조만식 등과 함께 좌우합작운동에 참여했으나 한국전쟁 중 납북되었다.

[이 부기의 안재홍 씨 부분은 〈봉우일기〉 1권 319페이지 낙수14에 실려 있다. -역주자]

신체과로가 장래 병의 원인이 된다

내가 년령에 비하여 아무리 유리한 평을 해도 15년 이상 조로(早老: 일찍 늙음)하는 편이다. 안력(眼力)은 70노옹(老翁)의 건강한 사람만 못하고, 두발도 역시 70 이상 노인과 조금도 다르지 않으며, 낙치(落齒: 이 빠짐)는 상부가 1개요 하부가 11개나 되어 12개의 낙치가 되었으니, 건강한 70노옹은 안력이 여전하고 일모불백(一毛不白: 머리털 하나도 희지 않음)하고 일치불락(一齒不落: 이빨 하나도 빠지지 않음)하고 행보(行步)도 여전하고 신체 경리(輕利: 가볍고 예리함)한데, 내가 무엇으로 보든지 70 이상 노인의 건강 좋은 이만 못하다.

작년 겨울에서 금년 여름에 이르기까지 아주 극도로 쇠약해지는 현상이다. 기거동작(起居動作: 일상생활의 움직임)이 아주 둔해지고 조금만 동작하면 피로를 감당하지 못한다. 그리고 정력도 역시 아주 위증(痿症: 위축증)이 생한 것 같다. 이것이 작년 중 과로에서 초래한 현상이다. 정신적이나 육체적이나 공히 극도로 과로한 관계다. 비록 과로하였더라도 보충하면 그럴 리가 없으나, 과로는 하고 보충을 못한 것이 원인이 되어서 작년 여름, 가을 사이보다 체중이 4~5관(貫) 감해지고 역량도 10관 이상의 감축을 보게 되고, 정력은 비교가 되지 않고 행보(行步: 다니는 걸음)는 작년의 반을 못하겠다. 이것은 병적 조로(早老)인 것 같다. 물적이나 정신적으로 양면적으로 보충하지 않으면 오래지 않은 장래에 무슨 병이 발생할까 우려된다.

결심하고 무슨 방법으로든지 이 조로를 보충하리라. 신체가 건강한 연후라야 만사가 다 되는 것인데 현상으로는 백사불성(百事不成)일 것 같다. 내 선친께서 81세에 하세(下世: 별세)하시었으나, 아주 강녕(康寧)하시고 조금도 동작에 불유쾌를 느끼시는 것 같지 않았다. 비록 백발이시나, 홍안(紅顏)에 화기(和氣)가 충일(充溢: 가득차서 넘침)하시고, 정력이 줄지 않으셨다. 그런데 내 자신은 아무리 생각해도 현상 같아서는 절대로 유지할 수 없다고 본다. 이것은 오로지 내가 왜정이나 군정시대에 고문(拷問)을 많이 받아 병신이 된 관계요, 또 그러고도 내 몸을 조심 못한 것이 원인이 된다. 현재도 체중이 18관 이상이요, 역량이 36관 이상이나 되니, 내 연갑(年甲: 연배)에는 보통은 된다. 그리고 현상도 행보(行步)가 전속력을 다하면 일행(日行) 200리는 무난하나, 보통인으로는 이 현상도 못 될 것이다. 그러나 내 원력(元力)에 비하여 아주 말못할 감축이 되어서 내가 걱정이라는 것이다. 약보(藥補)도 하고, 식보(食補)도 하고 정신적으로도 보충하면 다시 소년은 못 되나 각양(各樣: 여러 가지 모양)이 다 5할 복구는 될 것 같다. 걱정이 되어서 이 붓을 든 것이다.

임진(壬辰: 1952년) 12월 13일 봉우서(鳳宇書)

선고기신(先考忌辰: 선친기일)을 경과하고 내 소감

　선고(先考) 취음공(翠陰公)은 철종조 병진년(丙辰年: 1856년) 1월 15일생. 찬정공(贊政公)의 제3자로 서울서 탄생하시어 유시(幼時)에는 선중부주(先仲父主)와 가정에서 찬정공께 수학(受學)하시다가, 7세 시에 찬정공께서 남녕위(南寧尉) 윤태보(尹台寶)의 가정교사로 초빙되시자 선중부주와 함께 남녕위궁에서 주인대감의 자제인 해관태(海觀台)와 동접(同接: 같은 곳에서 학업을 마침)하고 4년간을 수학하시며, 주인인 해관태와 결의형제를 하시고 지내던 중 고종 병인(丙寅: 1866년)에 양요(洋擾)456)가 있자, 찬정공께서 선중부주와 선고(先考) 형제분을 인솔하시고 서산에 계신 백종조(伯從祖) 상사공(上舍公: 생원, 진사) 댁으로 피난하시었다. 거기서 선고께서 종조부 제학공(提學公: 종2품, 종일품)의 양자(養子)로 결정되시어, 양모(養母) 정부인(貞夫人) 전주 이씨께 양육되시고 찬정공께서는 선중부주와 같이 서울로 가시고 백종조 슬하에

---

456) 병인양요(丙寅洋擾, 1866년 10월 26일~1866년 12월 17일). 1866년(고종 3년)에 흥선대원군의 천주교 탄압인 병인박해를 구실로 삼아 외교적 보호(diplomatic protection)를 명분으로 하여 프랑스가 일으킨 전쟁이다. 로즈 제독이 이끄는 프랑스 함대 7척이 강화도를 점령하고 프랑스 신부를 살해한 자에 대한 처벌과 통상조약 체결을 요구했다. 흥선대원군은 로즈 제독의 요구를 묵살한 뒤 훈련대장 밑에 순무영(巡撫營)을 설치해 무력으로 대항했다. 조선군은 프랑스 군대가 방심하는 사이 기습하여 프랑스군 3명을 죽였다. 그러자 프랑스 해군은 40여일 만에 물러났다. 프랑스가 병인양요를 일으킨 진짜 이유는 천주교 박해에 대해 보복한다는 구실로 침범하여 조선의 문호를 개방시키려는 것이었다. 이 사건으로 말미암아 조선의 쇄국정책은 한층 강화되었다.

서 선백부(先伯父) 의관공(議官公: 중추원벼슬)과 같이 수학하였다.

그리고 정혼(定婚)을 서울 약현(藥峴) 김합(金閤)댁으로 하였으나, 김합댁 사정으로 정축년(丁丑年: 1877년)에 성혼(成婚)하시었다. 그리고 과장(科場: 과거장)에서 연패(連敗)를 당하시고 타인에게 차작(借作: 대신 지어줌)해준 선고 과문(科文: 문과시험글)은 대소과거에 10여 장이나 붙었다. 그러자 기묘년(己卯年: 1879년)에 숙부인(淑夫人) 연안(延安) 김씨(金氏)가 병서(病逝: 병으로 돌아가심)하시고 선고께서 방랑생활로 명산승지(名山勝地)를 유람하시다가, 경진년(庚辰年: 1880년)에 숙부인 달성(達城) 서씨(徐氏)를 가평 화악산 아래 산촌에 맞이하시어(결혼하시어), 아주 그곳에 거주하시며 6년간에 가산(家産)을 탕진하시고 화재(火災)를 3차나 보시어 다시 일어날 여지가 없게 되시어 또 1년간이라는 세월을 비상간고(備嘗艱苦: 어려움과 고통을 겪음)하시고, 병술년(丙戌年: 1886년)에 서산 선백부 의관공댁으로 향하시고 오시던 중 당시 유행하던 괴질에 (걸리시어) 서산 오시자 달성 서씨가 급서(急逝: 급히 돌아가심)하시고 또 다각적으로 인내가 극히 곤란하시었다. 부득이 선고께서 안성(安城)지방으로 오시어 훈학(訓學: 글방에서 애들을 가르침)하시던 중, 정해년(丁亥年: 1887년)에 선비(先妣: 어머니) 경주 김씨를 친영(親迎: 아내로 맞이함)하시어 몇 년간을 역시 비상간고하시며, 생활을 하시었다.

그러다 우연히 양성(陽城: 경기도 안성 북부의 면)지방에서 대설(大雪) 후에 긴 등(긴 산등성이) 무인지경(無人之境)을 지나시다 척설(尺雪: 한 자 넘게 쌓인 눈, 잣눈) 중에서 무슨 흔적이 있는 것 같아서 찾아보신 것이 동사체(凍死體)를 발견하시어 (죽은) 시간이 그리 멀지 않은 것 같은지라, 부래(負來: 지고 옴)하고 수십 리 밖의 주막에다가 구료(救療: 구원해 치료함)한 것이 회생(回生)되었다. 이 사람이 손병희(孫秉熙)457)였다.

이것이 인연이 되어 계사년(癸巳年: 1893년)에 선고께서 속리산을 갔다

오시다가 보은 장내에서 동학군에게 강제포덕(布德: 전도)을 당하시고,

그 대접주(大接主)를 대면한 것이 손의암(孫義庵: 손병희의 호)이었다.

거기서 한달 여를 두류(逗遛: 체류)하시며, 일건(一件) 서류를 대행(代

行)하시던 것이 우연히 운기(運氣: 전염병)에 걸리시어 개통(改痛) 12차

라는 대위험을 경과하시고 회생하신 것은 오로지 의암부인 곽씨(郭氏)

의 구호라고 말씀하신다. 그 병환이 소소 차도가 있자, 찬정공께서 상

사(喪事: 초상이 남)나시어서 곧 분상(奔喪: 먼 곳에서 부모의 부음을 듣고

곧 돌아감)하신 것이 그 익년(翌年: 이듬해) 갑오동란(甲午動亂: 갑오동학

란)458)이 있었고, 그래도 동학과 연락하였다는 의심도 있고 해서 서울

로 오시었는데 선중주부가 내각총서(內閣總書) 당시였다.

———

457) 손병희(孫秉熙, 1861년 4월 8일 ~ 1922년 5월 19일)는 천도교(동학) 지도자이
자 독립운동가이다. 동학농민운동 때 이를 탄압하는 관군과 일본군에 맞서 싸웠
으며 최시형의 뒤를 이어 제3대 교주가 되었다. 동학에 대한 탄압이 거세지자 중
국으로 망명하였으나 손병희를 받아들이지 말라는 조선정부의 압력으로 다시 일
본으로 망명하였다. 천도교를 극심히 탄압하던 대한제국이 외세에 의해 기울어져
탄압을 멈추자 귀국하여 인재양성을 위해 교육사업과 출판사업을 하였다. 1919
년 민족대표 33인중 한 명으로 3.1운동을 주도했다. 기미독립선언서 낭독 후 일
제에 체포되었다. 병보석으로 출옥 후 별세하였다.

458) 동학농민혁명(東學農民革命), 동학혁명(東學革命), 동학농민운동(東學農民運動)
또는 동학농민전쟁(東學農民戰爭)은 1894년 동학 지도자들과 동학 교도 및 농민
들에 의해 일어난 백성의 무장 봉기를 가리킨다. 크게 1894년 음력 1월의 고부
봉기(1차)와 음력 4월의 전주성 봉기(2차)와 음력 9월의 전주 · 광주 궐기(3차)
로 나뉜다. 초기에는 동학난, 동비의 난으로 불리다가 1910년 대한제국 멸망 이
후 농민운동, 농민혁명으로 격상되었다. 동학농민혁명(東學農民革命)으로도 불
리며, 갑오년에 일어났기 때문에 갑오농민운동(甲午農民運動), 갑오농민전쟁(甲
午農民戰爭)이라고도 한다. 동학농민군을 진압하기 위해 민씨 정권에서는 청나
라군과 일본군을 번갈아 끌어들여 결국, 농민 운동 진압 후 청일전쟁의 직접적인
원인이 되었다.

을미(乙未: 1895년) 4월에 법부(法部) 주사(主事)로 임명되시어 그후 법부 참서관, 법부 비서관, 법부 검사국장, 시종원 시종, 비서원 비서승(秘書丞), 한성재판소 판사, 평리원(平理院: 대한제국 때 고등법원) 판사, 내부(內部) 판적국장, 평산군수, 중추원 의관, 진도군수, 능주군수 등을 역임하시고 광무황제께서 선위하시자 군욕신사(君辱臣死: 임금이 욕을 당하면 신하는 죽음)가 당연한 일이나, 자정(自靖: 자결)하지 못할 바에는 거위(去位: 자리에서 물러남)하는 것이 당연하다고 능주군수를 버리시고 서울로 오시었다. 경술합병(1910년)이 있자 낙향하시었다가, 그래도 시가(市街) 근처가 불편하다고 상신(上莘)으로 병진년(1916년)에 오시어 아주 신야춘추(莘野春秋) 도원일월(桃源日月)이라고 자제(自題: 스스로 표제함)하시고 용산구곡(龍山九曲: 계룡산 상신의 아홉계곡)을 정하시고 여년(餘年: 여생)을 시부(詩賦)에 부치시어 불평강개(不平慷慨: 불의에 못 마땅해 하고 슬퍼함)를 자서(自敍)하시다가 병자년 12월에 우연히 병환이 드시어 수삼 일 신음하시다 환원(還元)하시었다. 말년에 불초자가 가산을 탕진하고 공양(供養: 웃어른에게 음식을 대접함)을 못하고 말하자면 양구복(養口服: 음식과 의복공양), 양심지(養心志: 마음과 뜻으로 공양함)를 다 못하고 극빈궁리(極貧窮裏: 극히 빈궁한 속)에 하세(下世)하시었고 하세하신 후 유지를 본받지 못하고 벌써 불초도 백발이 성성(星星)하고 또 선고의 만년유택(萬年幽宅)도 확정하지 못하고 있으니, 불효막대하도다. 게다가 자식도 독자(獨子)가 현 군인으로 일선에 가서 있고, 가산은 여전히 빈궁을 극하여 조불모석(朝不謀夕: 아침에 저녁을 생각 못 함)하는 중에 금년은 더구나 가일층하여 기신절(忌辰節: 기일) 범절도 말할 수 없는 근근 경과를 하고보니, 죄송한 마음 무어라고 비할 바 없다. 다만 불초자나 자식인 영조(寧祖)나가 다 양심적으로는 소아를 위하여 대아를 망각하지 않는 인물들이니, 선령(先靈)은 묵우(默祐: 말없이 도움)하시고 고이 고이 천상(天上)에서 잠드시고 불초자나 영조의 장래 희망이 성공되기를 기다리소서.

임진(壬辰: 1952년) 12월 14일 불초자(不肖子) 태훈근기(泰勳謹記)

추기(追記)

선고기일을 당하여 만부족한 내 경제로 근근 궐사(闕祀: 제사를 못 지냄)만 면하고 보니, 죄송한 생각이 금할 수 없고 또 산소도 아직 확정을 못 했다. 다음으로는 고령 모처로 내정하였으나 이 자리가 내 수중에 아직 안 들어오고 또는 입수할 준비도 못하고 있으니, 가망성이 박약한 것이요, 또 선고께서 반생이 아니라 만년에 시부에 불평(不平)을 부치신 유적이 시문(詩文) 합해서 50권이요, 또 만년 언행을 내가 기록하자면 적어도 몇 권이 될 것인데 선고 하세하신 지가 벌써 17년이나 되었으니 아직 시문집을 정서(正書)도 못해 놓고 언행록 초본도 못해 놓았으니, 앞으로 언제 할 여가가 있을 것인가. 한심한 일이다. 출판은 고사하고 정서도 못하였으니 어찌 죄송하지 않으리요? 그리고 일생(一生) 언행(言行)을 기록해서 후손에게 전할 만한 일이 많은데 한 건도 집필을 못하였으니, 내 심정도 말할 수 없이 산란하도다.

내가 선고 생존 시에 고하기를 가정(家庭)문견록과 정여록(政餘錄)과 지인평록(知人評錄)과 유증후인록(留贈後人錄)을 초출(抄出: 골라서 뽑아냄)하여 주십시오 하고 수차례나 청하였으나, 비록 만년에 한거하시나

역시 집필하실 여가는 없으신 관계로 못하신 것이요, 내가 문견(聞見)
한 대로도 기록해야 할 일인데 역시 무심하여 착수를 못한 것이다. 금
일을 당하여 붕중백감(弸中百感: 화살소리 속 수많은 생각)이 다 나서 이
붓을 든 것이다. 이다음 시간만 있으면 비록 단편(短編: 짧은 엮음)이라
도 한 건, 한 건씩 기록해 볼까 한다. 그리고 계술(繼述: 조상의 뜻과 사업
을 이음)을 못 하는 것은 본디 무식(無識)한 연고(緣故)요, 또 무심(無心)
한 연고다. 할 수 없는 일이다. 다음으로 미루고 이 붓을 그치노라.

- 소취근기(紹翠謹記: 소취는 삼가 씀)

[여기서 '소취(紹翠)'는 부친 취음공을 잇는다는 뜻으로 봉우 선생
님의 또 다른 호입니다. 봉우 선생님 부친께서 3.1운동 민족대표 중
의 한 분이셨던 의암 손병희 선생의 생명을 구하신 분이라는 사실
은 이 글에서 처음으로 알았습니다. -역주자]

몽중(夢中)에 우연히 상봉한 친지 모씨의 질문에 대해 몽각후(夢覺後: 꿈깬 뒤) 내 의견대로 기록해 보는 것이다

몽중이라는 장소는 어디인지 알 수 없고 상봉한 친지도 현상으로는 생사존몰(生死存沒)을 알지 못하는 모씨다. 그런데 꿈속에 우연히 만나서 설왕설래 중에 모씨가 편지에다 일건, 일건씩 기록해서 질문하는데 내가 무어라고 생각되는 대로 대답해 보았다. 장시간 문답이었으나, 꿈깬 후 약간 기억된다. 그래서 그대로 기록해 보는 것이다. 6~7인의 동지가 앉아서 무슨 토론을 하다가, 현상으로는 아직 생사를 알지 못하는 모씨가 (6.25사변으로 공산당에게 납치되었다고 보는 동지) 한 장의 편지를 내게 제시하는데, 간단 명확하게 소련의 장래가 어느 편인가 더 흥하는가, 현상유지인가, 쇠해지는가, 아주 패망하는가를 명확히 답하여 달라고 기록되어 있었다. 내가 말하기를

"아주 패망할 것이요, 세력은 중소국(衆小國: 여러 소국)으로 나뉘어져 다시 흥할 여유를 불허할 것이라"

고 확답하니, 또 시기는 언제쯤 되며, 상대방은 어느 나라이냐고 다시 묻는다. 답하기를

"물론 초패(初敗: 첫 패배)는 미국 외 연합국에게 되나, 본격적 치명상은 우리나라와 중국과 인도의 연합군에게 결정적 패망을 당할 것이요, 이 시기는 나는 30년 후인 갑자순중(甲子旬中: 갑자 10년 중, 1984년부터 1994년까지)이라고 확언한다."

말하니, 모씨가 말하기를 그러면 소련이 초패(初敗)가 될지라도 갱기(更起: 다시 일어남)하려는 음모가 30년을 계속한다는 말인가 하고 반문한다. 내가 대답하기를,

"물론 첫 패배에서도 웅도(雄圖: 웅대한 계획)를 못하게 할 것이나, 그래도 재기하려고 할 것이요, 이 첫 패배를 계기로 한중인 부흥이 되어 동맹적으로 방위하다가 자력이 확립되자, 일격하에 과분(瓜分: 오이처럼 나뉨. 국토가 쉽게 나뉨)시킬 것이라."

고 재확언했다. 모씨가 또 말하기를 그러면 소련이 패망하기 전에 일차도 더 세력을 신전(伸展: 펼침)하지 못할 것 아닌가 하고, 묻는다. 내가 쾌답(快答)하기를,

"소련이 자신(自身)을 펼쳐 볼까 하는 것이 3차대전이요, 여기서 첫 패배를 당할 것이라."

고 하였다. 이것으로 소련문제는 일단락되었고 제2차로 유엔 제국(諸國)의 장래는 어떠한가라는 질문에 내가 대답하기를,

"오월(吳越)이 동주격(同舟格)이라. 소련의 세력이 감소되기 전까지는 부득이 동일 보조로 나가는 것이오, 제1차 소련의 패전 후까지도 사부득이지속(事不得已持續)될 것이요, 제2차 소련의 완전패배로 세력이 세계적으로 삼분(三分)할 것이라고 본다. 남북미의 자세자립(自勢自立)세력과 아시아의 신흥발발(勃發)세력과 구주(歐洲: 유럽)의 약소합일세력(장래의 EU?)으로 삼분되리라고 본다. 유럽에서는 지중해 해상권을 서반아(西班牙: 스페인)와 토이기(土耳其: 터키)가 장악하고 북대서양 해상권을 영국과 불란서가 장악하고, 북구라파(북유럽)를 독일이 재장악하고자 할 것이다. 이 사세균등(四勢均等)을 취해서 소련을 중소국가(衆小國家: 여러 작은 국가)로 분립하여 사세력하(四勢力下)에 둘 것이다. 아시아는 한중인(韓中印)의 동맹으로 여러 국가와 제수(提手: 손을 끌어 잡음)하고 황백(黃白)세력이 쟁형(爭衡: 서로지지 않으려 다툼)을 모(謀: 꾀함)하며 미루어 세계제패에 나아갈 것이다."

라고 답하였다. 그러면 우리나라 목전의 화급(火急)은 무엇으로 면하는가 하는 질문이 있었다. 나는

"비록 유엔군의 후원으로 전쟁은 승리할 지라도 현 정치적 파동이나 민생의 도탄을 구할 도리가 없으니, 여기는 별 수 없이 중간세력이 나와서 집권하고 통일하는 외에는 다른 도리가 없다고 본다. 그리고 거의 전쟁이나 민생고(民生苦)가 공히 절정에 도달한 것이니 안심(安心)이라."

고 대답하였다. 이 외에도 수조(數條)가 더 있었는데, 문답이 모두 다 희미(稀微)하다. 문제만은 일본의 장래라는 것과 우리의 인구증식은 무 엇으로 주점(主點: 요점)을 하는가 하는 질문이었는데 내가 대답한 것 이 몽각(夢覺: 꿈깸)한 후에라 생각이 안 된다. 그래 중지하고 이 정도로 붓을 그친다.

임진(壬辰: 1952년) 12월 18일
봉우서우유신정사(鳳宇書于有莘精舍)하노라.

[꿈속에서 우연히 만난 사람과의 문답이라는 전제에서 1952년 말 세계의 정세를 논한 글이다. 소련의 장래와 유엔 여러 나라의 장래 를 논하며 아울러 우리나라도 언급하고 있다. 약 70년 전에 세계를 논한 글인데 지금의 현실을 그대로 반영하고 있는 대목들도 눈에 띈다. 즉 소련이 1980년대 중반에서 1990년대 중반까지에 여러 작 은 나라들로 나뉘어지며 패망한다는 것과 소련 패망 후 러시아가 되면서, 세계정세는 남북미의 자립세력과 아시아의 신흥발발세력 과 유럽의 약소합일세력(현재의 EU)으로 삼분(三分)된다는 것이다. 우리나라는 비록 유엔군의 후원으로 전쟁은 승리할지라도 정치적 파동이나 민생의 도탄은 구할 도리가 없다고 보았다. 이렇듯 그 뒤 의 현실과 적중한 정세분석도 있는 반면에 무슨 뜻인지 알 수 없는 예언들도 여럿이 혼재되어 있어 정확한 내용은 봉우 선생님만이 아시리라 하는 추측밖에 할 수 없겠다. 어쨌든 아직 귀추를 두고 봐 야 할 현재 진행적 세계정세의 예언들도 여럿 있어서 매우 흥미로

운 기록이라 하겠다. 거물급 예언가로서의 선생님의 면모가 여실히 드러나는 글이다.

1952년 말, 매서운 전쟁의 삭풍이 몰아치는 겨울, 전기불도 없는 컴컴한 공주 계룡산 상신리 산골에서 오로지 자신의 심령(心靈)의 대광명으로 당시 세계와 우주를 비추어 보고 계셨던 위대한 도인을 회상해 본다. -역주자]

〈천부경(天符經)〉 현토(懸吐) 사의(私意: 개인적 의사)

저는 물고기 어(魚)자와 노둔할 로(魯)자를, 은(銀)자와 뿌리 근(根)
자를 분별하지 못합니다. 그래서 여러분께서 밝히신 〈천부경〉 현토의
진실들을 가리는 일은 실로 제가 감당할 수 있는 일이 아닙니다. 하지
만 저 또한 개인적으로, 스스로 〈천부경〉 현토를 해왔으며, 스스로 읽
어 온 지 수십 년이 되었습니다. 그러므로 반드시 버리지 못하였고 말
미에 부치니, 진실로 버리지 못하는 뜻은 제가 현토한 뜻이 옳다는 것
을 주장함이 아닙니다. 뒤에 오시는 군자께서는 혹여 다툼으로 보일지
용서하소서. (余不能辨魚魯銀根而敢與諸公爭衡實不敢之事也. 然而余亦私
自縣吐而自讀已有年故不必棄之故付之于尾實不棄之意非欲爭衡也. 後之君子
恕諍焉.)

봉우지죄근기(鳳宇知罪謹記: 봉우는 죄인 줄 알며 삼가 씀)하노라.

[이 글은 1998년 출간된 봉우 선생님 유고문집 〈봉우일기〉1권 309
페이지에 실린 〈천부경 현토〉 기사 마지막에 쓰신 글이다. 원문에
는 〈사의(私意: 개인적 의견)〉라고 글의 맨 뒤에 한문으로 쓰여 있었
으나, 누락된 것을 발견하여 이번에 번역하여 새로 올린다. -역주
자]

공주교육위원회에 갔던 소감

　대전에 갔다가 우연히 독감으로 귀가하자마자 5~6일을 정신없이 대통(大痛: 크게 앓음)하였다. 비록 대세는 성(盛)하였으나, 기거하기는 여전히 불편하다. 그러나 양력 2월 11일이 예의 공주교육위원회 제9차 회의라 책임감으로 오전 4시에 조기(早起)하여 가인을 환기시키고 이른 아침식사를 끝내고 부병(負病: 병을 짐)하고 공암까지 가서 버스를 타고 공주로 간 것이다. 회의 소집시간은 다 되었다. 가서 보니 장기, 의당, 우성면의 위원들과 내가 있을 뿐이요, 타 위원은 아무도 안 오시었다. 약 1시간이나 기다리던 끝에 성원미달이라고 교육감이나 위원들이 산회(散會)하자고 주장한다. 의당(儀堂)면 위원은 이왕 오늘은 주목적이 교육위원회에 참석차로 온 것이니, 좀 더 기다리는 것이 당연하다고 주장하였으나 우성(牛城)면, 장기면 위원이 우리의 임무는 이행되었다고 귀가하였다. 그러자 유구(維鳩)면 위원이 오고, 이인면 위원도 오고, 정안면 위원도 오고, 계룡면위원도 왔다. 의장인 군수는 감기로 불참하였다. 여기서 성원문제로 조례(條例)를 해석하였으나, 금일에 선퇴(선퇴: 먼저 퇴장)한 두 위원만 있었다면 금일 의안을 문제없이 통과시켰을 것이다.

　부의장 선출에는 재적위원 3분의 2라야 효력이 발생하는 것이요, 회계감사안은 답변인 군수가 부재석(不在席)이라 효력이 없는 것이니 유구위원과 내가 주장해서 차기의 회의 진행 준비로 군수에게 부의장과 간사를 보내서 의사나 청취하자고 발의해서 그대로 통과시킨 것이 의외에 답변에 약간의 탈선이 생겨서 계속해서 강강(剛强)한 반격이 많이 있었다. 충화론(冲和論)도 있었으나, 통과되지 않았다. 그래서 회계감사의 부정안(不正案)을 회수하라는 결의로 폐회하고 말았다. 이것은 위원대로의 책임이다. 너무 무능해서는 안 된다. 이것이 당연한 조처라고 본다. 좀 박(薄)한 것 같다. 그러나 사리(事理)로는 안 그럴 수 없는 것이다. 출석이 아주 부진한데 탄천면위원은 3차 이상 결석이요, 신풍면위원은 자기 사업관계로 분주하니, 교육위원회쯤은 문제가 아니요, ○○위원은 80노령(老齡)이니 도리어 그만한 출석도 호성적이라고 보겠다. 대체로 교육위원의 책임문제를 완수 못 하는 것 같다. 말하자면 아주 무관심하다는 말이다. 좀 유효하게 활용하였으면 한다. 그저 위원으로서 당일 여비나 일당이나 영수할 정도라면 너무 무책임하고 또 이 교육위원을 부업적으로 하는 것도 회의진행상 지장이 많다고 본다.

사실은 생활이 족족한 인사는 생활이 족족한 대로 시간의 여유가 없고, 생활이 곤란한 인사는 생활이 곤란한 대로 역시 시간이 없다는 것은 부정 못 할 일이다. 그러나 무슨 일이든지 일단 자기가 승낙하고 나온 이상에는 비록 자기일이 좀 희생이 되는 일이 있더라도 자기책임 완수는 해야 하는 것이다. 우리들이 마음에 없고 또 시원치 않은 것을 맡으면 적당한 자리에 못 가더라도 그 자리의 임무만은 근실히 복종하고 여력은 함양하는 것이 당연한 것이다. 만약 인격자라고 자기에게 맞지 않는 자리에 있으며 책임을 불완수한다면 후일에 인격자로서 자기의 적재적소에 가서 반드시 잘하라는 법이 어디 있으며, 누가 믿을 것인가. 비록 자기 역량에 부족한 일이라도 유족한 감을 가지고 선처하면 타인이 보기에 그 사람은 그 자리에는 지나는 인사라고 공인할 것이다. 그러므로 점점 그 이상 자리로 갈 수 있고 그 자리에 가서 능력이 발휘 못 되므로 더 가지 못할 것이 상식적으로 재단(裁斷)되는 것이다.

그런데 세상에서는 흔히 자기 자격에 좀 부족한 자리에 가면 창피하고 마음에 시들해서 노력을 하지 않다가 말하자면 주의를 않다가 실수하는 일이 얼마든지 있다. 소홀이라는 것은 항상 가볍게 생각하는 데에서 생기는 것이요, 이 소홀이 있고 성공하는 법이 결코 없는 법이 만고불역지전(萬古不易之典: 영원히 바뀌지 않는 법)이다. 임사무소홀(任事無疎忽: 일을 맡으면 소홀함이 없음)하라는 것이다. 고인(古人)들은 비록 성현군자라도 소소한 직책에서도 시들한 맛이 보이지 않고 유공불급(維恐不及: 오로지 미치지 못할까 두려워 함)해서 근실하게 책임완수를 하는 것이 다 상사(常事: 예상사)이다. 이것이 옛 성현군자들의 수범(垂範: 본보기)이라고 본다. 예는 들 필요가 없다. 동서의 현철(賢哲)이 다 일궤도(一軌道)이다. 성기(成器: 완성된 그릇, 인격)가 못 된 인격 자임자(自任者)들이 항상 자기임무를 완수 못 하고 실수하는 것이다. 그러니 비록 작은 일이라도 근실하게 진력하라는 부탁이다.

임진(壬辰: 1952년) 12월 29일 봉우서우유신정사(鳳宇書于有莘精舍)

임진(1952년) 1년을 회상(回想)하며

세사(世事: 세상 모든 일)는 불가역도(不可逆睹: 미리 내다볼 수 없음)라고 제갈량(諸葛亮)459)이 〈출사표(出師表)〉460)에 명언(明言: 분명하게 말함)하였다. 내 항상 의심하기를 공명(孔明)은 천신(天神)이라는 칭호를 받은 인물인데 '사불가역도'라고 군신간(君臣間)에 명언한 것은 하고(何故: 무슨 까닭)인가 하였다. 이야말로 근신(謹愼: 삼가함)을 극(極: 다함)한 말이다. 공명이야 요사여신(料事如神: 일처리를 귀신같이 함)한 인물인데 어찌 역도(逆睹: 미리 봄)를 못 할 리가 있는가. 그러나 공명의 출사(出師: 출병)하는 본의가 촉(蜀)으로서 당연 성공하리라는 것이 아니요, 대의명분(大義名分)이나 자기책임상 부득이 행해지는 일인 줄 알며 이 부득이라는 말을 하기가 극히 곤란하여 최후의 귀결점을 아주 말하기 위해 '불가역도'라고 명언해 둔 것이라 생각한다. 천명(天命)이 이거(已去: 이미 떠남)하였으니, 그저 잔심갈력(盡心竭力: 있는 힘을 다해

---

459) 중국 삼국시대 촉한의 정치가(181~234). 자(字)는 공명(孔明). 시호는 충무(忠武). 뛰어난 군사 전략가로, 유비를 도와 오(吳)나라와 연합하여 조조(曹操)의 위(魏)나라 군사를 대파하고 파촉(巴蜀)을 얻어 촉한을 세웠다.

460) 촉한의 재상 제갈량이 위나라를 정벌하고자 황제 유선에게 올린 표문. 출사표라는 말 자체는 '출병할 때에 그 뜻을 적어서 임금에게 올리던 글'을 뜻하는 일반명사이지만, 제갈량의 출사표가 너무 유명하기 때문에 일반적으로 문맥 없이 '출사표'라고만 하면 제갈량의 출사표를 일컫는다. 전출사표, 후출사표 두 편으로 이루어져 있으며 전편은 227년, 후편은 228년에 작성된 것으로 알려져 있다. 《삼국지(三國志)》의 〈제갈량전(諸葛亮傳)〉, 《문선(文選)》 등에 수록되어 있다. 훗날 지어진 《삼국지연의》에도 원문이 그대로 수록되어 있다.

애씀)할 뿐으로 수인사대천명(修人事待天命)할 것이라는 것이다. 그러니 공명의 당시 심정이야 누가 이해할 것인가. 주위 환경이 허락하지 않는 만부득이한 출사를 하며 또 자기 역량대로 발휘할 수도 없는 처지에서 적을 상대하지 않을 수도 없는 난관에 봉착하고 적은 강성하고 촉은 약할 대로 약한 조건이 구비하였으니, 그저 좌이대지(坐而待之: 앉아서 기다림)할 수 없어서 시일이라도 연장하며 공명의 실력이라도 성불성(成不成)은 예외로 표현시킬 것이라고 자기요사(自己料事)로는 맞지 않는 출사를 한다.

당시에도 그 불합리한 실정을 파악하고 말한 인사도 혹 있었을 것이요, 아지 못하고도 성불성을 가지고 논의하는 인사도 있었을 것이다. 후인들도 역시 별별 견해가 다 많을 것이다. 그러나 공명은 공명대로의 대의명분을 잃지 않고 충성을 다한 것이요, 이해득실을 계교(計較: 서로 견주어 살펴봄)해서 일시적으로 처사한 것이 아니다. 그래서 이 말하지 못할 말을 〈출사표〉에 할 수가 없어서 '사불가역도'라고 내 책임 완수요하고 말씀한 것 같다. 〈몽견제갈량(夢見諸葛亮)〉[461] 같은 책자에서는 별별 편견을 다 말했으나, 이것은 밀아자(密啞子: 소설 '몽견제갈량'의 주인공)는 밀아자대로의 의견이요, 공명의 본의에 만에 하나라도 이해한 것 같지 않다. 내가 이 말을 머리에 쓴 것은 공명의 행위가 단면적이 아니었다는 것을 표시하는 것이다. 본론에 들어가 우리 민족은 남

---

461) 유원표(劉元杓)가 지은 신소설. 신채호(申采浩)의 서(序)가 있으며, 홍종은(洪鍾檍)이 교열하여 1908년 광학서포(廣學書舖)에서 발행하였다. 꿈에 주인공 밀아자(蜜啞子)가 제갈량을 만나 평소에 품고 있던 의혹에 대하여 질문하고, 제갈량은 대답하고, 다시 그 대답에 대하여 비판하는 내용으로 이루어져 있다. 민생·법제·이용후생 등에 관한 것과, 당시의 동양 삼국의 관계 및 경장대개혁(更張大改革)의 제반사항에 관한 내용 등을 다루며 작자의 우국지정에서 나온 자강사상(自强思想)이 담겨 있어 일제강점기 아래에서는 금서(禁書) 조처되기도 하였다.

녀노소를 물론하고 현 비상시에 대처해서 장래를 명약관화하게 볼 인사도 있겠으나, 대체로는 목전에 개재한 전쟁이 몇 날, 몇 시쯤 종결될까를 의심 않는 사람이 몇 사람이나 되는가. 다들 알지 못하고 답답한 심정으로 있는 것이 대다수일 것이요, 또 정감록(鄭鑑錄) 운운하는 인사들은 임진년 원조(元旦: 설날 아침)부터 별별 소리를 다하였다. 공명도 '사불가역도'를 주장하였는데 현대 인사들은 걸핏하면 이인(異人) 아닌 인사가 별로 없다.

임진년이 이 이인군(異人群: 이인무리)의 화제거리가 되든 '진사(辰巳)에 성인출(聖人出)하여 오미(午未)에 낙당당(樂堂堂)이라는 진년(辰年: 용해)임에 틀림없다고 신앙하는 인사도 많으려니와 또 호언장담을 하는 이인(異人)이니, 이인의 도통(道統)이니 하는 인사들도 상당수 있다. 내가 임진년 원조을 부산 차중에서 경과하고 임진 상원일(上元日: 음력 정월 보름날)에 비로소 귀가해서 임진 원조에 쓸 감상을 상원일에 기록한 것이 임진년이라면 381년 전인 이조 선조 임진년을 연상 안 할 수 없으며, 이 임진란에서 아주 국가패망지추에 거국일치로 상하동심(上下同心)해서 중흥(中興)의 거업(巨業)을 완성한 것을 추모하는 바이다. 현 임진년도 선조 임진을 추억하고 이 비상시를 타개해서 전란을 평화로, 파괴를 재건으로, 분열을 통일로 완성하자면 임진년에 행해질 지방 의원 선출을 양심인물을 선출해서 정치면의 보조가 되는 또한 민주주의의 발전으로 볼 것이며, 지도자 선출의 대업을 완수함으로 임진년의 소원은 필(畢: 마침)할 것이라고 사견을 기록해 본 것이며, 현 전란은 국련(國聯: 유엔)에게 일임(一任: 모두 맡김)만 해서는 무책임한 일이니, 우리가 전심전력을 다해서 나가는 것이 당연한데, 현행 정부에서는 상하가 전쟁해결에 일주(一籌: 하나의 산가지)도 막전(莫展: 펼침이 없음)하고 상하교정리(上下交征利: 위아래 모두 이끗만 다툼)로 목전에 위급존망(危急存亡: 생사가 걸린 위급함)이 있는 줄도 생각지 않는 것 같다고 불평을 기록하였었다. 과연이다. 금년을 회고해 보자.

금년 1년에 전쟁은 교착(膠着)되고 4월에 선출된 지방의원들은 악질 정객들의 주구(走狗: 앞잡이)가 되어 법치국가의 체면을 손상하고, 감연(敢然)히 국회와 대립해서 망국운동을 전개하고 그래도 치욕을 모르고 이권의 도득(圖得: 꾀해 얻음)에 매두몰신(埋頭沒身: 머리 박고 몸을 빠트림)하는 현상이다. 소위 지방의회에서라도 의원들의 행동을 보면 가증스런 일이 많다. 그다음 주권자 선출에도 민족사활 문제인지 국가존망 문제인지 나누지 않고 모략적으로 타국에 수치가 되는 것을 알지 못하고 하는 것 같다. 무삼 성인(聖人)이 나오며, 무삼 이인(異人)이 나올 것인가. 여전히 망국적 악질 정상모리배(政商謀利輩)의 등장뿐이다. 더구나 농작물은 수십 년래 희유(稀有: 드물게 있음)한 흉작으로 물가는 천정부지의 비등(飛騰)을 보고 있으니. 과연 하회(下回: 다음에 물가가 내려갈지)를 난측(難測: 예측키 어려움)이다. 다만 바라는 바는 민주우방의 맹주격인 미국에서 주권자가 금년에 다시 나왔으니, 물론 정치 주견이 전 주권자와 동일할 리가 없으니, 혹 현상 이상으로 유리한 정책이 나올까 하고 기대하는 외에는 아무것도 바랄 것이 없는 것이다. 이것이 임진년 1년을 회고하는 것이다. 그러니 세상에 임진 1년을 두고 별별 소리를 다하던 인사들이 과연 '사불가역도'라는 글자 그대로이다. 무엇을 알며, 무엇을 믿을 것인가. 그저 수인사대천명이라고 우리나라에서 난 전쟁이니 우리의 손으로 해결하도록 국민 전체는 전력을 다하는 것이 당연하다고 본다. 별별 말이 많았던 임진 1년을 회상하고 다음으로 361년 전의 국난을 해결하신 전현(前賢)들의 업적을 추모하며, 지나간 임진 1년에 옛 선현들의 업적을 본받지 못하는 우리들의 부족을 느끼고 이 붓을 그치노라.

임진(1952년) 12월 29일 봉우서우유신정사(鳳宇書于有莘精舍)

임진년(1952)을 보내며

　다층적으로 의미가 심장하던 임진년은 별 거둔 일 없이 다시 오지
못할 길로 돌아갔다. 내가 이 붓을 든 것은 임진 제석(除夕: 섣달 그믐날
밤, 제야)날 밤이 깊은 뒤이다. 제일 기대되던 미국 행정부에서는 국무
장관이 일전에 우리가 예정하였던 폭탄선언을 하였다. 만주(滿洲)폭격
과 원자(原子)병기를 사용하고 한국군의 무장 강화를 확언(確言)하였
다. 그렇다면 맥아더 원수안(元帥案)이 실행되는 것이요, 우리나라 전
쟁은 병사학(兵事學: 군사학)으로 보아서 속한 종결을 볼 수 있고 정치
학으로 보아서 미국으로서는 불리한 조건이요, 우리나라로서는 희생
이 좀 심할 것 같다. 그러나 도리어 이편이 우리에게 유리하다고 본다.
지지부진(遲遲不進)하고 전쟁이 장기전으로 들어가면 민족은 염증(厭
症: 싫증)이 나서 인내하기가 극히 곤란한 것이다. 그러나 비록 출혈작
전이라도 단기간으로 하면 결전기(決戰期)가 속(速: 빠름)한 만큼, 후방
에서도 좀 활기를 가질 것은 당연한 일이다.

　이것이 미국 민주당의 정책입장에서 보면, 민주당 정책은 장기 소
모전을 주력으로 상대를 곤란케 하는 일방, 한국도 미국에 신앙심(의
존, 의타심)을 더 가지게 되어 정신적으로 일석이조격(一石二鳥格)의 소
득을 꾀하는 정책이나, 금번 공화당 정책은 직접 군사학상으로 이해
를 타산해서 미국에 손실이 적고, 전과(戰果)를 속히 거두자는 것이다.
일면책(一面策)이요 정치적으로는 도리어 우리나라에는 유리할지 모

르나 미국으로서는 큰 이익이 못 되는 것이다. 아무렇든 정치해결보다 군사해결이 속히 나는 것이 우리나라에 유리한 일이라고 본다. 금년 1년의 총 수확은 년말의 이 안(案)밖에 없는 것이다. 이 맥아더안이 성공할 것이요, 이 안이 성공함으로 우리의 유리한 해결이 있다는 것도 사실이다. 임진년 말에 이런 중대안이 발언되었다는 것만으로도 임진 1년의 최대 관절(關節)이라고 본다. 말하자면 장래 평화의 배태(胚胎: 일이 생길 원인을 속에 지님)가 임진년에 되었다고 확언해도 과언이 아니다.

그런데 우리나라 내정(內政: 국내정치)은 어떠한가 하면 정부는 정부대로, 국회는 국회대로 갖은 추태가 다 있다. 소위 야당이니 여당이니 하는 분들이 서로 포섭공작에 금일 야당이 명일 여당도 되고, 금일 여당이 명일 야당도 되어 선출시킨 유권자들도 향배(向背)를 알 수 없다. 물론 선량들이 다 그렇다는 것은 아니나, 그렇지 않은 분이 몇 분이나 되는가 의심시된다. 소위 거물급들의 행동이 더 무체면(無體面: 체면이 없음)하다. 오늘 공주에 갔다가 들으니 신라회(新羅會)462)가 원외(院外) 자유당으로 합세해서 제1당의 95석을 확보하였다고 전한다. 오로지 매춘부로도 아주 하류매춘부의 정조(情操) 없는 행동으로밖에 안 보인다. 자기네의 주견이 없고 행정부와 자기네 사이에 교환조건만 유리하

---

462) 이승만의 대통령직선제와 야당의 내각책임제의 대립으로 정치적 위기가 장기화되자 장택상 국무총리가 중도세력을 규합해 만든 「신라회」가 두 개헌안의 절충공작을 맡고 나섰다. 신라회는 한민당의 후신으로 철저한 야당인 민국당과 친이세력인 원외자유당을 제외한 중도세력을 중심으로 구성된 원내 친목단체였다. 원내 교섭단체가 아닌 친목단체가 발췌개헌안 공작의 중요한 역할을 맡게 된 것은 이승만과 장택상의 의도였다. 신라회는 정부개헌안과 야당개헌안에서 서로 대립되는 조항들을 발췌하여 제3개헌안을 우선 만들자고 하여 막후에서 활발한 포섭공작으로 찬성의원의 서명을 받아냈다.

면 백 번이라도 변할 수 있는 인물들이니, 이것은 민간에서 선출 당시에 인물고사(考査)를 잘못한 관계이다. 이런 인물들이 입법부나 행정부의 주요 인물들로 있으니, 무슨 신의(信義)적 행동이 나올 수 있는가. 한심한 일이다. 신라회가 제1차에도 여당으로 있다가 야당으로 와서 별 소득이 없으니, 도로 상매(商賣: 장사팔이)행위로 여당이 되었다. 그러나 또 공약을 완전 이행 않는 때에는 하시(何時) 든지 또 야당으로 복귀할 수 있을 것이다.

원외자유당의 부통령선거를 실패하게 한 주동인물이 신라회요, 또 장군(張君)의 거취(去就)를 말하게 된 것이 원외자유당이었고, 지방의 원의 대민(對民)○○문제는 불상사의 장본인이 이장(李張)합작이라고 본다. 합이분(合而分: 합하면 나눠짐)하고 분이합(分而合: 나눠지면 합해짐)하고 또 상쟁(相爭: 서로 다툼)하고 또 상호(相好)하고 또 무슨 일을 해야 할 텐데, 안중정(眼中釘: 눈엣가시)이 되어서 포섭공작을 하고 조건이 유리하면 체면 불고(不顧)하고 또 응종(應從: 그대로 따름)한다. 이것이 매춘부로도 아주 하류매춘부의 행동이라고 본다. 이런 인물들이 일국의 거물급이라고 이 정치를 받는 민족들이 무슨 죄악이 심해서 이 지경인지 알 수 없다. 자기들의 수판(數板)은 물론 맞는 관계일 것이다. 그러나 선출시킨 유권자 제위의 의사가 만에 하나도 표현 못 되는 것이요, 또는 합이분(合而分)하든지, 분이합(分而合)하든지 상쟁하든지, 상호하든지 이것이 다 국가를 위하고 민족을 위하는 일이라면 누가 무슨 말을 할 필요가 있는가. 그러나 국가와 민족은 도외시하고 각자의 이해관계로 이런 체면 없는 짓들을 하니 백성이 누구를 믿고 살아야 하겠는가. 자상달하(自上達下: 위에서 아래까지)로 동일궤도라 시기는 점숙(漸熟: 차차 익음)해진다고 볼 수밖에 없도다.

"상서유피(相鼠有皮)어늘 인이무의(人而無儀)아

쥐도 가죽이 있는데 사람이면서 위의(威儀: 위엄 있는 거동)가 없네.

인이무의(人而無儀)면 불사하위(不死何爲)라."

사람으로 위의가 없으면 죽지 않고 무엇을 하겠는가.463)

하신 말씀이 있다. 그런데 현상은 가장 거물이요 가장 현명하다는 인물들은 가장 이해(利害)에 수판이 익숙한 인물이라야 그 자리에 갈 수 있지 소위 체면이니, 양심적이니, 애국적이니 하는 인물은 절대 등장금물이라고 보는 것이 정당하다고 본다. 임진년 1년이 우리가 전국적으로 이만큼 부패되었으니, 장래의 비료(肥料)거리는 틀림없다고 본다. 이것이 외인(外人)들이 말하는 전쟁으로는 승리하더라도 정치적으로는 실패하였다는 것이다. 일인(一人)이 행인즉(行仁則: 어짊, 인을 행한즉) 일국(一國)이 행인하고, 일인이 행불인즉(行不仁則: 어질지 않음을 행한즉) 일국이 역행불인(亦行不仁: 또한 어질지 않음을 행함)이라고464) 이 원인이 그 일인(一人)의 인불인(仁不仁)에 있는 것인데, 세인들은 우리 민족이 다 불인(不仁)한 줄 오인(誤認)하는 것 같다. 절대로 불연(不然: 그렇지 않음)하다고 부언(附言: 덧붙여 말함)해 두는 것이다. 은나

---

463) 〈시경(詩經)〉〈국풍(國風)〉 용풍(鄘風)에 나옴

464) 〈대학大學〉『傳9章』一家仁, 一國興仁 一家讓 一國興讓 一人貪戾 一國作亂. 其幾 如此, 此謂一言僨事, 一人定國.를 인용하신 것으로 보인다. (한 집안이 어질면 한 나라에 어진 마음이 일어나고, 한 집안이 사양하면 한 나라에 사양하는 마음이 일어나며, 한 사람이 이익만을 탐하면 한 나라에 혼란이 일어나니 그 기틀이 이와 같다. 이것을 일러 '한 마디 말이 일을 그르치며, 한 사람이 나라를 안정시킨다.' 고 하는 것이다.)

라 주왕(紂王: 폭군)의 백성이나 문왕(文王)의 백성이나 백성은 조금도 다르지 않고 오직 주와 문왕이 행하는 일이 상이(相異)해서 백성이 본받는 바가 상이하다는 것이다. 우리도 지도자 일인의 지도방침만 정당성을 갖고 한다면 머지않아서 일국이 다 정당화할 것이라는 것을 확언해 두노라.

현상이 이와 같이 악화(惡化)한 것도 장차 정당화할 징조라고 믿는다. 그리고 악화도 그 극에 달하였으니, 변화할 것은 당연하다고 본다. 임진년을 보내며 임진년의 정치적이나 민간적이나 이 이상 더 부패할 수 없을 것이니,

"생자(生者: 산 것)는 사지근(死之根: 죽음의 뿌리)이요, 사자(死者: 죽은 것)는 생지근(生之根: 삶의 뿌리)이라."[465]

고 역시 난자(亂者: 어지러움)는 치지근(治之根: 다스림의 뿌리)이요, 치자(治者: 잘 다스려짐)는 난지근(亂之根: 어지러움의 뿌리)이라고 한다. 그러니 극난(極亂: 극히 혼란함)하니 장치(將治: 장차 다스려질)할 근(根)이라는 말이요, 임진년은 이상 더 난(亂)할 수 없으니 반드시 치(治)할 예고라고 정신없이 임진년을 지내던 내가 제석날 와서 임진 1년의 갖은 혼란상을 추억하며 내두(來頭: 장래)의 행운을 빌고 우리 민족이나 국가의 대계(大計)가 하루라도 속히 잡히기를 심축(心祝)한다. 다시는 임진년 같은 혼란상이 오지 않기를 겸하여 심축하고 이 한(恨) 많은 임진년을 보내며 두서없는 말로 내 의사를 기록하고 이 붓을 그치노라.

---

465) 《음부경(陰符經)》하편에 나옴

임진(壬辰: 1952년) 제석(除夕: 섣달 그믐날 밤)

봉우서우유신정사(鳳宇書于有莘精舍)

[한(恨) 많은 임진년! 이 글의 결론이다. 6.25남북전쟁이 터진 지 2
년째인 1952년 임진년, 이 민족의 수난은 참으로 많은 것을 생각하
게 한다. 외세에 의해 사상이 갈라지고 나라도 두 쪽으로 갈라지고,
두 나라는 서로 원수가 되어 서로 죽이기를 무한 반복하니 역사상
이런 참혹한 전쟁은 없었다. 어쩌다 이렇게 되었을까? 지금 생각해
도 끔찍하다. 이 민족의 상처는 지금까지도 치유되지 않고 있다. 진
정한 민족의 화해와 화합은, 통일은 과연 가능할까? 언제나 이루어
질까… 봉우 선생님께서도 6.25 당시 생사의 고비를 몇 번 넘기셨
다며 '한 많은 임진년'이란 표현으로 1952년을 보내고 계신다. 절망
밖에 남아 있지 않은 것 같은데도 선생님은 우리 민족에게 희망이
남아있다고, 아니 6.25만 잘 극복하면 이 최악의 난세는 사라지고
평화와 안정, 재건과 발전의 치세(治世)가 찾아온다고 말씀해 주신
다. 하지만 그 전쟁의 참화가 쓸고 간 폐허 속에 생존한 사람들은
이 선생님의 희망찬 예언이 귀에 들어오지도 믿기지도 않았으리라.
그저 허공 속에 쏘아붙이는 대포소리라 생각했을 것 같다. 1980년
대 후반 계룡산에 입산하여 만난 그곳 주민이 봉우 선생님 별명을
'권대포'라 일러준 게 이해가 된다. 그 당시 선생님께 들었던 말씀
들이 실감이 안 나고 이해도 어려워서 공허한 말씀이 마치 대포처
럼 들렸다는 것이다. 어쨌든 세월은 많이 흘러 '권대포' 님의 말씀
은 이제 많이 우리나라의 실화로 바뀌었고, 이상하게 여기지도 않

는 내용으로 바뀌었다. 세월은 참 이상하고 무상(無常)하다. -역주
자]

1953년(癸巳)

계사(癸巳: 1953년) 원조의 천상(天象: 천문)

근년(近年)에 들어와 천상(天象)의 변화가 심하였다. 경인년(庚寅年 -단기 4283년, 서기 1950년 6·25 전쟁 발발) 이후로는 현저히 표가 나게 변화를 보였다. 작년부터 태백성(太白星, 금성)이 방광(放光: 빛을 냄)하고 다른 별들도 몇몇은 전보다 배는 밝게 빛난다. 이러한 천상(天象)에 응(應)함이 우리나라에만 발생한다는 것은 아니다. 그러나 우리나라가 병란(兵亂) 중이니 항상 유의(留意)해 보는 것이다.

그러던 중 계사(癸巳) 원조(元旦) 병신일(丙申日)의 진시말(辰時末, 아침 8시경)부터 사시초(巳時初, 아침 10시경)까지 일훈(日暈: 햇무리 - 해 주위에 둥그런 현상으로 뿌옇게 가리는 것)이 되고 백기(白氣)가 일광반부(日光半部)를 엄폐(掩蔽, 가림)하여 미곤신방(未坤申方)에서 일광(日光)을 통해서 손사방(巽巳方)으로 백기(白氣)가 아주 유세(有勢)하게 뻗치었다. 백홍(白虹, 하얀 무지개)은 아니요, 광망(光芒, 빛이 많음)이 있는 여러 개의 백기(白氣)로서 시간이 경과할수록 햇무리는 사라지고, 백기(白氣)가 이상하게 암기(暗氣, 어두운 기운)로 변하여 손사오삼방(巽巳午三方)은 해가 지도록 청명(晴明)치 못하다.

이것의 현실적 조응(照應)이 무엇인가. 사오월(巳午月)인가 신유월(申酉月)인가의 판단이 선결 문제요, 정확한 일자(日字)는 신사일(辛巳日)이 확실한 것 같다. 임인일(壬寅日)까지가 의심(疑心)이다. 내가 보기에는 직접 전쟁 일선(一線)에 대한 변화를 의미하는 것이 아니요, 건

해방(乾亥方)에서 초응(初應)이 있고 손사방(巽巳方)에서 정치적으로 무슨 변동이 있지 않을까 한다.

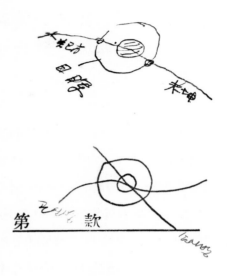

대체로 길(吉)하지 못한 기상(氣象)이다. 인사신삼형(寅巳申三刑)으로 맞서서는 인명(人命)이 손상(損傷)되겠고 인오술국(寅午戌局)으로 맞는 것이 정변(政變)에 그칠 것 같다. 여하간 원조일기(元旦日氣)로 길상(吉象)은 아니다. 일(日)은 군상(君象)인데 하필 새해 첫날에 일광(日光)이 백기(白氣)로 반을 가리운 것은 내정(內政, 국내 정치)에 소인배가 용사(用事, 일을 처리함)한다는 것이요, 민간(民間)에서는 이것을 배제하려고 반동(反動)이 있다는 징조이며, 군정(軍政, 군사적 정황)으로는 북방(北方, 북한)에 인명 손상이 있으리라고 보는 외에는 다른 길이 없다.

[이 글은 1989년 발간된《천부경의 비밀과 백두산족 문화》의 '관천록' 286페이지에 실려 있다. 여기서는《봉우일기》원고에 봉우 선생님께서 친필로 그리신 천체 현상을 자료로 올린다. -역주자]

변동 많은 건상(乾象: 천문 현상)

계사년(癸巳年: 1953) 정월 원조(元旦)에 건상의 이상(異狀)이 있었고, 그 정월 가운데 3~4차에 걸친 이상이 발생하였다. 또한 2월 초하루 을축일(乙丑日) 오전 7시부터 아래와 같은 기현상(奇現象)이 있었다.

이상과 같은 기현상(奇現狀)이 오전 9시경까지 계속 되었다가 소멸(消滅)하였고 오후에 다시 햇무리(일훈, 日暈)가 나타났으나 이에 대한 해설은 중지하고 현상대로 기록하여 후일(後日)의 연구에 제공할까 한다.

대체로 보아서 모권(某圈, 어떤 부분)이 암동(暗動, 어두운 가운데 움직임)하는데 자황기(紫黃氣)가 배광(倍光, 배로 빛남)하는 것을 보면 은사(隱士, 나타나지 않은 선비) 중에 무슨 거물급(巨物級)이 있는 것 같고, 그를 둘러싼 권내(圈內)가 장래 유수(有數, 유력한 세력으로 떠오름)할 것 같다. 이 천상(天象)이 조응(照應)하는 날이 경자년(庚子年)[466]이나 축해유국(丑亥酉局)인가 한다. 크게 보아서 경자(庚子)가 중점(重點)일 것 같다. 이렇게 건상(乾象)이 이상(異狀)을 나타내는 것은 불구(不久)에 무엇이 일어난다는 것을 의미하는 것이며 원조(元旦)부터 단계적으로 실현될 것이다. 인민(人民)에게는 좋은 소식일 것이나, 정국(政局)에는 그리 호소식이 못 되리라.

---

466) 단기 4293년(서기 1960년)은 4.19 혁명이 일어난 해로서 독재자 이승만이 대통령 직에서 물러났다.

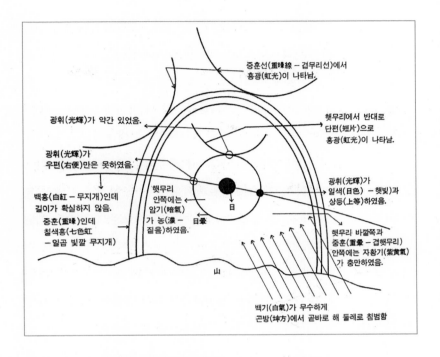

중훈선(重暈線 - 겹무리선)에서
홍광(虹光)이 나타남.

광휘(光輝)가 약간 있었음.

햇무리에서 반대로
단편(短片)으로
홍광(虹光)이 나타남.

광휘(光輝)가
우편(右便)만은 못하였음.

백홍(白虹 - 무지개)인데
길이가 확실하지 않음.

중훈(重暈)인데
칠색홍(七色虹
-일곱 빛깔 무지개)

햇무리
안쪽에는
암기(暗氣)
가 농(濃 -
짙음)하였음.

日

日暈

광휘(光輝)가
일색(日色 - 햇빛)과
상등(上等)하였음.

햇무리 바깥쪽과
중훈(重暈 - 겹햇무리)
안쪽에는 자황기(紫黃氣)
가 충만하였음.

山

백기(白氣)가 무수하게
곤방(坤方)에서 곧바로 해 둘레로 침범함

　고인(古人)들은 천기누설(天機漏洩) 않는 것이 불변의 철칙이지만 연구 중에는 그럴 필요가 없다고 본다. 그래서 이런 것을 기록해서 뒷사람에게 경험담으로 삼게 하는 것이다.

　천상(天象)에 따른다면 지금 처한 전황(戰況)에서 비록 완전한 승전(勝戰)은 못 되나 일시적으로는 남한의 군대가 유리(有利)하리라고 본다. 이것이 갑오(甲午, 단기 4287년, 서기1954년)에 태을주성(太乙主星)[467]이 우리나라에 조림(照臨, 비추며 나타남)할 단계적 건상(乾象)이요, 별로 이상할 것이 없다는 것이다. 그리고 태을성(太乙星)이 조림(照臨)한다고 해서 그해부터 만사(萬事)가 성공은 아니다. 그저 호운(好運)이 태동(胎動)되니, 비록 곤란하더라도 감수(甘受)하라는 말이다.

---

467) 오복성(五福星)을 의미한다. 자미성(紫微星)의 직하(直下)에 있는 귀성(貴星)

금년(4286년, 6·25 전쟁이 정전조약 체결로 끝남)도 다사다난(多事多難)한 연운(年運)이다. 극복(克服)해야 한다. 곤란(困難)과 고생(苦生)은 장차 호운(好運)을 맞이할 준비라는 것을 잊지 말라는 말이다.

태을성(太乙星)이 우리나라에 나타나 비춘다는 것은 신부(新婦)가 수태(受胎)되었다는 것과 같은 말이다. 신부가 수태하였다고 완전한 신부의 책임을 완수한 것은 아니다. 태상교양(胎上敎養)도 있어야겠고, 또한 자식을 낳아서 기르고 가르쳐서 결혼까지 시켰다고 해서 역시 신부의 책임 완수가 된 것은 아니니 사람의 부모로서 부모된 책임까지 다해야 한다는 것이다. 그러니 나는 금년이 여러모로 보아서 신부의 초수태(初受胎) 정도를 의미하는 것이라고 보는 관계로 오늘 아침 건상(乾象)의 이동(異動)을 반가운 마음으로 맞이하며 이 붓을 들어 본 것이다.

계사(癸巳:1953년) 2월 초사일(初四日)
봉우소기(鳳宇笑記:봉우는 웃으매 쓰네).

추기(追記)

근일(近日) 건상(乾象)이 종종 변동하는 가운데, 자미원(紫微垣)에 백기(白氣)가 범(犯)한 일이 수차에 달하는 현상이니, 이것은 길조(吉兆)라고는 못 하겠다. 천발살기(天發殺氣, 하늘이 살기를 드러냄)하는 것은 그 응(應)이 반드시 지상(地上)인 현 사회에 반향된다는 것도 확실무의(確實無疑)하게 언명(言明)해 둔다. 또 성광(星光)의 광망(光芒, 혜성의 꼬리처럼 보이는 빛줄기)이 점점 감(減)하여지고, 거의 평시(平時)나 진배 없이 월훈(月暈, 달무리)이 매일 밤 계속되는데 이것은 기이(奇異)한 현상을 뜻한다. 모두 무엇인가 좋지 않은 징조를 나타내고 있는데, 전황(戰況)의 불리(不利)보다도 정치적 해결이 있어야 할 일이다.

행(行)

　행(行)이라는 것이 무엇인가? 아무리 생각해 보아도 정확무의(正確無疑: 정확하여 의심이 없음)한 해석이 되지 않는다. 우리의 실제 면으로 보아서 인간이란 해제지동(孩提之童: 나이 적은 아이)일 때에는 자의로 행하지 못하고 반드시 장자(長者: 어른)의 제휴(提携: 붙들음)로 행하니, 이런 행을 행이라고 말할 수 없고 동시에 족력(足力)이 부족해서 겨우 동네 왕래나 하고 가내(家內)에서 행하니, 이 행도 아직 행함에 가까운 것 같지 않다. 소년시대부터는 행하는 것이 마음대로 되나, 이 행은 각력(脚力: 다릿심)이 좋았다는 말이지 가는 데가 어디인가 알 수 없고 청년시대부터는 동서남북을 마음대로 다닐 수 있으나, 이것은 그 각력이 행할 자격이 있다는 말이지 자기가 마음 있는 데를 반드시 행해지는 것은 아니다. 노옹(老翁)이 되면 점점 다릿심이 부족해서 행할 만한 곳도 겁이 나서 행하지 못하는 것이 예사요, 또 아주 극노인이 되면 출입을 폐하고 자기 집 아랫목이나 지키는 것이 우리가 보통 보는 행이라는 것인데, 이 행에도 종류가 얼마든지 있다.

　신체가 건강해서 양 다릿심이 다 쾌활하게 행하는 사람도 있고 아직 유아(幼兒)라 행하는 법을 연습하는 사람도 있고 청년들의 경주나 경보(競步)로 대속력으로 행하는 사람도 있고, 또는 신병(身病)으로 약했든지 노쇠로 약했든지 땅이 꺼질까 봐 겨우 걸음을 옮겨서 행하는 사람도 있고, 신체불구로 반신불수(半身不遂), 좌객(坐客: 앉은뱅이), 구흉

구배(龜胸龜背: 가슴이 거북등처럼 불룩해지는 병), 난장(難長)이, 다리 없는 사람, 손으로 행하는 사람, 말 타고 행하는 사람, 소 타고 행하는 사람, 자동차 타고 행하는 사람, 자전거 타고 행하는 사람, 기차 타고 행하는 사람, 기선(汽船) 타고 행하는 사람, 비행기 타고 행하는 사람, 인력거 타고 행하는 사람, 화차(貨車) 타고, 마차 타고, 우차(牛車) 타고 행하는 사람, 단신으로 행하는 사람, 동행하는 사람과 행하는 사람, 짐을 지고 행하는 사람, 열을 지어서 대오(隊伍)로 행하는 사람, 시간을 맞추어 행하는 사람, 매일 동일한 곳만 행하는 사람, 왔다 갔다 행하는 사람, 동서남북 각 방향으로 행하는 사람 등 각양각색으로 행하는 것은 누가 보든지 다 행한다고 볼 것이요, 그 외에도 별별 각색의 목표를 두고 자기대로는 행하는 것이다.

하필 인간만 이러할 것인가. 우주에 충만한 유형물(有形物)은 모두 이런 종류의 별별 상태로 행하는 것이 상리(常理: 당연한 이치)이다. 이렇게 행하며 앞으로 앞으로 전진하는 것이며, 이 전진이 어디까지 가면 중지되는 것이다. 그리하여 이 행(行)이 모여서 인간은 생로병사(生老病死)를 계속하고 우주는 원회운세(元會運世)468)가 바뀌는 것이다. 이것은 우리가 목견(目見: 목격)하는 육신으로의 행(行)이나, 정신으로의 행(行)도 얼마나 종류가 많은지 알 수 없다. 또한 어느 행을 정확한 행이라 하겠는가. 각자가 모두 자기의 행함을 옳다고 할 것이다. 고성(古聖) 말씀에

---

468) 소강절의 황극경세에 나온다. 봄, 여름, 가을, 겨울이 생성·변화되는 이치를 통해 천지운행 법도가 있음을 주장했다. 이는 곧 생(生), 장(長), 염(斂), 장(藏)의 순환원리로 소강절은 이러한 생장염장의 순환원리로써 원, 회, 운, 세(元, 會, 運, 世)의 이치를 밝혀 129,600년이라는 우주 1년의 시간을 통해 하늘과 땅이 순환하여 운행하는 법도를 밝혔다.

"행유여력(行有餘力)이어든 즉이학문(卽以學問)이라."

하시었다.469) 이 행(行)은 행실(行實)을 말씀하신 것이나, 역시 육체의 행이나, 정신의 행이나 이름만 다를 뿐 다 같은 행일 것이다. 그러니 내가 말하고자 하는 바는 인간이나 동물이나 생로병사는 일반이요, 칠정(七情)도 거의 일반이며, 생의 애착이나 죽음의 공포도 일반인데 사람이 만물의 영장(靈長)이라 함은 무엇 때문인가?

곧 행위에 있어서 오륜삼강(五倫三綱)470)이 있는 까닭이요, 이 오륜삼강이라는 것은 동물이라고 아주 없는 법은 아니나, 동물 중에서는 편성(偏性: 편벽된 성품)을 가지고 혹 어느 일면에 해당하는 일건(一件)씩은 있으나 완전히 구비하지 못한 것이 사실이다.

그러나 사람이 정신의 행(行)—삼강오륜—을 치중하여서 완전히 자신 있는 행을 못한 때에는 항상 금수인 동물성이 잔존했다는 것과 이 동물성이 다른 동물과 동일하고도 무슨 인간으로서의 우월감을 가질 자격이 있겠느냐는 말이다. 이것이 고성께서 말씀하신 "행유여력이

---

469) 《논어(論語)》 학이편(學而篇)에 나오는 공자님의 말씀으로, "(각자의 맡은 바 일을) 행하고 힘이 남으면 곧 글을 배우라"는 뜻이다.

470) 유교에서 기본이 되는 도덕지침. 오륜(五倫)에는 다음 다섯 가지가 있다. 父子有親(부자유친): 어버이와 자식 사이에는 친함이 있어야 한다. 君臣有義(군신유의): 임금과 신하 사이에는 의로움이 있어야 한다. 夫婦有別(부부유별): 부부 사이에는 구별(분별)이 있어야 한다. 長幼有序(장유유서): 어른과 아이 사이에는 차례와 질서가 있어야 한다. 朋友有信(붕우유신): 벗 사이에는 믿음이 있어야 한다. 삼강(三綱)에는 다음의 세 가지가 있다. 군위신강(君爲臣綱): 임금은 신하의 '벼리'가 되어야 한다. 부위자강(父爲子綱): 아버지는 자식의 '벼리'가 되어야 한다. 부위부강(夫爲婦綱): 지아비는 지어미의 '벼리'가 되어야 한다. 오륜과 삼강의 뜻이 충돌하는 것처럼 보이는 이유는 공자의 가르침을 따르는 정통 유교의 근본은 오륜이고, 삼강은 후대에 정치적 목적에 의해 추가된 것이기 때문이다.

어든 즉이학문이라"는 대목에 담겨 있는 의미이다. 그 행은 육신의 전진을 목표로 하는 행이 아니라 인간이 금수보다 우월하다는 양지(良知: 타고난 지혜), 양능(良能: 타고난 재능)을 그대로 발휘해서 오륜삼강을 목표로 하는 행(行)을 무엇보다 먼저 하라는 말씀이다.

현대 과학문명이라는 것은 이용후생(利用厚生: 과학을 이용하여 삶을 풍요롭게 함)하고 그 지교(智巧: 지혜로운 기교)는 고대보다 열 배는 뛰어나다 하겠으나, 윤상(倫常: 인륜의 떳떳한 도리) 방면에는 대중의 사회적 안녕과 질서를 유지할 정도 이외에는 그리 치중하지 않아서 유물론(唯物論) 등의 동물환원 사조(思潮)가 전 세계의 반분(半分)을 차지하고 있는 현상이다. 이것도 행(行)은 행이나, 목표가 인간을 동물로 환원시킬 정도로 행하는 것이다.

이 행, 저 행(行)을 구별해 말하기 불편해서 각자가 정신력을 수양하면 그 행이 어떠한 부문에 속하는지 잘 알 것이라 하여

"행행행리각(行行行裏覺: 행하고 행하는 속에 깨닮을 것)이요, 거거거중지(去去去中知: 가고 가고 가는 중에 앎)라."

고 내가 말한 바 있다. 동으로 가든지, 서로 가든지, 남으로 가든지, 북으로 가든지, 속히 가든지, 더디 가든지, 걸어가든, 타고 가든 각자의 마음과 주위 환경대로 행하되, 디만 목표를 인간이거든 인간답게 다른 동물이 목표하는 대로 하지 말고, 오륜삼강에 치중하고 완전한 인간으로 성공하라는 것이 올바른 행(行)인 것이다. 행하고자 하는 사람은 먼저 각력(脚力: 다릿심)부터 양성해야 하는 것이니, 만약 다리로 행하는 것이 아니라면 그 대신 가는 힘을 길러서 행하는 준비에 최선을 다할

것이요, 불휴의 노력을 다하면 고인이 말씀하신

"부적규보(不積跬步: 반걸음이라도 쌓이지 않으면)면 무이지천리(無以至千里: 천리까지 도달함이 없을 것이요)요, 부적세류(不積細流: 작은 물줄기라도 쌓이지 않으면)면 무이성강해(無以成江海: 강과 바다를 이룸이 없으리라)라."

하니 행하고 또 행하여 그칠 줄을 알지 못하고 행하면 누구나 자기 역량대로는 행해지는 것이요, 이 행(行)이 쌓인 것이 인간으로서 성공력이요, 이 성공을 표현해서 성현군자니, 영웅호걸이니 하는 것이다. 이 행함이란 길(道)이 아니면 안 되고, 이 길을 알자면 배움(學)이 아니면 안 되고, 이 배움이 있자면 가르침(敎)이 아니면 안 되고, 여러 조건이 구비해도 성공하자면 성력(誠力: 성실한 노력)이 없이는 안 되고, 이 성력이 있다면 경(敬)이 없어서는 안 되며, 이 경이 있다면 신(信)이 있어야 되는 것이다. 성경신(誠敬信) 삼조(三條)가 있고 성공 못하는 법도 없고 행하지 못할 리도 없는 것이다.

제일, 도(道)가 있어야 하고 이 도를 행하고자 하는 학인(學人)이 있어야 하고, 이 학인이 있으면 교(敎)해야 하고, 가르침을 받은 후에는 행(行)해야 되는데, 이 행이 있자면 신(信)이 있어야 하고, 이 신이 경(敬)으로 변해야 하고, 이 경이 성(誠)으로 되어서 불휴불식(不休不息)하면 필경 갈 곳까지 가는 것이 우리 인간의 상리(常理)요, 불변의 철칙이다.

이 궤도를 벗어나서 행해지는 법이 없다는 것을 확언하며 이 행(行), 저 행(行)해서 별 행(行)이 많은 것 같으나, 필경 성공의 길을 행하자면 이 성경신(誠敬信)이 구비되고 불휴불식의 행(行)이 있어야 된다는 것이 요지(要旨)이다.

계사 7월 21일 봉우서(鳳宇書)

[도(道), 교(教), 학(學)으로 이어지는 봉우 선생님의 독특한 심법(心法)이자 한배검 정신철학의 요체(要諦)는 네 번째 강의인 '행(行)'에 이르러 성경신(誠敬信)의 구비와 불휴불식의 자세를 강조하는 것으로 대단원을 내린다. 이 글 역시 《백두산족에게 고함》에 실려 있지만 원문을 중시하는 재번역으로 선생님의 원뜻을 최대한 보존하려 노력하였다. 무엇보다도 봉우 선생님의 초기 정신철학이 물씬 묻어나는 글이기에 후학들로서는 깊이 연구, 성찰하지 않을 수 없겠다. -역주자]

작(作)

천지(天地)의 순환은 자연의 궤도에서 벗어나지 않고 구르고, 구르고 있는 것은 누구나 다 아는 바이다. 이 천지의 궤도라면 천복지재(天覆 地載: 하늘은 덮고 땅은 실음)한 만유(萬有)가 다 이 길을 벗어나지 못하는 것은 지자(智者: 지혜로운 자)를 기다리지 않고 다 아는 사실이다. 그렇다면 무엇이나 자연 속에서 시종(始終)하는 것이니, 무엇이나 이 자연을 어기지 않아야 옳을 것이다. 이것이 순리(順理)라는 말이다. 고인 (古人)이 시조(時調)에

(靑山도 절로절로 綠水라도 절로절로)
山절로 水절로
산수간(山水間)에 나도 절로
저절로 나온 몸이 늙기조차 절로절로[471]

라고 대자연 속에서 그 자연을 본받아 나온 몸이 늙기도 자연화하리라는 의미이다. 누가 이 대자연을 어기고 부자연하게 할 수 있는 것인가. 그러나 이 대자연이라는 것도 그 궤도가 있는 것이라 우리 인류가 이 자연의 궤도에 오르자면 사람으로서 사람 된 도리를 다해야 하

---

471) 연대미상의 시조이나 김인후(金麟厚: 1510-1560)의 《하서집(河西集)》에 이 작품의 한문번역가가 수록되어 있는 것으로 보아 김인후의 작품으로 추정됨

는 것이다. 이 도리를 하는 것이 역시 자연의 궤도를 걷는 것이요, 부자연으로 가는 것이 아니다. 일월(日月)의 영휴(盈虧: 차고 이지러짐)가 있으며, 서쪽으로 행하는 것도 이것이 자연이며 광(光)의 회명(晦明: 어둠과 밝음)이 있는 것과 주야(晝夜)가 있는 것도 자연이요, 성진운한(星辰雲漢: 별들과 은하수)이 다 그 자연의 도(道)를 벗어나는 것이 없고, 풍우상설(風雨霜雪: 비바람과 서리눈)이 다 그 궤도대로 되는 것도 역시 자연이다.

지도(地道)도 천도(天道)와 같이 생양수장(生養收藏: 나아 길러 거두고 감춤)이 이 궤도에서 자연적으로 된다. 수(水)는 윤하(潤下: 젖어 내려감)하는 것이 자연성이며, 화(火)는 염상(炎上: 불타오름)하는 것이 자연성이요, 목(木)은 곡직(曲直: 굽음과 곧음)한 것이 자연성이요, 금(金)은 종혁(從革: 변혁에 따름)[472]하는 것이 자연성(自然性)이요, 토(土)는 가색(稼穡: 곡식농사)하는 것이 자연성이다. 동물은 생로병사하는 것이 자연성이다. 그런데 사람은 이 천지의 자연 속에서 생하여 다른 동물과 같이 생로병사로 지낸다면 이것은 다른 동물이나 조금도 다를 것이 없는 것이다. 칠정(七情)[473]이야 다른 동물인들 없을 것인가.

그렇다면 무엇이 만물 중에 오직 사람이 가장 귀하다고 자타가 공인하는 것인가. 오직 사람은 그 자연 속에서 나서 부자연함이 없이 천지의 궤도대로 사람도 인신(人身)은 소천지(小天地)라고 자연이 낸 그 원칙을 한 가지도 버리지 않고 천지의 궤도 그대로 걷는 것이 사람 된 도리이다. 다른 동물은 다 일기(一氣)의 편성(偏性: 한쪽으로 치우친 성격)

---

472) 《황제내경》《소문素問》 출전

473) 사람의 일곱 감정. 희로애락애오욕(喜怒哀樂愛惡慾)

이 있고, 또 오행(五行)도 다 일기의 편성이 있으나, 이 사람이란 것은 오행이 구족(俱足: 다 갖춤)하고 만유(萬有)가 자재(自在)하여 인신이 소천지라는 것이 조금도 빈말이 아니라는 것이다. 그러니 이 만유자재한 대자연의 궤도를 천지와 같이 가자면 무엇으로 되는 것인가. 생(生)한 그대로 있고 아무것도 하는 것이 없으면 금수(禽獸)와 무엇이 다를 것인가. 이 금수를 면하기 위하여 천지의 궤도와 대자연을 그대로 본받아서 성인이 하신 말씀을 배우고 몸소 체험해서 상관천상(上觀天象: 위로 천상을 봄)하고 하찰지리(下察地理)하며 중찰인사(中察人事: 가운데로 사람 일을 살핌)하여 천지인의 당연히 할 도리를 밟는 것이 이것이 참으로 사람 된 의무이며, 책임일 것이다.

그런 고로 인지유도야(人之有道也)에 포식난의(飽食煖衣)하여 일거이 무교즉즉근어금수(逸居而無敎則近於禽獸: 사람이 살아가는 도리는 배불리 먹고 따뜻이 입고 편안히 지내며 가르침이 없으면 곧 금수에 가깝다)라고 하시고474), 작지불이(作之不已: 지어가되 그치지 않음)면 내성군자(乃成君子: 이에 군자가 됨)라고 하시었다. 또 부작(不作)이면 불성(不成)이라고 하시었다. 이 작(作)이라는 것이 사람이 사람 된 도리를 성인(聖人)이 가르치신 대로 배워서 금수를 면할 도리를 한 가지씩 작해서 금일에 작일사(作一事: 한 가지 일을 함)하고, 명일에 작일사하여 작지불이즉 내성군자라고 하신 것이다.

군자라는 것은 금수와 좀 거리가 있다는 것이요, 천지 대자연의 궤도를 본받으려고 역작하는 사람이라는 명칭이요, 이 작(作)이 역작(力作: 힘써 지음)을 하지 않고라도 순작(順作: 순리대로 지음)이 되면 현인(賢

---

474)《맹자(孟子)》〈등문공(滕文公)장구(章句)〉상편(上篇)에 나옴

人)이요, 행불유구(行不踰矩)475)하게 되면 역시 이 작이 대자연과 합치해서 그 궤도대로 행할 수 있다는 것으로 성인(聖人)이요, 또 인중인(人中人: 사람 중 사람)이 되는 것이다.

이 지경까지 가게 되는 것이 이 작(作)이라는 글자의 힘이라는 것이요, 이 작이라는 것을 잊어버리면 부작이면 불성이라는 말씀과 같이 성공을 못 본다는 말이다. 성공을 못 본다는 말은 곧 금수와 거리가 멀지않다는 정평(正評)일 것이다. 사람이 사람 되자면 사람 된 도리를 알아야 하겠고, 이 도(道)를 알자면 가르침이 있어야 하고, 교(教)를 받자면 배워야 하고, 학(學)하자면 행(行)해야 하고, 이 행(行)을 하자면 작(作)이 있어야 하는 것이다.

작(作)으로서 비로소 금수와 거리가 생(生)해서 천지의 대자연 그대로 걷게 되면 이것이 진인(眞人)이요, 성인(聖人)이요, 이것이 현인(賢人)이요, 또 군자(君子)도 되며 대인(大人)도 되고 영웅호걸도 되는 것이며, 충효경렬(忠孝敬烈이)나 문장명필, 재자가인(才子佳人: 재능 있는 남녀)이 다 될 수 있는 것이다. 이 작(作)이라는 글자를 중대성을 가지고 천지 대자연에 접근하자면 우리가 잠깐이라도 잊지 말고 이 몸, 이 마음에서 잠시도 떠나서는 안 된다는 것을 중언부언(重言復言)하는 것이다. 도교학행작(道教學行作)의 순서를 잊어서는 안 된다는 것을 다시금 말한다.

계사(癸巳: 1953년) 중추절(仲秋節) 봉우지죄근서(鳳宇知罪謹書)

---

475) 마음가는 대로 행해도 세상이치와 어긋나지 않음

[봉우사상의 핵심노트인 '도교학행작' 연작(連作)의 마지막인 '작(作)'이다. 이 글 또한 30년 전 《백두산족에게 고함》에 실렸고 이번에 다시 역주되었다. 대황조님의 도를 심법으로 전해 받아서 신경성(信敬誠)으로 불휴불식 쉬지 않고 실행하면(作之不已), 어느덧 우리도 성현군자가 될 수 있는 것이다. 적어도 봉우 할아버님은 이렇듯 쉽고 간단하게 뒤에 오는 학인들에게 인간이 만물의 영장으로서의 자긍심을 유지할 수 있도록 길을 알려 주셨다. 할아버님의 크나큰 가르침에 큰 절을 올린다. -역주자]

부록: 봉우 선생의 생애와 사상

정재승(봉우사상연구소 소장)

1. 생애

봉우(鳳宇) 권태훈(權泰勳: 1900~1994) 선생의 삶은 한마디로 풍풍우우(風風雨雨)였다. 그가 살아온 시대는 우리에게 유독 파란만장했던 질곡과 고난의 20세기였으며, 동시대의 많은 이들처럼 그 또한 역사의 질풍노도에서 자유롭지 못했다. 하지만 그는 무명야초(無名野草)의 끈질긴 인내와 대지에 우뚝 선 거목의 꿋꿋함으로 시대의 풍파와 어두움을 헤쳐 나와 후세인들의 삶을 밝혀 주는 큰 등불이 되었다.

그는 20세기의 벽두 1900년 음력 1월 20일 서울 재동(齋洞)에서 태어났다. 부친은 권중면(權重冕: 1856~1936)으로 대한제국 내부(內部)의 판적국장(版籍局長)과 진도, 평산, 능주 군수등을 역임한 고종황제의 측근이었다. 을사보호조약에 서명했던 친일파 권중현과 형제지간이었으나, 성격이 강직하여 이후 형제의 의를 끊고 모든 관직을 사임한 채 시골로 낙향하여 은둔의 세월을 보냈다. 하지만 자신의 아들에게는 더욱 충의(忠義)에 대한 관념과 처신을 교육하고 강조했던 것으로 보인다.

모친은 경주 김씨로서 절충장군 김상호의 따님이었는데, 일찍이 집안에서 내려오는 정신수련법을 수양하여 도학(道學)에 조예가 깊은 분이었다. 봉우 선생은 6세 때 어머니로부터 전통선도수련법의 근간인

호흡법을 배워 10세 이전에 이미 상당한 체득을 했다고 한다.

이렇듯 부친에게는 충의강직(忠義剛直)한 국가와 민족에 대한 관념과 자세를, 모친에게는 도인으로서의 구비조건을 배우고 물려받았던 봉우 선생은 13세 때 정신계의 스승을 만나게 되고, 이후 19세 때 구월산에 입산하여 민족전통 선도(仙道)수련을 체험한다. 선생은 8세 때 사서삼경이라는 유교적 교양을 이미 섭렵했고, 10세에 서울에서 우연히 나철(羅喆: 1864~1916) 선생을 만나 한배검 사상을 배우자 곧 단군교에 입교(入敎)할 정도로 정신적으로 조숙하고 총명했다.

15세에 충북 영동보통학교를 졸업한 뒤로는 더 이상 공교육을 받지 않았는데, 이는 일제 식민치하의 신교육을 거부했던 부친의 반대가 주 원인이었다. 대신 10대에 2차에 걸친 일본여행을 통해 새로운 서양문명과 사상을 접했다.

20대에는 만주로 건너가 독립군이 되어 북로군정서(北路軍政署) 김규식(金圭植: ?~1929) 장군의 밑에서 무장 게릴라 투쟁을 하였고, 중국, 몽골, 시베리아 등 각지로 돌아다니며 민족운동을 계속했다. 이때 상해 임정파의 김구 선생을 비롯한 여러 애국지사들과의 교분을 쌓았다.

해방 후 김구 주석 영도하의 한국독립당에 가입하여 비좌비우(非左非右)의 민족독립노선으로 외세의존세력 타파에 앞장섰으나 결과는 좌우익 양편에게 탄압만 받았다. 특히 1949년 김구 선생의 암살이야말로 그에게 천고유한(千古遺恨)의 뼈아픈 사건이 되었다.

이후 30년 이상을 모든 정치적 활동을 중지하고 은둔의 세월을 보내다가 1984년 소설《단(丹)》의 주인공으로 다시 사회의 전면에 나선다. 독특한 사회현상으로서 '단' 열풍이 이 땅 위에 거세게 불어닥쳤던 것이다. 이 열풍의 중심에 봉우 선생이 자리했다.

이후 그는 민족선도 수련단체로서 연정원(研精院)을 서울에 재건하고 나철 선생이 세운 민족종교 대종교(大倧敎)의 총전교가 되어 한배검 정신을 한민족에게 다시 심어 주려 노력했으며, 한편으로는 전통 유림(儒林)들의 단체인 유도회(儒道會) 이사장에 취임하기도 하는 등 활발한 사회활동을 벌였다.

뒤에 소개되는 연대기적 자료들에 드러난 삶의 궤적에서 살펴볼 수 있듯이 봉우 선생은 대단히 역동적인 삶을 살았다. 무엇보다도 그 삶의 특징은 우리 겨레의 가장 오래된 묵은 얼이자 존재의 근원이었던 한배검 정신의 현대적 부활과 계승에 평생을 바쳤다는 데 있다 하겠다.

이 한배검 혹은 단군정신이야말로 우리가 우리이게 하는 민족 정체성의 가장 중요한 코드라 할 수 있으며, 수천 년 세월과 드넓은 동아시아의 공간 속에서 부침을 거듭하며, 때로는 부르한이즘(Burkhanism: 천신天神사상)으로, 샤머니즘으로, 신선도(神仙道)로, 풍류도(風流道)로, 상고현풍(上古玄風)으로 그 존재를 드러내 왔다.

지난 20세기 현대의 벽두에 이 같은 한국의 고유한 선풍(仙風)은 19세기 이래 불어 닥친 외부의 충격으로 그 흐름이 단절될 위기에 처했으며, 그것은 곧 민족 정체성의 상실이라는 정신적 혼란 상태를 가져오게 되었다.

이러한 20세기 말 상황에서 한 줄기 서광처럼 우리 정신의 어두운 장막을 거둬 내고 원초의 광명함을 회복시켜 준 사람이 있었으니 그가 바로 봉우 선생이었다. 그의 삶은 우리 정신의 가장 깊고도 크나큰 뿌리를 드러내는 데 모두 바쳐졌던 것이다.

2. 사상

봉우 선생의 생애에서 드러나듯이 그는 민족주의자이자 세계평화주의자이다. 얼핏 모순된 듯한 이 말의 의미를 파악하기 위해서는 우선 그의 사상 형성과정에 대한 이해가 필요하다.

봉우 선생은 일찍이 어머니로부터 고유한 한국선도에 입문했으며, 10대 후반에 이미 스승을 만나 황해도 구월산에서 국선(國仙)의 수련과정을 이수하여 그 깨달음을 얻었다. 즉 조선조 말엽까지 수천 년 이상 면면히 전승되어 오던 한배검 성인의 정신적 가르침, 즉 도맥(道脈)을 몸과 마음으로 전수받았던 것이다. 이후 20대부터 40대 초반 일제치하와 40대 후반 해방공간과 50대 초 6.25 전쟁 시기까지 근 30년간을 밖으로는 반외세, 민족 자주독립투쟁에 투신하고 안으로는 끊임없는 정신수련에 몰두하며 절차탁마의 과정을 이어갔다.

이로써 보면 그는 한국선도의 고유한 전통의 핵심을 구현하고 계승했을 뿐만 아니라 자신의 조국이 처한 당대의 현실적 제반문제에 대해서도 온몸으로 뛰어들어 그 실천적 대안을 모색하고자 했던 치열성이 돋보인다. 결국 그는 이러한 적극적 현실참여 자세로 인하여 한국선도의 전통성과 현대적 의미부여 및 미래지향적 좌표를 설정하는 등 선도계의 지평을 확장시켜 왔으며 이는 곧 봉우선도(鳳宇仙道)가 되었다.

봉우선도에서 지향하는 민족주의는 결코 닫힌 민족주의가 아니요, 세계인류평화를 향해 늘 열려 있다. 봉우 선생은 '한배검론'에서 한배검은 우리 겨레의 첫 조상인 큰 할배로서 인류의 첫 스승이 되는 성인이시며, 인류개벽 초기에 바이칼 호수에 오색인종을 모아 놓고 사람의 참도리를 가르쳐 주신 잊을 수 없는 분이라고 언명하였다.

즉 우리의 조상과 근원은 한배검이라는 발상에서 민족주의가 출발하고 있으나, 그 귀착점은 인류의 첫 시작이 바이칼 호에서 오색인종이 평화롭게 공존했던 것처럼 세계일가(世界一家)를 이루는 평화주의를 지향하고 있다.

봉우선도의 지향점 또한 한배검 정신의 중핵을 이루는 홍익인간 이념의 전지구적 구현으로서 이 홍익인간이야말로 세계평화, 인류공존의 상징적 구호에 다름 아니다.

이러한 기조 위에서 우리 민족은 국력을 배양시키되 약육강식의 배타적 민족주의가 아니라 평화공존의 세계 일가주의(一家主義)로 나아가는 데 앞장서야 할 필연적 의무가 주어지게 되며, 이는 우리가 한배검의 자손이라는 사실로 볼 때, 당연한 결과라는 것이 봉우 선생의 독특한 《백두산족론(白頭山族論)》이다.

결론적으로 봉우사상의 핵심은 한배검 정신이자 선도이며 그것은 봉우선도로 귀결된다. 한배검 정신을 바탕으로 한 한국 전통선도에서는 중국처럼 황제(黃帝)나 노자(老子)를 그 개조(開祖)로 삼지 않고 대황조(大皇祖) 한배검 또는 단군을 시조로 삼는데, 이는 고조선, 고구려, 백제, 신라의 중심사상으로 계승되었으며, 구한말 이후 근현대까지 중국이나 서구열강들에 대한 반외세, 자주독립의 저항적 의지로 표출되어 왔다. 봉우선도에서는 한배검 정신의 전통적 의미를 더욱 확장하여 현대 우리 민족의 나아갈 길로서 그 현실적 방향과 방책까지 제시하고 있다.

봉우 선생은 이처럼 한국선도의 계승자로서 그 주요한 도맥(道脈)을 이었으며, 당대에 전통적 선인(仙人)의 모습을 구현하였고, 더 나아가 미래 한국선도의 청사진을 제공하였다는 데에서 그 사상적 특성을 살펴볼 수 있다.

한국의 전통선인들은 당대 사회공동체에 영향을 주고 활로를 열어주는 대사회적(對社會的) 예언을 행하여 왔다. 이것은 바로 선인의 선지자(先知者)적 역할 때문이다. 봉우 선생 또한 많은 예언을 행하며 당대의 민중들에게 희망과 도움을 주고자 하였다. 주요 예언으로 4.19혁명과 이승만 정권의 몰락, 남북통일, 소련의 몰락, 중국의 분열, 황백전환(黃白轉換) - 문명사적 전환측면 - , 세계사의 재편, 평화탄의 등장 - 세계 역학구조 개편의 계기 - 등이 있다.

전통 선인의 또 하나의 큰 역할은 민중의 구제자로서의 측면이다. 즉 선인은 민중의 고통스런 질병을 치유하는 의술을 행사할 수 있어야 한다. 봉우선인 또한 당대 민중의 가장 큰 질곡이자 병을 제거하기 위해 젊은 청년기와 장년기 내내 독립운동에 헌신하였고, 개인적으로는 지상의 생명이 다할 때까지 한의사로서 치병행위를 계속하였다.

다음은 위에서 드러난 전통선인의 모습 외에 봉우선도의 특성을 보여 주는 여러 측면들을 간략히 소개하고자 한다.

◎ 봉우선도와 한배검 정신

봉우 선생은 선도의 뿌리는 한배검 정신에서 비롯하였고 그 정신은 《천부경(天符經)》과 《삼일신고(三一神誥)》에 녹아들어 있다고 하였다. 따라서 이 경전들에 대한 깊은 연구와 이해를 촉구하였으며, 자신도 많은 성찰을 통해 깨달음을 얻고 후학들에게 그것을 전달하려 노력하였다. 그의 독특한 홍익인간 이념의 해석은 전적으로 천부경 연구에서 비롯한 것이다.

◎ 봉우선도와 정신수련

정신수련이란 나를 찾는 과정이다. 나를 찾되 나에게서 나를 찾으라는 것이다. 나는 곧 나의 주인이자 우주와 만물의 주인이기에, 이 나를 찾는 과정이 선도의 시작이요 정신수련의 핵심을 이루는 것이다.

그럼 나를 찾고 나면 무엇을 할 것인가? 내가 나를 알면 남도 알게 되고 그리하면 만물을 알고 우주를 알게 된다. 따라서 홍익인간도 알게 되고 결국 그것을 행하면 사사로운 작은 나에서 홍익을 행하는 큰 나, 즉 우주인이 되는 것이다. 이 세상의 진정한 기쁨과 행복은 여기서 온다.

봉우선도는 정신수련의 텍스트로서 조선 중엽 북창(北窓) 정렴(鄭磏: 1506~1549) 선생의 《용호비결(龍虎秘訣)》을 제시하고 있다. 북창선인이야말로 상고시대 선도의 희미해진 도맥을 중세 조선시대에 중광(重光)시킨 중시조(重始祖)라는 정신사적 의미를 부여하였으며, 그 징검다리 역할을 한 것이 바로 이《용호비결》이었다고 하였다.

《용호비결》의 가장 중요한 특색은 선도수련의 나를 찾고 깨닫는 방법으로서 조식호흡법(調息呼吸法)을 강조하였다는 데 있다. 이 호흡법이야말로 백두산족 정신수련법의 대종(大宗)이자 옛 성인 한배검의 진정한 가르침이었다.

봉우선도는 이를 계승하고 발전시켰다. 즉 봉우 선생은 〈연정16법(1928년)〉과 〈호흡법 소서(1954년)〉를 통하여 고대 한배검의 가르침인 지감(止感), 조식, 금촉(禁觸)의 3법 가운데 정신수련법의 핵심인 '조식법'을 계승한 〈용호비결〉을 더욱 발전시켜 조식법으로 도달할 수 있는 심신의 발전 상태를 호흡초수로 분류, 단계적으로 상세히 설명하는 등 전인미답의 독창적인 이론 체계를 구축하였던 것이다.

◎ 봉우선도와 천문(天文)

한배검 정신의 원전(原典)인 《천부경》에 이미 천지인(天地人) 삼재 (三才)사상이 제시되어 있다. 그 삼재의 현실적 투영이 바로 상통천문 (上通天文: 위로 하늘의 뜻에 통함), 하달지리(下達地理: 밑으로 땅의 이치를 온전히 앎), 중찰인사(中察人事: 하늘과 땅의 이치를 깨달은 연후에 중간자적 존재인 사람과 만물의 실정을 정확히 파악함)라는 메시지이다. 이는 곧 우 주인인 선인들이 지녀야 할 가장 대표적 항목들이 되어 왔다. 그중 가 장 첫 목표이자 중시되는 대상이 하늘이요, 뭇 존재의 근원인 이 하늘 의 참된 의미를 천문(天文)이라 하는 것이다.

땅과 땅 위에 존재하는 만물의 이치와 그 실상을 알기 위해서는 천 문의 관측과 해석이 필수적인데, 이를 위해 정신수련을 통한 고도의 정신력과 안력(眼力) 배양, 주역의 수리적 연구 등이 병행되었다.

봉우 선생은 평생 천문 관측을 통하여 수많은 예언을 행하였다. 또한 역대 선학들이 용사(用事)하던 천문 점성서인 《선기수(璿璣數)》를 후학 들에게 제공하였다.

◎ 봉우선도와 지리(地理)

봉우 선생은 땅의 이치를 논하기에 앞서 먼저 땅에 투영된 하늘의 뜻을 살피고 해석할 수 있어야 한다고 하였다. 이 말은 곧 전통 풍수지 리학의 전문가들인 지사(地師)들이 땅의 이치는 땅에만 있는 줄 알고 천문은 도외시한 채, 수많은 이론들을 남발하는 것을 경계하는 것으로, 천문을 모르고서 지리를 논한다 함은 어불성설이라 하였다.

특히 현대에 들어와 도학(道學)과 심종(心宗)의 전통이 쇠미해져서 정신수련을 통한 혜안(慧眼)의 각득(覺得)이 없이 이론서만을 연구하여 지리를 관찰하려는 풍조만이 남아 있음을 개탄하였다.

　　"…… 요즘 지리를 논한다는 사람들이 많은데, 예를 들어 계룡산의 지리를 논한다면 계룡산이 천문의 무슨 성수(星宿)자리인지는 알아야지. 천문을 모르고 지리를 논한다는 것은 말이 안 돼. 서대산하고 계룡산이 하늘의 중심인 자미원(紫微垣)의 동서로 자리하고 있는데, 서쪽에 있는 것이 서대산으로 서자미(西紫微)이고 동쪽에 있는 계룡산이 동자미야. 서대산에는 서자미 칠성(七星)의 원혈(元穴)이 있고 계룡산에는 동자미 구성(九星)의 원혈이 있는 것이지. 이렇듯 성수가 뭔지도 모르고 지리를 안다고 하는 것은 모두 가짜들이란 소리야. ……"

- 《천부경의 비밀과 백두산족 문화》, 1989,

정신세계사, p.308에서 인용.

　　선생은 전통지리학의 가장 중요한 측면을 사사로운 개인의 이익을 추구하는 소위 음택풍수의 명당설과 길흉화복론 등에 두지 않고 국가나 사회의 공동체적 의미가 담긴 국도론(國都論)에 두었다.

　　국도론이란 나라의 수도를 결정하는 지리론(地理論)으로서 고대 지리학에서 가장 중요시되어 왔다. 국도론에서 가장 먼저 고려되어야 할 점은 국민들이 정치, 경제, 문화의 혜택을 골고루 받을 수 있는 국가의 중심부에 수도가 위치해야 한다는 것으로 이는 도시의 여러 기능에 비추어서 한 군데로 몰리지 않는 곳이어야 한다는 것을 의미한다. 국도론은 국가와 민족의 흥망성쇠를 감안하여 적어도 미래 천년 후의 천문과 인사까지 꿰뚫어보는 혜안이 필요한 거대담론으로서 역사적으로도 나라가 바뀔 때마다 수많은 도인과 선지자들이 이 문제에 개입해 왔다.

봉우 선생은《북계룡론(北鷄龍論)》을 제시하여 미래 우리 민족의 지리학적 진로를 밝혔다. 즉 우리나라는 남북통일 이후 서울이 잠시 통일국가의 수도가 되었다가 신의주 바로 위 단동과 심양 사이에 있는 북계룡 2000리 분지로 수도를 옮긴다는 것이다. 여기서 약 500년 후에 다시 북만주 장춘(長春)으로 옮겨서 장춘을 북경, 북계룡을 남경으로 하면 된다고 예언하였다.

이 밖에《장백산조종론(長白山祖宗論)》을 통해 우리나라를 세계 지리의 중심으로 놓는 새로운 시각을 제시하였다.

-《봉우선인의 정신세계》, 2002, 정신세계사, p.44-45 참고.

◎ 봉우선도와 의약(醫藥)

동북아시아 의약학의 기원은 도교(道敎)에 있고, 도교는 신선사상에서 비롯하였으며, 신선사상이란 상고(上古) 선사시대부터 내려오던 우리 겨레의 고유한 정신세계였다.

봉우 선생은 동북아시아 의약학의 비조로 불리는 신농씨(神農氏)나 황제(黃帝), 모두 역대 단군들로 보았으며, 따라서 침(鍼), 약(藥), 맥(脈)이라는 전통의약학의 주요 부문에 대해서도 우리나라가 발원지였다는 민족의약학적 견해를 강조하였다. 특히 우리의 전통의약은 병이 오기 전에 미리 대처하여 건강을 지키는 예방의학적 정보가 아주 풍부하여 이를 현대적으로 계승 발전시켜야 함을 역설하고, 선도의 민중구제적 전통을 이어받아 의약적 측면에서도 대중들이 알기 쉽게 활용 가능한 정보들을 모아 널리 공유하도록 국가가 나서야 할 것을 제의하였다.

또한 동서의학이 함께 공존하여 서로의 장단점을 잘 보완하고 확장시켜 새로운 의학으로 거듭나야 한다는 관점에서 '전통의약론'을 설파하였다.

봉우 선생은 현재 우리의 전통의약계가 봉착해 있는 여러 난점들과 불합리한 문제점들을 개선한다면, 그 자체의 역량만으로도 얼마든지 현대 서구의약의 한계를 극복하여 세계 최고 수준의 의약으로 발전할 수 있을 것으로 보았다. 이를 위하여 보건부 산하에 '전통의약연구소' 같은 국가기구의 설치와 운영이 시급함을 이미 40년 전에 역설한 바 있다.

— 《천부경의 비밀과 백두산족 문화》, p.317 참고.

◎ 봉우선도와 복서(卜筮)

복서란 무엇인가? 그것은 미래에 대한 전통적 예측방법을 의미한다. 예나 지금이나 도인과 선인(仙人)들의 주요 기능은 당대의 공동체에 대한 미래예측이었다. 선도에서도 국가나 사회공동체의 구성원들에게 삶의 진로나 방책을 제시하기 위한 미래예측이나 예언은 아주 중요시되어 왔다. 상고시대에는 물질문명 수준은 낮았으나 대신 정신문명의 수준이 매우 높은 도인들이 많았으므로 이들은 복서라는 형식으로 민중들을 선도하였다.

봉우 선생은 일정한 정신수련 과정을 통하여 얻은 정신력 혹은 도력으로서 행사할 수 있는 천문관측법, 점성술, 수학적 계산법인 추수법(推數法) 등을 통하여 미래를 예측하였고 그것을 기록으로 남겼다. 천문점성술로는 '선기수'가 있고, 미래, 현재, 과거의 삼세(三世) 투시법으로 '원상법(原象法)'이 있으며, 수리계산법으로 '사시산(四時算)'이 있다.

— 《민족비전 정신수련법》, 1992, 정신세계사, 참고.

선생은 이와 같은 각종 방법들을 통해 미래예측을 하였고, 그 정보들을 사회에 발표하였다.

○ 남북통일 예언: 2014년까지 완수됨.
1991년 8월 14일자 〈세계일보〉와의 특별대담에서

○ 백산운화론(白山運化論):
지금부터 3000년 전 고대 상(商)나라와 주(周)나라가 교체되던 때로부터 지속되어 온, 성주(聖主)가 아닌 영웅호걸들의 각축장인 일치일란(一治一亂)의 소강(小康)시대의 운세가 끝나고 지난 1984년 갑자년부터 세계평화운이 돌아왔으며, 이는 어느 일부 지역에 국한된 흥망성쇠가 아니라 이 우주, 이 세계의 공통된 천지대운이요, 대동홍익운(大同弘益運)으로서 이 같은 인류평화건설의 주역을 우리 민족이 맡게 된다는 것이다.
또한 1984년부터 2044년까지 60년 동안에 남북통일완수, 만주와 바이칼 호수 동쪽 지역과 몽골로의 평화적 진출 등이 이루어진다고 보았다. 이로써 우리 백두산족의 오천년 미래대운이 시작된다고 예측하였다.

○ 황백전환론(黃白轉換論):
앞서 '백산운화론'과 같은 맥락의 예언으로 서기 2044년까지의 기간 안에 한국, 중국, 인도가 주축이 되어 동아시아 모두가 번영을 누리며 백인 중심의 서구문명이 황인종 중심의 동양문명권으로 그 주도권이 전환되며 그 선두역할을 우리나라가 한다는 문명사적 예언이다.

○ 오성취두론(五星聚斗論):

　'백산운화론'이나 '황백전환론' 등을 뒷받침하는 천문현상을 의미하며, 봉우 선생은 1982년 처음으로 오성이 우리나라가 속한 두성(斗星)분야에 모두 모인 오성취두 현상을 63년 전인 1919년에 이미 추수법(推數法)으로 계산해 놓았다. 이 오성취두의 천문은 대길조의 현상으로서 우리나라가 세계중심국으로 부상하는 제일 첫째 조짐이라는 것이다. 지난 세계사 천년 동안의 가장 위대한 인물로 선정된 칭기스칸 또한 당시 오성이 취규(聚奎: 규성분야 – 몽골에 해당 – 에 모임)하고난 뒤 출생하였다는 전례가 있으며, 우리나라 또한 앞으로 세계평화운에 적합한 대도인이 출생하여 세계의 정신적 지도자가 될 것이라 한다. 어쨌든 이 '오성취두론'이야말로 전통선도를 계승한 봉우선인의 독특한 미래예측 사례라 하겠다. 선생은 여기에서 고대 성인들이 예언한 간도광명(艮道光明), 간도중광(艮道重光), 성시성종(成始成終)의 실체를 확인하였다.

　　　　－《봉우선인의 정신세계》, 2001, 정신세계사, p.115-126 참고.

◎ 봉우선도와 체술(體術)

　신선도(神仙道)로 표상되는 우리의 고대문화에는 높은 수준의 정신문화뿐 아니라 강인한 체력을 연마하는 고유의 체력단련 방법인 '체술'이 있었다. 곧 신선도란 정신과 육체의 단련으로 완성되는 것이다. 이러한 조상들의 심오한 지혜로 개발되어 전승되어 온 체술로 평소 생활 속에서 몸과 마음을 단련시켜 왔던 고대의 우리 민족은 주변 외세의 침략에 굴하지 않고 용맹스레 물리쳤던 강력한 상무국가(尙武國家)로서의 면모를 지녀왔으나, 신라의 반민족적 삼국통일이후 지도층의 사대주의 풍조만연으로 인하여 점차 그 자주적 상무정신과 국력을 상실하기에 이르렀다.

봉우 선생은 우리 고대문화의 참얼을 단군 한배검 이래의 고유 신선도에서 되찾아 현대에 다시금 회복시키기 위해 평생 심혈을 기울였다. 그 과정으로서 맨 먼저 한배검 정신의 회복을 주창하였고, 이를 위해 민족의 성경(聖經)인《천부경》과《삼일신고》를 연구하였으며 여기에 드러난 정신의 실천과 깨달음을 위하여《용호비결》의 조식(調息) 호흡법을 수련하고 천문, 지리, 의약, 복서, 경세(經世)의 제반 분야들을 섭렵해 왔다. 이러한 정신문화적 접근 외에 체육문화적 전통을 복원하는 차원에서 고유체술을 실제로 연마하며 연구했던 것이다.

봉우 선생의 정의에 따르면, '체술'이란 무기를 사용하지 않고 몸을 놀려 행할 수 있는 체력단련술법을 말한다. 상고시대부터 전해 내려온 이 체술이 삼국시대 고구려, 백제, 신라로 정립하면서 각국마다 독특한 성격을 지닌 완연한 무예(武藝)의 형태로 정착되었다고 한다. 또한 빈번해진 삼국 간의 전쟁과 외세로부터의 침략에 대응하기 위한 전 국민적 국방개념의 확립이 절실해졌으므로 민족고유의 체술도 일부 무술 전문가뿐만 아니라 남녀노소 모두에게 국책으로 보급되었던 것이다.

이 삼국시대야말로 역사상 가장 상무정신이 제고되었던 시기였다. 또한 우리를 둘러싼 외부에서 우리나라를 명실상부한 강국으로 지칭한 사실이 역사적으로 기록된 유일한 시대였다.

＊사례 – 몽골 울란바토르 교외에 있는 투르크(돌궐)제국의 창건

자 빌게 카간(可干)의 비문에는 빌게 카간이 죽었을 때 조문사절을 보내 온 각국의 명단이 보이는데, 여기에 고구려는 '뵈클리(Boekli) 카간'이란 명칭으로 나온다. '카간'이란 최고의 군주를 나타내는 투르크어로서 한자로 황제에 비견되는 칭호이다. 투르크제국에서는 당태종 이세민을 천카한(天可汗)이라 불렀으니, 역대 중국 사서에서 역사를 왜곡했듯이 고구려나 돌궐제국이나 한낱 북방의 오랑캐가 아니라 당당한 유라시아 제국 가운데 하나였던 것이다.

체술은 신체를 아주 민첩하게 놀리고 힘도 기르는 민속법(敏速法)들로서 대략 30여 가지가 전한다. 삼국시대 이래 민간에 널리 유포되어 남녀노소 공통으로 즐겨가며 행하는 놀이적 성격도 지니고 있다.

봉우 선생은 고대 체술의 현대적 계승 및 복원을 위한 연구의 필요성을 다음과 같이 서술하였다.

"…… 우리나라 고유의 전래 체술을 근본적으로 연구해서 국민보건향상을 위해 보급시킨다면 유도나 태권도, 공수도, 레슬링, 합기도, 권투 등의 기존 격투기 종목과 동일한 훈련 기간 내에 이들 종목보다 월등히 나은 실력으로 용이하게 상대를 제압할 수 있다. 비록 체계가 서지 못하였으나 이 고대 체술 기본만은 여러 사람에게서 조정하고 연구함으로써 다시금 완성된 형태로 전승될 수 있다고 생각한다. 고대 화랑의 무리들이 산중에서 심신을 연마하였다는데, 그들이 어떻게 신체를 단련하였는지 편모(片貌)도 볼 수 없으니 무엇으로 그들의 전모를 더듬어 볼 것인가. 다만 한 조각씩이라도 민간에 흩어져 전해 오는 야담과 일화 속에서 걸어 내어 심사숙고하는 도리밖에 없고, 또는 정신수련으로 회광반조(回光返照)해서 고대를 추상하는 데에서 비로소 그들의 전모가 비쳐 나오는 것이다. 간간이 흩어진 책 속에서 고인(古人)들의 진의(眞意)를 엿볼 수 있고 글자 몇 마디에서 옛 조상들의 진체(眞諦: 불변의 진리)를 맛볼 수 있는 것이니, 중국의 십팔반무예(十八般武藝)나 일본의 무사도 전통만 배우지 말고 우리 고대 문화 속의 체술을 돌이켜 생각하여 거기에 깃들어 있는 선인들의 정신을 다시 살려서 백두산족 고유의 무예로 계승, 활용해 주었으면 한다. ……"

-《천부경의 비밀과 백두산족 문화》, p.372 인용.

다음은 체술의 종류이다.

1) 씨름, 2) 난장치기, 3) 줄넘기, 4) 중(中)방울받기, 5) 제기차기, 6) 수박(手搏), 7) 박치기, 8) 팔매(원근법), 9) 걸치기, 10) 제발붙이기, 11) 택견(托肩), 12) 무릎치기, 13) 도약(跳躍), 14) 난간치기, 15) 지압(指押: 점혈법), 16) 악법(握法), 17) 배법(排法), 18) 추법(推法), 19) 인법(引法), 20) 소법(掃法), 21) 팔굽혀펴기, 22) 축법(蹴法), 23) 권법(拳法), 24) 격지타(隔紙打), 25) 격타(隔打, 신궁), 26) 수배(手背)치기, 27) 족배(足背)치기, 28) 손치기, 29) 허리 굴신법(屈伸法), 30) 어깨치기, 31) 둔고법(臀固法), 32) 속보법(速步法)

3. 결어(結語)

이상으로 봉우 권태훈 선생의 삶과 사상에 대해 간략히 서술해 보았다. 그는 그가 살았던 동시대의 수많은 민족지사, 사상가들이 그러했듯이 쓰러져 가는 나라와 불운한 형세에 휘말려 근본을 잃고 방황하는 불쌍한 인민들을 사랑했다. 그리하여 일찍부터 모순된 현실에 순응하지 않고 적극적으로 개혁에 뛰어들었다.

서세동점(西勢東漸)의 개화기에서 다른 이들처럼 서양의 신학문을 정규적인 틀 안에서 배우지는 않았지만, 그는 나름대로 오래전부터 내려오던 우리 얼의 전승자들과의 인연을 통해 남다른 정신세계에 눈을 뜨게 된다. 이러한 우리 얼에 바탕을 둔 학문세계와 그것의 축적으로 심신을 연마한 그는 이후 격랑과 광풍의 현실에 몸을 던지고 그 역사적 모순들과 부단히 싸워 왔다.

그는 과거 우리 고대 문화의 자양분들을 몸소 섭취하고 소화하는 데 그치지 않고 우리의 현재적 정황과 미래에까지 계승 발전시키려고 노력하였다. 즉 우리 것은 다 좋은 것이라는 복고주의적 고루함은 없었다. 그는 망상가가 아니었고 자신의 한계와 부족함을 늘 생각하는 지극히 겸손하고 실질적인 사람이었다. 특히 그의 사상적 특성인 한배검 정신과 선도의 부활이란 주제에 있어서도 그는 이러한 주제가 종교적 방향으로 흐르는 것을 몹시 경계하였다. 한배검 정신과 선도는 현대적 의미에서의 종교로 다루어지면 안 된다는 것이다. 이는 종교 이전에 우리의 공기와 같은, 뿌리와 같은 선험적인 존재라는 것이다.

아무튼 봉우 선생은 뿌리를 잃고 방황하는 21세기 현대인에게도 여전히 많은 유용한 정보와 도움을 주고 있다. 그것은 바로 세계화의 시대에 우리의 문화적 정체성을 더욱더 모색해야 하는 자기모순적 시대 상황에 처해 있기 때문에 더욱 그러하다.

봉우 권태훈 선생의 삶과 사상에서 우리는 무엇보다도 지나간 고대 우리 선인들의 고유한 얼의 세계와 그 실재를 시공을 초월하여 받아들이고 깨닫게 된다. 특히 이야기책에서나 보는 신선, 선인(仙人)이란 독특한 인간의 존재양식을 20세기 현대에서 다시금 생생히 접하고 경험할 수 있었다는 것이야말로 그가 후대인들에게 주고 간 가장 큰 인류학적 선물이었다고 본다.

우리 민족의 가장 오래된 사유방식이자 체계였던 국선(國仙) 화랑의 도(道)에 관한 한 그는 도무지 모르는 것이 없었다. 그리고 그는 너무도 당당하고 용감하게 그 도를 얘기하고 전파했으며 실제 그들 국선처럼 삶을 보냈다.

그로 인하여 수천 년 내려오던 신선의 삶은 이제 더 이상 박물관의 박제품으로서가 아닌 현실에서 새롭게 부활하였다. 그의 삶과 사상은 우리 국학의 근원을 더욱 풍요롭게 했으며, 역동적인 미래로 이어 주었던 것이다.

끝으로 봉우 선생님 자신의 일생을 회고하고, 도인으로서 생의 마지막을 예언했던 65세 시(詩)를 다시 음미해 본다.

65세 시(詩)

廣漠天地無門牆
往來有形無形中
自古聖眞神哲輩
橫說竪說作經傳
滄海粟身百年後
俯仰無愧是亦難
石火光陰瞬息間

三立餘痕千古存

人生大評功與罪

維善維惡二字分

六洲五洋五色族

東西古今同一理

執心正大常知足

誤入私慾常不厭

無字有字宇宙史

如此如彼繡文章

可笑艸露人生事

於焉六十五年春

長則三十短二十

眼光落地何可免

水逝雲捲本來面

營營苟苟何所益

淸香一柱茶一杯

默坐回光返照時

靑山白雲閒自適

流水晝夜空自忙

到老平心敍氣坐

天地無恙一如海

광막한 천지엔 문도 담장도 없어

유형 무형으로 오고 가는데

옛부터 성인 진인 신인 철인들

종횡으로 경전을 지었네

바다 위 좁쌀알 같은 인생 백년

하늘 땅 부끄럼 없이 삶 또한 어렵네

부싯돌 불꽃처럼 지나간 세월인데

삶의 자취 길이 남았네

일생을 크게 공과 죄로 평하니

선과 악의 두 글자로 나뉘네

온 세상의 모든 이

예나 지금이나 하나같은 이치 있어

마음을 집중하여 정대하면 늘 만족할 줄 알았고

잘못 삿된 욕심에 빠져도 늘 싫증내지 않았지

있음과 없음의 우주사

제 나름대로 생의 문장을 수놓네

가소롭구나 풀잎이슬 같은 인생사

어느덧 예순다섯일세그려

길면 서른 해, 짧으면 스무 해(봉우 선생님은 95세로 환원하심)

눈빛 땅에 떨어짐 무엇으로 면할까

물 흐르고 구름 걷히니 본래 면목이라

애써 무엇을 이루려 하니 무슨 이로움 있으랴

맑은 향 한 대, 차 한 잔

잠잠히 앉아 빛을 돌이켜 비추일 때

푸른 산 흰 구름은 한가히 절로 있고

흐르는 물 밤낮으로 괜스레 분주하네

늙은이 되어 마음 편히 기운 풀고 앉았으니

하늘과 땅 태평하여 바다와 하나로다

- 1964년 5월,《봉우일기》2권 p.157~159

* 참고자료

- 자료 1: 한국민족문화대백과사전(정신문화연구원 편찬)에 실린 봉우
      선생 항목.

- 자료 2: 정재서,〈봉우 권태훈과 한국도교간론(鳳宇 權泰勳과 韓國 道
      敎 簡論)〉,《봉우선인의 정신세계》, 2001

- 자료 3: 연보 (《봉우일기2》 p.515~535)

찾아보기

저자

봉우鳳宇 권태훈權泰勳

단기 4225년(1900년)에 서울 재동에서 태어났다. 소설《단丹》의 실존 주인공으로, 6세 때부터 정신수련을 시작했으며 19세 되던 해 당대 도계의 거인인 일송一松 선생으로부터 우리 민족의 정신수련법을 전수받았다.《단丹》,《백두산족에게 고告함》,《천부경의 비밀과 백두산족 문화》,《민족비전 정신수련법》,《봉우일기》,《선도공부》등 일련의 책을 통해 우리 민족 고유의 사상과 정신수련법을 펼쳐 왔으며, 민족의 뿌리 찾기와 후학양성에 힘쓰다가 1994년 95세로 돌아가셨다.

역주자

정재승鄭在乘

단기 4291년(1958년)에 대전에서 태어났다. 봉우 권태훈 선생님 문하에서 우리 민족 고유의 정신철학 및 심신수련법을 수학했다.《백두산족에게 고告함》,《천부경의 비밀과 백두산족 문화》,《봉우일기 1, 2》,《선도공부》,《봉우 선생님의 선이야기 1, 2, 3》,《세상속으로 뛰어든 신선》,《봉우선인의 정신세계》,《일만년 겨레얼을 찾아서》,《바이칼, 한민족의 시원을 찾아서》,《민족비전 정신수련법》등을 엮어 펴낸 바 있다. 봉우사상연구소 소장 www.bongwoo.org